ESPERANDO MEU BEBÊ

ESPERANDO MEU BEBÊ

TUDO O QUE VOCÊ PRECISA SABER SOBRE A GRAVIDEZ, O PARTO E O NASCIMENTO

Anna McGrail e Daphne Metland

Prefácio: Professora Lesley Page
Tradução: Juliana Lemos
Revisão técnica: Dra. Rita Rossini Rahme

Martins Fontes

Esta obra foi publicada originalmente em inglês com o título
EXPECTING por Time Warner Book Group.
Copyright © Anna McGrail & Daphne Metland, 2004.
Copyright © 2008, Livraria Martins Fontes Editora Ltda.,
São Paulo, para a presente edição.

1ª edição 2008
2ª tiragem 2010

Tradução
JULIANA LEMOS

Revisão da tradução
Marylene Pinto Michael
Revisão técnica
Dra. Rita Rossini Rahme
Acompanhamento editorial
Luzia Aparecida dos Santos
Revisões gráficas
Sandra Garcia Cortes
Marisa Rosa Teixeira
Dinarte Zorzanelli da Silva
Produção gráfica
Geraldo Alves
Paginação/Fotolitos
Studio 3 Desenvolvimento Editorial

Dados Internacionais de Catalogação na Publicação (CIP)
(Câmara Brasileira do Livro, SP, Brasil)

McGrail, Anna
 Esperando meu bebê : tudo o que você precisa saber sobre a gravidez, o parto e o nascimento / Anna McGrail e Daphne Metland ; prefácio Lesley Page ; tradução Juliana Lemos ; revisão técnica Rita Rossini Rahme. – São Paulo : Martins Fontes, 2008.

 Título original: Expecting
 Bibliografia.
 ISBN 978-85-336-2376-7

 1. Gravidez – Obras de divulgação 2. Nascimento – Obras de divulgação 3. Parto (Obstetrícia) – Obras de divulgação I. Metland, Daphne. II. Page, Lesley. III. Título.

07-4377   CDD-618.2

Índices para catálogo sistemático:
1. Gravidez : Obras de divulgação : Medicina   618.2

Todos os direitos desta edição no Brasil reservados à
Livraria Martins Fontes Editora Ltda.
R. Prof. Laerte Ramos de Carvalho, 163
01325-030 São Paulo SP Brasil
Tel.: (11) 3116.0000 Fax: (11) 3115.1072
info@martinseditora.com.br
www.martinseditora.com.br

Índice

Prefácio da Professora Lesley Page	XIII
Introdução	XV
Agradecimentos	XIX

Preparando-se para a gravidez — 1

Alimentando-se bem na gravidez — 5

Sugestões para uma alimentação saudável — 5
Alimentos problemáticos durante a gravidez — 9
Higienização dos alimentos — 17

O primeiro trimestre — 19

Cuidados pré-natais — 19
Quando ligar para o médico ou para a obstetriz — 19
Alimentação — 20
Sexo — 25
Sono — 26

Mês 1 — 27

O primeiro mês — 29

Como o bebê começa a se formar — 29
Sinais de gravidez — 31
Testes de gravidez — 31
O que é determinado na concepção — 32
Como saber a data do parto — 33
O momento em que você descobre que está grávida — 34
Gravidez após tratamento de fertilização — 35
A gravidez depois dos 35 — 37
Planejando com antecedência: ser mãe solteira — 38

Mês 2 — 41

5ª semana — 43

Náuseas — 44
Gosto metálico na boca e excesso de salivação — 47

Desejos	48
Aversões	48
Planejando com antecedência: quando dar a notícia no trabalho?	48
6ª semana	**50**
Medindo o bebê	51
Sangramento no começo da gravidez	51
Gravidez após aborto espontâneo	52
Organize suas consultas pré-natais	52
Planejando com antecedência: quando marcar o ultra-som?	53
7ª semana	**54**
Seios doloridos	55
Pele sensível	55
Candidíase	55
Planejando com antecedência: os exames do começo da gravidez	56
8ª semana	**60**
Exercícios	61
Dicas para você se sentir melhor	64
Planejando com antecedência: onde ter o bebê?	65
Mês 3	**69**
9ª semana	**71**
Desmaios	72
Como lidar com o trabalho no início da gravidez	72
Avaliação de riscos do local de trabalho	73
Os seus direitos	75
Planejando com antecedência: você está grávida de dois ou mais bebês?	76
10ª semana	**78**
A sua primeira consulta pré-natal	79
Exames de rotina	79
Exames de ultra-som	80
Planejando com antecedência: os exames pré-natais	83
11ª semana	**87**
Dirigir	88
Terapias complementares	88
Planejando com antecedência: o parto normal após uma cesariana	89
12ª semana	**91**
Aumento de peso	92
Azia	92

Os altos e baixos emocionais	93
O efeito dos partos anteriores	94
Planejando com antecedência: você e o seu parceiro	95
13ª semana	**96**
Quando a barriga vai aparecer?	97
As abreviações nas notas da maternidade	97
Cuidados com as gengivas e os dentes	98
Planejando com antecedência: placenta baixa	99

O segundo trimestre — 101

Os cuidados pré-natais	101
Quando ligar para o médico ou para a obstetriz	101
Alimentação	102
Sexo	106
Sono	106

Mês 4 — 107

14ª semana	**109**
Roupas de gestante	110
Incompetência do colo interino	110
Espalhando a notícia	111
Planejando com antecedência: viagens durante a gravidez	113
15ª semana	**115**
Mudanças na pele	116
Estou me sentindo melhor... é assim mesmo?	117
A depressão da gravidez	117
Planejando com antecedência: os cursos de pré-natal	118
16ª semana	**120**
Exames de sangue	121
Amniocentese	122
Planejando com antecedência: o fator Rh	124
17ª semana	**126**
Mudanças nas mamas	127
Como lidar com o trabalho no meio da gravidez	127
Planejando com antecedência: os resultados dos exames de sangue	128

Mês 5 — 129

18ª semana	**131**
Sentindo os movimentos do bebê pela primeira vez	132

Dores nas costas	132
Dúvidas sobre o aumento de peso	133
Mudanças no cabelo	134
Exercícios para o assoalho pélvico	134
Planejando com antecedência: lentes de contato	135
19ª semana	**136**
Varizes	137
Hemorróidas	138
Prisão de ventre	140
Quanto o parto mudou	141
Planejando com antecedência: o resultado da amniocentese	142
20ª semana	**143**
Altura do útero: a minha barriga está muito grande?	144
Secreção vaginal	144
Ultra-som morfológico	145
Faixas e bridas amnióticas	146
Planejando com antecedência: a cordocentese	146
21ª semana	**147**
Sangramento nasal	148
Tocar música para o bebê	149
Planejando com antecedência: mudando de idéia a respeito do local do parto	149
22ª semana	**151**
Estrias	152
Dicas para lidar com o cansaço	153
Planejando com antecedência: a escolha do nome	153

Mês 6 — 155

23ª semana	**157**
Superstições sobre a gravidez	158
Síndrome do túnel do carpo	159
Edema	160
Planejando com antecedência: a pré-eclâmpsia	161
24ª semana	**164**
Líquido amniótico	165
Colostro	165
Como lidar com o estresse	165
Exercícios de relaxamento	167
Planejando com antecedência: licença-maternidade, auxílio-maternidade e licença-paternidade	168
25ª semana	**171**
Sentindo os chutes do bebê	172

Conhecendo as dependências do hospital	173
Planejando com antecedência: o parto na água	173
26ª semana	**177**
Exames de ultra-som adicionais no meio da gravidez	178
Cefaléias	178
Câimbras nas pernas	179
Problemas de pele	179
Coceira	181
Planejando com antecedência: o sangue do cordão umbilical	182
27ª semana	**183**
Quedas	184
Diabetes gestacional	184
Planejando com antecedência: a alimentação do bebê	186

O terceiro trimestre — 189

Os cuidados pré-natais	189
Quando ligar para o médico	189
Alimentação	190
Sexo	192
Sono	192
Compras para o bebê	**193**
Amamentação e mamadeira	193
As primeiras roupinhas	195
Fraldas	196
O banho do bebê	198
O transporte do bebê	199
Onde o bebê irá dormir?	201

Mês 7 — 203

28ª semana	**205**
Indigestão	206
Anemia	206
Entrando em licença do trabalho	207
Planejando com antecedência: o plano de parto	208
29ª semana	**210**
Dores pélvicas	211
Entrando em licença-maternidade	213
Planejando com antecedência: apoio durante o parto	213
30ª semana	**216**
Diminuição nos movimentos do feto	217
As contrações de Braxton Hicks	217
Planejando com antecedência: massagem durante o parto	218

31ª semana	220
Bebês muito grandes ou muito pequenos para a idade gestacional	221
Excesso ou escassez de líquido amniótico	222
Aceitando a grande mudança na sua vida	223
Planejando com antecedência: alívio da dor durante o parto	224
Mês 8	**239**
32ª semana	241
Dor no ligamento redondo	242
Erupção cutânea da gravidez	242
Quando a coceira é motivo de preocupação	242
Chá de folha de framboesa	243
Planejando com antecedência: a cesariana	243
33ª semana	245
Bebê em apresentação pélvica (sentado)	246
Pressão alta	249
Planejando com antecedência: como ajudar o bebê a ficar numa boa posição para o parto	250
34ª semana	251
Encaixe do bebê na pélvis	252
O que fazer se a bolsa de água se romper antes da hora	252
Planejando com antecedência: a vitamina K	253
35ª semana	256
Falta de ar	257
Massagem no períneo	257
O sutiã para amamentação	259
Piercings nos mamilos e a amamentação	260
Planejando com antecedência: a piscina para parto na água	260
36ª semana	263
Exames de ultra-som no fim da gestação	264
A posição do bebê	264
Quando o bebê não encaixa	265
Entrando em licença-maternidade	265
O que você poderá precisar, em casa ou no hospital	266
Planejando com antecedência: a episiotomia	266
Mês 9	**269**
37ª semana	271
Urinar com mais freqüência	272
Instinto de preparar o ninho	272
Visualização	273
Planejando com antecedência: o monitoramento fetal	273

38ª semana	277
Braxton Hicks ou contrações de verdade?	278
Presentes	278
Planejando com antecedência: comer e beber durante o trabalho de parto	280
39ª semana	282
Mudanças de última hora no seu corpo	283
Problemas com a placenta	283
Sentindo-se entediada	284
O poder do pensamento positivo	284
Tomando decisões	285
Planejando com antecedência: as visitas	285
40ª semana	287
Mantenha-se ocupada no começo do parto	288
O rompimento da bolsa de água	288
Quando ligar para a obstetriz ou for para o hospital	291
Lista de última hora	292
Exames ginecológicos	292
Decidindo o tipo de anestesia	293
Planejando com antecedência: a lista do(a) acompanhante de parto	294
41ª semana em diante: gestação pós-termo	296
Indução: natural ou medicamentosa	297
O parto	**303**
Os estágios do trabalho de parto	303
As contrações do parto	303
O primeiro estágio	305
Como lidar com a dor nas costas	312
Trabalho de parto estável	313
O segundo estágio	316
O nascimento	320
O terceiro estágio	323
O que acontece logo após o nascimento	326
Parto lento	329
Parto assistido	330
Cesariana	332
O parto e o nascimento de gêmeos	335
As abreviações no prontuário de parto	336
Você após o nascimento do bebê	**337**
Cuidando de si mesma	337
As mudanças no seu corpo	338

A recuperação depois de uma cesariana 343
A recuperação psicológica 345
Apoio e orientação após o parto 345

O seu bebê 347

Conhecendo o bebê 347
A aparência inicial 348
Cuidados especiais 350
Alimentando o bebê 350
Oficializando o nascimento 352
O *check-up* das seis semanas: o "adeus" oficial à gravidez 353
O crescimento do bebê 353

O que é seguro e o que não é 355

Medicamentos sob prescrição médica 355
Medicamentos sem prescrição médica 357
Drogas recreativas 359
Segurança no trabalho 363
Segurança em casa 364
Segurança fora de casa 366
Tratamentos de beleza 370
Terapias complementares 373

Problemas de saúde na gravidez 376

Problemas de saúde preexistentes 376
Problemas que podem surgir durante a gravidez 390
Doenças infecciosas na gravidez 394

Quando as coisas não dão certo... 408

Aborto espontâneo 408
Gravidez ectópica 411
Gravidez molar (mola) 413
Como lidar com a perda do bebê 413
O luto durante a gravidez 414
Bebês natimortos 415

Glossário 417

Fontes de consulta 431

Índice remissivo 433

Prefácio

Este livro revolucionário nos dá informações baseadas em fatos concretos, de cada área de interesse da gestante, que são apresentadas de uma maneira fácil de entender. *Esperando meu bebê* não nos diz de antemão que escolhas fazer – as autoras reconhecem que você precisa fazer aquilo que for melhor para você e sua família, de acordo com as circunstâncias; não existe uma forma correta ou melhor de fazer as coisas.

As autoras descrevem a jornada desde os preparativos para a concepção até o começo da gravidez, o parto e o nascimento, e as primeiras semanas de vida. O livro é dividido em trimestres e semanas, o que facilita a exposição de vários detalhes importantes. Cada semana tem uma seção com informações sobre como o bebê está crescendo, como o seu corpo está se modificando e assuntos a considerar, com ilustrações que dão uma idéia do tamanho do bebê. Também se dá atenção às necessidades específicas de diferentes grupos de mulheres, como mães adolescentes e mulheres mais velhas.

Uma das qualidades do livro é o modo como as mudanças físicas, emocionais e sociais, e os exames e os tratamentos estão completamente integrados. Poder entender o que está acontecendo com o seu corpo e com o bebê, o que os exames significam e conhecer as alternativas disponíveis é realmente de valor inestimável, caso você esteja se sentindo mal ou ansiosa a respeito de algum detalhe.

Poderíamos chamar este livro de enciclopédia, devido à abrangência das informações que contém, mas isso o faria parecer muito entediante, coisa que ele não é. Ao contrário, é um livro bastante agradável. Se você está pensando em ter filhos ou se está grávida, é legítimo e conveniente que tenha controle sobre o que está acontecendo com o seu corpo, com a sua saúde, bem como os tratamentos que recebe. Ninguém tem um compromisso maior com a criança do que você – a mãe –, e é você, seu bebê e sua família que sofrerão as conseqüências dessas experiências para o resto da vida. É sabido que, quando as mulheres estão envolvidas nas decisões a respeito de sua saúde e recebem o apoio de profissionais competentes e sensíveis, sua autoconfiança aumenta e elas se sentem mais seguras para cuidar do bebê.

Embora o parto, do ponto de vista da mortalidade, seja mais seguro hoje em dia do que jamais foi, as escolhas que as mulheres têm de fazer e as decisões que têm de tomar são mais complexas do que nunca. E isso não se deve apenas à quantidade de testes e exames de acompanhamento disponíveis, mas também à expectativa de que as decisões devem ser tomadas com base em fatos concretos. Esses fatos são complicados de interpretar até para os profissionais da área, e em geral não há unanimidade a esse respeito. Além disso, apesar de o parto ser mais seguro hoje em dia de certo ponto de vista, o número cada vez maior de cesarianas e intervenções cirúrgicas ocasiona mais óbitos para as mães; portanto, de certo modo, a segurança das mulheres diminuiu. Não é de surpreender que, embora as taxas de mortalidade sejam menores, os pesquisadores estejam descobrindo que as mulheres agora estão mais ansiosas quanto à gravidez e ao parto do que no passado; e não apenas porque as decisões que elas têm de tomar são complexas, mas também porque há uma quantidade enorme de informações a considerar. Portanto, se as mulheres devem se envolver nas decisões a respeito dos cuidados com a maternidade, elas precisam obter boas informações.

Esperando meu bebê é uma leitura imprescindível, se você está planejando engravidar ou já está grávida e quer compreender o que está acontecendo com você e como as diferentes formas de tratamento podem afetar os resultados da gravidez e do parto com relação a você e ao bebê. É também um ótimo recurso para os profissionais que precisam de uma fonte de informação para aconselhar as mulheres que estão sob seus cuidados. E, acima de tudo, *Esperando meu bebê* é uma obra que capta a felicidade, a alegria e o direito ao prazer da criação de uma nova vida.

Professora Lesley Page
Subchefe de Obstetrícia e Enfermagem
Departamento de Assistência à Mulher
Guy's and St Thomas' Hospital Trust
Londres

Introdução

Provavelmente você está lendo este livro porque está grávida, suspeita que esteja grávida ou espera engravidar em breve. Depois de descobrir o resultado do teste de gravidez, talvez haja aquele momento em que você é a única pessoa no mundo que sabe desse segredo especial – você ainda nem contou a seu parceiro. Seja a gravidez um choque, uma surpresa, algo que você ansiou, algo planejado, algo assustador..., permita-se desfrutar esse momento com exclusidade durante algum tempo. É real. É especial. O que quer que aconteça depois, este é um momento mágico. A vida é uma dádiva maravilhosa, e você criou uma nova vida que irá crescer dentro de você. Sorria, sinta a antecipação, a euforia. No futuro haverá tempo para ter medo, ficar angustiada, ficar preocupada. Então, permita-se desfrutar um bom começo de gestação. O seu bebê está a caminho. Se você parar para desfrutar esse momento, estará fazendo um grande favor a si mesma; pois há muitas e muitas coisas em relação à gravidez e aos bebês diante das quais devemos apenas parar e sentir-nos maravilhadas com elas, mas nem sempre fazemos isso. Assim, sinta-se feliz. E, quando der a notícia às outras pessoas, você verá que elas também ficarão felizes.

Mesmo que ainda não esteja grávida, que tenha acabado de ficar grávida ou esteja prestes a ter o bebê, você estará cheia de dúvidas. E, sejam quais forem essas dúvidas, esperamos poder esclarecê-las aqui.

Também falaremos sobre todas as coisas que você jamais sonhou que iria precisar ou querer saber ou mesmo ter um vago interesse por elas: retenção de líquidos, estrias, todos os tipos de parto e por que é importante dar atenção aos seus tornozelos.

O que você não encontrará neste livro é qualquer sugestão de que há uma maneira "ideal" para todas as mulheres atravessarem o período de gestação. Se você quer dar à luz em uma piscina, com o cheiro de lavanda espalhado pelo ar, ótimo. Se você quer fazer uma cesariana eletiva porque conversou com o seu médico e acha que é a opção mais segura, ótimo também. O que fizemos foi reunir todas as evidências de pesquisas mais recentes para que você tenha à sua disposição as melhores informações para tomar suas próprias decisões sobre o que é mais acertado para você, o seu bebê e a sua família.

No entanto, não nos concentramos apenas nos aspectos médicos da gravidez, embora sejam importantes. Você não é uma paciente quando está grávida: ainda é uma mulher que, por sorte, está grávida. E, provavelmente, é uma mulher que sempre foi razoavelmente independente, que tem controle da própria vida e está acostumada a planejar tudo com antecedência e certo grau de confiança. A gravidez muda isso. Haverá dias em que você terá dúvidas, dias em que vai achar que ninguém mais entende como você se sente. E como você vai lidar com o trabalho, o dinheiro e um apartamento ou uma casa que passou a não ter espaço para o quarto de um bebê? Talvez você esteja começando essa jornada sozinha e esteja preocupada porque ainda não sabe como poderá dar conta das obrigações de uma mãe solteira. Nós a ajudaremos a avaliar todas essas coisas, também.

A organização deste livro

Não é possível dividir a gravidez de modo impecável, mas um modo comum de pensar a respeito é dividi-la em "trimestres", que são períodos de "três meses".

O **primeiro trimestre** dura até o fim da 13.ª semana. Este é o trimestre em que você pode experimentar alguns dos sintomas mais penosos da gravidez, tais como náusea e fadiga; mas também é a época em que muitas mulheres optam por deixar a gravidez em segredo, esperando para divulgar a notícia somente quando o risco de um aborto espontâneo seja menor. Assim, examinaremos as adaptações no campo emocional bem como as mudanças físicas que ocorrem no primeiro trimestre.

O **segundo trimestre** vai da 14.ª semana até o fim da 27.ª semana. Esta é a época em que provavelmente você irá apreciar mais a sua gravidez – todo o estresse e as incertezas das primeiras semanas ficaram no passado e o cansaço e a preocupação com o parto ainda não começaram. Ajudaremos você a aproveitar ao máximo esta fase.

O **terceiro trimestre** – da 28.ª semana até o parto – é quando a maioria das mulheres aceita o fato de que há mesmo um bebê dentro de si, que de algum jeito ele terá de sair de lá e que terão de cuidar dele. Nós a ajudaremos a pensar sobre tudo o que for associado ao parto – quando, onde, como e com quem ele deverá ser feito – e também a se preparar para receber o recém-nascido ou os recém-nascidos.

Pergunte a uma gestante há quanto tempo ela está grávida. É quase certo que ela lhe responderá em semanas. As mulheres sabem em que semana de gestação estão, e os cuidados pré-natais e os sistemas de direitos da maternidade também estão organizados por semanas. Assim, organizamos as informações essenciais deste livro como um guia semanal, para que você saiba exatamente o que está acontecendo com você em cada estágio da gestação, bem como o que pode esperar da equipe de profissionais que cuida de você.

Você notará que na página inicial de cada semana destacamos em **negrito** os tópicos que são discutidos mais detalhadamente. Para mais informações sobre um tópico específico, você também pode usar o índice remissivo para ir direto a ele.

Não esperamos que você leia este livro do começo ao fim de uma vez só. Você provavelmente irá ler sobre a semana em que se encontra, irá se aprofundar quando sentir curiosidade, pesquisar algo quando achar que é relevante, folhear o livro enquanto estiver na banheira, ou decidir ler tudo sobre um tópico, como, por exemplo, o que acontece no parto, ou todas as informações sobre como aliviar a dor.

Se você ler este livro do começo ao fim, tome cuidado com a velha "síndrome do estudante de medicina" – isto é, assim que a pessoa começa a ler sobre beribéri ou cólera, ela se convence de que possui todos os sintomas. Tratamos de vários problemas relacionados à gravidez, mas nem todos acontecerão com você. Alguns deles acontecerão apenas com um pequeno grupo de mulheres. Nós os incluímos porque queremos que essas mulheres tenham a informação de que precisam, e não por querermos deixar a todas morrendo de medo. Tentamos, sempre que possível, dizer às nossas leitoras quanto é comum ou quanto é rara uma determinada doença ou problema. Lembre-se: a maioria das mulheres que recebem um atendimento pré-natal adequado tem uma gravidez saudável e dá à luz um bebê saudável.

Também falamos dos primeiros dias de vida do seu bebê para que você saiba o que a espera e o que pode fazer para se preparar para o dia em que sua vida mudará para sempre. No entanto, não fomos muito além desses primeiros dias porque quando você dá à luz uma coisa estranha acontece... você perde imediatamente o interesse pela gravidez e apenas quer ler livros sobre bebês. Portanto, é nesse ponto que você pode ler um livro sobre o assunto.

De vez em quando você poderá querer mais detalhes ou mais ajuda a respeito de determinado assunto que se encontra no livro. Por isso incluímos uma lista de entidades e órgãos que poderão ajudá-la.

Também incluímos uma lista de termos específicos relacionados à gravidez, os quais estão dispostos em forma de glossário, no final, já que você provavelmente lerá este livro aos poucos.

específicas de gestações múltiplas, nós as abordamos separadamente, visto que às vezes uma gestação múltipla segue um caminho um pouco diferente de uma gestação de apenas um bebê.

Neste livro, falamos bastante sobre o apoio durante a gravidez e o nascimento, porque você vai precisar dele. Às vezes nos referimos ao acompanhante de parto no masculino, apenas porque na maioria dos casos ele será o pai do bebê. No entanto, pode ser que você prefira ter a sua mãe, irmã ou amiga como acompanhante na hora do parto. O fato de nos referirmos ao acompanhante no masculino certamente não significa que ele *tem* que ser um homem. Tampouco queremos insinuar que a pessoa com quem você vai ter o bebê seja necessariamente um homem, já que cada vez mais há casais homossexuais que escolhem ter filhos.

Esteja você grávida de um menino ou de uma menina, de um só bebê ou mais, tenha um relacionamento ou não, nossa intenção é oferecer as informações mais atuais de que você irá precisar.

Nota sobre a linguagem

O seu bebê é uma menina ou um menino? Talvez você saiba, talvez não. Nós, as autoras, certamente não sabemos. Então, em todo o livro usamos "ela" e "ele" em lugares diferentes para falar do bebê em desenvolvimento. Nós duas tivemos um menino e uma menina, cada uma, então nos pareceu natural falar na gestação de um menino e de uma menina. Assim acertaremos, sem dúvida, no seu caso em 50% das vezes!

Na maior parte do livro nós nos referimos ao "seu bebê", mas isso não significa que tenhamos nos esquecido de que algumas de nossas leitoras terão gêmeos, trigêmeos ou mais. Quando existem questões

Onde conseguimos essas informações?

Todas as informações são procedentes das fontes mais atualizadas, profissionais e fidedignas disponíveis. A medicina "baseada em evidências" é algo bastante popular no presente, e nós a seguimos fielmente. A gravidez e o nascimento são áreas em que existem vários órgãos respeitáveis que reúnem os resultados de diferentes estudos e comparam as informações para resumir o que os fatos nos dizem. Utilizamos vários deles em nossa pesquisa.

No fim deste livro, você encontrará nossas principais fontes de informação. Qualquer pessoa que queira ler um estudo ou publicação específica pode procurar na lista de referências disponível em www.virago.co.uk/expecting.

Descobrimos o que funciona e o que não funciona, o que é falso e o que é verdadeiro, e apresentamos as informações para que você possa fazer suas próprias escolhas a respeito de sua gravidez, do parto e do nascimento de seu bebê.

Sobre as autoras

Se contarmos apenas nossas experiências pessoais, passamos por uma cesariana sob anestesia geral, uma cesariana com anestesia peridural, um parto normal no hospital e um parto normal em casa. Nossa experiência pessoal só vai até aí. Mas nós duas já trabalhamos na área de cursos para pais e mães há um bom tempo. E a idéia deste livro nasceu graças a todos os pais que vieram para os cursos pré-natais e conversaram sobre a experiência de ter filhos, e depois retornaram para conversar sobre a realidade do parto e os bebês.

Daphne dá aulas de pré-natal há vinte anos e já lecionou para centenas de pais prestes a ter filhos. Ela foi editora da revista *Parents*, escreveu para vários jornais e revistas e foi, durante cinco anos, diretora de publicações da NCT (National Childbirth Trust, instituição britânica que oferece informação e apoio durante a gravidez). Anna trabalhou com publicações durante muitos anos, e também na área de pós-natal do NCT. Ela escreveu um livro antes deste, o qual ganhou o prêmio da Associação Médica Britânica de mais fácil acesso à informação para o público leigo. Anna também escreveu livros sobre o choro dos bebês, a arte de cuidar de uma criança e a infertilidade. Portanto, está bastante familiarizada quer com as pressões e as dificuldades de ter filhos, quer com as alegrias.

Trabalhando juntas, como co-editoras do *website* BabyCentre.co.uk, estamos em contato com centenas de milhares de pais e mães, e com futuros pais e mães. Assim, estamos cientes daquilo que as mulheres querem saber e de quanto a informação de qualidade é importante para elas.

Antes de você ter filhos, a gravidez e a experiência de ser mãe parecem ser algo de outro planeta. Quando você chega a esse planeta, junta-se ao grupo de mamães e papais de todo o mundo, pessoas que estão tentando fazer tudo certo e desfrutam da companhia de seus bebês durante a jornada.

A experiência de ficar grávida e dar à luz pode receber vários adjetivos – maravilhosa, fascinante, cansativa, chata, assustadora ou frustrante –, às vezes todos ao mesmo tempo. Esperamos que este livro possa ajudá-la nos aspectos ruins para que você possa se concentrar nos aspectos bons e ficar preparada para dar boas-vindas a este pequeno milagre: o seu bebê.

Anna McGrail e Daphne Metland

Agradecimentos

Sem uma pesquisa séria e profunda, este livro seria apenas uma sombra do que é. Dois excelentes pesquisadores trabalharam conosco. Mary Nolan, uma experiente tutora e professora do NCT, e Chess Thomas, uma experiente pesquisadora no campo da obstetrícia, passaram várias horas pesquisando um guia definitivo ou o tema central da pesquisa em centenas de assuntos. Chess conseguiu até ter outro bebê durante a gestação do livro e colocou muitas das informações dele em prática, o que é o máximo da dedicação.

Há também as pessoas incríveis que leram e checaram as seções do livro. Entre elas, Dra. Rachel Carroll, clínica geral e mãe de quatro crianças; Ruth Dresner, radiologista, que nos deu assistência quanto ao ultra-som; Teresa Wilson, especialista em direitos trabalhistas das mães; e as obstetrizes Catherine Lock, Mollie O'Brien, Karen Bates, Maggie Bunting e Rosemary Jackson. Nossos sinceros agradecimentos a todas elas.

Também agradecemos a Jane Moody, diretora de publicações do Royal College of Obstetricians and Gynaecologists, por todo seu apoio e seu aconselhamento, e a Gill Gyte, coordenadora de consumo da Cochrane Database, cujo vasto conhecimento da pesquisa nessa área foi de valor inestimável para nós.

Preparando-se para a gravidez

O planejamento prévio da gravidez pode aumentar suas chances de ter uma gestação e um bebê saudáveis. Nem todas têm esse luxo: estima-se que uma em cada três gravidezes no Reino Unido não seja planejada. Se você tem a sorte de poder planejar a sua gravidez, há muitas coisas boas e úteis, e algumas essenciais, que você pode fazer para assegurar que sua saúde esteja o melhor possível e que a gravidez corra o mais tranqüilamente possível. Se você já tomou as providências para assegurar uma boa saúde antes de engravidar, isto quer dizer que você também está em melhor forma para lidar com o inevitável desgaste físico e emocional.

Coisas que você pode fazer:
- **alimentar-se bem**
- tomar **ácido fólico**
- reduzir o consumo de **cafeína**
- parar de **fumar**
- tomar cuidado com **bebidas alcoólicas**
- evitar as **drogas recreativas**
- certificar-se de que é imune à **rubéola**
- conversar com o seu médico para saber se há algum **problema de saúde** mais sério na sua história ou na de sua família, como por exemplo pressão alta ou diabetes
- estar com os outros aspectos da **sua vida** resolvidos!

Alimente-se bem

Se você está planejando engravidar, esta não é a melhor época para fazer dietas rigorosas. Se você precisa perder peso, fazer refeições regulares e saudáveis é muito importante. Uma boa alimentação é essencial para fornecer os nutrientes de que você precisa para produzir óvulos saudáveis. Se a sua alimentação for muito inadequada, você poderá até parar de ovular e não conseguir engravidar. A anorexia nervosa, por exemplo, com o jejum deliberado e a perda de peso até níveis perigosos, pode fazer com que você pare de ovular por completo.

As dicas sobre boa alimentação durante a gravidez, na página 5, também se aplicam quando você estiver tentando engravidar. Então, para dar início à jornada com o pé direito, comece com os alimentos que você deve ou não consumir e os conselhos sobre que tipo de comida é seguro.

Tome suplementos de ácido fólico

Você deve tomar doses extras de ácido fólico quando está tentando engravidar. Esta vitamina é importante, pois pode ajudar a prevenir anomalias sérias no tubo neural do bebê em desenvolvimento. A dose diária recomendada é de 400 mcg (microgramas). A razão disso é que o tubo neural é formado nos primeiros 20 dias de gravidez, quando muitas vezes a mulher ainda nem sabe que está grávida. Veja mais informações sobre o ácido fólico na página 21.

Reduza o consumo de cafeína

A cafeína é um estimulante que existe naturalmente em vários alimentos, como o café, o chá e o chocolate. Ela também é adicionada a certos refrigerantes e às chamadas bebidas "energéticas". Se você está tentando engravidar, é bom lembrar que:

- o consumo de cafeína reduz a fertilidade na mulher e pode estar relacionado a abortos espontâneos
- o efeito da cafeína depende da dose, ou seja, quanto mais cafeína você ingerir, menor será a sua fertilidade; um consumo de cafeína acima de 500 mg por dia tem grande efeito, o qual fica ainda maior se você for fumante. Leia as páginas 14 e 15 para obter mais informações sobre a cafeína.

Pare de fumar

O hábito de fumar pode afetar a sua fertilidade e a do seu parceiro. Além disso, assim que você engravidar, o fumo prejudicará a você e também ao seu bebê ainda em desenvolvimento. Veja, na página 359, mais informações sobre os efeitos do fumo durante a gravidez. Tentar engravidar pode servir de motivação para que você abandone o hábito de uma vez e dê a seu bebê o melhor começo possível.

Tome cuidado com o álcool

O consumo de bebidas alcoólicas parece ter relação com a redução da fertilidade tanto em mulheres quanto em homens. Vários estudos demonstraram que beber até mesmo uma quantidade bem moderada pode aumentar o tempo necessário para um casal conseguir conceber. É possível que o efeito seja mais acentuado se você fumar ou usar drogas. Portanto, provavelmente você terá de reduzir a ingestão de bebidas alcoólicas caso esteja tentando engravidar. Veja as páginas 12 e 13 para obter mais informações sobre o consumo de álcool.

Evite as drogas recreativas

A maioria das mulheres que utiliza drogas ilegais deseja parar antes da gravidez, ou antes de engravidar. Mas largar o vício pode ser difícil – não somente porque muitas delas causam dependência física, mas também porque pode haver uma dependência emocional. Caso você seja usuária de drogas, talvez relute em partilhar esta informação com o seu médico, provavelmente porque se sente culpada ou porque acha que ele não verá sua situação com simpatia. Contudo, se você resolver contar, poderá ter o apoio necessário para ajudá-la a parar. Veja a página 359. Outros órgãos também podem dar a você apoio e aconselhamento sigiloso.

Certifique-se de que é imune à rubéola

A maioria das mulheres do Reino Unido já recebeu a vacina contra o vírus da rubéola na adolescência, mas isso não significa necessariamente que elas são imunes por toda a vida. Portanto, pode ser uma boa idéia verificar com o seu médico como está a sua imunidade, caso você esteja tentando engravidar. Um simples exame de sangue poderá detectar os anticorpos. Se você já está grávida, pode ser útil saber se é imune ou não: se um bebê ainda em desenvolvimento for exposto ao vírus, principalmente nas primeiras 12 semanas de gravidez, isso poderá resultar em algumas anomalias graves, incluindo surdez e cegueira. Veja a página 402 para mais informações sobre a rubéola na gravidez.

Converse com o seu médico sobre problemas de saúde

Para as mulheres com complicações como problemas coronarianos, diabetes ou doenças do sistema imunológico, a gravidez pode trazer mais riscos para a mãe e para o bebê.

Os fatores importantes são:

- buscar aconselhamento e informação *antes* de engravidar
- uma vez grávida, encontrar o equilíbrio entre o controle de sua doença e a prevenção de problemas para o bebê em desenvolvimento

Freqüentemente, isto significa planejar a gravidez quando a sua doença estiver bem controlada. Se você tem algum problema que exige que tome alguma medicação, converse com o seu médico antes de tentar engravidar, pois alguns remédios podem ser prejudiciais ao bebê. Veja a página 376 para obter mais informações sobre alguns problemas de saúde específicos e sobre como eles afetam a gestação.

Prepare a sua vida

É uma boa idéia estar preparada para o seu bebê deixando o seu corpo na melhor forma possível; mas também é uma boa idéia se preparar psicologicamente. As mudanças podem ser um desafio, por mais que você esteja preparada para elas. Você está pronta para não dormir até mais tarde no domingo? Está disposta a arranjar uma babá todas as vezes que quiser sair à noite? Como você irá equilibrar o trabalho, a carreira e o bebê?

O seu parceiro está de acordo com você, em relação aos tópicos acima? É importante conversar sobre essas coisas com ele. Afinal, ter um bebê mudará a vida de vocês dois para sempre.

Alimentando-se bem na gravidez

Aqui, reunimos todos os elementos essenciais que compõem uma alimentação saudável em todos os estágios da gravidez. À medida que a sua gestação progride, certos nutrientes passam a ser mais importantes que outros. Destacamos quais são esses nutrientes no começo de cada trimestre e explicamos por que são importantes. Isso não significa que você não precise deles em outras épocas, mas provavelmente você preferirá escolher alimentos que os contêm na época em que são imprescindíveis para o desenvolvimento do bebê.

Sugestões para uma alimentação saudável

1. Consuma uma grande variedade de alimentos

Uma grande variedade de alimentos tem mais probabilidade de conter todos os nutrientes necessários. Muitas vitaminas e sais minerais são necessários em pequenas quantidades, então quanto mais você variar os alimentos que consome a cada dia, maiores serão as chances de obter um pouco de tudo. Por exemplo, em vez de comer todos os dias o sanduíche de sempre, consuma vários tipos de pão, inclusive pão integral, pão *nan* (pão indiano), roscas, pão sírio, pão branco vitaminado, pãozinho francês, pães com frutas, pão de nozes e pão de fôrma feito com diversos tipos de grãos. Coma saladas diferentes todos os dias. Adicione frutas frescas ao cereal da manhã e ao iogurte, ou consuma uma fruta como lanche no meio da manhã. No café da manhã, acrescente vários tipos de nozes e castanhas, ou sementes de girassol.

2. Consuma alimentos ricos em fibras e carboidratos

Pães, cereais matinais, massas, arroz, aveia, macarrão e, para as que gostam de variar bastante, maisena, painço e flocos de milho. Todos esses alimentos fornecem energia na forma de carboidratos e fibras, alguns fornecem cálcio e ferro, enquanto outros são fontes de vitaminas do complexo B.

3. Coma muitas frutas e outros vegetais

As frutas podem ser frescas, congeladas, enlatadas ou secas, e você deve incluir também os sucos. Os vegetais incluem folhas como repolho, couve e brócolis, raízes como cenouras e batatas, e outros como abóbora, ervilhas e milho verde. Grãos e sementes como grão-de-bico, lentilha e feijão também contam como vegetais. Esses alimentos fornecem vitamina C, caroteno (um tipo de vitamina A), folatos (incluindo algumas vitaminas do complexo B), fibras e energia.

4. Consuma quantidades moderadas de leite e laticínios

Neste grupo, temos o queijo, o iogurte e o queijo fresco. Você pode preferir as versões com baixo teor de gordura, como leite semidesnatado no lugar do leite integral, para reduzir o número de calorias. Os laticínios nos fornecem cálcio, zinco, proteínas, vitaminas B2 e B12 e vitaminas A e D.

5. Consuma quantidades moderadas de carne vermelha, peixe e similares

Carne vermelha, aves, peixe, ovos, nozes, sementes e grãos fornecem proteínas, ferro, vitaminas do complexo B (especialmente a B12), zinco e magnésio.

6. Consuma com moderação os alimentos muito gordurosos

Este grupo inclui margarina, manteiga, outras gorduras para passar no pão e pasta com baixo teor de gordura, bem como óleo de cozinha, molhos para salada à base de óleo, maionese, nata, chocolate, biscoitos, massas doces, bolos, pudins, sorvetes, molhos feitos com caldo de carne, e molhos e caldas em geral. Eles fornecem vitaminas solúveis em gordura tais como as vitaminas A e D, mas também são excessivamente energéticos e calóricos.

7. Consuma com moderação alimentos que contêm muito açúcar

Este grupo inclui refrigerantes, doces, geléias e o próprio açúcar, bem como bolos, pudins, biscoitos, massas doces e sorvetes.

8. Verifique se está consumindo os ácidos graxos essenciais

Conseguimos produzir muitos dos ácidos graxos em nosso próprio organismo, mas existem dois, o ácido linoléico e o ácido linolênico, que são "essenciais" e não conseguimos. Por isso temos de obtê-los por meio dos alimentos. Consumir uma boa quantidade de ácidos graxos essenciais (AGEs) é importante para o desenvolvimento do cérebro do bebê, e mulheres que os consomem mais tendem a ter gestações mais duradouras e bebês maiores. Eles também podem ter um papel importante na prevenção da pré-eclâmpsia (veja a página 161).

- **Ácido linoléico** (também chamado de ácido graxo ômega-6) é encontrado principalmente nas nozes e nos vegetais, como óleo de girassol, soja ou milho. Não é muito comum encontrar pessoas com deficiência deste ácido.
- Boas fontes de **ácido linolênico** (também chamado de ácido graxo ômega-3) são os ovos e a carne vermelha magra, e também peixes oleosos como sardinhas enlatadas ou frescas, cavala ou salmão.

Alguns suplementos vitamínicos usados na gestação também contêm ácidos graxos essenciais.

9. Beba bastante líquido

Faça um esforço para beber bastante líquido durante a gravidez. Isso evitará que você tenha prisão de ventre e desidratação, e também pode prevenir a ocorrência de infecções no trato urinário.

Tente preparar uma jarra d'água com gelo, rodelas de limão e laranja, e beba aos poucos durante o dia.

Se você não gosta de beber água, experimente tomar:

- sucos de frutas frescas tais como laranja, morango e outras, diluídos com água gaseificada
- refrescos bem diluídos com água comum
- chás de frutas ou de ervas servidos quentes ou com cubos de gelo
- vitaminas de leite desnatado com polpa de frutas

10. Não faça dieta

Se você estiver acima do peso no começo da gravidez, esta é uma boa oportunidade para melhorar a qualidade da sua alimentação. Não é a época para tentar perder peso, e sim para se concentrar em uma alimentação saudável. Se você conseguir controlar seu peso na gravidez e se alimentar de maneira saudável, estará pronta para perder peso depois que seu bebê nascer.

Durante a gravidez, você pode:

- mudar o modo de preparo dos alimentos; prefira grelhar e cozinhar no vapor a fritar e assar
- em vez de leite, queijo e iogurte integrais, utilizar as versões com pouca gordura
- adquirir o hábito de retirar a gordura da carne
- comer peixe duas vezes por semana
- aumentar a ingestão de frutas e vegetais

Para as vegetarianas

Os esquemas de alimentação dos vegetarianos geralmente contêm menos gorduras saturadas, o que é um começo muito saudável para a gestação. A maioria dos vegetarianos já sabe bastante sobre alimentação saudável e a importância de incluir uma ampla variedade de vitaminas e minerais em sua alimentação. Na gravidez, o elemento-chave é garantir que você consuma proteínas e vitamina B12 em quantidade suficiente. Verifique se você consome boas quantidades dos seguintes nutrientes:

- proteínas vegetais – ervilha, feijão, lentilha e soja – bem como queijo, ovos e leite
- zinco e cálcio (veja as páginas 102 e 193)

Talvez seja bom tomar um suplemento com vitaminas B12 e D, caso você não consuma muito leite, ovos ou queijo.

Para as vegans (vegetarianas estritas)

Se você não come nenhum produto de origem animal, tome um cuidado especial para sempre ingerir vários tipos de alimentos:

- coma muitos grãos (pães, farinha de trigo, arroz), grãos e leguminosas (feijão, grão-de-bico), sementes, nozes, frutas e vegetais
- aumente o consumo de leite de soja, de tofu ou favas, vagens e feijão-verde para conseguir a quantidade necessária de proteína

Certifique-se de que está misturando os vegetais corretos para obter os aminoácidos de que precisa durante a gravidez. Por exemplo, é bom misturar cereais com sementes:

- leguminosas na torrada
- pão sírio e homos (pasta de grão-de-bico com óleo de gergelim)
- arroz com lentilhas

Talvez seja necessário tomar suplementos de cálcio, ferro e vitaminas D ou B12, dependendo de sua ingestão global de alimentos. Aconselhe-se com um nutricionista para ajudá-la a analisar detalhadamente o que você come e a ajustar sua ingestão de alimentos durante a gravidez.

Para as adolescentes

Se você é adolescente e está grávida, talvez precise de cuidados extras com o que come na gravidez, exatamente porque ainda está em fase de crescimento. As mães adolescentes tendem a ganhar menos peso que as mães mais velhas, a ter bebês menores e prematuros.

Talvez o seu orçamento seja apertado e seja difícil para você ter uma boa alimentação, mas é muito importante consumir o suficiente de nutrientes essenciais como proteína, cálcio, zinco e ferro, bem como frutas e legumes. O cálcio é especialmente importante porque ajuda a fortalecer os ossos e protege o organismo contra a osteoporose mais tarde. Para obter cálcio, consuma leite e derivados do leite, como queijo e iogurte.

Muitas adolescentes têm baixas reservas de ferro no organismo antes de engravidar. Previna-se consumindo alimentos ricos em ferro. Talvez você não goste muito de carne ou de folhas verdes, mas poderá obter ferro no cereal matinal (leia a embalagem para saber quanto de ferro o cereal contém), em um ovo e um sanduíche de agrião, em uma tigela de castanha de caju e passas, ou até mesmo em uma barra de chocolate ao leite. A equipe médica irá examiná-la para saber se você está desenvolvendo anemia (baixo nível de ferro, o que pode fazer com que você se sinta muito cansada) durante a gravidez e prescreverá suplementos de ferro se necessário.

Para as que fazem jejum

O jejum durante o dia é parte importante de algumas religiões em certas épocas do ano. Em geral, ficar sem comer durante o dia não apresenta problemas para uma grávida saudável ou para o bebê. A maior parte das religiões permite que as mulheres grávidas quebrem o jejum por razões médicas. Isso se aplica se você:

- tem diabetes
- tem pressão alta
- está grávida de gêmeos
- corre o risco de um parto prematuro
- tem muito enjôo durante a gravidez

Talvez seja bom evitar o jejum se você já teve um aborto espontâneo ou outras dificuldades na gravidez. Se está preocupada em relação ao jejum, converse com o seu médico e seu guia espiritual.

Se você decidir manter o jejum, planeje-o com cuidado:

- beba muito líquido no dia anterior
- descanse o máximo que puder durante o jejum
- encerre o jejum com alimentos leves e nutritivos, como frutas ou iogurte

Vitaminas e suplementos pré-natais

Embora alguns profissionais da saúde acreditem que os suplementos polivitamínicos têm pouco efeito sobre o bebê em desenvolvimento, outros profissionais aconselham as mulheres a tomá-los. Você pode pensar no suplemento como uma garantia de que não está se esquecendo dos nutrientes importantes. Você pode comprar suplementos para a gravidez em qualquer drogaria, ou o seu médico ou sua obstetriz podem recomendá-los a você. As vegetarianas estritas e as mulheres com problemas de saúde tais como diabetes, diabetes gestacional ou anemia devem conversar com o médico ou a obstetriz sobre os suplementos específicos de que talvez necessitem. Em geral, no entanto, você pode procurar por suplementos específicos para serem ingeridos antes da concepção ou durante a gravidez, que contenham ácido fólico, ferro e cálcio, além de vitamina C, vitamina D, vitaminas do complexo B (B6 e B12), potássio, zinco e vitamina E.

Os suplementos vitamínicos para a gravidez não costumam incluir a vitamina A, porque pode ser tóxica se consumida em doses elevadas. Em vez disso, eles em geral contêm betacaroteno, um precursor que é transformado, com segurança, pelo próprio organismo em vitamina A.

No entanto, você jamais deverá tomar mais do que a dose diária recomendada, ou seja: uma dose de vitamina por dia já deve ser suficiente. Tomar grandes doses pode ser prejudicial à sua saúde e à do bebê.

O fato de tomar um polivitamínico não significa que você pode passar o resto do dia comendo biscoitos, por exemplo. Ainda assim precisará comer uma fruta de vez em quando. Ou, melhor ainda, uma grande variedade de alimentos que incluam pelo menos cinco porções de frutas e legumes por dia.

Alimentos problemáticos durante a gravidez

A lista de alimentos que as grávidas não devem consumir parece ficar cada vez maior. Não é difícil passar toda a gestação num estado de pânico, sem saber se determinado alimento é seguro ou não, mas os riscos de contaminação dos alimentos industrializados são muito baixos, e há várias medidas que você pode tomar para reduzir até mesmo esses pequenos riscos. Talvez você ache mais fácil fazer algumas mudanças na sua alimentação se receber a orientação sobre os tipos de comida a evitar e – igualmente importante – sobre o que você *pode* comer com segurança. Nós dividimos a lista em:

- alimentos que você deve evitar sempre
- alimentos que seria bom evitar
- alimentos com que você talvez se preocupe... mas são seguros

Alimentos que você deve evitar sempre

Existem certos alimentos que você deve evitar sempre porque há uma pequena chance de que eles prejudiquem o seu bebê.

Alimentos que podem conter níveis elevados de listeria
Este grupo inclui:

- queijos suaves fermentados por fungos, tais como Camembert e Brie, e todos os queijos azuis, como o Stilton

- todos os patês frescos, inclusive os de carne, peixe e vegetais
- refeições prontas que não sejam reaquecidas meticulosamente
- carnes cruas e malpassadas
- legumes e verduras mal lavados

Muitos adultos são imunes à listeria, pois já tiveram listeriose há tempos. Se você for contaminada, provavelmente não ficará muito doente; poderá ter sintomas semelhantes aos da gripe e garganta inflamada, ou é até possível que não sinta nada. Mas a bactéria poderá atravessar a placenta e afetar o bebê. Isso pode provocar aborto espontâneo, parto prematuro e bebê natimorto. São raros os bebês que contraem a bactéria: cerca de um em cada 30.000 gestações.

Há algumas maneiras simples para minimizar os riscos:

- lave os legumes cuidadosamente antes de cozinhá-los
- lave bem as verduras
- evite os alimentos acima relacionados
- reaqueça os alimentos prontos até o ponto de fervura; a listeria pode continuar a se desenvolver lentamente em temperaturas muito baixas, então pode estar presente até nos alimentos que foram para a geladeira
- cozinhe bem as carnes, prepare o frango até que todo traço de sangue seja eliminado e verifique se as salsichas e hambúrgueres grelhados não têm nenhuma parte crua

É seguro ingerir:

- queijos sólidos como Cheddar, Prato, Mozarela, Ementhal, Gouda, queijo *cottage*, queijo fundido, *cream cheese* e ricota
- quase todos os *cheesecakes* prontos; a maioria é feita com nata ou ricota; verifique os ingredientes na embalagem

- queijos fermentados por fungos, cozidos, por exemplo, em pizzas, contanto que estejam bem quentes
- Parmesão e Gruyère (a listeria está presente em quantidade diminuta – menos de uma bactéria por grama – nesses tipos de queijo, e portanto eles não são considerados maléficos para a saúde durante a gestação)
- patês em lata ou embalados a vácuo, patês em bisnagas (desde que não contenham fígado), patê de carne, peixe ou vegetais em potes
- refeições prontas reaquecidas até o ponto de fervura
- carne bem cozida, até que nenhuma parte esteja rosada (crua) e não esteja vertendo nenhum suco

Em alguns países, recomenda-se à grávida não comer carnes frias ou peixe cru ou defumado por causa do risco de contaminação por listeria. O risco de contaminação por listeria é muito maior com os queijos fermentados por fungos (como o Brie e o Camembert) ou patê, que você não deve consumir durante a gravidez. Mas, se ainda assim você ficar preocupada, também poderá evitar as carnes frias e os peixes defumados ou crus.

Alimentos que podem conter o parasita da toxoplasmose
Este grupo inclui:

- legumes e verduras não lavados
- carne crua ou malpassada, incluindo carne crua curada como presunto de Parma ou salame
- leite de cabra não pasteurizado e produtos derivados

Os adultos que são contaminados pela toxoplasmose geralmente não ficam muito doentes; talvez apresentem gânglios linfáticos intumescidos, dores de cabeça e sintomas semelhantes aos da gripe, tais como dores e fadiga, cerca de 2 a 3 semanas depois de contrair o parasita. E, se você desenvolveu a doença uma vez, estará imune. Ela só será um problema se você contraí-la durante a gravidez, pois poderá prejudicar o bebê. O tipo de dano causado depende do estágio da gravidez.

Estima-se que cerca de duas em cada mil mulheres contraem a toxoplasmose durante a gravidez. Em cerca de 30 a 40% dos casos, a infecção é transmitida ao bebê, causando problemas de gravidade variável.

É seguro ingerir:

- legumes e verduras bem lavados
- verduras vendidas já higienizadas, lavadas novamente
- carnes e seus derivados bem cozidos
- leite de vaca e derivados pasteurizados

Alimentos que contêm grande quantidade de vitamina A
Este grupo inclui:

- fígado
- produtos derivados do fígado, como patê ou salsicha de fígado

Vitamina A em excesso pode trazer danos a um bebê em desenvolvimento no útero.

É seguro ingerir:

- outros tipos de carne que não o fígado
- patês vegetais enlatados ou tratados com UHT

Peixes que contêm níveis relativamente altos de metilmercúrio
O peixe costuma ser considerado um alimento saudável, rico em proteínas e com baixa quantidade de gorduras saturadas. Os óleos de peixe são uma boa fonte de gorduras não-saturadas e são ricos em ácidos graxos essenciais, então são uma boa es-

colha durante a gravidez. A Food Standards Agency do Reino Unido sugere que as pessoas consumam "pelo menos duas porções de peixe por semana, sendo que um deles deve ser um peixe oleoso, já que traz grandes benefícios à saúde. Eles contêm, por exemplo, nutrientes que protegem contra problemas coronarianos".

No entanto, também há um porém quanto a peixes oleaginosos durante a gravidez. Os peixes gordos costumam conter quantidades elevadas de mercúrio, e o mercúrio pode afetar o desenvolvimento do sistema nervoso do bebê. Por essa razão, quando você está grávida deve evitar comer os peixes das posições mais elevadas na cadeia alimentar, pois eles comem outros peixes, e o mercúrio dos peixes menores fica concentrado nos maiores, como estes:

- cação
- peixe-espada
- marlim

É seguro ingerir:

- peixes brancos, tais como bacalhau, hadoque e linguado; são peixes que estocam o óleo no fígado e não nos tecidos do corpo, como os peixes oleosos, então você pode ingeri-los sempre que quiser
- cavala, arenque, sardinha, truta e salmão
- não há problema com o atum, mas não consuma mais do que duas latas médias (200 g) ou um filé de atum fresco por semana; isso equivale a mais ou menos seis sanduíches de atum ou três saladas de atum por semana

Alimentos que você talvez deva evitar

Existem certos alimentos com que você deve tomar cuidado durante a gestação, não porque possam causar danos ao bebê, mas porque podem provocar intoxicação alimentar. Como o seu sistema imunológico fica debilitado na gravidez, você talvez fique mais predisposta a sofrer esse tipo de intoxicação.

Alimentos que podem conter salmonela

Este grupo inclui:

- ovos crus ou qualquer comida que contenha ovos crus ou parcialmente cozidos, tais como maionese feita em casa, *mousses*, fios de ovos, manjares, pudins ou cremes de ovos e outras sobremesas feitas com ovos parcialmente cozidos, como *crème brûlée*
- carne de ave malpassada
- sorvete pastoso (como os vendidos em máquinas de sorvete)

A salmonela é um organismo muito comum que causa intoxicação alimentar, e pode deixar a pessoa bastante doente, com vômitos, diarréia e cólicas abdominais. É melhor se precaver contra a salmonela o tempo todo, mas especialmente durante a gravidez, já que ela pode causar desidratação.

É seguro ingerir:

- ovos cozidos o bastante para que tanto a clara quanto a gema fiquem sólidas; os ovos de tamanho normal devem ficar pelo menos sete minutos em água fervente; os ovos devem ser fritos de ambos os lados
- várias *mousses* e sobremesas prontas; verifique a embalagem para saber se elas são pasteurizadas (a pasteurização mata a salmonela)
- frangos e aves bem cozidos; verifique se as partes mais espessas estão bem passadas e se não estão vertendo nenhum tipo de caldo
- sorvete industrializado, incluindo os individuais

- maionese feita com ovos pasteurizados; a maionese de supermercado, em potes, costuma ser feita com ovos pasteurizados, portanto é segura. Verifique o rótulo e siga corretamente as instruções de conservação. A maionese fresca vendida em alguns estabelecimentos é estocada em refrigerador e tem validade bem curta. A não ser que seja possível verificar se ela leva ovos crus, é melhor evitar esse tipo de maionese durante a gravidez

Alimentos que podem conter bactérias da brucelose e outras bactérias

Existe a probabilidade de que os seguintes produtos contenham bactérias que podem causar intoxicação alimentar:

- leite cru ou não pasteurizado, inclusive leite de cabra
- iogurte não pasteurizado e outros alimentos derivados de leite não pasteurizado

É seguro ingerir:

- leite pasteurizado e leite UHT, de vaca ou cabra
- iogurtes simples e outros produtos derivados de leite pasteurizado

Mariscos crus

Os organismos mais comuns nos mariscos, salmonela e *campylobacter*, podem deixá-la doente, mas é pouco provável que afetem diretamente o seu bebê. Não é comum os mariscos conterem listeria.

É seguro ingerir:

- mariscos bem cozidos, servidos bem quentes; todas as bactérias morrem se o marisco for cozido de maneira adequada

Bebidas alcoólicas

Muita gente tem opinião bem firme: aconselham as mulheres a não beber nada de álcool durante a gravidez. Outras pessoas sugerem que não há problema em beber moderadamente. Mesmo os órgãos oficiais divergem uns dos outros: no Reino Unido, a Food Standards Agency recomenda que "a gestante não tome mais que uma ou duas doses de bebida alcoólica, uma ou duas vezes por semana", ao passo que o Royal College of Obstetricians and Gynaecologists recomenda às gestantes não beber mais do que um drinque simples por dia.

Também há o elemento cultural – por exemplo, nos EUA as pessoas desaprovam quando mulheres grávidas bebem em público, ao passo que na França elas são encorajadas a beber aquela taça de vinho ocasional.

E quem tem razão? Foram feitas várias pesquisas sobre a bebida e seus efeitos no bebê em desenvolvimento. Os pontos mais importantes são:

- Não existe evidência de que as mulheres que bebem menos do que dez unidades de bebida alcoólica por semana corram risco de dar à luz uma criança com problemas, contanto que a ingestão ocorra no espaço de alguns dias, e não de uma só vez.
- Pessoas que bebem freqüentemente – que tomam mais de dez unidades de bebida alcoólica por semana, mas não são alcoólatras – correm o risco de dar à luz um bebê com uma série de problemas conhecidos como Efeitos do Álcool no Feto, que incluem problemas coronarianos, alterações nos órgãos genitais e transtorno do déficit de atenção.
- As mulheres que bebem em grandes quantidades e são dependentes do álcool correm o risco de dar à luz um bebê com a Síndrome Alcoólica Fetal. O bebê pode ter problemas de crescimento, anomalias faciais e problemas no cérebro e em todo o sistema nervoso.

> ## Quanto é uma unidade?
>
> Para saber se está bebendo mais ou menos do que dez unidades por semana, você precisa saber como calcular uma "unidade":
>
> - um copo (280 ml) de cerveja fraca (teor alcoólico de até 5%) ou sidra
> - 140 ml de cerveja forte, escura ou clara
> - uma taça pequena de vinho
> - uma dose única de bebida destilada
> - um cálice pequeno de xerez
>
> As medidas caseiras costumam ser maiores que as usadas em bar ou restaurante. Se você bebe em casa e quer diminuir o consumo de álcool, utilize copos e taças menores e os encha somente até a metade.

Portanto, apesar de não haver provas de que pequenas quantidades de álcool não causam danos ao feto, o hábito de beber durante muito tempo e em grande quantidade certamente causará.

Se você tomar bebidas alcoólicas durante a gravidez, tenha em mente que todo e qualquer risco para o bebê é agravado pelo hábito de fumar, pelo uso de drogas ilegais e pela ingestão excessiva de cafeína.

Diminuindo o consumo de álcool

Cerca de metade das mulheres grávidas deixa de beber durante a gravidez. Para a maioria, é algo fácil e até mais simples do que apenas reduzir o consumo. Ser capaz de dizer "Não, obrigada. Estou grávida" significa que poucas pessoas vão insistir em fazê-la beber se você não quiser. Se você quer reduzir o consumo, muitas mulheres conseguem lidar com a estratégia do "uma ou duas unidades, uma ou duas vezes por semana". Talvez você queira tomar um copo de cerveja ou vinho sexta à noite, no almoço de domingo, ou quando encontrar os amigos depois do trabalho. Pense nas ocasiões em que seria mais proveitoso tomar uma ou duas unidades e planeje sua semana.

Em alguns ambientes, talvez seja mais difícil reduzir o consumo social de álcool. Se você trabalha com entretenimento, ou os seus amigos costumam se encontrar num bar ou numa casa de vinhos, talvez seja difícil evitar completamente a bebida. Mas existem algumas dicas úteis para contornar o problema:

- peça um drinque especial para você, prefira água tônica normal com gelo e limão, em substituição ao gim-tônica
- peça uma bebida bem diluída, como vinho branco com água com gás, e tome em goles bem pequenos
- alterne a bebida com refrigerantes, e tome a bebida alcoólica em pequenos goles para fazê-la durar mais

Se você sentir falta do álcool, talvez seja porque a bebida representava a chance de se desligar da rotina e relaxar depois de um dia cansativo. Tente substituir a costumeira taça de vinho ou bebida destilada por um refresco ou refrigerante que pareça especial. Faça um *Virgin Bloody Mary* (*Bloody*

Mary sem álcool), ou experimente um licor diferente, como o de sabugueiro, com bastante água com gás, gelo e uma rodela de limão, como um mimo para você.

Algumas mulheres que tinham o hábito de beber muito antes da gravidez talvez achem muito difícil a abstinência ou a diminuição do consumo de álcool. Se você for uma delas, converse com o seu médico ou sua obstetriz e peça ajuda.

A reação das outras pessoas

Às vezes, outras pessoas teimarão em desafiá-la por causa da sua escolha. As pessoas tendem a ter opiniões bem fortes quando o assunto é álcool. Por exemplo, se você escolheu beber moderadamente, o seu parceiro ou sua mãe podem achar que você não deveria beber de jeito nenhum, e podem ficar o tempo inteiro lembrando-a disso. Por outro lado, especialmente quando você está num grupo de pessoas, os outros podem perceber a sua abstinência como uma crítica ao hábito que eles mesmos têm de beber.

Se você estiver nas primeiras semanas de gestação e não quiser dizer às pessoas que está grávida, ou que está tentando beber menos, pode dar outras desculpas:

- está tentando perder peso, então decidiu parar de beber durante algumas semanas
- está tomando medicamentos que não permitem que você beba
- ofereceu-se para ser a motorista da noite e levar todo o mundo para casa

Pergunta: Bebi muito antes de saber que estava grávida. Será que isso causou danos ao meu bebê?

Daphne Metland responde: Muitas mulheres ficam preocupadas porque beberam muito, antes de se darem conta da gravidez, e isso já aconteceu com várias mulheres ao longo dos anos. Às vezes uma noite divertida, com bebida, pode até fazê-la engravidar se você se esquecer de usar um método contraceptivo... No entanto, as chances de o álcool afetar o seu bebê, mesmo que você tenha ficado bêbada, são muito pequenas. Se isso aconteceu com você, converse com seu médico ou sua obstetriz, caso esteja preocupada, mas não deixe que a memória desse único dia ou noite estrague a felicidade trazida pela gravidez.

Cafeína

A cafeína é um estimulante que existe naturalmente em vários alimentos, tais como o café, o chá e o chocolate. Também é adicionada à fórmula de alguns refrigerantes e às chamadas "bebidas energéticas". Seria bom controlar o consumo de cafeína durante a gravidez. Embora as evidências sejam conflitantes, acredita-se que uma alta dose de cafeína, especialmente se acompanhada de cigarro, esteja associada com baixo peso do recém-nascido e, em alguns casos, aborto espontâneo.

O consumo de cafeína não tem relação com partos prematuros, e vários estudos indicam que a cafeína não é teratogênica (isto é, não causa defeitos no feto). No entanto, os bebês recém-nascidos de mães que consumiram excesso de cafeína durante a gravidez apresentam "sinais de retrocesso": irritabilidade, inquietação e vômitos. Outro estudo demonstrou que o bebê pode ter tremores ou batimentos cardíacos irregulares.

A maioria dos problemas ocorre quando o consumo de cafeína é superior a 300 mg por dia. Assim, se você gosta de tomar uma xícara de café pela manhã, não há razão para eliminar o hábito por completo. Se você bebe mais de quatro xícaras por

Quanta cafeína você pode consumir?

300 mg de cafeína corresponde mais ou menos a:

- 4 xícaras médias ou 3 canecas médias de café instantâneo
- 3 xícaras médias de café feito com pó de café
- 6 xícaras médias de chá-preto ou chá-mate
- 8 latas de refrigerante de cola normal
- 4 latas de "bebidas energéticas"
- 400 g (8 barras de 50 g) de chocolate

Quanto de cafeína existe em cada alimento?

- xícara média de café instantâneo: 75 mg
- caneca média de café: 100 mg
- xícara média de café feito com pó de café: 100 mg
- xícara média de chá-preto ou chá-mate: 50 mg
- refrigerante de cola comum: até 40 mg
- bebida energética comum: até 80 mg
- barra de chocolate comum: até 50 mg
- xícara média de café descafeinado: 5 mg

dia, no entanto, talvez seja bom reduzir a quantidade. Veja o quadro acima para saber quanto de cafeína corresponde exatamente a 300 mg.

Existem outros bons motivos para diminuir o consumo de cafeína:

- grandes quantidades podem causar insônia, nervosismo e dores de cabeça
- a cafeína é diurética, o que faz com que seu organismo elimine água e cálcio
- a cafeína impede o seu corpo de absorver ferro, caso você a consuma uma hora antes ou depois de uma refeição

Mas lembre-se: se você não bebe ou fuma, é pouco provável que o consumo de cafeína cause problemas para você ou para o seu bebê.

Amendoim

Talvez alguém a tenha aconselhado a evitar comer amendoim durante a gravidez e não saiba o motivo disso: porque alguns bebês e crianças podem desenvolver uma alergia repentina e séria a amendoim. Há maiores chances de o seu bebê desenvolver essa alergia se você, o pai do bebê, o irmão ou a irmã tiver alergias, inclusive as seguintes:

- asma
- eczema
- rinite alérgica

Se existir um histórico de alergias na família, seria uma boa idéia evitar o consumo de amendoim e de produtos que o contenham durante a gestação, e também durante a amamentação. Isso inclui a manteiga de amendoim e também os amendoins crus. O óleo refinado de amendoim não parece oferecer riscos.

Verifique se há amendoim no cereal matinal, nos biscoitos, bolos, na granola e nas sobremesas industrializadas. Na Europa, a maioria dos supermercados deixa à disposição uma lista dos alimentos que contêm amendoim, e a maioria dos alimentos industrializados já o indica na embalagem.

Adoçantes artificiais

Os adoçantes artificiais passam por uma regulamentação rigorosa. O aspartame é um adoçante poderoso, aproximadamente 200 vezes mais doce que o açúcar, e é utilizado há anos em refrigerantes e outros alimentos de baixa caloria ou sem açúcar, no mundo inteiro. Às vezes as pessoas o chamam pelo nome da marca comercial, mas nas especificações de ingredientes ele pode aparecer como "aspartame" ou como "E 951".

Já se falou muito sobre os inconvenientes do uso de adoçantes artificiais, e muitas pessoas dizem que esses produtos causam problemas, mas há pouca evidência a respeito. A União Européia avaliou todas as evidências a esse respeito e chegou à conclusão de que eles não oferecem risco se consumidos dentro das quantidades recomendadas. Essas quantidades são determinadas com base no peso corporal. No caso do aspartame, você teria de consumir 14 latas de alguma bebida sem açúcar todos os dias para chegar a essa quantidade.

Se prefere tomar bebidas de baixa caloria ou usar adoçantes no chá ou café, mas fica preocupada com os adoçantes, você pode:

- escolher vários tipos de bebida que usam diferentes tipos de adoçantes, para reduzir o consumo de um só tipo
- alternar as bebidas *diet* com sucos de frutas e água com gás
- aos poucos, deixar de utilizar adoçantes nas bebidas quentes, ou substituí-los por açúcar durante a gravidez

Alimentos que podem ser suspeitos... mas são seguros

Mel

Não é muito bom dar mel para os bebês, e talvez seja essa a razão por que as gestantes se preocupam com seu consumo. Alguns tipos de mel contêm esporos de *botulinum*, o que pode causar um tipo de intoxicação alimentar bastante desagradável e às vezes letal. Os adultos não são afetados porque os ácidos presentes no seu trato digestivo impedem que os esporos produzam toxinas. As crianças abaixo de um ano de idade não lidam tão bem com esses esporos. É por isso que você não deve adicionar mel à comida do bebê nem à chupeta ou bico da mamadeira. No entanto, o mel é um alimento seguro durante a gravidez.

Soja

Alguns estudos com ratos e camundongos sugerem que os produtos derivados da soja podem afetar o bebê em desenvolvimento. A soja contém fitoestrogênios, que são semelhantes ao hormônio estrogênio. Mas a quantidade de fitoestrogênio nos alimentos é muito pequena, e é improvável que o consumo de soja possa afetar o bebê.

As mulheres de países como Japão e China têm o hábito de consumir grandes quantidades de soja e isso não parece afetar o desenvolvimento do bebê.

Probióticos

Todas as pessoas possuem bactérias benéficas no sistema digestivo. A quantidade varia de acordo com o estado geral de nossa saúde, nossa alimentação e a medicação que tomamos. Tomar antibióticos, por exemplo, tende a reduzir a quantidade de bactérias "boas" junto com as bactérias "ruins". Essas bactérias "boas" são chamadas de bactérias probióticas. Hoje em dia você pode comprar iogurtes e bebidas em que essas bactérias estão presentes.

Um pequeno estudo revelou que consumir alimentos probióticos durante a gravidez e a amamentação resultou numa diminuição de 50% nos casos de eczema em bebês.

Os probióticos são utilizados em algumas culturas há vários anos e, de acordo com um dos maiores fabricantes desses produtos com que conversamos, não há motivo para as mulheres grávidas não os consumirem.

Higienização dos alimentos

Durante a gravidez, o seu sistema imunológico fica debilitado e, portanto, você fica mais vulnerável a infecções. É por isso que você precisa tomar muito cuidado ao preparar os alimentos. É claro que o senso comum a respeito dos alimentos e de seu preparo é válido a qualquer momento, mas às vezes adotamos alguns hábitos ruins. Restabelecer alguns hábitos também será bom para quando o seu bebê nascer e você tiver que amassar as cenouras para a papinha...

As três regras de ouro para a segurança na alimentação são:

1. Lave as mãos

Este é o conselho mais simples e o mais importante. É um modo simples e eficaz de reduzir as infecções e proteger sua saúde. Corra para lavar as mãos:

- antes de manusear os alimentos
- depois de ir ao banheiro
- antes de comer
- depois de assoar o nariz
- depois de mexer com animais
- depois de mexer com a terra do jardim

2. Guarde os alimentos em local apropriado

- Mantenha os alimentos limpos, frescos e cobertos. Não guarde alimentos crus e cozidos juntos, e coloque sempre os alimentos crus na parte mais baixa da geladeira, para que eles não pinguem nos alimentos já prontos.
- Guarde os alimentos já embalados de modo seguro; os sanduíches para levar para o trabalho devem ser mantidos numa geladeira ou lancheira com uma bolsa de gelo.
- Verifique a "data de validade" dos alimentos e evite consumir qualquer alimento vencido.

3. Certifique-se de que a comida foi cozida por completo

Certifique-se de que as carnes e as aves estão bem passadas, sem nenhuma parte rosada ou vertendo qualquer tipo de suco. Carnes grelhadas como hambúrgueres e lingüiças podem parecer bem cozidas mas ainda estar meio cruas por dentro; corte no meio e continue cozinhando, se necessário.

Os pratos à base de carne que foi processada de algum modo (como salsichas ou tortas) oferecem maior risco, pois é comum as bactérias estarem no exterior das carnes. Quando você prepara um pedaço de carne ou um bife, elimina essas bactérias, mas quando a carne é picada ou moída e misturada as bactérias presentes irão misturar-se ao alimento, por isso é muito importante cozinhar o alimento por completo.

Tome cuidado ao reaquecer os alimentos; certifique-se de que a temperatura fique bem elevada para matar todas as bactérias. Essa medida é muito importante principalmente com alimentos congelados. Se você utilizar o microondas, lembre-se de que às vezes os alimentos ficam com algumas partes mais quentes que outras e a comida precisa ser remexida ou ficar no forno por mais tempo.

O primeiro trimestre

Bem-vinda à gravidez.

Durante o primeiro trimestre, o seu bebê passa de uma única célula microscópica para um ser humano completamente formado, com todos os principais sistemas de órgãos já no lugar. Com 12 semanas, o seu bebê estará com cerca de 70 mm de comprimento e seu peso estará entre 15 e 20 g.

Durante o primeiro trimestre, talvez você prefira não partilhar a notícia com mais ninguém além do seu parceiro e alguns amigos mais próximos. Muitas mulheres gostam de esperar até que o risco de aborto espontâneo diminua bastante, o que ocorre por volta da 12ª semana. Se decidir guardar a novidade para si mesma, talvez isso signifique que terá de achar alguma desculpa para todos aqueles bichos-papões do começo da gravidez, como enjôo e cansaço, e isso pode ser um pouco difícil.

Durante este trimestre, você também pode optar por fazer alguns exames pré-natais, que poderão dar-lhe mais informações a respeito de seu bebê; muitas mulheres preferem ter esse tipo de apoio nessa época da gestação.

Cuidados pré-natais

Muitas mulheres entram em contato com a obstetriz ou o médico bastante excitadas para dar a notícia da gravidez, mas só terão sua primeira consulta algumas semanas depois. Alguns médicos poderão marcar uma consulta logo que você descobre que está grávida, para falar sobre a saúde no início da gravidez, o que pode ser de grande utilidade. No entanto, a maioria marca uma consulta mais tarde do que você espera. Isso ocorre em parte por tradição; no passado, as mulheres não tinham certeza de que estavam grávidas até perceber que não tinham menstruado por dois meses seguidos, então a época habitual para uma consulta com o médico era por volta da 12ª semana. Hoje, com os testes de gravidez quase imediatos, já podemos saber logo do resultado.

É claro que você pode marcar uma consulta com o médico ou a obstetriz sempre que não se sentir bem ou estiver preocupada com algum aspecto da gravidez.

Quando ligar para o médico ou para a obstetriz

Talvez você queira marcar uma consulta com seu médico se:

- acha que gostaria de fazer um exame de translucência nucal, que é feito geralmente por volta da 11ª-14ª semanas (veja a página 56)
- deseja fazer uma biópsia do vilo coriônico (AVC), geralmente entre a 10ª e a 13ª semanas (veja a página 58)
- já possui um problema de saúde que pode afetar a gravidez
- está tomando medicação de longa duração que pode afetar o bebê

- já teve abortos espontâneos e deseja certificar-se de que tudo está bem ou fazer um ultra-som
- tem algum sangramento vaginal, mesmo que discreto

Mais para o fim do primeiro trimestre, talvez o médico a aconselhe a fazer um ultrasom para determinar a data do parto.

Obedeça aos seus instintos quando quiser ligar para o seu médico durante esse trimestre. Se estiver preocupada consigo ou com o bebê, você precisará de aconselhamento.

Ligue para o seu médico e marque uma consulta para o mesmo dia se tiver qualquer um dos seguintes sintomas:

- **Febre:** se a sua temperatura estiver acima de 37,5°C, ligue para o seu médico e marque uma consulta para o mesmo dia. Provavelmente você está com alguma infecção. O seu médico certamente irá prescrever antibióticos e pedir que você fique em repouso. Se a sua temperatura permanecer acima de 38,9°C durante muito tempo no início da gravidez, isso pode trazer danos ao bebê. Assim, é importante abaixar a temperatura corporal.
- **Sangramento intenso e recente**, acompanhado ou não de dor: precisa ser verificado imediatamente, pois pode se tratar de um aborto espontâneo (veja a página 408) ou de uma gravidez ectópica (veja a página 411).
- **Dor acompanhada ou não de sangramento**, especialmente se começa de um lado e se espalha pelo abdômen; pode ser indício de gravidez ectópica (veja a página 411).
- Você sofreu um **acidente ou queda**, ou levou uma pancada na barriga; o seu bebê está bem protegido, mas você pode ter tido seqüelas. Se você se machucou e precisa ser tratada, vá para um hospital ou chame uma ambulância.

Ligue e marque uma consulta para o dia seguinte se você:

- **Está vomitando muito**, mais de duas ou três vezes por dia; você pode ficar desidratada, e isso pode fazer com que se sinta muito mal.
- **Está tendo tontura ou desmaios**, principalmente se isso ocorre com muita freqüência: talvez esse estranho acesso de desmaios aconteça apenas porque você está sentindo muito calor ou não comeu, mas se acontece com freqüência é preciso verificar a causa.

Comunique seu médico ou sua obstetriz na próxima consulta se você tem:

- **Qualquer sangramento vaginal** (suficiente para manchar a calcinha) sem dor: pode ser apenas o sangramento decorrente da implantação do óvulo (veja a página 51). Fique alerta e fale sobre o ocorrido com sua obstetriz na próxima consulta.

Alimentação

A cada trimestre, certos nutrientes tornam-se mais importantes do que outros para o crescimento e desenvolvimento do seu bebê. Isso não significa que você não precisa deles em outras épocas, mas você pode fazer um esforço para comer certos alimentos que os contenham sempre que puder.

Nesse estágio inicial da gravidez, você deve dar prioridade à qualidade, não à quantidade. Você ainda não precisa de calorias extras, mas certifique-se de que todos os alimentos consumidos estejam suprindo suas necessidades nutricionais. O modo mais fácil de conseguir isso é consumir uma ampla variedade de alimentos, com muitas frutas e vegetais todos os dias.

Você deve se concentrar principalmente em um nutriente: o ácido fólico. Essa vitamina é muito importante, pois pode evitar o surgimento de anomalias sérias no bebê.

Ácido fólico

Você deve consumir mais ácido fólico (também chamado de vitamina B9 ou folato, naturalmente presente em alimentos como folhas verdes e feijão-verde) nos primeiros três meses de gestação.

Por que o ácido fólico é essencial

Nas primeiras semanas, o embrião gera três camadas de células: a camada interna formará os sistemas digestivo e urinário; a camada do meio formará os ossos, os músculos, o coração e os vasos sangüíneos; e a camada externa formará o **tubo neural**, a partir do qual se desenvolverão o cérebro, a medula espinhal, o sistema nervoso, os olhos e ouvidos. Se o tubo neural não se formar corretamente, poderá surgir alguma anomalia quando o bebê nascer, como espinha bífida (que significa, literalmente, "espinha dividida"), um problema que deixa parte da medula e dos nervos exposta. Não se sabe o número exato de bebês que sofrem de defeitos do tubo neural (DTN), mas estima-se que seja por volta de 600 a 1.200 por ano no Reino Unido e 0,8 a 1,8 em cada 1.000 partos no Brasil.

Um DTN pode ter um grande impacto sobre a criança, geralmente resultando em paralisia abaixo do ponto em que se apresenta na medula. Os bebês que nascem com casos severos de espinha bífida talvez não consigam andar ou controlar a bexiga ou o intestino. Alguns também podem ter hidrocefalia (acúmulo do líquido cérebro-espinhal causado por um desequilíbrio na produção e drenagem desse líquido; isso pode causar danos cerebrais).

O ácido fólico é essencial porque auxilia o desenvolvimento adequado do tubo neural. Apesar de haver outros fatores que causam DTN, além da deficiência de ácido fólico, o aumento do consumo dessa vitamina elimina cerca de 2/3 das chances de seu bebê desenvolver um DTN.

Que quantidade ingerir?

Recomenda-se às mulheres que estão tentando engravidar uma dose diária de 400 mcg durante pelo menos um mês antes da concepção e durante as primeiras 12 semanas de gestação.

O "folato" é um termo geral usado para descrever tanto os folatos naturais presentes nos alimentos como o ácido fólico sintético, forma usada como suplemento vitamínico e reforço dos alimentos. Ambas as formas possuem a mesma função vitamínica. No entanto, é difícil obter quantidade suficiente de folato para proteger o bebê caso você tenha uma dieta comum. É necessário tomar uma dose extra de 400 mcg por dia para minimizar os riscos de DTN. No Reino Unido, as pessoas em geral obtêm de sua alimentação cerca de 250 mcg de ácido fólico por dia (cerca de 1/3 da dose recomendada). Além disso, hoje em dia considera-se que a biodisponibilidade de ácido fólico (ou seja, o que seu organismo consegue absorver e utilizar) é quase duas vezes maior que a dos folatos presentes naturalmente nos alimentos.

Se você está procurando uma vitamina, vai verificar que as quantidades de ácido fólico podem ser designadas de diversas maneiras:

- 400 mcg (microgramas)
- 400 mg (medida internacional)
- 0,4 mg (miligramas)

Todas elas significam a mesma coisa.

No Reino Unido, você pode comprar o suplemento de ácido fólico em farmácias, lojas de produtos naturais e supermercados. No Brasil, costuma ser prescrito pelos médicos durante o pré-natal, e só é vendido em farmácias. Vale a pena conversar com seu médico sobre isso.

Consumir a quantidade correta de ácido fólico durante muitos meses enquanto você está tentando engravidar não causará nenhum dano. Se você está tomando algum suplemento polivitamínico, verifique o rótulo: talvez ele contenha ácido fólico, mas geralmente não na quantidade que você precisa. No entanto, tomar muito ácido fólico pode interferir na absorção de zinco pelo organismo. Não consuma além da dose diária recomendada, a não ser devido a circunstâncias especiais (veja abaixo). Neste caso, você deve primeiro falar com o seu médico.

As mulheres que precisam tomar uma dose diária maior de ácido fólico são as que:

- já tiveram um bebê com DTN
- têm, elas mesmas, DTN
- têm casos de DTN na família
- têm um parceiro com caso de DTN na família

Em tais casos, aconselhamos que você tome uma dose diária de 5 mg de ácido fólico. Consulte o seu médico para ver se há necessidade de uma dose maior.

Alguns especialistas dizem que as mulheres com diabetes devem tomar uma dose maior, já que têm maiores chances de dar à luz um bebê com anomalias, incluindo DTN (veja a página 381). Para mais informações, converse com o seu médico ou sua obstetriz, ou entre em contato com a Sociedade Brasileira de Diabetes no site www.diabetes.org.br.

Se você é epiléptica e toma medicamentos para controlar o problema, converse com o seu médico sobre a quantidade de ácido fólico que deve tomar, já que sua medicação pode afetar a quantidade necessária.

Boas fontes de folatos

Durante a gestação, recomenda-se o consumo de alimentos com grande concentração de folatos, além de suplementos de ácido fólico. Isso porque as principais vitaminas e minerais em sua forma natural geralmente são acompanhadas de outros nutrientes dos quais necessitamos apenas em pequenas quantidades (oligoelementos) para maximizar o efeito do nutriente principal. Não sabemos ainda se este é o caso dos folatos, mas é uma boa idéia incluir em sua alimentação boas fontes naturais deles, além de tomar os suplementos. As melhores fontes são as que aparecem no início da seguinte lista:

- vegetais e folhas verdes, principalmente couve-de-bruxelas, espinafre, brócolis e aspargo
- outros vegetais como feijão-verde, batata, repolho, ervilha, couve-flor e abacate
- laranja, outras frutas cítricas e suco de laranja
- cereais matinais enriquecidos com ácido fólico (nem todos o são; verifique as informações da embalagem)
- levedo e extrato de carne
- gérmen de trigo

Alguns autores e *websites* americanos afirmam que o fígado é uma boa fonte de folatos.

Outros alimentos que contêm folatos:

- ovos
- morango
- lentilha, feijão, grão-de-bico
- sementes de girassol
- iogurte
- leite

Maneiras fáceis de aumentar o consumo de folatos

- beba um copo de suco de laranja (congelado, em caixinha ou de frutas frescas) no café da manhã

- coma cereais matinais vitaminados todos os dias
- prefira o pão com fibras ou algum tipo de pão que contenha ácido fólico (verifique a embalagem)
- coma duas porções de vegetais junto com sua refeição principal, sendo que uma delas deve ser composta de ervilhas, feijões, couve-flor, couve-de-bruxelas, repolho, espinafre ou brócolis
- se você precisar fazer um lanche, coma um punhado de amêndoas e uva-passa do tipo Thompson
- experimente homos com vegetais como prato principal ou entrada do almoço

Se você comer cereais vitaminados no café da manhã e tomar um copo de suco de laranja, estará consumindo cerca de 1/3 da quantidade diária recomendada. No almoço, coma um sanduíche de pão integral com ovo cozido (duro) e agrião, e um iogurte. À noite, uma batata assada com feijão e uma salada mista. Com esse cardápio, você obterá a quantidade necessária de folatos.

Cinco boas fontes de folatos para as vegetarianas:

- grão-de-bico ao *curry*
- salada de diferentes tipos de feijão
- quiche de brócolis e queijo
- castanhas e variados tipos de nozes
- *biriani* de legumes (prato indiano)

Agrião, tomate, cebolinha, pimentão verde e vermelho, erva-doce, abacate e alface contêm algum folato. Portanto, se você fizer uma bela salada para acompanhar sua refeição principal todos os dias, isso aumentará a oferta de folatos na sua alimentação.

Quanto mais tempo os vegetais e as frutas ficarem estocados, menor será sua quantidade de folatos, portanto tente comprar e utilizar alimentos sempre bem frescos. Os folatos também são facilmente destruídos quando são cozidos, e perdidos na água usada para cozer os vegetais. Assim, para conseguir a quantidade máxima de folatos, você deve:

- guardar os vegetais na geladeira e usá-los assim que os comprar
- consumir frutas e vegetais crus, sempre que possível (bem lavados)
- ferver, refogar ou cozinhar os vegetais no vapor em uma quantidade mínima de água

Você não precisa de uma dieta especial para consumir a quantidade certa de folatos. A escolha sensata de alimentos é suficiente para suprir suas necessidades.

Vitamina A

Todos nós precisamos de pequenas quantidades de vitamina A para manter a pele saudável e para auxiliar o combate a infecções. Esta vitamina também é importante para o crescimento e o desenvolvimento dos ossos.

A vitamina A auxilia na formação do trato gastrointestinal e dos pulmões do bebê no primeiro trimestre de gestação.

Existem dois tipos de vitamina A: o retinol e o caroteno. Excesso de retinol pode ser prejudicial ao bebê em gestação e causar anomalias. É por isso que é comum aconselhar as grávidas a não comer fígado em demasia, pois ele contém níveis elevados de vitamina A (veja a página 10). Se você quer tomar um suplemento vitamínico, evite aqueles que contêm vitamina A na forma de retinol. Não há problema com a vitamina A em forma de caroteno – e geralmente é esse o tipo utilizado nos suplementos específicos para a gravidez.

Você precisa de 0,6 mg de vitamina A por dia. O que você come diariamente certamente já tem uma boa quantidade da vitamina A. As boas fontes de vitamina A são:

- damasco
- figo e outras frutas secas
- melão cantalupo
- manga
- ameixa
- feijão-verde e broto de feijão
- batata-doce
- cenoura
- abóbora
- espinafre
- leite, queijo, iogurte

Magnésio

O magnésio é essencial para o desenvolvimento e a saúde dos músculos, e também auxilia na produção e restauração de tecidos. Os seus níveis de magnésio no primeiro trimestre de gestação influenciam o crescimento e o peso do bebê ao nascer.

As mulheres em geral precisam de cerca de 270 mg de magnésio por dia. Durante a gravidez, você precisa de um pouquinho mais. Você obtém essa quantidade extra de magnésio se consumir um punhado de amêndoas ou diferentes tipos de nozes, uma fatia de pão integral ou uma porção de homos.

Algumas boas fontes de magnésio:

- nozes, especialmente castanha-do-pará, amêndoas e castanha de caju
- folhas como alface e agrião
- soja em grãos
- cereais integrais
- sementes de girassol e de abóbora, gergelim e pasta de gergelim (*tahine*)

Vitamina C

A vitamina C ajuda a evitar infecções, auxilia na reconstrução de tecidos e na recuperação de ferimentos. Também ajuda a prevenir a anemia. O seu bebê precisa de vitamina C para a formação de células e músculos.

As mulheres precisam em geral de cerca de 40 a 60 mg de vitamina C, e você obtém essa quantidade com um copo de suco de laranja, alguns morangos, uma tangerina, mexerica, ou uma porção de batatas, feijão-verde ou ervilhas. Se você é fumante, ou trabalha num local em que há fumantes, talvez precise de mais vitamina C.

É bem fácil conseguir a quantidade ideal de vitamina C em sua dieta, já que ela se encontra em vários alimentos, como:

- laranja, toranja (*grapefruit*), tangerina, mexerica e sucos de frutas
- kiwi
- cassis
- tomate
- goiaba e mamão papaia
- nectarina
- morango e framboesa
- batata
- pimentão
- verduras
- couve-de-bruxelas
- brócolis

Vitamina B12

Como o ácido fólico, a vitamina B12 é especialmente importante durante a gravidez, pois é essencial para a produção de novas células, para a formação de um sistema nervoso saudável e para a produção de ácidos graxos. Precisamos de quantidades bem pequenas, e acredita-se que as gestantes não precisem de nenhuma quantidade extra de vitamina B12.

Esta vitamina pode ser encontrada em alimentos de origem animal – carne vermelha, peixe, ovos e leite –, portanto é muito raro que as mulheres que consomem alimentos de origem animal tenham deficiência dela. Se você é vegetariana, mas consome queijo, leite e ovos, provavelmente já estará obtendo a quantidade suficiente desta vitamina. No entanto, as *vegans* (vegetarianas estritas), que não comem nada de origem animal, terão de tomar um suplemento satisfatório.

A vitamina B12 está disponível em:

- todos os tipos de carne, incluindo carne bovina, de porco e de carneiro
- sardinha, cavala e arenque
- ovos
- leite e queijo
- extrato de levedo (consuma no pão ou na torrada, ou adicione uma colherada às sopas e aos cozidos na hora de servir)

Alguns alimentos são enriquecidos com vitamina B12; os cereais matinais geralmente são acrescidos desta vitamina e às vezes os produtos da soja e o leite de soja também. Verifique na embalagem.

Lanchinhos

No primeiro trimestre, você provavelmente vai querer comer pequenas quantidades e com grande freqüência. Talvez isso aconteça porque é a melhor maneira de você afastar o enjôo, ou talvez seja apenas porque sente fome o tempo todo. Um lanche não precisa ser um pacote de batata frita ou um biscoito. Existem lanchinhos que não são apenas gostosos como também oferecem tantos benefícios nutritivos que você com certeza não sentirá nenhuma culpa se ceder à tentação:

- uma tigela de cereal matinal vitaminado com leite e frutas frescas fornece cálcio, ácido fólico e vitamina C
- um punhado de amêndoas e passas, para obter proteína e ferro
- damascos secos são excelentes quando você tem vontade de beliscar algo doce; são fonte de ferro e de fibras
- um pacote ou uma lata de sopa de vegetais fornece fibras, ácido fólico e também serve para aquecer nos dias frios

- sementes de girassol e de abóbora para beliscar enquanto estiver trabalhando em sua mesa ou no escritório; são fontes de proteína e de zinco
- torrada integral com mel é uma fonte de cálcio e dá energia para agüentar aquele cansaço do meio da tarde
- chocolate quente feito com leite semidesnatado é fonte de ferro, cálcio e proteína

Sexo

Se você estiver enjoada e muito cansada, o sexo provavelmente vai ser a última coisa em que você vai pensar neste primeiro trimestre. A sensibilidade excessiva dos seios também não ajuda muito. Se você se sentir bem, poderá continuar a ter uma vida sexual normal com o mesmo entusiasmo que a fez engravidar.

Os únicos motivos para evitar o sexo no primeiro trimestre são:

- se você teve abortos espontâneos antes; neste caso, talvez seja bom evitar relações sexuais na época em que você ficaria menstruada
- se você teve algum sangramento vaginal durante a gravidez atual; neste caso, talvez seja bom evitar o sexo com penetração durante o primeiro trimestre

O ato sexual não vai machucar o bebê. O colo uterino e o líquido amniótico o protegem das infecções. O seu útero está bem fundo em sua pélvis, portanto, mesmo que o seu parceiro fique sobre você, isso não será prejudicial.

Algumas mulheres simplesmente não sentem vontade de fazer sexo no primeiro trimestre. Lidar com todas as mudanças da gravidez pode fazer com que você se sinta bastante vulnerável. Vá com calma e concentre-se durante algum tempo nas conversas, no ato de ficar abraçada com seu parceiro e no sexo sem penetração. Alguns futuros papais também não sentem muita vontade durante o primeiro trimestre. Eles geralmente ficam preocupados com você, com o que você sente, e provavelmente também estão se adaptando à idéia de se tornar pais, então o sexo acaba não sendo uma de suas prioridades.

Sono

No começo da gravidez, talvez você fique com vontade de dormir durante muito tempo. Um bebê desenvolvendo-se dentro de você e todas as mudanças hormonais associadas acabam por fazer tantas exigências ao seu organismo que até o simples ato de ficar acordada parece impossível. Pode acontecer de você chegar do trabalho e ir direto para a cama. Isso é normal, e melhorará com o tempo.

Adquirir o hábito de tirar uma soneca durante o dia pode ajudar. Mesmo dez minutinhos na hora do almoço podem deixá-la pronta para enfrentar a tarde. Algumas mulheres precisam tirar alguns dias de licença do trabalho apenas para dormir o máximo que puderem. Se você se sente muito cansada, converse com o seu médico sobre a possibilidade de tirar uma licença médica por mais ou menos uma semana, ou converse com seu chefe para ajustar as horas de trabalho durante algum tempo. Nos fins de semana, reduza as atividades programadas e tente dormir o máximo que puder.

Se você costuma dormir de barriga para baixo, talvez perceba que os seus seios, que estão crescendo, estão sensíveis e podem doer todas as vezes que você se virar. Tente usar um sutiã leve à noite. Se tiver um cobertor extra, coloque-o sob o lençol para deixar o colchão mais macio.

Talvez você acorde para ir ao banheiro no meio da noite, mas a maioria das mulheres consegue voltar a dormir, já que se sentem exaustas. Se não conseguir, levante-se e tome alguma bebida quente, leia um pouco e tente dormir de novo.

Mês 1

Uma coisa maravilhosa sobre o 1º mês

1 Você conseguiu engravidar!

O primeiro mês

Desde o momento da concepção até o nascimento, ou seja, cerca de 38 semanas, o seu bebê cresce e se desenvolve. Mas, neste livro, nós falaremos da gravidez em termos de 40 semanas, assim como o seu médico e a equipe falam. Por mais estranho que pareça, a sua gestação passa a contar a partir do primeiro dia da última menstruação. O motivo por que esse método é tão popular é que, enquanto a maior parte das mulheres não sabe o dia exato em que engravidou, é muito mais provável que saiba exatamente qual foi o primeiro dia da sua última menstruação – portanto esse é um ponto de referência útil.

Isso significa que, quando perceber que sua menstruação atrasou, você estará "grávida de quatro semanas", embora seu bebê esteja crescendo há apenas duas. O que acontece de verdade na "primeira semana" é que você está tendo a última menstruação durante algum tempo, e na "segunda semana" o seu corpo começa a produzir os hormônios que irão amadurecer o óvulo que se tornará o bebê.

Talvez você nem se dê conta do primeiro mês de gravidez – quando as mulheres percebem que estão grávidas, o primeiro mês já passou. Mesmo assim, muita coisa acontece durante esse tempo, e em vários aspectos as primeiras 12 semanas de gravidez são as mais importantes, pois é nesse período que o seu bebê desenvolve todos os principais órgãos e sistemas.

Saber disso pode ser um grande fardo de responsabilidade. Muitas mulheres entram em pânico – um mundo que parecia seguro e comum há um segundo agora parece repleto de perigos à espreita. Será que o desenvolvimento do seu bebê será afetado se você beber demais, se esquecer de raspar o pesticida das cenouras ou pintar as unhas dos pés? Tratamos da segurança alimentar em **Alimentando-se bem na gravidez** (veja a página 5), e outros itens que costumam causar preocupações são tratados em **O que é seguro, o que não é**, ao fim do livro (veja a página 355).

Como o bebê começa a se formar

Todos os meses o seu *útero* – o músculo liso em forma de pêra que será o lar para o seu bebê em crescimento – produz um revestimento espesso chamado de *endométrio*. Este será o primeiro sistema de apoio para o novo bebê, se houver uma fecundação. Se não houver, esse revestimento será eliminado na perda de sangue conhecida como menstruação.

Assim que a menstruação termina, o seu organismo entra novamente em ação. Em um dos seus dois *ovários*, que têm mais ou menos o tamanho de uma noz e ficam um de cada lado do útero, começam a amadurecer alguns óvulos. Cada ovário contém vários *folículos*, pequenas bolsas onde os óvulos estão alojados. A cada mês (aproximadamente), os hormônios fazem com que vários folículos amadureçam, embora,

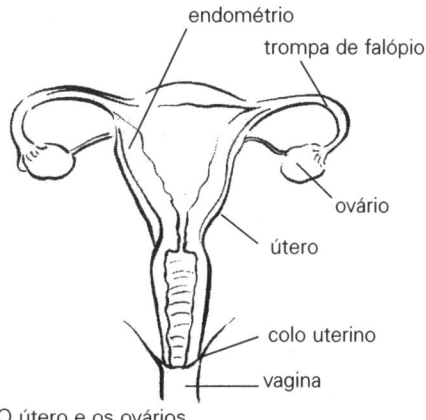

O útero e os ovários

geralmente, apenas um deles se rompa para liberar um óvulo. À medida que amadurecem, os folículos produzem cada vez mais *estrogênio*. Este hormônio faz com que o endométrio seja novamente construído no útero.

Se contarmos o primeiro dia da sua última menstruação como o Dia 1, então, por volta de 14 dias após a sua última menstruação, você irá *ovular*, ou seja, um óvulo será liberado de um de seus ovários. O dia exato da ovulação pode variar de acordo com a duração do seu ciclo. Assim que é liberado, o pequeno óvulo desce lentamente através da *trompa de falópio* até o seu útero.

Às vezes os ovários liberam mais de um óvulo, e neste caso você terá a chance de conceber gêmeos (ou trigêmeos, com três óvulos, e assim por diante). No entanto, em cada ejaculação o seu parceiro produzirá milhões de espermatozóides.

O *colo do útero* geralmente fica protegido por um muco espesso e pegajoso, mas, à época da ovulação, este fica mais fino para facilitar o acesso do espermatozóide até o óvulo.

Concepção

Se você fizer sexo com o seu parceiro nos dias próximos à ovulação, milhares de espermatozóides estarão à espera do óvulo na hora em que ele descer pela trompa de falópio. Nem todos os espermatozóides chegarão tão longe em sua jornada até o óvulo, e apenas um deles vencerá a corrida e penetrará no óvulo. Este momento é chamado de *concepção*. As "barreiras" do óvulo fecham-se imediatamente, o que impede que outros espermatozóides penetrem. Agora existe uma célula com dois núcleos. Logo esses núcleos se fundem para formar uma única célula. É essa única célula que irá formar o seu bebê, dentro das 38 semanas seguintes.

Em primeiro lugar, no entanto, o *zigoto* – o termo científico para essa célula única – continua sua jornada através da trompa de falópio. Ele se divide em duas células. Essas duas células se dividem em duas. As quatro células se dividem... e, assim que atingem esse estágio multicelular, recebem o nome de *blastocisto* ou *embrião*. Leva cerca de quatro dias para o embrião chegar até o útero, onde o endométrio, já prevendo sua chegada, fica cada vez mais espesso para, assim, tornar a implantação mais segura.

O começo da gravidez

O embrião implanta-se no endométrio, geralmente perto da parte de cima e mais anterior do útero. Nesse estágio, ele já tem cerca de 200 células. Algumas mulheres têm um leve sangramento devido à implantação do embrião. Pode ser que você perceba em sua calcinha uma pequena mancha de cor rosada ou marrom, e também sinta um pouco de cólica. Mas provavelmente achará que nada está acontecendo ou que isso é algum tipo de menstruação atrasada.

A parte interior do embrião é o que se transformará no seu bebê. Duas membranas são formadas na parte exterior: o âmnio e o córion. Primeiro, o *âmnio* forma-se em volta do embrião. Essa membrana transparente produz e armazena o líquido amniótico, que é morno e envolverá e protegerá o bebê. Em seguida, é formado o *córion*. Essa membrana circunda o âmnio e dá origem à *placenta*, um órgão especial que é conectado ao embrião pelo cordão umbilical. A placenta se tornará a interface entre você e seu bebê, e irá sustentar e alimentar o bebê durante a gestação.

Juntas, essas membranas formam o saco *amniótico*, de parede dupla, que é o que envolve o líquido amniótico e o seu bebê.

O saco amniótico é formado cerca de 12 dias após a concepção e começa a se encher de líquido amniótico imediatamente. Até esse estágio, o embrião pode dividir-se em gêmeos ou trigêmeos, mas depois dele isso não é mais possível.

O saco vitelino aparece cerca de três semanas após a concepção: ele produz células sangüíneas até que o embrião esteja suficientemente desenvolvido para produzi-las sozinho.

À medida que o embrião se aloja, ele constrói *vilos* (prolongamentos) que saem da base da placenta em formação para se fixar na parede do útero. Esses vilos absorvem os nutrientes e o oxigênio do sangue da mãe. Nesse estágio, o embrião é pequeno – apenas cerca de 1 mm de comprimento. Três camadas diferentes de células estão se formando: a partir da ectoderme serão formados o cérebro, o sistema nervoso, a pele e os cabelos; da endoderme serão formados os órgãos digestivos; e da mesoderme os ossos, músculos, o sangue e o tecido conjuntivo.

Os seus ovários começam a produzir o hormônio progesterona em maior quantidade, o que ajuda a deixar o endométrio espesso. (A placenta assumirá essa função entre a 8.ª e a 12.ª semanas de gestação.) Os níveis de estrogênio também ficam elevados, e o efeito conjunto dessas mudanças hormonais faz algumas mulheres perceberem que *alguma coisa* está acontecendo. Outras não se sentem nem um pouco diferentes, mesmo que fiquem de olho para ver se percebem os primeiros **sinais de gravidez**.

Cerca de dez semanas após a fertilização, a placenta está completamente formada e funcionando. Entre a 12.ª e a 20.ª semanas de gravidez, a placenta pesa mais que seu bebê. Ela assegura que o sangue do bebê e o seu não se misturem. Eles ficam separados por uma fina membrana que permite que os nutrientes e o oxigênio atravessem para chegar até o bebê em formação, e também que as excreções sejam eliminadas.

Sinais de gravidez

Você pode querer, esperar, desejar... mas geralmente o primeiro sinal de que algo está acontecendo é quando sua menstruação não chega. Pode ser que você também perceba um estranho gosto metálico na boca, ou um desejo repentino de comer *donuts* no café da manhã. Outros sinais do início da gravidez são facilmente (e às vezes cruelmente, se você estiver tentando engravidar) confundidos com a iminente chegada da sua menstruação. Eles incluem:

- seios sensíveis e doloridos
- cansaço
- aversão a coisas de que você geralmente gosta, como por exemplo bebidas alcoólicas, cigarros ou cebola frita
- enjôo e náusea; para algumas mulheres, os enjôos podem começar muito cedo

Talvez você também perceba que precisa urinar com mais freqüência.

É claro que a maneira mais fácil de descobrir se você está grávida é fazendo um **teste de gravidez**.

Testes de gravidez

Você pode comprar um kit na farmácia ou visitar seu médico e pedir que ele solicite um exame para você. Os exames de sangue em geral são mais sensíveis (ficam positivos mais cedo) e mais precisos.

Como o teste de gravidez funciona

Logo depois que o embrião se implanta no endométrio, seu organismo começa a produzir um hormônio chamado gonadotrofina coriônica humana (hCG). Um teste de gravidez verifica se esse hormônio está presente na sua urina.

Os testes têm precisão de 97%, mas existe uma margem de erro, e é por isso que alguns *kits* vêm com dois testes. Outra razão para fazer o teste duas vezes é quando o seu primeiro teste dá negativo mas ainda assim a sua menstruação não vem. O hCG geralmente é detectado em casa, com um teste de gravidez feito no primeiro dia em que sua menstruação não veio, mas, se você obtém inicialmente um resultado negativo, pode ser que o hCG ainda não tenha atingido o nível em que pode ser detectado pelo teste. (Você pode, por exemplo, ter ovulado mais tarde do que de costume nesse ciclo menstrual.) Por essa razão, faça o teste de manhã, assim que acordar, quando a sua urina está mais concentrada. Se você vir uma linha fraca no seu primeiro teste, isso significa que o nível de hCG ainda está baixo. Como dissemos, isso pode acontecer porque sua ovulação se deu mais tarde do que você imaginou.

No entanto, uma das descobertas que surgiram como resultado dos testes de gravidez de grande precisão foi o número de mulheres que têm um resultado positivo, mas ainda assim ficam menstruadas depois. Estima-se que uma em cada cinco gestações termina com um aborto espontâneo. No passado, a mulher não tinha nenhuma maneira de saber se estava grávida e, em geral, iria simplesmente atribuir o que estava experimentando a uma menstruação atrasada, e não a um aborto espontâneo precoce.

Se isso acontecer com você, pode ser algo bastante perturbador. No entanto, lembre-se de que a maioria das mulheres que têm um aborto espontâneo uma vez pode ter outras gestações e bebês saudáveis.

Você pode saber mais sobre aborto espontâneo na página 408.

O que é determinado na concepção

O óvulo liberado de seus ovários possui um núcleo que contém 23 cromossomos, a metade necessária para formar um ser humano. O espermatozóide do seu parceiro fornecerá a outra metade.

Muitas características do seu bebê são determinadas no momento da concepção, pelos genes herdados pelo bebê. Uma das coisas que são determinadas pelos genes do bebê é se ele será **uma menina ou um menino**. Outra coisa que também é decidida logo após a concepção é se você terá **gêmeos ou mais**, apesar de você provavelmente ainda demorar algum tempo para descobrir.

Muitos pais preocupam-se com o fato de o bebê poder apresentar algum problema genético, como a síndrome de Down, e isso também é determinado na concepção. Você encontra mais informações sobre esses problemas e os exames que podem identificá-los na página 80.

Menina ou menino?

Os cromossomos sexuais são chamados de X e Y. Os óvulos sempre contêm um cromossomo X. Se o espermatozóide que fertiliza o óvulo também tiver um cromossomo X, a combinação XX resultante dará uma menina. Se o espermatozóide tiver um cromossomo Y, a combinação XY resultante dará um menino.

O sexo do bebê é determinado no momento da concepção, e completado pelos efeitos causados por diferentes hormônios produzidos pelo bebê durante a gestação, embora possam passar muitos meses até você saber o sexo do bebê.

Se você fizer exames pré-natais específicos, tais como a AVC (Amostra do Vilo Coriônico) ou amniocentese, eles também poderão dizer-lhe com certeza se você vai ter um menino ou uma menina. Alguns pais gostam de saber com antecedência, outros preferem esperar pela surpresa.

Gêmeos ou mais

Cerca de uma em cada 80 gestações é naturalmente de gêmeos, e uma em cada 6.000 é de trigêmeos. Gestações múltiplas ocorrem com mais freqüência depois de um tratamento de fertilização, quando dois ou talvez mais embriões foram transferidos para o útero.

Existem – apropriadamente – dois tipos de gêmeos: os do primeiro tipo são **não-idênticos**, ou **dizigóticos** (que significa "de dois zigotos"). Esses gêmeos surgem a partir de dois óvulos diferentes (e os trigêmeos de três, ou mais). Cada gêmeo terá a sua própria bolsa amniótica (bivitelinos) e sua placenta. Cada óvulo é fertilizado por um espermatozóide diferente, e assim os bebês serão tão semelhantes ou dessemelhantes como quaisquer irmãos. Como cada espermatozóide carrega um cromossomo X ou Y, os gêmeos podem ser de sexos diferentes.

O segundo tipo, mais raro, são os gêmeos **idênticos**, ou **univitelinos** (que significa "de um zigoto"). Esses gêmeos são oriundos do mesmo óvulo. Logo após a fertilização, o zigoto divide-se e dá origem a dois ou mais bebês. Eles carregam os mesmos dados genéticos e, portanto, serão geneticamente idênticos. Por isso, os gêmeos idênticos são sempre do mesmo sexo. Os gêmeos idênticos podem partilhar o mesmo saco amniótico (monoamnióticos) e a mesma placenta (monocoriônicos) ou desenvolver seu próprio saco amniótico e sua placenta, dependendo do estágio em que o zigoto se divide. (Quando a divisão do zigoto não é completada totalmente, ocorre o nascimento de **gêmeos siameses**: bebês que nascem ligados um ao outro, necessitando de cirurgia para separação.)

Em cerca de 2/3 das gestações de gêmeos, os bebês não são idênticos, e em 1/3 são idênticos.

Portanto, se você vai ter gêmeos ou não é algo decidido logo após a concepção, mas talvez você não saiba disso durante várias semanas, ou mesmo só no nascimento (embora isso seja raro nesta época de ultra-som de rotina). Se lhe disserem que você dará à luz gêmeos, é bom saber que tipo de gêmeos eles serão – mono ou dizigóticos –, já que algumas complicações, principalmente relacionadas à circulação sangüínea, são mais comuns em gêmeos idênticos. É mais fácil determinar que tipo de gêmeos você terá no ultra-som do começo da gestação.

Se você estiver grávida de gêmeos ou mais, precisa ficar bem preparada. A sua gestação será um pouco diferente (veja a 9ª Semana para mais informações), e o nascimento e obviamente o cuidado com os bebês serão diferentes do que seriam se fosse apenas um bebê.

Como saber a data do parto

Os bebês crescem, em média, durante 266 dias, desde o momento da concepção.

No entanto, calcula-se a gestação com 280 dias, a partir do primeiro dia da última menstruação.

Você pode contar os dias num calendário, mas existe um método muito mais fácil e rápido para descobrir. Digamos que o primeiro dia da sua última menstruação foi dia 20 de maio:

- Conte um ano para a frente: 20 de maio do ano seguinte.
- Subtraia três meses: 20 de fevereiro.
- Acrescente uma semana: 27 de fevereiro.

Estará bem perto do dia, mas lembre-se de que a data é apenas uma aproximação. O seu bebê poderá nascer umas duas semanas antes ou depois dessa data e ainda assim estar no "prazo certo". Independentemente de como você calcule a data, ninguém poderá lhe dizer (a não ser que você esteja planejando uma cesariana) o dia exato em que seu bebê vai nascer.

O momento em que você descobre que está grávida

Não existem apenas mudanças físicas associadas à gravidez: também há mudanças emocionais. O momento em que você se dá conta de que está grávida de verdade pode ser de intensa euforia e alegria. No entanto, você não seria a única caso sentisse, misturados à alegria, certo medo, apreensão e preocupação. Para algumas mulheres, a gravidez poderá ser indesejada devido a várias razões:

- talvez você não tenha planejado ter esse bebê
- você pode ter tido um bebê há alguns meses, e não esperava ficar grávida de novo tão cedo
- você queria engravidar, mas, agora que aconteceu, isso poderá interferir numa excelente oportunidade de trabalho
- você está passando por uma fase muito difícil com o seu parceiro
- aconteceu um pouco antes do que você esperava
- você acaba de decidir que vai comprar uma casa; como vai conseguir os meios para ter um bebê e a casa própria?

Se você contou a novidade a outras pessoas e recebeu muitas felicitações, talvez se sinta um pouco culpada. Por que você não está feliz, quando todos presumem que deveria estar? É normal ficar ansiosa; a gravidez é um evento que muda a vida das pessoas, então é realmente muito normal ficar ansiosa. Você não precisa acrescentar culpa a todos os sentimentos.

Mesmo que você estivesse tentando engravidar há muito tempo, a idéia de que está finalmente grávida pode deixá-la um pouco assustada. Você está mesmo pronta para ser *mãe*? Você tem mesmo tudo de que é preciso para cuidar de um pequenino ser, completamente dependente de você para tudo? Se você teve alguma dificuldade para ficar grávida, ou já teve um aborto espontâneo, talvez também se preocupe com a segurança dessa gestação, e isso pode ter um preço emocional a pagar. Talvez você também se sinta infeliz porque a gestação faz com que tenha muitas náuseas e sinta-se extremamente exausta. Tudo isso geralmente passa depois da 12ª semana, e depois disso você provavelmente poderá relaxar e desfrutar mais sua gestação.

Alguns especialistas acham que os hormônios que estão agindo intensamente no seu corpo no começo da gravidez podem afetar o seu humor, às vezes fazendo você oscilar entre a extrema felicidade num momento e o absoluto desespero no minuto seguinte. Saber que esses altos e baixos emocionais são normais talvez possa fazer você se sentir melhor a respeito deles.

Pergunta: Pensei que eu fosse ficar em êxtase quando ficasse grávida, mas, agora que engravidei, não sei se me sinto assim. O que devo fazer?

Anna McGrail responde: É normal as mulheres sentirem algum tipo de infelicidade no começo da gravidez. Afinal, começar um novo estágio na sua vida significa dizer adeus ao estágio anterior. Você está deixando para trás os dias tranqüilos da juventude e indo bem depressa em direção à meia-idade, para virar uma senhora desmazelada... Bem, talvez seja assim que você se sinta.

Ficar grávida também sinaliza o começo de grandes mudanças no seu corpo que não estão sob seu controle. Muitas mulheres não gostam dessa sensação de não estar no controle e esperam ansiosamente pelo dia em que seus corpos serão novamente seus.

Seja gentil consigo mesma. Leve tudo o mais calmamente possível, e não se coloque em situações mais estressantes, decidindo de repente pintar o quarto do seu outro filho ou assumindo responsabilidades extras no trabalho. Muitas mulheres descobrem que tudo que precisam é de tempo: tempo para se ajustar, para se sentir melhor, para descobrir que estar grávida é na verdade uma situação bastante agradável. Tente não tomar decisões apressadas das quais você pode se arrepender, mas converse e pense sobre elas. Partilhe seus temores e preocupações com seu parceiro ou um amigo. Visitar um terapeuta também pode ajudar, já que lá você pode ter a oportunidade de falar sobre seus sentimentos sem ter ninguém julgando-a.

Gravidez após tratamento de fertilização

É por esse acontecimento que você esperava, e provavelmente o aguardou durante um bom tempo. Algumas mulheres, quando descobrem que estão grávidas depois de um tratamento de fertilização, acham que estão sonhando ou que a clínica deve ter cometido algum engano e chamado a pessoa errada, ou simplesmente que a gestação não irá durar muito.

Se você levou um bom tempo tentando engravidar, talvez seja difícil ajustar-se à realidade da gravidez, e também difícil ficar animada nas primeiras semanas. Muitos casais treinaram-se para se adaptar às decepções e esperam o pior, independentemente de quanto sejam tranqüilizados pela equipe médica e de quanto sejam acompanhados de perto. Muitas mulheres dizem que querem "se resguardar como um bibelô", principalmente nas primeiras semanas. É preciso de fato ter certa cautela, assim como com a gravidez espontânea. Uma "gravidez clínica" (isto é, quando a presença de batimentos cardíacos fetais já foi detectada por volta de sete semanas) nem sempre significa que você vai dar à luz um bebê vivo. No entanto, a taxa de aborto espontâneo nos casos de gravidez por fertilização assistida não parece ser muito maior do que nos de gravidez espontânea.

Orientação

Existem alguns riscos para a gravidez após tratamento de fertilização. Há uma taxa maior de gravidez ectópica (veja a página 411) e também pode ocorrer a perda de um dos embriões, se você transferiu mais de um, o que pode levar a pequenos sangramentos (e também fazê-la ficar preocupada). Entretanto, a maior diferença entre a gravidez decorrente de tratamento de fertilização e a concepção natural é a tendência para que mais gestações sejam múltiplas, o que em si mesmo traz riscos. Em geral, você passará por um ultra-som logo no começo para checar essa possibilidade. Se descobrir que está grávida de dois, três ou mais bebês, você poderá ficar inicialmente eufórica com a perspectiva, e tudo só para descobrir que depois vai ficar cheia de dúvidas, especialmente à medida que a gestação progride e as preocupações referentes a como você vai lidar com ela passam a surgir. Veja a página 76 para obter mais informações sobre gestações de gêmeos ou mais bebês.

Se você fez um ultra-som no começo e ele mostra dois bebês, pode ser que você enfrente a decepção de saber que um deles não vingou e foi reabsorvido pelo organismo. Estima-se que até uma em cinco gestações é de gêmeos, mas o segundo gêmeo "desaparece" na maioria dos casos. Foi apenas com o advento do ultra-som no começo da gestação que se passou a saber disso. A maioria das mulheres jamais saberia da existência de um segundo embrião, mas as mulheres que passaram por um tratamento de fertilidade e passam por uma rotina de ultra-sons têm mais probabilidade de saber do fato. Em tais casos, pode ser que você tenha emoções complicadas: um grande pesar pelo bebê "perdido", misturado com a gratidão por ter um sobrevivente.

Inversamente, se você estiver grávida de vários bebês depois de um tratamento de fertilidade, pode ser que o médico ofereça a você a opção de fazer uma redução seletiva, especialmente se houver dúvida quanto à sua capacidade de levar a termo a gravidez de tantos bebês. Como o próprio procedimento é arriscado, a redução seletiva é talvez uma das experiências mais estressantes e perturbadoras que um casal tem de enfrentar, mesmo quando vocês estão convencidos de que é a decisão certa. Alguns casais que passam por uma redução seletiva descobrem que perderam todos os bebês, embora esses riscos de aborto espontâneo sejam menores do que se continuassem com uma gravidez de vários bebês. Assim, portanto, você precisará se informar ao máximo antes de tomar sua decisão, e também de bastante apoio durante todo o procedimento.

Cuidados pré-natais

Enquanto a maioria das clínicas de fertilização aprecia saber do resultado do seu tratamento, para acrescentar a seus arquivos, o nível de envolvimento que elas mantêm com um casal depois do tratamento varia bastante. Geralmente, assim que a gravidez é dada como certa, você volta a ser acompanhada por seu médico ou pelo hospital.

Os bebês que são concebidos por fertilização assistida também correm o risco de ter problemas cromossômicos ou congênitos como os outros bebês, embora não existam provas de que eles corram riscos *maiores*. Você poderá, portanto, enfrentar outras situações em que terá outras preocupações e escolhas durante todo o início da gravidez, caso faça exames pré-natais. Você poderá saber mais sobre os testes na página 56. Muitos casais que conseguiram engravidar após um tratamento de fertilização consideram a tomada de decisões em relação a esses testes bastante estressante. Conversar sobre o assunto, talvez com um terapeuta, pode ser de grande ajuda.

Não há motivo para que a gestação após tratamento de fertilização, uma vez já bem estabelecida, não venha a ser exatamente como qualquer outra gestação, embora alguns pais sintam que ela dura mais tempo, porque costuma ser diagnosticada mais cedo. Na verdade, essa mesma "normalidade" afeta alguns futuros papais e mamães. Se você levou anos para conseguir engravidar, então uma parte sua espera ver um enorme adesivo vermelho com as palavras "Milagre: um bebê" bem em cima do arquivo de suas notas da maternidade. Talvez você também sinta falta do apoio de seu médico e de seu grupo de apoio ao paciente. Pode ser uma boa idéia partilhar da informação de que passou por um tratamento com a equipe que cuida de você, mas você também pode decidir manter os detalhes só para si.

A gravidez depois dos 35

É uma tendência atual darmos início a uma família mais tarde do que costumávamos. Muitas mulheres escolhem esperar até que estejam bem estabelecidas numa carreira e tenham conseguido alguma segurança financeira. Se você ficou grávida depois dos 35, talvez sua autoconfiança fique em baixa ao descobrir que é considerada uma "mãe mais velha", e as obstetrizes e médicos podem se referir a você como uma "*primigesta idosa*" (*primigesta* significa "mulher que está grávida pela primeira vez").

O que você precisa saber é que efeito a idade terá sobre a sua gestação e o seu bebê em desenvolvimento.

A idade importa?

Os estudos mostram que as mães mais velhas têm mais probabilidade de ter complicações na gravidez, como diabetes gestacional e bebês com pouco peso. Também têm mais probabilidade de precisar de uma cesariana. Os especialistas ainda discutem se isso ocorre porque as mães mais velhas têm mais problemas médicos ou se já é esperado que elas tenham mais problemas, e assim isso se transforma numa "profecia" que se autocumpre.

Mulheres mais velhas correm mais riscos de ter um bebê com problemas genéticos, incluindo a síndrome de Down, e outros problemas cromossômicos bem mais raros, como a síndrome de Patau e a síndrome de Edward.

O risco de ter um bebê com síndrome de Down é:

- aos 25 anos: 1 em cada 1.500
- aos 35 anos: 1 em cada 400
- aos 37,5 anos: 1 em cada 200
- aos 40 anos: 1 em 100
- aos 43 anos: 1 em 50

O dado mais importante a ter em mente em relação a esses números é que, mesmo que você esteja com quarenta e poucos anos, é mais provável que tenha um bebê saudável do que o contrário.

E quanto aos pais mais velhos? Existem alguns problemas raros relacionados ao dano em genes individuais que estão associados à idade: acondroplasia (um tipo de nanismo) e a síndrome de Marfan (quadro que causa problemas cardiovasculares e dedos dos pés e das mãos anormalmente longos). O risco de ter uma criança com defeitos genéticos não aumenta dramaticamente em nenhuma idade específica do pai, e sim aumenta de modo linear.

Mas os sinais são bem claros: mais e mais pessoas estão tendo filhos quando ficam mais velhas, e eles são bebês adoráveis e bem normais. De modo geral, nós somos mais saudáveis e estamos em melhor forma do que nossos pais ou avós quando tinham nossa idade. Nós tomamos ácido fólico, sabemos muito mais sobre a importância da alimentação e os danos que o cigarro e o álcool podem causar, e temos melhores cuidados pré-natais do que antes.

As pessoas que têm filhos um pouco mais tarde na vida em geral fizeram uma escolha consciente de ter um bebê somente agora. Talvez essa seja a segunda família do papai e ele tenha escolhido ficar presente mais tempo e mais envolvido do que poderia há 20 anos, quando estava galgando os degraus da carreira. Talvez a mamãe tenha feito todas aquelas coisas que eram importantes para ela, seja viajar pelo mundo seja batalhar para conseguir o sucesso profissional. Talvez ambos achem que a relação está numa fase tranquila, e assim podem se dedicar a um ou mais bebês. O que quer que os tenha feito decidir ser pais mais tarde provavelmente também fez com que eles estivessem bem preparados para ter filhos.

Você não pode mudar sua idade, mas pode mudar sua alimentação, seu preparo físico e sua atitude mental. Pode manter-se bem informada, pode construir uma rede de apoio para ajudá-la em todo o processo e desfrutar a experiência de ser mãe (mesmo que tenha olheiras e ruguinhas estranhas nos cantos dos olhos).

Planejando com antecedência: ser mãe solteira

Algumas mulheres escolhem ser mães solteiras, outras são impelidas involuntariamente para essa situação. Mas isso não significa que você tenha que desempenhar todos os papéis de mãe e pai sozinha.

Existe um provérbio africano que diz: "É preciso toda uma vila para educar uma criança." A gravidez é a época para começar a construir essa vila.

Os avós, tias e tios, irmãs e primos, os melhores amigos e os colegas de trabalho podem ajudar. Talvez sua irmã possa ir com você às consultas de pré-natal, a melhor amiga talvez possa ser sua acompanhante de parto, sua mãe talvez possa vir e ficar com você durante algumas semanas depois da chegada do bebê, sua tia talvez possa ajudar nos fins de semana e feriados...

Pode ser que você tenha a grata surpresa de descobrir que todos estão muito interessados em ajudar, mas talvez não muito certos sobre o que podem oferecer. As circunstâncias podem mudar, e você precisará ser flexível, mas, se planejar tudo com antecedência, isso poderá ajudá-la a lidar calmamente com o parto e o nascimento, e você poderá desfrutar da experiência de ser mãe tanto quanto qualquer outra mulher.

Você também pode ter amigos que podem prometer ajudá-la com o seu bebê a longo prazo. Nos EUA, isso recebe o nome de "apadrinhamento" – pessoas sem filhos, ou cujos filhos já estão crescidos, e que assumem um papel de longo prazo na vida de outra criança. Você pode estabelecer isso formalmente ou apenas informar as pessoas cuja ajuda gostaria de ter, e expor os possíveis modos pelos quais elas poderiam ajudá-la a cuidar da criança.

Planeje com antecedência para obter ajuda

Reserve um tempo para pensar durante a gravidez:

1. Pegue uma folha de papel. Desenhe um pequeno círculo no meio e escreva a palavra "EU" nele.

2. Agora, imagine que o seu bebê tem três semanas de idade, está com dificuldades para dormir e está chorando. Você está desesperada para que alguém a ajude. Não há nada na despensa nem na geladeira, há uma pilha de roupas para lavar e passar, e você se sente totalmente incapaz de fazer tudo isso. A quem você pediria ajuda?

3. Desenhe algumas linhas a partir do "EU" e escreva os nomes e os telefones de todos que poderão ajudá-la. Certifique-se de que você não esqueceu de ninguém. Se a sua irmã mora a quilômetros de distância, mas ainda assim vai ouvi-la se você quiser chorar pelo telefone, coloque-a na lista também. Se a sua vizinha

pode pegar um pacote de pão de fôrma para você quando for fazer as compras, coloque o número de telefone e o nome dela. Se a sua melhor amiga pode largar tudo e aparecer para ajudar, coloque o nome dela bem grande no gráfico.

4. Coloque esse gráfico na parede, perto do telefone, para que você possa usá-lo sempre que precisar de ajuda. A maioria das mães de primeira viagem precisa de ajuda em algum momento, mas acha difícil pedir. Muitos amigos querem ajudar, mas podem achar difícil oferecer ajuda. A sua lista do "EU" deixa as coisas mais fáceis para você pedir e para os outros a ajudarem.

A vida é um carrossel. Chegará a época em que você poderá ajudar outra mãe de primeira viagem que está achando tudo muito difícil, então não hesite em pedir ajuda quando precisar.

Esse gráfico também é bem útil para casais. Cada um de vocês pode desenhar seu próprio gráfico e depois comparar os resultados. Dessa maneira vocês poderão saber se as pessoas a que pretendem recorrer são aceitáveis para ambos.

Mês 2

Duas coisas maravilhosas sobre o 2º mês

1 *Nada de menstruação*
2 *Nada de métodos contraceptivos... por algum tempo*

Neste mês, o seu bebê cresce, de menos da metade de um grão de arroz, até 2 cm aproximadamente

5ª Semana

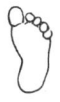

O crescimento do bebê

Enquanto o embrião flutua no líquido amniótico, o cérebro e a coluna dorsal começam a se desenvolver, assim como o início do trato gastrintestinal. Os olhos começam a se formar como um par de sulcos rasos de cada lado do cérebro em desenvolvimento. O coração também começa a tomar forma, junto com as células e os vasos sangüíneos.

O seu bebê obtém de você todo o oxigênio e os nutrientes necessários para seu crescimento. O sangue do bebê flui para a placenta através de duas artérias no cordão umbilical. Na placenta, o oxigênio e os nutrientes são levados do seu sangue para o sangue do bebê, e então este retorna através da veia do cordão umbilical. Isso elimina os resíduos inúteis e o dióxido de carbono. Embora a sua circulação de sangue e a do bebê fiquem próximas, elas não têm contato direto.

As mudanças no seu corpo

Os seus tendões já começam a ficar menos rígidos. Você pode notar algumas mudanças no seu olfato, o que em geral costuma ser um dos primeiros sinais de gravidez para muitas mulheres. Talvez você até sinta os primeiros **enjôos**, que são causados pela reação do sistema digestivo às mudanças hormonais. Algumas mulheres agora precisam lidar com outras "delícias" do início da gravidez, como um **gosto metálico na boca e excesso de saliva, desejo por certos alimentos** e **aversão por outros**.

Para refletir

- Planejando com antecedência: **quando dar a notícia no trabalho**

Náuseas

A náusea, às vezes acompanhada de vômito, pode começar cedo para algumas mulheres – às vezes antes de se dar conta de que está grávida. A náusea afeta até 85% das gestantes, das quais 50% vomitam. Para algumas mulheres, é um inconveniente temporário. Para outras poucas, é algo que debilita e pode ser perigoso. A maioria de nós, felizmente, fica no meio das duas situações.

Os enjôos alcançam seu pico no primeiro trimestre e podem estragar a alegria das primeiras semanas de gestação; em geral, a situação se estabiliza por volta da 12ª-14ª semanas, quando os níveis do hormônio que se pensa ser responsável pela náusea caem, embora algumas almas mais desafortunadas possam sentir enjôos até o fim da gravidez.

Muitas mulheres simplesmente se *sentem* enjoadas e portanto relutam em comer. Outras realmente vomitam, talvez uma vez ao dia, outras vezes com mais freqüência. Você talvez perceba que o seu enjôo está limitado a uma determinada hora do dia, geralmente logo que se levanta de manhã, daí o uso generalizado da expressão "enjôo matinal". Por outro lado, pode ser que você descubra que tem "enjôo noturno" ou "enjôo o dia todo".

Existem várias teorias a respeito do que causa a náusea e os vômitos. Nós sabemos que a situação costuma melhorar depois que a placenta já está implantada e assumiu o papel de produzir os hormônios da gravidez. A maioria dos especialistas concorda que é um fenômeno hormonal, embora alguns sugiram que é um mecanismo de proteção para evitar que as mulheres grávidas comam alguma coisa que possa causar danos ao bebê. Um estudo descobriu ligações entre o grau de enjôo e uma dieta com altos níveis de gordura saturada antes da gravidez. Parece estranho que a Mãe Natureza planeje um começo tão ruim para a gravidez, mas isso parece ocorrer em todas as culturas e na maioria da literatura documentada, então, nesse sentido, sentir náusea é uma parte "normal" da gestação.

Como lidar com o enjôo na gravidez

Reserve um tempinho para tentar descobrir o que piora a náusea e o que a alivia. Muitas mulheres descobrem que pequenos ajustes no estilo de vida podem ajudá-las a lidar com a situação.

Se você fica enjoada pela manhã, tente beber um pouco de água e comer um biscoito seco antes de levantar. Talvez você precise começar o dia devagar e chegar ao trabalho depois da hora do *rush*. Se você tem outros filhos que precisa levar para a creche ou para a escola, peça ajuda para seus amigos.

Se a náusea piora quando você se sente cansada, tente cochilar depois do trabalho e antes de jantar. Descansar ou tirar uma soneca durante o dia também ajuda. Se estiver no trabalho, negocie com seu chefe um local para você descansar (veja a página 75 para mais informações). Distribua as tarefas de trabalho em horas diferentes ou faça uma troca com os colegas das tarefas que a fazem se sentir mais enjoada.

Se você tem crianças que ainda dormem de dia, volte para cama enquanto elas dormem. Se elas já acordaram, tente descansar no sofá enquanto elas assistem a um desenho animado na TV ou enquanto vocês lêem um livro juntas. Esse hábito será útil também quando você tiver o seu bebê em casa.

Certos alimentos ou cheiros podem fazer com que você se sinta mais enjoada; nesse caso, faça o possível para evitá-los. Isso talvez signifique persuadir seu parceiro a encher o tanque de gasolina de uma vez só ou planejar o caminho pelo supermercado de modo que evite o corredor onde estocam o alho. Se o creme dental faz você se sentir enjoada, experimente passar o fio dental e depois limpar os dentes apenas com a escova, ou então mude de marca e escolha um que seja menos mentolado.

Se você consegue comer, coma tudo o que quiser; você pode se concentrar em hábitos alimentares saudáveis mais tarde. Por enquanto, o simples ato de comer alguma coisa que possa aumentar um pouco o nível de açúcar na sua corrente sangüínea pode fazê-la sentir-se um pouco menos enjoada e permitir que você coma outros alimentos. Coma freqüentemente, em pequenas quantidades. Leve biscoitos e frutas na bolsa para fazer um lanchinho antes de se sentir enjoada.

Talvez você consiga comer se não tiver que cozinhar. Opte por alimentos frios durante algum tempo, ou convença seus amigos e sua família a cozinhar para você.

Se você não consegue comer, concentre-se em beber muito líquido: água, sucos de frutas diluídos e até mesmo sopas leves. Experimente também sorvetes; alimentos gelados em geral não costumam ter muito cheiro.

É importante que você continue a beber bastante líquido. Se estiver com dificuldade, experimente algumas destas idéias:

- deixe sempre um copo d'água a seu alcance e beba aos poucos
- use canudinho
- experimente usar água com sucos de limão/laranja/laranja-lima, ou refrescos, para encontrar um sabor que você possa tolerar
- mude a temperatura dos líquidos; tente pôr gelo na água ou tente água morna com limão, ou ainda chá de frutas gelado em vez de quente
- bebidas levemente gasosas podem acalmar o seu estômago; experimente misturar água comum e água gasosa, ou então adicione água gasosa aos sucos de frutas
- talvez ajude se você não comer e beber ao mesmo tempo; beba alguma coisa, espere um pouco e aí coma

Quando devo alertar meu médico/ minha obstetriz a respeito dos meus enjôos?

O enjôo na gravidez em geral não é nada além disso: enjôo. Você se sente enjoada e às vezes vomita também. Em geral, não se confunde com outros problemas, embora muitas mulheres não percebam antecipadamente quanto podem se sentir péssimas com isso.

O enjôo pode ser um problema se você ficar muito desidratada. A hiperemese gravídica é um tipo de enjôo muito raro, mas bastante violento, que requer tratamento hospitalar. Ela ocorre quando você vomita tanto que corre o risco de ficar desidratada. Acredita-se que ela afeta cerca de 1% das gestantes. Se você tem esse problema, precisa ir para o hospital e tomar soro, gota a gota pela veia, para ser reidratada.

É bom mencionar mesmo aqueles enjôos normais para o seu médico/sua obstetriz, mas marque uma consulta se você achar que não é um enjôo normal da gravidez. Talvez seja esse o caso se:

- a comida não pára no estômago por mais de dois ou três dias
- você não consegue beber
- você está com febre, ou sente dor
- você está aflita ou preocupada
- você tem diarréia junto com os vômitos
- você tem quaisquer outros sintomas, tais como sangramento
- o seu enjôo começa de repente, sendo que você estava se sentindo bem antes

(pode ser alguma infecção que a faça se sentir enjoada, ou uma intoxicação alimentar, então vale a pena verificar se é o caso)

O que pode ajudar?

Medicamentos

O seu médico pode prescrever-lhe remédios para ajudá-la a lidar com o enjôo. Muitos deles, incluindo os anti-histamínicos, já são usados há muitos anos, passaram por muitos testes e são seguros. (Vinte e quatro estudos diferentes com 200.000 mulheres que usaram anti-histamínicos durante a gravidez mostraram que não havia riscos maiores para o bebê.) No entanto, muitas mulheres preocupam-se com os medicamentos que tomam, principalmente no primeiro trimestre da gravidez. Converse sobre isso com o seu médico ou sua obstetriz. Se você se sente enjoada demais até para comer, talvez seja bom recorrer a uma medicação.

Acupuntura

A acupuntura, a acupressão e as faixas de pulso que utilizam os pontos de acupuntura funcionam, não apenas para o enjôo durante a gravidez, mas também para a náusea advinda de tratamentos com medicamentos e a náusea pós-operatória. A acupressão funciona também nos casos de enjôo durante

as viagens. Na Europa, você pode comprar as faixas de pulso em quase todas as drogarias, mas fazer pressão com o polegar também funciona.

Coloque o indicador, o dedo médio e o anular sobre o pulso da outra mão, a partir da dobra do pulso. O local em que seus dedos tocarem será a área certa para encontrar o ponto P6 no antebraço. Entre os dois tendões principais no meio do pulso existe uma área que ficará levemente mais mole se você estiver com enjôo ou náusea. Faça pressão nesse ponto por alguns minutos, várias vezes ao dia. Use as pontas dos dedos e pressione em movimentos circulares.

Se você se sentir muito enjoada, talvez seja uma boa idéia procurar um acupunturista para fazer algumas sessões de acupuntura.

Gengibre

Inúmeros estudos de pequena escala sobre o gengibre, na forma de cápsulas ou de xarope, mostram que ele faz as mulheres se sentirem melhor em cerca de 75% dos casos. Talvez você prefira experimentar o chá de gengibre ou consumi-lo nos alimentos, como biscoitos de gengibre. Pouco se sabe a respeito do quanto ele é seguro, mas já que ele é utilizado como alimento por vários povos há muitos anos, pode-se dizer que ele é seguro se ingerido em pequenas doses.

Vitamina B6 (piridoxina)

A primeira vez que a vitamina B6 foi utilizada para tratar o enjôo na gravidez foi na década de 1940. Os resultados dos testes desde então variam, e alguns demonstram que a vitamina não tem efeito, enquanto outros demonstram que há uma pequena melhora. (Um estudo com 59 mulheres avaliou o grau de náusea que sentiam e a freqüência dos vômitos. Metade das mulheres,

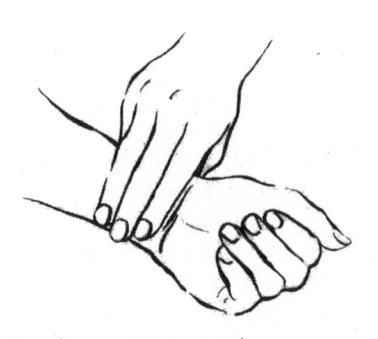

Pontos de acupuntura no pulso

então, tomou vitamina B6 em tabletes de 25 mg a cada oito horas, por três dias. Nas mulheres que tinham sintomas leves a moderados, houve uma pequena diferença, mas aquelas com sintomas mais pronunciados tiveram uma melhora razoável.) A vitamina B6 parece ajudar algumas mulheres, durante algum tempo. Os especialistas sugerem doses entre 10 e 25 mg três vezes ao dia. Você encontra a vitamina B6 na banana, no arroz integral, em carnes magras, aves e peixes, no abacate, em grãos integrais, no milho e em nozes em geral.

Remédios homeopáticos
Para algumas mulheres, os remédios homeopáticos podem ajudar em caso de enjôo, embora não haja muitos estudos sobre eles. No geral, a homeopatia é considerada segura. O ideal é consultar um homeopata para obter informações mais detalhadas. O Ipeca CH6 parece ajudar algumas mulheres com enjôo na gravidez, enquanto outras consideram a Nux vomica CH6 ou o Pulsatilla CH6 mais eficazes.

Reflexologia
Parece haver ainda poucas pesquisas para corroborar o uso da reflexologia, mas é muito pouco provável que ela possa trazer algum dano – portanto, pode ser bom experimentar, especialmente se você já fez uso dela antes e deu bom resultado.

E quanto ao bebê?
Toda mulher que já sofreu de enjôo na gravidez se pergunta: "Será que o bebê está bem?" Às vezes você pode se sentir tão mal que é difícil acreditar que o bebê também não esteja sofrendo. Mas nesse estágio o seu bebê ainda é muito pequeno; então, mesmo que você só consiga comer um pouquinho, o seu bebê provavelmente estará recebendo todos os nutrientes de que precisa.

As gestações acompanhadas de enjôo na verdade têm menos chances de levar a um aborto espontâneo ou parto prematuro, e não há riscos maiores de o bebê vir a ter problemas de desenvolvimento. Assim, mesmo que você esteja se sentindo péssima, é bem provável que o seu bebê esteja são e salvo.

Gosto metálico na boca e excesso de salivação

No começo da gravidez, pode ser que você sinta um gosto metálico ou amargo na boca, que talvez a deixe sem vontade de comer certos alimentos. Em geral, isso aparece logo no começo da gravidez e costuma desaparecer mais ou menos na mesma época em que você pára de ficar enjoada pela manhã, por volta da 12ª-14ª semanas. Alguns especialistas acham que esse é um fenômeno que pode ser causado por uma deficiência na alimentação, enquanto outros são da opinião de que isso é efeito do sangramento das gengivas, e outros ainda que isso está ligado ao aumento dos hormônios da gravidez que causam os enjôos. Se possível, coloque uma pastilha de menta na boca ou coma um doce, ou faça bochechos com água e suco de limão para eliminar o gosto.

Outro sintoma "maravilhoso" que algumas mulheres experimentam no início da gravidez é o excesso de salivação, ou sialorréia. Às vezes a sua saliva fica com um gosto estranho, outras vezes a mulher imagina que engolir a saliva pode causar enjôo, e às vezes as glândulas salivares simplesmente ficam superativas, produzindo tanta saliva que você precisa cuspir o tempo todo. Felizmente, esses casos extremos são raros. Se possível, tente beber água com limão, ou chupe metade de um limão fresco. Talvez seja bom cobrir seu travesseiro com uma toalha à noite. Vale a pena também consultar um homeopata, já que não existe um remédio da medicina convencional capaz de tratar o problema. Se você não notar nenhuma diferença na sua salivação, agradeça.

Desejos

Há tempos se fazem piadas sobre o desejo por certos alimentos na gravidez; todo o mundo conhece alguma mulher grávida desesperada para tomar sorvete e comer cebola em conserva, ou então queijo e pizza de chocolate. Nem todas sentem necessidade de comer sanduíche de camarão no meio da noite, mas esses desejos existem. Há pouca pesquisa nessa área e não há um acordo entre os especialistas sobre a causa desses desejos. Antigamente, acreditava-se que um desejo era sinal de que na alimentação da gestante estava faltando algum nutriente essencial. No entanto, é pouco provável que um desejo seja apenas sinal de problemas na alimentação, porque, se fosse esse o caso, as gestantes sentiriam desejo por frutas frescas e verduras o tempo todo. Umas poucas mulheres têm desejo por alimentos saudáveis (uma das autoras deste livro sobreviveu à base de broto de feijão durante o primeiro trimestre da gravidez); a maioria não tem (a outra só queria comer *donuts*).

Algumas mulheres até têm desejo de coisas não-comestíveis, como carvão e giz. Alguns especialistas acreditam que esses desejos têm causas emocionais; talvez você sinta falta de um cheiro ou de um gosto que lembra a infância. Não sabemos, no entanto, se isso realmente explica as combinações estranhas que algumas mulheres querem ingerir.

Se você tem desejos, não tenha medo de ceder, contanto que sejam por alimentos saudáveis. Se sente desejo por alimentos que têm grande quantidade de gordura, açúcares e aditivos, talvez seja bom comê-los só de vez em quando. Se você sente desejo por coisas que não são comestíveis, peça a opinião do seu médico ou da sua obstetriz, ou então oriente-se com um nutricionista, que poderá ajudá-la a fazer uma dieta balanceada para a gravidez.

Aversões

No pólo oposto ao dos desejos, muitas mulheres passam a ter aversão por certos alimentos ou cheiros, tais como *bacon* ou cebola fritos, ou até mesmo o perfume que costumam usar. Torne a sua vida mais fácil: evite ao máximo os cheiros ou alimentos que possam deixá-la enjoada. Isso poderá significar uma mudança de seus hábitos culinários ou da rotina das compras, e talvez até um pedido de ajuda para amigos e parentes. Algumas coisas são fáceis de evitar, outras talvez a façam parecer uma chata. Uma futura mãe sentia tanto enjôo ao trocar a fralda do seu outro bebê que a tarefa teve que ficar por conta do pai.

Respire fundo e relaxe: muitas mulheres acabam descobrindo que os desejos e as aversões somem depois do primeiro trimestre. Se você está sofrendo agora, há de sentir-se melhor depois.

Planejando com antecedência: quando dar a notícia no trabalho?

A maioria das mulheres prefere esperar um pouco mais para divulgar a notícia, mas, em alguns empregos, você precisa comunicar o chefe assim que souber que está grávida. As comissárias de bordo, por exemplo, são imediatamente transferidas para uma posição em terra firme – não apenas porque é um trabalho que exige esforço físico, mas por causa dos riscos de radiação atmosférica. Você também deve alertar o seu chefe o mais rápido possível caso trabalhe:

- em altas temperaturas
- com produtos químicos
- com substâncias perigosas
- com animais

Como você precisa proteger sua saúde e a do bebê, isso significa que deve dar a notícia bem cedo, quando ainda acha que tudo pode ser incerto. Até você contar, não poderá fazer uma avaliação de riscos, caso precise de uma (veja a página 73). Converse com o seu superior ou com o departamento de RH e peça para manter sigilo sobre sua gravidez, se não quiser que todo o mundo fique sabendo. Mas é claro que os seus colegas podem acabar adivinhando se as suas condições de trabalho sofrerem alguma modificação.

Pela lei, você não é obrigada a comunicar a gravidez ao seu empregador, mas, se você for fazer as consultas pré-natais durante o expediente de trabalho, vai acabar comunicando-o, pois precisará justificar suas saídas. Se o seu trabalho não impõe nenhum perigo físico, talvez seja bom esperar até a 12ª semana, mais ou menos, para dar a notícia. Mas é claro que, se você estiver com dificuldade para suportar os enjôos da gravidez, talvez seja preciso comunicar antes disso, ou inventar desculpas convincentes para o fato de correr para o banheiro a toda hora!

Como lidar com o enjôo no trabalho

No primeiro trimestre, geralmente é difícil conciliar o enjôo e o mal-estar com o trabalho. Ter um lanchinho à mão sempre ajuda. Faça um *kit* de sobrevivência e deixe no seu armário ou na gaveta da mesa. Experimente colocar nele:

- maçãs e bananas
- barras de cereal
- biscoitos de gengibre
- um pacote de castanhas, nozes e amêndoas
- um pacote de frutas secas, como abacaxi, damasco ou figo

Mantenha-se hidratada: faça um estoque de caixinhas de suco e deixe garrafas de água por perto, ou então vá diversas vezes ao bebedouro.

Caso você já tenha tentado de tudo e ainda assim os seus enjôos estejam deixando a sua vida uma desgraça, pense em tirar uma licença de uma semana e ficar em casa descansando. Você pode se sentir bem melhor se puder dormir durante grande parte do dia e recarregar as baterias.

Converse com o seu médico. Ele poderá dar-lhe um atestado de seus enjôos até que as coisas melhorem. Converse também com o seu chefe sobre diminuir suas horas de trabalho até que essa fase da gravidez termine. Na página 72 você encontra mais informações sobre o trabalho e a gravidez.

6ª Semana

O crescimento do bebê

Embora, neste estágio, seu bebê pareça mais um girino do que outra coisa, a forma de um corpo está surgindo agora: o bebê tem uma cabeça, com pequenos sulcos no lugar dos olhos, orelhas e boca, costas curvadas e, nesse estágio, uma cauda (embora ela desapareça bem antes do nascimento, transformando-se no "cóccix", o último ossinho da coluna dorsal). O bebê começa a desenvolver todos os sistemas e órgãos principais. Os vasos sangüíneos continuam a se formar e o coração começa a bater. Se você fizer um ultra-som, poderá ver os batimentos cardíacos. O coração bombeia o sangue para todas as partes do bebê e para dentro dos vilos coriônicos que estão crescendo para formar a placenta. Os arcos das narinas começam a se formar, assim como as pequeninas protuberâncias dos braços e das pernas. O tubo neural, que conecta o cérebro e a espinha dorsal, finalmente se fecha.

Existem diferentes modos de **medir um bebê**, mas nesse estágio o seu queridinho ainda está muito pequeno – tem apenas o tamanho de um grão de arroz, aproximadamente, embora essa época seja de crescimento acelerado.

As mudanças no seu corpo

Pode ser que você descubra que não está gostando tanto quanto antes de chá ou café, e algumas comidas de que você costuma gostar podem deixá-la meio enjoada. Se o problema é enjôo, talvez você tenha perdido um pouco de peso, embora possa ter ganho um pouco, também. Quando o seu médico ou sua obstetriz apalpa a sua barriga, é possível sentir o seu útero, e talvez você até sinta que algumas roupas ficaram mais apertadas na região da cintura. As mamas podem ficar maiores e mais sensíveis, e talvez você se sinta extremamente cansada.

Se você tiver algum **sangramento no começo da gravidez**, essas primeiras semanas podem ser uma época emocionalmente conturbada, e cada dorzinha que você tiver pode deixá-la em pânico. Se **engravidou depois de ter um aborto espontâneo**, há algumas maneiras de deixá-la mais confiante.

Para refletir

- Organizando seus **exames pré-natais**.
- Planejando com antecedência: **quando fazer um ultra-som?**

Medindo o bebê

Quando o bebê é medido durante a gravidez, a medida obtida é o comprimento "cabeça-nádegas": a distância entre o topo da cabeça e a parte mais baixa das nádegas. Isso porque as pernas do bebê geralmente ficam encolhidas, então é difícil medir o comprimento total. Não que já estejamos falando de grandes comprimentos, mas apenas de alguns milímetros.

Você descobrirá que os livros apresentam uma grande variedade de tamanhos aproximados para o bebê em desenvolvimento, em parte porque alguns tiram a medida desde a cabeça até as nádegas, enquanto outros medem da cabeça aos pés. Existem também grandes diferenças nos pesos aproximados, e isso se deve ao fato de que os próprios bebês variam muito. O que importa é como o seu bebê está crescendo e, se isso ocorre continuamente e sem problemas, tudo está bem. Ainda assim, nós damos medidas aproximadas para cada mês, para que você tenha uma idéia do quanto eles crescem com uma rapidez espantosa.

Sangramento no começo da gravidez

Um leve sangramento é bastante comum nas primeiras semanas da gravidez, mas pode deixá-la bem preocupada. Muitas mulheres imediatamente começam a imaginar que terão um aborto espontâneo, mas há várias causas para isso, e nem todas significam que você está perdendo o seu bebê. Na verdade, para a maioria das mulheres que têm um sangramento no início da gravidez, a gestação continua normalmente. Existem várias razões possíveis para o sangramento.

Sangramento de implantação

Talvez você perceba um leve sangramento – em geral, apenas uma mancha de cor rosada ou marrom na calcinha – logo no começo da gravidez, à medida que o óvulo fertilizado se implanta no revestimento uterino. Em geral, isso dura um ou dois dias. Mais tarde, por volta da 12.ª semana, talvez haja outro leve sangramento, quando a placenta está se implantando no mesmo revestimento (endométrio).

Metrorragia

A metrorragia costuma ocorrer perto da época em que você ficaria menstruada. O seu ciclo hormonal habitual continua sob a influência dos hormônios da gravidez. Então, na época em que você ficaria menstruada, os seus hormônios habituais fazem com que seu corpo elimine parte do endométrio, e isso pode causar certo sangramento. Se isso ocorrer, talvez seja bom evitar fazer sexo durante esse período e levar tudo com calma.

Sexo

Fazer sexo no começo da gravidez geralmente não causa problemas, mas a penetração pode às vezes causar um leve sangramento.

Ameaça de aborto espontâneo

Se você tiver um sangramento mesmo que leve nas primeiras 12 semanas (menor do que o que costuma ter durante a menstruação) que não seja acompanhado de dor, pode ser que se trate de uma ameaça de aborto. Consulte o seu médico ou sua obstetriz a respeito. Eles podem verificar o tamanho do seu útero, fazer um exame interno para verificar se o colo do útero ainda está bem fechado e talvez prescrevam um ultra-som para verificar como está a gestação. Se você estiver prestes a ter um aborto espontâneo, geralmente logo também sentirá dores. Para mais informações sobre aborto espontâneo, veja a página 408.

Outras causas para o sangramento são:

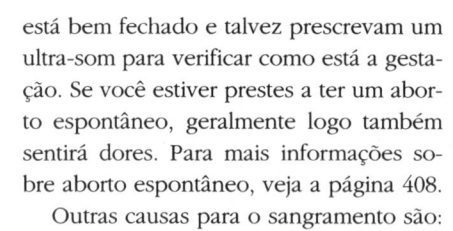

- erosão cervical: lesões do colo do útero, o que pode causar certo sangramento; isso também pode acontecer em mulheres que não estão grávidas
- infecção vaginal
- pólipos: pólipo é um tumor benigno; ele pode causar um leve sangramento que costuma estancar bem rápido

Entre sempre em contato com seu médico ou sua obstetriz se tiver um sangramento no começo da gravidez. O tratamento habitual nesses casos é apenas relaxar e esperar para ver o que acontece. Muitas vezes não é possível saber a causa exata de um sangramento, mas, como há muitas causas possíveis, é essencial que você verifique o que está acontecendo.

Gravidez após aborto espontâneo

Se uma gravidez anterior terminou em aborto espontâneo, as primeiras semanas da nova gravidez podem ser emocionalmente instáveis. Se você teve três ou mais abortos espontâneos antes dessa gravidez, talvez seja aconselhada a fazer mais exames de ultra-som e consultas pré-natais durante o primeiro trimestre – e eles podem funcionar como um apoio importante para você se sentir mais segura.

Aborto espontâneo recorrente

Se você tem um histórico de abortos espontâneos recorrentes, talvez seja bom:

- evitar exercícios cansativos que podem deixá-la esgotada; um exercício leve, como uma caminhada, pode ser uma boa idéia
- evitar fazer sexo caso sinta dor ou desconforto; em caso contrário, o sexo é seguro no início da gravidez
- adiar as viagens de longa distância se achar que ficará mais estressada por ficar longe de seu médico ou do hospital, caso tenha outro aborto espontâneo

Organize suas consultas pré-natais

A maioria das mulheres não recebe nenhum cuidado médico formal até a primeira consulta pré-natal, por volta da 8ª-12ª semanas, mas é preciso avisar a seu médico ou à sua obstetriz que você está grávida, para que eles organizem isso.

Talvez você prefira pagar por um atendimento particular com uma obstetriz. Se você tem um plano de saúde com cobertura para partos, informe-se sobre que tipo de assistência ele oferece ao pré-natal e ao parto, além dos hospitais aos quais você poderá recorrer não apenas na hora do parto, mas também em qualquer situação de emergência durante a gestação.

Caso você não possua um desses planos privados, pode recorrer ainda aos serviços públicos de saúde. A grande maioria das cidades brasileiras conta com assistência pré-natal, incluindo os exames complementares básicos em seus Postos de Saúde; algumas têm também outros serviços como Santas Casas e entidades de amparo à maternidade e à infância. Assim que confirmar sua gravidez, procure se informar quais são os serviços disponíveis em sua cidade e escolha um deles para iniciar seu acompanhamento pré-natal.

Planejando com antecedência: quando marcar o ultra-som?

Em geral, os médicos marcam dois testes de ultra-som de rotina durante a gestação:

- um **ultra-som para prever a data do parto**, no início da gravidez; o ideal é que seja feito entre a 10.ª e a 13.ª semanas. No Brasil, em geral é feito entre a 7.ª e a 8.ª semana (veja a página 80)
- um **ultra-som para detectar anomalias**, por volta da 18.ª-20.ª semana ou 11 e 13 semanas no Brasil (veja a página 145)

Em alguns locais do Reino Unido, o médico costuma marcar apenas um ultra-som e, nesse caso, será o ultra-som morfológico (para detectar anomalias), por volta da 18.ª semana.

No comecinho da gravidez, o seu médico poderá marcar um ultra-som se:

- você apresenta sangramento
- já teve abortos espontâneos ou problemas de gestação
- passou por algum tratamento de fertilização
- há a possibilidade de estar grávida de gêmeos ou mais
- há alguma preocupação ou dúvida quanto à saúde do bebê
- há o risco de que seja uma gravidez ectópica

Embora seja compreensível que as mulheres queiram ver os seus bebês o mais cedo possível, a maioria delas precisa ser paciente e esperar um pouco mais.

Exames de ultra-som particulares

É possível fazer um ultra-som particular. Talvez você deseje fazer um ultra-som bem no começo para confirmar a gravidez, ou um ultra-som extra, como o de translucência nucal (veja a página 56), que talvez não esteja disponível pelo Posto ou Convênio. Você também pode fazer os exames que não são feitos como rotina, como os ultrasons em terceira dimensão (embora eles não dêem informações médicas extras, exceto em poucos casos específicos, como o lábio leporino). No entanto, se houver uma necessidade médica para fazer um ultrasom, como sangramento no início da gravidez, a maioria dos serviços públicos está equipada para fazê-lo.

Converse com sua obstetriz ou seu médico sobre exames extras. A sua obstetriz poderá dizer-lhe se o hospital local faz exames particulares ou se há alguma clínica local que os faça. Na Internet você também encontra anúncios de várias clínicas.

Os custos variam, dependendo do tipo de exame adicional que você pretende fazer. Se você decidir fazer um ultra-som particular, compare os custos de várias clínicas com o que eles oferecem:

- Haverá alguém para interpretar os resultados do ultra-som e explicá-los para você?
- Será enviada uma cópia dos resultados para seu médico ou obstetra?
- Se o exame mostrar que há um problema, haverá alguém para falar com você sobre o resultado e as implicações decorrentes, ou você terá que esperar e fazer uma consulta com seu obstetra?

7ª Semana

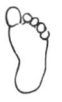

O crescimento do bebê

A cabeça do seu bebê está formada, e podemos ver que começam a se formar as estruturas dos olhos e das orelhas: os pigmentos começam a aparecer na retina, os olhos do seu bebê são duas formas ovais escuras, ainda na parte lateral da cabeça. Também vemos o começo dos rins e dos pulmões, os intestinos e o pâncreas, e os nervos e músculos começam a se conectar. Começa a se formar o tecido que irá se transformar nas vértebras e em outros ossos. As protuberâncias que antecedem os braços alongam-se e dividem-se em segmentos para o braço e a mão.

Embora o seu bebê tenha apenas o tamanho de uma ervilha, o coração já está dividido em duas câmaras separadas, a esquerda e a direita, e bate constantemente, bombeando o sangue para todo o diminuto corpo. Existe uma abertura entre os dois lados do coração para permitir que o sangue atravesse de um lado para o outro, evitando os pulmões, porque antes do nascimento o seu bebê recebe o oxigênio de você através da placenta e do cordão umbilical. No nascimento, essa abertura no coração se fecha. O cérebro começa a se dividir em duas áreas distintas, que serão os hemisférios cerebrais esquerdo e direito.

As mudanças no seu corpo

O seu corpo está passando por mudanças muito graduais. Talvez você se sinta extremamente cansada. Isso é um tanto injusto, já que ainda não há nenhum outro sinal que mostre que você está grávida (com exceção das olheiras e talvez um ar de quem está sempre enjoada, se você tiver náuseas). Você também pode não querer revelar ainda para os seus colegas de trabalho qual o motivo de ficar bocejando o tempo todo.

Você também pode ficar com **as mamas doloridas** – um dos sofrimentos do começo da gravidez para algumas mulheres. Talvez perceba que **sua pele ficou mais sensível**, além de ficar mais predisposta à **candidíase** vaginal no período de gravidez.

Para refletir

- Planejando com antecedência os **testes do começo da gravidez**, incluindo a amostra do vilo coriônico (AVC) e a translucência nucal.

Seios doloridos

Em algumas mulheres, as mamas, indevidamente mais chamadas de seios, crescem muito rápido nas primeiras semanas. Talvez você precise comprar um sutiã maior todo mês. Os seus seios podem ficar bastante doloridos crescendo tão rápido, o que não é nenhuma surpresa. Se antes você tinha seios muito pequenos, isso pode até ser um efeito colateral interessante da gravidez. Se acha que a natureza foi generosa com você, talvez torça o nariz se ganhar uns centímetros a mais. A aréola, a área escura em volta do mamilo, costuma escurecer ainda mais, e as veias sob a pele ficam mais evidentes. Essas mudanças já estão preparando seus seios para amamentar o bebê. Se você sente os seios doloridos e pesados, um sutiã de boa sustentação pode ajudar.

Pele sensível

Muitas mulheres percebem que sua pele muda durante a gestação. As loções, os cremes e os cosméticos, que você usou alegremente durante anos, agora talvez deixem sua pele irritada, e até mesmo mudanças na temperatura podem deixá-la dolorida e inflamada. Pode ser que você também perceba que o sol contribui para a irritação. Talvez sejam apenas os hormônios da gravidez, porém mais tarde isso também pode fazer parte do processo que ocorre durante a gestação, o de afinar e esticar a sua pele. Para cuidar da pele sensível:

- experimente usar produtos hipoalergênicos
- use um sabão neutro para lavar suas roupas, principalmente as íntimas
- não use muito perfume
- tome muito cuidado com o sol; use um protetor solar poderoso (fator 20 ou acima) e use chapéu
- use roupas confortáveis e feitas de algodão no calor
- coloque um óleo ou gel emoliente na banheira quando for tomar banho, mas tenha bastante cuidado, pois ele deixa a banheira *muito* escorregadia

Candidíase

A candidíase é uma infecção causada pelo fungo *Candida albicans*, mais conhecida entre nós como "sapinho". Ela é comum nas vaginas de 16% das mulheres não-grávidas e em 32% das grávidas. Durante a gravidez o seu sistema imunológico fica um pouco debilitado, e isso pode deixá-la mais vulnerável à candidíase. Também ocorrem mudanças na mucosa úmida da vagina e também nas secreções, o que pode influenciar a incidência de candidíase. Outros fatores que influenciam no surgimento da infecção são:

- diabetes
- tomar antibióticos
- ter uma segunda gravidez ou uma gravidez tardia
- estar no terceiro trimestre de gestação
- o clima: as mulheres estão mais propensas a ter candidíase no verão

Geralmente a presença da cândida não dá origem a outros sintomas, e só se torna um problema se chegar ao grau de infecção. Os possíveis sintomas incluem:

- coceira e irritação na vulva
- sensação de queimação
- um corrimento branco que lembra requeijão

Algumas mulheres têm seu primeiro episódio de infecção na gravidez, outras têm episódios recorrentes de candidíase. Se você tem candidíase recorrente durante a gravidez, seu médico talvez peça um teste para diabetes gestacional (veja a página 184).

A candidíase não é perigosa para o bebê.

Tratamento

O seu médico pode prescrever um creme fungicida. Geralmente ele é usado durante sete dias, enquanto nas mulheres não-grávidas ele é utilizado por menos tempo. Também existem preparados para ser administrados por via oral que combatem a candidíase, mas não são indicados durante a gravidez. Você também pode experimentar outras maneiras para tentar controlar a candidíase:

- reduzir o nível de açúcar na alimentação; isso parece ajudar em alguns casos
- tomar iogurte com bactérias para a flora intestinal; isso ajuda a repor as "bactérias boas" no intestino, que acabam por eliminar a cândida
- aplicar esse tipo de iogurte diretamente à área da vulva, pois pode aliviar os sintomas
- algumas gotas de óleo essencial de *Tea-Tree* na água do banho podem ajudar a prevenir ou controlar a candidíase
- usar calcinhas de algodão para ajudar a manter a região sempre ventilada
- evitar usar meias-calças e roupas apertadas, que podem deixar a área úmida e quente e assim propiciar a proliferação de candidíase
- evitar usar calcinhas apertadas ou tipo fio dental, pois elas podem causar pequenas escoriações que permitem que a candidíase se instale

Planejando com antecedência: os exames do começo da gravidez

Existem vários exames pré-natais disponíveis para o início da gravidez, incluindo o exame de translucência nucal, o exame integrado e a AVC. Eles podem indicar se o seu bebê tem um problema cromossômico como a síndrome de Down ou outros problemas importantes.

Por que eu preciso planejar os meus exames com antecedência?

Se você deseja fazer um desses exames, é preciso fazê-lo no começo da gravidez; nem todos são exames de rotina, portanto você precisa marcá-los com antecedência. Converse com seu médico ou sua obstetriz para definir e organizar os exames de avaliação com antecedência.

Ultra-som morfológico ou teste da translucência nucal

Este exame de ultra-som é também chamado de teste da translucência nucal, ultra-som da translucência nucal ou teste da dobra da nuca. Ele mede a quantidade de líquido retido dentro da pele da nuca do bebê (a dobra da nuca). Todos os bebês possuem essa dobra, mas, quanto maior for a medida do teste, maiores serão as chances de que seu bebê possa ter a síndrome de Down. O teste também é capaz de detectar alguns problemas graves no bebê.

O exame é feito entre a 11.ª e a 14.ª semanas de gravidez, e geralmente é acompanhado de um exame de sangue. A combinação do ultra-som com o exame de sangue dá uma margem de segurança de 85 a 89%. Sozinho, o teste da translucência nucal possui uma margem de segurança de 77%.

Por que é recomendável fazer ultra-som morfológico?

Talvez seja bom fazer o teste da translucência nucal porque ele permite detectar previamente se o seu bebê pode ter a síndrome de Down. Mas ele não é capaz de dar um diagnóstico definitivo.

É um exame bastante útil caso você esteja grávida de gêmeos, pois cada bebê é examinado separadamente.

O ultra-som morfológico apresenta algum risco?

O maior risco é que sozinho este exame não lhe dará um resultado preciso, e é por isso que ele é combinado com outros fatores, como a idade da mãe, o estágio da gravidez e um exame de sangue, pois assim a probabilidade de obter um resultado correto é maior. (Veja a página 121 para obter mais informações sobre os exames de sangue.)

Como é feito o ultra-som morfológico?

Um médico, uma obstetriz ou um técnico em radiologia coloca um gel frio sobre a sua barriga e passa um "leitor" sobre a sua pele, às vezes pressionando com força. Você poderá ver as imagens do seu bebê na tela, e a pessoa que está fazendo o exame poderá explicar o que você está vendo.

Além de medir a translucência nucal, o exame pode mostrar outros indícios menores de que o bebê pode ter síndrome de Down, como um fêmur curto (o osso da coxa) e problemas estruturais no coração, que estão ligados à síndrome de Down. Outro sinal físico que pode aparecer nesse estágio é uma membrana entre os dedos. Quanto mais indicadores existirem, maiores serão as chances de você ser aconselhada a fazer uma amniocentese de rotina.

As pesquisas atuais sugerem que observar o rosto do bebê para ver se o osso do nariz está presente ou ausente também ajuda a identificar os bebês com síndrome de Down.

Neste exame, o tamanho do seu bebê também é medido para verificar se a data do parto está correta.

Quando terei o resultado do exame?

Os resultados levam em geral quatro ou cinco dias para ficar prontos, mas verifique se é esse mesmo o prazo com a sua obstetriz ou com a pessoa que realizar o exame.

Exame integrado

O exame mais avançado para detectar a síndrome de Down é o exame integrado, que é feito em duas etapas.

O ideal é que a primeira etapa seja feita na 12ª semana, mas qualquer época entre a 11ª e a 14ª semanas é aceitável. No primeiro estágio:

- Você passará por um ultra-som para determinar com precisão o estágio da gravidez e para medir a espessura da translucência nucal, o espaço na parte de trás da nuca do bebê (como descrito acima).
- Uma amostra do seu sangue é colhida para medir a concentração de um marcador, a proteína A do plasma, associada à gravidez.
- Eles recomendarão a você a data para a segunda etapa do exame.

O ideal é fazer a segunda etapa na 14ª semana, mas certamente jamais depois da 20ª semana. Nesta segunda etapa:

- Outra amostra de sangue é colhida para medir a concentração de quatro marcadores: a alfa-fetoproteína (AFP), a gonadotrofina coriônica β-humana livre, o estriol não-conjugado e a inibina-A.

A combinação das medidas da primeira e da segunda etapas dá um único resultado para a avaliação. A medida da translucência nucal e os níveis dos cinco marcadores no seu sangue são utilizados, juntamente com a sua idade, para estimar o risco de você estar grávida de um bebê com síndrome de Down. Um exame integrado tem, atualmente, uma margem de precisão de 85%.

O nível de AFP na segunda amostra de sangue também é utilizado para determinar se existe um risco maior de espinha bífida ou anencefalia.

Ainda é cedo para saber o grau de eficácia do exame e como as mulheres se sentirão ao ter que esperar tanto tempo entre as duas etapas do exame.

Para mais informações sobre o exame de avaliação, veja a página 121.

Amostra do vilo coriônico (AVC)

Este é um exame diagnóstico que depende de uma amostra dos vilos coriônicos, pequeninas projeções da placenta em forma de dedos. Essas células contêm dados genéticos que podem ser analisados para evidenciar problemas cromossômicos e também o sexo do bebê.

O exame também pode informar se o bebê tem algum problema específico, incluindo:

- síndrome de Down
- fibrose cística
- talassemia
- hemofilia dos tipos fator VIII e IX
- distrofia muscular de Duchenne
- síndrome de Turner
- anemia falciforme
- deficiência de antitripsina
- fenilcetonúria
- síndrome do cromossomo X frágil

Por que é recomendável fazer o exame da AVC?

O exame da AVC pode ser uma boa idéia se você:

- já passou dos 35 anos de idade, pois tem mais chances de ter um bebê com síndrome de Down
- já tem ou já teve um filho afetado por um dos problemas listados acima
- tem um histórico familiar com um desses problemas

A amostra do vilo coriônico detecta problemas cromossômicos num bebê ainda em desenvolvimento, mas não detecta a espinha bífida.

O exame da AVC pode ser feito entre a 10.ª e a 12.ª semanas de gestação. Se você está ansiosa para saber se o seu bebê tem alguma anomalia, este exame pode dar uma indicação bem antes do que a amniocentese (veja a página 122), então talvez seja uma boa escolha.

O exame da AVC apresenta algum risco?

O maior risco do exame da AVC é o aborto espontâneo. Estima-se que a taxa de abortos espontâneos ocorridos após o exame esteja entre 1 em cada 50 exames e 1 em cada 100 exames. (No caso da amniocentese, considera-se que o risco esteja entre 1 em cada 100 e 1 em cada 150.)

O exame prematuro da AVC (antes de 10 semanas de gestação) está associado a bebês que nasceram com anomalias nos membros, e por isso agora é feito entre 10.ª e a 12.ª semanas.

Como é feito o exame da AVC?

Você precisará estar com a bexiga bem cheia, e também receberá uma anestesia local, se o exame for feito através do abdômen. A retirada do material pode ser feita tanto pela barriga, com uma agulha bem fina, como pela vagina, com um tubo bem fino. O método a ser usado dependerá da preferência do obstetra, da posição da placenta e de quantas semanas é sua gravidez. Um ultra-som poderá detectar a posição da placenta.

Este exame pode ser desconfortável, ou até mesmo doloroso, especialmente se for feito pelo abdômen. Se feito pela vagina, parece muito com um exame de Papanicolau.

O que acontece depois da retirada do material para ser examinado?

Você deve descansar pelo menos 24 horas e ficar sem fazer esforço pelo menos uns três dias. Se o seu fator Rh for negativo, você receberá uma injeção preventiva depois do procedimento (veja a página 125).

Pode ser que você sinta algumas cólicas e tenha uma pequena perda de sangue pela vagina durante uns dois ou três dias. Se a dor ou a perda de sangue for muito intensa, ou se continuar além desse período, fale com seu médico. Também fale com ele se perceber um líquido claro e fluido, pois pode ser o líquido amniótico.

Quando receberei o resultado?

O resultado poderá levar de 10 a 15 dias para ficar pronto; pergunte ao responsável, assim que terminar, a data de entrega. Dependendo do laboratório, você poderá escolher buscar o resultado pessoalmente ou encaminhá-lo diretamente ao médico que solicitou o exame, que é a pessoa habilitada a interpretar os resultados e explicá-los a você. O exame de AVC pode verificar o sexo do bebê. Se você não quiser saber se vai ser menino ou menina, deixe claro para a clínica antes que eles enviem o resultado.

8ª Semana

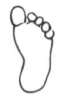

O crescimento do bebê

O seu bebê continua a crescer e se desenvolver rapidamente, e nessa semana alcança um estágio crítico, já que muitos dos principais órgãos estão se formando agora, incluindo os pulmões, o coração e o cérebro. O corpo do seu bebê está ficando mais comprido e se alongando, embora ele ainda tenha o tamanho de um grão de feijão.

Os braços e as pernas também ficaram maiores, e a área das mãos já pode ser distinguida. Pequenas proeminências que se tornarão os dedos começam a emergir nas mãos e nos pés, mas ainda podem estar ligadas por uma membrana. Os ossos começam a se formar e aparece o contorno do rosto do bebê, com as dobras das pálpebras e os pavilhões das orelhas.

As mudanças no seu corpo

O seu útero também está crescendo e, assim como o seu bebê, ele pode ser comparado a uma grande variedade de objetos e alimentos. Nesta semana ele está aproximadamente do tamanho de uma laranja pequena. Ele pode pressionar sua bexiga, fazendo com que você tenha que urinar freqüentemente, um sinal que quem conhece os indícios do começo da gravidez reconhece como um dos primeiros indícios de que você está grávida. À medida que o seu útero cresce, você pode sentir câimbras ou até mesmo dor na parte baixa do abdômen. Isso costuma ser apenas o resultado do alongamento dos ligamentos que mantêm o útero no lugar, mas, se a dor for acompanhada de sangramento, é bom verificar com seu médico se está tudo bem.

Você pode se sentir absurdamente cansada neste estágio da gravidez. Mesmo nesses estágios, o seu corpo está trabalhando sem cessar. É uma boa desculpa para deixar as tarefas de casa um pouco de lado – ou então arranjar alguém para fazê-las. No entanto, se você se sentir cheia de energia, talvez até se pergunte se pode continuar com a sua rotina normal de **exercícios**, ou até mesmo dar início a uma nova.

Para refletir

- Pense em **maneiras para você se sentir melhor** se o seu primeiro trimestre está deixando-a deprimida, em vez de se sentir alegre.
- Planejando com antecedência **onde ter o bebê**.

Exercícios

Hoje em dia os exercícios durante a gravidez são considerados Uma Coisa Boa (embora existam poucos estudos ou pesquisas objetivos sobre o assunto). Assim como todas nós somos exortadas a fazer exercícios quando não estamos grávidas, também somos aconselhadas a fazer quando estamos. Se você não tem nenhuma complicação médica ou obstétrica, planeje fazer exercícios moderados durante uns 30 minutos por dia.

Existem indícios de que um exercício moderado regular seja bom para você e *para o bebê*. Um estudo publicado no *British Medical Journal* demonstrou que mulheres que iniciam um programa de exercícios leves durante o começo da gravidez podem aumentar as chances de dar à luz um bebê saudável. Foi um estudo de pequena escala, com apenas 46 mulheres, mas foi descoberto que as mulheres que ficaram no grupo que praticava exercícios leves com pesos, de três a cinco vezes por semana, deram à luz bebês mais pesados e maiores do que as mulheres do grupo que não praticava exercícios. O crescimento e o funcionamento da placenta também foram melhores no grupo de mulheres que fizeram exercício. Outro estudo com quase 600 mulheres demonstrou que aquelas que faziam exercício regularmente durante a gravidez estavam bem menos propensas a ter pré-eclâmpsia.

O exercício também é especialmente importante para as mulheres que têm diabetes gestacional, pois a combinação de uma dieta equilibrada e de exercício leve e regular pode controlar o problema.

Quem não deve fazer exercícios?

Algumas mulheres precisam tomar cuidados extras; converse com o seu médico antes de dar início aos exercícios se você:

- já sofreu uma ameaça de aborto espontâneo
- já teve um bebê prematuro
- sabe que corre o risco de dar à luz um bebê prematuro, nesta gravidez
- sabe que tem a placenta baixa
- já teve algum sangramento importante
- já teve problemas com a região lombar ou com as articulações do quadril
- tem algum problema de saúde anterior à gravidez
- tem pressão muito alta
- está esperando mais de um bebê

Exercícios seguros

A maioria das mulheres pode fazer exercícios sem problema durante a gravidez, contanto que tome algumas precauções:

- Continue com o seu programa normal de exercícios. Se você estiver tendo aulas, diga a seu professor que está grávida.
- Não intensifique o programa de exercícios ou comece um novo programa sem uma orientação apropriada. Os atletas profissionais e semiprofissionais devem consultar seus treinadores e adaptar seus programas de treinamento.
- Faça exercícios apenas com intensidade moderada, até você ficar com a respiração acelerada, mas ainda capaz de manter uma conversa. Se malhar até o ponto de ficar exausta, você desvia uma grande parte do oxigênio do seu útero para os pulmões e o coração, e isso reduz a quantidade de oxigênio que o bebê recebe.

Como os seus ligamentos ficam mais frouxos durante a gravidez, é fácil você estendê-los excessivamente, provocando uma distensão. Tome cuidado e proteja a região lombar verificando a sua postura e evitando os exercícios que exijam muito esforço das costas.

Depois do primeiro trimestre, assim que o seu útero começar a crescer, também evite os exercícios que envolvem posições em que você fica deitada de costas. Essa posição comprime a veia cava, a principal veia que traz o sangue de volta da parte mais baixa do corpo, e pode reduzir a quantidade de oxigênio que vai para o bebê. Você também pode se sentir tonta quando se levantar dessa posição. Se quer fazer exercícios deitada de costas, faça sessões breves e vire de lado para descansar por alguns minutos antes de tentar se levantar.

Outros problemas relacionados ao exercício no começo da gravidez são os riscos de superaquecimento ou desidratação:

Superaquecimento

Se você sentir muito calor, isso pode mudar o batimento cardíaco do bebê, então fique de olho em sua temperatura corporal. Use roupas folgadas, faça exercícios ao ar livre ou numa sala ou academia que seja bem ventilada. Pare um pouco e espere refrescar, se a sua temperatura subir.

Desidratação

Se você ficar desidratada (não tomar líquidos o suficiente) durante a gestação, isso pode fazer com que fique superaquecida, se sinta mal e fique mais predisposta a problemas comuns da gravidez, como prisão de ventre e infecções do trato urinário. Beba água antes, durante e depois do exercício.

Qual tipo de exercício?

Se você não tem o costume de se exercitar, a gravidez não é o momento para começar um novo esporte ou curso. Aulas de exercício pré-natal com um especialista, ou uma aula pré-natal na água, no entanto, são boas maneiras de começar a fazer exercícios leves durante a gravidez, uma vez que o instrutor conhece as necessidades específicas das gestantes. Essas aulas costumam ser uma combinação de um alongamento suave com exercício aeróbico moderado, e muitas vezes praticam-se posições que podem ser utilizadas no parto.

A natação, a caminhada e a ioga também costumam ser consideradas seguras para a maioria das mulheres durante a gravidez. As aulas de exercício pré-natal também são uma forma excelente de conhecer outras futuras mamães.

Natação

A natação tem a vantagem de que a água anula um pouco do seu peso, o que é muito útil no fim da gravidez. Se você tem dores pélvicas ou lombares, evite o nado de peito, pois isso pode piorar a situação.

Alguns pesquisadores chamam a atenção para a questão da segurança de subprodutos químicos usados para desinfetar as piscinas. Os processos de desinfecção comumente utilizados liberam compostos voláteis na atmosfera. Os mais comuns são os trialometanos, resultantes da coloração da água, que já foram ligados ao aborto espontâneo, baixo peso ao nascer e alguns defeitos de nascença. Os pesquisadores do Imperial College of Science and Technology, em Londres, admitem que os dados que possuem são limitados e insuficientes, mas esse estudo levou pessoas a pedir a redução do nível de produtos químicos utilizados nas piscinas. No entanto, a maioria dos especialistas parece acreditar que os benefícios da natação superam em muito quaisquer problemas em potencial ligados aos produtos químicos.

Caminhada

A caminhada é um exercício fácil que pode se encaixar na sua rotina, embora você deva ficar de olho na sua postura à medida que for ficando mais pesada. O seu centro de gravidade muda à medida que o seu útero cresce, e isso pode aumentar o trabalho da coluna lombar. Incline a bacia para a frente e empurre a extremidade inferior da coluna para dentro, para fazer com que o peso do bebê fique sobre o seu centro de gravidade.

Ioga

A ioga pode ser um exercício suave e aumentar sua flexibilidade. Muitas mulheres descobrem que podem usar a respiração da ioga e os exercícios de concentração para ajudá-las durante o parto. Tome cuidado para não alongar demais os músculos e informe seu professor de que você está grávida. Muitos centros de lazer já oferecem aulas de ioga para gestantes.

Esportes que precisam ser praticados com cuidado

Alguns esportes apresentam problemas específicos para as gestantes. Pense bastante antes de praticá-los. Consulte o seu médico e, quando for apropriado, o seu instrutor, ou procure uma opinião especializada da equipe esportiva profissional.

Aeróbica

A aeróbica de baixo impacto é melhor que a de alto impacto. Informe a seu instrutor que você está grávida e pare quando seu corpo pedir.

Esportes de contato

Qualquer coisa que envolva golpes na área do abdômen deve ser evitada durante a gravidez. Luta livre está terminantemente proibida!

Bicicleta

A bicicleta pode ser um exercício altamente agradável, mas, à medida que seu útero cresce, o centro de gravidade muda e você pode achar difícil evitar as quedas. Se você já anda de bicicleta regularmente, pode continuar até sentir que está grande demais para pedalar com segurança. Ou, então, opte por uma bicicleta ergométrica na academia. Você pode forçar muito a região da coluna lombar enquanto está pedalando, e suas articulações ficam mais frouxas durante a gravidez, então tome cuidado com os excessos.

Dançar

A dança pode levantar o seu astral bem como deixá-la em forma, e também pode ser ótima durante a gravidez, desde que você evite fazer movimentos bruscos com o quadril, pois isso poderá lesar seus ligamentos e suas articulações. Não dance até ficar exausta e evite ficar com muito calor.

Mergulho

Existem pouquíssimos estudos científicos a respeito dos efeitos do mergulho sobre as gestantes, mas o UK Sport Diving Medical Committee (Comitê Médico de Mergulho do Reino Unido) recomenda que as gestantes e as mulheres que tencionam engravidar não pratiquem este esporte. (Saltar de um trampolim numa piscina obviamente também não é seguro.)

Andar a cavalo

As mudanças no seu peso e no centro de gravidade podem afetar o seu equilíbrio e tornar mais difícil cavalgar com segurança – e obviamente você não quer cair. Muitas mulheres que já têm o hábito de andar a cavalo continuam com a atividade nos primeiros estágios da gravidez, mas ouça o seu corpo e decida quando é hora de parar.

Correr/Trotar

Andar rápido pode ser melhor na gravidez por causa dos movimentos bruscos com o quadril que o "trote" exige. Se você já corria antes, pode continuar, mas talvez seja preciso alterar sua rotina de exercícios.

Esquiar

À medida que o seu corpo fica maior, virar e se curvar podem ser atividades cada vez mais difíceis, então esquiar torna-se bem menos prático. Existe também o risco das quedas. Em grandes altitudes também é mais difícil para o seu corpo obter oxigênio suficiente. A não ser que você seja uma esquiadora muito habilidosa, provavelmente é melhor evitar esquiar durante a gravidez, especialmente se você já teve algum aborto espontâneo ou sangramento na atual gestação.

Exercícios com peso

Já que as suas articulações estão mais frouxas e é muito fácil ter problemas lombares na gravidez, é bom consultar um instrutor para modificar o seu programa habitual de exercícios com peso. Talvez você possa reduzir o peso que levanta e aumentar as repetições para manter a forma.

Dicas para você se sentir melhor

Se você está perdendo todo o florescer e as alegrias da gravidez e tudo o que sente é o cansaço e o enjôo, então esta é a época para tentar se alegrar. Aqui estão alguns "luxos" que você pode se dar e que podem fazer isso por você. Escolha o que mais a agradar, e divirta-se...

Se você se sente enjoada:

- Faça um estoque de biscoitos de gengibre, compre chá de gengibre e de laranja, e coloque algumas faixas de acupressão nos pulsos para ajudar a aliviar a náusea.

Se você precisa relaxar:

- Marque uma sessão com um terapeuta complementar. Em geral uma conversa a sós pode ser uma oportunidade para falar sobre como se sente, e você poderá achar o tratamento relaxante e agradável. A acupuntura é uma verdadeira bênção para algumas mulheres, enquanto outras preferem a massagem ou a homeopatia. (Veja a página 88 para obter mais informações sobre as terapias complementares na gravidez.)
- Se as terapias complementares não são de seu agrado, opte então por um tratamento de beleza. Uma massagem facial, no pescoço ou nos ombros, ou até mesmo uma pedicure podem fazê-la sentir-se com mais energia e mais disposição para encarar o dia.

Se você precisa aumentar seu nível de energia, experimente fazer algum exercício leve:

- Experimente ter aulas de ginástica, mas avise ao instrutor que você está grávida.
- Compre um pacote de aulas de natação.
- Matricule-se numa academia e faça exercícios com acompanhamento pessoal para saber o que é seguro e o que não é durante a gravidez.
- Compre uma daquelas bolas grandes usadas em ginástica e sente-se sobre ela enquanto estiver assistindo à TV; assim, mesmo quando você estiver assistindo à novela, poderá mover a pélvis de modo suave para fortalecer os músculos das costas.

Se você deseja um pouco mais de romance em sua vida:

- Planeje uma viagem de fim de semana ou um dia de passeios com o seu parceiro. Usem o tempo livre para fazer planos agradáveis sobre o bebê e a vida de vocês dois juntos como pais. Brinquem de

fada madrinha, você e ele. Que três coisas vocês desejariam para seu bebê?
- Presenteie-se com um lindo sutiã (isso pode ser ótimo para o seu ânimo, já que seus seios estão crescendo sem parar).
- Compre sapatos novos, sempre tendo em mente que você vai precisar de sapatos baixos e elegantes para usar no fim da gravidez.

Se quiser dar um toque saudável em sua alimentação, tente:

- uma caixa de morangos
- dois ou três damascos frescos
- um bife orgânico (sem agrotóxico, adubo artificial ou anabolizante)
- salmão fresco grelhado
- gastar dinheiro com sucos de frutas frescas

Se você precisa de um tempo para "refletir":

- Compre um lindo caderno e comece um diário sobre a gravidez. Experimente reservar um tempinho todos os dias ou uma vez por semana para escrever sobre como estão indo as coisas. Você também pode adicionar fotos e os ultra-sons do seu bebê.

Se o seu parceiro quer se envolver mais com a gravidez:

- Invista numa câmera digital. Ele pode tirar fotos da sua barriga a cada semana. Além disso, você precisará de muitas fotos do bebê para mandar por e-mail para todos os amigos e conhecidos quando ele ou ela finalmente nascer.

Planejando com antecedência: onde ter o bebê?

Você tem várias escolhas a fazer sobre onde terá o seu bebê e sobre o tipo de cuidados pré-natais que receberá. Em algumas partes do país, talvez tenha poucas opções. Por exemplo, se quiser um parto no hospital, pode haver apenas um nas redondezas. Ou então você poderá optar por ter um parto no hospital, em casa ou numa maternidade.

Por que preciso pensar com antecedência sobre o local onde quero ter o bebê?

Mesmo neste estágio inicial da gravidez, o local onde você terá o seu bebê poderá definir os cuidados pré-natais.

Quais são as opções disponíveis?

Nem tudo pode estar disponível na área em que você reside, mas em todo o país existem estas opções:

Casas de parto

Essas clínicas são pequenos centros coordenados por obstetrizes. São muito comuns na Europa, mas no Brasil existem pouquíssimas, pois aqui há controvérsias sobre sua eficácia. Elas oferecem um ambiente menos "tecnológico", onde o parto é tratado como um processo normal, e não médico. Não são unidades hospitalares comuns com papel de parede bonitinho. Essas clínicas são relativamente recentes, mas estão se multiplicando cada vez mais.

As obstetrizes que trabalham nessas clínicas recebem um treinamento específico para esse tipo de trabalho, e são altamente qualificadas e dispostas a ajudar as mulheres a utilizar seus próprios recursos para lidar com o parto. Elas podem oferecer uma destas opções:

- piscinas para parto na água
- salas de parto com poucos equipamentos e com bolas de parto e travesseiros no lugar de camas

- quartos para a família, para que o seu parceiro possa ficar junto depois que o bebê nascer
- terapias complementares
- continuidade do profissional; a mesma obstetriz cuidará de você durante todo o parto
- óxido nitroso para aliviar a dor durante o trabalho de parto
- aulas e cuidados pré-natais
- apoio após o parto e conselhos sobre a amamentação

Essas clínicas tornaram-se rapidamente centros de excelência para os partos normais. Nelas você tem bem menos chances de precisar de um parto induzido, um parto assistido, uma anestesia peridural ou de uma episiotomia. No entanto, essas clínicas não têm à disposição anestesias peridurais, partos assistidos, cesarianas ou unidades de tratamento especiais para os bebês. Se algum problema ocorrer durante o parto, você terá que ser transferida para um hospital numa ambulância, junto com a sua obstetriz da clínica.

No Reino Unido, a maioria desses centros faz parte do sistema público de saúde, então você não precisará pagar. Alguns aceitam mulheres de outras áreas, mas outros não. Existem alguns centros particulares, mas o tratamento completo poderá custar alguns milhares de libras. Eles não existem em todo o país.

Em casa

Partos em casa são comuns em vários países europeus. No Brasil, acontecem geralmente onde não existem outras alternativas, e são assistidos por parteiras leigas. O número desses partos varia muito na Inglaterra. A média nacional é de cerca de 2% de todos os partos, mas em muitas áreas é de 20%, e um grupo de obstetrizes que opera no sul de Londres tem uma taxa de 43% de partos em casa.

No Reino Unido, você não precisa de nada específico para marcar um parto em casa: um telefone, uma casa aquecida, um banheiro e água quente são as coisas mais importantes. Perto da data prevista para o parto, sua obstetriz dará a você um *kit* de parto em casa com tudo o mais que você vai precisar.

O parto planejado em casa é seguro para os partos normais de baixo risco. Muitos estudos compararam os resultados dos partos planejados em casa com aqueles planejados em hospitais e demonstraram que não há diferenças em riscos para o bebê.

Lembre-se de que marcar um parto em casa não significa que você definitivamente terá o bebê em casa. Se surgirem problemas de saúde durante sua gravidez (tais como diabetes ou pressão alta), ou se o seu bebê não estiver posicionado de cabeça para baixo, você poderá ser aconselhada a ter o seu bebê num hospital. Durante o parto, talvez você precise ser transferida para um hospital, caso tenha problemas como sangramento ou o trabalho de parto paralise, ou se as batidas do coração do bebê gerarem alguma preocupação. Você também pode escolher ir para um hospital durante o trabalho de parto se decidir que precisa de mais medicamentos para aliviar as dores do que os disponíveis em casa.

Vários estudos demonstraram que as mulheres que planejaram um parto em casa, mas tiveram de ser transferidas para um hospital, ainda assim apreciaram o fato de terem podido passar parte do tempo do parto em casa com a mesma obstetriz cuidando delas.

Converse com seu médico se você estiver pensando em ter um parto em casa, pois, se ele estiver disposto a acompanhá-la, mesmo no Brasil essa decisão é possível nos casos de baixo risco.

Hospital

A maioria dos bebês nasce em hospital. As maternidades costumam oferecer todos os tipos de alívio para a dor, incluindo anestesias peridurais, e equipamentos para os bebês que são muito pequenos ou estão doentes. Você pode ter uma ampla variedade de hospitais à sua disposição se morar numa cidade de médio ou grande porte. Se você mora no interior, talvez esteja distante de um hospital e tenha pouca opção. Talvez o hospital local tenha um *website* que poderá dar-lhe mais informações sobre o que pode oferecer. O seu médico poderá dar-lhe outras informações, e outras mães que moram no mesmo local são uma excelente fonte de informação sobre hospitais. Muitos hospitais têm horários próprios para ser visitados, nos quais você poderá conhecer as salas de parto e as alas da maternidade.

O lugar onde vou ter o bebê importa?

Sim, importa. Se você tem algum problema de saúde ou um bebê prematuro, precisará dos cuidados de uma unidade com equipamentos especiais. Mas muitas mulheres não só precisam de um hospital que tenha equipamentos especiais, como também podem acabar precisando de intervenções de risco, como indução, parto assistido ou uma cesariana, caso tenham o bebê num hospital. (Isso também se aplica às mulheres que marcam o parto num ambiente com poucos equipamentos especiais e acabam precisando ser transferidas para um hospital quando os problemas surgem.)

O parto é um processo finamente equilibrado, comandado pelos seus hormônios. Sabemos que o aumento da ansiedade pode afetar o parto. Você secreta o hormônio ocitocina para fazer o seu útero se contrair. Outro hormônio, a adrenalina, é secretado caso você fique ansiosa ou muito nervosa. A adrenalina age como inibidor da ocitocina. Portanto, caso você fique nervosa, ansiosa e com medo, o seu parto não sairá tão bem quanto se ficar calma, recebendo o devido apoio e sentindo-se capaz de lidar com a situação.

Muitas mulheres acham que os hospitais e as rotinas hospitalares são estressantes. Os uniformes, as hierarquias e as regras também acabam por intimidar algumas pessoas. Por outro lado, algumas mulheres gostam da segurança de estar dentro do ambiente hospitalar. Reflita sobre o que será melhor para você.

Pequenas intervenções podem levar a problemas que, por sua vez, levam a intervenções ainda maiores. Por exemplo, se o seu parto estiver lento, uma instilação venosa de um soro específico pode apressar o processo. Mas aí suas contrações doem mais, então você irá precisar de uma anestesia peridural para aliviar a dor. Receber uma peridural aumenta a probabilidade de precisar de um parto assistido, o que por sua vez significa que você receberá mais cortes, precisará de mais pontos, e assim por diante.

Se você é saudável e sua gravidez é normal, talvez seja bem melhor marcar um parto em casa, numa casa de partos, ou em um local com poucos equipamentos especiais, desde que seu médico esteja disposto a acompanhá-la.

Você também pode aumentar suas chances de ter um parto normal fazendo o seguinte:

- escolha os cuidados de uma obstetriz ou de um grupo de obstetrizes se essa opção estiver disponível onde você mora, tendo sempre o médico na retaguarda; ter uma obstetriz com você durante o parto, alguém que você conheceu e em quem veio a confiar durante a gravidez,

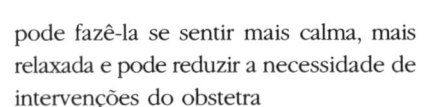

pode fazê-la se sentir mais calma, mais relaxada e pode reduzir a necessidade de intervenções do obstetra
- tenha alguém para acompanhá-la durante o parto além do seu parceiro
- contrate uma obstetriz particular, se puder pagar; você terá cuidados exclusivos garantidos e pode ter o seu bebê no local que preferir, desde que seu médico esteja de acordo, e na retaguarda para suprir qualquer emergência

Maneiras de você se ajudar:

- fique bem informada
- participe de aulas pré-natais
- reflita sobre como você quer lidar com o parto
- converse sobre isso com sua obstetriz e com seu médico
- escreva um plano de parto com o seu parceiro
- pesquise os fatos e reflita calmamente sobre o que acha de cada intervenção

Mês 3

Três coisas interessantes sobre o 3.º mês

1 *Saber que está grávida... e não contar para ninguém ainda, guardando o segredo um pouquinho mais*
2 *Contar para todos... e partilhar de sua alegria*
3 *Ver a movimentação do bebê pelo ultra-som*

Neste mês, o seu bebê vai de cerca de 2,5 cm para cerca de 4 cm de comprimento, da cabeça até a porção inferior do dorso, e ganha cerca de 7 g de peso

9ª Semana

O crescimento do bebê

Nesta semana, o seu bebê começa a ter contornos mais humanos, embora ainda seja muito pequeno.

Todos os órgãos principais já começaram a se formar, assim como os folículos pilosos. O fígado já produz os glóbulos vermelhos do sangue. O corpo do seu bebê começa a ficar mais delineado, a cabeça fica mais distinta do corpo e o pescoço mais desenvolvido. As pálpebras quase cobrem os olhos, e a pupila, o orifício situado no centro do olho, já surge, junto com as primeiras conexões nervosas que vão dos olhos até o cérebro.

As mãos já se flexionam na altura do pulso, os dedos dos pés e das mãos estão mais longos, os cotovelos são visíveis e o seu bebê mexe o corpo, os braços e as pernas. Se por algum motivo você precisar de um ultra-som no início da gravidez, poderá ver esses movimentos. Toda vez que você respira, o seu bebê se movimenta no líquido amniótico.

As mudanças no seu corpo

Embora as outras pessoas talvez não percebam nada de diferente, você pode notar que a sua cintura fica gradualmente maior à medida que o seu útero cresce, e os seus seios talvez ainda estejam muito sensíveis. No entanto, as pessoas podem começar a suspeitar que você esteja grávida caso comece a **desmaiar**, que é o que acontece com algumas mulheres.

A quantidade de sangue circulando no seu corpo aumenta muito durante a gravidez. No fim da gravidez, você terá quase 50% a mais do que antes de ficar grávida. O maior aumento ocorre durante o segundo trimestre, mas tem início no primeiro, para suprir as demandas do seu útero em crescimento.

Para refletir

- **Combinar o trabalho com a gravidez** tem seus desafios próprios. Colocamos aqui as informações que você precisa ter, incluindo a **avaliação de riscos** e os **seus direitos**.
- Planejando com antecedência: **você está grávida de dois ou mais bebês?**

Desmaios

A causa mais provável para os desmaios ou se sentir tonta durante a gravidez é a pressão baixa. Você se sente bem a maior parte do tempo, mas pode se sentir tonta ou prestes a desmaiar quando se levanta. Pular apenas uma refeição já pode deixar você com um nível de açúcar baixo no sangue, e isso pode fazer com que se sinta fraca e desmaie.

O desmaio é, na verdade, a cura para um problema: pouco sangue está fluindo para o seu cérebro, então você cai, e isso facilita a chegada do sangue a todos os lugares necessários. É uma solução um tanto radical, mas bastante eficaz.

Se você se sente tonta, não espere até cair. Deite-se, ou sente-se e ponha a cabeça entre as mãos. Talvez leve uns bons cinco ou dez minutos até você se sentir perfeitamente bem de novo, então não se apresse. Vá com calma durante um tempo.

Caso você tenha tendência a desmaiar:

- Quando estiver sentada ou deitada, levante-se sempre com cuidado, lentamente.
- Esforce-se para deitar do lado esquerdo para evitar que o sangue fique preso nos membros inferiores.
- Se possível, evite ficar de pé. Num ônibus lotado, nem todas têm coragem de dizer "Estou grávida e estou me sentindo tonta, será que alguém pode me ceder o lugar?", mas isso costuma funcionar. Claro que ajuda se a sua barriga já estiver bem aparente, mas o fato é que você está mais predisposta a desmaiar no início da gravidez, quando os sinais externos ainda não são visíveis.
- Se você tem que ficar de pé, contraia e relaxe os músculos das pernas e das nádegas para manter o seu sangue circulando.
- Fique longe de ambientes abafados e com fumaça. Tente se sentar nas áreas para não-fumantes em bares e restaurantes.

De qualquer modo, ter um bebê na barriga faz com que você tenha mais calor do que o normal, então você pode perceber que tem menos tolerância a lugares quentes e abafados.

Caso você se sinta tonta ou desmaie com freqüência, fale com seu médico. Talvez você esteja anêmica e precise de mais ferro (veja a página 102). Se você sente tontura e dor nas costas ou no abdômen, entre em contato com o seu médico. Talvez você esteja com alguma infecção do trato urinário, ou, em casos raros, uma gravidez ectópica (veja a página 411).

Como lidar com o trabalho no início da gravidez

Preste sempre atenção à sua saúde no ambiente de trabalho. À medida que o seu corpo se modifica durante a gravidez, você pode ficar mais sensível às condições que talvez não tenha notado antes. Por exemplo, o seu bebê, que está crescendo, começará a fazer peso nas suas costas, então dê um jeito de apoiá-las melhor. Durante a gravidez, o seu volume de sangue também aumenta, e isso pode fazer com que sinta mais calor do que costumava. Existem inúmeras coisas que você pode fazer para ajudar a manter o bom humor:

- Se você ficar perto de uma janela, deixe-a aberta para ter acesso constante ao ar fresco. Isso a ajudará a ficar mais alerta, permitirá que você respire o ar fresco em vez do ar abafado do escritório, e pode fazê-la se sentir melhor em caso de mal-estar.
- Caso fumar seja permitido no seu trabalho (algo pouco provável), peça para ser

transferida para uma área bem longe das áreas de fumantes.
- Use roupas confortáveis, que não façam você sentir muito calor.
- Use sapatos baixos e, quando estiver sentada, tire-os e mexa os dedos e faça rotações com os tornozelos para ajudar a circulação. Dê um passeio pelo escritório a cada duas horas. Isso ajuda a circulação, impede que suas articulações fiquem rígidas e pode ajudá-la a ficar mais alerta, caso você esteja se sentindo cansada.
- Tenha um estoque de lanchinhos saudáveis em sua mesa (ou na mesa de outra pessoa, pois aí você vai ter uma boa desculpa para andar com tanta freqüência).
- Beba muita água para evitar a desidratação.

Não deixe que o estresse tome conta de você. Mulheres muito estressadas correm maior risco de ter um parto prematuro. Portanto, se houver algum problema relacionado ao trabalho que esteja deixando você sem dormir, veja se é possível delegar a tarefa a outra pessoa, adiá-la ou até mesmo ignorá-la.

Se o seu trabalho requer que você fique sentada, à mesa ou em outro lugar

Você precisará tomar cuidados especiais com suas costas durante a gestação. Os seus tendões, ligamentos e tecido conjuntivo ficam bem mais moles devido às mudanças hormonais que estão acontecendo no seu organismo, e você fica mais predisposta às lesões nas costas. Se você fica sentada no mesmo local dia após dia, precisa de uma cadeira que dê o apoio necessário.

O mais importante é um bom apoio para a parte inferior das costas. Uma boa idéia é usar almofadas ou colocar um apoio especial no encosto.

Verifique se a sua cadeira está na altura correta em relação à sua mesa. (O médico do trabalho da sua empresa poderá lhe dar mais informações a esse respeito.) Isso pode limitar o esforço que você impõe às suas costas.

Arranje um pequeno apoio (uma pilha de listas telefônicas serve) para descansar os seus pés. Você deve movê-los com bastante freqüência para manter sua circulação sangüínea sempre ativa. Tire os sapatos e faça movimentos circulares com os tornozelos, e mexa os dedos dos pés de vez em quando (experimente fazer isso de meia em meia hora).

Avaliação de riscos do local de trabalho

O seu empregador tem o dever de se certificar de que quaisquer riscos no ambiente de trabalho estejam o máximo possível sob controle, e também tem de levar em conta quaisquer perigos que eles possam trazer para você enquanto estiver grávida. Você tem o direito de solicitar uma avaliação de riscos caso ache que as condições de trabalho representem alguma ameaça para você ou seu bebê. Você precisa notificar o seu chefe, por escrito, que está grávida, para que isso seja feito. Obviamente, a maioria das instalações em escritórios e lojas não apresenta grande perigo, mas, se você trabalha numa fábrica ou num laboratório, talvez existam problemas potenciais.

Se houver algum risco, devem ser tomadas as seguintes precauções:

- Caso seja aconselhável eliminar um risco e ele não puder ser eliminado, você deverá modificar as suas condições ou seu horário de trabalho.
- Se isso não for possível, seu empregador deverá oferecer a você um trabalho alternativo apropriado.

- Se isso não for possível, seu empregador deverá dar-lhe uma licença com salário integral até quando for necessário evitar os riscos. Se, no entanto, você recusar, sem motivos razoáveis, um trabalho alternativo sugerido pelo seu empregador, perde o direito a um salário integral durante a sua licença.

Existem algumas condições gerais de trabalho que não são apropriadas para as gestantes:

- **Longas jornadas de trabalho, trabalho em turnos ou trabalho noturno:** você pode solicitar um ajuste no seu horário de trabalho. Também pode receber algum tipo de proteção especial caso trabalhe à noite. Se o seu médico disser que é melhor para a sua saúde evitar trabalhar à noite, e puder lhe dar um atestado médico, caberá ao seu empregador encontrar um trabalho alternativo que seja apropriado para você.
- **Ficar de pé e levantar peso:** essas atividades estão associadas a aborto espontâneo, parto prematuro e bebês com baixo peso ao nascer.
- **Ficar sentada durante muito tempo em locais apertados:** isso pode fazer com que você tenha problemas circulatórios. Solicite uma mudança no padrão de trabalho ou no local onde você fica sentada para que você possa se movimentar com mais facilidade.
- **Trabalhar em plataformas altas, ou tendo que subir escadas:** isso pode ser perigoso, já que seu centro de gravidade muda durante a gravidez e você pode ficar menos apta a lidar com alturas de modo seguro.
- **Trabalhar sozinha:** isso pode lhe causar problemas caso surja alguma emergência médica. Se isso for inevitável, procure ter ao alcance algum tipo de comunicação, como um telefone celular, para você pedir ajuda se necessário.

Todas as empresas devem fornecer um local para você descansar e um banheiro adequado, de fácil acesso. Algumas empresas restringem as idas ao banheiro aos intervalos estabelecidos, mas devem permitir que você tenha acesso fácil ao banheiro a qualquer momento quando está grávida.

Existem algumas condições específicas de trabalho que podem causar problemas quando você está grávida. Entre elas, estão:

- **Choques, vibração ou movimento:** por exemplo, andar em veículos próprios para trilhas pode aumentar o risco de aborto espontâneo, então é melhor deixar de lado os seus planos de participar de um *rally*.
- Excesso de **ruído**.
- **Extremos térmicos:** excesso de calor ou frio.
- **Trabalhar com radiação iônica:** isso inclui o trabalho associado à terapia de ondas curtas, solda de plásticos e vulcanização de adesivos. Se você trabalha com fontes de radiação, ou perto delas, diga a seu empregador que está grávida assim que souber.
- **Atividades em atmosferas hiperbáricas:** isso inclui locais pressurizados e a prática de mergulho.
- **Atividades com agentes biológicos ou drogas muito fortes:** se você é uma enfermeira ou farmacêutica que prepara e administra esse tipo de droga, ou trabalha com resíduos e é responsável pela tarefa de eliminá-los, pode correr riscos e deve tomar precauções extras.
- **Atividades com metais e substâncias químicas:** isso inclui mercúrio e derivados do mercúrio, agentes químicos, incluindo pesticidas, ou chumbo e derivados do chumbo. A exposição ao chum-

bo pode causar problemas congênitos ao bebê. Caso você possa ficar exposta ao chumbo, deverão encontrar algum trabalho alternativo para você (ou dar-lhe uma licença com salário integral).
- **Atividades em áreas nas quais você pode ficar potencialmente exposta ao monóxido de carbono:** os riscos ficam maiores quando motores ou maquinários são utilizados em áreas fechadas.
- **Atividades com animais:** se você entra em contato com carneiros, deve tomar precauções para evitar as infecções que podem causar aborto espontâneo (listeriose e toxoplasmose). Veja a página 369.

Pergunta: A viagem para ir e voltar do trabalho me deixa tão cansada quanto o próprio trabalho. O que devo fazer?

Anna McGrail responde: O tempo que você gasta viajando para ir e voltar do trabalho não é um fator levado em conta pelas avaliações de riscos à saúde e à segurança. As viagens que você faz relacionadas ao trabalho são levadas em conta, mas não a viagem para se deslocar de casa ao trabalho e vice-versa. No entanto, existem maneiras de você melhorar as viagens até o trabalho, deixando-as menos cansativas.
- Pergunte se você pode mudar seu horário de trabalho – desse modo poderá se deslocar fora dos horários de *rush*, e terá mais chances de conseguir um lugar para se sentar.
- Veja se pode trabalhar um dia em casa. Ficar só quatro dias lutando para se locomover entre a multidão representa 20% menos esforço do que cinco dias...
- Coloque um anúncio no quadro de avisos do trabalho – talvez você tenha um colega que mora perto de você, com quem possa alternar caronas.
- Não suporte tudo sorrindo – deixe claro que está grávida e gostaria de se sentar. Se você sentir que precisa muito se sentar, peça para alguém ceder o lugar.
- Converse com o seu médico caso você ache que as viagens de ida e volta estejam afetando a sua saúde. O seu médico pode escrever uma carta para o seu empregador recomendando que você mude seu horário de trabalho durante a gravidez. Se você obtiver uma licença médica, lembre-se de que isso pode afetar seu salário, caso receba comissões.
- Tente não usar roupas muito quentes enquanto estiver indo ou voltando do trabalho. Por estar grávida, você já fica suscetível ao calor, e um metrô lotado pode fazê-la se sentir ainda pior se tiver muito calor.
- Se você usa ônibus, carro ou trem como transporte, leve uma garrafa de água com você e alguns docinhos ou frutas para aumentar sua energia.

Os seus direitos

Por estar grávida e trabalhando, você tem alguns direitos:

- Você tem direito de não ser descontada em seu salário quando precisar ir às consultas pré-natais, caso elas aconteçam durante seu horário de trabalho. Esse direito independe do seu tempo de serviço.
- Você também tem o direito de ir aos cursos de pré-natal ou sobre cuidados maternais caso o seu médico recomende.
- Você está protegida pela legislação referente à discriminação sexual contra tratamento injusto (por exemplo, ter suas condições de trabalho alteradas de modo que sejam menos favoráveis que as de seus colegas) ou contra demissão por estar grávida ou ter um bebê. Esse direito independe de quanto tempo você esteja empregada.

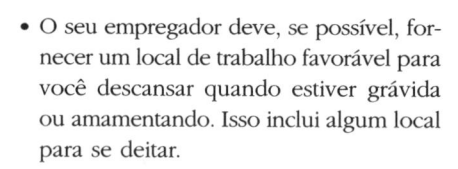

- O seu empregador deve, se possível, fornecer um local de trabalho favorável para você descansar quando estiver grávida ou amamentando. Isso inclui algum local para se deitar.

Alguns empregadores são verdadeiros modelos nesse sentido, mas infelizmente muitas gestantes percebem que seus empregadores não fazem muito para apoiá-las durante a gestação.

Se este for o seu caso, entre em contato com:

- o gerente de recursos humanos ou de pessoal
- um representante do seu sindicato

Planejando com antecedência: você está grávida de dois ou mais bebês?

Você pode desconfiar que está grávida de mais de um bebê se:

- passou por um tratamento de fertilização
- tem um histórico de gêmeos ou mais na família
- os "sintomas da gravidez" são mais intensos, como náuseas severas
- tem uma barriga muito maior do que a esperada para o seu estágio de gestação

Se estiver esperando gêmeos, você provavelmente perceberá que terá um aumento de peso mais rápido e maior nas primeiras semanas. O peso extra não é decorrente apenas do outro bebê, da outra placenta e do líquido amniótico, mas também de mais fluido no seu próprio organismo.

A sua obstetriz ou seu médico talvez suspeite que você esteja grávida de mais de um bebê se:

- o peso do seu útero é maior do que o esperado para seu estágio da gestação (veja a página 144)
- acha que pode sentir dois bebês
- ouve batimentos cardíacos em ritmos diferentes

Se você desconfia que está esperando gêmeos, um ultra-som pode confirmar suas suspeitas ou descartá-las.

Por que eu preciso pensar com antecedência sobre ter dois ou mais bebês?

Se você descobrir que está grávida de mais de um bebê, pode ficar simplesmente maravilhada ou, principalmente se já tiver um filho, completamente amedrontada. Os gêmeos e os trigêmeos são especiais, e essa é uma gestação especial. Você precisará de apoio extra, tanto do seu parceiro quanto de sua família e de seus amigos. Grupos de apoio como o portal do voluntário (www.portaldovoluntario.org.br) também podem dar informações e conselhos para ajudá-la durante a gravidez, prepará-la para aquilo que a espera durante o parto e também ajudá-la no planejamento para quando os bebês nascerem.

Como ocorrem mais problemas com gestações de dois ou mais bebês, você também receberá cuidados pré-natais extras. Você também pode ter mais consultas pré-natais e ultra-sons extras, bem como poderá ficar sob os cuidados de um especialista, em gestação de alto risco.

Exames pré-natais

Os exames de sangue não são de grande ajuda no caso de você estar grávida de gêmeos ou mais, já que não é possível saber qual bebê está causando a mudança nos resultados dos exames.

- O **exame de translucência nucal** (veja a página 56) pode ser útil. A taxa de detecção da síndrome de Down é a mesma de uma gestação de um só bebê. No entanto, alguns tipos de gêmeos têm naturalmente uma dobra nucal maior, sendo que isso pode originar um resultado falso-positivo.

- É possível fazer uma **amniocentese** se cada gêmeo tiver seu próprio saco amniótico. Mas é um procedimento complexo e em geral deve ser feito apenas em centros especializados. O risco de aborto espontâneo é praticamente o mesmo que o da gestação de um só bebê.
- A **AVC** é de uso limitado, já que é difícil saber se foram efetivamente coletadas amostras da placenta de cada gêmeo. As placentas costumam crescer juntas, por isso é difícil distingui-las.

Caso se descubra que um dos gêmeos possui uma anomalia, na Inglaterra é possível ser realizado um aborto seletivo, embora isso represente riscos para o outro bebê. No Brasil, esse procedimento não é permitido.

Os riscos das gestações múltiplas

A maioria das mulheres que esperam gêmeos ou mais descobrem que todos os desconfortos da gravidez ficam bem maiores: níveis hormonais mais elevados causam mais náusea, o aumento de peso maior dá origem a mais azia, dores nas costas e varizes, e assim por diante.

Também há mais riscos para a saúde, incluindo um risco maior de:

- pré-eclâmpsia
- hemorragia antes ou depois do parto
- sintomas menos graves da gravidez, como anemia
- cesariana

O retardo de crescimento intra-uterino (RCIU) ocorre em cerca de 1/3 das gestações de gêmeos. É possível acompanhar o crescimento dos bebês com testes de ultra-som feitos com regularidade a partir da 24ª semana, aproximadamente.

Uma gestação de gêmeos representa um esforço maior para os seus recursos físicos. Se você estiver preparada para compensar isso alimentando-se bem, descansando mais e ficando na melhor forma possível, terá mais chances de desfrutar da sua gravidez. Talvez você precise deixar de trabalhar mais cedo e descansar mais... Afinal, carregar dois ou mais bebês em desenvolvimento dentro de você não é um trabalho fácil!

10ª Semana

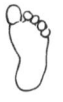

O crescimento do bebê

O desenvolvimento dos traços faciais continua: as pálpebras estão mais desenvolvidas, e as partes externas do ouvido, as orelhas, começam a assumir sua forma final. A cauda desaparece mais ou menos nessa época, à medida que o resto do corpo cresce. Os membros ficam mais longos e os órgãos sexuais internos e externos começam a se desenvolver.

Parabéns! Até esta semana, o seu bebê era oficialmente chamado de embrião. Agora (se quiser) você pode chamá-lo de feto. No "período embrionário" da gravidez ocorreu o desenvolvimento de todos os principais órgãos e sistemas. Esse é o estágio em que o bebê corre maior risco – a maioria dos defeitos de nascença ocorre antes do fim da 10ª semana. Agora que você está entrando no "período fetal", um estágio crítico do desenvolvimento do seu bebê já foi completado. No período fetal, ele irá aperfeiçoar esses sistemas orgânicos fundamentais e crescer, crescer e crescer.

As mudanças no seu corpo

Talvez você perceba que o seu apetite aumenta muito nessa época e que começa a se sentir menos cansada. Você pode perceber que está comendo coisas que normalmente jamais comeria – algumas mulheres dizem que a gravidez está "tomando conta", para descrever essa fase. Algumas mulheres começam a engordar e o formato do rosto também fica um pouco diferente. Pode ser que você tenha passado a usar um sutiã um ou dois números maior do que quando engravidou. Essa fase em que o corpo amadurece e fica mais redondo cai bem para algumas mulheres e elas apreciam as mudanças. Outras já acham mais difícil lidar com elas.

Para refletir

- Este costuma ser o prazo máximo para que você tenha a **sua primeira consulta pré-natal** e passe a conhecer a equipe de profissionais que tomará conta de você. Na primeira consulta, passará por vários **exames de rotina**.
- Por volta dessa época, você provavelmente já fez um **exame de ultra-som**.
- Planejando com antecedência: **exames pré-natais**.

A sua primeira consulta pré-natal

Essa é a época em que você provavelmente fará uma primeira consulta pré-natal. Nela, você vai conhecer o médico e os outros profissionais de saúde que acompanharão sua gestação. Se você tem um plano de saúde ou escolheu um médico particular, provavelmente esse profissional poderá ser o escolhido para fazer o parto. Se o pré-natal e o parto forem em um serviço público, é possível que na hora do parto o médico que a acompanhou na gestação não esteja presente, mas todas as informações importantes deverão estar registradas em seu prontuário em uma pasta que você pode organizar e levar consigo. Dependendo do serviço, haverá também obstetrizes (enfermeiras especializadas em obstetrícia) tanto no pré-natal como no atendimento ao parto.

Muitas mulheres são atendidas por uma obstetriz da comunidade a que recorrem nas consultas pré-natais e, quando chega a hora de ir para o hospital e ter o bebê, elas são atendidas por uma obstetriz do hospital.

Na hora do parto as mulheres preferem ter uma obstetriz que já conheçam. Se você tiver o bebê em casa, poderá ter quase certeza sobre qual obstetriz irá atendê-la, mas isso depende do modo como esse tipo de serviço é organizado na sua área. A única maneira de ter certeza de que você terá uma obstetriz que já conhece é contratar uma obstetriz particular (veja a página 52). Converse com sua obstetriz sobre os tipos de serviço disponíveis na sua localidade.

Exames de rotina

Existem alguns exames que são padrão.

Exames de urina

A urina é examinada para detectar:

- açúcar
- proteína
- bactérias

Se der um resultado positivo para o açúcar, um teste de tolerância à glicose será feito para saber se você está começando a desenvolver diabetes gestacional (veja a página 184).

Se houver proteína em sua urina, a quantidade será demonstrada no resultado como um "traço" ou pelo número de cruzes: +, ++, +++, ++++.

A presença de proteína na urina pode ser um sinal de pré-eclâmpsia (especialmente se você também tem pressão alta) ou de infecção urinária... ou talvez pode apenas ser um material contaminado.

O exame de urina pode detectar bactérias na sua urina, mesmo que você não tenha nenhum sintoma de infecção no trato urinário. Apenas cerca de 3% das mulheres têm bactérias na urina sem desenvolver quaisquer sintomas, mas quase metade dessas mulheres passará a ter algum tipo de infecção no trato urinário. Se a sua cultura de urina for positiva para bactérias, recomendarão que você tome antibióticos. Infecções bacterianas que não são tratadas estão ligadas com partos prematuros e baixo peso ao nascer, e é por isso que é feito o exame para detectar bactérias e, se necessário, tratar o problema.

Exames de sangue

O sangue colhido na sua primeira consulta é testado para determinar:

- tipo sangüíneo
- fator Rh
- nível de hemoglobinas

- glóbulos brancos e plaquetas
- sífilis
- imunidade à rubéola
- hepatite B
- HIV
- toxoplasmose

Se você tiver hepatite B, o seu bebê passará pelo processo inteiro de imunização a partir do momento do nascimento.

Pressão arterial

A sua pressão arterial será medida em cada consulta pré-natal. Ela aparece no seu prontuário como dois números, como 120/70. (Os números são uma medida da pressão em milímetros de mercúrio.) O primeiro número – a pressão sistólica – é a pressão durante o batimento cardíaco. O segundo número – a pressão diastólica – refere-se à pressão quando o coração descansa entre os batimentos.

A sua pressão normal quando você não está grávida pode ser qualquer valor abaixo de 140/90, mas isso varia um pouco de pessoa para pessoa. Se a sua pressão foi medida no início da gravidez, o valor pode ter sido menor do que esse.

Se a sua pressão for alta, você pode ter que checá-la com mais freqüência. A pressão costuma subir durante a gestação e para algumas mulheres isso pode se tornar um problema.

Exames de ultra-som

As varreduras feitas por ultra-som na gravidez são quase uma rotina. As gestantes normalmente devem passar por pelo menos dois. Pode ser bastante reconfortante "ver" o seu bebê, e muitos pais acham a experiência particularmente comovente. Afinal de contas, os papais não passam pelo enjôo, cansaço e mudanças no corpo que podem lembrá-los diariamente de que o bebê é de fato real. Ver um bebê em desenvolvimento se mexendo na tela pode finalmente fazê-los crer que o bebê existe de verdade.

No entanto, embora muitos pais vejam esses testes como um modo privilegiado de espiar o bebê antes do nascimento, não é para isso que eles são feitos. Os exames de ultra-som são exames de acompanhamento, entre outras coisas, e podem mostrar problemas no desenvolvimento do seu bebê. Ao mesmo tempo, eles podem causar preocupações desnecessárias se indicarem possíveis problemas que mais tarde não se materializam.

Se você tem outros filhos, talvez queira que eles a acompanhem também, mas tenha em mente que às vezes o exame pode mostrar que há algum problema com o bebê. E é para isso que ele é feito. Pode ser difícil receber más notícias tendo que tomar conta de uma criança pequena, então talvez você prefira não ter seu(s) filho(s) por perto, caso isso aconteça, ou levar uma amiga para cuidar deles(s), se for o caso.

Nem todas as mulheres desejam fazer um ultra-som. Algumas têm quase certeza quanto à data do parto e preferem não saber se há algum problema com o bebê. Outras se preocupam com o nível de segurança dos exames.

Exames de ultra-som no início da gravidez

Este exame em geral é feito entre a 10ª e a 13ª semana e é chamado de exame de ultra-som para prever a data do parto.

O principal objetivo deste exame é possibilitar uma idéia mais clara da data prevista para o parto. Saber com mais precisão essa data pode evitar uma indução desnecessária mais tarde; assim, se você tem alguma dúvida quanto a datas, esse exame ajudará a saná-la. Cerca de 20% das mulheres acabam tendo a data do parto modificada depois de um ultra-som para prevê-la, e em geral essa data é transferida para mais tarde. Um ultra-som neste estágio da gestação tem um pouco mais de precisão do que contar os dias a partir do primeiro dia da sua última menstruação, já que ele mede o crescimento real do bebê em vez de se basear na suposição de que você ovulou 14 dias após a última menstruação. Prever a data com precisão é também um fator importante para os exames mais comuns que visam detectar precocemente a síndrome de Down.

Não será possível ver o sexo do bebê nesse exame, já que os genitais externos ainda não estão completamente desenvolvidos.

No caso de algumas mulheres, esse exame mostrará que elas estão grávidas de mais de um bebê e também pode mostrar se eles partilham a mesma placenta. Só raramente esse exame é capaz de detectar algum problema mais sério com o bebê.

O que acontece durante um ultra-som de rotina?

O exame de ultra-som dura cerca de 20 minutos. A clareza com que você poderá ver o bebê na tela depende em parte de quanto o bebê vai se mover e da posição em que se encontra.

Em geral, você precisa estar com a bexiga bem cheia, já que isso ajuda a levantar o seu bebê para fora da pélvis e dá uma melhor visão. Você se deita sobre uma cama e o operador – o sonografista – coloca um gel sobre seu abdômen. Em seguida, passa o leitor sobre a área e isso gera uma imagem em movimento. Não dói, mas pode ser um pouco desconfortável porque a sua bexiga estará cheia e a área será pressionada.

Costuma ser difícil entender que parte do bebê você está vendo. A imagem se parece um pouco com as imagens geradas por satélite meteorológico, e talvez você até tenha a impressão de que vai dar à luz uma frente fria – mas o sonografista irá explicar o que você está vendo. Para ter uma estimativa da data do parto, o sonografista mede certas partes do seu bebê. Isso pode levar alguns minutos, já que os bebês não costumam ficar parados. Antes da 13.ª semana, é mais provável que se meça o comprimento da cabeça até as nádegas. Depois da 13.ª semana, a circunferência da cabeça será medida, e talvez também o fêmur (o osso da coxa).

No fim do exame, você deve receber um relatório e talvez receba impressas as imagens mais nítidas do seu bebê. O relatório será analisado e explicado a você, pelo médico que o solicitou.

Algumas poucas unidades hospitalares oferecem uma gravação em vídeo do exame de ultra-som. Talvez seja preciso pagar uma pequena taxa pelas fotos ou vídeos do seu bebê. Muitos pais consideram as fotos um adorável começo para o "livro do bebê".

Exame de ultra-som transvaginal

Os exames de ultra-som geralmente são feitos colocando o leitor sobre seu abdômen (um exame transabdominal). Um exame transvaginal é feito colocando um leitor dentro da sua vagina. É mais invasivo e só é usado se houver alguma dificuldade para obter imagens mais claras, talvez por não haver urina suficiente na sua bexiga, ou por você estar muito acima do peso. Em alguns casos, o ultra-som transvaginal é capaz de fornecer uma imagem melhor, por exemplo, no caso de placenta baixa ou de haver gêmeos. O exame às vezes também é usado caso você tenha hemorragia bem no começo da gravidez.

Ultra-som em 3D

O exame de ultra-som em três dimensões é novo e atualmente poucos centros o realizam. Ele é capaz de gerar imagens bem nítidas do rosto e da cabeça no fim da gestação, mas, em geral, não se considera que seja capaz de dar informações mais úteis do que os exames de ultra-som comuns.

Resultados falsos-positivos e falsos-negativos

Os exames de ultra-som não detectam tudo e podem deixar passar alguns problemas. Por outro lado, talvez possam detectar um possível defeito que depois acaba por não ser nada. Esses resultados falsos-positivos às vezes causam intervenções desnecessárias. Eles podem deixá-la muito estressada e causar ansiedade durante todo o tempo restante da gestação.

A precisão para detectar um problema depende do sistema de órgãos afetado. O grau de detecção para anomalias do sistema nervoso central é alto, mas é baixo para anomalias cardíacas e do esqueleto. Quase todos os casos de anencefalia (um defeito do tubo neural que envolve desenvolvimento incompleto do cérebro, da coluna dorsal e/ou de seus revestimentos protetores) são detectados pelos exames que buscam anomalias, em geral durante um exame de ultra-som feito no início da gravidez. O diagnóstico de outros defeitos do tubo neural por meio de ultra-som é menos eficaz, com uma taxa de detecção de 70 a 84%.

Em alguns países, as mulheres podem optar por interromper a gravidez quando problemas graves são descobertos nessa fase. A legislação brasileira* só permite esse procedimento caso a vida da mãe esteja em risco devido à gestação. Mesmo assim, a detecção precoce de anomalias é válida, pois os pais poderão se preparar para o possível problema que o bebê terá ao nascer, através de conversas com profissionais da saúde ou de grupos de apoio. Saber da existência de problemas sérios antes do

---

* No Brasil, só em raríssimos casos (como gestação resultante de estupro ou com grandes riscos à vida da mãe), e com autorização judicial, se permite esse procedimento. [N. da R. T.]

Abreviações do exame de ultra-som

Aqui estão algumas das abreviações mais comuns que talvez você veja nas suas notas após fazer um exame de ultra-som:

CA	Circunferência abdominal
DBP	Diâmetro biparietal; medida do diâmetro da cabeça do bebê (de orelha a orelha)
CCN	Comprimento da cabeça às nádegas
CF	Comprimento do fêmur (osso da coxa)
CC	Circunferência da cabeça

parto também significa que a maternidade estará preparada para oferecer os cuidados necessários no parto e depois dele.

Os exames de ultra-som são seguros?

Provavelmente sim. Afinal de contas, eles são usados há anos. Alguns especialistas dizem que, se o ultra-som causasse grandes problemas, nós já estaríamos sabendo. Outros sugerem que quaisquer mudanças sutis que possam acarretar problemas são compensadas de longe pela utilidade dos ultra-sons, que dão informações valiosas e detectam problemas com o bebê.

Existem estudos que mostram que há pequenas mudanças nos bebês que passaram por esse exame. Três estudos demonstraram que existe uma incidência maior de meninos canhotos que são filhos de mulheres que passaram por um exame de ultra-som quando grávidas.

Um estudo de larga escala observou o histórico de 6.858 homens nascidos na Suécia entre 1973 e 1978, em um hospital onde exames de ultra-som eram a prática padrão, e de 172.537 homens nascidos em hospitais sem programas de exames de ultra-som. O estudo mostrou que, para homens nascidos entre 1973 e 1975 (quando a prática de rotina era um exame de ultra-som na 28.ª semana), não havia diferença entre o grupo que passou pelo exame e o que não passou. Nos homens nascidos entre 1976 e 1978 (quando a prática de rotina era um exame na 19.ª semana e outro na 32.ª semana), percebeu-se que a probabilidade de o homem ser canhoto era 30% maior.

Não sabemos ao certo o que isso significa. Talvez as sutis mudanças cerebrais estejam relacionadas ao ultra-som. Se for este o caso, elas não parecem estar ligadas a mudanças mais óbvias. Os meninos que passaram por ultra-som passaram por exames para detectar mudanças no QI e na audição, e também para detectar dislexia, e nada foi encontrado.

O consenso geral parece ser que o ultra-som é uma ferramenta útil, mas que deve ser usada com sabedoria. Por essa razão, exames freqüentes não costumam ser recomendados, a não ser que exista uma necessidade médica concreta. Se a sua gestação é saudável, o normal é fazer apenas dois exames. Se você tem algum problema de saúde, talvez precise de mais, já que o benefício trazido pelas informações é maior do que os supostos riscos. Embora o exame não seja garantia de melhora nos resultados da maioria das gestações, ele certamente evita induções desnecessárias, ao dar uma data mais precisa para o dia aproximado do parto, e identifica os bebês com problemas de desenvolvimento mais sérios.

Planejando com antecedência: os exames pré-natais

Os exames pré-natais que você poderá fazer podem variar de acordo com o hospital, a entidade que regula a saúde em sua área e a sua idade.

Por que eu preciso pensar com antecedência sobre os exames pré-natais?

Existem muitas opiniões sobre os exames pré-natais. Muitos pais e mães fazem um exame "para ter certeza" e acabam recebendo a notícia inesperada de que existe um motivo para se preocupar. Outros já acham que os exames os tranqüilizam e acham que, mesmo que ele traga uma notícia ruim, pelo menos pode dar-lhes tempo para se preparar. É fácil começar a rotina de exames sem pensar direito nas conseqüências. Mas essa pode acabar sendo uma experiência muito tensa e alguns futuros papais e mamães chegam a desejar nunca tê-la começado. Quanto mais informações você tiver sobre os exames pré-natais, melhor será o seu entendimento sobre as escolhas a seu dispor, e quais os possíveis riscos e as conseqüências com que você terá de lidar caso decida fazer todos os exames disponíveis.

Que tipo de informação os exames pré-natais podem me dar?

Os exames pré-natais são feitos para informar a você se o seu bebê corre algum risco, ou tem:

- **anomalias genéticas**, como a síndrome de Down; essas anomalias são causadas por defeitos nos genes no momento da concepção
- **anomalias congênitas**, como a espinha bífida; essas anomalias são causadas por algo que afeta o desenvolvimento do bebê após a concepção

Anomalias genéticas

Existem muitos tipos de anomalias genéticas e algumas delas são bastante raras.

Os 46 cromossomos que podem ser encontrados em cada célula estão agrupados em 23 pares. Às vezes, um óvulo ou espermatozóide contém duas cópias de determinado cromossomo, então, na concepção, o bebê resultante terá três cópias desse cromossomo. Isso é chamado de trissomia. A maioria das trissomias causa um distúrbio tão grande no embrião em desenvolvimento que a gestação termina em uma fase bem inicial, com um aborto espontâneo. No entanto, possuir três cópias de alguns cromossomos, em alguns casos, não impede que o bebê possa continuar a se desenvolver dentro do útero, mas ele passará a ter sérios problemas. Não há maneira de evitar que as trissomias aconteçam e também não há "cura" para elas.

- A trissomia 18, também chamada de **síndrome de Edward**, e a trissomia 13, chamada de **síndrome de Patau**, são anomalias raras que causam sérios defeitos de nascença e problemas de saúde e de desenvolvimento pós-natal.
- A trissomia 21 é a mais conhecida. Como o cromossomo 21 é o menor cromossomo (com exceção do Y), ter três cópias dele causa menos problemas para o bebê, mas o resultado é a **síndrome de Down**. As pessoas com síndrome de Down têm traços físicos específicos, como um rosto redondo e olhos amendoados, e certo grau de retardo mental.

Às vezes as meninas nascem com apenas uma cópia do cromossomo X, e isso é chamado de **síndrome de Turner** (ST). Isso acontece em aproximadamente 1 em cada 2.000 partos de meninas vivas. As meninas com síndrome de Turner tendem a ser muito baixas e a ter ovários não funcionais. A ST não representa risco de vida e a maioria das meninas e mulheres portadoras da síndrome são saudáveis e têm vidas normais, apesar de inférteis.

Orientação de um geneticista

Se esta é a sua primeira gravidez, é provável que você não queira pensar em ser orientada por um geneticista. No entanto, talvez você precise consultar um especialista se:

- existe um histórico na sua família de doenças herdadas geneticamente, como fibrose cística ou síndrome de Down
- você teve um bebê anteriormente que tem um problema genético
- você mesma tem um problema genético

O diagnóstico genético pré-implantação utiliza a tecnologia de fertilização *in vitro* para permitir que os casais que têm grandes chances de transmitir um problema genético sério para os filhos possam evitar uma gestação com esse tipo de problema. É uma técnica relativamente nova, e há poucas evidências sobre sua segurança e eficácia.

Anomalias congênitas

São problemas que podem afetar um bebê no útero e podem ser detectados através dos exames pré-natais. Entre eles, estão:

- espinha bífida: uma falha no fechamento dos ossos da espinha que faz com que a medula espinhal fique exposta e lesada
- anencefalia: o cérebro do bebê não se desenvolve direito
- hidrocefalia: excesso de fluidos no cérebro
- sérios problemas coronarianos
- hérnia diafragmática: um defeito no músculo que separa o tórax do abdômen
- onfalocele/gastrosquise: defeitos da parede abdominal
- problemas renais graves: por exemplo, ausência ou anomalias nos rins
- grandes anomalias nos membros

A gravidade do problema pode variar. Um caso brando de espinha bífida, por exemplo, pode causar apenas pequenas diferenças na vida de uma criança, enquanto em casos mais graves isso pode significar que o bebê não irá sobreviver ou terá graves problemas. Alguns desses problemas podem ser tratados durante a gravidez. Outros exigem tratamento logo após o nascimento. Outros ainda não podem ser tratados e impedem que o bebê sobreviva.

As obstetrizes costumam ter boa vontade para conversar com você sobre os exames e sobre qualquer dúvida que você possa ter, e o médico do hospital ou o seu próprio médico também poderão fornecer-lhe mais informações a respeito de seu caso específico. Algumas pessoas consideram de grande ajuda conversar com um terapeuta também, seja antes de fazer algum exame, seja quando estão tentando tomar alguma decisão difícil.

Exames de triagem e exames diagnósticos

Alguns dos exames que são oferecidos a você durante a gravidez são exames de visualização, enquanto outros são diagnósticos. Você precisa saber a diferença.

Exames de triagem

Estes exames dão uma estimativa de risco de o seu bebê ter algum problema específico. Em geral, eles são feitos apenas com uma amostra de sangue, ou às vezes com uma amostra de sangue e um ultra-som. Não apresentam praticamente nenhum risco para você e o seu bebê.

O problema com esses exames é que eles não fornecem um resultado definitivo; eles apontam apenas uma probabilidade. O que você quer saber é se o seu bebê tem algum problema ou não. Um exame de triagem não pode dar uma resposta definitiva. O "risco" de um bebê ter um problema ou é de 100% (sim) ou de 0% (não). Os exames de triagem apenas dizem qual desses dois riscos é o mais provável no seu caso.

Às vezes o esforço de interpretar os resultados dos exames de triagem pode fazer com que você queira ter passado a vida naquelas corridas de cavalo, aprendendo a calcular probabilidades. Em geral, quanto menor for o número, mais provável será que o seu bebê tenha algum problema. Assim, se o risco for de 1 em 1.000, a probabilidade de que o seu bebê tenha algum defeito é muito baixa. Se for 1 em 150, existe um risco maior de que o seu bebê tenha algum problema. Mas ainda assim isso significa que existem 149 chances de que tudo esteja bem com ele.

Os exames de triagem incluem:

- exame de translucência nucal (veja a página 53)
- ultra-sons (veja a página 80)
- exames de sangue (veja a página 121)

A outra complicação é que os exames de triagem podem dar resultados positivos "falsos" – algumas gestações acabam sendo identificadas como de alto risco quando, na verdade, não são. A taxa de resultados falsos-positivos varia de acordo com o tipo de exame, mas fica em torno de 5%. Embora seja um número pequeno, ainda assim isso significa que alguns pais e mães ficarão muito preocupados e estressados sem necessidade.

Em geral, se os resultados indicam uma alta probabilidade de que o seu bebê tenha um problema, você poderá fazer um exame diagnóstico, que poderá dar uma resposta definitiva.

Exames diagnósticos

Estes exames podem dizer com certeza se o seu bebê tem um problema específico, mas, para isso, são necessários procedimentos mais invasivos, que representam alguns riscos, incluindo o aborto espontâneo.

Os exames diagnósticos incluem:

- amniocentese (veja a página 122)
- AVC (veja a página 58)

A decisão de fazer ou não os exames

Nenhum exame é obrigatório, então considere tudo com muito cuidado. Você pode até mesmo escolher se vai fazer um ultra-som ou não. Já que tantas mães fazem, você pode assumir que automaticamente tem de fazer também. Talvez você queira fazer, mas isso não significa que seja obrigada.

Informe-se o máximo possível sobre os exames e o grau de precisão de cada um. É sempre bom saber, por exemplo, qual a probabilidade de aborto espontâneo após a realização de exames invasivos no hospital/centro de diagnósticos em que você fará o exame.

Vale a pena pensar com antecedência sobre o assunto e talvez discutir com o seu parceiro o que vocês farão caso o exame indique que talvez haja um problema com o seu bebê. Vocês escolherão não fazer nada? Ou então fazer mais exames? Obter a maior quantidade de informação possível sobre o problema do bebê? Interromper a gravidez em caso de resultado positivo?* Além disso, como você reagiria caso fizesse um exame diagnóstico e tivesse um aborto espontâneo?

Não é fácil lidar com nenhuma dessas situações. Talvez seja bom conversar com outra pessoa além do seu parceiro: a sua obstetriz, o seu médico, ou alguém de seu grupo religioso, quem sabe. Talvez você tenha alguma amiga que tenha feito o exame e possa falar sobre a experiência. É o seu bebê – então pense com calma para decidir a melhor decisão para você e sua família.

\---

* Ver nota na p. 82.

11ª Semana

O crescimento do bebê

Todos os principais órgãos do bebê já estão formados, embora a cabeça represente quase metade do seu tamanho. A cabeça se estende mais, o queixo se afasta do peito, e o pescoço continua a alongar-se. As pálpebras crescem o suficiente para cobrir os olhos. Assim que o fizerem, os olhos do bebê se fecharão, permanecendo assim até aproximadamente a 27ª semana. As unhas começam a se formar nos dedos em crescimento nas mãos e nos pés. Os órgãos genitais externos começam a aparecer, mas ainda não é possível dizer o sexo do bebê através de um ultra-som.

O seu bebê continua a crescer rapidamente, assim como a placenta, que cresce para acompanhar as necessidades dele.

As mudanças no seu corpo

Você notou que engordou. No primeiro trimestre, é normal ganhar entre 1 e 3 kg. Você tem um volume extra de sangue circulando no corpo e sua temperatura aumenta. O seu útero está grande o suficiente para quase preencher a sua pélvis, e talvez você consiga senti-lo na parte baixa do abdômen, logo acima do osso púbico.

É verdade que você ainda não tem uma barriga, mas precisa tomar cuidado ao **dirigir**, especialmente ao ajustar o cinto de segurança.

Para refletir

- Se você está achando as peculiaridades da gravidez um pouco difíceis, talvez seja bom experimentar alguma **terapia complementar**.
- Planejando com antecedência: o **parto normal após uma cesariana**. Embora o parto só vá acontecer bem mais tarde, caso você tenha feito uma cesariana antes e queira evitar mais uma nesta gravidez, precisará conversar bem antes sobre isso com a equipe médica.

Dirigir

Se o seu emprego ou estilo de vida exige que você passe muitas horas ao volante, pode ser que fique cansada facilmente neste estágio. Tente planejar as viagens de modo que tenha períodos regulares de descanso, saia e passeie um pouco. De qualquer modo, você já precisa fazer mais pausas para ir ao banheiro.

Verifique se a posição do assento dá um bom apoio para as suas costas e, quando você parar, faça algumas rotações com o quadril (veja a página 132). Uma idéia é ir para o trabalho de ônibus ou metrô, ou então reorganizar os seus horários de trabalho para que não precise se deslocar tanto. Se estiver longe de casa, leve o relatório do pré-natal com você, para o caso de que algo aconteça e você precise de um médico numa emergência.

O uso do cinto de segurança durante a gravidez

Você deve usar um cinto de segurança enquanto estiver dirigindo ou quando ocupar o assento do passageiro, esteja ou não grávida. Mas agora você precisa tomar algumas precauções quando estiver utilizando o cinto. A ROSPA (The Royal Society for the Prevention of Accidents) adverte que, para utilizar o cinto de segurança da maneira apropriada, você deve:

- usar um cinto de três pontos e colocar a faixa diagonal entre as mamas (por cima do esterno), com a faixa descansando sobre o seu ombro, não sobre o seu pescoço
- certificar-se de que o cinto está acima e abaixo da sua barriga
- colocar a faixa inferior rente às coxas, acima da pélvis e abaixo da barriga

Dessa maneira, a estrutura do seu corpo vai receber o impacto, e não seu estômago.

Evite o uso de um cinto simples, apenas para a cintura (2 pontos).

Tome cuidado com os *airbags*

Os *airbags* podem salvar vidas, mas você precisa se sentar o mais longe possível deles quando estiver grávida. Ao dirigir, ajuste o banco de modo que ainda possa alcançar os pedais (é claro), mas também que sua barriga fique o mais longe possível do volante. O ideal é que você deixe 25 cm de distância entre o seu esterno e o volante. Se você usar o banco de passageiro, ajuste-o de modo que ele fique o máximo possível para trás.

Terapias complementares

As terapias complementares podem ser bastante interessantes para as gestantes, em parte porque muitos medicamentos convencionais não podem ser utilizados durante a gravidez, mas também porque elas podem se interessar por modos mais suaves de lidar com os desconfortos da gestação. Certifique-se de que você irá consultar um especialista altamente qualificado. Aqui estão algumas sugestões sobre quais terapias podem servir de ajuda a certos problemas:

- se você tem dor nas costas ou na pélvis, experimente a osteopatia
- para azia, insônia e náusea, experimente a homeopatia
- a acupuntura ajuda nos casos de enjôo, e também nos de prisão de ventre, hemorróidas e dores de cabeça
- a massagem e a aromaterapia podem ajudar a aliviar a tensão e o estresse, e também dores de cabeça
- um herbalista poderá ajudar nos casos de enjôo, cansaço e varizes
- a reflexologia pode ser útil em casos de cansaço, enjôo, hemorróidas e azia

Veja a página 373 para mais informações sobre terapias que são consideradas seguras durante a gravidez.

Planejando com antecedência: o parto normal após uma cesariana

Se você já fez uma cesariana, talvez tenha dúvidas a respeito da possibilidade de ter um parto "normal" desta vez. Em parte, isso depende do motivo de você ter precisado de uma cesariana no seu último parto. Se você tem um problema permanente, como bacia muito pequena ou alguma doença, por exemplo, todos os seus bebês precisarão nascer por meio de uma cesariana. No entanto, a maioria das cesarianas é feita por motivos associados àquela gestação em particular, tais como a posição do bebê, uma placenta baixa ou problemas no trabalho de parto. Na Inglaterra, cerca de 3/4 das mulheres que já tiveram cesarianas anteriormente dão à luz seu próximo filho por um parto normal.

Por que preciso pensar com antecedência sobre o parto normal após de uma cesariana?

Você precisará planejar seu tratamento pré-natal tendo isso em mente, e sempre manter a equipe que cuida de você a par das suas decisões. Já que só podemos mencionar aqui os riscos e as possibilidades para mulheres em geral, você precisa de um aconselhamento individual para saber qual a melhor decisão para a sua situação.

Quais são os possíveis riscos do parto normal após uma cesariana?

A separação ou ruptura da cicatriz uterina são os possíveis problemas com o parto normal após uma cesariana. As estatísticas para esse tipo de acidente variam. A maioria dos estudos demonstra que isso ocorre em menos de 2% dos casos, mas outros estudos afirmam que o número fica em 5%. A separação da cicatriz ocorre em cerca de 2% das mulheres que já tiveram várias cesarianas.

Assim, tentar um parto normal pode aumentar o risco de uma leve ruptura da cicatriz uterina, ou então oferecer mais ou menos os mesmos riscos de fazer outra cesariana. A maioria das separações de cicatriz não tem maiores sintomas e não é de grande importância do ponto de vista clínico. Uma ruptura séria é rara, mas é uma complicação grave, e é por isso que a maioria dos especialistas recomenda um parto em hospital, e não em casa, se você já tiver feito uma cesariana anteriormente.

A indução e a aceleração do parto parecem aumentar o risco de problemas com a cicatriz uterina. O parto com fórceps também aumenta o risco de ruptura e deve em geral ser evitado.

O parto normal após uma cesariana é seguro?

Em geral, se você teve uma única cesariana anteriormente, então o parto normal oferece menos riscos e complicações do que uma cesariana, tanto para você como para seu bebê. O parto normal costuma ser mais seguro para a mãe do que uma cesariana, e os bebês que nascem a partir de uma cesariana correm um risco maior de ter uma síndrome de desconforto respiratório do que os bebês da mesma idade gestacional que nascem por meio de parto normal.

Se você já fez mais de uma cesariana, alguns obstetras acreditam que outra cirurgia é a melhor decisão, embora não existam estudos para confirmar isso, e o risco de ruptura da cicatriz seja muito pequeno.

Se você fez uma cesariana "clássica", com uma incisão vertical, corre um risco maior de ter uma ruptura da cicatriz uterina, e há evidências que reforçam o conselho de que o melhor será fazer novamente uma cesariana.

Se você deseja e está apta a tentar fazer um parto normal, passará por algo que é chamado de "tentativa de parto" (ou seja, você pode começar o parto e ver o que acontece). Você precisa estar bem informada para tomar sua decisão. Embora 80% das mulheres tenham sucesso em suas tentativas de ter um parto normal, caso você esteja entre as 20% restantes que acabam tendo problemas e precisam submeter-se a outra cesariana, os riscos para você e para o seu bebê são bem maiores.

Como tomar a decisão?

Se você já teve uma cesariana antes, converse sobre as opções com o seu obstetra ou obstetriz. Muito pode depender dos motivos pelos quais você precisou fazer a cirurgia em sua última gestação, do tipo de cicatriz que você tem e da probabilidade de poder fazer um parto normal desta vez, e não das estatísticas referentes a um grupo de mulheres.

Se você deseja saber mais a respeito do parto normal após uma cesariana, existem vários livros que tratam do assunto com detalhes. Você também pode começar a pesquisar no site www.vbac.org.uk.

12ª Semana

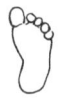

O crescimento do bebê

Agora, o seu bebê já está completamente formado. Tudo em seu devido lugar! Nos próximos meses ele irá crescer e se desenvolver para poder viver no mundo lá fora. Pequenas protuberâncias aparecem para depois dar lugar aos dentes do bebê (20, no total), e os ossos começam a se formar. O cabelo começa a crescer.

O seu bebê se mexe, apesar de você não sentir nada, já que ele ainda é muito pequeno e tem bastante espaço para se mover facilmente no líquido amniótico. No entanto, se você optar por fazer um ultra-som nesta época, poderá ver os movimentos. A partir de agora, os batimentos cardíacos do seu bebê podem ser ouvidos através de um aparelho chamado Doppler, que amplifica o som das batidas do coração.

As mudanças no seu corpo

Muitas mulheres percebem que o enjôo começa a desaparecer neste estágio da gravidez, à medida que a placenta assume a tarefa de nutrir o bebê e os hormônios começam a voltar ao normal. Talvez você comece a se preocupar com o **aumento de peso**. A maioria das mulheres não precisa se preocupar. Não existe um número mágico específico de quilos que você deve adquirir a cada mês.

O seu útero agora está ficando grande demais para permanecer na pélvis, então ele começa a empurrar seu osso púbico para cima. As suas roupas habituais talvez ainda sirvam, mas, se esta não é a sua primeira gestação, talvez a barriga comece a aparecer antes e você se sinta mais confortável com roupas mais largas. Esta também é uma época em que a **azia** pode se tornar um problema.

Para refletir

- Pense sobre os motivos que fazem você sentir tantos **altos e baixos emocionais**.
- Se você já teve um bebê antes, talvez se preocupe com o que aconteceu durante o parto da última vez. Se for este o caso, leia sobre o **efeito dos partos anteriores**.
- Planejando com antecedência: **você e o seu parceiro**.

Aumento de peso

Há muito tempo, as mulheres eram pesadas em cada consulta pré-natal que faziam e em geral recebiam o conselho de engordar mais ou perder peso em relação ao peso da última visita. Mas agora já sabemos que isso é muito menos importante, e talvez você nem sequer suba na balança.

A média de aumento de peso parece estar entre 8 e 15 kg, mas algumas mulheres ganham menos peso e outras mais, e ainda assim dão à luz bebês saudáveis. A época em que você ganha peso também pode ser tão importante quanto o seu peso final. A maioria das mulheres tem o menor aumento de peso durante o primeiro trimestre, e depois passa a ter um aumento constante, ganhando o máximo de peso no terceiro trimestre, que é quando o bebê cresce mais. A maioria das mulheres ganha cerca de 3 a 4 kg nas primeiras 20 semanas, e a partir daí cerca de 0,5 kg por semana.

Saiba o que constitui o peso ganho:

- cerca de 3,5 kg correspondem ao bebê
- o útero pesa pouco menos de 1 kg
- a placenta tem cerca de 650 g
- cerca de 800 g são de líquido amniótico
- as mamas ficam maiores, e isso dá outro quilo (ou meio quilo, dependendo do quanto elas crescerem durante a gestação)
- o volume de sangue aumenta em até 50%, e só isso já adiciona 1,25 kg ao seu peso
- talvez você retenha líquidos no fim da gravidez, e a água que fica nos tornozelos inchados e no resto dos tecidos do corpo corresponde a cerca de 2 kg
- provavelmente você também estocará um pouco de gordura que irá ajudá-la com o esforço extra da amamentação, e isso adiciona mais 1,75 kg-2 kg ao seu peso

Não faça dieta! É *normal* ganhar peso durante a gravidez. Ter um bebê crescendo dentro de você é um trabalho duro, e o seu corpo precisa de muitos nutrientes para agüentar o processo. Se você está preocupada com o peso que está ganhando, observe sua alimentação. Verifique se:

- está comendo uma grande variedade de alimentos
- está comendo muitas frutas e legumes
- está comendo porque tem fome ou porque se sente tensa ou chateada
- faz exercícios regularmente, como caminhada ou natação

Se você estiver fazendo tudo o que está descrito acima, então não se preocupe se estiver ganhando peso.

Às vezes, no fim da gravidez, um ganho *repentino* de peso pode ser causado pela retenção de líquidos, e isso pode ser sinal de pré-eclâmpsia (veja a página 161), mas essa é a única situação que deve fazer você ficar preocupada com o fato de engordar durante a gravidez.

Se você passou por algum distúrbio alimentar no passado, talvez ache a possibilidade de engordar um tanto preocupante. Mas as pesquisas mostram que as mulheres que ficaram grávidas enquanto faziam dieta correm um risco maior de ter um parto prematuro. Vale a pena conversar com o seu médico bem no começo da gravidez, ou então pedir para ser encaminhada a um nutricionista, para ajudá-la a se alimentar bem. Algumas mulheres precisam ser encaminhadas a um especialista para receber apoio em relação a seus temores de engordar durante a gravidez. Certifique-se de que você tem à sua disposição toda a ajuda de que precisa desde o começo.

Azia

A azia é uma sensação de queimação no estômago, quando seus conteúdos ácidos voltam para o esôfago. A válvula na entrada do estômago acaba sendo afetada pelos hormônios na gravidez e não se fecha tão bem quanto antes. A azia costuma ocorrer após as refeições e à noite.

A maioria das gestantes sofre de azia, mas talvez no seu caso o problema seja mais sério, ocorrendo várias vezes ao dia. Se isso acontecer, há algumas maneiras de evitá-lo:

- faça refeições pequenas e lanchinhos entre as refeições
- coma devagar e mastigue bem
- sente-se com postura ereta durante e após as refeições, e deixe a comida ser digerida antes de você se movimentar
- evite alimentos gordurosos e alimentos que sejam de difícil digestão
- tente ingerir líquidos entre as refeições, e não durante elas

Alimentos que geralmente pioram a azia:
- bebidas gaseificadas
- café
- álcool
- alimentos condimentados
- alimentos gordurosos

Chá de hortelã ou de gengibre costuma aliviar o problema de algumas pessoas, enquanto outras preferem tomar pequenos goles de leite gelado ou água com gelo.

Se a azia faz você ficar acordada à noite, jantar um pouco mais cedo pode ser uma boa idéia. Outra boa dica é dormir com um apoio nas costas de modo que você fique meio sentada, ou então deixar o lado da cabeceira da cama um pouco mais alto, para você ficar deitada com uma leve inclinação. As duas dicas podem evitar que a substância ácida do estômago volte para o esôfago, um órgão delicado e sensível.

Você pode comprar antiácidos para ajudar no controle da azia. Alguns deles são aprovados para o uso durante a gravidez. Veja a página 357 (remédios sem prescrição médica) ou verifique com o seu médico ou farmacêutico.

Os altos e baixos emocionais

Agora que você já está se acostumando com a idéia de estar grávida, suas emoções parecem mais um ioiô. Num dia você está encantada e ansiosa para ter o bebê, no outro está preocupada porque não sabe se vai dar conta, revoltada com suas mamas doloridas ou com o fato de não poder comer o seu queijo favorito.

Talvez você perceba que sua imaginação também está a todo vapor, que durante o dia você se preocupa com o bebê e imagina que não vai conseguir tomar conta de uma criança do modo adequado, e à noite tenha sonhos malucos, com alguma catástrofe ou coisa parecida. Isso é completamente normal. Não significa que alguma dessas coisas irá acontecer, ou todas elas. Ao ensaiar mentalmente os seus medos, você está se ajudando a se adaptar a uma grande mudança na sua vida. As pessoas fazem isso o tempo todo: quando crianças, imaginamos como deve ser a vida adulta; antes das provas, nós sonhamos que viramos uma página e não sabemos como responder a uma questão; antes de uma entrevista, ensaiamos todas as possíveis perguntas e nossas respostas geniais, inteligentes. A ansiedade causada pela gravidez faz parte do mesmo processo. Relaxe, não seja tão dura consigo mesma. Você terá muitas semanas à frente para se adaptar aos poucos ao fato de que será uma mãe.

Pergunta: Meu parceiro estava tão ansioso quanto eu para termos um bebê. Mas, agora que estou grávida, nós brigamos o tempo todo.

Anna McGrail responde: *Você* pode pôr a culpa da oscilação de seu humor no turbilhão emocional causado por seus hormônios, mas e o seu parceiro? Embora não esteja passando pelas mudanças físicas da gravidez – e o fato de ele não entender o quanto suas costas doem ou o quanto você se sente cansada pode ser uma das razões por que vocês discutem –, ele também está passando por grandes mudanças emocionais com as quais tem de lidar.

Para muitos homens, este estágio da gravidez é quando ela começa a se tornar "real". Até agora, você não tinha uma barriga muito aparente, e talvez ele não tenha visto o bebê no ultra-som. Tornar-se pai significa assumir responsabilidades adicionais, geralmente financeiras, e isso pode ser uma mudança assustadora. A pressão e a tensão dos exames pré-natais podem afetar os futuros papais tanto quanto afeta as futuras mamães, mas os pais costumam ter bem menos opções a que podem recorrer para partilhar seus medos e preocupações a respeito de todo o processo de se tornar um pai. Qualquer tensão reprimida pode levar a brigas.

Tente perceber sobre o que vocês *realmente* estão discutindo. Seja honesta, abra-se, e talvez você descubra que vocês na verdade estão preocupados com as mesmas coisas. Arrumar um tempo para conversar agora pode muito bem acabar com quaisquer medos ou preocupações, e assim os meses finais da gestação serão mais calmos para vocês dois.

O efeito dos partos anteriores

Se você teve um bebê (ou bebês) antes, já sabe bastante sobre parto e nascimento. O seu corpo também já passou por tudo isso antes, e a maioria das mulheres descobre que os partos posteriores são mais rápidos e fáceis que o primeiro.

Mas talvez você tenha passado por alguns problemas no último parto, e fique preocupada com o fato de que algo semelhante possa ocorrer desta vez. Talvez você se sinta mais temerosa em relação ao parto do que quando não sabia muito a respeito. Talvez também tenha uma opinião bem rígida sobre como você quer que as coisas sejam desta vez. Algumas mulheres juram que "nunca mais" farão uma indução, ou passarão por alguma outra crise relacionada ao parto, e passam a planejar o próximo parto de maneira totalmente diferente.

Mesmo que você esteja determinada a fazer tudo de um jeito diferente, ou simplesmente esteja com medo, vale a pena pensar sobre isso antes de fazer o parto. Se você guardar tudo isso para si, talvez tenha de lidar com uma enxurrada de emoções a respeito do seu último parto quando as primeiras contrações começarem. Procure agora alguém com quem você possa conversar.

Talvez a sua obstetriz possa passar algum tempo conversando com você sobre o seu último parto e possa responder às suas dúvidas. O seu parceiro também pode ajudá-la a organizar o que vai dentro da sua cabeça. Veja se não é possível marcar novamente algumas aulas de pré-natal; as mães de segunda viagem em geral não as freqüentam, mas elas podem lhe dar a chance de descobrir por que você se sentiu tão instável ou enjoada, ou por que precisou de um parto com fórceps, ou... qualquer outra coisa que passe por sua cabeça.

Se ficar muito tensa devido às suas experiências anteriores, pergunte à sua obstetriz se você pode ver as notas referentes ao seu último parto. Ela talvez marque uma consulta para lhe dar as notas e conversar com você sobre todo o processo.

Planejando com antecedência: você e o seu parceiro

Quando você tem um bebê, é inevitável que o relacionamento com seu parceiro passe por mudanças. Antes, cada um de vocês era a pessoa mais importante na vida do outro. Agora, outra pessoa passa a ocupar o primeiro lugar. Não é fácil ajustar-se a isso numa época em que você está cronicamente com sono, ajustando-se à prática da amamentação e recuperando-se emocional e fisicamente do parto. Preparem-se de modo que torne isso mais fácil *antes* do parto.

Conversem sobre problemas práticos, que podem explorar questões como idéias diferentes de como educar e cuidar dos filhos:

- Onde o bebê dormirá?
- Vocês levarão o bebê junto quando saírem à noite?
- Vocês querem que seu bebê entre em uma rotina rapidamente, ou estão preparados para que tudo gire em torno dele?

Conversem sobre a infância de cada um:

- Do que vocês mais gostaram?
- O que vocês gostariam que tivesse sido diferente?

Claro que vocês não conseguirão se lembrar da época em que eram bebês, mas se lembrarão de outras épocas, e talvez descubram que têm opiniões bem fortes a respeito: "Meu pai trabalhava tanto que eu nunca o via", ou "Os fins de semana eram especiais porque o meu pai sempre me levava para nadar". Você gostará de repetir algumas coisas da sua infância e desejará evitar outras. Conversar sobre isso com o seu parceiro certamente ajudará a esclarecer que aspectos da criação e educação de um filho são realmente importantes para ambos.

Observe os outros pais e mães, veja como eles fazem as coisas e converse sobre o que você aprecia nesse estilo de ser um pai ou uma mãe e também sobre o que não aprecia. Se algum de vocês aprecia a maneira como alguns amigos colocaram o bebê num quarto separado e já tinham tudo organizado desde o primeiro dia, e outro admira o modo como os amigos deixaram simplesmente as coisas seguirem seu curso e carregam o bebê para todos os lugares o tempo todo num *sling*, então talvez vocês tenham uma idéia muito diferente do que é cuidar de um filho.

A gravidez é uma boa época para conversar sobre assuntos como alimentação e sono já que, assim que tiverem o bebê, vocês terão pouco tempo ou pouca concentração para discutir tais coisas. E será muito melhor se vocês começarem desde o primeiro dia com a mesma abordagem.

13ª Semana

O crescimento do seu bebê

O rosto do seu bebê fica cada vez mais humano: os olhos estão mais próximos um do outro e as orelhas posicionam-se de cada lado da cabeça, embora ele ainda não possa ouvir nada. O crescimento da cabeça começa a diminuir por volta desta época, e o resto do corpo tenta se igualar à cabeça. Os intestinos, que estavam crescendo numa protuberância no cordão umbilical, agora começam a entrar na cavidade abdominal do bebê.

O diafragma passa a funcionar. Começa com breves sessões, repetindo seus movimentos algumas vezes no intervalo de uma hora, e vai aumentando gradualmente até que possa funcionar plenamente após o nascimento. O seu bebê já consegue dobrar os dedos para dentro, e talvez até faça algumas tentativas de engolir e chupar o dedo. Nesses dedos já estão as primeiras marcas das impressões digitais.

As mudanças no seu corpo

A placenta agora já passa a assumir a tarefa de suprir as necessidades de oxigênio e nutrientes do bebê. Isso pode significar que você começa a se sentir menos enjoada, embora para algumas "felizardas" as náuseas ainda as perturbem durante um pouco mais.

Provavelmente você sente o seu útero fazendo pressão contra o abdômen e nota a barriga um pouco mais arredondada na parte inferior. Embora ninguém mais possa perceber, você já vê que o seu corpo está mudando. Mas, mesmo assim, talvez você se pergunte: **quando a barriga vai aparecer?**

Para refletir:

- Descubra o que aquelas **abreviações nas suas notas de maternidade** significam.
- Agora é também a hora de fazer um *check-up* dos **seus dentes e de suas gengivas**.
- Planejando com antecedência: o que você precisa saber caso o ultra-som revele que você tem uma **placenta baixa**.

Quando a barriga vai aparecer?

Por volta desta época talvez você perceba que sua barriga começa a crescer, embora algumas mulheres percebam que na verdade o aumento das mamas é que passa a ficar mais perceptível que o da barriga. O seu bebê começa a crescer na parte bem inferior do seu abdômen, então a barriga começa a aparecer bem mais abaixo do que a maioria das pessoas espera. Ela começa a surgir logo acima da linha dos pêlos púbicos, e não no meio do abdômen, que é onde a sua barriga vai estar mais tarde. Algumas mulheres mal podem esperar para que ela apareça logo, enquanto outras odeiam a idéia e preferem escondê-la o máximo que puderem. Qualquer que seja o seu caso, não há muito que fazer a respeito. O bebê e a sua barriga vão crescer na hora certa.

As abreviações nas notas da maternidade

Às vezes pode parecer que a equipe que cuida de você está falando uma língua de outro planeta quando você lê aqueles símbolos esquisitos nas suas notas de maternidade. No quadro abaixo estão as definições e indicações das páginas onde você pode buscar mais informações sobre algumas delas neste livro. Muitas dessas abreviações só são relevantes mais para o fim da gestação.

AFP	Teste de triagem da alfa-fetoproteína. Veja a página 121.
Alb	Albumina: uma proteína que, se encontrada na sua urina, pode indicar uma infecção urinária ou, junto com outros sintomas, pré-eclâmpsia. Veja a página 161.
AVC	Amostra de vilo coriônico. Veja a página 58.
BCF +	Batimento cardíaco do feto detectado
BCF –	Batimento cardíaco do feto não detectado (provavelmente seu bebê estava deitado numa posição ruim para se ouvirem os batimentos)
CG	Curva glicêmica. Veja a página 185.
DPP	Data prevista para o parto
Edema	Inchaço, +/++/+++ ou Nulo
EG	Exame ginecológico.
Fe	Taxa de ferro no sangue
Fundo	A parte superior do seu útero. Veja a página 144.
G (gesta)	N.º de gestações
Hb	Hemoglobina
HC	Hemograma completo

HPP	Hemorragia pré-parto: um sangramento que ocorre durante a gravidez
Ins ou I	Insinuação: ocorre no fim da gravidez, quando a cabeça do bebê insinua-se na pélvis, deixando-o na posição para o nascimento
Multípara	Mais de um parto
NDN	Nada digno de nota
P (para)	N.º de partos
PA	Pressão arterial: por exemplo, 120/70
PN	Parto normal
Primigesta	Primeira gravidez
PT	Pré-termo; prematuro
RCIU	Retardo de crescimento intra-uterino. Veja a página 221.
Rh	Fator Rh. Veja a página 124.
T	a termo; na data correta
Tr ou +	Traço; "+ sangue" indica uma pequena quantidade de sangue no material examinado; "glicose +", indica pequena quantidade de açúcar. Veja a página 185.
UI + SQ	Exame de urina
UM	Última menstruação

Cuidados com as gengivas e os dentes

Antigamente, as mulheres se consolavam dizendo que "você ganha uma pedra e perde um dente para cada criança".

Não é verdade que os dentes perdem cálcio durante a gravidez, mas você fica mais suscetível a doenças das gengivas, portanto precisa tomar cuidados extras com seus dentes durante a gravidez para evitar que pelo menos parte do ditado de se torne realidade.

Durante a gravidez, muitas mulheres percebem que precisam comer pouca quantidade e com grande freqüência, e algumas ficam com muita vontade de comer doces. Essa mudança na alimentação pode afetar a higiene bucal. Além disso, o seu corpo produz mais hormônios (estrogênio e progesterona), que fazem as suas gengivas reagirem de maneira diferente às placas bacterianas. Também pode haver mudanças na saliva, o que permite que as bactérias na boca se multipliquem. Isso pode resultar em infecção da gengiva, ou gengivite, que pode causar inchaço, sensibilidade, vermelhidão e sangramento. A gravidez não causa gengivite, mas as mudanças hormonais podem agravá-la e fazer com que uma gengivite latente fique mais pronunciada.

Se não for tratada, a gengivite pode evoluir para uma doença séria nas gengivas, conhecida como doença periodontal. Nesse estágio mais avançado, ela ataca os ossos e o tecido que retêm os dentes.

Ligação com o parto prematuro

Uma ligação entre problemas nas gengivas e parto prematuro parece implausível, mas qualquer infecção durante a gravidez aumenta o risco de ter um bebê prematuro ou com pouco peso. A má higiene bucal implica acúmulo de placa bacteriana sobre os dentes. Nos casos muito severos, as bactérias das placas enviam toxinas para a corrente sangüínea. Essas toxinas atravessam a placenta, onde podem acabar restringindo o crescimento do bebê. Além disso, as bactérias liberam uma substância química semelhante aos hormônios, chamada prostaglandina, a qual pode levar ao parto prematuro. Num estudo com 69 mulheres, as que tinham um quadro grave de doença nas gengivas estavam sete vezes mais propensas a ter um parto prematuro ou um bebê muito pequeno. Portanto, é muito importante manter uma boa higiene bucal.

Cuidados com os dentes

É melhor deixar o tratamento dos dentes propriamente dito para depois de o bebê nascer, se possível. Os dentistas geralmente recomendam deixar a substituição de obturações para depois do nascimento.

Como regra geral, eles preferem evitar fazer raios X durante a gestação, se possível. No entanto, se você precisar de um tratamento de canal, talvez seja necessário fazê-los. Alguns dentistas acham que não é bom fazer uma obturação de amálgama enquanto você estiver amamentando.

Você pode marcar uma consulta com um dentista para fazer uma limpeza completa e pedir aconselhamento a respeito do cuidado com seus dentes. Experimente usar fio dental, se você já não o faz, e veja se não é uma boa idéia usar uma escova de dentes elétrica.

Planejando com antecedência: placenta baixa

Cerca de 5% das mulheres recebem a notícia de que elas têm uma placenta baixa, no começo da gravidez. O termo correto é "placenta prévia", e isso significa que a sua placenta está localizada na parte inferior do seu útero, perto do canal cervical, ou sobre ele. Se a placenta estiver sobre o canal cervical, o seu bebê não pode ter um parto normal seguro e você precisará de uma cesariana. Uma placenta baixa costuma aparecer em um ultra-som e talvez você receba essa informação já no momento do exame, ou veja a informação no laudo. A razão para esta abordagem mais despreocupada é que mais de 90% dessas placentas baixas na verdade acabam subindo e saindo do caminho antes do nascimento.

Se a placenta está baixa, mas não cobre o canal cervical, ela costuma mudar de lugar à medida que o útero muda de forma, por volta de 28 semanas de gestação, dividindo-se em duas seções prontas para o parto. O terço inferior do útero se afina, algumas das células das paredes do útero sobem, e a placenta costuma mover-se com essas células.

Você pode fazer outro ultra-som entre a 30ª e a 36ª semanas para verificar a posição da placenta, e é bem provável que não haja mais nenhum problema.

Se ainda assim sua placenta estiver muito baixa, você precisará ser internada num hospital durante todo o restante da gestação, ou poderá ficar em casa, fazendo consultas extras de pré-natal.

Se através do ultra-som perceber-se que a placenta está a uma distância maior que 2 cm do canal cervical neste estágio, talvez seja possível fazer um parto normal. Se estiver mais perto ou cobrindo o canal, você precisará de uma cesariana.

Alguns obstetras preferem induzir o parto precocemente, assim que o bebê estiver desenvolvido o suficiente, para evitar os riscos de hemorragia intensa. Outros se preparam para ficar apenas na expectativa. De qualquer modo, vá com calma, evite levantar é carregar peso, pois há o risco de hemorragia intensa nos casos de placenta baixa.

O segundo trimestre

Se você mal podia esperar para ter uma barriga evidente, então a espera quase acabou, pois durante este trimestre você certamente terá uma barriga, ou seja, as pessoas saberão que você está grávida. Isso é ótimo, de qualquer maneira, pois é neste trimestre que você certamente vai ter que fazer da sua gravidez um assunto público.

Para a maioria das mulheres, o cansaço e as náuseas desaparecem após o primeiro trimestre e elas se sentem revigoradas, com mais energia.

Os cuidados pré-natais

Suas consultas de pré-natal continuarão em um ritmo mensal nesta fase.

Você terá uma consulta para fazer **exames de sangue** por volta da 16.ª semana (veja a página 121).

É comum fazer um **ultra-som para detecção de anomalias** por volta da 18.ª-20.ª semanas (veja a página 145). Neste estágio, o sonografista provavelmente poderá dizer se você está esperando um menino ou uma menina. Fica a seu critério decidir se quer ou não saber.

Se você decidiu fazer uma **amniocentese**, ela será marcada entre a 15.ª e a 20.ª semanas (veja a página 122).

As outras consultas de rotina costumam acontecer na 25.ª e na 28.ª semanas. Nessas consultas, você poderá fazer perguntas sobre as aulas de pré-natal e as visitas para conhecer o hospital.

Neste estágio talvez você precise de consultas extras se:

- seu Rh for negativo
- tiver diabetes gestacional
- teve anemia ou o nível de ferro no seu sangue esteve baixo anteriormente, na gestação

Quando ligar para o médico ou para a obstetriz

Siga o seu instinto quando sentir que precisa ligar para o seu médico ou para sua obstetriz. Se estiver preocupada com você ou com o bebê, você precisa de aconselhamento.

Ligue e marque uma consulta para o mesmo dia se você apresentar qualquer um dos seguintes sintomas:

- **dor ou queimação ao urinar**, acompanhada de febre, calafrios e dores nas costas: talvez você esteja com uma infecção do trato urinário (veja a página 406) e precise ser tratada com antibióticos
- **sede repentina**, acompanhada de pouca ou nenhuma urina: isso pode ser sinal de desidratação (veja a página 421), ou então pode ser diabetes gestacional (veja a página 184), um quadro potencialmente perigoso tanto para você quanto para o bebê
- **dor** intensa **na parte baixa do abdômen**, de qualquer um dos lados: talvez você tenha distendido um ligamento,

mas também pode ser parto prematuro (veja a página 252), miomas em degeneração (veja a página 384) ou ruptura da placenta (veja a página 283); faça uma visita ao médico no mesmo dia
- você teve **um acidente ou uma queda** ou recebeu um impacto no abdômen: o seu bebê está bem protegido, mas talvez você fique um pouco abalada; converse com seu médico ou sua obstetriz no mesmo dia; se estiver machucada e precisar de tratamento, vá para um hospital

Ligue e marque uma consulta para o dia seguinte se tiver:

- **vômito:** se você ficou muito enjoada durante o primeiro trimestre, mas as náuseas desapareceram, é bem provável que o vômito no meio da gravidez seja causado por algum parasita ou algo que você comeu, e não esteja relacionado com a gravidez; de qualquer maneira, é bom verificar
- **coceira intensa em todo o corpo, no fim da gravidez:** existe a remota possibilidade de que isso seja colestase gestacional (veja a página 392); a coceira na barriga é comum e costuma ser causada pelo estiramento da pele ou algum problema de pele sem gravidade (veja a página 179)

Converse com o seu médico ou sua obstetriz da próxima vez que os vir caso tenha:

- **inchaço ou intumescimento** (também chamado de edema) nas mãos, no rosto e nos olhos, mas sem outros sintomas; a maioria das mulheres acaba desenvolvendo algum inchaço durante a gestação, mas se for intenso pode ser sinal de retenção de líquidos e talvez esteja ligado à pré-eclâmpsia (veja a página 161)
- **corrimento vaginal**, acompanhado de coceira

Alimentação

A maioria das mulheres percebe que começa a ganhar peso neste trimestre, geralmente por volta de 500 g por semana, e que a barriga começa a ficar evidente. Muitas vezes fica mais fácil comer, já que os enjôos começam a diminuir.

Neste trimestre intermediário, o seu bebê, que está crescendo, precisa de **zinco**, **iodo** e **vitamina D**. Algumas mulheres acabam ficando anêmicas e precisam de mais **ferro**.

Zinco

Você precisa de zinco para crescimento e cicatrização, e ele também ajuda a evitar infecções. O zinco pode desempenhar um papel no parto e no nascimento. Alguns estudos demonstram que as mulheres que tomaram suplemento de zinco estavam menos propensas a sofrer indução de parto, a ter um bebê prematuro ou precisar de uma cesariana. Mas é preciso que mais pesquisas sejam feitas antes de ter certeza sobre isso, já que outros estudos mostram que as mulheres mal nutridas que tomaram suplemento de zinco tiveram bebês com pouco desenvolvimento mental. Até que se saiba mais sobre o assunto, o mais sensato é obter o zinco daquilo que você come, e não de suplementos.

O seu corpo parece trabalhar melhor se você consumir zinco durante a gravidez. Não é preciso tomar um suplemento, a não ser por prescrição médica. O zinco pode ser encontrado em uma grande variedade de alimentos. As boas fontes de zinco incluem:

- carne: principalmente de vaca e de cordeiro
- peixe: principalmente sardinha, cavala e lagostim
- castanha de caju

- lentilha e grão-de-bico
- pão integral
- queijo, leite e ovos
- batata assada

Iodo

O iodo é importante para o sistema nervoso em desenvolvimento do seu bebê. No segundo trimestre, a glândula tireóide do seu bebê começa a funcionar, e ela precisa de iodo para funcionar corretamente.

As mulheres adultas precisam de 150 mcg de iodo por dia, enquanto as gestantes precisam de 200 mcg. No entanto, estima-se que a média diária na alimentação no Reino Unido contenha 255 mcg de iodo; no Brasil, alguns alimentos são obrigatoriamente enriquecidos com iodo, então provavelmente você já obtém o suficiente.

Os frutos do mar são a melhor fonte de iodo, mas ele também está presente em outros alimentos:

- peixe: hadoque, bacalhau, cavala, lagostim, salmão, sardinha, truta, patê de peixe
- carne
- leite
- ovos
- sal de cozinha

Vitamina D

A vitamina D (juntamente com o cálcio) é importante para os ossos e dentes em crescimento do seu bebê (e consumir uma boa quantidade de ambos é essencial para prevenir, no seu caso, a osteoporose). A vitamina D é processada no nosso organismo quando nos expomos à luz do sol. Meia hora de sol por dia é o suficiente, portanto, mesmo nos países em que o céu fica nublado, é usual obter vitamina D desse modo. No entanto, se você faz parte de uma cultura em que precisa sempre se cobrir todas as vezes que estiver em público, ou se trabalha em ambientes internos, talvez não fique exposta ao sol para processar a vitamina D. Você também pode obtê-la dos alimentos, e algumas boas fontes são:

- manteiga e margarina
- peixes gordurosos, como sardinha e cavala
- ovos
- leite e iogurte

Se você corre o risco de não obter vitamina D o suficiente – devido à falta de exposição ao sol, ou no caso de uma dieta vegetariana radical –, poderá tomar um suplemento de vitamina D. Converse com a sua obstetriz ou o seu médico sobre isso.

Ferro

O ferro é vital para a saúde das células vermelhas do sangue. Essas células transportam o oxigênio para todo o corpo, portanto, se você tem baixa quantidade de ferro, talvez se sinta muito cansada. É normal o nível de ferro abaixar durante a gravidez. Isso é bom para o bebê, porque significa que o seu sangue fica menos viscoso e assim tem maior facilidade para circular pelo útero e pela placenta. Na verdade, um estudo de grande escala revelou que a menor incidência de pouco peso do bebê ao nascer acontecia quando o nível de ferro no sangue da mãe estava bem baixo. Portanto, não fique muito entusiasmada para tomar suplementos de ferro.

Ainda assim, algumas mulheres se sentem cansadas e sem fôlego a partir da 20ª semana de gravidez, aproximadamente. Certifique-se de que a sua alimentação contém muitos alimentos ricos em ferro, para dar um impulso à sua reserva de energia. Antes de engravidar, você precisa de cerca de 15 mg de ferro por dia. Durante a gravidez, você passa a precisar de 30 mg por dia; um bife grande ou uma tigela de cereal matinal fortificado com ferro já fornece cerca da metade dessa quantidade.

Em geral, a menstruação faz com que você perca ferro todos os meses. Durante a gravidez, você não menstrua mais, então na verdade perde menos ferro e o seu organismo torna-se mais eficaz na absorção de ferro. Mas muitas mulheres têm um nível baixo de ferro antes de engravidar, e uma leve anemia (veja a página 418) é bastante comum; portanto, ficar atenta à sua alimentação ajuda a saber se você está consumindo ferro o suficiente.

Alimentos ricos em ferro

Existem duas principais fontes de ferro: aquele encontrado nos produtos de origem animal e aquele encontrado nos produtos vegetais. É mais fácil absorver o ferro de alimentos de origem animal, portanto, se você é vegetariana, lembre-se de que a vitamina C ajuda na absorção de ferro a partir das fontes vegetais – então beba muito suco de fruta, ou consuma frutas junto com vegetais e folhas verde-escuras.

Algumas boas fontes de ferro para as que comem carne:

- carne magra de vaca ou cordeiro
- a carne mais escura do peru, do frango e outras aves
- peixe
- leite (contém pequenas quantidades de ferro)

Então, experimente:

- um bife (faça um agrado a você mesma!)
- pedaços de frango, refogados com lentilhas
- um sanduíche de pão integral com agrião e frango ou peru
- uma torta madalena, principalmente acompanhada de feijão cozido
- uma torta de peixe servida com brócolis ou espinafre

Boas fontes de ferro para as vegetarianas:

- cereais matinais (costumam ser fortificados com ferro, mas verifique a embalagem)
- pão integral
- vegetais verde-escuros como brócolis, espinafre, agrião e repolho
- nozes
- grãos como lentilha e feijão
- figo, damasco, ameixa seca e uva-passa
- chocolate ao leite (oba!)

Então, experimente:

- cereal matinal com leite
- pão de nozes (não coma amendoim se houver história de alergia na família)
- *dhal* de lentilhas (prato indiano) fica bom acompanhado de *biriani* de vegetais (outro prato indiano)
- brócolis com caldo de feijão-preto
- salada de frutas feita com vários tipos de frutas secas, hidratadas e cozidas juntas

Quando for comer fora, há cinco opções ricas em ferro para você:

- sanduíche de *bacon*, agrião e tomate, feito com pão integral
- homos feito com pasta de *tahine* (também é rico em cálcio)
- rosbife, com todos os acompanhamentos de praxe, junto com uma porção generosa de brócolis
- pato feito à moda chinesa, com panquecas
- qualquer prato ao forno que misture carne e grãos como feijão-branco

A cafeína e o tanino encontrados no café, no chá e em algumas bebidas gaseificadas interferem na absorção de ferro. Tente evitar o consumo desse tipo de bebida durante a refeição; observe pelo menos uma hora de intervalo antes ou depois de comer.

Idéias rápidas para o café da manhã

O café da manhã é uma boa maneira de começar o dia, mas, se você sai correndo para ir ao trabalho, muitas vezes ele é deixado de lado. Experimente algumas dessas idéias para começar o dia de um jeito nutritivo:

- Uma vitamina de frutas; coloque no liquidificador frutas congeladas, iogurte e 200 ml de leite semidesnatado. Bata, coloque numa garrafa e leve para o trabalho. Ou então pare no caminho para comprar um iogurte batido com frutas no supermercado. A vitamina dará a você ácido fólico, cálcio, proteína e energia.
- Uma banana, um punhado de frutas secas e um copo de suco de laranja. Essas são coisas que você pode comer na sua mesa de trabalho. É um café da manhã que lhe dará ácido fólico e energia, além de certa quantidade de ferro.
- Uma barra de cereais, para comer no carro, no trem ou no ônibus. As barras de cereal em geral costumam ter grande quantidade de açúcar, mas também possuem vitaminas e fibras, e são melhores do que ficar de estômago vazio.
- Um *muffin* de frutas vermelhas e uma xícara de chocolate quente; compre antes de ir para o trabalho, ou então reabasteça o estoque no supermercado. Os *muffins* têm pouca gordura, as amoras têm vitamina C e ácido fólico, e o chocolate quente lhe dará um pouco de cálcio e ferro.

Frutas e legumes

Algumas pessoas odeiam frutas, ou legumes, ou ambos. Aqui listamos alguns truques para obter a sua cota diária de cinco, sete ou mais porções, sem sofrimento:

- Coma mais aquilo de que gosta: se você detesta banana mas adora laranja, não suporta brócolis mas gosta de cenoura, então comece a comer mais os alimentos saudáveis de que gosta. Coma uma laranja ou uma *grapefruit* no café da manhã, coma cenoura com homos no almoço, adicione ervilha e milho à refeição principal e agrião e pepino ao rolinho de presunto.
- Experimente frutas e legumes diferentes: agora há uma variedade tão grande disponível que você poderá encontrar algo novo de que realmente goste. Experimente abóbora japonesa, batata-doce ou inhame; manga, damasco e figo secos, moranga e papaia.
- Dê um presente a você: compre um cacho de uvas, uma bandeja de morangos ou uma fatia de melão, ou então uma salada de frutas frescas.
- Evite a bagunça das frutas frescas: talvez você não queira descascar laranjas no escritório ou bananas na sala de reuniões. Tome, então, um suco de fruta natural enlatado ou coma frutas semisecas como lanche.
- Frutas líquidas: uma vitamina feita com leite, iogurte, gelo e frutas é uma bebida refrescante e já fornece grande parte da cota diária de frutas que você deve consumir. Uma garrafa pequena de suco fresco pode ser uma boa maneira de obter as suas cinco frutas diárias em forma líquida.
- Esconda os legumes: tome uma caixa de sopa de legumes como almoço, escolha legumes ao *curry* quando comer fora, pegue uma lasanha com recheio de legumes quando for fazer compras... e você estará comendo verduras quase sem perceber.
- Escolha as cores: frutas e legumes com cores vivas são ótimos para nós; groselhas vermelhas, amoras escuras, damascos amarelos e hortaliças verdes têm grande concentração de antioxidantes, que ajudam a combater infecções. Faça, então, compras bem coloridas.

- Pense duas vezes: talvez você ache que não gosta ou não come muitos vegetais, mas pense de novo. Se você gosta de salada de repolho, cenoura ralada com uva-passa e molho para salada, de um sanduíche de *bacon*, alface e tomate ou de minestrone (sopa de legumes, ervilha seca e macarrão), já está se alimentando bem com frutas e vegetais. Então, tudo o que você tem a fazer é comer mais deles!

Sexo

Muitos casais acabam descobrindo que sua vida sexual melhora nesses meses intermediários. Para começo de conversa, você se sente melhor; você tem mais energia, sente-se bem e saudável de novo, depois de um trimestre sentindo cansaço e enjôo. Algumas mulheres até se sentem mais sensuais do que de costume; o aumento no fluxo sangüíneo para a área da pélvis causa intumescimento da área genital, o que torna a excitação mais fácil. Durante a gravidez, algumas mulheres têm orgasmos múltiplos pela primeira vez. E isso significa que alguns homens acham que esse é um período sexualmente agradável também. Não importa se você se sente maior – o seu corpo que cresce gradualmente pode ser muito atraente e excitante.

Não se preocupe com o seu bebê; o líquido amniótico o protege tanto das infecções quanto de qualquer impacto durante o ato sexual.

Sono

Nos meses intermediários da gestação, a maioria das mulheres sente-se melhor e também dorme melhor. Talvez você tenha mais energia, mas não está tão grande a ponto de não conseguir achar uma posição na cama. E a maioria das mulheres descobre que não precisa mais ir ao banheiro tantas vezes.

Talvez suas pernas não parem quietas. Você não consegue ficar parada e, quando tenta, as suas pernas formigam e ficam irrequietas. Ninguém sabe ao certo a causa disso. Não é algo específico da gravidez, porque qualquer um pode ter a síndrome de pernas inquietas, mas algumas mulheres apresentam esses sintomas pela primeira vez durante a gravidez. Pode ser que isso piore se você comer certos alimentos perto da hora de dormir, e pode ser que melhore se você fizer algum exercício brando regularmente.

Mas, continuando com os fascinantes problemas... talvez você descubra que está roncando mais neste trimestre. O aumento de peso e o leve inchaço da mucosa nasal (devido ao hormônio progesterona) são os principais culpados. Dormir de lado diminui os roncos. Coloque um travesseiro para apoiar a parte inferior das costas para que você não se vire durante a noite.

Os seus sonhos podem ser muito vívidos e estranhos no meio da gravidez. Muito provavelmente isso acontece porque você está passando por mudanças no campo das emoções. Você está pensando no seu bebê e planejando as mudanças que virão, e os seus sonhos acabam refletindo isso.

Se você tem dificuldade para dormir, tente relaxar antes de ir para a cama. Em vez de assistir ao noticiário e ir para a cama com a cabeça cheia de cenas fortes, relaxe com um banho morno, tome uma bebida quente, com ou sem leite, e então faça um relaxamento por dez minutos. Com sorte, logo você estará dormindo profundamente (para técnicas de relaxamento, veja a página 167).

Mês 4

Quatro coisas fantásticas a respeito do 4.º mês

1 *Deixar de se sentir cansada e enjoada para começar a desfrutar da gravidez*
2 *Ficar com os seios maiores*
3 *Comprar roupas para gestante, mesmo que você ainda não precise delas*
4 *Ceder às tentações alimentares sem se sentir culpada*

Neste mês, o seu bebê vai de 5 cm para 10 cm de comprimento e o peso aumenta aproximadamente 70 g

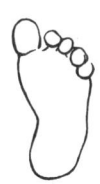

14ª Semana

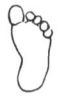

O crescimento do bebê

O bebê deflete ainda mais o pescoço, de modo que a cabeça não fica mais apoiada no peito. A língua já possui papilas gustativas, embora elas ainda não funcionem, mas as glândulas salivares já funcionam. Os pêlos já podem aparecer no lábio superior e nas sobrancelhas.

Os órgãos sexuais externos já se desenvolveram a ponto de podermos saber se você está esperando um menino ou uma menina... caso você faça um ultra-som de alta resolução exatamente nesta fase.

As mudanças no seu corpo

É bem provável que nesta época você sinta o seu útero fazendo pressão logo acima do osso púbico. Pode ser meio difícil abotoar suas roupas, então esta é a época ideal para comprar algumas **roupas de gestante**. Se você está grávida de dois ou mais bebês, o seu útero ficará alto mais cedo e sua barriga pode aparecer mais cedo, também.

Se você já teve um aborto espontâneo que ocorreu devido a uma **incompetência do colo do útero**, provavelmente terá de fazer uma cerclagem nesta época.

Para refletir

- Até agora, talvez você tenha mantido a sua gravidez como um segredo bem guardado, mas é nesta época que ela se torna pública para muitas mulheres. Afinal, você agora está sendo atendida oficialmente no pré-natal, já tem uma data provável do parto e já tem alguns dados do prontuário médico para levar com você. Talvez agora você esteja pronta para **contar a novidade**, mas precisará estar preparada para vários tipos de reação.
- Planejando com antecedência: talvez você se sinta tentada a **viajar durante a gravidez**, visitar locais com praia e céu azul – e este trimestre é uma ótima época para tirar umas férias.

Roupas de gestante

Durante o segundo trimestre, você perceberá que precisa adaptar suas roupas para acomodar a barriga. Isso não significa que você tem que sair correndo para comprar um monte de vestidos largos enfeitados de renda. O que você precisa comprar vai depender do seu estilo de vida, do seu ambiente de trabalho e das roupas que pode pedir emprestado. Na verdade, durante a maior parte da gravidez, você pode adaptar o seu guarda-roupa, usar roupas mais largas, calças com cordão na cintura, ou então tamanhos maiores de roupas comuns; apenas no fim da gravidez você precisará de roupas que têm um corte diferente. Você pode até comprar uma pequena tira de pano que alongue o cós de sua calça jeans para poder usá-la por mais tempo. Existem roupas para gestantes que são desenhadas para ser usadas em todos os estágios da gravidez. Elas podem ser bem caras, mas também muito agradáveis e confortáveis de usar.

Se você trabalha num escritório ou em outro local onde deva usar roupas mais formais, invista num terninho próprio para gestantes e combine-o com várias blusinhas. Escolha um terninho que possa ser lavado e seque rapidamente, assim você poderá jogá-lo na máquina de lavar e secá-lo em pouco tempo. Um terno composto de paletó, saia e calças atenderá às suas necessidades durante grande parte da gravidez e não irá sair caro se você comprá-lo de segunda-mão ou então pegar emprestado de uma parente ou das amigas. Por definição, as mulheres não usam roupas de gestante durante muito tempo, então algo já usado pode ser excelente. Procure informações a respeito de promoções em lojas para gestantes e bebês; você pode achar várias coisas baratas. Prefira as fibras naturais perto da pele, já que elas ajudam você a se manter fresca.

Se você não gostou das roupas de gestantes disponíveis nas lojas, tente as lojas especializadas que enviam por correio. Elas costumam ter uma grande variedade de tamanhos, e também mais opções em roupas de banho e roupas íntimas, como tangas para gestantes, e também sutiãs esportivos. Escolher por catálogos e *websites* também significa gastar menos tempo procurando em lojas.

Se você tem uma ocasião especial para ir, como um casamento ou uma festa à noite, uma boa opção é alugar a roupa.

Talvez você pense que a gravidez não irá exigir que você compre outros sapatos, mas isso é possível. É comum os pés ficarem inchados, então experimente *mules* de salto baixo, sapatos com cadarço e fecho de velcro, ou então sapatos de tecido que podem ceder. Se os seus pés continuarem do mesmo tamanho, então um novo par de sapatos será uma ótima maneira de você continuar a se sentir elegante e glamourosa!

Algo em que vale a pena prestar atenção é verificar se você está usando o sutiã do tamanho certo. Você pode tirar suas medidas corretamente em muitas lojas, e pode descobrir do que precisa para trocar de tamanho a cada semana durante a gestação. Você também pode comprar extensores para o sutiã, para colocar no fecho, que são bastante úteis no caso de o bojo continuar do mesmo tamanho mas você sentir o sutiã apertando seu tórax. Será mais fácil encontrar sutiãs fora do padrão em lojas ou sites especializados em produtos para gestantes.

Incompetência do colo uterino

Às vezes o colo do útero pode ficar mais mole ou mais flácido do que o normal. Isso pode acontecer porque ele já está danificado devido a uma cirurgia anterior. À medida que o bebê cresce, ele exerce pressão sobre o colo do útero e, caso ele esteja muito flácido, isso pode causar um aborto espontâneo tardio. Dá-se a isso o nome de incompetência cervical ou istmocervical. Na verdade, é difícil diagnosticar a incompetência cervical, e alguns especialistas acham que ela é diagnosticada com certo exagero. O diagnóstico se baseia principalmente no histórico da paciente. Se uma mulher já teve gestações que foram além de 14 semanas, mas depois teve uma ruptura espontânea das membranas ou uma dilatação cervical sem dor, que resultou num aborto espontâneo, então pode ser que a causa seja a incompetência cervical. Estão sendo feitos estudos sobre o uso do ultra-som para ajudar no diagnóstico do problema.

Cerclagem

A cerclagem do colo uterino (ou sutura) pode ser utilizada para evitar o aborto espontâneo. Os estudos mais recentes mostram que a cerclagem do colo uterino pode ser de utilidade limitada, mas, para as mulheres que tiveram vários abortos espontâneos em um período mais adiantado, pode ser melhor do que nada. O sucesso da cerclagem depende do tamanho da dilatação; se o colo do útero já estiver se dilatando quando for feita a cerclagem, é muito difícil fazer uma sutura correta. Alguns especialistas agora estão experimentando fazer a cerclagem antes da concepção.

O procedimento é feito sob anestesia geral ou local. Existem duas técnicas: a cerclagem baixa, chamada de técnica de McDonald, ou a cerclagem alta, chamada de técnica de Shirodkar. Você precisará ficar no hospital durante 24 horas sob observação e tomar uma série de antibióticos.

Se a sua gravidez progredir até a 37ª semana, a cerclagem pode ser removida na clínica do pré-natal antes do início do parto.

Hemorragia, dor abdominal ou ruptura das membranas após uma cerclagem significam que ela não foi bem-sucedida e precisará ser removida em caráter de emergência.

Outra alternativa, caso uma cerclagem transvaginal tenha falhado, é fazer uma cirurgia abdominal com sutura do útero (cerclagem transabdominal). Os pontos são colocados por volta de dez semanas de gestação e o bebê precisará nascer através de cesariana. Essa tática possui uma grande probabilidade de sucesso, mas pode haver complicações sérias, incluindo a ruptura do útero. Atualmente, é uma técnica bastante nova que não é praticada em todos os lugares.

Espalhando a notícia

Se esta é a época em que você vai contar a novidade para as pessoas (embora imaginemos que, a esta altura, já tenha contado o segredo para o seu parceiro), prepare-se para reações que não são exatamente o que você esperava.

Os pais

Os pais em geral ficam encantados com a notícia. Mas eles podem encarar a gravidez como um sinal de que mentalmente você retornou aos cinco anos de idade, e podem passar os próximos meses dando conselhos que eram comuns na época deles e não são mais vigentes. Por exemplo: comer por dois (se você fizesse isso, com certeza se arrependeria), comer fígado de toda semana (excesso de vitamina A), ou usar um vestido-avental com estampa floral (bom, você pode, se quiser). Não se esqueça de que eles têm boas intenções e apenas querem o melhor para o "bebê" crescido deles e o futuro netinho ou netinha.

Os irmãos

Quando dar a notícia para os irmãos ou irmãs mais velhos do bebê? Isso vai depender da idade deles. Se eles ainda são crianças até uns três anos de idade, mal conseguem esperar por algo que vai acontecer no fim de semana – imagine então ficarem alvoroçados por causa de algo que não vai acontecer pelo menos dentro de alguns meses... Então alguns pais decidem esperar, pelo menos, até eles poderem ver uma barriga. É claro que, se você teve que levar os irmãozinhos para as consultas pré-natais junto com você, é melhor dar logo a notícia, em vez de deixá-los pensar que existe algo de errado com você. Se houver uma grande distância em termos de idade entre esse bebê e os irmãos, é natural que eles fiquem surpresos. Eles provavelmente pensavam que sexo era algo que você tinha abandonado há muito tempo.

As amigas

Se elas ainda estão livres e desimpedidas, talvez fiquem espantadas com a sua disposição de sacrificar toda a sua liberdade para sempre, e talvez sorriam de um jeito sarcástico quando você disser que não poderá beber nada mais forte que água com gás a partir da próxima noite de sábado. Se elas já tiverem seus próprios filhos, é bem provável que a soterrem com uma avalanche de conselhos sobre como você deve girar os tornozelos em sentido anti-horário a cada meia hora para ter um parto sem dor. Vá se acostumando; a mesma coisa irá acontecer quando você tiver a criança. Elas se sentirão na posição de poder dar conselhos sobre tudo, desde o cálcio até as creches. Você pode ouvir tudo de modo educado e ter em mente que todas as gestações e bebês são diferentes. É claro que você pode ter uma boa amiga que seja bastante racional, calma e uma ótima ouvinte. Use e abuse dela. Compre presentes para ela e para o bebê dela. Faça um bolo para ela e trate-a sempre com carinho. Bons amigos devem ser muito estimados.

No trabalho

Embora você talvez já tenha dado a notícia a um ou dois amigos, é considerado de bom-tom dar a notícia ao seu chefe ou gerente antes de fazer um anúncio geral no

---

A amiga que está tentando engravidar

Provavelmente o momento mais constrangedor por que você irá passar será quando contar a novidade para uma amiga que você sabe que está tentando engravidar e acontece de você ficar grávida primeiro. Você terá que contar para ela – não a deixe descobrir por outras pessoas –, mas não se surpreenda se, depois que lhe der os parabéns, ela desaparecer durante algum tempo. Ela certamente ficará feliz por você, mas tem de lidar com seus próprios sentimentos, e pode ser muito difícil ou doloroso para ela ver você. Mantenha contato. Dê-lhe notícias, diga-lhe como você está e, assim que o bebê nascer, convide-a. Pode ser que ela não responda, mas pelo menos você saberá que tentou manter aberto o canal de comunicação entre vocês.

alto-falante da empresa ou pela intranet. Para obter mais dicas sobre como dar a notícia no trabalho e lidar com a gestação durante o expediente, veja a página 127.

Estranhos
Você se pegará dando a notícia a pessoas que nunca viu antes na vida, em geral porque elas perguntam. Se isso significar que elas podem ceder-lhe o lugar no ônibus, então faça questão de lhes dizer. Mas sinta-se livre para preferir ficar de pé, se achar que admitir que está grávida fará com que alguém passe a descrever com detalhes o próprio trabalho de parto. Você poderá fazer exercícios para o assoalho pélvico enquanto isso – o que será ótimo para você.

Planejando com antecedência: viagens durante a gravidez

O segundo trimestre é um período excelente para dar uma escapada. As incertezas das primeiras semanas já estão no passado. Durante este estágio, a probabilidade de você ter complicações na gravidez é baixa. Você também não chegou ao estágio em que se sente muito grande e desconfortável, quando a única viagem que irá querer fazer vai ser para o sofá, para descansar um pouco. É uma oportunidade ideal para passar algum tempo com seu parceiro, também, bem longe das pressões do trabalho e de outras distrações, e será a última vez que você irá viajar com pouca bagagem por um bom tempo. Claro que não há motivo para você desistir de viajar pelo mundo afora acompanhada de bebês ou de crianças pequenas, mas lembre-se de que terá de levar com você o carrinho, as fraldas, os lenços, os babadores... Desfrute da sua liberdade!

Por que preciso pensar com antecedência sobre as viagens durante a gravidez?

Se você está planejando férias especiais antes do nascimento do bebê, vale a pena reservar um tempo para pensar primeiro sobre as suas necessidades, para que desfrute o máximo da viagem. Além disso, se você quer viajar para o exterior, tem que verificar se é preciso tomar alguma vacina para entrar no país que pretende visitar, e também se elas são seguras durante a gravidez.

Se possível, reserve suas férias num local onde não seja necessário tomar vacinas. Algumas vacinas são contra-indicadas durante a gravidez, e algumas doenças podem ser mais graves durante a gravidez, então faça uma boa pesquisa caso deseje viajar para mais longe. Se necessário, converse com o seu médico ou um infectologista para avaliar os riscos de contrair uma infecção no local para onde você irá e compará-los com os da vacina.

Veja a página 370 para obter mais informações sobre a segurança da vacinação durante a gravidez.

Planejando sua viagem

Quando você estiver planejando sua viagem, leve sempre os seguintes fatores em conta:

- Os padrões de higiene do país que você quer visitar: a intoxicação alimentar e o enjôo já são ruins quando você não está grávida, e podem deixá-la muito mal se você estiver.
- Os padrões de atendimento médico no país, caso você precise. Ir a lugares inóspitos pode ser divertido, mas talvez não seja a melhor opção durante a gravidez.
- O seguro de viagem: ele cobre as suas necessidades médicas e as do bebê? A As-

sociation of British Insurers diz que a maioria das companhias de seguro não cobre o caso das mulheres com mais de 32 semanas de gestação.
- A companhia aérea que você planeja usar: muitas não transportam mulheres que estejam grávidas de 8 meses em diante (veja a seção **Viagens aéreas**, na página 366).

Se você tem alguma complicação em sua gestação, como, por exemplo, alteração na pressão arterial, diabetes ou sangramento, ou se já teve um aborto espontâneo, converse com o seu clínico geral antes de viajar. Os regulamentos de segurança e de saúde advertem que o seu trabalho não deve exigir que você viaje se houver a probabilidade de a viagem colocar a sua saúde (ou a do bebê) em risco.

Quando você sair de férias

- A sua pele fica mais sensível ao sol do que habitualmente, então não esqueça de levar várias embalagens de um protetor solar apropriado para sua pele, bem como chapéus e roupas com mangas compridas.
- Beba muita água mineral para evitar a desidratação e para prevenir infecções urinárias.
- Leve uma cópia de seu prontuário pré-natal com você, além das vitaminas ou da medicação de que precisar.

Se estiver viajando para o exterior, leve os medicamentos de que precisa na bagagem de mão. Dependendo dos países que irá visitar, talvez você precise pedir ao seu médico um atestado explicando para que serve sua medicação. Talvez você não precise disso se for passar um fim de semana na França ou alguns dias na Espanha, mas se estiver indo para o Oriente Médio, ou para o Extremo Oriente, isso pode ser uma ótima precaução. Verifique com a companhia aérea com que você fez a reserva, ou no *website* da companhia ou do país de destino.

15ª Semana

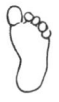

O crescimento do bebê

Neste estágio, a pele do seu bebê é quase transparente, e é possível ver os vasos sangüíneos através dela. Os órgãos sexuais estão amadurecendo dentro do corpo, ocorre um maior desenvolvimento de tecido muscular e ósseo, e os ossos que já se formaram ficam rapidamente cada vez mais rígidos (e isso aumenta a sua necessidade de cálcio). Uma penugem rala e sem cor chamada de lanugem (palavra latina para designar "lã") começa a surgir. Ela resiste apenas pelos próximos três a quatro meses, e sua maior parte irá sumir antes do nascimento.

O seu bebê agora já pode chupar o dedo e agarrar o cordão umbilical. Mesmo assim, você ainda não sente nenhum movimento.

As mudanças no seu corpo

Você talvez consiga sentir o topo do seu útero alguns centímetros abaixo do umbigo, mas é pouco provável que as outras pessoas consigam perceber que você está grávida.

Talvez também note que há **mudanças na pele** durante este trimestre, incluindo aranhas vasculares e o escurecimento de pintas e sardas. Você também poderá desenvolver alguns pólipos cutâneos e pequenos caroços misteriosos.

Provavelmente você se sentirá bem melhor, já que a tempestade hormonal do primeiro trimestre começa a se acalmar. Na verdade, você poderá se sentir tão bem que começará a se perguntar **se finalmente tudo está bem**.

Para refletir

- Nem todo o mundo passa pelo segundo trimestre sentindo-se feliz da vida. Algumas mulheres descobrem que esta é a fase em que sentem um tipo de **depressão da gravidez**.
- Planejando com antecedência: os **cursos de pré-natal** são uma maneira de encontrar outras mulheres que estão no mesmo estágio de gestação que você. Pode ser uma boa idéia partilhar seus sentimentos com elas.

Mudanças na pele

Na gravidez, a sua pele pode ficar mais seca ou mais oleosa. Você também produz uma quantidade maior de um hormônio que estimula as células que produzem pigmento, os melanócitos, para gerar mais melanina. A melanina é a substância que faz a pele ficar bronzeada quando exposta ao sol. Isso faz com que as áreas que já costumam ser escuras antes da gravidez, como os mamilos, as aréolas e os genitais, fiquem ainda mais escuras. Para as mulheres de pele escura, essas áreas podem ficar mais claras. É comum uma linha escura aparecer no meio do abdômen (a chamada *linea nigra*), e pintas e sardas também ficam mais aparentes.

Algumas mulheres também percebem um padrão no rosto que se assemelha a uma mancha de sol. Isso é chamado de cloasma, ou "máscara de borboleta", devido ao formato não usual da área escura, que se assemelha às asas de uma borboleta sobre a testa, a parte superior das bochechas e o nariz. Essas áreas escuras acabam desaparecendo depois do nascimento do bebê. Algumas mulheres experimentam efeito semelhante quando tomam a pílula anticoncepcional.

Se você se incomoda com o escurecimento da pele, lembre-se de que expor-se ao sol fará com que essas áreas fiquem ainda mais escuras; portanto, proteja a pele com um bloqueador solar que tenha fator de proteção alto.

Certifique-se de que está consumindo a quantidade necessária de ácido fólico nos alimentos que você ingerir (veja a página 21), já que a deficiência de ácido fólico pode estar relacionada ao escurecimento da pele.

Pintas e sardas

Qualquer pinta, mancha ou marca de nascença na sua pele pode ficar mais escura e mais evidente na gravidez. Também podem aparecer novas pintas. Comunique a sua obstetriz ou o seu médico caso alguma dessas pintas seja protuberante, escura, tenha bordas irregulares, seja vermelha, fique dolorida, sensível ou comece a sangrar. Qualquer um desses sintomas pode não ter relação com a gravidez e pode indicar algum problema de pele mais sério, que precisa ser verificado.

Pólipos cutâneos

Podem aparecer na sua pele algumas pequenas protuberâncias, chamadas de pólipos cutâneos, nas áreas de fricção com a própria pele ou com a roupa. Mais comuns nas axilas, entre as dobras do pescoço ou na linha sob os seios, esses pólipos são causados pelo crescimento exagerado de uma camada superficial da pele. Eles costumam desaparecer após a gestação.

Pequenas protuberâncias

A pele de algumas mulheres pode apresentar pequenas protuberâncias que crescem bem rápido e podem ficar sangrando. Embora você sempre deva verificar qual a natureza delas com o seu médico, uma protuberância dessas provavelmente é um granuloma piogênico – também chamado de "tumor da gravidez", o que soa terrivelmente perigoso, mas não é.

Ninguém sabe ao certo qual é a causa, mas elas geralmente parecem ocorrer depois de um pequeno ferimento e podem crescer bem rápido. Elas sangram facilmente, o que pode ser algo bem incômodo se elas estiverem nas mãos ou nos pés. Podem aparecer na cabeça, no pescoço, na parte superior do corpo, nas mãos, nos pés, e até mesmo dentro da boca, e, nesse caso, escovar os dentes pode causar sangramento. Elas são mais comuns em crianças, mas as mulheres grávidas também estão predispostas a tê-las. Não são cancerosas e a maioria desaparece depois da gravidez. Se não desaparecerem, elas podem ser eliminadas, ou tratadas por *laser* ou cauterização.

Aranhas vasculares

Aranhas vasculares são pequenos capilares que ficam perto da superfície da pele. Na gravidez, eles podem ficar mais visíveis, já que os hormônios afetam a quantidade de sangue que você tem no organismo e a estrutura das paredes das veias. Elas costumam ser hereditárias.

Ocorrem mais comumente nas bochechas, no nariz, nas coxas, panturrilhas e nos tornozelos. As pequenas costumam ser vermelhas e bem finas, e as maiores podem ter coloração arroxeada. Elas podem aparecer agrupadas, irradiando-se a partir de um ponto central, e por isso são chamadas de "aranhas". Também podem se assemelhar aos galhos de uma árvore, ou então apenas aparecer como linhas finas separadas. Não costumam ser um problema na gravidez e não causam dor ou retenção do sangue, como no caso das varizes.

A maioria das mulheres acaba se acostumando a elas, ou então passa a cobri-las com maquiagem; elas costumam desaparecer após o nascimento do bebê. Algumas mulheres optam por tratar esses pequenos capilares após a gravidez, principalmente se forem no rosto. Isso é feito com uma injeção (escleroterapia), mas, como é apenas uma questão estética, muitos planos de saúde não oferecem cobertura, devendo ser feita em caráter particular.

Estou me sentindo melhor... é assim mesmo?

Por volta desta época, algo fantástico pode acontecer. Você pode acordar certo dia e se sentir completamente normal. Nada de enjôo, nada de tontura... você até se sente com um pouco mais de sua antiga energia. É claro que você poderá ficar maravilhada com isso, mas também pode ficar em pânico.

Isso significa que você não está mais grávida? Não! Você simplesmente se adaptou à gravidez e o ritmo das mudanças no seu organismo diminuiu um pouco. Então aproveite!

A depressão da gravidez

Sentindo-se triste? Talvez isso aconteça apenas porque você está começando a se dar conta das mudanças que terá de enfrentar. Ser responsável por uma criança é um pensamento aterrorizador, e leva algum tempo para você se acostumar à idéia. Às vezes preocupações há muito esquecidas reaparecem nesta época também. Se a sua própria infância não foi muito feliz, talvez você se sinta um pouco apreensiva a respeito da sua capacidade para ser mãe. Se a sua mãe já faleceu, então o fato de você se tornar mãe também pode fazer com que sinta falta dela mais uma vez. E, se você já teve episódios depressivos antes, talvez esteja preocupada porque ainda não sabe como irá lidar com as mudanças que o bebê trará à sua vida. Talvez seja bom que a gravidez dure nove meses, pois ela nos dá a chance de enfrentar esses sentimentos e lidar com eles.

A sua obstetriz ou o seu médico poderá indicar o tipo de ajuda certo para você. O simples fato de encontrar outras mamães e conversar com elas já pode ser suficiente para ajudar você a perceber que muitas mulheres se sentem do mesmo modo, então pense se não seria uma boa idéia começar cedo um curso pré-natal. Algum tipo de terapia poderia ajudá-la a organizar seus sentimentos e a se sentir pronta para lidar com o fato de que você será mãe.

Planejando com antecedência: os cursos de pré-natal

Em geral, esses cursos são uma chance de aprender mais sobre tudo relacionado a ter um bebê. Eles podem se concentrar no nascimento ou em como cuidar da criança. Você pode freqüentar as atividades oferecidas pelo PAISM (programa da atenção integral à saúde da mulher) nos postos do SUS, ou pode optar por pagar por atividades análogas. Elas variam de algumas aulas até um curso estruturado que pode durar de oito ou nove semanas, ou sessões de que você pode participar livremente, a qualquer momento, durante a gravidez.

Também existem aulas de pré-natal que oferecem exercícios ou ioga para as gestantes, para ajudar você a ficar mais preparada para o parto.

Por que preciso pensar com antecedência sobre os cursos de pré-natal?

Existe um grande leque de opções a seu dispor, e as aulas que você escolher talvez já não tenham vagas bem cedo. Pense antecipadamente também sobre o que você deseja obter das aulas antes de fazer a matrícula. Talvez você queira fazer mais de um curso – por exemplo, uma aula de exercícios e outra sobre cuidados com o bebê.

Que tipos de aula existem?

As aulas variam, portanto você precisa fazer uma pesquisa para saber que tipo de aula existe na sua área. Você poderá encontrar cursos apenas para mulheres e cursos para casais. Em alguns locais, é possível encontrar cursos de "revisão" para as mulheres que vão ter um segundo bebê.

As aulas podem oferecer o seguinte:

- informações sobre o parto e o nascimento
- detalhes sobre o que o hospital ou clínica local tem a oferecer
- oportunidade de aprender técnicas de auto-ajuda, como relaxamento, posições para o parto e massagem
- habilidades práticas para os novos pais e mães, como troca de fraldas, técnicas de amamentação etc.
- oportunidade de encontrar futuros pais e mães
- oportunidade de fazer exercícios e ficar em forma para o nascimento

Aulas de parto ativo

Elas se baseiam na ioga e têm como foco o exercício e as posições para o parto, e também tratam de relaxamento e respiração.

Outros cursos

Pode ser que existam aulas de "ioga para o parto" ou aulas pré-natais na piscina de algum clube perto de você. Ambas podem ajudá-la a fazer exercícios suaves regularmente para se preparar para o parto. Os exercícios na água são excelentes, pois a água oferece um apoio para o peso do seu corpo.

Os instrutores da sua área provavelmente oferecem cursos individuais para gestantes. Esses cursos são muito úteis, mas verifique se os profissionais estão qualificados para dar aulas para gestantes.

Como decidir qual o melhor curso para mim?

Aqui estão alguns fatores sobre os quais você pode refletir antes de fazer sua escolha:

- Verifique qual o conteúdo das aulas. Se você quer mais informações sobre o parto, pode ser que tenha que passar por muitas aulas sobre troca de fraldas e saúde em geral, que não serão muito úteis. De modo inverso, pode ser que você queira saber mais sobre como será a sua vida com o bebê, e talvez ache que aulas mais centradas no parto sejam muito limitadas.
- Pergunte de que tamanho será a turma. Turmas pequenas têm um clima mais íntimo e você acaba conhecendo as pessoas melhor, mas ao mesmo tempo é esperado que você participe mais. Se você prefere ficar escondida "na última fila", uma turma pequena não a deixará se esconder.
- Descubra se haverá muitas sessões práticas; pode ser que você queira praticar a respiração e as posições para o parto e massagem, então verifique se terá a oportunidade de fazer essas coisas, em vez de apenas discutir sobre elas.
- Pergunte se você terá algum tipo de apoio depois que o bebê nascer. Muitas vezes a turma continua junta depois do parto, e então você terá um grupo de amigos com bebês da mesma idade, o que pode ser muito útil.

Se você tem algum problema de saúde que pode afetar o parto, ou tem questões que precisam ser discutidas em particular, veja se é possível conversar com a professora do curso antes da aula. Pode ser que ela precise saber de algumas coisas das quais você não queira falar em público. Uma reunião antes da aula ou uma conversa pelo telefone pode ajudá-la a ficar mais tranqüila, e também facilitar as coisas para a professora.

Peça informações sobre o que você precisa levar e que tipo de roupa deve usar. Roupas largas e confortáveis geralmente são aconselhadas, para que você possa se movimentar facilmente. Talvez seja preciso levar almofadas ou uma esteira para você se sentar.

16ª Semana

O crescimento do bebê

Todas as articulações e membros já estão no lugar. As pernas do bebê agora são mais compridas que os braços, e as unhas dos pés e das mãos já estão bem desenvolvidas. O corpo cresce mais rápido que a cabeça, então tudo começa a ficar mais proporcional.

O seu bebê agora pode soluçar e engolir, chutar e nadar. As sobrancelhas, os cílios e pêlos bem finos começam a aparecer.

As mudanças no seu corpo

O seu útero e a placenta estão crescendo, e a quantidade de líquido amniótico em volta do bebê aumenta gradualmente. Há cerca de 250 ml de líquido amniótico nesta fase.

Devido ao maior fluxo de sangue, talvez sua pele passe pelo "rejuvenescimento" da gravidez e seu cabelo fique mais espesso. Pode ser que também haja mudanças nas secreções vaginais.

Para refletir

- Essa pode ser a semana em que você fará os **exames de sangue** para verificar problemas como a espinha bífida e a síndrome de Down.
- Você também pode estar pensando em fazer uma **amniocentese**.
- Planejando com antecedência: o resultado do seu primeiro exame de sangue irá mostrar se você é **Rh positivo ou negativo**. Se for negativo, isso pode afetar a sua gravidez.

Exames de sangue

Muitas gestantes atualmente fazem um exame de sangue que pode avaliar as chances de ter um bebê com síndrome de Down ou espinha bífida. O resultado do exame é comparado com a sua idade para avaliar o risco. É chamado de teste duplo, triplo ou quádruplo. É preciso colher uma amostra de seu sangue entre a 16ª e a 18ª semanas.

Por que eu devo fazer esse exame?

Você pode escolher fazer esse exame de triagem porque espera ficar tranqüila a respeito da possibilidade de estar grávida de um bebê com alguma anomalia.

Quais são os riscos do exame?

O exame em si não oferece nenhum risco para você ou para o bebê.

Como é feito o exame?

É retirada uma amostra do seu sangue. O exame mede a quantidade de alfa-fetoproteína (AFP) no seu sangue. O bebê produz AFP durante toda a gravidez. Essa proteína atravessa a placenta e entra na sua corrente sangüínea, onde pode ser medida. Se o nível de AFP no seu sangue estiver acima do normal, isso pode indicar que existe algum problema com o seu bebê. A AFP também pode estar em excesso se:

- o seu bebê possui uma abertura anormal na espinha (espinha bífida)
- o cérebro do seu bebê não se desenvolveu de maneira adequada (anencefalia)
- a parede abdominal do bebê não se fechou completamente

Mas altos níveis de AFP também podem significar que:

- você está grávida de mais de um bebê (cada um deles produzindo uma quantidade normal de AFP)
- a sua gestação está mais avançada do que você supunha (então o bebê produz mais AFP, mas em quantidade normal para a época)

Se você tem níveis baixos de AFP, aumenta o risco de o bebê ter síndrome de Down.

Para melhorar a eficácia do exame, pode-se verificar o nível de outros hormônios da gravidez. O número de marcadores testados dá o nome ao exame: o exame duplo verifica dois, o exame triplo verifica três e assim por diante.

Quanto mais marcadores utilizados, mais preciso é o resultado:

Teste	Precisão
Duplo	66%
Triplo	67-73%
Quádruplo	75%

Para mais detalhes sobre os exames de triagem feitos no começo da gravidez, veja a página 56.

O que acontece depois do exame?

Depois que o exame for feito, é usual esperar cerca de uma semana pelos resultados. Após recebê-los, você deverá levá-los para o médico que os solicitou. Ele é a pessoa indicada para lhe explicar os resultados do exame.

O que os resultados significam?

Os resultados desses exames são expressos em termos de riscos: a *probabilidade* de o seu bebê ter algum problema. Isso é expresso por meio de um número. (Veja a página 84 para mais informações sobre a interpretação dos resultados de exames de triagem.) No entanto, vários fatores podem influenciar o resultado:

- o seu peso (o teste é menos eficaz se você estiver acima ou abaixo do peso)
- a raça (afrodescendentes possuem um nível mais alto de AFP e GCH do que as mulheres brancas)
- se você possui diabetes dependente de insulina
- se você teve um sangramento vaginal recentemente

O nível isolado de AFP também varia. Um grande estudo feito nos EUA sugere que cerca de 16 em cada 1.000 mulheres testadas têm maior nível de alfa-fetoproteína no sangue, mas, em média, apenas uma dessas gestações na verdade apresenta anencefalia, espinha bífida ou defeitos da parede abdominal.

O que acontece depois?

Se você obtiver um resultado negativo
Um resultado negativo significa que o seu bebê tem pouca chance de apresentar algumas das anomalias investigadas. Isso não significa que o bebê está definitivamente em perfeitas condições de saúde, mas, no geral, você já pode ficar tranqüila. Se o risco de o bebê apresentar algum problema for baixo, a maioria dos pais decide encerrar a triagem por aqui.

Se você obtiver um resultado positivo
Se o seu nível de AFP estiver alto, o próximo passo é fazer um ultra-som. Isso ajuda a saber melhor em que estágio da gravidez você se encontra e, é claro, mostrar se está grávida de mais de um bebê.

Converse com seu médico caso algum dos fatores que podem influenciar o resultado (veja acima) se aplique a você. Lembre-se de que ainda há uma grande chance de que o seu bebê seja normal. Esse exame dá uma estimativa de risco, mas não uma resposta definitiva; se o seu risco for avaliado em 1 em 150, há 149 chances de que o seu bebê esteja bem.

Se o exame de sangue sugere que há grande probabilidade de o seu bebê ter algum problema – por exemplo, maior que 1 em 250, ou se você tiver mais de 35 anos de idade –, o seu médico pode conversar com você sobre outros exames diagnósticos, como a amniocentese. Nesse exame, é removida uma amostra do líquido amniótico. Ele contém células do bebê e portanto permite que os cromossomos dele sejam analisados. A análise poderá lhe dar a certeza sobre a saúde do bebê. Entretanto, esse procedimento apresenta o risco de aborto espontâneo (veja a página 123 para mais detalhes).

Ninguém deve sugerir a você que não adianta fazer uma amniocentese pois você não poderia, salvo raríssimas exceções, desistir da gravidez caso fosse provado que há um problema com o seu bebê. Essa é uma decisão que você e o seu parceiro devem tomar. Alguns casais querem saber e ter tempo para pesquisar mais a respeito do que esperar do bebê e de que tipo de apoio terão.

Pode ser que você pense que não exista nenhuma razão para fazer uma amniocentese. No entanto, alguns pais acham que, de qualquer maneira, o exame poderá ajudá-los a se preparar melhor para a chegada de um bebê com problemas. A escolha é sua.

Amniocentese

Uma amniocentese é um exame diagnóstico. Uma amostra do líquido amniótico, no qual o seu bebê flutua, é retirada. O líquido amniótico contém células que são eliminadas pelo bebê em desenvolvimento. É feita uma cultura dessas células em laboratório para que os cromossomos do bebê possam ser examinados duas ou três semanas mais tarde.

A amniocentese costuma ser feita após a 15ª semana, em geral entre a 16ª e a 20ª. Não é um procedimento sem riscos (veja abaixo), mas ela oferece um resultado definitivo, não uma probabilidade. Já que os cromossomos do bebê são verificados, ela pode, também, confirmar com certeza qual o sexo da criança (caso você queira saber).

Por que posso precisar de uma amniocentese?

Você pode optar por uma amniocentese porque:

- a sua idade indica um risco de ter um bebê com síndrome de Down (alguns hospitais oferecem uma amniocentese para todas as mulheres acima de 35 ou 37 anos)
- você já teve um resultado positivo de outro exame pré-natal e quer uma resposta definitiva

Uma amniocentese também será indicada se você tiver um histórico familiar ou um maior risco de:

- problemas com o fator Rh
- ausência congênita de cérebro (anencefalia)
- síndrome de desconforto respiratório
- defeitos congênitos na medula espinhal e na coluna (espinha bífida)
- fibrose cística
- hemofilia
- distrofia muscular de Duchenne
- talassemia
- anemia falciforme
- deficiência de antitripsina
- fenilcetonúria

Quais são os riscos da amniocentese?

O principal risco é o aborto espontâneo. A taxa de aborto espontâneo após a amniocentese é de aproximadamente 1%. Os hospitais que fazem amniocenteses freqüentemente tendem a ter uma menor incidência de aborto espontâneo. No entanto, se você está planejando fazer o exame porque lhe disseram que você tem um nível alto de alfa-fetoproteína (AFP), então precisa saber que esse fator parece estar associado com um aumento significativo na incidência de aborto espontâneo.

O risco relativo de perda do bebê após uma amniocentese na presença de um nível maternal elevado de AFP – quando comparado com níveis normais – é de 8,3%. É bem provável que isso aconteça porque a maior parte desses bebês que apresentavam uma taxa alta de AFP tinha um problema e acabaria sendo abortada espontaneamente em algum estágio da gravidez. O Royal College of Obstetricians and Gynaecologists (Inglaterra) sugere que, caso isso se aplique a você, primeiro você deve fazer um ultra-som detalhado, sempre que possível, no lugar da amniocentese, para diagnosticar defeitos do tubo neural.

Como é feita a amniocentese?

Em primeiro lugar, você tem que esvaziar a bexiga. A sua pele será limpa com um líquido anti-séptico. Uma agulha atravessa a parede abdominal até o útero e é retirada uma amostra do fluido amniótico. Isso é feito com controle direto de ultra-som para assegurar que a agulha não prejudique o bebê ou a placenta. Leva cerca de 10 a 15 minutos, e a maioria das mulheres descreve o procedimento mais como desconfortável do que doloroso.

Às vezes a amniocentese não pode ser realizada – ou porque é impossível achar uma área livre para retirar a amostra ou porque não se obtém uma boa amostra. No caso, a experiência de quem realiza o teste é muito importante; os médicos bem treinados que fazem amniocentese regularmente obtêm um número maior de boas amostras. Se a sua condição é complicada – por exemplo, você está grávida de gêmeos –, talvez seja bom procurar um centro mais especializado para fazer o exame.

O que acontece depois do exame?

Depois que terminar o exame, um médico ouvirá os batimentos cardíacos do bebê para se certificar de que tudo está bem. Se você tiver Rh negativo, tomará uma injeção de anti-D (veja a página 125). Depois, você deverá ir para casa e descansar por 24 horas. Pode ser que você sinta algum tipo de cólica. Se você tiver um sangramento ou secreção de líquido, fale com o seu médico imediatamente.

Quando terei o resultado?

Você precisará aguardar duas ou três semanas, pois as células precisam ser cultivadas até que exista uma quantidade suficiente para realizar o exame. Ele revelará o sexo do bebê, então, se você não quer saber, deixe isso claro antes que lhe entreguem o resultado.

Você pode pagar para obter um resultado parcial mais rápido, em geral dentro de 48 horas. Alguns exames moleculares (como a hibridização *in situ* por fluorescência – FISH) podem dar um diagnóstico rápido das três anomalias cromossômicas mais comuns, incluindo a síndrome de Down. Os resultados levam de dois a sete dias. Apenas alguns laboratórios realizam esses exames como rotina, mas você poderá fazê-los em caráter particular, se desejar.

Se o seu bebê tem síndrome de Down ou outra anomalia cromossômica grave, você poderá usar o conhecimento que adquiriu para se preparar para a chegada do bebê. Você deverá ser aconselhada por um profissional experiente se tiver de lidar com um resultado que dê uma má notícia. Em alguns casos (raríssimos) em que a anomalia é incompatível com a vida, a legislação brasileira permite o aborto terapêutico. Existem grupos de auto-ajuda para a maioria dos problemas que podem afetar um bebê. Em geral, os pais que já lidaram com situações semelhantes são excelentes fontes de apoio e aconselhamento. A sua obstetriz ou seu médico poderá colocar você em contato com um grupo de auto-ajuda.

Planejando com antecedência: o fator Rh

Por volta desta semana da gestação, você pode receber os resultados dos exames de sangue que foram feitos na sua primeira consulta. Para algumas mulheres, este será o momento em que saberão qual é o seu grupo sangüíneo.

O fator Rh é encontrado nos glóbulos vermelhos do sangue. Se você possui uma substância conhecida como antígeno D na superfície dessas células, você é Rh positivo. Se o antígeno não existe, você é Rh negativo.

Ser Rh positivo ou Rh negativo é uma situação herdada geneticamente.

Por que eu preciso pensar com antecedência sobre o fator Rh?

Ser Rh negativo não costuma ser um problema se este for o seu primeiro bebê, mas isso pode causar um problema para os bebês subseqüentes, dependendo do grupo sangüíneo do seu parceiro e do seu primeiro bebê.

Se você for Rh negativo e o pai do bebê for Rh positivo, o seu bebê também poderá ser Rh positivo. Se o sangue do bebê entrar em contato com o seu sangue, o seu corpo produzirá anticorpos para combater o antígeno D. A isso se dá o nome de ficar "sensibilizada" e às vezes pode acontecer se houver um pequeno sangramento na gravidez, mas é mais provável que aconteça durante a saída da placenta no nascimento. Não é um problema na primeira gravidez. Mas, se você tiver outro bebê, e se ele for Rh positivo, o seu sistema imunológico atacará a fonte do antígeno – ou seja, os seus anticorpos atravessarão a placenta para atacar o bebê. Isso pode resultar na Doença Hemolítica do Recém-Nascido (DHRN).

No passado, antes da vacina, a DHRN agredia muito alguns bebês, causando anemia e icterícia. Alguns bebês ficavam incapacitados para toda a vida, e alguns morriam. A DHRN pode ser evitada se você receber a imunoglobulina anti-D antes de produzir os anticorpos contra as células sangüíneas Rh positivo.

Fatores de sensibilização

Antigamente, as mulheres costumavam receber a vacina depois do nascimento do bebê, quando o grupo sangüíneo do bebê poderia ser testado. Mas isso acabava não tratando alguns bebês que tivessem sido afetados pelos anticorpos da mãe após a ocorrência de um "fator de sensibilização" durante a gestação. Esses fatores incluem:

- aborto espontâneo ou ameaça de aborto espontâneo após 12 semanas
- interrupção terapêutica da gravidez ou qualquer procedimento intra-uterino
- gravidez ectópica
- algum procedimento pré-natal invasivo (amniocentese, AVC, amostra do sangue do feto)
- hemorragia pré-parto

- versão externa de um bebê que se encontra sentado (em apresentação pélvica)
- ferimentos abdominais

Todos esses fatores aumentam o risco de sangramento, o que pode causar a produção de anticorpos.

O ideal seria que você tomasse a anti-D dentro de 72 horas após a ocorrência do fator sensibilizador. Se não for possível, você pode receber uma dose dentro de nove a dez dias, já que isso pode oferecer algum tipo de proteção. Se você sabe que é Rh negativo, comunique à equipe que cuida de você se já passou por algum tratamento descrito acima, ou se já se envolveu num acidente que possa ter causado algum tipo de hemorragia interna.

Hoje em dia, todas as mulheres que são Rh negativo também têm a opção de receber a anti-D na 28.ª e na 34.ª semanas após a ocorrência de fatores de sensibilização na gravidez. Se você recebeu a anti-D após um fator de sensibilização no começo da gravidez, ainda pode receber uma anti-D de rotina na 28.ª e na 34.ª semanas.

Nem todas as mulheres que são Rh negativo irão se beneficiar de uma injeção de anti-D. Você não precisará dela se:

- estiver grávida de um bebê Rh negativo, porque neste caso você não irá produzir anticorpos
- o pai do bebê também for Rh negativo, porque não haverá produção de anticorpos
- tem certeza de que não terá mais filhos
- tem certeza de que nunca ficará grávida de um parceiro que seja Rh positivo (você está num relacionamento estável com o pai da criança e sabe que ele é Rh negativo)
- já foi sensibilizada, e o seu sangue já contém anticorpos para combater o antígeno D, então é tarde demais para que o anti-D faça efeito

17ª Semana

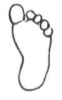

O crescimento do bebê

Por volta da próxima semana, é provável que você sinta o seu bebê se mexendo, mas, como ele só pesa cerca de 100 g, serão movimentos muito leves. Neste estágio, você deve esperar sentir algo mais parecido com uma leve tremulação do que com chutes.

A partir desta semana, o seu bebê começa a acumular gordura. Os pulmões se desenvolvem mais e ele pratica a respiração inalando e exalando o líquido amniótico.

As mudanças no seu corpo

As mudanças nos seios ficam mais perceptíveis. Os seus mamilos podem ficar maiores e a pele em volta deles (a aréola) pode ficar mais escura.

Você ficará com uma protuberância visível na barriga, à medida que o seu útero cresce. Ele está empurrando os seus intestinos para cima e para o lado do seu abdômen. À medida que a sua barriga cresce, pode ser que qualquer *piercing* que você tenha na área cause algum desconforto.

Os ligamentos que seguram o seu útero no lugar esticam-se à medida que o bebê cresce, e isso pode gerar uma ligeira dor pela tensão em ambos os lados da parte mais baixa de seu abdômen. E, como se isso não fosse o suficiente, ainda há gente que diz que os nossos cérebros diminuem durante a gravidez!

Para refletir

- **Como lidar com o trabalho no meio da gravidez**: talvez você precise fazer alguns ajustes na sua vida para não ficar muito cansada ou estressada (e isso é um ótimo ensaio para a sua vida com o bebê!).
- Planejando com antecedência: em breve você poderá receber **os resultados dos exames de sangue** que fez por volta da 16ª semana.

Mudanças nas mamas

Suas mamas provavelmente estão ficando ainda maiores. Algumas mulheres percebem um rápido aumento no tamanho e têm que comprar um sutiã novo praticamente a cada duas semanas. Para outras, o crescimento é lento, mas constante. Dentro de suas mamas, os dutos e glândulas que produzem o leite estão se desenvolvendo. Nesta época, as pequenas protuberâncias na sua aréola (os tubérculos de Montgomery) ficam mais pronunciadas. Essas são as glândulas sebáceas, que secretam um tipo de sebo para manter os seus mamilos macios e suaves. Talvez você note que a sua aréola (a parte mais escura que circunda o seu mamilo) pode ficar mais saliente também. É provável que isso aconteça para facilitar ao bebê encontrar o mamilo. Você pode notar também que a área em volta da sua aréola fica um tanto pigmentada.

Suas mamas estão começando a produzir o colostro, que é o primeiro leite. Ele contém todos os elementos para a proteção do bebê, que são muito importantes nos primeiros dias. Algumas mulheres percebem que o colostro é secretado das mamas a qualquer hora, desde agora até o momento em que tiverem o bebê. Costuma aparecer apenas uma mancha amarelada e cremosa no bico.

Pergunta: O cérebro realmente diminui na gravidez?

Daphne Metland responde: O estudo bastante divulgado que supostamente provava isso era na verdade um estudo pequeno, envolvendo oito mulheres que fizeram um exame nas últimas duas semanas de uma gravidez normal, de 6 a 8 semanas depois que tiveram o bebê, e novamente quando o bebê tinha seis meses de idade.

Descobriu-se que houve um *aumento* significativo do tamanho do cérebro. Pesquisas anteriores mostraram que o tamanho do cérebro das mulheres com pré-eclâmpsia realmente diminuía. Assim, algumas pessoas interpretaram a pesquisa mais recente como uma prova de que o cérebro fica maior após o nascimento... ou seja, que ele retorna a um tamanho pré-gravidez, maior. Mas, até medirmos os cérebros das mulheres antes, durante e depois da gravidez, não podemos ter certeza. Podemos deduzir do estudo que a maternidade faz com que o cérebro cresça. Outros estudos mostraram que as fêmeas de rato que são mães aprendem a andar em labirintos mais rápido do que as ratas sem filhotes, então talvez as mamães realmente saibam mais coisas, afinal!

Como lidar com o trabalho no meio da gravidez

Pode ser que você perceba que precisa começar a diminuir seu ritmo de trabalho a partir de agora. Este trimestre é o mais fácil para a maioria de nós, mas, mesmo assim, ter um bebê crescendo dentro de você é um trabalho árduo. Se você ainda não ajustou a sua labuta diária, converse com o seu chefe sobre a possibilidade de chegar um pouco mais tarde ou ir embora um pouco mais cedo. Talvez você possa trabalhar em casa um dia por semana. Se você tem um emprego cujas tarefas não podem ser adaptadas – por exemplo, seus trinta alunos de oito anos de idade não vão esperar pacientemente enquanto você descansa um pouquinho –, pense em como pode ajustar sua vida fora do trabalho. Você pode fazer as compras pela Internet, para não ter que fazê-las depois de um dia de trabalho? O seu parceiro pode fazer a maior parte das tarefas domésticas ou você pode contratar alguém para limpar a casa?

Esta é uma ótima época para pensar sobre como você pode trabalhar de modo mais inteligente, e não mais árduo. Assim que o bebê nascer, você precisará de tempo e energia para cuidar dele, alimentá-lo e brincar com ele. Assim, reservar um espaço na sua vida para descansar é uma boa disciplina para depois do nascimento do bebê.

Planejando com antecedência: os resultados dos exames de sangue

Quando os exames ficarem prontos, você deverá levá-los para ser analisados pelo médico que os solicitou. Muitas mulheres fazem o exame de sangue sem pensar no fato de que ele pode indicar a existência de algo que precisa ser investigado mais a fundo. Se isso acontecer com você, tente não entrar em pânico. Consulte mais uma vez a seção da 12ª semana deste livro, a qual explica para que servem os exames, e esclareça suas dúvidas com seu médico ou sua obstetriz.

Você tem várias opções:

- pode optar por não fazer nada, já que, mesmo que o fator de risco seja 1 em cada 100, ainda há 99 chances de que tudo esteja bem com o seu bebê
- pode fazer um ultra-som detalhado para investigar problemas com o coração ou o estômago do bebê, fatores que costumam estar associados à síndrome de Down
- pode fazer uma amniocentese (veja a página 123), a qual poderá lhe dizer com certeza se o seu bebê tem algum problema cromossômico

Alguns casais acham que os exames pré-natais se parecem muito com uma esteira rolante; uma vez que você comece, é muito difícil não fazer mais um exame, e depois mais um... Vale a pena pensar sobre o que você faria se os exames de sangue mostrassem que há um risco alto de anomalia, e o que faria se os outros exames indicassem problemas. Talvez você queira saber mais apenas para se preparar para o nascimento, ou então talvez decida que não conseguirá lidar com um bebê que tem problemas. Converse com calma sobre tudo isso. Talvez você também queira falar com a sua família, ou um líder religioso, ou um terapeuta.

Se você tiver um resultado negativo, é bastante tentador pensar que isso significa que obviamente está tudo bem com o seu bebê. Embora um resultado negativo seja muito tranquilizador, lembre-se de que ainda existem riscos (embora sejam muito, muito pequenos).

Mês 5

Cinco coisas divertidas sobre o 5.º mês

1 *Saber que o seu bebê pode ouvir a sua voz*
2 *Sentir o seu bebê se mexer: uma tremulação, um chute... e de repente um jogo de futebol!*
3 *Observar a sua barriga crescer; o seu corpo fica maduro, cheio de curvas*
4 *Aproveitar melhor o sexo: você fica excitada mais rápido, e muitas mulheres têm orgasmos múltiplos*
5 *Ler livros sobre nomes para o bebê e ler os créditos finais de filmes e vinhetas de TV para ter ainda mais idéias*

Durante este mês, o seu bebê vai de 11,5 cm a 16 cm de comprimento e chega a pesar 300 g

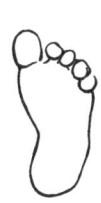

18ª Semana

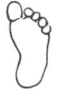

O crescimento do bebê

Neste estágio, o seu bebê tem uma aparência bastante humana. Embora a taxa de crescimento comece a cair um pouco, ele ainda tem que crescer bastante até estar pronto para nascer. Os ouvidos só estarão em perfeito funcionamento na 28ª semana, mas os bebês neste estágio já demonstram resposta aos sons. Então, se você conversar com o seu bebê, há uma grande chance de que ele realmente a esteja ouvindo.

Por volta desta época, você também poderá **sentir pela primeira vez o seu bebê se mexer**, se você não sentiu antes. Talvez você não entenda o que está acontecendo imediatamente, mas depois de um ou dois dias você se dará conta de que, sim, é realmente o bebê que está causando essas sensações curiosas.

As mudanças no seu corpo

O seu útero provavelmente já está mais ou menos do tamanho de um melão e exerce pressão para cima, em direção ao seu umbigo, o tempo todo. Talvez você fique com **dor nas costas**, pois o seu centro de gravidade muda. Mas nós temos algumas idéias sobre como lidar com isso.

Uma das mudanças que você poderá notar por volta desta época é o surgimento de uma linha escura entre o seu umbigo e o osso púbico, chamada de *linea nigra* – que é a expressão em latim para "linha negra" –, embora seja pouco provável que ela seja dessa cor, e, sim, marrom-escuro. Nas mulheres de pele escura talvez ela nem seja visível.

Você provavelmente está engordando. A maioria das mulheres o faz gradualmente, mas sempre tire as dúvidas com seu médico caso você tenha alguma **preocupação a respeito do aumento de peso** no meio da gravidez.

Você provavelmente notará também **mudanças em seu cabelo** neste estágio da gestação; para a maioria das mulheres isso é ótimo, pois ele fica mais encorpado e brilhante.

Para refletir

- Esta é a época para começar aqueles **exercícios para o assoalho pélvico**. É muito importante adquirir o hábito de fazê-los todos os dias. Nós explicaremos como e por quê.
- **Planejando com antecedência:** sua visão pode estar mudando e, se você usa lentes de contato, talvez precise mudar o grau.

Sentindo os movimentos do bebê pela primeira vez

A maioria das mulheres sente pela primeira vez o bebê se movimentando por volta da 18.ª à 20.ª semana. Isso costuma ser designado popularmente pelo nome de "chutes". É claro que o seu bebê já está se movimentando desde as primeiras semanas, mas, como ele é muito pequeno e está envolto em uma quantidade relativamente grande de líquido no começo da gravidez, é muito difícil perceber a movimentação. As mulheres costumam descrever os primeiros movimentos como "tremulações", e muitas vezes eles podem ser confundidos com gases na parte baixa do abdômen. Se você já ficou grávida antes, talvez seja capaz de reconhecer a sensação mais cedo simplesmente porque já sabe o que é. Não há dúvida de que esse é um momento muito emocionante. Para algumas mulheres, esse é o momento em que elas começam a aceitar o fato de que o bebê é real.

À medida que o seu bebê cresce, os movimentos ficam mais definidos e você provavelmente irá sentir todos os tipos de chutes, giros, reviravoltas, alongamentos e rodopios próprios do repertório dos bebês. Alguns bebês são mais ativos que outros, e aqueles emocionantes tremores iniciais podem se transformar em chutes que a manterão acordada à noite, caso o seu bebê seja muito ativo. À medida que a sua gravidez avança, o seu parceiro provavelmente também poderá sentir os movimentos se ele puser as mãos na sua barriga.

Não se preocupe se você não sentiu nada que pudesse ser identificado como um chute até a 20.ª semana; espere mais algumas semanas e você certamente perceberá os movimentos.

Dores nas costas

À medida que a sua barriga cresce, o seu centro de gravidade muda. Todas nós já vimos alguma vez uma mulher grávida de pé, com as mãos na parte mais baixa das costas, onde dói, e empurrando a barriga para a frente. Mas, na verdade, isso pode piorar as coisas! Os hormônios da gravidez, já há algumas semanas, estão agindo para deixar seus ligamentos mais frouxos, e grande parte do peso do seu útero é sustentada pelos grandes ligamentos que se fixam na parte de trás da sua pélvis. O retesamento desses músculos pode causar uma dor maçante na parte inferior de suas costas. Melhorar a postura e fazer alguns exercícios simples geralmente faz com que você se livre dessa dor nas costas.

Você precisa fazer o bebê se inclinar para trás sobre a sua pélvis. Fique de pé em postura reta, com as mãos sobre os quadris, os polegares para trás e os outros dedos para a frente. Agora, imagine que você tem uma cauda e quer colocá-la entre as pernas. Empurre as nádegas para dentro e um pouco para cima. Os seus quadris giram um pouco sobre o seu eixo (você sen-

Balanço da pélvis em posição vertical

Balanço da pélvis com apoio nas mãos e nos joelhos

tirá que eles se mexem sob as suas mãos) e o peso do bebê cai sobre a pélvis, em vez de ser suportado pelos ligamentos. Experimente fazer essa rotação pélvica várias vezes, quando sentir dor nas costas. Você também pode fazer o exercício com os joelhos e as mãos apoiados no chão. Eleve as costas e puxe o queixo para dentro, e então deixe as suas costas descerem e a sua cabeça subir lentamente.

Se você está com uma dor aguda que se irradia pela perna, pode ser que um nervo esteja preso na articulação na parte de trás da pélvis. Algumas mulheres sofrem bastante com essa dor chamada ciática, pois o nervo ciático é que foi afetado. Você pode pedir para ser encaminhada a um fisioterapeuta, ou então visitar um osteopata ou um quiroprático. Todos eles poderão ajudá-la, fazendo manipulações na articulação e/ou ensinando exercícios para ajudar a aliviar a dor e evitar que ela volte.

A sua obstetriz também pode colocar em você uma cinta para gestantes, que pode ajudar a apoiar a parte inferior das suas costas. Um banho morno também pode ajudar; verifique também se o seu colchão é firme o suficiente. Camas muito macias podem piorar muito as dores nas costas. Dê-se ao luxo de ir fazer uma massagem, se você puder. Muitas vezes a massagem pode relaxar os músculos e ajudar você a relaxar também.

Você pode tentar prevenir os problemas nas costas com estas estratégias:

- Faça exercícios regularmente para ajudar a manter os músculos das suas costas fortes. Ioga, ginástica para gestantes ou aulas de pré-natal na água incluem exercícios para fortalecer as costas. Se você nada, evite usar muito o nado de peito, pois isso pode forçar demais a região lombar.
- Compre uma bola de vinil usada nas academias e sente-se nela à noite. Elas são confortáveis na gravidez e úteis também no parto. Ficar fazendo movimentos circulares sobre a bola enquanto assiste à televisão ou apenas sentar sobre ela enquanto bate papo ajudará a fortalecer os músculos das costas.
- Se você se senta em frente a um computador, ou fica sentada durante grande parte do tempo no trabalho, certifique-se de que a cadeira está na altura correta e de que as suas costas estão bem apoiadas. Você também deve levantar-se em intervalos regulares para se mexer.
- Use sapatos baixos em vez de salto alto. Use os saltos um pouco mais altos para fazer uma entrada triunfal, e depois coloque um par mais baixo e mais confortável.

Dúvidas sobre o aumento de peso

Talvez você perceba que está engordando sensivelmente nesta época. A maioria das mulheres engorda cerca de 500 g por semana neste estágio da gravidez, mas talvez você sinta muita fome e ganhe ainda mais peso. Certifique-se de que está se alimentando bem e faça exercícios regularmente. A qualidade da comida é mais importante que a quantidade.

Você precisa comer de acordo com o seu apetite. Você necessita de 300 calorias a mais, e isso pode significar um sanduíche no meio da manhã e um iogurte com banana no meio da tarde. Se você não está ganhando peso, observe a sua alimentação todos os dias. Se descobrir que não está comendo muito, tente acrescentar lanchinhos saudáveis à sua cota diária: algum cereal matinal com fruta, uma tigela de sopa de legumes como prato extra na hora do almoço, e uma porção extra de vegetais para acompanhar a refeição da noite. Substitua as bebidas gaseificadas com açúcar, que têm calorias "vazias", por bebidas mais nutritivas à base de leite ou de suco de frutas. Se estiver preocupada por ter engordado muito, ou por não engordar nada, converse sobre isso na próxima consulta do pré-natal.

Mudanças no cabelo

Muitas mulheres percebem que o cabelo fica mais espesso e brilhante na gravidez. Mas, estranhamente, você também pode encontrar um monte de fios no ralo depois de lavar os cabelos. Ninguém irá censurá-la se você ficar se perguntando se vai estar careca à época do nascimento do bebê. Felizmente, não. O cabelo tem um padrão cíclico de crescimento, de queda e de descanso. Cada cabelo cresce em média durante 1.000 dias antes de cair. Em média, você perde cerca de 100 fios por dia. Esse ciclo se acelera durante a gravidez, portanto você poderá notar que há uma queda maior dos fios, mas também que o seu cabelo está com ótima aparência, já que ele também está crescendo mais rápido. No entanto, se você tem lúpus (veja a página 387) ou um problema de tireóide (veja a página 390), pode ser que realmente o seu cabelo caia mais durante a gravidez.

Ainda assim, você talvez perceba que o seu cabelo fica mais fino depois que o bebê nascer. Isso pode ser conseqüência da mudança hormonal, e pode levar algum tempo para o seu cabelo voltar à espessura normal. Coma bem para devolver ao seu organismo suas reservas nutricionais. Pode ser que um corte de cabelo um pouco mais curto e o uso de xampus e cremes de tratamento mais suaves por alguns meses façam uma grande diferença.

Exercícios para o assoalho pélvico

Durante a gravidez, algumas mulheres sofrem de "incontinência urinária por pressão", que significa que você emite involuntariamente um pouco de urina sempre que tosse ou ri, pula ou corre. Essas perdas acontecem porque o bebê exerce pressão sobre a sua bexiga, e também por causa do afrouxamento geral dos tecidos do seu corpo, sob efeito dos hormônios da gravidez. Para reduzir esse adorável efeito colateral da gravidez, tente ir ao banheiro antes que sua bexiga fique muito cheia, e lembre-se de fazer exercícios para o assoalho pélvico!

Os músculos do assoalho pélvico mantêm a sua bexiga, o útero e os intestinos no lugar. Eles formam uma faixa de músculos que se liga ao osso da bacia.

Como fazer os exercícios

Aperte e levante os mesmos músculos que você usaria caso quisesse interromper o fluxo de urina durante a micção. Contraia os músculos internos, puxando para cima e para dentro. Tente fazer isso sem prender a respiração, contraindo os glúteos, ou puxando para dentro os músculos da barriga.

Você pode fazer esse exercício várias vezes ao dia, em sessões de cinco ou seis "contrações" de cada vez. Você pode fazer o exercício enquanto lava a louça, enquanto espera o ônibus ou o elevador ou enquanto está sentada à mesa ou assistindo à TV. Ninguém saberá que você está se exercitando, e se você fizer o máximo possível todos os dias isso vai fortalecer o assoalho pélvico e reduzir a perda de urina.

Mantendo as consultas do pré-natal

Apesar da sua provável boa disposição nesta fase de gestação, as consultas deverão seguir seu ritmo mensal, pois o médico continuará acompanhando o seu estado de saúde além do desenvolvimento do bebê. Agora que muitos incômodos já fazem parte do passado, você poderá aproveitar o tempo da consulta para esclarecer dúvidas que ainda existam sobre qualquer assunto ligado à gestação e ao parto que se aproxima.

Planejando com antecedência: lentes de contato

Muitas mulheres acabam descobrindo que a visão modifica durante a gravidez. Talvez você não note isso se usa óculos, mas, se usar lentes de contato, poderá sentir que as lentes se tornaram desconfortáveis e passaram a não corrigir de maneira apropriada seu problema de visão.

Por que eu preciso pensar com antecedência sobre as lentes de contato?

A retenção de líquidos pode mudar o formato do seu globo ocular e, portanto, a fixação das lentes de contato. Vale a pena ir ao oftalmologista para fazer um exame de vista e verificar as especificações das lentes. Se a sua visão está se modificando, talvez seja uma boa idéia passar a usar lentes de contato descartáveis, pois assim você pode mudar de grau mais rápido e de maneira mais econômica durante toda a gravidez. Se os seus olhos ficarem muito secos, talvez seja preciso limitar o tempo de uso diário das lentes ou então voltar a usar óculos durante certo período.

Se você está sofrendo de algum distúrbio visual, como luzes piscando ou visão embaçada, verifique o problema primeiro com o seu médico, antes de consultar um oftalmologista, já que isso pode indicar diabetes gestacional ou pressão alta.

Lentes para o parto e para depois do parto

Aproveite que você já está pensando nas suas lentes de contato e deixe reservado um par delas para o parto. Talvez você ache mais confortável usar óculos quando tiver de lidar com o parto e, em algumas circunstâncias, talvez seja preciso tirar as lentes – por exemplo, se você estiver num hospital e houver a possibilidade de precisar de uma cesariana. Se os seus óculos mais recentes já têm vários anos, pode ser que você ache a primeira visão do seu bebê um pouco embaçada.

Depois do parto, pode ser que as lentes de contato fiquem desconfortáveis durante a amamentação, principalmente se você usa lentes rígidas ou gás-permeáveis. A alta quantidade de hormônios associada à amamentação parece afetar algumas gestantes cujos olhos lacrimejam durante a amamentação.

19ª Semana

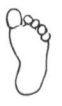

O crescimento do bebê

O seu bebê agora está concentrado em ganhar peso, acumulando uma reserva de gordura que será necessária para sobreviver no mundo lá fora. Ele também fica muito ativo, chutando, rolando e flexionando os membros, desenvolvendo músculos e ossos mais fortes. Os genitais externos já estão definidos, o que significa que, durante um ultra-som, você poderá saber se terá um menino ou uma menina.

As mudanças no seu corpo

O seu útero provavelmente já alcançou mais ou menos a altura do umbigo, a não ser que você esteja esperando gêmeos, pois nesse caso ele já estará acima desse nível. Observe-se de lado no espelho e verá que há uma mudança inconfundível na sua silhueta.

E outros problemas ainda mais "glamourosos" afligem as mulheres a partir deste estágio da gravidez... Saiba aqui como lidar com as **varizes**, as **hemorróidas** e a **prisão de ventre**.

Para refletir

- Se a sua mãe ou sua avó contou para você todas as coisas horríveis sobre dar à luz, agora é a hora de saber **o quanto o parto mudou** nas últimas gerações, e quais opções estão disponíveis para *você* dar à luz.
- Planejando com antecedência: **o resultado da amniocentese**.

Varizes

A progesterona, hormônio da gravidez, faz com que os seus vasos sangüíneos fiquem mais relaxados e frouxos. Você também tem uma quantidade maior de sangue em circulação na gravidez, e isso pode levá-la a ter varizes. As suas pernas são particularmente afetadas, porque o seu útero, que está crescendo, exerce pressão sobre as suas veias pélvicas e sobre a veia cava inferior. Essa grande veia, que fica do lado direito do corpo, recebe sangue das pernas e dos órgãos abdominais e pélvicos. Devido à pressão que o útero exerce sobre ela, o sangue volta mais devagar para a parte de cima do corpo e tende a se concentrar nas longas veias das pernas.

As varizes podem aparecer em qualquer lugar, mas elas são mais visíveis nas pernas, no ânus (nesse caso, recebem o nome de hemorróidas – veja a página 138 para obter mais informações a respeito) e na área da vulva (veja abaixo).

Você sabe que tem varizes quando vê veias inchadas, geralmente nas pernas, muitas vezes acompanhadas de uma sensação de queimação e coceira. Você pode sentir suas pernas pesadas e também inchadas. É muito raro, mas pode ocorrer a formação de um coágulo de sangue (trombose) na veia, então, se aparecer uma área avermelhada e sensível na superfície de uma veia varicosa, acompanhada de temperatura elevada, dor na perna ou aceleração do coração, entre em contato imediatamente com o seu médico.

Todas as mulheres grávidas estão mais propensas a ter varizes por causa das mudanças na gravidez, mas muitas atravessam a gestação sem nenhum problema desse tipo, enquanto outras passam a ter varizes desde o começo. Existem alguns fatores que a deixam predisposta a ter varizes:

- você já tem algumas varizes; elas podem piorar durante a gravidez
- existir um histórico de varizes na família
- o seu emprego exigir que você fique muito tempo em pé
- você já estar acima do peso antes da gravidez ou engordar muito rápido durante a gravidez

Prevenção

Há várias coisas que você pode fazer para prevenir as varizes ou minimizá-las, caso elas já tenham se tornado um problema.

- Faça exercícios regularmente. Caminhar é excelente, pois isso trabalha os músculos que circundam as veias profundas nas pernas.
- Evite ficar parada de pé durante muito tempo. Se o seu trabalho exige que você não se mexa muito, faça exercícios regularmente no lugar em que ficar parada. Fique com os pés totalmente apoiados no chão e depois fique na ponta dos pés, e repita. Faça isso várias vezes a cada hora. Tente também ficar em pé sobre um pé só, enquanto faz movimentos circulares com o outro tornozelo várias vezes.
- Sente-se com os pés para cima. Assista à TV no sofá com os pés para cima, sente-se colocando os pés num banquinho quando estiver no trabalho, ou descanse as pernas colocando-as para cima na hora do almoço.
- Durma sobre o lado esquerdo, se possível. Isso reduz a pressão sobre a veia cava. Talvez seja preciso colocar um travesseiro como apoio nas costas para manter você confortavelmente sobre o lado esquerdo durante a noite.
- Use meias de compressão. Tenha sempre um par dessas meias e uma calcinha perto de você, prontas para ser usadas assim que você acordar de manhã. Isso aju-

da a evitar que o sangue fique concentrado nas pernas. Se achar que as meias de compressão que você tem não são eficazes, o seu médico poderá indicar-lhe meias de compressão graduada. Talvez elas não sejam o acessório mais "elegante" para a gravidez, mas certamente você preferirá usá-las a ter varizes.
- Evite ficar de pernas cruzadas quando estiver sentada. Evite também sentar-se sobre as pernas quando estiver ajoelhada. As posições de joelhos são úteis no parto, mas se você tem varizes coloque um travesseiro entre os joelhos e as pernas se quiser se sentar sobre as coxas.
- Evite engordar muito, já que isso pode piorar as varizes.

Tratamento

A não ser que suas varizes sejam muito graves, elas não serão tratadas durante a gravidez. Às vezes elas melhoram após o parto, mas nem sempre, e então poderão ser tratadas com injeção ou cirurgia.

Muitas mulheres experimentam terapias complementares. Hamamélis e castanha-da-índia são fitoterápicos que ajudam a tratar as varizes e as hemorróidas. Consulte um fitoterapeuta se você estiver interessada em experimentar esse tratamento.

É comum recomendar vitamina C e E para tratar varizes. Testes preliminares demonstraram que os rutosidos, drogas desenvolvidas a partir do fitoterápico rutina, ajudam a aliviar os sintomas, mas há pouca evidência de que sejam seguros na gravidez. Converse com o seu médico sobre eles. Um homeopata poderá sugerir-lhe o Ruta CH 30.

Hemorróidas

As varizes no ânus são também chamadas de hemorróidas. De 30 a 50% das mulheres sofrem do mal em algum momento durante a gravidez ou após o nascimento do bebê. Você está mais propensa a ficar com hemorróidas na gravidez porque o hormônio progesterona relaxa os suaves músculos das veias, e isso faz com que a circulação fique lenta, o que pode causar varizes nas pernas e hemorróidas (embora algumas mulheres também sofram de hemorróidas após o nascimento do bebê). As veias inchadas podem ser internas, dentro do ânus, ou externas, quando elas se projetam através do ânus, o que pode causar um desconforto bastante agudo. Fazer força para evacuar pode piorar a situação.

As possibilidades de ter hemorróidas durante a gravidez aumentam se:

- você já teve hemorróidas antes
- existe um histórico familiar de varizes e hemorróidas
- você tem de ficar de pé durante longos períodos

É provável que você venha a ter hemorróidas se tem:

- dor ou coceira em torno do ânus
- sangramento no reto; em geral, isso aparece apenas como manchas de sangue no papel higiênico, mas pode ser mais que isso; de qualquer maneira, mencione o fato para seu médico ou sua obstetriz
- dores ao evacuar

Prevenção

As hemorróidas podem doer bastante, mas há uma série de coisas simples que você pode fazer para preveni-las:

- Beba líquidos e consuma alimentos ricos em fibras. Lembre-se de que, se você consumir bastante fibra, também precisará de muito líquido para ajudar seu organismo a processá-la: 8 a 10 copos de líquido por dia são suficientes.

- Evite ficar de pé durante muito tempo e durma de lado, não de costas, para evitar exercer pressão sobre os intestinos.
- Faça exercícios suaves regularmente; caminhar e nadar ajuda a evitar que os intestinos fiquem preguiçosos.
- Faça exercícios para o assoalho pélvico todos os dias (veja a página 134). Eles ajudam a manter os músculos do assoalho pélvico tonificados e em bom funcionamento.
- Vá ao banheiro assim que precisar, não espere. Mas não se demore muito no vaso sanitário, pois a posição sentada tende a externalizar as hemorróidas mais salientes.

Tratamento

Cremes que anestesiam a área e ajudam a desinflamar as hemorróidas podem ser encontrados em farmácias, ou obtidos por prescrição médica. Se você comprar um remédio sem prescrição, verifique com o farmacêutico se ele é apropriado para o uso na gravidez. Algumas opções:

- Cremes suaves e calmantes (tais como alantoína, óxido de bismuto, subgalato de bismuto, bálsamo-do-peru, óxido de zinco e hamamélis) podem ajudar a aliviar a irritação na área.
- Substâncias anestésicas (tais como lidocaína, benzocaína) podem aliviar a dor, a queimação e a coceira. Você deve usá-las somente durante alguns dias porque podem sensibilizar a pele ao redor do ânus.
- Antiinflamatórios (com corticosteróides) podem diminuir a inflamação e, conseqüentemente, a dor. É possível fazer um tratamento por períodos curtos de até sete dias. Converse com o seu médico antes de usar esses medicamentos.
- Se as mudanças na sua dieta (como, por exemplo, mais fibras e líquidos) não ajudarem, talvez o seu médico possa sugerir fibras suplementares (agentes capazes de formar o bolo fecal, como plantago, farelo de trigo ou metilcelulose e outros) também disponíveis sob prescrição médica.

Se ainda assim você continuar com o problema, converse com o seu médico a respeito do uso de algum medicamento para amolecer as fezes. Algumas mulheres também acham que é bom consultar um homeopata, fitoterapeuta ou terapeuta complementar. Pode ser que seja mais confortável para você esvaziar o intestino com os pés um pouco erguidos, em cima de alguns livros, para que os seus joelhos fiquem acima dos quadris. Nas culturas em que as pessoas agacham para defecar, as hemorróidas são muito raras. Deixe alguns livros no chão do banheiro e experimente.

Experimente também:

- um banho de assento com água morna, que pode melhorar a sensação de coceira
- uma compressa fria: triture alguns cubos de gelo, envolva-os em um pano e coloque sobre as hemorróidas durante dez minutos
- borrifar hamamélis num pano e mantê-lo sobre a área afetada; deixe o frasco de hamamélis na geladeira, para que ele esteja bem frio quando você for usá-lo
- limpar a área com lenços umedecidos com medicamentos, depois de evacuar
- um remédio à base de batatas! Corte uma fatia de batata e coloque sobre as hemorróidas. Deixe descansar por 20 minutos. Pode parecer estranho, mas algumas mulheres juram que funciona.

Se uma hemorróida tornou-se protusa (ou seja, se deslocou para fora do ânus), talvez você consiga colocá-la suavemente de volta dentro do ânus com o dedo (verifique se as suas unhas estão curtas e limpas). Mergulhe seu corpo na banheira e, suavemente, coloque a hemorróida para dentro. Isso só funciona com uma hemorróida pequena, mas pode oferecer alívio instantâneo.

Em geral as hemorróidas desaparecem após o parto e o problema não se repete até a próxima gravidez. Nos casos muito severos, as hemorróidas precisarão ser tratadas com cirurgia depois da gravidez.

Prisão de ventre

A prisão de ventre, ou constipação, é um problema comum na gestação por causa da ação dos hormônios da gravidez, os quais relaxam alguns músculos abdominais e deixam mais lenta a atividade intestinal. A pressão do útero sobre o cólon também afeta o seu funcionamento e, se você precisar tomar suplementos de ferro, eles também poderão causar prisão de ventre. Algumas mulheres percebem que o estresse acaba afetando os movimentos intestinais e contribuindo para a prisão de ventre, e às vezes a alergia a certos alimentos pode causá-la também.

Todas as gestantes podem sofrer de prisão de ventre, mas você estará mais predisposta se já teve o problema no passado ou se não faz muito exercício.

A freqüência dos movimentos intestinais varia de pessoa para pessoa. Movimentos intestinais pouco freqüentes, por si sós, não sugerem prisão de ventre, mas outros sintomas podem indicar que você tem o problema. Por exemplo, se você:

- passa vários dias sem evacuar
- sente-se muito pesada e desconfortável
- tem dificuldade durante a evacuação
- tem fezes duras e difíceis de ser eliminadas

- sente que nem todo o conteúdo intestinal foi eliminado
- apresenta sangramento retal

Prevenção

Algumas maneiras de prevenir a prisão de ventre:

- Coma bastante fibra na forma de frutas, vegetais, pão integral, cereais matinais e sucos de frutas. As fibras são essenciais para o funcionamento saudável do intestino, mas tome cuidado para não comer farelo demais. Eles contêm certos compostos, chamados fitatos, que podem irritar o intestino e piorar o problema. Experimente aveia, arroz integral, feijão, sementes, frutas, tais como figos, ameixas e damascos secos, saladas e vegetais. Lembre-se também de que o farelo e os cereais precisam de água para ajudá-los a aumentar de volume no intestino. Se você come farelo mas não toma bastante líquido, isso pode piorar a constipação.
- Evite alimentos pobres em fibras, como gelatina, sorvete, produtos feitos com farinha branca e cereais matinais refinados. Reduza a ingestão de carne, café, álcool e bebidas gaseificadas.
- Beba bastante líquido, cerca de 8 a 10 copos por dia.
- Faça exercícios para estimular os intestinos; caminhar, andar de bicicleta e nadar são ótimas atividades. Fazer 30 minutos de exercício, dia sim, dia não, pode ajudar a deixar o seu intestino mais regular.
- Evite se apressar demais pela manhã; tome uma bebida à base de chá, chá de ervas ou água quente e dê tempo para que o seu organismo reaja.

Tratamento

Se você ficar constipada, há algumas coisas que pode fazer:

- massageie suavemente a barriga no sentido horário
- beba um copo de chá de dente-de-leão todos os dias, ou então um copo de suco de ameixas secas
- algumas mulheres garantem que alcaçuz funciona, outras sugerem ficar mordiscando damascos secos ou então comer kiwi fresco; vale a pena tentar
- para algumas mulheres, a acupuntura, a homeopatia e a aromaterapia ajudam

Se essas alternativas não ajudarem você, suplementos dietéticos de fibras, na forma de cereais integrais ou farelo de trigo talvez adiantem. Converse com seu médico sobre laxantes. Se o problema não for solucionado, você poderá usar laxantes estimulantes, mas não compre um laxante sem prescrição médica sem antes verificar com o farmacêutico se ele é seguro para você. Os laxantes à base de dantron (co-dantrusato e co-dantrâmero) não devem ser usados durante a gestação ou enquanto você estiver amamentando, já que, em testes com animais, verificou-se uma conexão entre eles e tumores no fígado e no intestino.

Quanto o parto mudou

Às vezes parece que nossas mães e as mães delas deram à luz num mundo diferente. É bem provável que você encontre mulheres mais velhas contando histórias horríveis sobre pêlos raspados, lavagem intestinal e, depois, pernas colocadas para cima sobre apoios de metal. E não faz muito tempo que tais procedimentos deixaram de ser rotina (como uma das autoras deste livro pode comprovar). Os papais costumavam ser expulsos da sala de parto ou então se permitia que eles entrassem somente a contragosto, e muitas mulheres odiavam esse tipo de atendimento. Mulheres e obstetrizes fizeram queixas e campanhas e acabaram mudando esses tratamentos de rotina. Agora, as lavagens quase nunca são empregadas, seus pêlos só são raspados se você precisar de uma cesariana (e, mesmo assim, será apenas uma depilação parcial sobre a área onde será feita a incisão) e a sua obstetriz estará pronta a ajudá-la a dar à luz na posição que você quiser (inclusive pendurada no lustre, caso haja um!).

No entanto, as coisas estão longe de ser perfeitas. Houve uma época em que as mulheres davam à luz em casa e recebiam os cuidados de uma parteira que conheciam. Agora, são pouquíssimas as mulheres que têm a seu lado uma obstetriz que conhecem, quando entram em trabalho de parto. E existem outras rotinas hospitalares sobre as quais algumas pessoas protestam por achar que elas interferem com o progresso natural do parto, tais como o monitoramento de rotina e o estabelecimento de limites de tempo para os diferentes estágios do parto.

Converse com seu médico e descubra que tipo de rotina é adotado no local onde você planeja ter o bebê, e se ele é flexível. Diferentes especialistas têm diferentes opiniões sobre uma infinidade de aspectos; assim, pode ser que você descubra que os hospitais perto de você fazem as coisas de um jeito bastante diverso. Um hospital talvez não permita que as mulheres comam enquanto estiverem ativas num parto, enquanto outro pode permitir a prática. Um hospital pode induzir as mulheres que já ultrapassaram em sete dias a data prevista do parto, enquanto outro pode sugerir 10 dias e ainda outro pode fazer isso após 12 dias. Alguns hospitais colocam um monitor eletrônico nas mulheres assim que elas são internadas, outros não. Descubra o que acontece nos hospitais a que você tem acesso e converse sobre isso com seu médico.

Planejando com antecedência: o resultado da amniocentese

Quando o resultado da amniocentese fica pronto, a maioria dos casais sente um grande alívio, já que ele pode deixá-los despreocupados. Para alguns casais, no entanto, os resultados não são reconfortantes. Se este for o seu caso, você se encontra numa situação muito difícil. Às vezes é difícil absorver tudo aquilo. Se houver palavras técnicas que você desconhece, peça que expliquem. Existem algumas perguntas-chave que você poderá fazer:

- Qual é o problema?
- Esse problema irá afetar seriamente o bebê?
- Qual o grau de precisão do exame?
- Um ultra-som detalhado poderá nos dar mais informações?
- Existem outros exames que possam ser feitos para confirmar o resultado?
- Que opções temos a nosso dispor?
- Podemos consultar um profissional especializado em aconselhamento para nos ajudar a pensar no assunto?
- Quanto tempo temos para tomar uma decisão?

Pode ser que você não consiga absorver tudo de uma vez e prefira ir para casa, e talvez precise conversar com os outros membros da sua família. Alguns casais pensam que é uma boa idéia entrar em contato com grupos de apoio e obter mais informações. Outros apenas querem mais tempo para pensar sobre a novidade e discutir o assunto juntos. Converse com seu médico sobre as opções que você tem. Peça tantas informações quantas precisar e use o tempo que for necessário para tomar qualquer decisão.

20ª Semana

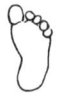

O crescimento do bebê

Por volta desta época, a pele do seu bebê começa a ficar coberta por um revestimento branco chamado de vernix (*vernix caseosa*). Ele ajuda a proteger a pele do bebê do líquido amniótico, no qual ele agora provavelmente está dando cambalhotas. O seu bebê ainda tem espaço para se mexer, mas logo ele começará a se sentir meio apertado ali dentro.

Ele está desenvolvendo os nervos que controlam os sentidos: a visão, o olfato, a audição, o tato e o paladar.

As mudanças no seu corpo

O seu útero provavelmente já alcançou o nível do seu umbigo. A partir de agora, a altura do topo do útero (a **altura uterina**) aumenta gradualmente até a 36ª semana. As medidas em si são menos importantes do que essa curva para cima, já que a interrupção nessa subida contínua pode indicar que há um problema com o seu bebê.

A **secreção vaginal** aumenta. Talvez você também precise esvaziar a bexiga freqüentemente neste estágio da gravidez. O útero fica logo acima da bexiga e, à medida que o bebê cresce, ela vai sendo cada vez mais comprimida.

Em geral essa época é chamada de ponto intermediário da gravidez, o que na verdade não é muito exato, pois o seu bebê cresceu durante 18 semanas e ainda tem mais 20 pela frente. Essa é uma das razões por que a "segunda metade" da gravidez pode parecer mais comprida do que a primeira. (Outra razão é que, a partir deste ponto, você ficará cada vez maior.)

Para refletir

- Nesta semana pode ser que você faça um **ultra-som morfológico (para detectar anomalias)**, o qual verificará o desenvolvimento de todos os principais órgãos do bebê, além do seu crescimento. Em alguns casos, aparecem as **faixas ou bridas amnióticas**.
- Planejando com antecedência: a **cordocentese** implica a coleta de uma amostra do sangue do bebê que é retirada do cordão umbilical, enquanto o bebê ainda está dentro de você. Não é muito comum, mas pode ser um exame útil em algumas circunstâncias.

Altura do útero: a minha barriga está muito grande?

O fundo é a parte mais alta do seu útero. Quando a sua obstetriz apalpa o seu abdômen, ela pode sentir onde está o fundo do seu útero, já que ele é um pouco mais firme que o resto da barriga. O seu útero move-se para cima à medida que cresce, então cada vez que você tiver uma consulta de pré-natal o médico irá verificar se o "fundo" está mais alto do que da última vez; isso é um bom sinal de que o bebê está crescendo normalmente.

Entre a 20.ª e a 38.ª semanas, se a sua obstetriz utilizar uma fita métrica para medir desde o topo do seu osso púbico até o "fundo" do útero, a medida em centímetros será aproximadamente igual ao mesmo número de semanas de sua gestação. Então, com 25 semanas, você terá aproximadamente 25 cm, um pouco mais, um pouco menos. Na melhor das hipóteses, esta é uma indicação aproximada; as mulheres variam bastante em tamanho e formato, e os bebês também. Essa medida não deve ser utilizada isoladamente, e não é mais precisa do que a estimativa do tamanho do bebê por meio da palpação do abdômen.

É possível ser mais preciso ao usar tabelas personalizadas de altura do útero. Elas levam em conta fatores como seu peso, altura, paridade (quantos bebês você já teve) e grupo étnico. Uma precisão maior ao usar essas tabelas resulta numa melhor identificação dos bebês que estão crescendo devagar e em menos exames hospitalares desnecessários para bebês cujo crescimento é, na verdade, completamente normal. Essas medidas não podem informar o peso do seu bebê com grande precisão, mas informam se ele está crescendo ou não dentro do previsto – caso em que serão aconselhados outros exames.

Secreção vaginal

A maioria das mulheres nota que há um aumento em sua secreção vaginal durante a gestação, especialmente a partir da 20.ª semana aproximadamente. As secreções vaginais mantêm a sua vagina úmida e levemente ácida, o que ajuda a prevenir infecções. Uma secreção vaginal normal é clara e levemente leitosa, não provoca coceira nem dor.

Às vezes, podem surgir infecções vaginais durante a gravidez. Algumas das mais comuns incluem:

Vaginite bacteriana

Acredita-se que a vaginite bacteriana seja causada por um crescimento excessivo das bactérias naturalmente existentes na flora vaginal. Esta infecção pode causar um corrimento que:

- é branco/acinzentado
- é transparente e aquoso
- tem um odor que lembra peixe

Também pode haver aumento do odor e do corrimento logo após o intercurso sexual.

Candidíase

A candidíase é uma infecção por fungos (veja a página 55). Uma infecção como esta pode causar um corrimento que é:

- branco
- granuloso (semelhante a queijo *cottage*)

Você também pode apresentar:

- vermelhidão
- coceira
- sensação de queimação na vagina/vulva

Se você acha que está com alguma infecção, verifique com sua obstetriz ou seu médico para ver se é isso mesmo. Algumas infecções estão ligadas ao parto prematuro, então não é aconselhável ignorá-las e ficar esperando que elas desapareçam sozinhas.

Ultra-som morfológico

A principal função do ultra-som para detectar anomalias, que você faz por volta da 20ª semana de gestação, é verificar a existência de anomalias importantes no desenvolvimento que poderão ter conseqüências a longo prazo para a saúde do bebê e sua qualidade de vida.

O sonografista avalia o seu bebê ao verificar se a cabeça, a coluna vertebral, os membros e os principais órgãos estão se desenvolvendo normalmente. A idade da gestação, neste estágio da gravidez, é estimada a partir das medidas do comprimento da cabeça do bebê, da circunferência da cabeça e da medida do osso mais comprido da perna, o fêmur. Alguns aparelhos também podem medir a circunferência do abdômen.

Marcadores

Ao checar se o seu bebê tem alguma anomalia, o sonografista irá procurar "marcadores" ou defeitos que podem indicar uma anomalia séria, como problemas no coração e defeitos nos membros.

Há uma forte ligação entre os "marcadores maiores" e as anomalias cromossômicas, como a síndrome de Down, ou talvez eles sejam uma anomalia em si, como um problema no coração. Os marcadores maiores são raros, mas, caso sejam encontrados, você será informada imediatamente, pois eles indicam um problema importante que não irá desaparecer. Talvez você precise voltar para fazer outros exames de ultra-som e também para conversar com um especialista.

Os "marcadores menores" são muito mais comuns e podem não indicar um problema. Eles podem incluir, entre outras coisas, um "espaço" entre o dedão do pé e os outros quatro dedos, um dedo mínimo da mão um pouco curvado para dentro, um fêmur curto, pontos brilhantes no coração ou nos intestinos, ou cistos no coração ou no cérebro.

Há controvérsias sobre a importância desses "marcadores menores". Não há uma forte ligação entre eles e as anomalias cromossômicas, e a maioria deles tende a desaparecer à medida que o bebê se desenvolve. Portanto, se um marcador suave for detectado durante o seu ultra-som, talvez não lhe digam nada, porque provavelmente é normal, algo que irá melhorar ou desaparecer sozinho. Outros métodos de acompanhamento, como o ultra-som da translucência nucal e os exames de sangue, são indicadores mais seguros de problemas. Ainda assim, se houver dois ou mais marcadores menores, o caso pode ser importante e precisará ser discutido.

Menino ou menina?

Às vezes é possível verificar o sexo do bebê neste ultra-som. A previsão do sexo do bebê utilizando o ultra-som tem uma probabilidade de acerto de 95%. Alguns hospitais podem dar-lhe a informação, caso você deseje. Outros adotam a política de não informar. Pergunte ao seu médico como as coisas são feitas na área em que você vive.

Converse com o seu parceiro para definir se vocês desejam saber o sexo do bebê, antes de ir fazer o exame. Se ambos desejarem saber, você pode então informar o sonografista antes que o exame seja feito. É um pouco mais complexo se um de vocês quiser saber e o outro não. Você pode pedir ao sonografista que escreva num papel e dê à pessoa que quiser saber.

Se o seu parceiro não quiser saber, ele pode sair da sala antes de você ser informada... mas você terá de lidar com o fato de que um de vocês sabe e o outro não, durante o resto da gravidez!

Faixas e bridas amnióticas

Em seu útero, o bebê e o líquido amniótico estão dentro de uma bolsa de paredes duplas. As duas paredes são chamadas de córion e âmnion. Às vezes (em cerca de 0,6% das gestações), faixas e bridas formam-se nas membranas e elas podem aparecer no ultra-som.

As "sinéquias" parecem se formar em volta de cicatrizes dentro do útero. Essas cicatrizes talvez tenham aparecido devido a alguma cirurgia ou infecção prévia. Elas não interferem no crescimento do bebê. Elas costumam desaparecer no fim da gravidez e muito raramente causam problemas. As verdadeiras bridas amnióticas (ou banda constritiva) são muito mais raras, mas podem causar restrição ao crescimento do bebê e anomalias em seu desenvolvimento, como encurtamento dos membros, pois o bebê fica preso nesses anéis fibrosos.

Às vezes, aquilo que é apenas uma sinéquia uterina recebe o nome de brida amniótica, e isso pode levar a muita preocupação. Será feita uma avaliação cuidadosa do seu bebê caso um ultra-som revele uma sinéquia ou uma brida.

Planejando com antecedência: a cordocentese

A cordocentese também é chamada de amostra do sangue do feto, ou amostra do cordão umbilical. Ela pode ser usada para diagnosticar a síndrome de Down ou a síndrome de Edward, caso um ultra-som tenha causado dúvidas. Ela também pode ser sugerida se:

- existe a suspeita de que você pegou toxoplasmose
- o seu bebê está anêmico e precisa de uma transfusão de sangue intra-uterina
- existe a suspeita de que você tenha tido rubéola no início da gestação
- você foi sensibilizada para o fator Rh e isso está causando problemas ao bebê
- o seu bebê não está crescendo, e é preciso medir o Ph do sangue dele

Na cordocentese, uma agulha fina atravessa o seu útero até o cordão umbilical, no local onde ele se conecta à placenta. Uma pequena quantidade de sangue é retirada para o exame e você só saberá do resultado três ou quatro dias depois.

Ela não pode ser feita antes do período que vai da 18.ª à 20.ª semana, porque os vasos sangüíneos do bebê são muito frágeis até esse estágio. A cordocentese costuma ser feita em centros especializados em medicina fetal, já que é um procedimento muito específico. O risco de aborto espontâneo é de cerca de 1%.

21ª Semana

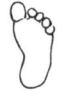

O crescimento do seu bebê

A rápida taxa de crescimento que caracterizou a primeira metade da gestação já diminuiu. O seu bebê agora fica cada vez mais pesado, e todos os sistemas são aperfeiçoados.

O seu bebê engole o líquido amniótico, e isso pode preparar o sistema digestivo para funcionar após o nascimento. Tudo o que não é absorvido do líquido torna-se o *mecônio* no trato intestinal do bebê. Essa substância negro-esverdeada se transformará nas primeiras fezes do bebê. (Felizmente, essa cor não se parece em nada com as centenas de outras que se seguirão a ela!)

As mudanças no seu corpo

Pode dizer adeus à sua cintura. O fundo do seu útero chega acima do seu umbigo, e mesmo um estranho que passe por você na rua perceberá que você está grávida.

Preparando-se um pouco, você conseguirá lidar com os **sangramentos nasais**, caso eles a ataquem neste estágio. Eles são causados provavelmente pelo aumento de sangue e também pelas mudanças hormonais.

Para refletir

- Talvez você tenha lido a respeito de mulheres que decidem começar a educar o bebê enquanto ele ainda está no útero. Então, descubra mais sobre como **tocar música para o seu bebê**.
- Planejando com antecedência: agora que você está na metade da gestação, talvez a sua opinião sobre parto e nascimento esteja mudando. Agora é uma boa época para repensar as coisas, principalmente **se você mudar de idéia sobre o local onde deseja ter o bebê**.

Sangramento nasal

Você pode ter o azar de ser vítima de sangramentos nasais freqüentes na gravidez. Eles podem estar relacionados ao aumento da quantidade de sangue no seu organismo e ao fato de que os hormônios da gravidez tendem a levar os vasos sangüíneos a ficar mais "frágeis". Além disso, os pequenos capilares dentro do nariz podem ressecar, principalmente no inverno, rompendo-se repentinamente. Em geral, o que sangra é um vaso sangüíneo do seu septo nasal, a cartilagem que separa as duas narinas. Os sangramentos nasais costumam parecer mais sérios do que na verdade são.

Se você tiver um sangramento nasal:

- Sente-se por alguns minutos. Não fique deitada. Manter a sua cabeça acima do nível do coração fará seu nariz sangrar menos.
- Aperte o seu nariz logo abaixo da ponte, onde o osso e a cartilagem se encontram para exercer pressão no vaso sangüíneo que está sangrando. Pressione em direção ao rosto. Você precisa manter a pressão por quatro ou cinco minutos, o que pode parecer muito tempo (use um relógio), mas isso permitirá que o sangue coagule e o sangramento pare.
- Não incline a cabeça para trás, já que isso fará com que você engula um pouco do sangue, o que poderá fazê-la se sentir enjoada.

Caso o sangramento reinicie quando você parar de pressionar, aperte novamente o nariz e, desta vez, aguarde dez minutos.

Talvez uma bolsa de gelo ajude; um pequeno pacote de ervilha ou milho congelado envolto em um pano funciona como uma ótima bolsa de gelo improvisada. Pressione o nariz com os dedos enquanto outra pessoa segura a bolsa sobre a ponte do seu nariz. Ou, então, chupe um cubo de gelo enquanto aperta o nariz.

O que fazer se o sangramento não parar

A maioria dos sangramentos nasais acaba estancando, mas, se continuar a sangrar muito, entre em contato com o seu médico. Grande parte desses sangramentos origina-se na parte frontal do nariz e envolve vasos muito pequenos. Apenas raramente eles se originam de vasos maiores na parte posterior do nariz, que sangram abundantemente. Esse tipo de hemorragia costuma ser causado por uma lesão, como uma pancada no rosto, mas também pode estar ligado à pressão arterial alta. Se for este o caso, você precisa de ajuda médica imediatamente.

O seu médico pode tentar estancar a hemorragia utilizando um *spray* que ocasionará uma vasoconstrição, ou então tamponar seu nariz para ajudar a diminuir o sangramento e permitir que ele coagule.

Se a hemorragia for intensa e parecer se originar na parte posterior do nariz (e o sangue correr para dentro de sua boca, e não sobre seu rosto), chame um médico ou uma ambulância.

Se esses sangramentos acontecerem com muita freqüência, é possível cauterizar a área do nariz que os está causando.

Cuidados

Você pode evitar as hemorragias no nariz:

- assoando o nariz com suavidade
- bebendo muito líquido para não ficar desidratada
- ficando longe de ambientes com fumaça e também não fumando
- abrindo a boca quando espirrar; tentar deter um espirro fechando a boca pode aumentar a pressão dentro do nariz e fazer com que um vaso mais frágil se rompa

Se você sente o seu nariz seco, coloque um pouco de vaselina ou KY-gel num cotonete e passe dentro da narina, para cobrir a área ressecada. Faça isso de um jeito suave e evite introduzir o cotonete muito profundamente ou ficar cutucando. Se você trabalha numa sala com ar-condicionado, coloque uma tigela de água perto do radiador para aumentar o nível de umidade.

Veja se você está consumindo a quantidade suficiente de alimentos ricos em vitamina K (veja a página 191), já que a falta dessa vitamina pode causar sangramentos. Para algumas mulheres, doses extras de vitamina C ajudam, já que ela fortalece os vasos sanguíneos, enquanto outras usam o remédio homeopático Ipeca.

Converse com o seu médico caso você tenha sangramentos nasais muito freqüentes, ou se técnicas simples de primeiros socorros não conseguirem estancar o sangue com facilidade.

Tocar música para o bebê

Os bebês começam a ouvir por volta desta época. O que eles ouvem é o barulho do fluxo do seu sangue, as distantes batidas do seu coração, e as rosnaduras e os estrondos do seu sistema digestivo. O seu bebê também consegue ouvir a sua voz e, nas próximas semanas, ele ou ela será capaz de reconhecê-la. Testes realizados com recém-nascidos mostram que eles preferem a voz da mãe a outras vozes.

Talvez você já tenha lido sobre pais e mães que decidem educar seus bebês enquanto eles ainda estão no útero. Mesmo antes de nascer, os bebês reconhecem os padrões da fala. Se uma mulher começa a falar de repente numa língua estrangeira, o bebê modifica o padrão de seus movimentos. Os bebês certamente podem se lembrar de algumas coisas que experimentaram antes de nascer. Pediu-se a um grupo de mães que lesse o mesmo livro para o bebê ainda na barriga, todos os dias. Depois que os bebês nasceram, eles prestavam mais atenção na leitura desse livro do que na de outros livros. Isso sugere que eles se lembravam de ter ouvido a leitura desse livro enquanto estavam no útero. Muito inteligentes, não? Mas o seu bebê está recebendo bastante estímulo e já pode partilhar do seu mundo. Ele não precisa de lições especiais com fones de ouvido.

Você obviamente pode ouvir música clássica, se quiser, ou então rock, ou ópera, dependendo do seu gosto; o seu bebê certamente irá responder ao fato de que você está relaxada, distraindo-se e apreciando a música.

Planejando com antecedência: mudando de idéia a respeito do local do parto

Pode ser que você tenha planejado seu parto em um determinado hospital há muito tempo e agora sabe que poderia ter escolhido fazer o parto em casa, ou então ido para uma casa de parto. Ou talvez você tenha feito planos de ter o parto em casa e surjam problemas médicos que a obriguem a ter o bebê num hospital. Isso não é problema. Você pode mudar de idéia a qualquer momento sobre o local onde quer ter o seu bebê. Se escolheu fazer o parto em casa e então, já em trabalho de parto, decidir que precisa de uma peridural, ainda assim você pode mudar de idéia e ir para um hospital.

As mulheres que decidem ter um parto pouco tecnológico em casa ficam muito desapontadas caso tenham de recorrer a um hospital. É importante ter uma visão menos rígida sobre o assunto. Pode ser que você escolha ficar muito pouco tempo no hospital e voltar para o conforto da sua própria cama bem rápido.

Pense durante algum tempo sobre as suas opções e investigue as alternativas disponíveis. No Brasil, a lei que aprova os CPNs (Centros de Parto Normal) ou casas de parto é recente, e eles não chegam a vinte em todo o país. A maioria dos hospitais sempre tem vagas para as gestantes, mas se você mora numa área onde há vários hospitais para escolher pode ser que os mais procurados fiquem lotados antes que os outros.

Pergunte a outras mães que tiveram o bebê na mesma área que você como foram suas experiências. Também vale a pena ir dar uma olhada nos hospitais e maternidades locais, para que você possa tomar uma decisão.

Talvez você não mude de idéia sobre *onde* terá o seu bebê, e sim sobre *quem* estará com você nessa hora. Você pode decidir que ter a seu lado uma obstetriz que já conhece quando o bebê nascer é realmente importante para você. Alguns serviços têm equipes de obstetrizes (enfermeira obstétrica) ou doulas (mulheres treinadas para ser acompanhantes de parturientes), o que aumenta as suas chances de conhecer a sua acompanhante. Ou então você também pode decidir que quer ter uma obstetriz particular. Isso também pode ser providenciado agora.

Caso você mude mesmo de idéia:

- converse com a sua obstetriz sobre as opções disponíveis na sua área
- converse com uma instrutora de curso pré-natal para saber qual é a opinião de outras mães
- converse com os amigos e familiares que tiveram filhos recentemente
- visite hospitais ou clínicas onde você tenciona ter o bebê

22ª Semana

O crescimento do bebê

A lanugem provavelmente já cobre todo o corpo do bebê neste estágio, juntamente com o vernix. A pele se torna menos transparente à medida que mais gordura começa a se depositar sob ela. Aparecem os cílios. Os batimentos cardíacos do bebê podem ser auscultados com um estetoscópio. Agora, ele ou ela pode com certeza ouvir a sua voz; se você falar ou cantar para o seu bebê, notará que os movimentos ficam mais lentos ou mais rápidos, em resposta.

As mudanças no seu corpo

Neste estágio da gestação, você talvez se sinta ótima. Muitos dos problemas que causavam mal-estar no começo da gravidez já desapareceram e a sua barriga não é grande demais para atrapalhar. Neste estágio, o seu útero alcança a altura de alguns centímetros acima do seu umbigo. Ele está ficando mais pesado e, como se encontra sobre sua bexiga, poderá exercer pressão sobre ela. Você pode se sentir úmida e ficar mais predisposta a infecções do trato urinário (veja a página 406).

Já que a pele começa a esticar na sua barriga, que está cada vez maior, talvez você se pergunte o que pode fazer para prevenir as **estrias**.

Se você se sente sem energia, saiba que isso é normal na gravidez, mas existem **maneiras de lidar com o cansaço**.

Para refletir

- Planejando com antecedência: **escolha do nome** (ou nomes). Pode ser bem divertido, mas às vezes você terá problemas com a família, amigos ou então simplesmente com a combinação das iniciais dos nomes...

Estrias

Muitas mulheres ficam com certo grau de estrias (estrias da gravidez), em geral na barriga, nos seios e nas coxas. Geralmente elas começam a aparecer no meio da gravidez e ficam mais pronunciadas à medida que você ganha peso. O tipo de pele e os fatores hereditários parecem influenciar quem fica com muitas estrias e quem não fica: mulheres de pele clara e as que têm cabelos avermelhados estão mais predispostas.

As estrias têm uma aparência bastante avermelhada e são bem nítidas durante a gravidez, mas nos meses seguintes elas vão clareando e se transformam em marcas claras ou castanha, dependendo do seu tom de pele. Não é apenas a superfície da pele que estica. Conforme você aumenta de tamanho, pequenas rupturas ocorrem nas camadas mais profundas da pele, o que ocasiona uma alteração do colágeno, que é o que dá elasticidade à sua pele. As estrias geralmente se apresentam rígidas ao tato, quando o colágeno se rompe sob a superfície da pele.

Você pode comprar uma grande variedade de cremes, loções e "manteigas" que se supõe poderem ajudar a prevenir as estrias, mas existe pouca evidência científica de que eles funcionem. A única avaliação dos estudos realizados com 100 mulheres constatou que, em comparação ao placebo, o tratamento com um creme que continha extrato de centelha asiática, alfa-tocoferol e hidrolisados de colágeno e elastina estava associado a menor incidência de estrias, mas *apenas* para as mulheres que haviam apresentado estrias numa gravidez anterior.

Existem algumas maneiras de minimizar os efeitos das estrias, mas ninguém até o momento descobriu um modo de preveni-las. Você pode experimentar:

- comer muitas frutas e legumes frescos, cereais, sementes e nozes
- beber muita água
- se possível, controlar o aumento de peso para que ele seja lento e gradual
- fazer exercícios suaves regularmente, para ajudar a controlar o peso
- usar um creme hidratante para ajudar a manter a sua pele macia, mas não deposite suas esperanças em nenhum creme para prevenir o aparecimento de estrias

Alguns especialistas em terapias complementares também recomendam:

- massagear a pele todos os dias com óleo de germe de trigo ou óleo de amêndoas
- tomar cápsulas extras de vitamina E ou esfregar óleo de vitamina E nas estrias (não há suspeitas até o momento de que tomar vitamina E ou usá-la sobre a pele seja perigoso para você ou para o bebê)

As estrias realmente ficam menos evidentes e costumam ficar imperceptíveis alguns meses após o nascimento. Existe alguma evidência de que usar cremes com retinol pode ajudá-las a desaparecer, embora esse tipo de creme não seja seguro durante a gravidez. Também não há pesquisas a respeito do nível de segurança de seu uso durante a amamentação. O tratamento a *laser* pode ser utilizado para fazer as estrias desaparecerem, mas ele só está disponível em clínicas particulares.

Talvez alguém tenha lhe dito que, quanto mais estrias você tiver, mais probabilidade terá de ter uma ruptura da pele no parto normal. Isso não é verdade: as estrias são rupturas no colágeno da pele, enquanto as rupturas no períneo ocorrem no músculo, e não há relação entre as duas coisas. Existem algumas dicas úteis para prevenir as rupturas, incluindo a massagem no períneo durante a gravidez (veja a página 257) e a posição durante o parto.

Dicas para lidar com o cansaço

Se você não estiver se sentindo tão bem quanto acha que deveria, este é o momento para lidar com o cansaço. Tire uma semana de folga e relaxe; cancele seus compromissos, deite-se durante um bom tempo e então só espere que as horas passem. Talvez você queira dar um passeio, ou talvez só sentar no banco do jardim e ler um livro.

Analise o ritmo da sua vida; ficar sempre estressada e com inúmeros assuntos pendentes pode fazer com que você se sinta muito cansada. Faça uma lista do que você precisa fazer, e então veja quais tarefas podem ser delegadas a outras pessoas. Risque essas tarefas da sua lista e veja se o que sobrou é possível ser feito.

Veja também se está bebendo água o suficiente; ficar desidratada pode fazer você se sentir cansada e ter dores de cabeça. Tente beber um copo de água a cada duas horas durante o dia.

Inscreva-se numa aula de exercícios para gestantes. Embora seja difícil entrar no ritmo, os exercícios suaves e regulares poderão fazer com que você se sinta com mais energia bem rápido.

Faça um esforço para se alimentar bem. Considere a possibilidade de adicionar lanchinhos ricos em ferro, tais como:

- um saco de nozes de tipo variado e uvas-passas (não coma os amendoins caso tenha um histórico de alergia na família)
- um bolo de aveia (os alimentos à base de aveia contêm ferro)
- um bolo de frutas e nozes
- uma barra de chocolate amargo
- um ou dois gravetinhos de alcaçuz

Planejando com antecedência: a escolha do nome

Uma das coisas mais divertidas da gravidez é brincar com os possíveis nomes para o seu bebê – mas isso também pode levar a brigas na família! De repente todos querem dar sua opinião: se o bebê deve levar o nome do tio-avô, Frederico, ou se chamar Marília, em homenagem à prima de mesmo nome. Talvez você também tenha que levar em conta alguma tradição cultural ou da família, como, por exemplo, todos os primeiros filhos homens receberem o nome do pai, ou então o nome de solteira da mãe precisar ficar como segundo nome da criança. Talvez você também precise de um nome que funcione em duas línguas, caso vocês sejam de culturas diferentes.

A boa notícia é que você tem tempo de sobra para conversar sobre isso. Você pode tomar a decisão final depois que o bebê nascer; assim, você saberá se ele tem mais cara de João ou de Eduardo. Se você tem sobrenomes diferentes, precisa decidir como registrará a criança. Vocês poderão escolher um ou mais dos sobrenomes maternos ou paternos.

Alguns pontos para você refletir:

- o sobrenome do bebê: como o primeiro nome e o sobrenome soam juntos? (em caso de dúvida, diga o nome em voz alta)
- a popularidade do nome no momento – se todas as crianças da vizinhança estiverem recebendo o nome que você escolheu, talvez seja uma boa idéia pensar em usá-lo como segundo nome
- parentes e amigos: muitos pais gostam de dar o nome para a criança em homenagem a algum parente, amigo ou padrinho (ou madrinha) querido; se você ficar confusa com tantas sugestões, talvez possa não dizer a ninguém o que decidiu até o bebê nascer, quando então será tarde demais para opiniões indesejadas!
- o significado do nome: nem todos sabem o significado do nome, mas esse é um fator que muitos pais gostam de ter em mente ao escolher

- que palavras ou sons as iniciais formam: combine as iniciais do seu filho, incluindo o segundo sobrenome, e faça uma rápida análise; se elas formarem uma palavra esquisita ou incomum, você pode apostar que alguém algum dia fará alguma brincadeira a respeito

E, é claro, não se esqueça da razão mais importante para a escolha do nome: que você goste dele!

Se você e o seu parceiro não chegam a um consenso a respeito dos nomes, experimentem escrever uma lista dos seus nomes favoritos para meninos e meninas, separadamente. Então troquem de lista. Depois de riscar os nomes de que não gosta na lista do seu parceiro, você terá alguns nomes que tanto você quanto ele apreciam, e que podem formar uma pequena lista. (Se vocês riscarem todos os nomes na lista do outro, claro que terão que começar tudo de novo!) Não se esqueça de que o seu filho ou filha pode ter um nome formal, mas você poderá chamá-lo de outra maneira, como um apelido, dentro de casa. De qualquer modo, na verdade muitas crianças acabam sendo chamadas por seus apelidos.

Mês 6

Seis coisas ótimas do 6.º mês

1 *Passear pelas lojas de móveis para bebês para escolher um berço*
2 *Ouvir as histórias da sua mãe sobre a época em que ela estava grávida de você*
3 *Segurar uma roupinha de bebê e se dar conta do quanto um recém-nascido é pequeno*
4 *Ficar imaginando se é menino ou menina, qual a cor do cabelo, se será parecido com você ou com o pai...*
5 *Ir aos cursos pré-natais e finalmente se dar conta de que você agora é membro oficial do clube das futuras mamães*
6 *Ficar bonita: cabelo mais espesso, pele viçosa e nada de rugas!*

Neste mês, o bebê vai de 26 cm a 35 cm de comprimento, medindo-se da cabeça até os pés, já que ele não está mais encolhido, e seu peso chega aproximadamente a 875 g

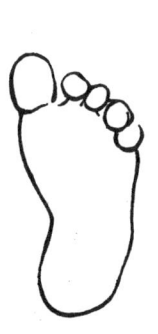

23ª Semana

O crescimento do bebê

O corpo do bebê já tem as proporções de um recém-nascido, mas a pele está muito enrugada, já que não há ainda muita gordura. A lanugem pode ficar um pouco mais escura por volta deste estágio.

Os pulmões do bebê continuam a se desenvolver, preparando-se para respirar o ar em vez de líquido. Os olhos já estão completamente formados, embora ainda não estejam abertos. O bebê é capaz de ouvir a sua voz e os seus batimentos cardíacos. O seu bebê ainda é muito ativo, e dá chutes que são mais percebidos como tais.

As mudanças no seu corpo

Agora que você está inegavelmente grávida, você pode se divertir comparando o tamanho da sua barriga com o de outras mulheres que estão no mesmo estágio de gestação. Algumas serão maiores, outras menores. O que é importante neste estágio é o crescimento gradual e contínuo: à medida que o bebê fica maior, a placenta e o útero também ficam maiores, e o líquido amniótico aumenta.

Algumas mulheres também ficam com a barriga de um jeito diferente. Algumas parecem ficar mais para baixo, outras mais para cima. A sabedoria das vovós diz que uma barriga mais para trás significa que você está esperando um menino, enquanto uma barriga mais para a frente significa que é uma menina (ou o contrário, dependendo de qual vovó estiver falando). Não há nenhuma prova de que isso seja verdade. O que acontece é que muitas mulheres engordam em locais diferentes durante a gravidez. E, claro, as sábias vovós sempre estarão perto de você cerca da metade do tempo. Então, já que estamos discutindo este assunto, vamos examinar as outras **lendas e crenças populares** e um mito moderno sobre os **batimentos cardíacos do bebê**.

Talvez você fique com formigamento nas mãos ou as sinta entorpecidas, o que é sinal da **síndrome do túnel do carpo**. Isso é causado pelo inchaço nos pulsos. E pode ser que os seus tornozelos fiquem inchados, também. O termo médico para isso é **edema**.

Para refletir

- Planejando com antecedência: a **pré-eclâmpsia**. Talvez você não corra o risco de tê-la, mas é bom conhecer os primeiros sinais e sintomas do problema, que são específicos da gravidez. Aqui você saberá a que deverá ficar atenta.

Superstições sobre a gravidez

Você ouvirá uma grande variedade de histórias durante a gestação, algumas divertidas, outras assustadoras. Mas será que elas são verdadeiras?

Não erga os braços acima da cabeça, pois o cordão umbilical poderá estrangular o bebê

O comprimento médio de um cordão umbilical é de cerca de 50 cm e não costuma causar problemas. O modo como você se movimenta não tem influência sobre ele. O seu bebê consegue dar cambalhotas dentro de você, e realmente faz isso, e não é estrangulado pelo cordão umbilical. O cordão está coberto por uma geléia (a geléia de Wharton) para prevenir que ele se prenda, e ele também é um pouco elástico, como um fio de telefone, então o seu bebê consegue se mexer sem ficar preso nele. Durante o parto, o obstetra pode verificar se o cordão não está ao redor do pescoço do bebê. Se estiver, ele irá levantá-lo acima da cabeça do bebê antes de você empurrar de novo. Só muito raramente um cordão pode apresentar um nó. Em geral, o que se parece com um nó é na verdade um caroço da geléia que o protege.

Se você tem muita azia na gravidez, o bebê terá muito cabelo

A azia não tem nenhuma relação com o cabelo do bebê, e sim com as mudanças hormonais no seu organismo.

Se você comer morangos na gravidez, o seu bebê ficará com uma mancha de nascença no formato de um morango

Tempos atrás, quando muito pouco se sabia sobre o desenvolvimento de um bebê no útero, supunha-se que aquilo que as mulheres viam, ouviam ou até mesmo desejavam comer durante a gestação iria influenciar o bebê. Se você levasse um susto com uma lebre, o seu bebê teria lábio leporino; se você se assustasse com um incêndio, o seu bebê teria cabelos vermelhos; e, se você comesse morangos, bem, obviamente... Mas qualquer mancha de nascença que disso saísse poderia, é claro, ser removida esfregando-se nela um pé de pato.

Você não deve tomar banho na gravidez

Este mito é parente daquele que fala sobre não lavar os cabelos quando você estiver menstruada. Quando as pessoas tomavam apenas uns dois banhos por ano, uma grávida provavelmente não cheiraria muito pior do que as outras pessoas se ela não tomasse um banho, mas hoje em dia certamente você incomodaria muito as pessoas se não chegasse perto da água por nove meses. O seu bebê está bem protegido das infecções provenientes da água pelo líquido amniótico e pelas membranas. É importante evitar o superaquecimento, então tome banho com água morna, e não quente, e deixe de ir a saunas ou de entrar em banheiras de hidromassagem enquanto estiver grávida.

Tomar muitos medicamentos para a indigestão durante a gravidez pode fazer com que a pele do seu bebê fique ressecada e escamosa

Este mito moderno parece ter surgido porque muitos remédios para a indigestão são brancos e têm aparência calcária. Mas a pele escamosa e ressecada costuma ser sinal de que o bebê passou um pouquinho da hora de nascer. Antes do nascimento, o seu bebê fica coberto por uma substância gordurosa chamada *vernix*, a qual protege a pele. Quando passa da hora de nascer, essa substância diminui, e a pele do seu bebê pode ficar bastante ressecada. As unhas de um bebê "atrasado" costumam ser bem compridas também.

Se você pendurar sua aliança num cordão e balançá-la sobre a barriga, poderá saber o sexo do bebê
Supostamente, a aliança deve fazer movimentos circulares se for menina, e ir para lá e para cá, caso seja menino. É divertido tentar e, na maioria das vezes que você fizer isso, é claro que vai dar certo!

Pergunta: Minhas amigas dizem que é possível saber se você está grávida de um menino ou de uma menina pelos batimentos cardíacos do bebê. Como é isso?

Daphne Metland responde: Esta é uma das lendas urbanas modernas, mas também é uma das mais populares e duradouras. Em quase todos os cursos de pré-natal me fazem essa pergunta, e as mulheres comparam os batimentos cardíacos de seus bebês para descobrir quem tem um menino e quem tem uma menina. Na verdade, alguns bons estudos demonstraram que não há nenhuma ligação entre os batimentos cardíacos e o sexo da criança.

Um dos estudos também verificou a intuição da mãe, e se as mulheres que achavam que sabiam o sexo do bebê estavam certas. Infelizmente, a precisão da intuição materna não foi muito diferente da adivinhação aleatória! Então, a não ser que você tenha feito uma amniocentese ou um ultrasom, ainda haverá aquela adorável surpresa no nascimento, quando você descobrirá se é um menino ou uma menina.

Síndrome do túnel do carpo

A síndrome do túnel do carpo causa dormência e formigamento nas mãos e dor no pulso. É comum na gravidez e costuma não ser muito intensa. Ela é causada pela compressão do nervo médio no túnel do carpo (pulso); em geral ocorre com mais freqüência no fim da gravidez, quando o inchaço e a retenção de líquidos costumam ficar bem piores.

A síndrome costuma ficar pior à noite, e pode ser que você sinta suas mãos rígidas pela manhã. Pode ser que fique difícil segurar bem os objetos, então tome cuidado quando for segurar bebidas ou comidas quentes. Para a maioria das mulheres, isso acontece em ambas as mãos, sendo a mão dominante a mais afetada. É mais comum nas mulheres mais velhas e nas que têm edema (inchaço) generalizado, já que a síndrome está ligada ao inchaço e à retenção de líquidos.

Você pode ser mais propensa à síndrome do túnel do carpo se:

- tiver diabetes
- tiver artrite reumatóide
- tiver problemas de tireóide
- já tem algum problema nas mãos
- já teve a síndrome do túnel do carpo numa gravidez anterior

O problema costuma ir embora após o nascimento do bebê; para a maioria das mulheres, isso acontece dentro de quatro a seis semanas. Algumas mulheres ainda permanecem com os sintomas enquanto estão amamentando.

Tratamentos

Se a dor for pouca, experimente:

- um analgésico, como o paracetamol
- exercícios regulares para o pulso, para tentar eliminar os líquidos: experimente fazer movimentos circulares com o pulso, massageá-lo com a outra mão ou sacudir as mãos
- exercer pressão sobre o ponto de acupuntura P6

Pressão no ponto de acupuntura P6

- descansar a mão numa posição para cima: no encosto do sofá, quando você estiver sentada, por exemplo, já que isso pode ajudar a reduzir o inchaço

A acupuntura e a osteopatia também podem trazer alívio para algumas mulheres.

O uso de uma tala no pulso durante a noite ajuda a maioria das mulheres. Um estudo mediu os sintomas das mulheres que tinham a síndrome do túnel do carpo, bem como a força com que "agarravam e apertavam". Uma semana de uso da tala significou uma melhora nos sintomas para grande parte das mulheres e 75% delas não tiveram problemas depois da gravidez. O seu médico poderá encaminhá-la a um fisioterapeuta para que você coloque uma tala no pulso.

Se a dor continuar:

- uma injeção de cortisona no local oferece um alívio temporário
- pode ser feita uma operação, sob anestesia local, para liberar o tendão que está comprimido. Leva cerca de 20 minutos. Isso deve ser feito apenas nos casos muito severos, ou se os sintomas não desaparecerem depois que o bebê nascer

Edema

O edema é a tumefação e o inchaço generalizados, e costuma ser mais visível nas mãos e nos pés. Você está com uma quantidade maior de sangue circulando durante a gravidez e pode reter água nos tecidos, e isso causa edema. Os pequenos vasos sangüíneos (os capilares) tendem a se tornar "frágeis" na gravidez, e isso também pode causar o extravasamento de líquidos. Os seus pés podem inchar porque o seu útero, que está crescendo, exerce pressão sobre as veias da pélvis, e isso retarda a circulação e faz o sangue ficar represado. A pressão do sangue acumulado faz os líquidos extravasarem para os tecidos dos pés e tornozelos. Algumas mulheres também percebem uma leve modificação no formato do rosto por causa da retenção de líquidos.

Quase metade das gestantes percebe algum tipo de inchaço no fim da gravidez. Isso costuma piorar se você ficar de pé durante muito tempo, se passar muito calor, e à noite. Isso não é perigoso por si só, quer para você, quer para o bebê, embora às vezes possa ser um sinal de pré-eclâmpsia (veja a página 161). Você pode ficar com uma sensação de peso nas pernas, sentir-se dolorida ou desconfortável, e ter câimbras noturnas.

Você está mais propensa a ter edema se:

- estiver acima do peso, ou ganhar peso muito rápido na gravidez
- fizer pouco exercício
- desenvolver pré-eclâmpsia

Se você tem edema:

- Beba muita água. Pode parecer estranho, mas manter-se hidratada faz com que seu organismo a elimine mais facilmente.
- Faça exercícios regularmente: caminhada, natação ou bicicleta ergométrica são todos ótimos durante a gravidez.
- Coma uma grande variedade de alimentos, mas evite as comidas salgadas, como as azeitonas e as nozes salgadas.

- Coloque malha de ginástica ou meias de compressão antes de se levantar da cama pela manhã. Deixe-as por perto, bem como uma calça comprida, para que você possa colocá-las antes de ficar de pé pela primeira vez.
- Descanse com os pés para cima, sempre que possível.
- Tente deitar preferencialmente sobre o lado esquerdo. Deitar de costas comprime as grandes veias que drenam o sangue da parte inferior do corpo.
- Remova todos os anéis antes que eles fiquem muito apertados e seja difícil retirá-los.

Um estudo revelou que um banho morno de banheira ajuda – ele reduz a pressão arterial e aumenta a produção de urina. Mas você precisa ficar imersa por meia hora ou mais.

Planejando com antecedência: a pré-eclâmpsia

A pré-eclâmpsia costumava ser chamada de toxemia gestacional. É um quadro da gravidez no qual a pressão arterial aumenta. Isso faz os rins deixarem "escapar" proteína, que acaba aparecendo na urina. A pré-eclâmpsia pode causar problemas tanto para a mãe quanto para o bebê. Ainda não se sabe muito bem qual é a causa do problema; ela parece estar ligada ao desenvolvimento da placenta e, assim que ela é eliminada, os sintomas desaparecem.

Se você tem pressão alta e também proteína na urina, pode ser um sinal de pré-eclâmpsia. Muitas mulheres também ficam com as mãos e os pés inchados, embora o edema seja algo comum na gravidez e não configure, por si só, um sinal de pré-eclâmpsia.

Embora algumas mulheres fiquem com a pressão arterial um pouco mais alta e apresentem proteína na urina, apenas 2 a 5% das gestações são afetadas a ponto de exigir tratamento. Já que a pré-eclâmpsia pode se desenvolver repentinamente e tomar a forma mais perigosa chamada de eclâmpsia, todas as mulheres com pressão alta devem ser examinadas e algumas são tratadas com medidas preventivas. O problema não deve ser ignorado; a pré-eclâmpsia é a maior causa de morte em gestantes no Brasil. A pouca quantidade de sangue que chega à placenta também pode reduzir a quantidade de nutrientes e de oxigênio para o bebê. Em média, os bebês das mães que têm pré-eclâmpsia costumam ser menores, e existe um risco maior de morte intra-uterina.

Quem corre o risco de ter pré-eclâmpsia?

A pré-eclâmpsia costuma ocorrer com mais frequência nas primeiras gestações. Você tem um risco maior que a média de desenvolver a pré-eclâmpsia se:

- tiver um histórico de pré-eclâmpsia na família, principalmente se ele aconteceu com a sua mãe ou sua irmã
- já teve pressão alta antes da gravidez
- tiver diabetes, lúpus ou alguma doença renal crônica
- tiver menos de 20 anos ou mais de 35
- estiver grávida de gêmeos, trigêmeos ou mais
- estiver muito acima do peso

Curiosamente, parece haver também uma ligação com os pais. Se uma mulher trocou de parceiro, o risco de pré-eclâmpsia aumenta, mesmo que ela não tenha apresentado o problema numa gravidez anterior com outro parceiro. Além disso, os homens cujas parceiras anteriores tiveram pré-eclâmpsia aumentam o risco de que sua nova parceira a tenha.

Quais são os sintomas?

Com a pré-eclâmpsia leve, uma mulher costuma se sentir bem e não apresenta sintomas. A condição só pode ser detectada com exames de urina freqüentes e acompanhamento regular da pressão arterial. A pré-eclâmpsia severa pode causar:

- fortes dores de cabeça
- problemas de visão, como *flashes* de luz e visão embaçada
- sensibilidade logo abaixo das costelas, no lado direito
- vômitos
- inchaço repentino do rosto, das mãos ou dos pés
- dificuldade para urinar, ou pouca quantidade de urina

Se você apresentar qualquer um desses sintomas, entre em contato o mais rápido possível com o seu médico. Você deve ser examinada no mesmo dia. Se você tiver alguma dificuldade para ir ao seu médico, procure um pronto-socorro. Se a pré-eclâmpsia não for tratada logo, complicações mais sérias podem se seguir, incluindo a eclâmpsia (convulsões), problemas no fígado, rins e pulmões, hemorragia na placenta, distúrbios da coagulação e derrame cerebral (isto é sério, mas pouco comum). Essa forma severa é rara principalmente porque a pré-eclâmpsia costuma ser detectada e tratada num estágio bem inicial.

Prevenção

Existe pouca evidência de que exercitar-se regularmente na primeira metade da gravidez possa reduzir a incidência de pré-eclâmpsia. Em um pequeno estudo, menos mulheres que fizeram algum tipo de exercício no começo da gravidez desenvolveram a pré-eclâmpsia, em comparação com um grupo que não fez exercícios. Também há uma remota hipótese de que tomar aspirina em doses baixas e suplemento de cálcio pode evitar a pré-eclâmpsia em algumas mulheres, mas isso ainda não foi investigado a fundo. Se você tem alto risco de ter pré-eclâmpsia, o seu médico poderá prescrever um dos dois, mas os efeitos ainda não são comprovados.

A pré-eclâmpsia costuma acontecer numa primeira gestação. Se você teve o problema na sua primeira gravidez, tem cerca de 10% de possibilidades de ter pré-eclâmpsia novamente. Ela tende a ser mais branda nas gestações posteriores. Se você trocou de parceiro entre as gestações, tem um risco um pouco maior de ter pré-eclâmpsia nesta gravidez.

Tratamento

A única cura para a eclâmpsia é o parto. Se a pré-eclâmpsia ocorrer no meio da gravidez, isso significa que você terá um bebê muito prematuro. É por isso que 500 a 600 bebês morrem devido a esse problema, todos os anos. Às vezes é o caso de tentar minimizar os riscos associados à pré-eclâmpsia o suficiente para dar ao bebê um pouco mais de tempo para se desenvolver. É mais comum a pré-eclâmpsia aparecer no fim da gravidez; nesse caso, o parto pode ser induzido com relativa segurança.

Se a sua pressão arterial estiver alta e você apresentar proteína na urina:

- Pode ser que você fique num hospital, em repouso e sob observação.
- Você talvez receba injeções de sulfato de magnésio. Um grande estudo revelou que as mães com pré-eclâmpsia que recebem sulfato de magnésio têm aproximadamente a metade do risco de ter eclâmpsia.
- Você poderá receber medicação para reduzir a pressão arterial, caso a sua pré-

eclâmpsia não seja muito severa. Isso pode "ganhar tempo" para o bebê se desenvolver um pouco mais antes do parto.

As mulheres com pré-eclâmpsia podem se sentir muito confusas. Elas costumam se sentir bem e em forma, mas recebem a notícia de que o bebê está correndo riscos e de que elas mesmas podem ficar seriamente doentes. Pode ser difícil encarar o fato de que você precise ir para um hospital e de que o parto precise ser antecipado. Também pode ser muito difícil ter de tomar decisões a respeito do tratamento para um problema que não parece ser tão grave, mas poderá se transformar em algo pior.

Se você receber um diagnóstico de pré-eclâmpsia, faça o possível para entender quais tratamentos são sugeridos e por quê. Talvez você precise perguntar novamente a respeito de uma explicação que já foi dada. Se estiver num hospital, peça à obstetriz que venha e converse com você sobre o que está acontecendo, e também sobre como você se sente.

A anestesia peridural (veja a página 230) talvez seja sugerida se você tiver pré-eclâmpsia, para tentar abaixar a pressão, mas poucas pesquisas foram feitas sobre a eficácia desse procedimento.

Muitas mulheres ficam preocupadas, pensando se não foi algo que elas fizeram que causou a pré-eclâmpsia; exercício em excesso/pouco exercício, uma alimentação errada, excesso de trabalho, e assim por diante. Na verdade, ninguém sabe qual é a causa. Muitas pesquisas estão sendo feitas sobre as causas do problema, e espera-se que um exame de sangue possa ser desenvolvido em breve para ajudar a prever quais mulheres correm o risco de ter o problema.

Síndrome de HELLP

A síndrome de HELLP é uma complicação séria da eclâmpsia, na qual as mulheres desenvolvem:

- (H) hemólise (destruição dos glóbulos vermelhos do sangue)
- (EL) aumento do nível das enzimas hepáticas
- (LP) redução de plaquetas

O fígado e o sistema de coagulação sangüínea são afetados e o tratamento pode ser difícil. Pode ocorrer ocasionalmente sem a hipertensão. Chame a sua obstetriz ou seu médico imediatamente se você apresentar qualquer um dos seguintes sintomas:

- náusea e vômitos que aumentam progressivamente
- dor na parte superior do abdômen
- dor de cabeça

Você precisará ser examinada imediatamente para verificar se tudo está sob controle.

24ª Semana

O crescimento do bebê

O rosto do seu bebê se aproxima cada vez mais da aparência que terá ao nascer, mas ainda é muito pequeno e pesa cerca de 530 g, embora o peso possa ter uma grande variação entre os bebês deste estágio. Os movimentos passam a ficar mais pronunciados principalmente à noite, quando você está quieta, e não de dia, quando você está ativa. Ele também tem períodos em que está acordado e períodos em que está dormindo.

As mudanças no seu corpo

O volume de **líquido amniótico** agora começa a aumentar mais rápido. Neste estágio, você provavelmente produziu cerca de 500 ml, que irá aumentar até o máximo de 1,2 l ao redor da 36ª semana.

Pode ser que você note que suas mamas começam a produzir o **colostro**.

Para refletir

- Estresse é a palavra do momento nos dias de hoje. Na maioria das vezes, um estresse moderado é até bom para nós: faz com que fiquemos mais ativas. Mas o excesso pode ser ruim para você e o seu bebê. Todo o mundo diz para você relaxar, mas às vezes isso é mais difícil do que você imagina, principalmente quando está **lidando com o estresse**. Sugerimos algumas maneiras de relaxamento com **exercícios que acalmam**.

- Planejando com antecedência: assim que você se sentir calma, poderá lidar com problemas complicados como **licença-maternidade**, **licença-paternidade**.

Líquido amniótico

O líquido amniótico envolve o seu bebê, protegendo-o de impactos e esbarrões. Ele permite que o bebê se movimente, o que ajuda no desenvolvimento dos membros e da postura, e o mantém numa temperatura constante. No parto, ele protege a cabeça do bebê e ajuda a cérvix uterina a se dilatar de modo uniforme.

O líquido amniótico é um líquido claro, cor de palha, que é composto por 99% de água. O 1% restante corresponde a substâncias alimentares, células descamadas da pele e substâncias eliminadas pelo bebê. Essas células da pele são úteis, pois podem ser coletadas numa amniocentese e examinadas para saber se há problemas cromossômicos como a síndrome de Down (veja a página 121). O líquido e o seu bebê ficam dentro de uma bolsa de duas membranas. O líquido amniótico é secretado por essas membranas e, durante toda a gestação, o seu bebê irá engolir esse líquido e eliminá-lo novamente.

A quantidade do líquido aumenta até a 28ª-32ª semanas de gestação. Depois ela se estabiliza e então começa a diminuir.

Às vezes podem surgir alguns problemas: se alguma coisa interferir com o ato normal de engolir esse líquido, o excesso de líquido pode se acumular. Se algo impedir o bebê de urinar, a quantidade de líquido poderá diminuir (veja a página 222).

Colostro

O colostro é o primeiro leite que suas mamas produzem nos primeiros dias de amamentação. Você talvez perceba nelas uma secreção espessa e amarelada desde a 20ª semana. É o colostro que o seu organismo já está preparando para o seu bebê.

O colostro é:

- pobre em gordura
- rico em carboidratos
- rico em proteína
- rico em vitamina K
- fácil de digerir

O colostro contém:

- anticorpos, como a imunoglobulina A secretória (IgAs), que ajudam a proteger o bebê das infecções
- alta concentração de leucócitos, os glóbulos brancos protetores, que podem destruir os vírus e as bactérias nocivas

O colostro é muito concentrado, portanto não aparecerá em muito volume. Mas ele é tão precioso que os fazendeiros compram colostro de vaca para alimentar os bezerros.

Os intestinos de um recém-nascido contêm o mecônio, uma substância negra e pegajosa. O colostro ajuda a desprender essa substância dos intestinos, o que atua na excreção do excesso de bilirrubina e na prevenção da icterícia. O colostro então reveste o intestino do bebê com uma camada protetora que ajuda a evitar que substâncias estranhas penetrem e sensibilizem o bebê aos alimentos que você ingeriu. Parece ser esse o mecanismo que ajuda a evitar as alergias nos bebês que são amamentados no peito.

Nos primeiros dias de amamentação, o colostro é gradualmente substituído pelo leite. Amamentar o bebê com freqüência nesses primeiros dias é uma maneira de assegurar que o bebê receba bastante colostro, e ajuda a evitar que você se sinta inchada e desconfortável.

Como lidar com o estresse

É pouco provável que ocasionais momentos estressantes prejudiquem o seu bebê, mas existem suspeitas de que o estresse prolongado possa afetá-lo. Altos níveis de estresse estão relacionados a partos prematuros e baixo peso ao nascer. Às vezes é difícil evitar o estresse em nossas vidas e a maioria das pessoas consegue lidar razoavelmente com ele. Mas, se o nível de estresse que você está sofrendo for muito alto, pode ser que seja preciso avaliar o que está acontecendo e como você pode lidar com a situação. Tenha um cuidado especial consigo mesma: coma bem, e fume e beba o mínimo possível, se não conseguir parar de todo.

Os hormônios do estresse podem reduzir o fluxo de sangue que vai para a placenta. Eles também podem encorajar a produção de prostaglandinas, substâncias que estarão em sua circulação quando você entrar em trabalho de parto. Por essa razão, o estresse parece estar ligado ao parto prematuro e a bebês com baixo peso ao nascer. Vários estudos sugerem uma ligação entre situações muito estressantes, como uma morte na família, um divórcio, uma demissão e situações semelhantes com o parto prematuro.

As situações estressantes no trabalho parecem causar poucos problemas às mulheres, mas um estudo revelou que mulheres que relataram situações muito estressantes no trabalho haviam tido uma taxa maior de abortos espontâneos. Em geral, os estudos não provaram uma ligação, e é preciso investigar mais para entender o que ocorre. Também é possível que mulheres muito estressadas fumem, bebam e usem drogas ilícitas como uma maneira de lidar com o estresse em suas vidas, e todos esses fatores podem afetar a gravidez.

Se o seu estresse está relacionado principalmente ao trabalho, converse com o departamento de RH ou o gerente do seu setor sobre mudanças na sua carga de trabalho. Talvez você precise ser afastada de algumas áreas do seu trabalho, ou ter sua carga horária reduzida. É tentador acumular os dias de folga a que você tem direito para combiná-los com a licença-maternidade, mas às vezes a melhor opção é tirar uma folga durante a gravidez. Converse também com o seu chefe. Talvez você possa fazer mudanças nos períodos ou horas em que trabalha para reduzir o nível de estresse. Se isso não for possível, talvez seja bom pensar sobre quando seria uma boa hora de dar entrada na licença-maternidade.

Um curso com aulas semanais de exercícios para gestantes, hidroginástica ou ioga podem ajudá-la a relaxar. Pratique também as técnicas de relaxamento que você aprendeu nas aulas antes de ir para a cama, para assegurar que tenha um bom sono. As técnicas de relaxamento também deixarão você em boa forma para o parto e o nascimento. Compre uma fita de áudio ou de vídeo com técnicas de relaxamento.

Converse com o seu parceiro sobre maneiras de deixar a sua vida menos estressante, e sempre faça algo de que gosta pelo menos uma vez por semana: nadar, dar um longo passeio, ir ao cinema, ou então passar uma tarde cuidando do seu jardim. Não importa muito a atividade, contanto que você goste dela e que ela a deixe relaxada. Esse hábito de ter um tempo só para você será muito útil quando tiver de cuidar do bebê.

Use também a sua rede de amigos e parentes para ajudá-la. O simples fato de conversar com uma amiga ao telefone pode ajudar você a relaxar, e sair à noite só com suas amigas pode fazer maravilhas para o seu estresse. Passar algum tempo com as pessoas de que gosta também é bom para você. Ajuda a relaxar e colocar as coisas em perspectiva.

Se as situações estressantes na sua vida continuarem, converse com o seu médico sobre maneiras de lidar com isso. Talvez ele possa colocá-la em contato com algum terapeuta ou um grupo de apoio.

Às vezes nós conseguimos lidar bem com o estresse e ele acaba nos estimulando a ficar confiantes e cheias de energia. Às vezes, ele nos deixa para baixo.

Talvez o estresse esteja muito alto se ele faz você:

- se sentir cansada o tempo todo
- ter insônia
- ficar ansiosa
- ter pouco apetite ou comer em excesso
- ter dor de cabeça
- ter dores nas costas
- ficar com pressão alta

Tente controlar ao máximo o seu nível de estresse. Coma de maneira sensata, durma bem, evite bebidas alcoólicas, cigarros e drogas, e faça exercícios regularmente.

Exercícios de relaxamento

Alongar e relaxar

Uma ótima maneira de se livrar da tensão e recarregar as baterias

Sente-se confortavelmente, com um travesseiro ou uma almofada atrás da cabeça.

1. Alongue os braços e as mãos, fazendo os músculos esticarem, e também alongando os dedos. Mantenha a posição por alguns instantes e então relaxe os braços e deixe-os cair no colo.
2. Agora, repita o alongamento com as pernas e os pés. Se você costuma ter câimbras, vire os pés para cima, em vez de apontá-los para baixo. Deixe então suas pernas ficarem moles e relaxadas.
3. Agora, puxe os ombros para baixo, para longe das orelhas, e empurre a cabeça no travesseiro, para alongar os músculos do pescoço. Depois deixe-os relaxar e a sua cabeça ficar confortável no travesseiro.
4. Pense no seu corpo e sinta o quanto os seus membros estão pesados e relaxados. Agora, respire algumas vezes de um jeito profundo e regular. Ouça o som de sua expiração. Deixe que ela seja um suspiro suave ao sair de sua boca. Todos nós inspiramos automaticamente, mas nos esquecemos de expirar da maneira correta, e isso pode ocasionar um acúmulo de tensão.
5. Fique sentada durante dez minutos nesta posição bem relaxada e tenha consciência apenas de como você sente o seu corpo quando ele está relaxado. Tente fazer este simples exercício de alongamento e relaxamento quase todos os dias.

No parto, um rápido exercício de alongamento e relaxamento entre as contrações pode ajudá-la a se sentir calma.

Expirando cores

Uma série de relaxamento fácil e ótima para lidar com as situações estressantes

Sente-se confortavelmente em algum lugar tranqüilo.

1. Respire fundo algumas vezes. Feche os olhos e preste atenção no som de sua expiração, que deve ser longa e lenta.
2. Agora, imagine que o ar que você está expirando é colorido e que você consegue vê-lo. Escolha uma cor bem forte e profunda para ele. Respire umas duas ou três vezes e enxergue, com os olhos da mente, o fluxo de ar colorido saindo da boca.
3. Agora imagine que a cor escura desse ar representa a tensão e o estresse que você

está sentindo. Respire mais algumas vezes e pense na cor e no quanto ela contém os seus sentimentos ruins. Então, com cada expiração, imagine que o seu estresse está sendo expirado e, enquanto isso acontece, que a cor do ar que você expira fica cada vez mais clara.

4. Com cada expiração longa e lenta você elimina a tensão, e a cor fica cada vez mais clara à medida que você relaxa. Gradualmente, a cor deverá ficar mais pálida, do mesmo modo que você ficará mais e mais relaxada.

Às vezes ajuda pensar que você está expirando a dor das contrações do parto da mesma maneira que está expirando as cores neste exercício. Esta técnica de relaxamento também é útil se você estiver esperando o resultado de algum exame ou uma consulta pré-natal, ou ainda se acha que seu nível de estresse está aumentando durante o parto.

Lenço

Um ótimo exercício de relaxamento para quando você tiver insônia
Deite-se confortavelmente e feche os olhos.

1. Imagine que, flutuando no ar, em frente a você, está um lenço bem branco. Ele acabou de ser lavado, passado e dobrado. Deixe-o flutuando lá durante alguns instantes e então imagine que você o está alcançando e desdobrando. Veja as linhas que se formaram por causa do ferro de passar e a costura nas bordas do lenço.
2. Agora, pense nas coisas que fizeram você ficar estressada durante o dia; talvez você tenha se atrasado de manhã, ou então perdido o ônibus ou o trem. Talvez todos os semáforos tenham ficado vermelhos ou um colega de trabalho tenha sido meio chato. Talvez você não tenha conseguido fazer tudo o que planejou. O que quer que seja, pegue tudo e coloque no lenço.
3. Quando você tiver descarregado toda a bagagem do dia, pegue o lenço pelos quatro cantos e dê um nó. Tudo vai ficar junto no meio do lenço, mas não irá lhe causar mal algum.

E, assim que tiver descarregado os problemas e as ansiedades do dia, você pode cair no sono gradualmente...

Planejando com antecedência: licença-maternidade, auxílio-maternidade e licença-paternidade

Licença-maternidade

Se você for contribuinte do INSS, terá direito à licença-maternidade. Não importa o seu tempo de serviço, quanto você ganha, se trabalha em tempo parcial ou integral, ou ainda se seu contrato de trabalho é por tempo determinado ou indeterminado.

A licença-maternidade dura 120 dias. Você só pode entrar em licença-maternidade a partir do 8º mês de gestação, comprovados por atestado médico. Mas você pode deixar para entrar mais tarde e ter mais tempo depois que o bebê nascer. Se o bebê nascer prematuro (a partir da 23ª semana), e você ainda estiver trabalhando, a sua licença-maternidade começa automaticamente na data em que ele nascer.

Você receberá, durante os 4 meses da licença, o valor integral do seu salário (ou a média dos últimos 6 salários, caso este não tenha um valor fixo). Se você estiver amamentando quando a licença terminar, poderá solicitar mais 15 dias de licença para amamentação. Para isso, você precisa levar um atestado do seu médico ou do pediatra do bebê, confirmando a sua amamentação. Muitas mulheres planejam para tirar as férias depois dessas duas licenças e conseguem, assim, ficar bastante tempo em casa e amamentar seus filhos quase até o 6º mês de vida!

Voltando ao trabalho

Você poderá voltar ao trabalho depois da licença-maternidade para o mesmo emprego que tinha, com o mesmo salário, tempo de serviço, direitos e contratos. Se não for possível para você voltar ao emprego antigo, então o empregador deverá oferecer a você outro cargo, o qual deverá ser satisfatório e apropriado para você.

Você também pode descobrir exatamente a que você tem direito entrando em contato com:

- o gerente de pessoal ou de Recursos Humanos
- um representante do seu sindicato

Tomando decisões sobre a licença-maternidade

Se a sua gravidez está indo bem, não há razão para parar de trabalhar, contanto que você se sinta bem. Se você está passando por uma gestação difícil, talvez seja bom parar de trabalhar mais cedo do que planejou. A maioria das mulheres, no entanto, sente-se mais cansada à medida que a gravidez avança, e a completa exaustão pode fazer com que você se afaste do trabalho mais cedo, mesmo que tenha planejado trabalhar até a sua primeira contração.

Quanto mais cedo você entrar na licença-maternidade, menos semanas terá depois que o bebê nascer, então é uma questão de ponderar o que é mais interessante.

Outros aspectos que você deverá levar em conta:

- **O seu trabalho deixa você cansada?** Se você tem que percorrer longas distâncias para chegar ao trabalho, ou viajar muito a trabalho, talvez seja preciso entrar de licença antes.
- **Como a licença-maternidade poderá ser mais conveniente a seu trabalho?** Em alguns empregos há épocas do ano em que você fica muito ocupada ou há reuniões importantes a que deve comparecer.
- **De quanto tempo você precisa para ficar em casa e se preparar para receber o bebê?** Talvez você precise de um tempo para se ajustar ao fato de que está longe do trabalho e preparar as coisas, mas não precisa de tempo demais, para não ficar entediada, inquieta ou se sentir sozinha.
- **Quanto tempo você pode ficar de licença?** Calcule quanto dinheiro você receberá e pense um pouco no seu orçamento.

Independentemente de quando tirar a licença, você pode organizar bem a transição fazendo um planejamento antecipado:

- Avise seus colegas de trabalho e seus clientes sobre quando você sairá de licença, quem irá ficar no seu lugar e como eles poderão contatar a pessoa.
- Planeje o trabalho levando em conta a licença e reduza a carga de trabalho gradualmente, à medida que a época da licença chegar.
- Transfira suas tarefas gradualmente a outra pessoa, provavelmente quem irá substituí-la durante a licença.

- Mantenha as pessoas informadas a respeito do que você está fazendo: informe o seu gerente e/ou o departamento de RH sobre seus planos para a licença-maternidade na hora certa.

Não é muito cedo para começar a pensar sobre os cuidados com a criança, mesmo que você ainda esteja trabalhando. Uma creche ou uma babá? Uma *baby-sitter* ou a sua mãe? O que estiver disponível na sua região poderá influenciar os seus planos de trabalho.

Licença-paternidade

Os pais também têm direito a uma licença quando a parceira tem um bebê. O seu parceiro pode estar qualificado para a licença-paternidade regulamentar se trabalhar registrado. Essa licença dá direito a ficar em casa recebendo normalmente, por cinco dias corridos, a partir da data do nascimento do filho.

Algumas empresas também possuem um esquema próprio para a licença-paternidade, o qual às vezes é mais generoso.

25ª Semana

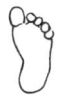

O crescimento do bebê

O seu bebê continua a engordar. Se o seu bebê nascesse agora, ele já teria alguma chance de sobrevivência, mas é muito difícil que um bebê que nasce assim tão cedo sobreviva. Além disso, muitos bebês que nascem nesta época têm problemas definitivos de desenvolvimento, apesar dos grandes avanços no tratamento dos bebês prematuros.

Se, por alguma razão, você começar a entrar em parto nesta época, a equipe médica fará o possível para retardá-lo. Passar mais um tempo no útero pode significar melhores chances de sobrevivência para o seu bebê.

Nesta época, você vai **sentir** que os **chutes do bebê** são muito freqüentes.

As mudanças no seu corpo

O fundo do seu útero agora fica no meio do caminho entre o seu umbigo e o esterno (o osso da frente do tórax, onde as costelas se encontram).

Será que você precisa fazer uma cesariana se for uma mãe mais velha? Às vezes parece que todas que passaram dos 35 anos terão de fazer uma cesariana. O que está havendo?

Para refletir

- Pode ser que você faça outra consulta pré-natal nesta semana, também.
- Faça uma **visita ao hospital** para conhecer as salas de parto.
- Planejando com antecedência: a água, para aliviar a dor no parto, e para o nascimento, já é bastante popular. Vale a pena saber um pouco mais a respeito do **parto na água** antes de você tomar a decisão final.

Sentindo os chutes do bebê

Primeiro, você apenas sente um chute aqui, outro acolá, mas por volta da 28ª semana você vai sentir o seu bebê se mexendo todos os dias. Alguns bebês são exímios jogadores de futebol. É possível senti-los contorcendo-se quase o tempo todo e, quando eles chutam, chutam mesmo! Outros bebês são naturalmente mais calmos; parece que cochilam grande parte do tempo e depois acordam, espreguiçam-se, dão algumas voltinhas e então ficam quietinhos para tirar novamente uma soneca.

Não é preciso ficar contando os chutes. Na verdade, você pode acabar ficando neurótica se fizer isso, pois não saberá se aquela "mexidinha" valeu como um chute ou não. O que importa é o padrão de atividade. Note se o seu bebê fica sempre ativo à tarde, ou se sempre acorda às 5h00 da manhã. Tenha uma idéia de quanto ele é ativo e avise o médico ou a obstetriz se houver uma grande mudança nesse padrão. Se você não estiver certa de que sentiu algum chute determinado dia, fique descansada. O seu médico e a sua obstetriz podem ouvir os batimentos cardíacos do bebê e, se necessário, enviá-la para um hospital para fazer um monitoramento eletrônico. Muitas vezes o bebê acorda de repente e começa a dançar, mas nunca será demais verificar.

Pergunta: Todo o mundo que eu conheço parece ter feito uma cesariana. Eu tenho 35 anos e vou ter meu primeiro filho. Uma pessoa no hospital me disse que as chances de eu fazer uma cesariana são de 50%. É verdade?

Daphne Metland responde: Mais de 1/5 dos bebês na Inglaterra nasce por meio de cesarianas. A taxa varia de hospital para hospital, desde 12 até 30%. No Brasil, chega a alcançar 50% em alguns locais. Essa taxa está aumentando, já há alguns anos. Uma cesariana é uma cirurgia importante, que pode trazer grandes benefícios, mas também traz riscos consideráveis tanto para você quanto para o bebê.

Acredita-se que as causas para esse aumento no número de cesarianas decorram de vários fatores, como:

- um número maior de mães tem o primeiro filho acima dos 35 anos
- maior uso de anestesia peridural
- maior uso de monitoramento eletrônico
- uma ampla lista de motivos para fazer uma cesariana planejada, como, por exemplo, um bebê que está "sentado" (em apresentação pélvica)

A razão pode incluir todos esses fatores e ainda outros. Parece que, quanto mais seguras e fáceis as cesarianas ficam, maior a possibilidade de serem usadas. A anestesia peridural tornou a cesariana muito mais segura, já que grande parte do risco advinha do uso de uma anestesia geral. Mas parece que nós também estamos ficando mais impacientes com o tempo que um parto costuma levar: uma das razões mais comuns para fazer uma cesariana durante o parto é a "falta de dilatação". Ela é muito famosa, mas parece se aplicar apenas às celebridades com muito dinheiro e às executivas que vivem viajando e precisam encaixar o parto entre suas reuniões de diretoria.

Então, será que importa mesmo esse aumento no número de cesarianas? Bem, muitas mulheres e obstetrizes dizem que sim. Os especialistas não entram em consenso sobre uma taxa aceitável para o procedimento, mas a Organização Mundial de Saúde sugere que ela deva ficar entre 10 e 15%. As chances de complicações, como infecções urinárias e infecções nas incisões, são maiores com uma cesariana do que com um parto normal. Os bebês que nascem por meio de cesariana também apresentam uma incidência maior de problemas respiratórios. E não nos esqueçamos de que uma cesariana é uma operação complicada, cuja recuperação leva certo tempo, tempo que a mãe precisa passar com o bebê.

Já que uma cesariana é mais comum no caso de mães de "primeira viagem", ou mães mais velhas, ela realmente aumenta os riscos, mas há muito que você pode fazer para se cuidar e evitar uma cesariana *desnecessária*. Ficar em forma, comer bem, fazer um curso pré-natal para se preparar para o parto e ter um bom apoio durante o parto. Pense se não é uma boa idéia insistir com seu médico no planejamento de um parto normal. Mas lembre-se de que, se houver uma razão médica para que sejam feitas, as cesarianas podem salvar vidas.

Conhecendo as dependências do hospital

Se você planeja ter o bebê num hospital, esta é uma época para saber quando você poderá ir lá para conhecê-lo. É muito reconfortante ver a sala e fazer todas aquelas perguntas, como "como eu vou entrar se for no meio da noite?" ou "o que eu preciso trazer?". Procure se informar com antecedência quais os melhores dias, quem você deverá procurar e se é necessário um agendamento prévio para essas visitas de reconhecimento.

Planejando com antecedência: o parto na água

Existem duas maneiras de usar uma piscina para parto na água: para aliviar a dor no parto e para ter o bebê. Os bebês que nascem na água não respiram até serem erguidos e postos em contato com o ar.

Esta é uma área em que os especialistas costumam divergir. A maior parte das evidências existentes sobre a eficácia do parto na água refere-se ao alívio da dor e baseia-se no que as mulheres dizem após passarem pela experiência. Usar uma banheira ou piscina é bastante útil principalmente para as mulheres que têm partos longos e lentos. Um estudo demonstrou que o parto na água reduz a necessidade de anestesia peridural. Já se fizeram testes eficazes para demonstrar que o parto na água é seguro.

Por que preciso pensar com antecedência sobre o parto na água?

Você precisa de tempo para reservar uma banheira e saber como deve usá-la, caso deseje fazer o parto em casa. Se você quiser usar uma banheira para parto no hospital local, agora é a hora de saber se eles têm alguma disponível e como você deve fazer para providenciar o uso dela.

As vantagens do parto na água

As mulheres que utilizam a água durante o parto acham que ela apresenta inúmeras vantagens:

É mais fácil relaxar

Quanto mais relaxada você fica, melhor é o progresso do parto, e menor a chance de você ficar cansada ou precisar de um alívio extra para a dor.

As contrações parecem menos dolorosas

Se você fica tensa, as suas contrações podem ficar irregulares, e fica mais difícil lidar com elas. Se você relaxa, fica mais propensa a ter contrações mais regulares e que funcionam de um jeito mais eficaz para dilatar o colo do útero. A flutuabilidade da água torna mais fácil mudar de posição e ficar confortável, e isso também pode ajudar nas contrações.

O parto pode ser mais curto

Devido ao fato de você ficar relaxada e aquecida, a sua energia é usada para que o parto aconteça normalmente – portanto, ele pode ser mais curto.

As mulheres precisam menos de anestesia

As mulheres que utilizam a banheira e descobrem que ela ajuda a aliviar a dor estão menos propensas a precisar de outras formas de alívio para a dor. Mas algumas mulheres que experimentam a piscina descobrem que ela não funciona para elas, então usam outras maneiras para aliviar a dor.

O parto é mais suave para você e para o bebê

As mulheres que fazem o parto na água têm menos incisões e lacerações. Talvez isso aconteça porque a água amolece os tecidos e os ajuda a se alongar em volta da cabeça do bebê. Existe uma grande mudança de pressão para a cabeça do bebê quando sai do interior de seu corpo. Quando ele nasce na água, que está mais próxima à pressão interna, o parto é mais suave.

Você tem sensação de privacidade

A piscina dá a você o seu próprio espaço para se mover à vontade e, para algumas mulheres, esse "espaço protegido" dá uma sensação de privacidade. Você ainda vai ter pessoas em volta, mas elas tocarão um pouco menos em você. É provável que sua obstetriz fique com você o tempo todo em que estiver na piscina, e esse apoio constante pode ser muito importante.

As desvantagens do parto na água

Talvez você não goste do parto na água se:

- não gosta de ficar na água (óbvio)
- não gosta da idéia de ver sangue ou fezes na água; a obstetriz usa uma peneira para remover os resíduos durante o parto e o nascimento
- se preocupa com o fato de o bebê nascer dentro d'água

Talvez você fique desapontada se:

- descobrir que não ajuda muito a aliviar a dor e você precisar sair para utilizar outros métodos para aliviar a dor
- planejou ter o parto na água, mas algum problema com o bebê ou o trabalho de parto interrompem os seus planos
- planejava usar a piscina da clínica mas ela já estava sendo usada quando você chegou lá

Se você não tem certeza de que deseja utilizar a piscina, experimente. Fique nela durante algum tempo e saia. Você pode utilizá-la apenas para aliviar a dor e pode planejar sair na hora do parto em si. Se descobrir que gosta e que funciona com você, pode ficar para o parto e, se desejar, também para o nascimento. Talvez seja preciso deixar a piscina caso surjam complicações inesperadas.

Os partos na água são seguros?

O parto na água é relativamente novo, então há poucas pesquisas a respeito dele. As evidências existentes sugerem que nascer na água não apresenta nenhum risco adicional para as gestações normais de baixo risco. No Brasil, são pouquíssimas as clínicas adaptadas para esse tipo de parto. Há também hospitais que oferecem banheiras para a gestante relaxar durante o trabalho de parto, mas que não são grandes o suficiente para o parto propriamente dito.

As pesquisas em grande escala já feitas mostram que a taxa de mortalidade perinatal (o número de bebês que morrem no nascimento ou perto do nascimento) é mais baixa: 1,2 em cada 1.000 nascimentos, em comparação com 2,8 em cada 1.000 nascimentos, no parto convencional; isso se aplica às mulheres que são mães pela primeira vez e têm um parto e uma gestação normais. Além disso, é menor o número de bebês que nascem na água e precisam ir para unidades de tratamento especial.

Existe a possibilidade de infecção?

Embora a água nas banheiras para parto possa ficar contaminada com líquido amniótico, sangue ou fezes, ainda não há provas de que exista algum problema com o parto na água. O risco de uma infecção grave é baixo. As clínicas que o oferecem deverão ter procedimentos bastante rígidos para a limpeza das piscinas, para minimizar os riscos.

Parto na água em casa

Você pode improvisar, alugando ou comprando uma piscina portátil para parto, para usar em casa. Existe uma grande variedade de tamanhos e tipos, incluindo as infláveis, que são fáceis de transportar. Antes de se apressar para escolher a sua, verifique algumas coisas óbvias. Veja se:

- você tem espaço suficiente
- o seu piso é resistente o suficiente; a maioria das empresas dá diretrizes e costuma sugerir que se coloque a piscina num canto, entre duas paredes, para dar apoio
- o seu sistema de aquecimento pode produzir a quantidade de água quente necessária para encher a piscina
- você pode deixar aquecido o quarto em que vai usar a piscina

Depois do nascimento, tanto você quanto o bebê precisarão de um lugar quente (e seco) para descansar – por isso procure ter certeza de que pode aquecer o quarto bem rápido.

Verifique também a distância entre as torneiras na sua casa e o local onde você deseja utilizar a piscina; talvez seja preciso encomendar uma mangueira maior.

O que você deve procurar:

- uma piscina forte, que não se mexa quando você entrar ou sair ou que fique oscilando caso você se recoste num dos lados (quando elas estão cheias, costumam ficar mais estáveis)
- uma beirada ampla e macia: pode ser que às vezes você queira sentar-se sobre a beirada da piscina, e certamente irá querer se recostar na beirada durante um bom tempo
- algum tipo de degrau ou assento dentro da piscina: isso faz com que você saia e entre de um modo mais fácil e permite que fique bem apoiada ao sentar-se dentro da água; também pode ser bem útil quando o bebê nascer, já que ele deixa você mais para cima, para que possa se sentar com o seu bebê parcialmente dentro da água para mantê-lo(a) aquecido(a)

Se você precisar de uma piscina inflável, procure uma que tenha uma base acolchoada ou algum tipo de tapete extra que vai debaixo da piscina, para deixá-la mais macia.

Pode levar de duas a quatro horas para encher uma piscina em casa. Portanto, você precisa montá-la e enchê-la assim que entrar em trabalho de parto. Então, basta encher até o fim com água morna quando você estiver prestes a entrar.

Parto na água no hospital

No Brasil há algumas (poucas) clínicas que possuem piscinas para parto. As instruções dizem que você só pode usar a piscina se:

- não tiver nenhum problema conhecido ou previsto
- tiver pelo menos 37 semanas de gestação
- o bebê estiver de cabeça para baixo
- o ritmo e a taxa de batimentos cardíacos do bebê estiverem normais
- a bolsa amniótica estiver íntegra ou com menos de 24 horas de ruptura, e o líquido amniótico se apresentar claro, sem sinais de sofrimento fetal (mecônio)

As dúvidas dos pais em relação ao parto na água

Se você decidiu experimentar o parto na água, talvez seja preciso convencer o seu parceiro. Aqui estão algumas dúvidas comuns dos futuros pais (e de outros acompanhantes de parto).

Eu devo entrar na banheira?

Não é obrigatório. Você pode apenas se sentar ou se ajoelhar perto da banheira e massagear as costas da sua parceira, acariciar seu rosto ou então sussurrar palavras de encorajamento em seu ouvido. Alguns pais escolhem entrar e algumas mulheres apreciam esse gesto de apoio extra. Talvez você possa se sentar na beirada da piscina, com as pernas dentro da água, para ajudar a sua parceira a ficar agachada na água. Se preferir, você pode apenas sentar perto da piscina.

É um método seguro?

É importante controlar a temperatura da água, para que a sua parceira não fique quente demais, e levantar o bebê até a superfície assim que ele ou ela nascer. O seu bebê não vai respirar até ser levantado e posto fora da água. Muitas obstetrizes já possuem uma boa experiência com partos na água. Converse com a sua obstetriz ou solucione suas dúvidas quando fizer uma visita ao hospital.

E se algo der errado?

Se houver sinal de algum problema, o obstetra irá pedir que sua parceira saia da piscina. Talvez seja preciso que você a ajude a sair, mas a maioria das piscinas tem um degrau para facilitar a saída. Deixe um lugar pronto para ela se sentar e várias toalhas à mão para aquecê-la. Você também precisará delas, de qualquer modo, quando ela precisar sair para ir ao banheiro.

26ª Semana

O crescimento do bebê

O coração do bebê está batendo forte e rápido, cerca de 120 a 160 vezes por minuto, o dobro do coração de um adulto. Os movimentos também aumentaram a ponto de você senti-los provavelmente todos os dias, e estão ficando mais fortes, embora haja cada vez menos espaço para suas acrobacias. Ela ou ele pode reconhecer o som de sua voz e também pode ficar mais quieta(o) quando você fala.

Por volta desta época, talvez peçam que você faça um **ultra-som extra**, por diversos motivos, para verificar o desenvolvimento do bebê.

As mudanças no seu corpo

Você continua a ficar maior e a engordar à medida que a sua placenta, o seu útero e o bebê crescem. Alguns problemas, como **dor nas costas**, **dores de cabeça** e **câimbras nas pernas**, poderão incomodá-la de vez em quando. Talvez você se sinta desconfortável parte do tempo com a pressão maior sobre os intestinos e a bexiga.

E justo quando você achava que já estava dominando os problemas de gravidez pode ser que surjam alguns adoráveis **problemas de pele**, incluindo manchas e sensibilidade. Ah, sim, e também aranhas vasculares, psoríase e urticária. A sua pele está esticando, conforme você fica maior, e essa é a causa mais comum para a **coceira** durante a gravidez, embora às vezes possa ser sinal de algo mais sério.

Para refletir

- Planejando com antecedência: talvez você já tenha ouvido falar de empresas que se oferecem para estocar o **sangue do cordão umbilical** do seu bebê, cobrando uma taxa.

Exames de ultra-som adicionais no meio da gravidez

Talvez sugiram que você faça alguns exames extras de ultra-som neste estágio da gravidez se:

- você estiver esperando mais de um bebê
- você tiver algum problema de saúde preexistente
- houver alguma dúvida sobre o crescimento do bebê
- houver suspeita de que a placenta está baixa
- você apresentar algum sangramento

Aproximadamente 15% dos exames têm de ser repetidos, seja porque alguns problemas foram detectados e precisam ser investigados mais a fundo ou simplesmente porque o bebê não está na posição necessária para permitir que determinadas partes de seu corpo sejam vistas.

Cefaléias

As dores de cabeça (cefaléias) são algo comum na vida das pessoas. Algumas de nós têm dores de cabeça freqüentes, enquanto outras têm bem poucas. Em geral, tomamos um analgésico. A gravidez pode ser a época para você começar a procurar métodos alternativos para lidar com a dor.

Pode ser que você sinta dores de cabeça mais freqüentemente durante a gravidez. Inversamente, se você já sofria de enxaqueca, pode ser que se sinta melhor. A razão disso pode ser a flutuação do nível hormonal, mas também pode ser a tensão, o cansaço ou as mudanças na alimentação.

Você pode tomar paracetamol, mas a aspirina e o ibuprofeno devem ser evitados. Você também pode experimentar:

- Faça uma pausa. Saia e respire o ar fresco, e fique longe da tela do computador ou do ambiente barulhento do trabalho por algum tempo.
- Cochile ou apenas se deite por 20 minutos para recuperar sua energia.
- Experimente uma compressa fria: umedeça uma flanela em água fria e segure contra a testa ou a nuca.
- Massageie a nuca ou peça a seu parceiro que faça isso por você. Ou então entre no chuveiro e lave os cabelos. Às vezes massagear o xampu no couro cabeludo ajuda a aliviar a dor.
- Coma alguma coisa. Às vezes as dores de cabeça são causadas por níveis baixos de açúcar no sangue e um lanchinho com carboidratos pode ajudar.
- Beba mais água. As dores de cabeça podem aparecer caso você esteja desidratada. Mesmo que você não tenha sede, beba muita água todos os dias. Se você tem dificuldade para se lembrar de beber água, sirva-se de um copo d'água sempre que você beber alguma outra coisa, como chá.
- Livre-se da tensão. Levante-se, eleve os braços acima da cabeça, traga os braços esticados até a lateral do corpo e balance as mãos. Depois faça movimentos rotatórios com os ombros e gire suavemente a cabeça.
- Faça mais exercício. As dores de cabeça são mais comuns nas pessoas que não fazem muito exercício. Faça uma caminhada no horário de almoço ou então nade de vez em quando.

Quando a dor de cabeça é sinal de algo mais sério

Converse com o seu médico se:

- a sua dor de cabeça for acompanhada de distúrbios visuais como luzes ou visão embaçada; pode ser apenas enxaqueca ou talvez pré-eclâmpsia (veja a página 161)

- você tem dor de cabeça mais de uma ou duas vezes por semana
- as dores de cabeça chegam a impedir o sono
- você não consegue controlar a dor com os métodos usuais

Não se esqueça de fazer um exame de vista também. As mudanças no formato do globo ocular durante a gravidez podem fazer com que suas lentes de contato não se encaixem muito bem, ou então talvez você precise de óculos novos – ambos os fatores podem levá-la a ter dor de cabeça.

Câimbras nas pernas

As câimbras nas pernas podem ser a maldição da sua vida. Lá está você, em sono profundo, e de repente uma dor aguda na panturrilha faz com que você pule da cama e acorde os vizinhos. A má notícia é que essas câimbras nas pernas tendem a ficar mais comuns à medida que a gravidez progride. Talvez elas sejam causadas por mudanças na circulação do sangue ou simplesmente por fadiga muscular, ou até mesmo pelo peso do útero sobre os vasos sangüíneos das pernas.

Algumas mulheres estão mais propensas a ter câimbras e sofrem bastante. Outras nunca precisam lidar com essa maneira particularmente rude de acordar. Parece que isso tem origem genética, portanto, se a sua mãe ficava vagando pelo quarto com câimbra muitas noites na época em que estava grávida de você, pode ser que você esteja mais propensa a ter o mesmo problema.

Alguns especialistas afirmam que as câimbras nas pernas estão relacionadas à taxa de minerais na alimentação, embora haja poucas evidências disso. Já se relacionou o problema à falta de cálcio, potássio e/ou magnésio. Um estudo revelou que tomar um suplemento polivitamínico com minerais ajuda, então talvez valha a pena experimentar algum desses para a gravidez.

O tratamento imediato para a câimbra é alongar o músculo. Estique a perna puxando os dedos dos pés em sua direção. A massagem também ajuda, e um parceiro bem treinado irá pular da cama imediatamente, massagear a sua panturrilha de um jeito vigoroso, voltar para a cama e dificilmente terá de acordar de novo. Uma toalha quente em volta da panturrilha também pode ajudar; deixe uma pronta, perto do aquecedor. Ou então use uma bolsa de água quente.

Também ajuda fazer alguns exercícios simples durante o dia, para melhorar a sua circulação:

- evite sentar de pernas cruzadas
- faça movimentos circulares com os tornozelos sempre que estiver sentada
- quando ficar em pé, fique nas pontas dos pés e volte a apoiar-se nas plantas dos pés a cada dez ou quinze minutos
- alongue os músculos da panturrilha várias vezes antes de ir para a cama

Dor muscular constante, inchaço ou sensibilidade na perna não é câimbra e deve ser verificado pelo médico. Pode ser uma trombose venosa profunda (um coágulo sangüíneo) que precisa de atendimento médico urgente.

Problemas de pele

Você esperava ficar com uma aparência viçosa... e agora está cheia de coceiras, tentando lidar com uma irritação horrível na pele, tentando ocultar as estrias e, no geral, se sentindo feia. Isso acontece porque, durante a gestação, a sua pele acaba recebendo o impacto das mudanças físicas e hormonais. Alguns problemas de pele preexistentes podem ser afetados pela gravidez e há toda uma variedade de novos problemas de pele para o seu deleite. É um grande alívio saber que são temporários e que você apenas tem de adotar algumas medidas paliativas até o bebê nascer.

Coceira nos mamilos

Durante a gravidez, algumas mulheres ficam com a pele em torno dos mamilos ressecada, e isso pode causar coceira. Já que não é muito bem aceito socialmente sair por aí coçando os mamilos, talvez seja uma boa idéia usar um creme hidratante suave durante o dia para diminuir essa sensação. Substituir o sabonete ou o gel para ducha por um produto de banho com função emoliente também pode ajudar. Pode ser que seja apenas ressecamento da pele, ou pode ser um eczema (veja a página 382). Se os sintomas forem muito desagradáveis, fale sobre isso com o seu médico: ele poderá prescrever-lhe um creme que possa ser usado como solução temporária.

Psoríase

Uma descamação da pele (que afeta 1 a 2% da população) que costuma melhorar durante a gravidez devido aos hormônios – estrógeno e progesterona – que atuam no sistema imunológico.

Muitos dos hidratantes que você pode comprar numa drogaria são seguros, mas evite aqueles que contêm retinol. Os médicos costumam prescrever uma pomada com ácido salicílico para remover as escamas e hidratar a pele. Embora um pouco da substância possa ser absorvida pela pele, é pouco provável que cause algum mal ao bebê. Sabemos que as mulheres podem tomar baixas doses de aspirina durante a gestação sem que isso afete o bebê. A aspirina é um salicilato, e a pomada de ácido salicílico é bastante similar à aspirina quanto aos princípios ativos. No entanto, é bom evitar o uso durante um longo período ou perto da época em que o bebê vai nascer. Produtos à base de alcatrão foram usados no passado, mas hoje existem suspeitas de que o produto possa estar ligado a alguns tipos de câncer, portanto ele não é recomendável durante a gravidez. Você também *não* deve usar nenhum creme que contenha vitamina D ou vitamina A. Outras drogas que costumam ser prescritas para o tratamento da psoríase, como o Metotrexate e a Ciclosporina, também não são recomendáveis durante a gravidez.

Pele sensível

À medida que você ganha peso, talvez perceba que algumas áreas da sua pele, como entre as coxas ou sob as mamas, ficam doloridas. Sua pele também pode ficar vermelha e inflamada. O fato de você suar mais durante a gravidez, porque a tireóide fica mais ativa, também pode piorar o problema. O intertrigo é uma inflamação das camadas superficiais da pele, causada pela umidade, por bactérias ou fungos nas dobras da pele. Pode produzir um odor desagradável se não for tratado. Você pode controlar o problema tomando algumas medidas:

- manter seca a área afetada
- usar talco para diminuir a umidade
- usar roupas de algodão, para deixar a pele fresca
- não usar roupas apertadas ou do tipo segunda pele

Se a vermelhidão e a dor persistirem, comunique ao seu médico. Talvez seja preciso utilizar algum creme tópico suave à base de cortisona ou antibióticos para eliminar o problema.

Espinhas

A sua pele retém mais umidade durante a gravidez, e isso ameniza linhas de expressão e rugas. Pode ser que você fique bem menos propensa a ter espinhas ou erupções cutâneas, e isso pode estar relacionado aos hormônios da gravidez que estão circulando pelo seu organismo. No entanto, pode ser também que a mudança hormonal acabe estimulando demais a produção de óleo na pele, podendo levar a erupções cutâneas e à acne. Uma limpeza cuidadosa com um produto suave e uma hidratação leve podem ajudar. Isso em geral é transitório, e a sua pele acaba voltando ao normal.

Pode ser que a sua pele fique mais corada do que o normal por causa da maior quantidade de sangue que circula nos vasos subcutâneos. Isso pode deixar você com um ar saudável, mas, se você não tiver sorte, pode ser também que fique com o rosto vermelho durante todo o tempo.

Urticária

A urticária é uma reação alérgica que provoca placas vermelhas e elevadas na pele. Essas áreas em geral coçam e dão uma sensação de queimação, e, quando as primeiras placas desaparecem, outras podem surgir. Certos alimentos, principalmente morangos, nozes, chocolate e leite, podem causar urticárias. Alguns medicamentos, como a aspirina e a codeína, também podem provocar o problema, assim como aditivos químicos nos alimentos, como o corante tartrazina, cremes para a pele ou até mesmo a luz do sol. Na gravidez, a urticária pode ficar mais intensa devido à retenção de líquidos na pele.

A urticária não causa nenhum problema a longo prazo e também não afeta o seu bebê, mas pode ser algo bastante desconfortável. Seu médico poderá prescrever anti-histamínicos, considerados seguros durante a gravidez, e que reduzem o edema e a coceira. Cremes hidratantes com ação refrescante também podem ajudar. Evite o excesso de calor, não tome banho com água muito quente e use roupas confortáveis, de algodão, para aliviar a coceira.

Coceira

O termo técnico é "prurido gestacional". Significa simplesmente coceira durante a gravidez. Aparece em cerca de uma em cada 300 gestantes, geralmente por volta da 25.ª à 30.ª semana. A coceira costuma aparecer na barriga, principalmente sobre as estrias. Ela não afeta o seu bebê.

Se você não apresentar nenhum sintoma além da coceira – não tiver nenhuma irritação na pele nem febre, e estiver bem –, então é bem provável que a coceira seja apenas conseqüência do fato de que sua pele está esticando na barriga. É bom manter-se sempre fresca e usar roupas largas de algodão (uma ótima desculpa para comprar outra batinha). Loções hidratantes também podem ajudar. O seu médico poderá prescrever-lhe emolientes, ou um creme à base de óleo, ou então anti-histamínicos orais, como a clorfeniramina ou a prometazina. Algumas mulheres procuram um homeopata para obter uma medicação para controlar o problema.

Se a coceira for muito intensa, veja a seção sobre colestase gestacional na página 392. É um problema raro, mas que não deve ser ignorado. Às vezes ocorrem outros sintomas, mas a coceira intensa e generalizada, que pode incluir as solas dos pés, as palmas das mãos e o couro cabeludo, é o principal sinal desse problema que apesar de pouco freqüente é bastante sério. Nesse caso, consulte seu médico.

Planejando com antecedência: o sangue do cordão umbilical

O sangue do cordão umbilical do bebê contém as famosas células-tronco. Essas células poderão formar, entre outras, as células sangüíneas de combate a infecções, as que transportam o oxigênio através do organismo, e as que atuam na coagulação. Essas células-tronco também podem ser utilizadas para tratar a leucemia e outras doenças do sangue que possam surgir no futuro. Conservá-las é apenas uma grande precaução, no entanto, já que felizmente a maioria das crianças não desenvolve leucemia. Até o momento, apenas as doenças malignas do sangue podem ser tratadas com as células-tronco, embora essa seja uma área que está sendo amplamente pesquisada*.

Por que eu preciso pensar com antecedência sobre o sangue do cordão umbilical?

Algumas famílias optam por estocar sangue do cordão umbilical para o caso de a criança desenvolver leucemia ou algum câncer no sangue futuramente. O sangue do cordão umbilical é congelado e precisa ser preparado logo após o nascimento do bebê. Os cordões umbilicais costumam ser jogados fora logo após o parto. Portanto, se você quer que o sangue seja estocado, terá de combinar isso com antecedência.

O congelamento do sangue do cordão umbilical recebeu muita exposição na mídia recentemente, em grande parte porque se tornou disponível comercialmente.

Na verdade, em alguns locais o sangue do cordão umbilical já é coletado por razões médicas, como:

- quando as mães são Rh negativo, pois assim o grupo sangüíneo do bebê pode ser verificado
- para o caso de algum problema do sangue já detectado, como anemia falciforme ou talassemia
- para pesquisa
- quando há um histórico familiar de problemas genéticos, os quais podem ser tratados com transplantes de células-tronco caso a criança venha a ter o problema
- para tratar a leucemia linfoblástica em algum irmão ou irmã da criança

Também é possível fazer a doação do sangue do cordão para um banco público, que mantém um registro dos doadores e dos possíveis receptores.

Existem algumas empresas que se oferecem para coletar e estocar o sangue do cordão umbilical do bebê, sob o pagamento de uma taxa. A estocagem comercial não é proibida, mas é questionada em vários países devido à escassez de provas que justifiquem os altos preços dos serviços.

---

* No Brasil, existem empresas que fazem a coleta e o armazenamento de maneira privada, e cobram uma taxa anual para a manutenção e/ou a possibilidade de fazer uma doação para um banco público que tem centros de captação no Rio de Janeiro, São Paulo, Curitiba, Campinas e Ribeirão Preto. O sangue doado fica disponível para qualquer pessoa que necessite de transplante e seja compatível. Converse sobre isso com seu médico durante o pré-natal! [N. da R. T.]

27ª Semana

O crescimento do bebê

Neste estágio da gravidez, os olhos do bebê abrem-se pela primeira vez desde que as pálpebras se formaram e se fecharam por completo, na 12ª semana. A retina – as células na parte posterior do olho que recebem o estímulo luminoso – já se desenvolveu.

O seu bebê consegue sentir o seu toque através de seu abdômen. Talvez até dê para você fazer uma brincadeira – você o toca, ele se afasta voltando logo depois para que você possa tocá-lo de novo.

As mudanças no seu corpo

O seu útero já está cerca de 7 cm acima do umbigo. Pode parecer impossível que os seus seios fiquem ainda maiores, mas provavelmente isso acontecerá. Como o seu centro de gravidade muda, talvez você fique preocupada com as **quedas**, principalmente se ficar grávida na estação chuvosa e tiver que lidar com as calçadas molhadas ou escorregadias.

Algumas mulheres passam a ter **diabetes gestacional**. Há muito o que fazer para ajudar a prevenir o problema ou amenizá-lo. A boa notícia é que geralmente o problema costuma desaparecer depois da gravidez. (Esta última frase é daquelas capazes de nos fazer gritar de alegria... principalmente porque você sabe que é verdade, embora isso não a faça se sentir muito melhor agora.)

Para refletir

- Planejando com antecedência: uma das decisões mais importantes que você irá tomar sobre os cuidados com o seu novo bebê é se você irá amamentá-lo ou não. A seção sobre **alimentação do bebê** dará as informações que você precisa saber para ajudá-la a tomar a melhor decisão para você e o seu bebê.

Quedas

Conforme o seu centro de gravidade muda, você pode ficar um pouco mais propensa às quedas. É por isso que se sugere que as gestantes parem de andar de bicicleta quando a barriga fica maior (e também de participar de um rodeio sobre um cavalo, caminhar sobre uma corda ou patinação no gelo nas Olimpíadas, é claro!). Na verdade, você tem muito tempo para se acostumar à mudança de peso, e a maioria das mulheres não tem muitos problemas com isso. Mas essa talvez não seja a época para você escalar montanhas, fazer luta livre ou participar de competições de judô.

Se a sua gestação estiver avançada no inverno e você precisar caminhar em pisos ou calçadas molhadas ou com neve, talvez fique preocupada com as quedas. Quedas são comuns durante a gestação, mas em geral não causam maiores problemas. Talvez você se machuque um pouco ao cair, mas o bebê, que está boiando no líquido amniótico, e protegido por sua bacia, em geral fica bem. Mas se após uma queda você se sentir mal, ou se tiver um ferimento mais sério, você deverá verificar o problema com o seu médico, é claro.

Diabetes gestacional

O diabetes gestacional é um tipo de diabetes que ocorre durante a gestação, geralmente no segundo ou no terceiro trimestre, e desaparece depois que o bebê nasce.

Quais são as causas?

De modo geral, o seu corpo retira a maior parte da energia de que precisa da glicose. Os alimentos que contêm carboidratos são transformados em glicose através do metabolismo. Os alimentos podem conter carboidratos simples (açúcares), como, por exemplo, o açúcar, a geléia, os biscoitos e os bolos, ou carboidratos complexos (amido), como o pão, as batatas e o arroz. A glicose então é absorvida pela corrente sangüínea, e a partir daí vai ser usada nos músculos e outros tecidos do corpo, sob a ação do hormônio insulina, que é produzido pelo pâncreas. Se não houver insulina suficiente no organismo, ou se ele não conseguir aproveitar a insulina existente por um efeito inibidor dos hormônios da gravidez, a glicose se acumula no sangue e é eliminada através dos rins, pela urina.

Alguns dos hormônios associados com a gravidez acabam impedindo que a insulina seja aproveitada corretamente. As gestantes costumam ter níveis mais altos de insulina no organismo do que as mulheres que não estão grávidas, pois o pâncreas produz quantidades cada vez maiores de insulina, como resposta ao nível cada vez maior de açúcar no sangue. Na maioria das mulheres, o pâncreas consegue produzir insulina suficiente para superar os efeitos inibidores dos hormônios da gravidez, mas, se essa resposta não for adequada, o resultado será o diabetes gestacional.

É difícil definir o diabetes gestacional porque não é apenas uma simples questão de categorizar em algo normal ou anormal e, além disso, ainda não se sabe qual deve ser o nível "normal" de insulina numa gestante.

A Organização Mundial de Saúde estabeleceu alguns critérios que o definem como *apenas uma* de duas possíveis categorias:

- diabetes
- *ou* distúrbio de tolerância à glicose

Quem corre o risco de desenvolver o diabetes gestacional?

A porcentagem de mulheres que passam a ter diabetes durante a gravidez é de cerca de 2 a 12%, estando as mulheres de ascendência asiática ou afro-caribenha mais propensas.

Existem vários fatores de risco para o diabetes gestacional. Você corre mais risco se:

- estiver acima do peso ou for obesa
- tiver um histórico na família de diabetes do tipo 2
- teve um bebê natimorto ou um recémnascido que morreu numa gravidez anterior, cujas mortes não puderam ser explicadas
- teve um bebê muito grande em uma gravidez anterior
- tiver mais de 40 anos de idade (o dobro do risco das mulheres entre 25 e 29 anos)
- tiver ascendência asiática, africana ou caribenha
- você mesma apresentou baixo peso ao nascer (neste caso, você tem um risco bem maior de vir a desenvolver o diabetes gestacional)

Quais são os sintomas?

O primeiro sinal costuma ser o aparecimento de açúcar na urina, num exame de rotina pré-natal. Não é sinal definitivo de que você tem diabetes gestacional; algumas gestantes apresentam açúcar (glicose) na urina de tempos em tempos, sem que isso signifique algum problema. Então, se sua urina apresentar glicose:

- repita o exame com outra amostra
- colha a amostra desprezando o primeiro jato de urina

No entanto, se for encontrada glicose na urina várias vezes, você fará alguns exames de sangue para verificar se a causa é o diabetes gestacional. Estes são os possíveis exames:

Teste oral de tolerância à glicose (TOTG)

Ele pode vir descrito no seu prontuário como TOTG ou curva glicêmica. Você faz um jejum durante toda a noite, retira uma amostra para detectar o nível basal de açúcar no seu sangue e depois toma uma bebida com alta concentração de glicose. Duas horas depois, mede-se novamente o nível de açúcar no sangue. Algumas mulheres ficam um tanto enjoadas ao fazer este exame.

Glicemia de Jejum

É retirada uma amostra do seu sangue antes da primeira refeição do dia, após um jejum de 10 a 12 horas.

Alguns especialistas recomendam que a glicemia deve ser avaliada em todas as mulheres, ao redor da 28.ª semana. Outros acham que um acompanhamento seletivo deve ser feito com base na idade e no peso.

Uma vez que você tenha os resultados dos exames, pode conversar sobre eles com seu médico, que poderá explicá-los a você.

Por que o diabetes gestacional pode ser um problema?

Se você tiver um nível de insulina aumentado, isso pode causar um crescimento anormal (macrossomia), que faz com que os bebês sejam muito grandes. O seu bebê pode pesar mais de 4 kg e ter um excesso de tecido gorduroso no peito, nos ombros e no abdômen, o que torna o parto mais difícil.

O maior risco para o bebê depois do nascimento é a hipoglicemia (baixas taxas de açúcar no sangue), mas alguns bebês também apresentam problemas respiratórios e precisam de cuidados especiais numa unidade neonatal.

Você pode também ter um risco maior de hipertensão arterial, e há uma grande probabilidade de que precise de uma cesariana ou indução do parto, com seus respectivos riscos.

Na maioria dos casos, as mulheres que têm diabetes gestacional voltam ao estado normal após o parto. No entanto, essas mulheres terão um risco maior de desenvolver o diabetes do tipo 2 mais tarde. Se você tiver diabetes gestacional, deve repetir o teste de tolerância à glicose seis semanas após o parto, para se certificar de que o problema já desapareceu.

Esta é na verdade uma área em que há pouco consenso. Embora haja concordância sobre os riscos para as mulheres com diabetes gestacional manifesto, há ainda controvérsias a respeito dos riscos para as mulheres que têm sintomas mais leves. Alguns especialistas acreditam que qualquer grau de diabetes gestacional deve ser tratado; outros acreditam que ele é bastante comum na gravidez e que os casos mais suaves não devem ser motivo de preocupação, e que há um risco de causar mais problemas se houver excesso de medicação. Um grande estudo de escala internacional está sendo feito no momento para buscar respostas para essas dúvidas. Mas seu resultado não irá aparecer tão cedo; enquanto isso, o tratamento das mulheres com diabetes gestacional varia de local para local.

O que você pode fazer

A maioria das mulheres grávidas consegue controlar esse tipo de diabetes fazendo a escolha certa da alimentação e com exercícios. Apenas cerca de 20% precisam utilizar insulina.

- converse com seu médico sobre o seu nível de diabetes e sobre a melhor maneira de controlá-lo
- consulte um nutricionista para obter mais sugestões
- diminua o consumo de bebidas e alimentos que contêm açúcar
- evite bebidas e alimentos que contenham cafeína
- coma mais carboidratos complexos, como macarrão e pão integral
- coma porções pequenas, em intervalos regulares ao longo do dia
- faça mais exercícios; a caminhada e a natação são ótimas maneiras suaves de se exercitar durante a gravidez

Não se esqueça de fazer um exame pós-natal para verificar o nível de açúcar no sangue, e fique ciente de que o diabetes gestacional pode aumentar sua chance de desenvolver um diabetes do tipo 2 no futuro. Boas escolhas para a alimentação e exercícios também podem ajudar a prevenir esse tipo de diabetes.

Planejando com antecedência: a alimentação do bebê

Há certo tempo, as mães não ficavam preocupadas se o bebê seria amamentado ou receberia mamadeira; os bebês eram sempre amamentados e, se você tivesse como pagar, deixava a criança com uma "ama-de-leite" para ser amamentado por ela. Hoje em dia, existem as fórmulas lácteas (leite em pó). Portanto, você pode tomar a decisão e escolher o que for melhor para você e suas circunstâncias.

Por que preciso pensar com antecedência sobre isso?

É uma decisão importante – e, quanto mais informações você tiver, mais fácil será decidir. Existem questões de saúde a ponderar (tanto para o bebê quanto para você), além de questões práticas. A amamentação também possui um aspecto emocional, e pode ser que o seu parceiro tenha uma opinião a esse respeito diferente da sua. Vale a pena discutir o assunto agora, pois assim você terá tempo de pesquisar e ponderar as informações para depois tomar sua decisão.

Mas quais são os fatos em que você poderá basear a sua escolha?

Os fatos a respeito da amamentação com leite materno

Em primeiro lugar, não há nenhuma dúvida de que a amamentação é a melhor opção para os bebês. Os elementos de proteção contidos no leite materno ajudam a proteger os bebês das infecções e diminuem o risco de doenças. Na verdade, estamos apenas começando a descobrir os benefícios a longo prazo da amamentação, benefícios estes que continuam bem depois do fim da amamentação. Por exemplo, os bebês que foram amamentados têm:

- menos infecções respiratórias, dificuldades de respiração, resfriados prolongados e otites que os bebês que são alimentados com mamadeira
- menos infecções urinárias, infecções gastrintestinais e diarréias
- menos tendência a ter diabetes ou eczema
- melhor competência imunológica e menores riscos de se tornarem alérgicos caso haja um histórico desse tipo na família

Em relação aos bebês que recebem o leite materno, aqueles alimentados com outros leites estão mais propensos a ser hospitalizados com problemas digestivos ou respiratórios, têm maior tendência a ser obesos aos 12 meses de idade e a ter pressão arterial mais alta aos sete anos.

Também já se encontrou uma relação entre a amamentação e maiores índices de inteligência das crianças.

A amamentação também traz benefícios para você. Se você amamenta, tem menos chances de ter câncer de mama pré-menopausa, câncer de ovários ou de ter fraturas nos quadris quando ficar mais velha. Você também tem mais chance de voltar ao peso anterior à gravidez.

O leite materno é produzido com base na oferta e demanda: quanto mais você amamentar, mais leite produzirá. Se você introduzir algum outro leite, pode diminuir a produção do seu próprio leite. Uma vez que você der início à mamadeira, fica difícil voltar atrás e amamentar. Portanto, você precisa pensar com calma antes de tomar essa decisão.

Informações a respeito das fórmulas prontas

Se você quer dar mamadeira para o bebê, deve utilizar uma fórmula que tenha sido especialmente preparada para bebês. Esses leites têm como base o soro de leite ou a caseína. Os leites à base de soro são considerados mais parecidos com o leite humano, embora não possuam os anticorpos e outros ingredientes que o leite materno fornece. Algumas marcas são acrescidas de poliinsaturados (de cadeia longa). Essas gorduras especiais são importantes para o desenvolvimento do cérebro e dos olhos; o leite materno é uma excelente fonte delas, que são particularmente importantes nos primeiros meses de vida, já que os bebês não conseguem produzi-los muito bem e dependem das reservas que conseguiram acumular antes do nascimento.

Não se esqueça de que optar pelas fórmulas significa que você terá de comprar o leite, as mamadeiras e os bicos durante todo o primeiro ano.

Pergunta: Estou grávida de gêmeos. Imagino que precisarei dar mamadeira pelo menos durante parte do tempo, não?

Anna McGrail responde: Muitas mães que têm gêmeos conseguem amamentar os dois sem problemas, e até mesmo trigêmeos ou mais podem ser amamentados parcialmente. As velhas leis da oferta e da demanda

Preparando-se para amamentar

Não é preciso deixar os mamilos resistentes, use cremes para amaciar a pele ou extraia o colostro enquanto você estiver grávida. A melhor maneira de se preparar para amamentar é fazer com que o seu parceiro a apóie na sua decisão, para que assim você e o seu bebê tenham um bom começo.

(veja acima) dizem que, se você pode ter dois bebês para dar de mamar, o seu organismo irá produzir leite suficiente para os dois.

Na prática, talvez você precise de algumas dicas prévias para lidar com a situação. Se você nunca viu antes uma mãe dando de mamar a dois bebês ao mesmo tempo (e poucas de nós já viram), então tente passar algum tempo com outra mãe de gêmeos antes do nascimento dos seus e descubra como ela faz. Isso o ajudará a decidir se vai alimentá-los juntos ou separadamente, por exemplo, e também poderá lhe dar algumas idéias sobre maneiras práticas de lidar com a situação. Quando os seus bebês chegarem, peça à obstetriz ou a alguém com experiência no assunto para lhe mostrar como você pode segurá-los ao mesmo tempo e como fazer para que eles mamem do jeito correto.

Mamilos invertidos

Algumas mulheres têm mamilos planos ou invertidos. Muitas delas, quando ficam com frio ou excitadas, ficam com os mamilos eretos. Às vezes, os mamilos continuam planos em relação ao resto do seio, e às vezes até se invertem e afundam para dentro. Você pode verificar se os seus mamilos são planos ou invertidos pressionando suavemente a mama a cerca de dois centímetros de distância do mamilo. O mamilo deverá ficar protuberante. Se isso não acontecer, ele é um mamilo achatado. Se o seu mamilo voltar-se para dentro quando você o empurra, ele é invertido.

Antigamente, considerava-se essencial fazer várias manobras para expor o mamilo durante a gravidez. Mas os bebês não se amamentam abocanhando o mamilo, e sim a mama. Ele precisa pegar uma boa parte dela para se alimentar bem, e não pegar apenas o mamilo. Talvez você precise de ajuda para fazer com que o bebê a abocanhe com firmeza, no começo, então converse com a sua obstetriz ou entre em contato com algum especialista no assunto durante a gravidez. Assim que o seu bebê estiver se alimentando bem, talvez seus mamilos fiquem mais evidentes, já que a sucção do bebê irá puxá-los para fora.

O terceiro trimestre

Durante o terço final da gravidez, o bebê vai do comprimento (medida da cabeça aos pés) de 39 até aproximadamente 48 cm. O peso do bebê aumenta de aproximadamente 1,1 para 3,4 kg. É claro que o seu bebê em particular pode ser maior ou menor que isso. Em média, os meninos pesam mais que as meninas, e os bebês subseqüentes pesam mais que os primeiros bebês. Mas você terá de esperar para ver o peso exato do bebê. Não se preocupe – será uma das primeiras coisas que lhe dirão quando ele nascer.

Durante este trimestre, muitas mulheres finalmente se dão conta de que elas terão de comprar algumas coisas para o bebê. Elas ficam determinadas a ir às lojas antes que fiquem grandes demais para andar confortavelmente durante horas, apalpando os assentos dos carrinhos e testando os mecanismos sofisticados dos carrinhos dobráveis (coisas que você precisará fazer).

Muitas mulheres, no entanto, também têm suas superstições e não se sentem bem em comprar um milhão de coisas para o bebê antes que ele nasça. Talvez seja bom encomendar alguns dos itens maiores, como um carrinho para levar o bebê por aí, e pedir para a loja deixá-lo guardado para você até o bebê nascer. Certamente você não será a primeira a pedir isso.

Independentemente do que escolher, você precisa saber o que comprar e o que procurar. Nosso guia sobre **compras para o bebê** (veja a página 193) ajudará você a fazer boas escolhas.

Os cuidados pré-natais

Durante este trimestre, talvez você tenha cinco ou seis consultas com seu obstetra, ou mais, caso tenha algum problema de saúde. Talvez seja preciso fazer consultas extras caso você precise de uma curva glicêmica por volta da 28.ª semana, ou seja Rh negativo e precise de uma vacina anti-D na 28.ª e na 34.ª semana, ou se já teve anemia e precisa verificar se tudo está bem.

Talvez você faça algum ultra-som extra, caso existam dúvidas sobre o tamanho do bebê, ou se ele estiver em apresentação pélvica (sentado), ou se sua placenta estava baixa no começo da gravidez.

Quando ligar para o médico

Siga o seu instinto: se você está preocupada consigo e com o bebê, precisa ser aconselhada. Procure ajuda no local do seu pré-natal sempre que tiver alguma dúvida.

Ligue para o seu médico e marque uma consulta para o mesmo dia caso você apresente algum dos seguintes sintomas:

- **Distúrbios de visão** que durem mais de duas horas, como visão dupla, visão embaçada, vista escura, *flashes* de luz. Pode ser um sinal de pré-eclâmpsia (veja a página 161) e precisa ser examinado no mesmo dia.
- Diminuição ou ausência dos **movimentos do bebê** por mais de 24 horas: pode ser que ele esteja dormindo, mas também

pode ser que ele esteja passando por algum problema.
- Perda de **líquido** pela vagina: isso talvez signifique que houve rompimento das membranas. Procure a ala de obstetrícia no hospital.
- Você teve **um acidente ou uma queda**, ou recebeu algum impacto no abdômen: o seu bebê está bem protegido, mas talvez você tenha ficado um pouco abalada. Converse com um médico ou uma obstetriz no mesmo dia. Se você se machucou e precisa de tratamento, vá para um hospital.

Ligue e marque uma consulta para o dia seguinte se você tem:

- **Dor abdominal** aguda ou intensa: pode ser apenas uma forte indigestão, um vírus intestinal ou uma distensão num ligamento, mas também pode ser pré-eclâmpsia (veja a página 161).
- **Dor de cabeça intensa** que dura mais de duas ou três horas: converse com uma obstetriz ou seu médico para tirar suas dúvidas e verificar se isso não é sinal de pré-eclâmpsia.
- **Coceira generalizada:** às vezes acompanhada de urina escura e fezes claras, o que pode ser sinal de colestase gestacional (veja a página 392). Ter um pouco de coceira é normal, pois a sua pele está esticando para acomodar o bebê, mas é melhor verificar se está tudo bem.

Fale com o seu médico da próxima vez que fizer uma consulta se você apresentar:

- **inchaço** (também chamado de edema) nas mãos, no rosto e nos olhos, sem outros sintomas
- **corrimento vaginal** acompanhado de coceira

Alimentação

No terceiro trimestre, pode ser que você coma mais e aumente constantemente de peso. Você precisa de 300 calorias a mais por dia neste estágio da gravidez, e provavelmente irá engordar cerca de 0,5 kg por semana.

Nas semanas finais da gravidez, o seu bebê está numa posição bem elevada, e o seu estômago fica um tanto apertado. Pode ser que você se sente à mesa para fazer uma refeição e, após uma ou duas garfadas, já se sinta satisfeita. E assim vai ser, aos poucos, até que o seu bebê se encaixe na sua pélvis, pronto para nascer.

Neste trimestre, o cérebro e os ossos do bebê estão se desenvolvendo, e isso faz com que seja ainda mais importante consumir **ácidos graxos essenciais** (veja a página 6) e **cálcio**. Veja também se você está consumindo **vitamina K**, já que ela tem um papel importante na prevenção de sangramentos em você e no bebê.

Cálcio

O cálcio é importante (junto com a vitamina D) para ajudar o bebê a desenvolver ossos e dentes fortes. Se você tem alto risco de ter hipertensão arterial ou pré-eclâmpsia, talvez o seu médico a aconselhe a tomar algum suplemento de cálcio. Converse com ele sobre a quantidade a ser utilizada.

Durante a gravidez, o seu corpo apresenta uma eficiência maior para absorver cálcio, então a quantidade que costuma ser recomendada para as mulheres adultas – 700 mg – continua a ser a mesma para as gestantes. A exceção a essa regra é se você é muito jovem. Nesse caso, os seus próprios ossos também estão crescendo, então você precisa de pelo menos 800 mg. Uma boa quantidade de cálcio pode ajudar na prevenção de osteoporose mais tarde.

É fácil consumir bastante cálcio, desde que você goste de queijo e de laticínios. Se você é vegetariana radical e não come nenhum produto de origem animal, talvez seja preciso tomar um suplemento de cálcio. Talvez você também precise de um suplemento se for vegetariana e não gostar de queijo ou de leite.

Você encontra o cálcio nestes alimentos:

- leite, iogurte e queijo
- peixe enlatado, principalmente se você comer as espinhas macias, no caso das sardinhas e do salmão
- farinha branca enriquecida com cálcio
- espinafre e grãos verdes
- grão-de-bico, feijão-rosado e feijão cozido enlatado
- sementes de gergelim e amêndoas

Se você não gosta de leite ou queijo, existem outras maneiras de adicionar cálcio à sua alimentação:

- Experimente as sopas cremosas; adicione um pouco de leite, de iogurte ou de creme de leite à sopa e mexa bem.
- Adicione leite ao purê de batata, ou leve ao forno fatias de batatas com leite e uma camada de queijo ralado por cima.
- Coma homos com tortilhas de milho como entrada ou lanche. Ele é feito com grão-de-bico, que contém cálcio, assim como as tortilhas.
- Na sobremesa, tome um sorvete de boa qualidade à base de leite, ou então compre um pudim de iogurte congelado.
- Experimente comer coalhada seca, frutas frescas e algumas amêndoas no almoço.

Vitamina K

Esta vitamina ajuda na coagulação do sangue. As mulheres com deficiência de vitamina K podem sangrar mais no parto, e os bebês também podem apresentar hemorragias (veja a página 253). Consuma sempre alimentos ricos em vitamina K no fim da gravidez e durante a amamentação. As melhores fontes são:

- verduras, como o brócolis, couve-de-bruxelas, couve e espinafre
- melão do tipo *cantaloupe*
- couve-flor
- grãos verdes
- cereais matinais fortificados
- macarrão e pão integral

Lanches rápidos

Se você ainda estiver trabalhando e acha difícil coordenar todas as tarefas, os lanches rápidos podem ser bem úteis. Eles não precisam conter um alto teor de gordura ou açúcar. Experimente algumas destas idéias para lanches saudáveis e rápidos:

- Latinhas de frutas em seu próprio suco são ideais para deixar na sua mesa ou no seu armário – e sem a bagunça de descascar as frutas.
- Homos enlatado acompanhado de talinhos de legumes frescos, pré-preparados, dá um ótimo lanche ou almoço.
- Frutas secas sortidas, com amoras, cerejas, mirtilos ou outras frutas gostosas, podem ser encontradas congeladas, e são um lanche rico em ferro e fibras.
- Faça um estoque de saladas. No supermercado, veja quais são as saladas e verduras disponíveis e prepare uma de acordo com o seu gosto.
- Vitaminas de frutas e panquecas fazem um ótimo lanchinho rápido. Muitas lojas, supermercados e restaurantes já vendem vitaminas de frutas. Alguns lugares as fazem na hora.
- Caixinhas individuais de cereais matinais são um ótimo recurso; coma sem leite,

ou leve uma tigela para o trabalho para comê-los com leite.
- Uma fatia de um bolo de frutas de boa qualidade (cheio de frutas secas ricas em ferro e fibras) junto com um pedaço de queijo é um ótimo lanche para o meio da tarde.
- Sopa de legumes congelados são fáceis de esquentar e contêm muita fibra e ácido fólico.

Sexo

À medida que a sua barriga fica maior, encontrar posições confortáveis para fazer sexo passa a ser um desafio. Mas pode ser divertido tentar. Experimente deitar-se de lado, de modo que o peso do seu parceiro não fique sobre sua barriga. Ou então tente ficar de costas – posição das colheres – para que ele possa penetrá-la por trás. As posições em que você pode controlar a profundidade da penetração, para que seja confortável, incluem você ficar por cima ou sentar-se na beira da cama enquanto o seu parceiro se ajoelha de frente para você. Se no final você se sente grande demais para fazer sexo em toda a plenitude, tente encontrar outras maneiras de obter prazer; até mesmo uma massagem bem lenta e demorada dará a vocês uma oportunidade de ficarem juntos e desfrutarem da companhia um do outro.

Alguns casais ficam preocupados em saber se o bebê de alguma maneira "sabe" o que está acontecendo. É fato que alguns bebês se movimentam bem mais depois do orgasmo, mas é bem provável que eles reajam mais ao seu batimento cardíaco aumentado do que a qualquer outra coisa.

O sexo é seguro para a maioria dos casais durante este trimestre. Se você tem placenta baixa, ou apresentou sangramento vaginal, é melhor evitar as relações – mas existem várias alternativas a serem exploradas.

Sono

Talvez seja um grande desafio ficar confortável para dormir nas últimas semanas de gravidez. Talvez seja difícil descobrir uma posição que permita que você durma bem. Experimente usar travesseiros na parte inferior das costas e sob a barriga.

Se você tem dificuldade para pegar no sono, experimente aquelas sugestões tradicionais: tomar um banho morno, alguma bebida com leite, ler um livro. Se nada disso funcionar, peça a seu parceiro para fazer uma massagem – isso tanto pode se transformar em algo mais excitante e fazer valer a pena ficar acordada, como poderá relaxá-la para que você consiga dormir.

É possível também que seu sono seja interrompido pela necessidade de ir ao banheiro, pelos chutes do bebê e por sonhos agitados. Se você tiver dificuldade para voltar a dormir depois de acordar, use esse tempo para fazer exercícios de relaxamento. Experimente descansar durante o dia e adquira o hábito de tirar uma soneca, se possível. Isso fará com que você fique em forma para atender a um bebê que acorda várias vezes durante a noite para ser amamentado.

Se você tem muita dificuldade para relaxar e dormir, talvez seja uma boa idéia fazer mais exercícios durante o dia. É difícil quando a barriga está tão grande, mas, se você sempre fez exercícios, talvez a falta deles esteja dificultando o seu relaxamento. Experimente caminhar bastante à noitinha ou nadar um pouco para relaxar.

Compras para o bebê

Como é possível uma criaturinha tão pequena precisar de tantas coisas? E o que é preciso comprar? Quando você está grávida do seu primeiro filho, às vezes fica difícil saber o que procurar. Assim, abordamos coisas com as quais você deve ficar atenta e coisas a considerar quanto aos seguintes tópicos:

- amamentação e mamadeiras – apetrechos
- as primeiras roupinhas
- fraldas
- o banho do bebê
- o transporte do bebê
- onde o bebê irá dormir

Amamentação e mamadeiras

Amamentação

A boa notícia é que, caso você queira amamentar o seu bebê, não precisará de muitos apetrechos. Talvez seja bom comprar dois **sutiãs para amamentação** antes de o bebê nascer (veja a página 259 para sugestões sobre como escolhê-los), mas não os compre até que você chegue à 36ª semana de gravidez, já que os seus seios continuarão a ficar maiores até lá.

Talvez seja bom comprar alguns **absorventes para o leite**. Algumas mulheres os utilizam o tempo todo, pois o leite fica vazando nos primeiros dias. Os absorventes descartáveis são práticos, mas você também pode comprar os que podem ser lavados na máquina – sai mais barato e são suaves em contato com a pele.

Um **travesseiro em formato de "V"** também é útil para apoiar o bebê enquanto você o amamenta, principalmente se você fez uma cesariana. Assim, o seu bebê ficará bem apoiado praticamente em qualquer posição. Você também poderá colocar o travesseiro atrás dos seus ombros enquanto estiver amamentando na cama (ou usar dois travesseiros comuns).

Assim que você estiver decidida a amamentar, talvez seja bom pensar na extração do leite, já que isso pode lhe dar um pouco mais de liberdade. Extrair o leite com as mãos é algo que algumas mulheres aprendem rápido, enquanto outras consideram praticamente impossível. É aí que uma **bomba para tirar leite** pode ser muito útil.

Uma bomba manual já supre as suas necessidades, caso você queira retirar o leite algumas vezes. Verifique se é fácil utilizar o mecanismo manual; se as suas mãos forem pequenas e a alavanca for muito grande, isso pode fazer com que a sua mão fique dolorida bem antes de você retirar o leite. Algumas bombas possuem uma parte interna macia no local que fica em contato com a mama – isso deixa a tarefa mais confortável e massageia a mama, já que ajuda o leite a fluir melhor.

As bombas elétricas costumam ser bem maiores, mais confiáveis, silenciosas e rápidas. São muito úteis caso o seu bebê precise de cuidados especiais e não possa se alimentar muito nos primeiros dias. Alguns hospitais também as alugam, ou podem informar onde alugá-las na maior parte das cidades de médio a grande porte.

As bombas duplas têm duas cúpulas para que você possa extrair o leite de ambos os seios simultaneamente. Isso é bastante útil se você precisar extrair muito leite para o seu bebê ou para uma extração mais eficiente, quando você tem que voltar para o trabalho.

Mamadeiras

Se você planeja dar mamadeira para o bebê, precisará aproximadamente de seis a oito **mamadeiras**, só para começar. As mamadeiras comuns são feitas em dois tamanhos: 125 ml e 240 ml. As mamadeiras pequenas são úteis num primeiro momento, já que no estômago do recém-nascido não cabe muito leite, mas você precisará de mamadeiras maiores mais tarde. As de boca larga são mais fáceis de lavar e de encher, mas as de boca de tamanho normal são mais baratas.

As mamadeiras também precisam de **bicos**. Talvez seja bom testar vários, até achar um que agrade ao bebê. Você tem várias opções:

- os bicos de látex são mais macios e mais flexíveis que os de silicone, mas também estão mais propensos a esticar e ter rachaduras pequenas – portanto, têm de ser substituídos com mais freqüência
- os bicos de silicone são mais firmes, porém mantêm seu formato por mais tempo
- há bicos disponíveis com várias velocidades de fluxo: quanto menor o bebê, mais lento deverá ser o fluxo
- os bicos "ortodônticos" possuem um bulbo que é achatado de um lado e desenhado para se ajustar melhor às gengivas e ao palato do bebê; o lado achatado deve ficar sobre a língua do bebê

Cada vez que usar as mamadeiras e os bicos, você deverá **esterilizá-los**.

- os esterilizadores a vapor são rápidos: tudo é feito em cinco minutos. Você também pode comprar esterilizadores feitos para ser usados no microondas

Você também irá precisar de algumas **escovas de cabo longo** para lavar as mamadeiras.

Talvez seja bom investir num **aquecedor de mamadeira** elétrico; ele pode aquecer a mamadeira até uma temperatura segura, de modo rápido e fácil (bastante útil durante a noite). Ou então você pode simplesmente colocar a mamadeira numa tigela com água quente.

Outro item útil é uma **bolsa térmica** para manter as mamadeiras fresquinhas quan-

---

Lencinhos de tecido para fraldas

Os lencinhos de musselina são maravilhosos paninhos que servem para ser colocados sobre o ombro para proteger suas roupas quando o bebê regurgita o restinho do leite. Eles também podem ser usados para forrar o berço ou o carrinho, limpar detritos, limpar o seu rosto e o do bebê, e para ser colocados embaixo do bebê quando você estiver visitando alguém e precisar colocá-lo por alguns instantes sobre aquele sofá caro (e naturalmente será nessa hora que ele vai vomitar). Os lencinhos são fáceis de lavar e secar e são excelentes para atender a todas as necessidades de limpeza do bebê.

do você sair de casa. (*Nunca* as mantenha quentes, porque as bactérias se multiplicam no leite quente de um jeito assombroso.)

As primeiras roupinhas

Um recém-nascido bem vestido certamente estará usando alguma dessas roupas, dependendo da ocasião:
- uma blusinha
- um macacãozinho
- um casaquinho, como um cardigã, para quando sair
- um gorro e uma touca, para mantê-lo aquecido no inverno e protegê-lo do sol durante o verão
- um xale, caso você queira ter um

Blusinhas

As blusinhas que são abotoadas nos fundilhos (*bodies*) ajudam a segurar as fraldas no lugar enquanto você ainda está aprendendo a colocá-las direitinho. Existem também blusinhas que são fechadas na frente; assim é possível evitar vestir o bebê pela cabeça – o que alguns bebês odeiam.

Prefira as fibras naturais para as roupinhas que ficam em contato com a pele para evitar que o bebê fique com calor e suando. Procure roupinhas feitas de algodão leve.

Você precisará pelo menos de meia dúzia de blusinhas. Os bebês que são amamentados fazem cocô bem mole e você provavelmente terá de mudar de blusinha a cada troca de fraldas.

Macacõezinhos

Agradeça aos céus por essa invenção altamente prática, o **macacãozinho**. O conforto e a facilidade na hora de lavar são as principais prioridades para as primeiras roupinhas do bebê, e macacões macios e maleáveis são ideais. Nos primeiros dias, o seu bebê provavelmente passará muito tempo usando esses macacõezinhos, já que eles são fáceis de tirar e colocar. E seu bebê já fica completamente vestido com uma única peça de roupa.

Prefira peças que tenham os botões de pressão na frente, para que você não tenha de virar o bebê para fechá-los, e também as que têm botõezinhos nas pernas, já que isso facilita o trabalho de vestir as perninhas inquietas. Se você estiver usando fraldas de pano, saiba que algumas roupas de bebê podem ficar um tanto apertadas na área do bumbum, já que elas são feitas para as fraldas descartáveis, menores.

Muitos macacões já têm "pezinhos" – assim, o seu bebê não precisará de meias. Sempre compre um macacão de número maior quando os pés do bebê alcançarem a extremidade dos "pezinhos" da roupa. Os pezinhos podem ficar muito apertados.

Não compre muitos no tamanho para recém-nascidos, já que provavelmente o seu bebê crescerá rapidamente e não haverá tempo de usar todos.

Você precisará de pelo menos seis macacõezinhos simples. Certamente você ganhará muitos de presente... Mas, se não conseguir resistir, vá em frente e também compre alguns!

Nos primeiros dias, o seu bebê acordará diversas vezes durante a noite para ser alimentado e para trocar a fralda. Vestir uma **camisola** no bebê antes de ir dormir ajuda muito, pois assim você não vai ter de ficar lutando com os botõezinhos do macacão às quatro da manhã, com os olhos pesados.

Casacos e cardigãs

Você precisará de uns dois casaquinhos: cardigãs (lindos modelinhos tricotados à mão) ou um par de casacos felpudos, para quando você quiser sair com seu bebê para mostrar ao mundo quanto ele é lindo.

Gorrinhos e toucas

Um ou dois gorrinhos podem ser úteis no inverno, já que os bebês perdem muito calor pela cabeça. No verão, eles podem precisar de um chapeuzinho de algodão.

Mantas

Não são exatamente necessárias. Você pode envolver o seu bebê num cobertor, se quiser (embora uma manta bem bonita seja irresistível).

Notas gerais sobre as roupas

Cuidado para não comprar muitas roupinhas inicialmente, já que o seu bebê poderá crescer rápido demais para usar todas.

Aceite todos os presentes de roupinhas de segunda-mão para o seu bebê; os recém-nascidos não gastam as roupinhas como os bebês que estão engatinhando ou aprendendo a andar, então elas certamente estarão em ótimas condições.

Os bebês não precisam de sapatos enquanto não estiverem andando fora de casa. No entanto, você pode comprar "sapatinhos" de couro ou tecido bem macio para manter os pés do bebê aquecidos durante o inverno.

Acima de tudo, verifique se as roupas que você vai comprar são fáceis de lavar e secar; você não terá tempo de ficar passando os babadinhos a ferro, de lavar à mão blusinhas de seda ou de levar roupas para a lavanderia.

Lave todas as roupas do bebê com um sabão suave antes de vesti-las pela primeira vez.

Fraldas

A sua mãe, ou talvez a sua avó, não precisou tomar decisões quanto às fraldas: elas eram quadrados de pano que eram lavados, fervidos, secados e dobrados de um jeito complicado que lembrava *origami*, antes de ser colocadas nos bebês. Depois as fraldas descartáveis dominaram o mundo. Hoje em dia, as pessoas estão preocupadas com a possibilidade de as fraldas descartáveis poderem dominar literalmente o mundo nos aterros sanitários, pois elas levam muitos anos para se decompor. Isso fez com que alguns pais voltassem a usar as fraldas laváveis. Portanto, os pais agora têm uma variedade maior de opções para fraldas reutilizáveis. É possível até pagar alguém para recolhê-las, lavá-las e entregá-las limpas para você.

Você precisará de algo entre 18 e 24 fraldas reutilizáveis, mas talvez seja bom comprar apenas 8 ou 12 e ver se essa quantidade é suficiente. Pegue algumas emprestadas de uma amiga, se possível, para ver se servem para você e o bebê.

Você precisa pensar sobre como irá lavar e secar as fraldas. Se você tem uma máquina de lavar e uma secadora, a tarefa será fácil. As lavanderias também facilitam a vida. Lave as fraldas umas duas ou três vezes antes do uso para aumentar o poder de absorção.

As fraldas reutilizáveis são mais caras no começo, mas acabam representando um custo semanal menor do que as descartáveis. E obviamente você ficará com elas, caso venha a ter mais filhos.

Fraldas reutilizáveis

Fraldas atoalhadas simples

São fraldas simples, fáceis de lavar e secar, mas precisam ser dobradas para se ajustar ao seu bebê. Você muda o modo de dobrar à medida que o bebê cresce, então essas fraldas duram todo o tempo em que o bebê precisar de fraldas. Dobrar a fralda pode parecer complicado, mas logo você pega o jeito. Também serão necessárias calças plásticas para pôr em cima da fralda e fitas adesivas para prendê-la.

Revestimento plástico para fralda

As fraldas de tecido precisarão ser usadas com calça impermeável por cima. Estas são à prova d'água. Podem ser presas com botões de pressão ou velcro, ou apenas ajustadas sobre a fralda. As aberturas das pernas têm reforço, para melhorar o ajuste. Confira qual a temperatura ideal para lavar essas calças plásticas. Algumas precisam ser lavadas em temperatura mais baixa em relação às fraldas de tecido, o que significa que você terá de lavá-las separadamente, e outras não podem ser colocadas na secadora. Você precisará de quatro a seis calças plásticas.

Fraldas de uma só peça

Elas já vêm com o revestimento à prova d'água preso no lado externo da fralda. São fáceis de usar, mas levam tempo para secar porque são muito espessas. Também são bastante caras, e só são encontradas na Europa ou nos EUA.

Se você mesma vai lavar as fraldas reutilizáveis, precisará de uns dois baldes para deixar as fraldas sujas de molho.

Fraldas descartáveis

Mesmo que você tenha pendor para ser ecologicamente correta, talvez seja prático usar algumas fraldas descartáveis de vez em quando.

- Nos primeiros dias, quando você ainda está meio fraca e o seu bebê pode estar evacuando o mecônio (a substância espessa e negra que reveste os intestinos antes do nascimento), as fraldas descartáveis podem economizar o seu tempo e suas energias.
- Se o seu bebê for muito pequeno, pode ser difícil dobrar uma fralda reutilizável no tamanho correto.
- Mais tarde, quando você estiver viajando ou de férias, as fraldas descartáveis serão muito práticas.

As fraldas descartáveis estão disponíveis em vários tipos e tamanhos. As fraldas para recém-nascidos às vezes têm um recorte na cintura, para proteger a área do umbigo. As fraldas descartáveis são pouco espessas e práticas. Alguns pais e mães acham difícil acomodar as fraldas reutilizáveis sob as roupas dos bebês.

Se optar pelas descartáveis, você pode comprar um recipiente próprio para selar e compactar as fraldas usadas, diminuindo seu volume e o espaço que ocupam na lata de lixo.

Algumas fraldas descartáveis agora são "ecologicamente corretas" e pelo menos parcialmente biodegradáveis, mas costumam ser mais caras do que as fraldas descartáveis comuns.

Equipamento para a troca de fraldas

Existem vários outros itens que podem tornar a troca de fraldas uma tarefa bem mais fácil:

- um forro acolchoado para a troca de fraldas, que possa ser limpo com um pano
- lencinhos descartáveis próprios para troca de fraldas tornam o trabalho de limpar a sujeira bem mais fácil
- sacos plásticos perfumados são úteis quando você estiver na rua, para que possa guardar a fralda usada até chegar em casa; também são úteis para jogar fora as fraldas descartáveis

- uma bolsa com os apetrechos para a troca de fraldas, para quando você estiver fora de casa

Não é preciso usar mais nada além de água morna e um paninho velho para limpar o bumbum do bebê, mas você pode achar os seguintes itens mais práticos:

- algodão
- lenços umedecidos descartáveis (*baby wipes*)
- loção para bebês, caso você prefira no lugar da água
- um creme para evitar assaduras

Se você tem bastante espaço, uma mesa para trocar as fraldas deixa o seu bebê numa altura conveniente – mas toma bastante espaço. Você pode mudar a fralda do bebê colocando o forro no chão, na cama ou no berço.

O banho do bebê

Alguns bebês adoram a hora do banho, e muitos pais e mães descobrem que o banho do bebê é uma parte agradável da rotina diária, então provavelmente você dará um banho no bebê todos os dias. Outros bebês odeiam ser despidos de uma vez e colocados na água, então talvez você dê banhos completos com menos freqüência e, em vez disso, venha a higienizar apenas as partes que realmente precisam.

Se tiver pouco espaço, evite comprar uma **banheira para bebê**: sugerimos que peça uma emprestada de alguma amiga ou parente. Muitas mães e pais acabam descobrindo que só usaram a banheira durante algumas semanas, e então já se sentiram confiantes o suficiente para dar banho no bebê numa banheira grande. Algumas pessoas compram uma bacia bem grande e a usam no lugar da banheira; também é um ótimo substituto.

Se você preferir comprar uma banheira para o bebê, verá que algumas têm um apoio para as costas, para deitar o bebê, mas você também pode usar um **apoio de espuma de borracha** ou um **encosto de tecido**, assim seu bebê ficará apoiado e você terá pelo menos uma mão livre para dar o banho.

Um **apoio** para colocar a banheira a deixará numa posição confortável, o que será bem útil caso você tenha feito uma cesariana (mas não carregue a banheira cheia de água para colocá-la no apoio, mesmo que você não tenha feito cesariana), mas ele pode ocupar bastante espaço.

Com o que você deve dar banho no bebê? O **sabonete** líquido é útil, já que você pode despejá-lo na água, sem precisar ficar tentando pescar a barra de sabonete. Procure um sabonete com fórmula suave e evite aqueles que têm muito perfume, pois podem irritar a pele do bebê. Você também pode usar um xampu próprio para bebês, se quiser.

Você pode usar as **toalhas** que já tiver, embora você (ou os parentes mais generosos) possa ficar tentada a comprar aquelas lindas toalhas para bebê, que têm um capuz para manter a cabeça dele aquecida.

Outros itens úteis para o banho que talvez você já tenha incluído:

- algodão para limpar os olhos e o bumbum do bebê
- uma jarra para colocar água morna, para retirar o xampu da cabeça do bebê; os resíduos de xampu deixados no couro cabeludo podem causar irritação
- uma escova de cerdas macias para o cabelo do bebê

Deixe os **brinquedos** para a época em que tanto você quanto o bebê já estiverem apreciando a hora do banho.

O transporte do bebê

Transportar o bebê para toda parte requer vários equipamentos, incluindo cadeirinhas para o automóvel e carrinhos. Esses itens são caros, portanto é bom fazer uma pesquisa. Pergunte aos amigos o que eles compraram e o que acharam. Não pense que você precisa de todos os itens; decida o que mais se adapta a seu estilo de vida. Por exemplo, pode ser que você ache lindos os carrinhos tradicionais, mas talvez eles não sejam nada práticos se você morar num apartamento onde haja pouco espaço para guardar o carrinho, ou se você tiver que manobrá-lo escada abaixo antes de sair andando pela rua.

Cadeirinhas para carros

Você precisará de uma cadeirinha para o carro desde a primeira vez que passear com o bebê. Essas cadeirinhas estão disponíveis em vários tamanhos, para acomodar bebês de idades diferentes. As cadeirinhas para os estágios iniciais de crescimento ficam de frente para o encosto do banco traseiro, que é a posição mais segura para um recém-nascido. Elas costumam ter alças para transporte, o que torna fácil colocar e tirar o bebê do carro, e também podem fazer as vezes de cadeirinha para o bebê dentro de casa.

Mas tome cuidado: nem todas as cadeirinhas se ajustam bem em todos os carros. Isso depende do formato do banco do carro e da posição dos cintos de segurança. Verifique o seu encaixe nos bancos de trás de todos os carros que você usará para transportar o bebê.

Todas as cadeirinhas para carros vendidas no Reino Unido seguem as mesmas normas de segurança. No Brasil, é preciso verificar se existe um número que certifica que essas normas foram cumpridas. É importante seguir as instruções do fabricante quanto ao tamanho da criança e ao uso correto da cadeirinha. Compre uma marca boa, em uma loja que permita que você leve a cadeirinha até o carro para verificar se ela se encaixa com o cinto de segurança. Este deverá segurar a cadeirinha firmemente, permitindo pouco ou nenhum deslize lateral.

Nunca use a cadeirinha no banco da frente. Em caso de acidente, essa posição oferece um risco muito maior para o bebê. A posição ideal é na parte do meio do banco traseiro.

Carrinhos (posição deitada)

Os carrinhos tradicionais, em que o bebê fica deitado, são ótimos de empurrar e podem proporcionar um passeio maravilhoso para o bebê. Você pode se sentir a própria Mary Poppins empurrando um desses pelo parque, mas eles são caros e você precisa ter espaço para guardá-los dentro de casa ou na garagem. Eles são ideais no caso de mães que dão longos passeios durante o dia. O seu bebê fica bem alto e, quando ele já puder se sentar, poderá ter uma ótima vista e você poderá colocar suas compras na parte inferior do carrinho. Talvez seja difícil passar pelas portas nos *shopping centers* e nas lojas, e você vai precisar usar o elevador em vez da escada-rolante. As versões modernas têm menos molas e as rodas tendem a ser menores, mas são fáceis de desmontar, quando você quiser guardar, e a parte de cima também pode ser usada como um "moisés".

Carrinhos (posição sentada)

Há uma grande variedade de carrinhos leves a escolher.

- Os **carrinhos dobráveis** são compactos, leves e fáceis de transportar. As rodas, com mecanismo giratório, permitem um passeio suave e tornam fácil empurrar o carrinho nas calçadas e lojas, mas nos caminhos de cascalho e em terrenos irregulares elas podem ficar presas. Em alguns modelos, é possível escolher se você quer que as rodas tenham mecanismo giratório ou não.

- **Carrinhos do tipo guarda-chuva** dobram-se ao meio e em formato de fole, ou seja, cabem facilmente dentro do porta-malas do carro. Também são mais fáceis de carregar com uma mão só caso você esteja segurando o bebê com o outro braço – útil caso você precise subir em ônibus, pegar um elevador ou um trem.
- **Carrinhos não dobráveis** ocupam mais espaço, mas costumam ser mais duráveis e às vezes podem comportar mais compras na parte de baixo, já que são mais estáveis.
- **Carrinhos mistos** possuem uma estrutura em que você pode encaixar uma cadeirinha para carro ou porta-bebê, e assim você não precisa comprar itens separados. Se você gostar de todos os elementos desses modelos mistos, ótimo, mas se algum deles apresentar desvantagens para você, como, por exemplo, uma cadeirinha para carro pesada, talvez seja melhor comprá-los separadamente.

Se você vai usar algum tipo de carrinho para o bebê desde o nascimento, veja se ele permite uma posição totalmente reclinável, para que o bebê possa ficar deitado.

Antes de comprar, verifique:

- se é fácil dobrar o carrinho com uma mão só (às vezes você terá de segurar o bebê com o outro braço). Ele pode ser dobrado com a cobertura para chuva e a sacola para compras?
- quais são os itens que vêm com o carrinho? Guarda-sol, cobertura para chuva, almofada para o assento?
- o peso: é possível carregar o carrinho confortavelmente caso você precise subir escadas ou entrar num ônibus e esteja carregando o bebê e uma sacola de compras?
- a estabilidade: se você pendurar uma sacola na alça de empurrar, o carrinho se desequilibra e cai? Existe espaço para uma sacola de troca de fraldas embaixo do assento (já que é mais seguro do que pendurar sacolas nas alças)?

Carrinhos duplos (para dois bebês)

Nesse caso, você vai ter que decidir se os bebês vão se sentar um ao lado do outro ou um atrás do outro. Alguns pais e mães acham que o segundo modelo funciona melhor com crianças de idades diferentes. No entanto, os que têm gêmeos preferem o modelo em que os bebês sentam-se lado a lado, o que evita brigas para decidir quem vai se sentar na frente. Os carrinhos duplos, em que um bebê fica atrás do outro, são pesados para dirigir com duas crianças, principalmente nas curvas. Os carrinhos em que os bebês ficam lado a lado podem apresentar dificuldade para entrar em lojas e atravessar portas. Você também pode comprar carrinhos para gêmeos para todo tipo de terreno, que são realmente mais fáceis de dirigir e de empurrar devido às rodas grandes, mas são pesados para dobrar e carregar.

Slings*

Alguns bebês gostam de ser carregados o tempo todo, e um *sling* (faixa de tecido que carrega o bebê perto do peito) torna a vida mais fácil, já que deixa as suas mãos

---

* No Brasil, há poucos fabricantes, que em geral vendem os *slings* pela internet. Você pode usar *babyslings* ou bebê-canguru nos *sites* de busca. Algumas indicações: www.babyslings.com.br, www.babywearing.com.br, www.santosako.com.br [N. da R. T]

livres – assim você pode descobrir o prazer de cozinhar ou fazer a cama com o bebê preso a você. O *sling* é muito útil quando você vai fazer compras ou dar um passeio; ele também permite que você saia de casa mais rápido e, além disso, há aquela sensação de aconchego por ter o bebê sempre pertinho de você.

Os *slings* de tecido permitem que o bebê fique deitado transversalmente contra seu corpo. É meio difícil prendê-los de modo seguro e é preciso tomar cuidado quando você se inclinar, porque os bebês pequenos podem escorregar. Muitas mães usam esse tipo de *sling* para amamentar discretamente o bebê.

Os *slings* em que o bebê vai sentado são mais estruturados e acolchoados, e seguram o bebê numa posição ereta contra o seu peito, ou então virado para a frente.

Antes de comprar um *sling*, verifique se:

- é fácil montá-lo e tirá-lo com uma mão só; você precisará da outra mão para apoiar a cabeça do bebê. Botões de pressão e fivelas costumam ser mais práticos que tiras para amarrar
- possui apoio para a cabeça de recém-nascidos
- pode ser ajustado para acomodar confortavelmente um recém-nascido e depois um bebê maior
- também serve para o papai... alguns são um tanto curtos para as costas mais largas de um homem

Onde o bebê irá dormir?

Uma coisa que seu bebê fará muito é dormir. Muitos pais acham que um bercinho, um carrinho-berço ou uma cestinha do tipo moisés são muito práticos nos primeiros meses, porque podem ser transportados de um cômodo para outro. Mais tarde, o seu bebê pode ir para um berço com grades.

Cestinhas "moisés", bercinhos e carrinhos-berço

Eles podem ser usados até o bebê chegar a três ou quatro meses de idade. Já que eles são usados por um curto período de tempo, talvez seja mais fácil pegar emprestado de alguém. Você pode comprar o apoio para o "moisés" separadamente.

Berços cercados

Assim que o bebê não couber mais no "moisés", ele poderá dormir num berço até os três anos de idade, quando muitos já estão prontos para dormir numa cama. Existem alguns berços com grades especiais no mercado, como os que cabem no canto de um quarto e têm formato arredondado na parte exterior, e aqueles dos quais é possível remover um lado e ajustar a altura, para que o berço possa ser "encaixado" na sua cama. Fora isso, os berços são muito parecidos. Todos são feitos obedecendo aos mesmos padrões de segurança, mas variam bastante em termos de preço, devido ao tipo de madeira com que são feitos e ornamentados. Alguns são talhados, ou já vêm com brinquedos adaptados a eles. Outros são feitos de compensado com cobertura plástica. O seu bebê não vai se importar com esses detalhes, mas talvez você queira um que combine com a decoração do quarto.

Procure por:

- ajuste de altura para o colchão: você pode deixar o colchão mais alto para quando o seu bebê for muito pequeno, pois assim não tem que se curvar tanto para pegá-lo, e pode abaixar o colchão quando o bebê começar a se mexer, para evitar que ele caia do berço
- grades laterais: tornam mais fácil a tarefa de colocar e tirar o bebê do berço, principalmente quando ele estiver dormindo

Colchões

Existem colchões para berço nos mais diferentes formatos e materiais, inclusive:

- **coberto por espuma com PVC:** são fáceis de limpar; alguns vêm com uma malha de tecido por cima
- **de molas:** possuem molas cobertas por espuma e tecido
- **hipoalergênico:** são feitos de material sintético com uma camada de tecido, que pode ser retirada para ser lavada

A escolha do colchão depende em parte do seu orçamento, já que os de espuma são bem mais baratos que os de fibras naturais e os hipoalergênicos. Alguns especialistas acreditam que você deve comprar um colchão novo para cada bebê. Outros são da opinião de que isso é desnecessário, desde que o colchão esteja limpo e seco. Se você comprar um berço de segunda-mão, talvez prefira comprar um colchão novo para colocar nele. Não há nenhuma prova de que o tipo de colchão tenha alguma relação com a morte súbita, e não há necessidade de cobrir demais o colchão.

Certifique-se de que o colchão se encaixa perfeitamente no berço. Se ele for muito pequeno, o bebê pode escorregar para o vão entre o berço e o colchão. Se o colchão for grande demais, ele vai ficar dobrado para cima perto das grades, e um bebê mais velho poderá usar as dobras para subir e sair do berço.

Roupa de cama

Use lençóis e cobertores, mas nada de usar colchas ou edredons. Os lençóis e cobertores permitem que você acrescente ou retire as camadas necessárias para não deixar que o bebê fique quente demais – e isso é muito importante, pois há uma ligação entre o calor excessivo e a morte súbita. Usar lençóis e cobertores também permite que você possa deixar a criança bem ajustada, o que evita que ela escorregue para debaixo das cobertas e fique superaquecida. Os edredons e travesseiros só devem ser usados com bebês acima de um ano de idade, portanto o seu bebê não deve usar travesseiro. Os cobertores tecidos à mão são usados tradicionalmente há anos; mas há o risco teórico de os bebês prenderem os dedinhos entre a trama. Cobertores de lã leves e macios são uma boa alternativa. Caso você queira mesmo fazer uma extravagância, existem até cobertores de *cashmere* para bebês!

Em termos de roupa de cama, é provável que você vá precisar de:

- 4 lençóis de cima
- 4 lençóis de baixo
- 2 a 4 cobertores

Mês 7

Sete coisas encantadoras do 7º mês

1 *Alguém dar ao bebê alguma coisa que pertencia à família: um chocalho que foi do seu parceiro quando ele era bebê, ou um xale que a tia-avó tricotou*

2 *Conversar com outras gestantes sempre que você encontrá-las*

3 *Saber que, não importa o que aconteça, a sua vida a partir de agora jamais vai ser sem graça!*

4 *Ficar sonhando acordada sobre o que o bebê fará quando crescer... se irá achar a cura para o câncer, se será presidente, escritor, ou se irá viajar ao redor do mundo...*

5 *Ver a expressão no rosto da sua mãe, do seu parceiro ou do(a) seu(sua) filho(a) quando eles sentirem os chutes do bebê*

6 *Encontrar um bom segundo nome (caso você queira um) para combinar com o primeiro... sem que as iniciais formem uma palavra feia!*

7 *Ver o seu filhinho menor colocar uma boneca dentro do casaco, para fazer de conta que está "grávido" também*

Durante este mês, o bebê passa de 35,5 cm para 38,5 cm de comprimento e chega a pesar aproximadamente 1.150 g

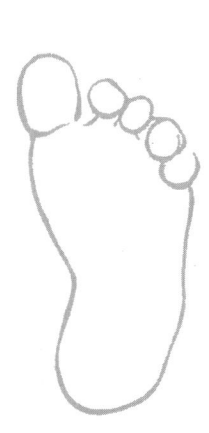

28ª Semana

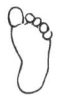

O crescimento do bebê

O seu bebê agora parece bem mais gordinho, porque está acumulando gordura sob a pele. Por volta da 28ª semana, começa um novo período de desenvolvimento do cérebro. A quantidade de tecido cerebral aumenta, e ele começa a formar reentrâncias na superfície. Até este estágio, o cérebro do bebê era liso. Agora os cantinhos e fendas típicos do cérebro começam a se formar.

As mudanças no seu corpo

O seu útero começa a ter um formato diferente. Ele desenvolve uma seção inferior definida onde os lados são mais finos, e uma seção superior com paredes mais espessas. Essa mudança no formato ajuda a deixar o bebê numa boa posição para o nascimento e também prepara o colo do útero para se dilatar durante o parto. Pode ser que você tenha um pouco de **indigestão** nesta época.

Você poderá sentir sua barriga bastante firme e redonda. Ela pode estar bem no meio do abdômen, mais ou menos no nível do umbigo. É hora de dizer adeus a seus pés, por algum tempo!

Para refletir

- Nesta semana, talvez você faça mais exames de sangue, caso apresente fatores de risco para o diabetes gestacional, ou se apresentou **anemia** no início da gestação. Se você for Rh negativo, poderão dar-lhe uma injeção de anti-D.
- Talvez você esteja **entrando de licença** nesta época. Pode ser que você estranhe ficar em casa durante o dia e não ter um horário de trabalho. Temos algumas idéias para lidar com isso.
- Será que é seguro **viajar de avião** no fim da gravidez?
- Planejando com antecedência: **o plano de parto**. Tomar decisões sobre o parto só será possível quando você souber tudo o que realmente acontece. A partir de agora, em cada semana descrita neste livro nós sugerimos um tópico para você refletir em relação ao nascimento, e também algumas notas para ajudá-la a escrever o seu próprio plano de parto.

Indigestão

À medida que o bebê cresce, ele só pode ir para uma direção: para cima. Neste estágio da gravidez, o seu bebê, perfeitamente seguro dentro do útero, já empurrou os seus intestinos para o lado e já reservou um espaço confortável para si. O resultado é que o seu sistema digestivo tem menos espaço para funcionar, e isso pode causar dificuldades à digestão. Pode ser que seja impossível ingerir uma grande refeição, e os alimentos que você adora talvez deixem você meio enjoada. Se isso acontecer, experimente saber qual o melhor horário para você comer e, em vez de duas ou três grandes refeições por dia, tente fazer quatro ou cinco refeições menores.

A época que vai da 28ª à 36ª semana geralmente costuma ser a pior época para os problemas digestivos, pois o seu bebê está ocupando muito espaço para cima. Por volta da 36ª semana, o bebê desce para adotar uma boa posição para o parto, e aí pode ser que você possa comer mais.

Anemia

A anemia ocorre quando você fica com um baixo nível de hemoglobina no sangue. O ferro é necessário para produzir os glóbulos vermelhos que transportam o oxigênio para todo o organismo. Muitas mulheres não se dão conta de que estão anêmicas, já que o sintoma mais comum é o cansaço... sensação que já é bastante comum para as gestantes. Mas converse com seu médico caso se sinta constantemente cansada ou apresente algum dos seguintes sintomas:

- desmaios
- falta de ar
- palidez
- tontura
- pontos escuros no campo visual

Algumas mulheres estão mais propensas a ter anemia. Se você teve uma ou duas gestações muito próximas uma da outra, ou seja, se você ficou grávida três ou quatro meses depois de ter um bebê, talvez ainda não tenha tido tempo de restaurar seu estoque de ferro. Você também pode ficar com baixo nível de ferro se:

- os fluxos menstruais antes da gravidez foram muito intensos, pois você pode ter ficado anêmica antes mesmo de engravidar
- já teve anemia antes; algumas mulheres têm problemas para absorver ferro em quantidade suficiente dos alimentos
- está grávida de mais de um bebê
- tem enjôos intensos e prolongados que a impedem de se alimentar bem

A maioria das mulheres consegue manter alto o nível de ferro consumindo determinados alimentos (veja a página 102), mas talvez seja preciso planejar cuidadosamente a sua alimentação.

Suplemento de ferro

Durante a gravidez, o volume do plasma do sangue aumenta. Isso significa que muitos elementos constituintes do plasma, incluindo o ferro, ficam mais diluídos. No passado, acreditava-se que isso significava que todas as gestantes tinham baixos níveis de ferro no sangue, então, em determinado estágio, todas as mulheres recebiam suplementos de ferro durante a gravidez. Agora já sabemos que essa hemodiluição é necessária para permitir que o sangue flua para a placenta de modo adequado. Além disso, dar ferro a todas não alterou a taxa de parto prematuro ou de baixo peso ao nascer. Também existe o receio de que o excesso de ferro possa prejudicar o equilíbrio de outros minerais, como o zinco. Além do mais, os suplementos de ferro podem causar efeitos colaterais, como prisão de ventre.

Portanto, hoje em dia o procedimento comum é verificar o nível de ferro, por meio de exames de sangue, e receitar suplementos apenas para as mulheres que o apresentem muito baixo. O exame de sangue costuma ser feito na primeira consulta pré-natal, no começo da gravidez, mas pode ser repetido por volta da 28.ª semana. Os níveis de ferro costumam cair para o ponto mais baixo no segundo trimestre e depois sobem novamente no terceiro trimestre. Fazer esse controle por volta da 28.ª semana permite que você tenha tempo suficiente para corrigir esses níveis antes do parto, se necessário.

A quantidade normal de hemoglobina de uma mulher varia entre 12 e 16 (gramas por decilitro de sangue). A Organização Mundial de Saúde define a anemia na gravidez como um nível de hemoglobina menor que 11, geralmente são feitos outros exames.

Se a sua taxa de hemoglobina estiver abaixo desse nível, o seu médico poderá prescrever-lhe um suplemento. Os suplementos de ferro às vezes podem causar:

- gosto metálico na boca
- azia
- prisão de ventre
- náuseas

Experimente tomar o suplemento junto com alguma fonte de vitamina C, como suco fresco de frutas cítricas, já que isso ajuda tanto na absorção do ferro quanto na prevenção da prisão de ventre.

Se o suplemento não aumentar o nível de hemoglobina, talvez você precise tomar injeções de ferro, que costumam ser bem eficazes, mas são um tanto desconfortáveis e desagradáveis, pois causam hematomas na área em que foram aplicadas.

Você também pode conversar com uma obstetriz sobre suplementos de ferro que não exijam prescrição médica.

Entrando em licença do trabalho

Talvez você estivesse esperando ansiosamente pelo dia em que poderia parar de trabalhar, ou então infeliz com essa realidade. Às vezes todo o processo de passar suas responsabilidades para o colega que vai substituí-la e deixar tudo organizado pode ser tão estressante que talvez você fique prostrada de cansaço nos primeiros dias que ficar em casa.

Essas poucas semanas antes de o bebê nascer são um tempo para *você*. Você pode preencher esse tempo com aulas de ginástica e cursos pré-natais, eventos sociais e compras. Ou talvez você apenas comece a relaxar, a se acostumar com a idéia de estar quase no fim da gravidez e a pensar no bebê. Grande parte das mulheres precisa evitar dar "uma passadinha" no trabalho, ligar para perguntar como vão as coisas ou ficar lembrando as pessoas de como quer que tudo seja feito. A licença-maternidade é uma época para deixar a responsabilidade com outras pessoas! Pense nela como um exercício para aprender a delegar responsabilidades.

Se você acha difícil preencher o seu tempo livre, planeje com antecedência. Faça um cronograma para pesquisar produtos para bebês, comprar roupas para ele, fazer exercícios adequados, comparecer a consultas pré-natais importantes, encher o *freezer* e a despensa para depois que o bebê chegar e cultivar as amizades. O que as mães de primeira viagem mais precisam é de outras mães na mesma situação. Somente alguém que também passe por noites insones ou tenha de lidar com cólicas vai poder entender você *realmente*. Você precisa de alguém com quem possa conversar sobre os pontos que você levou, sobre as mamas doloridas, se você consegue fazer sexo ou se apenas acaba dormindo bem no meio da tentativa... E as outras mães são a resposta. Você pode encontrá-las em cursos pré-natais, em aulas de ginástica, na clínica do pré-natal, em brechós infantis e em reuniões locais sobre assuntos ligados à maternidade. Não tenha receio de aparecer e se intrometer. A rede de amizades de novas mães pode muito bem ser a sua salvação, assim como você também pode vir a ajudar alguma delas.

Pergunta: Posso viajar de avião no fim da gravidez? Quero ir ao casamento da minha irmã, mas ela mora em outro país.

Daphne Metland responde: Algumas linhas aéreas admitem gestantes como passageiras, desde que elas tenham no máximo 32 semanas de gestação. Ligue para a agência da linha aérea para descobrir quais são as normas. Se você vai viajar de avião depois da 28.ª semana, pegue uma carta com o seu médico, a qual deve confirmar a data esperada do parto e afirmar que não há nenhuma razão médica que a impeça de viajar neste estágio. Talvez você tenha problemas para viajar se não tiver como confirmar a data do parto.

Quando você entra na fase final da gravidez, há alguns assuntos a considerar antes de viajar de avião. Em primeiro lugar, pense com cuidado se o local de destino é apropriado, sempre tendo em mente que você pode entrar em trabalho de parto mais cedo. Se você tem alguma dúvida quanto ao aparato hospitalar ou ao padrão dos cuidados médicos no local, talvez seja bom adiar a viagem até o nascimento do bebê. Pela mesma razão, pense também na língua e se você será capaz de se comunicar caso tenha que explicar rápido algum sintoma importante. E não esqueça de verificar seu seguro de viagem.

Planejando com antecedência: o plano de parto

Os planos para o parto são uma maneira de informar a todos que estiverem envolvidos em seu parto o que é importante para você, quais são suas prioridades e como você deseja ser cuidada durante o parto. Também são uma excelente maneira de fazer *você* decidir com antecedência o que é importante, como, por exemplo, quem você quer que esteja a seu lado e como você irá lidar com as contrações. Quanto mais informações você tiver, mais preparada estará para lidar com o que quer que aconteça.

- Consiga o máximo de informações que puder (algumas boas fontes são os cursos pré-natais, conversar com outras mulheres sobre as experiências delas e conversar com uma obstetriz a respeito das opções de cuidados médicos disponíveis no local onde você mora).
- Converse com quem irá acompanhá-la durante o parto a respeito das idéias dele (ou dela) sobre o parto e o nascimento.
- Leia os manuais do hospital para descobrir o que ele oferece (seria otimista demais requisitar um parto na água se o hospital não possuir uma banheira, por exemplo; se você já sabe que eles não têm, terá tempo de refazer seus planos).

Uma obstetriz experiente pode lhe dar uma lista de opções referentes ao parto para você marcar as opções desejadas. É uma boa idéia, desde que as opções existentes sejam aquelas em que você está interessada. Se não forem, você pode escrever o que deseja. Não se preocupe com os erros de ortografia ou gramática. É mais importante deixar transparecer o tipo de pessoa que você é e o tipo de parto que quer ter, e não ficar preocupada em escrever, por exemplo, "cordão umbilical" corretamente.

Se você tem alguma deficiência, escreva de que tipo de equipamento você precisará e como a equipe poderá ajudá-la. Se você tem algum desejo de ordem religiosa ou cultural, escreva-o também em seu plano de parto.

Mudando de idéia

Só porque você escreveu algo no seu plano de parto, isso não significa que não pode mudar de idéia a respeito. Quando o trabalho de parto realmente começar, talvez você mude de idéia, além de poderem surgir circunstâncias que você não esperava. Também é útil que quem vai acompanhar o parto saiba que você está disposta a ouvir sua opinião. Então, use frases como "Se tudo sair de acordo com o plano, eu gostaria de..." ou "Eu entendo que talvez não seja possível seguir meu plano de parto caso surja algum problema. Paciência. Mas, por favor, expliquem-me o que está acontecendo".

29ª Semana

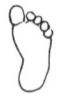

O crescimento do bebê

O seu bebê continua a ganhar peso e engordar. Então ele não está mais tão magrinho. Ele provavelmente ainda está muito ativo, virando para lá e para cá, e ainda não tenha se colocado na posição final para o parto. Talvez você imagine que ficar de cabeça para baixo grande parte do tempo deixe o bebê com dor de cabeça ou tonto, mas as coisas se equilibram depois de um tempo – e, para um bebê (e também para os fanáticos por ioga, que conseguem ficar sobre a própria cabeça durante muito tempo), ficar de cabeça para baixo é o mesmo que ficar de cabeça para cima para nós.

Os bebês, neste estágio de desenvolvimento, podem se virar na direção de uma luz forte, pois a visão fica cada vez mais apurada. Eles também costumam brincar com o cordão umbilical, torcendo-o, mexendo e segurando nele.

As mudanças no seu corpo

Os ligamentos do seu corpo já se afrouxaram levemente devido à ação dos hormônios da gravidez. Esse processo permite que a sua pélvis fique mais larga, abrindo espaço para o bebê passar. Às vezes esse processo de afrouxamento é excessivo e faz com que a sua bacia se abra demais. Isso pode levá-la a sentir **dores pélvicas**; se isso acontecer, fique calma e descanse sempre que possível.

Curvar-se pode ser difícil, mas pode ser que você sinta suas articulações mais flexíveis, e que é mais fácil fazer algumas coisas do que costumava ser antes, como, por exemplo, se sentar no chão de pernas cruzadas. Os seus pés podem ficar um pouco largos, com tanto peso extra para carregar, então você pode precisar de sapatos baixos e fáceis de colocar.

Para refletir

- Está se aproximando a 32ª semana, em que você poderá **iniciar sua licença-maternidade**.
- Planejando com antecedência: embora o parto só vá acontecer daqui a algumas semanas, esta é uma ótima época para pensar em quem você quer que a **apóie durante o parto**, e em que tipo de ajuda um(a) acompanhante de parto poderá lhe oferecer.

Dores pélvicas

Algumas mulheres têm dores na bacia durante a gravidez. Isso ocorre porque a relaxina, hormônio da gravidez, afrouxa os ligamentos do corpo, permitindo que os ossos das articulações da pélvis se afastem e deixem um espaço para o bebê se acomodar. Mas às vezes os ossos da articulação frontal da pélvis se afastam demais. A parte inferior das costas também pode ser afetada. A isso se dá o nome de Diástase da Sínfise Púbica (DSP). Os níveis plasmáticos de relaxina são maiores nas mulheres que sofrem de dores pélvicas.

Para algumas mulheres, a dor na pélvis é um problema menor, mas para outras pode ser bastante incômodo. O grau de separação não parece estar diretamente relacionado à dor que você sente. Uma separação pequena pode gerar muita dor para algumas mulheres, enquanto uma maior pode causar bem menos dor para outras.

Pode ser que caminhar, subir uma escada ou até mesmo se virar na cama cause dor. Algumas mulheres passam a mancar ou andar feito "uma pata" para contornar a dor. Muitas vezes você sentirá que a parte frontal do púbis está dolorida, e às vezes até dá para ouvir essa articulação fazendo barulho quando você se mexe.

Quando a dor aparece?

A dor pélvica costuma ocorrer no segundo ou no terceiro trimestre, mas pode aparecer mais cedo. Além disso, algumas mulheres não apresentam essa dor durante a gravidez, e sim depois do parto. A dor costuma desaparecer bem rápido após o parto, já que os níveis da relaxina caem. Mas para algumas poucas mulheres isso pode levar semanas ou meses.

É comum?

A dor pélvica era considerada muito rara antigamente. De duas, uma: ou ela não era reconhecida como tal ou passou a ocorrer com mais freqüência. Talvez seja uma combinação de ambos os fatores. As estimativas referentes a quantas mulheres a apresentam variam, mas uma pesquisa mostrou que pelo menos uma em cada 36 mulheres sente dores pélvicas em algum grau durante a gravidez. Parece haver uma taxa maior na Escandinávia (até 9% das gestações), o que sugere que talvez haja um fator genético envolvido.

Tratamento

O seu médico pode encaminhar você para fazer um ultra-som, ou apenas examinar a articulação para ver quanto é doloroso para você ficar de pé numa perna só (isso pode ser uma tarefa impossível para as mulheres que sentem dores pélvicas). É essencial descansar. Algumas mulheres são afetadas de tal maneira que têm de parar de trabalhar mais cedo. Fazer uma consulta com um ortopedista ou um osteopata qualificado pode ajudar a melhorar o problema e, para algumas mulheres, a acupuntura é útil.

- Pode ser que você precise de analgésicos; o seu médico também poderá receitar um antiinflamatório.
- O seu médico ou a sua obstetriz pode encaminhar você a um fisioterapeuta obstétrico para que você obtenha algumas dicas sobre movimentação e como carregar peso.
- Pode ser que uma cinta para gestantes melhore a situação; sua obstetriz ou um fisioterapeuta obstétrico pode adaptar uma para você. Uma faixa larga e flexível pode ser mais confortável à noite.

- Algumas mulheres aliviam a dor utilizando a eletroestimulação (TENS); converse com um fisioterapeuta obstétrico para saber onde você deve colocar as placas.
- Se a dor for muito severa, talvez seja preciso a ajuda de muletas.

O que você pode fazer por si mesma

É muito importante descansar bastante. Aqui estão outras estratégias:

- Evite subir escadas; pegue sempre o elevador no trabalho e, caso more numa casa de dois andares, deixe as coisas de que você precisa mais no andar de baixo. Suba as escadas de lado, bem devagar.
- Mantenha as pernas juntas quando sair e entrar no carro, e também quando se virar na cama.
- Pode ser que ajude um pouco dormir com um pequeno travesseiro entre as pernas, e amarrar as coxas com uma faixa de pano para evitar que você abra as pernas quando se virar na cama.
- Evite virar os pés para fora quando estiver em pé ou andando. Mantenha-os paralelos ou levemente virados para dentro.
- Evite fazer ioga, exercícios ou adotar posições que exijam agachamentos.
- Sente-se para colocar os sapatos, em vez de colocá-los de pé sobre uma perna só.

Na Noruega, estão fazendo testes com caminhada na água para as mulheres que têm dor pélvica. As gestantes usam bóias, ficam eretas em uma piscina aquecida e andam pela água. Não cura o problema, mas parece possibilitar um exercício seguro e confortável, já que exercitar-se fora da água pode causar dor.

Talvez valha a pena perguntar na clínica de pré-natal onde existem aulas de exercícios pré-natais na água. Informe a instrutora sobre a sua dor pélvica antes de começar e evite o nado de peito, pois ele pode fazer com que você abra demais as pernas.

Parto e nascimento

O afrouxamento dessa articulação raramente afeta o parto, embora lidar com a dor já existente mais a dor do parto possa exigir grande esforço. É muito importante não sobrecarregar demais a articulação púbica durante o parto. Provavelmente será mais confortável para você se deitar do lado esquerdo quando for fazer exames ginecológicos, e essa também pode ser a melhor posição para dar à luz. É preciso muito cuidado caso você necessite colocar as suas pernas sobre apoios ginecológicos, principalmente se você recebeu uma anestesia peridural e não consegue sentir se a articulação está sendo forçada. Converse sobre isso com antecedência com o responsável pelo pré-natal. Ele poderá medir qual o máximo que você pode abrir as pernas confortavelmente durante a gravidez e escrever a informação em seu prontuário.

A posição de joelhos às vezes é confortável para dar à luz, assim como ter o parto na água – mas talvez você precise de ajuda para entrar e sair da banheira.

Gestações posteriores

A diástase da sínfise púbica tende a ocorrer novamente nas gestações posteriores. Alguns especialistas sugerem deixar um período de pelo menos dois anos entre as gestações para minimizar o risco. Talvez seja bom pedir para ser encaminhada a um fisioterapeuta obstétrico no começo da gravidez seguinte para refrescar a sua memória quanto a procedimentos para lidar com as dores pélvicas.

Entrando em licença-maternidade

Embora você possa entrar em licença-maternidade a partir do oitavo mês de gestação, muitas mulheres preferem esperar até ficar mais perto da data do parto, para ter o máximo de tempo de folga depois de ter o bebê. Mas, caso a gravidez esteja deixando você exaurida, talvez seja bom parar de trabalhar mais cedo. É claro que, caso você tenha algum problema de saúde, deve parar de trabalhar a partir de agora.

Planejando com antecedência: apoio durante o parto

Faz alguma diferença ter um(a) acompanhante de parto? Sim, faz. Faz bem para você e para o bebê saber que existe alguém lhe acompanhando durante todo o parto e que está lá exatamente para encorajar e dar apoio moral.

Estudos em todo o mundo revelam que o apoio durante o parto reduz:

- a necessidade de anestesia
- a necessidade de cesariana
- o parto com fórceps
- a duração do parto (em pequena escala)
- o número de bebês nascidos com índice de Apgar abaixo de 7 (veja a página 322)
- a quantidade de lacerações, rupturas e episiotomias
- o número de mulheres que abandonam a amamentação precocemente
- o número de mulheres que consideram cuidar do bebê uma tarefa difícil

As mulheres também passam a estar menos predispostas a ter sentimentos negativos sobre o parto e o nascimento, a se sentir tensas durante o parto e a dizer que o parto foi pior do que imaginavam.

E quanto à obstetriz? Sim, ela poderá estar lá para encorajar e dar-lhe apoio, mas os resultados que mencionamos são de estudos onde havia algum tipo de apoio além do da obstetriz que estava acompanhando o parto. Assim, encontrar um(a) bom(boa) parceiro(a) de parto é uma ótima providência a ser tomada durante a gravidez.

O que o(a) acompanhante de parto pode fazer

O apoio que um acompanhante de parto pode oferecer varia de acordo com as suas preferências individuais, o estágio do parto em que você se encontra e o andamento do parto. Algumas tarefas práticas típicas que essa pessoa pode fazer são:

- caminhar com você e ajudá-la a se mexer
- massagear suas costas para ajudá-la a lidar com as contrações
- ajudá-la a mudar de posição, o que pode ajudar no andamento do parto
- dar-lhe algo de beber, para que você não fique desidratada
- dar lanchinhos para que você não fique sem energia
- ajudá-la a entrar e sair de banheiras/chuveiros/ou levantar-se da e deitar-se na cama
- ajudá-la a respirar durante as contrações
- massagear seus braços e suas pernas caso você fique trêmula

Mas grande parte do trabalho de um acompanhante de parto, no entanto, é animar e encorajar você. Se você ficar muito cansada, desanimada e ficar pensando que não foi uma decisão sábia a idéia de ter um bebê, ouvir alguém dizer que você está indo bem pode fazer uma enorme diferença.

Outro papel importante para o acompanhante de parto é agir como seu defensor. Ele pode fazer questão que a obstetriz e a equipe médica estejam ouvindo suas perguntas, e também fazer com que você entenda direitinho as respostas. Em termos práticos, isso significa que eles podem chamar a atenção da obstetriz caso você ache que é hora de empurrar, por exemplo, ou então pedir ao médico para esperar enquanto você espera passar uma contração antes que ele explique algo a você. Em termos emocionais, isso significa que eles entendem suas necessidades e desejos e podem ajudá-la a ter o parto do jeito que você quer. Debater o plano de parto com antecedência com o acompanhante de parto é uma boa idéia, porque assim ele saberá o que você quer. Por exemplo, se você decidiu que não quer que lhe dêem derivados da morfina, e a sua obstetriz quiser usá-los em você durante o parto, o acompanhante de parto pode ajudá-la a decidir se você deve continuar com o plano original ou se deve mudar de idéia.

E, finalmente, algumas mulheres conseguem lidar com toda a pressão do parto – principalmente aquelas em transição (veja a página 315) – gritando com o seu acompanhante. Não é incomum culpá-los por terem colocado você nessa situação. Você pode avisar ao seu acompanhante de parto antecipadamente que isso pode acontecer e fazê-lo entender que, nessas situações, ele deve sorrir e concordar com você todas as vezes.

Quem deve ser o(a) acompanhante de parto? O pai do bebê ou outra pessoa?

Muito se debateu se o pai do bebê ou uma mulher deveria ficar com a mãe durante o parto. Há uma ou duas gerações, havia muita briga para um pai conseguir ser "admitido" numa sala de parto. Agora os pais costumam estar presentes quando o bebê nasce; a maioria deseja estar lá nessa hora e geralmente se presume que eles estarão.

Mas algumas pessoas, incluindo Michel Odent, o defensor francês do parto na água, acreditam que a presença de homens durante o nascimento pode, na verdade, ser prejudicial.

Pouquíssimos estudos foram feitos a respeito da presença do pai do bebê durante o nascimento. A maioria dos estudos sobre o apoio moral durante o parto foi feita com apoiadoras treinadas, ou *doulas**. Um teste no Canadá foi feito com parteiras leigas, as quais davam apoio contínuo às mulheres. Nesses estudos foi verificado que os pais confortavam mais e davam mais apoio moral quando a parteira leiga estava presente. Parece que as parteiras leigas encorajavam os pais a apoiar e animar suas parceiras.

Certamente nem sempre é fácil para um homem ficar com sua parceira enquanto ela está em trabalho de parto e enfrentando as dores. Os homens costumam se sentir transtornados, preocupados, cansados e incapazes de ajudar. Na prática, a simples presença deles ajuda e transmite confiança às parceiras.

Converse com o seu parceiro sobre vocês estarem juntos durante o parto. Pergunte-se o que você deseja que um(a) acompanhante de parto faça. E então pergunte a ele o que espera fazer.

Pode ser que você decida ter a seu lado a sua mãe, sua irmã ou uma amiga juntamente com o pai do bebê ou no lugar dele. Do mesmo modo, sempre ajuda conversar sobre o que você quer ou não quer que ele faça durante o parto. Você também pode optar por uma *doula* – ou seja, uma acompanhante de parto treinada. Você pode ter uma *doula* com você durante o parto, caso o seu parceiro não possa estar presente, ou então para dar apoio a vocês dois. Não

---

* *Doula*: pessoa treinada para apoiar mulheres em trabalho de parto. Não é parteira. (N. da T.)

é possível encontrar *doulas* em todos os lugares, mas você pode descobrir se há alguma disponível na sua área perguntando nas principais maternidades de sua cidade. Lembre-se: *não é obrigatório* que o pai esteja presente durante o parto. Se você tem crianças mais velhas, você e seu parceiro podem decidir que ele deve ficar com elas, em vez de acompanhar você até o hospital, onde talvez você possa ficar bastante tempo.

Pergunta: Meu parceiro deseja estar presente durante o parto, mas não creio que ele possa lidar com essa situação. Ele se sente mal quando vê sangue. Não quero ficar preocupada com ele durante o parto, mas também é difícil dizer a ele que não acho que ele será de grande utilidade.

Daphne Metland responde: Muitas mulheres não estão certas de que seus parceiros possam presenciar o parto, e muitos pais ficam preocupados com a possibilidade de "decepcioná-las" ou atrapalhá-las. Há duas questões envolvidas: você obter o apoio de que precisa e fazer com que o seu parceiro seja capaz de estar lá. Às vezes, a solução é ter mais uma pessoa com você, alguém que possa ajudar: uma amiga, sua mãe, sua irmã ou uma *doula*. Isso faz com que o seu parceiro não se sinta tão pressionado. Por ocasião dos procedimentos que incluem injeções ou outras coisas que ele não gosta de ver, ele pode sair um pouco da sala sem sentir que está abandonando você. E você ainda terá alguém para massagear as suas costas e dar o apoio emocional de que precisa.

Conseguir esse equilíbrio pode ser difícil. Você não quer que a acompanhante extra tome todo o cuidado para si ou que o seu parceiro se sinta deixado de lado, então é bom conversar com ele antes sobre tudo isso. Eu já fui acompanhante extra em vários partos e descobri que às vezes eu só precisava fazer uma massagem, outras vezes, fornecer um ombro para a mãe chorar, e outras vezes eu passava grande parte do tempo dando bebidas e lanchinhos. Em um dos meus partos favoritos, passei grande parte do tempo com a filha do casal, que tinha seis anos de idade, que ficou calmamente observando o irmãozinho nascer.

As notas do seu Plano de Parto

- Quem você deseja que esteja com você?
- Você quer que seu(sua) acompanhante de parto fique com você o tempo todo ou saia durante alguns procedimentos médicos?
- O que você quer que ele(a) faça?
- Você quer mais de uma pessoa presente para ajudar você?
- Você tem um(a) acompanhante substituto(a) caso a pessoa escolhida trabalhe num lugar muito distante ou tenha algum imprevisto?
- Você prefere que a equipe que cuidará de você seja composta apenas por mulheres?
- Você precisa de um intérprete ou de alguém para se comunicar por você?

30ª Semana

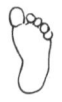

O crescimento do bebê

O seu bebê provavelmente está bastante ativo neste estágio da gravidez, já que ainda há espaço suficiente para ele se mexer e mudar de posição. Ele talvez reaja a sons muito altos com um chute inesperado, e também pode ter períodos tranqüilos de sono. O cérebro continua a se desenvolver rapidamente e as papilas gustativas estão se formando. Os bebês têm uma preferência natural pelo que é doce; experimentos mostraram que, quando alguma substância doce era injetada no líquido amniótico, os bebês sorviam o líquido mais depressa. Quando era adicionada uma substância azeda, os bebês bebiam mais devagar. O leite materno é bastante doce, também, então parece que estamos biologicamente programados para gostar de coisas doces. Uma boa desculpa para comer mais um biscoito...

Em comparação com o estágio anterior, o seu bebê tem menos espaço para se movimentar, então talvez você perceba uma **diminuição nos movimentos fetais** a partir de agora.

As mudanças no seu corpo

Talvez você já ache que sua barriga está de bom tamanho, e pode ser difícil acreditar que ainda há mais dez semanas aproximadamente para ela continuar a crescer. O seu útero está cerca de 10 cm acima do umbigo, e possivelmente você ainda sinta pressão no abdômen por causa do tamanho dele.

Se elas ainda não surgiram, pode ser que agora você comece a sentir as tais contrações de **Braxton Hicks**.

Se você estava com uma placenta baixa no começo da gravidez (veja a página 99), pode fazer mais um ultra-som por volta desta época para verificar se a sua placenta subiu. A mudança gradual no formato do útero, que começou por volta da 28ª semana e ainda continua, é o que faz com que a placenta suba para longe do colo do útero.

Para refletir

- Planejando com antecedência: para muitas mulheres, **a massagem durante o parto** ajuda a lidar com as contrações. Se você gosta da idéia, talvez seja bom treinar um pouco com o(a) acompanhante de parto antecipadamente, para você saber que tipo de massagem é melhor para você.

Diminuição nos movimentos do feto

À medida que o bebê cresce, há menos espaço para os pequenos acrobatas se mexerem, então talvez você perceba que os movimentos diminuem. No entanto, se você não sentir o seu bebê se mexer durante um dia inteiro, entre em contato com a equipe do pré-natal, já que a diminuição de movimentos pode indicar algum problema. Um médico ou uma obstetriz poderão conferir os batimentos cardíacos do bebê através de um monitor, ou então encaminhá-la para um exame de ultra-som para verificar se o bebê está bem.

As contrações de Braxton Hicks

O seu útero se contrai durante toda a gravidez e, na maioria das vezes, você nem sente. Por volta da 30.ª semana, muitas mulheres começam a notar que ele está "praticando" as contrações (que recebem esse nome em homenagem a um médico inglês, John Braxton Hicks, que foi o primeiro a descrever essas contrações, na década de 1870). A sua barriga fica bem dura e tensa durante mais ou menos um minuto e depois torna a relaxar.

Essas contrações não provocam dilatação do colo do útero, como as contrações do parto, mas podem ter o papel de preparar o útero para o parto. Ninguém sabe ainda ao certo. Em geral, as contrações de Braxton Hicks não são acompanhadas de muita dor, mas algumas mulheres acham que elas são bem fortes. É uma boa idéia praticar a respiração e o relaxamento quando do sentir essas contrações, para já ir se preparando para o parto.

Algumas vezes as contrações de Braxton Hicks são muito freqüentes e dolorosas e podem continuar durante horas, ou então ir e voltar no espaço de alguns dias. Isso às vezes recebe a denominação de "útero irritável". Isso pode ser causado pela desidratação, então tente beber mais água (cerca de 8 a 10 copos por dia). Às vezes, elas podem estar relacionadas ao estresse; outras vezes, não há uma causa aparente. Essas contrações mais fortes não parecem afetar o parto.

É preciso verificar com a equipe do pré-natal caso você tenha crises de contrações regulares, já que elas podem realmente significar um parto prematuro. Uma obstetriz poderá verificar se as contrações estão amolecendo e dilatando o colo do seu útero.

Pergunta: Li que algumas mulheres evacuam enquanto o bebê está nascendo. Só de pensar nisso fico horrorizada.

Daphne Metland responde: Enquanto o bebê desce pela bacia, o seu intestino vai sendo espremido e, por causa disso, a maioria das mulheres percebe que precisa ir ao banheiro durante o começo do trabalho de parto. De fato, para algumas mulheres o primeiro sinal de que o parto está começando é um súbito acesso de dor de barriga. Você fica algum tempo indo ao banheiro e então tudo se acalma, já que você esvaziou bastante o intestino antes de dar início ao trabalho de parto. Isso também permite que haja mais espaço para a cabeça do bebê se encaixar no colo uterino. Então, na hora do parto, os seus intestinos já estarão bem vazios.

Se o seu parto não começar assim, vale a pena ir ao banheiro no começo do parto, pela simples razão de que você se sentirá mais confortável. No passado, era aplicado um clister nas gestantes para tentar esvaziar o intestino, mas isso era muito desconfortável e muitas vezes até piorava o problema, porque aí as fezes ficavam muito líquidas.

Um pouco antes de a cabeça do bebê aparecer, pode ser que você evacue uma pequena quantidade, mas a sua obstetriz irá limpar você com algodão. Você nem irá notar; afinal, estará ocupada demais dando à luz!

Planejando com antecedência: massagem durante o parto

Provavelmente as massagens começaram a ser usadas durante o parto quando a primeira mulher deu à luz. É um instinto natural esfregar uma área para aliviar a dor. O ato de massagear também pode bloquear as fibras nervosas que levam mensagens para o cérebro, reduzindo as mensagens de dor. Assim, quando você batia o joelho em algum lugar e a sua mãe lhe dizia "esfregue que passa", ela estava certa. (As mães quase sempre têm razão!)

Existem algumas pesquisas sobre a eficácia da massagem no parto, e muitos relatos positivos das gestantes que utilizaram a técnica. Um pequeno teste revelou que as mulheres que receberam massagem:

- ficaram menos desanimadas
- ficaram menos ansiosas
- ficaram com menos dor
- ficaram menos agitadas
- tiveram partos mais rápidos
- passaram menos tempo no hospital
- tiveram menor índice de depressão pós-parto

Não há dúvida de que ser massageada e tocada durante a dor ajuda grande parte das pessoas a relaxar e a lidar melhor com a situação. Os acompanhantes de parto também consideram a massagem uma boa maneira de fazê-los sentir-se mais envolvidos no parto e úteis. Algumas mulheres descobrem que não gostam de ser tocadas quando estão em trabalho de parto e precisam de toda sua concentração para lidar com as contrações, portanto, para elas, a massagem não é muito útil.

No entanto, já que é muito fácil aprender a fazer uma massagem básica e ela não causa nenhum dano, vale a pena tentar. Se você e seu(sua) acompanhante de parto praticarem a massagem durante a gravidez, você poderá saber de que tipo de massagem gosta e qual a mais apropriada para você. Pode ser que você prefira uma massagem nos ombros, ou talvez nos pés ou nas mãos. Algumas mulheres adoram ter o couro cabeludo massageado, ou então receber carícias na testa. Para começar, você pode experimentar os dois tipos de massagem descritos mais abaixo. Se você se matricular em um curso pré-natal, poderá aprender mais técnicas de massagem.

Certifique-se de que você e o seu parceiro estão bem posicionados e confortáveis. A massagem é melhor se feita diretamente sobre a pele, mas também pode ser feita em cima da roupa. Escolha um lugar aconchegante e com temperatura agradável, e tenha vários travesseiros à mão. Se você usar um óleo de massagem, a pessoa que irá massageá-la deve colocar o óleo nas mãos, e não diretamente sobre a sua pele. Experimente alguns óleos de massagem antes do parto para ter certeza de que vai usar um de que gosta e também para saber se não terá alguma reação alérgica. Se você quer usar um óleo para aromaterapia, veja se ele serve para a hora do parto. Lembre-se de que você será massageada durante algumas horas, e um óleo perfumado que tem uma fragrância deliciosa no início do parto pode ficar enjoativo depois de algum tempo. Talvez seja melhor usar um óleo sem perfume, como o de amêndoas ou de germe de trigo.

Massagem na parte inferior das costas

Exercer firme pressão na parte inferior de ambos os lados da coluna vertebral pode ajudar a lidar com a dor nas costas durante o parto.

Sente-se inclinada de frente para o encosto de uma cadeira. Coloque uns dois travesseiros sobre o encosto para que você possa erguer os braços e posicioná-los confortavelmente sobre os travesseiros. Para aplicar a massagem, o acompanhante de parto deverá:

- Ficar de joelhos bem atrás de você, e não na lateral.
- Pressionar firmemente ambos os lados da coluna, mais ou menos no ponto onde estão as "covinhas" das nádegas. Usar a parte inferior da palma das mãos, as juntas dos dedos ou os polegares, para fazer um movimento circular, pressionando firmemente.
- Verificar se encontrou a área certa e se está aplicando o grau de pressão adequado. Se for muito suave, poderá distrair a gestante; se for muito forte, poderá provocar dor.
- Observar se pode usar o seu peso para massagear. Usar o peso do corpo, em vez da força muscular, pode fazer com que o acompanhante consiga fazer esta massagem durante horas, se necessário.

Massagem descendente

Esta massagem é muito relaxante e útil quando você estiver se sentindo cansada e talvez um pouco chorosa. É melhor se for feita diretamente sobre a pele.

Sentar numa posição semelhante à da massagem anterior. Para aplicar a massagem, o(a) acompanhante precisará:

- Massagear com a mão descendo pela coluna, começando pela nuca e terminando no cóccix.
- Antes que a primeira mão alcance o cóccix, a outra deve iniciar o movimento de descida, para que uma das mãos sempre esteja em contato com a pele.
- O movimento deve ser uniforme e as mãos têm de estar relaxadas.

As notas do seu Plano de Parto

- Você deseja ser massageada durante o parto?
- Você deseja que sua obstetriz auxilie na massagem?

Posição para a massagem na parte inferior das costas

Posição para a massagem descendente

31ª Semana

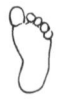

O crescimento do bebê

Agora, o bebê não aumenta tanto em comprimento, mas continua a ganhar peso. Provavelmente ele já pode discernir o dia da noite. Pode ser que o seu bebê sempre acorde quando você vai tomar banho, e isso pode acontecer devido à luz do banheiro sobre a sua barriga. Os seus músculos estão bem esticados e finos e o bebê provavelmente consegue captar a mudança nos níveis de luz quando você tira a roupa. Ele também pode achar a tranquilidade dos seus momentos na banheira ou na cama uma ótima oportunidade para praticar mais alguns chutes.

A segunda pergunta que todos fazem após o nascimento (depois de perguntar se é um menino ou uma menina) é sobre o tamanho do bebê. Mesmo durante a gravidez, a obstetriz pode se referir ao seu bebê e à sua barriga usando termos como "um bebê pequeno e lindo" ou "um belo bebezão". Aqui nós falamos sobre as implicações do fato de o bebê ser **pequeno ou grande para o estágio da gestação**.

As mudanças no seu corpo

O seu útero preenche grande parte do seu abdômen, e provavelmente chega a ficar 11 cm acima do umbigo. Algumas mulheres se preocupam com o tamanho da barriga, imaginando se têm **excesso ou deficiência de líquido amniótico**.

Para refletir

- Aceitar a realidade de que haverá uma **grande mudança na sua vida**.
- Você pode ter mais uma consulta de pré-natal nesta semana.
- Planejando com antecedência: os **métodos para aliviar a dor durante o parto** são um assunto tão vasto que talvez você precise de algumas semanas até absorver toda a informação. Você também pode pesquisar por conta própria com amigas e parentes, para saber como elas fizeram. Mas não se deixe abater pelos relatos pessimistas!

Bebês muito grandes ou muito pequenos para a idade gestacional

Bebês pequenos

Alguns bebês não crescem tão bem. Já outros começam crescendo bastante e então a taxa de crescimento diminui. A isso se dá o nome de retardo de crescimento intra-uterino (RCIU). Já que os bebês pequenos correm um risco maior de ter um parto prematuro, de não obter oxigênio suficiente durante o nascimento e de ter problemas neurológicos após o parto, qualquer diminuição aparente no crescimento precisa ser examinada.

Pode ser difícil distinguir entre um bebê que não está crescendo bem e um bebê que está ótimo e é saudável, mas é apenas pequeno. Existem várias maneiras de detectar bebês pequenos demais para a idade da gestação, mas nenhuma é totalmente precisa. O seu médico pode sugerir que o seu bebê é pequeno depois de apalpar a sua barriga e medir a altura uterina. Nesse caso, eles costumam encaminhá-la para um ultra-som detalhado, que medirá o tamanho do bebê, a quantidade de líquido amniótico e a quantidade de sangue que passa pelo cordão umbilical. Apenas pelo conjunto desses exames é que é possível fazer uma avaliação precisa do crescimento do bebê.

Todos esses exames necessitam de datas precisas; se o seu bebê é mais novo do que você imaginava, então, obviamente, ele será menor. Medições isoladas não são tão precisas quanto medir a tendência do crescimento. Pode ser que você esteja grávida de um bebê que é pequeno, mas seu crescimento seja lento e contínuo. É preciso também levar em conta o peso e a altura da mãe, a etnia, se é ou não o seu primeiro bebê (pois os bebês posteriores costumam ser maiores) e se você vai ter um menino ou uma menina.

Se o ultra-som mostrar que tudo está em ordem, então é bem provável que o seu bebê seja pequeno, mas saudável. Se o ultra-som revelar que pode haver algum problema com o bebê, a prática comum é repetir os exames, geralmente de duas em duas semanas. A taxa de crescimento do bebê pode então ser marcada em um gráfico.

Às vezes, quando um bebê não está crescendo, sugere-se antecipar o parto. Neste caso, você precisará ir para um hospital que tenha uma unidade especial para cuidar de bebês prematuros, e tomará cortisona para tentar acelerar o amadurecimento dos pulmões do bebê.

Bebês grandes

Se você tem diabetes, pode ser que o seu bebê seja bem grande (veja a página 185). E, é claro, alguns bebês são normalmente muito grandes, mas você só poderá ter certeza do tamanho quando ele ou ela finalmente nascer. Apalpar a barriga da gestante não é um método particularmente preciso para predizer o tamanho de um bebê. Um ultra-som ajuda, mas também não é totalmente preciso. Mas, se as pessoas ficam falando que o seu bebê é enorme, talvez a sua primeira reação seja de pânico ao pensar em ter de dar à luz um bebê tão grande. Mas, não se esqueça, não é apenas o tamanho do bebê que importa, no caso. A posição em que o bebê está e o tamanho da sua pélvis também fazem diferença. Durante o parto, a sua bacia se abrirá para deixar espaço para o bebê passar – então, mesmo que ela pareça ser um tanto estreita durante a gravidez, haverá mais espaço durante o trabalho de parto. Além disso, as posições que você assumir na hora do parto podem originar uma grande diferença no espaço existente em sua pélvis. Deitar-se de costas restringe a movimentação das articulações e deixa um espaço menor para o bebê passar. Ficar na posição vertical e em posições abertas – em que você fica meio agachada – pode aumentar consideravelmente o espaço disponível.

Caso você se preocupe com o tamanho exagerado do bebê, fale sobre isso com seu médico. Se você estiver preocupada com a possibilidade de o seu bebê ser grande demais em relação à sua pélvis, converse também sobre isso. Talvez seja preciso fazer uma cesariana caso seja evidente que o bebê não poderá passar por sua pélvis. O médico também poderá sugerir uma cesariana se houver alguma dúvida quanto ao tamanho do bebê. Talvez você prefira tentar o parto normal para ver se a dilatação durante o parto é suficiente para o bebê passar. Converse sobre isso com sua obstetriz ou o seu médico.

Excesso ou escassez de líquido amniótico

Escassez de líquido amniótico (oligo-hidrâmnio)

Se o seu útero estiver pequeno em relação à semana de gestação em que você se encontra, e seu médico puder sentir seu bebê facilmente, talvez ele queira verificar a quantidade de líquido amniótico, o que poderá ser feito por meio de um ultra-som.

Pouco líquido pode significar que:

- existe algum problema com os rins ou a bexiga do bebê
- a sua placenta não está funcionando direito

Se você estiver num estágio avançado de gestação, isso também poderá significar que:

- o seu bebê passou da data de nascer
- você pode estar tendo uma perda de líquido amniótico

Alguns medicamentos, como antiinflamatórios não-hormonais, também podem afetar a produção de líquido amniótico. Acredita-se que beber mais água às vezes pode ajudar a aumentar a quantidade de líquido.

Os efeitos disso sobre o bebê variam; às vezes há algum problema sério com relação ao desenvolvimento do bebê, que está causando a escassez de líquido amniótico. Às vezes o bebê passa a ter problemas nos pulmões ou nos membros porque a pouca quantidade de líquido impede o movimento normal. Se você tem pouco líquido amniótico, mas ainda assim o bebê estiver se desenvolvendo normalmente, você poderá fazer alguns exames e ultrasons adicionais. Às vezes, quando a quantidade de líquido está muito baixa, o útero não se contrai de maneira uniforme durante o parto. Isso pode causar contrações muito dolorosas, e uma anestesia peridural pode ser recomendável. É bem provável que um pediatra esteja presente na hora do parto, para fazer um exame completo do bebê.

Uma baixa quantidade de líquido amniótico nas últimas duas semanas de gravidez costuma ser considerada como uma boa razão para induzir o parto. Há certa controvérsia quanto ao que pode ser exatamente uma quantidade "pequena" de líquido amniótico, em parte porque não é fácil medir o líquido que circunda o bebê. O interessante é que a quantidade de líquido pode aumentar se a futura mamãe beber mais água (algo que pode ser rechaçado por alguns médicos e obstetrizes, mas se baseia em uma revisão de literatura da base Cochrane, que é bastante respeitada).

Excesso de líquido (poli-hidrâmnio)

O excesso de líquido amniótico causa severa distensão abdominal e desconforto. O útero fica muito grande em relação à idade gestacional, e pode ser difícil apalpar o bebê dentro de tanto líquido. Um ultrasom poderá ser feito para medir a quantidade desse líquido.

As possíveis causas do excesso de líquido são:

- você tem ou adquiriu diabetes
- algum problema com a placenta
- algum problema que impede que o bebê engula o líquido
- mais de um bebê

O excesso de líquido pode causar:

- parto prematuro, devido ao grande peso e tamanho do útero
- posição instável do bebê: ele troca sempre de posição, pois há muito espaço no útero
- rotura prematura das membranas
- prolapso do cordão umbilical
- hemorragia intensa após o nascimento

Se o problema é causado pelo fato de você ter diabetes, controlar seus níveis de glicose pode ser uma solução.

Uma solução temporária é drenar um pouco do líquido amniótico por meio de uma amniocentese abdominal; no entanto, mais líquido será produzido, e o procedimento precisará ser repetido.

Se o ultra-som revelar que o bebê possui algum problema, como por exemplo atresia esofágica, o que o impede de engolir, você poderá ser removida para um hospital onde o bebê poderá ser operado logo após o nascimento.

Aceitando a grande mudança na sua vida

Algumas mulheres adoram as mudanças em seus corpos – elas ficam maduras, cheias, redondas. Outras odeiam ficar desse tamanho, com a barriga enorme e aquelas estrias visíveis. Mesmo quando não estamos grávidas, muitas de nós adoramos os nossos corpos em determinados dias e odiamos em outros... Mas pode ser difícil lidar com mudanças tão rápidas. Olhar no espelho e sentir que o seu corpo "não é mais seu" pode ser um choque. Ajuda um pouco lembrar que isso é necessário para ter um filho, e que o seu corpo será seu novamente logo depois que ele ou ela nascer. Talvez ajude conversar com outras mulheres durante os cursos pré-natais. Isso poderá lembrá-la de que é normal se sentir assim, desejar comer tudo o que você não pode durante a gravidez e poder usar novamente uma calça jeans.

Por volta desta época, é bem possível que você comece a se dar conta da realidade da vida com um bebê. Aquelas noites maldormidas, a troca de fraldas, toda a alegria de escolher um nome e de ter uma criaturinha tão pequena pertinho de você... Todas essas coisas podem fazer você refletir mais sobre a sua vida como mãe.

Se você tem um parceiro, reserve um tempo para desfrutarem juntos esta fase da vida que você está deixando para trás. Pode ser que você mal possa esperar pelo seu bebê, mas, assim que ele *nascer*, você apreciará ainda mais o fato de ter reservado um tempinho para ficarem juntos, para saírem, para fazerem algum programa mais romântico à noite (ou até mesmo em casa).

Se você estiver sozinha, isso não significa que não precisa de apoio. Comece a pensar a quem você poderá pedir ajuda quando o bebê nascer. Você também pode desfrutar estes últimos dias de relativa liberdade e fazer as coisas de que mais gosta.

Planejando com antecedência: alívio da dor durante o parto

É muito difícil prever quanto você irá querer ou precisar de algum método para aliviar a dor durante o parto. O fato de falarmos antecipadamente sobre o alívio da dor é, em si, parte do problema. Se disséssemos a você que um procedimento novo, pelo qual você nunca passou, poderia ser indolor... todas as opções de alívio da dor aqui listadas para sua avaliação certamente a fariam suspeitar que na verdade o processo poderia ser muito doloroso. Afinal, por que outra razão as pessoas teriam tanto trabalho para disponibilizar uma variedade tão grande de analgesias? Desse modo, prevendo que o procedimento vai doer, você fica tensa e preocupada. Quando você fica nesse estado, a dor pode aumentar. E, se a dor aumenta, você precisa mais ainda de procedimentos para aliviar a dor.

Mas o fato é que cada parto é um evento único e que a sensibilidade das pessoas à dor é diferente. Algumas mulheres passam pelo parto sem precisar de nada além de bons exercícios de respiração profunda e um acompanhante de parto que dê bastante apoio. (Outras, já sabendo que seu limiar de dor é baixo, começam a fazer perguntas sobre a possibilidade de uma anestesia lá pelo segundo trimestre.)

Portanto, não é porque nós listamos aqui todas as opções disponíveis que você necessariamente vá precisar de alguma delas. Ficar calma e relaxada pode já ser o suficiente. Mas, se precisar de algo para aliviar a dor, você não estará sozinha. Muitas mulheres precisam, principalmente no primeiro parto.

É curioso perceber que também há diferenças culturais. Nos EUA, quase todas as mulheres recebem uma anestesia peridural; na Holanda, apenas metade das gestantes precisa de algum tipo de alívio para a dor.

Por que eu preciso pensar com antecedência sobre isso?

Sim, claro que você pode aparecer no hospital e pedir por algum procedimento disponível. Mas algumas maneiras de aliviar a dor podem não ser adequadas para você, algumas podem afetar o bebê, e outras podem não estar disponíveis. O melhor a fazer é munir-se antecipadamente de informações para que, na hora em que estiver rangendo os dentes e uma obstetriz sugerir algo, você já saiba:

- o que é
- como isso pode ajudar
- quais são as desvantagens
- o que você pode fazer em vez disso

Há algumas coisas que a sua obstetriz pode providenciar para você, como um medicamento ou uma anestesia peridural, mas também há várias coisas que você pode fazer por você mesma, ou o seu acompanhante de parto pode fazer para você.

TENS

É a sigla em inglês, para Neuro-estimulação Elétrica Transcutânea. O aparelho de TENS é utilizado há anos para aliviar dores de difícil tratamento ou de longo prazo. Existe uma versão adaptada para ser usada no parto. É uma pequena máquina com quatro pequenas placas aderentes que são colocadas nas costas. A máquina gera pulsos elétricos que passam para você através das placas.

Ninguém sabe ao certo como a TENS funciona, mas acredita-se que há uma combinação de fatores:

- Os impulsos elétricos de alta freqüência emitidos pelo aparelho de TENS saturam

Placas do aparelho de TENS ajustadas às costas

os caminhos nervosos que levam ao cérebro. As mensagens de dor que partem do corpo ficam mais lentas, sendo então parcialmente bloqueadas.
- O aparelho também estimula a liberação dos analgésicos naturais do organismo, as endorfinas.
- Pode haver um efeito "placebo"; se você acredita que o aparelho ajuda, então ele efetivamente traz alívio. Obviamente algumas mulheres dizem que simplesmente colocar a máquina e operá-la já as distraía da dor.

O aparelho de TENS é fácil de usar, fica sob o seu controle e não exerce nenhum efeito colateral conhecido sobre o bebê. Ele não impede a sua mobilidade durante o parto e você pode utilizá-lo sob as roupas ou uma camisola, assim você ainda pode dar umas voltas ou caminhar pelos corredores do hospital sem precisar tirá-lo.

O efeito analgésico do aparelho é limitado. Um experimento controlado revelou que ele não era melhor do que um placebo (algum medicamento ou tratamento que não possui efeito). Outra grande pesquisa, no entanto, revelou que a maioria das mulheres achou o aparelho bastante útil e o usaria de novo. Já que ele não possui efeitos colaterais, não há nada a perder caso você queira experimentar o aparelho (com exceção da taxa do aluguel).

Muitas mulheres consideram a TENS bastante útil no começo do parto e também para as dores nas costas, mas acabam precisando de algum tipo adicional de método analgésico. Ela pode retardar o momento em que você precisará de anestesia. Você pode usar o aparelho juntamente com os analgésicos, mas não pode usá-lo numa banheira ou piscina para parto. Você também não pode usá-lo se tiver um marca-passo.

Resumo da TENS

Prós	Contras
Você controla o aparelho: pode aumentar ou diminuir a potência necessária para aliviar a dor.	Pode ser que não alivie a dor.
Ele pode ser usado em casa, antes de ir para o hospital.	Você tem que alugar o aparelho.
Não existem reações adversas conhecidas.	A TENS apenas alivia um pouco a dor; ela não é capaz de eliminá-la completamente, e sim de amenizá-la.

Como usar a TENS

O aparelho de TENS é mais eficaz se for utilizado tão logo comecem as contrações. Alguns hospitais e fisioterapeutas possuem aparelhos de TENS, mas muitas mulheres optam por alugá-los para usá-los em casa, a partir dos primeiros sinais do trabalho de parto.

Duas placas são colocadas a cerca de 1 cm de cada lado da coluna, mais ou menos na altura onde fica o sutiã. As outras duas ficam abaixo, mais ou menos perto das covinhas que ficam na parte inferior da coluna. O aparelho de TENS causa uma sensação suave de formigamento quando ligada, que você pode intensificar pressionando um botão de controle. Os botões permitem que você controle a intensidade dos pulsos elétricos e também que os aumente quando as contrações ficarem mais fortes.

A TENS leva cerca de uma hora para atingir seu efeito máximo; portanto, parece ser mais eficaz quando o aparelho é usado desde o começo do trabalho de parto e é mantido ligado.

Efeitos colaterais

Não existe conhecimento de efeitos adversos para você ou para o bebê, mas algumas mulheres relatam alguns inconvenientes:

- Talvez não seja possível receber uma massagem nas costas com um aparelho de TENS, já que as placas cobrem a área onde a maioria das mulheres gosta de ser massageada durante o parto.
- Se o seu bebê for monitorado eletronicamente, talvez seja preciso remover a TENS, embora alguns monitores não sejam afetados por ele. No entanto, se a sua obstetriz usa um estetoscópio de Pinard (um estetoscópio manual que lembra um trompete), você poderá usar o aparelho de TENS.

Algumas mulheres simplesmente acham o aparelho irritante e inútil.

Instruções:

Se você usar a TENS:

- Alugue um aparelho de TENS obstétrico. Ele possui quatro placas e um botão de intensidade para ser usado durante as contrações mais fortes.
- Comece a utilizá-lo bem cedo, tão logo você perceba que está tendo contrações regulares.
- Retire as placas a cada três horas e coloque mais gel nelas antes de reaplicá-las, para assegurar um bom contato entre a placa e a sua pele.
- Comece com o botão de controle no mínimo e vá aumentando gradualmente, conforme as contrações ficarem mais fortes.
- Combine a TENS com outras estratégias, como movimentar-se, tentar diferentes posições, respirar e relaxar.

Se você não tiver certeza de que o aparelho está surtindo algum efeito, retire-o durante umas duas contrações. Muitas mulheres pensam que o aparelho não está ajudando em nada, mas, quando o retiram, descobrem que ele está ajudando muito!

Gás analgésico (óxido nitroso)

Existe uma mistura de gases, que no Brasil é pouco usada, embora seja bem antiga, feita de 50% de oxigênio e 50% de óxido nitroso, e que é inalada através de uma máscara ou um tubo para a boca. Ele é mais conhecido como gás hilariante, pois pode provocar crises de riso! É fácil de usar, você mesma controla e não tem nenhum efeito colateral para o bebê. Muitas mulheres acham que o óxido nitroso alivia as contrações. Ele diminui a dor, mas não completamente.

Esse gás pode ser usado em qualquer estágio do parto. Ele é bastante útil nas etapas finais do primeiro estágio do parto, dos 7-8 cm até a dilatação completa.

O óxido nitroso pode ser usado com outros procedimentos para aliviar a dor – por exemplo, numa piscina para parto na água ou junto com uma anestesia peridural ou com analgésicos opiáceos.

Como usar o gás anestésico

Você respira o gás através de um tubo na boca ou de uma máscara. Algumas mulheres detestam usar a máscara (nesse caso, você pode optar pelo tubo) e também o cheiro levemente doce do gás. Você precisa respirar bem fundo para abrir a válvula que controla o gás de modo uniforme.

Você precisa controlar sua respiração. Leva cerca de 20 segundos para o gás e o oxigênio começarem a se acumular na sua corrente sangüínea, e ele alcança a concentração máxima após 45-60 segundos.

- Inspire profundamente várias vezes no começo de cada contração, e então retire o tubo ou a máscara enquanto respira e relaxa durante a contração.
- Se você esperar até que a contração fique muito dolorosa para inspirar o gás, ele irá concentrar-se na sua corrente sangüínea depois que a contração já tiver começado a ceder.

Muitos casais descobrem que é possível encontrar um ritmo para usar o gás. O seu acompanhante de parto segura a máscara ou o tubo, você avisa que está começando a sentir uma contração, o(a) acompanhante lhe passa a máscara, você inspira o gás algumas vezes, devolve a máscara e então se concentra na contração. Entre as contrações, você pode tomar um gole de água, mudar de posição ou lavar o rosto, e então começar tudo de novo.

Se você acha que esse sistema não funciona para você, é possível também simplesmente inalar o máximo de óxido nitroso que puder, até se sentir bem mole, quando então você automaticamente irá deixar a máscara cair. A tendência é você ficar bem tonta ao fazer isso, mas algumas mulheres dizem que gostam dessa sensação.

Efeitos colaterais

Há algumas desvantagens no uso do gás anestésico:

- Algumas mulheres se sentem enjoadas ao usar o gás, e algumas vomitam.

Resumo do gás analgésico

Prós	Contras
Você controla o gás e aspira quanto precisar.	Talvez você não goste da sensação de ficar meio aérea.
Ele não fica no seu organismo.	Você pode ficar enjoada.
Ele só afeta temporariamente a sua capacidade de percepção.	O óxido nitroso é apenas um modo suave de aliviar a dor; ele não elimina a dor completamente, apenas a diminui.
O oxigênio que ele contém faz bem ao bebê.	

- Ele deixa a boca seca se usado por muito tempo.
- Se você respirar rápido demais, poderá se sentir muito tonta e ficar com formigamento nos dedos. Talvez seja necessário respirar menos profundamente, caso isso aconteça.
- Algumas mulheres não gostam da sensação de ficar meio embriagadas e fora de controle, ou com crises de riso sem motivo.

Orientações:
Se você usar o gás:

- Converse com o(a) seu(sua) acompanhante de parto ou a obstetriz sobre como controlar o ritmo das inalações.
- E não gostar do cheiro ou da sensação da máscara sobre o rosto, use um tubo para a boca.
- Tome goles de água entre as contrações, para não deixar a boca seca.

Meperidina (ou petidina)

Esses medicamentos são analgésicos potentes e constituem uma versão sintética da morfina. Possuem efeito sedativo, deixam você sonolenta e são também antiespasmódicos, ajudando a relaxar a musculatura lisa, incluindo os músculos do útero.

A meperidina só alivia parcialmente a dor. Algumas pessoas a consideram mais um sedativo do que um analgésico e afirmam que as mulheres reclamam menos durante o parto com o seu uso porque se sentem sonolentas, e não porque sentem menos dor. No entanto, ela permite que você descanse durante o trabalho de parto, dando uma oportunidade para você relaxar e restaurar suas energias, ficando, assim, mais disposta a continuar a luta quando o efeito do remédio passar.

A principal desvantagem da meperidina é que ela atravessa a placenta e pode afetar a respiração do bebê (veja abaixo).

Outras drogas da família da morfina, como as descritas abaixo, também são analgésicos potentes, mas em geral não são usadas devido aos riscos elevados para você e para o bebê:

- O meptazinol às vezes é utilizado, já que os efeitos colaterais sobre a respiração do bebê parecem ser menores; mas alguns médicos acham que ele é menos eficaz que a dolantina e causa mais enjôo.
- A diamorfina (derivado da heroína) parece trazer maior alívio para a dor, e as mulheres relatam que têm uma sensação de bem-estar; mas há o perigo de se tornar dependente, mesmo com uma úni-

Resumo da meperidina

Prós	Contras
Permite que você descanse caso o parto seja longo e difícil.	Você pode se sentir enjoada ou vomitar.
Se você estiver muito ansiosa, ela ajuda a relaxar e a deixar as contrações mais eficazes.	Talvez você não aprecie a sensação de sedação e de não conseguir prestar atenção no que está acontecendo.
Pode ajudar você a se concentrar menos na dor.	O seu bebê pode ficar sedado nos primeiros dias após o nascimento.

ca dose, e os problemas respiratórios para o bebê parecem ser mais intensos.

Várias outras drogas são experimentadas, mas a dolantina ainda é a mais usada no campo dos injetáveis. Você não poderá usar nenhum deles caso o seu bebê seja prematuro ou tenha a possibilidade de ter problemas respiratórios. Se você mesma tiver problemas respiratórios, como asma ou bronquite crônica, eles também são contra-indicados. O mesmo ocorre nos casos de problemas hepáticos, já que a droga é processada pelo fígado. Portanto, se você estiver em alguma dessas situações, converse com seu médico antes do parto para discutir as opções que poderá ter.

Como a meperidina funciona?
Você receberá uma injeção intramuscular, geralmente na nádega ou na coxa. Leva cerca de 20 minutos para fazer efeito e dura mais ou menos de duas a quatro horas.

Se você já estiver num trabalho de parto estável e estiver muito tensa, ela lhe ajudará a relaxar e a acelerar o parto.

Os efeitos sobre a respiração do bebê são mais pronunciados se a droga for utilizada nos estágios finais do parto, dentro de duas a quatro horas antes do nascimento. Então é possível que haja uma "fase" em que esses medicamentos sejam mais úteis (provavelmente entre 2 e 6 cm de dilatação). No entanto, a velocidade do parto varia, então é preciso avaliar o melhor momento para usar a droga. Pergunte à sua obstetriz quanto ela acha que o trabalho de parto irá durar, antes de tomar uma decisão.

A meperidina é ministrada em doses de 50 mg, 100 mg e 150 mg, que podem ser alteradas de acordo com o seu peso; se você for muito pequena, precisará de uma dose menor. Você também pode receber uma dose pequena caso desconfie dos efeitos da droga. Como é uma droga rigorosamente controlada, deverá ser prescrita pelo médico e será reservada apenas para casos muito específicos. Há também a preocupação de que ela possa afetar o bebê, e isso limita a dose total que pode ser administrada durante o parto.

Efeitos colaterais
Os efeitos colaterais da meperidina estão relacionados à dose ministrada; quanto maior a quantidade injetada, maior a probabilidade de haver efeitos colaterais. Os mais comuns incluem:

- náusea e vômitos: por isso costumam ser ministradas junto com outra droga para vômitos, mas, mesmo assim, algumas mulheres ainda têm náuseas
- depressão respiratória: não é algo que afete a maioria das pessoas, mas pode ser um problema se você já tiver alguma deficiência respiratória
- alteração da consciência: pode ser que você não se dê conta do que está acontecendo ao seu redor ou se sinta um pouco embriagada
- sono: muitas mulheres dormem entre as contrações, mas acordam durante o pico da dor e sentem que não conseguem lidar com a contração
- digestão lenta: isso pode ser crucial caso você precise de uma cesariana sob anestesia geral, mas hoje em dia é bastante raro
- pode afetar a memória: as mulheres se sentem meio confusas quanto ao que aconteceu durante o parto e às vezes nem se lembram do momento em que o bebê nasceu

Também há possíveis efeitos colaterais para o bebê:

- a meperidina e seus semelhantes atravessam a placenta e podem causar depres-

são respiratória no bebê, ou seja, ele poderá ter dificuldades respiratórias quando nascer
- os bebês têm um índice de Apgar mais baixo ao nascer, quando as mães recebem opiáceos, mas isso não parece afetá-los a longo prazo
- os bebês podem ficar muito sonolentos e demorar para conseguir mamar

Outras drogas podem ser ministradas ao bebê para contrabalançar o efeito dos opiáceos sobre a respiração. Esses antídotos costumam ser ministrados somente se o bebê apresentar problemas respiratórios.

Orientações:
Se cogitarem lhe aplicar opiáceos*:

- peça que a examinem internamente para verificar a sua dilatação antes de aceitar os derivados da morfina
- converse com seu médico sobre a possibilidade de tomar uma dose pequena, para testar o efeito em você
- se você ficar muito sonolenta após a injeção, peça a seu(sua) acompanhante para acordá-la quando uma contração começar, para que você tenha tempo de respirar e lidar com ela satisfatoriamente

Esteja preparada para os efeitos da meperidina sobre o bebê, depois que ele nascer. Pode ser difícil conseguir amamentá-lo, então dê tempo ao bebê. Geralmente, por volta do 3º ou 4º dia, o seu bebê fica mais alerta e mais disposto a ser alimentado.

Anestesia peridural

É uma injeção aplicada nas costas que entorpece a parte inferior do corpo para que você não sinta as contrações. Ela introduz a anestesia local na região lombar da coluna, perto dos nervos que transmitem a dor. Isso impede que as mensagens da dor cheguem até o seu cérebro e também causa torpor na parte inferior do corpo.

Cerca de 1/4 das mulheres utiliza a anestesia peridural para aliviar a dor durante o parto. Ela é amplamente reconhecida como a forma mais eficaz de aliviar a dor – 90% das mulheres dizem que funcionou para elas. Para algumas mulheres, ela é capaz de eliminar a dor por completo. Então, se você se sentir perturbada e fora de controle, uma peridural pode fazer com que se sinta calma e sob controle novamente.

Para algumas poucas mulheres (menos de 10%) a peridural não funciona tão bem quanto elas esperavam; às vezes é possível que uma área não fique amortecida, e às vezes a anestesia funciona melhor de um lado do que de outro. Pode ser que peçam a você que se vire de lado para ajudar a peridural, ou então a agulha pode ser removida e aplicada em outro local.

Existem algumas instâncias raras em que não é possível usar a peridural, como, por exemplo, uma infecção no ponto onde ela será aplicada ou um problema sério com a sua coluna que impeça fisicamente que a peridural seja colocada no lugar certo.

A peridural parece ter pouco efeito sobre o bebê; é um método usado há muitos anos e, se causasse algum problema maior, ele já teria surgido. Há estudos comparando os bebês que nasceram de mulheres que receberam uma peridural com os de mulheres que não receberam, e não houve diferenças no índice de Apgar ou nos gases do cordão umbilical. Uma pesquisa que acompanhou os bebês até os cinco anos de idade também não revelou diferenças comportamentais.

Contudo, a anestesia peridural pode ter uma variedade de efeitos sobre você. Por-

---
* Esses medicamentos não são habitualmente usados com essa finalidade no Brasil. [N. da R. T.]

tanto, você precisa saber dos riscos e se preparar para eles antes de entrar em trabalho de parto.

Como a peridural é aplicada

A aplicação de uma peridural é um procedimento médico complexo. O anestesista deve aplicá-la em um lugar específico, e isso pode levar certo tempo. Depois de aplicada, ela leva de 10 a 20 minutos para agir sobre a dor.

Você precisa se deitar de lado, encolhida, ou então sentar na beirada da cama, com os braços em volta do(a) acompanhante. Isso faz sua coluna ficar esticada, o que torna mais fácil colocar a agulha no lugar correto. É preciso ficar bem quieta durante todo o procedimento, o que pode ser difícil, caso você já esteja em trabalho de parto avançado. O anestesista costuma pedir que você o avise quando sentir que uma contração está começando e, então, espera que ela termine para iniciar o procedimento.

O anestesista usa um anestésico local para anular a sensibilidade da área e depois introduz uma agulha oca na região lombar. Pode ser que você sinta a agulha entrando. Um tubo fino – o cateter – é colocado através da agulha oca, que depois é removida. O cateter fica no lugar, para que o anestésico seja ministrado através dele.

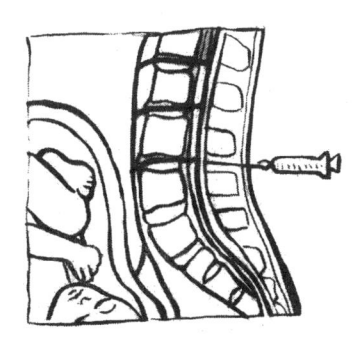

Posição da peridural em relação à coluna

A droga anestésica mais comumente usada é a bupivocaína.

A droga costuma ser ministrada em intervalos, e a dose pode ser repetida se você começar a sentir a dor novamente. Às vezes o fluxo é contínuo, e alguns hospitais deixam que você controle a quantidade de anestésico, pressionando um botão.

A maioria das mulheres diz sentir uma sensação de frio quando a anestesia começa a fazer efeito e depois um desaparecimento gradual da dor.

Como parte do procedimento, você também já ficará com soro instalado, para que possa receber medicamentos rapidamente, caso a peridural cause uma queda súbita de pressão arterial, o que às vezes ocorre (veja abaixo). Você também será monitorada eletronicamente o tempo inteiro.

Efeitos colaterais

Algo tão poderoso como uma peridural, capaz de eliminar toda a dor do parto, terá inevitavelmente possíveis efeitos colaterais. Estes podem incluir:

- queda súbita da pressão arterial
- aumento da temperatura corporal
- necessidade de uma sonda para esvaziar a bexiga
- aumento significativo da duração do primeiro e do segundo estágios do parto
- aumento significativo do uso da ocitocina (droga ministrada por gotejamento para acelerar o parto)
- o mais importante: aumento significativo do número de partos feitos com fórceps
- alguns sintomas após o parto

Queda súbita da pressão arterial

Uma queda súbita da pressão arterial pode deixar você bastante enjoada e tonta. Em geral, um soro já é colocado em você antes de a peridural ser aplicada, para que possa receber líquidos e/ou medicamentos, caso seja necessário controlar a queda da pressão. Uma queda da pressão arterial pode diminuir a quantidade de sangue que flui para a placenta e, portanto, pode reduzir a quantidade de oxigênio que o bebê recebe.

Aumento da temperatura

Um aumento da temperatura corporal pode ser um efeito colateral da peridural, mas também pode ser sinal de infecção. Se a sua temperatura subir, isso pode afetar os batimentos cardíacos do bebê. Existe então o risco de que a mudança no ritmo cardíaco do bebê possa levar a alguma intervenção (como, por exemplo, um parto induzido ou uma cesariana) para fazê-lo nascer mais rápido. Também pode levar a exames para detectar a infecção e a tratamento com antibióticos. A taxa de febre para as mulheres que tomaram peridural aumenta de acordo com o tempo durante o qual ela foi mantida.

Por outro lado, algumas mulheres ficam com calafrios depois que a peridural é colocada. Não se sabe ao certo por que isso acontece, mas é algo que passa rápido e não parece ter nenhum efeito a longo prazo.

Sonda para esvaziar a bexiga

Uma vez que você não pode mais ter a sensação de que a sua bexiga está cheia, há o risco de que ela fique excessivamente cheia e você não perceba. Isso pode causar danos à bexiga e levar à incontinência urinária depois do parto. Junto com uma peridural completa, geralmente é introduzida uma sonda na bexiga para ter certeza de que ela está vazia. Com as peridurais de baixa dosagem (veja abaixo), talvez isso não seja necessário, já que você consegue sentir quando sua bexiga está cheia. Ficar com uma sonda é desconfortável e pode aumentar o risco de infecções urinárias após o nascimento.

Aumento significativo da duração do parto

A anestesia peridural pode retardar o parto. Talvez isso aconteça porque ficar se mexendo e numa posição ereta ajuda o parto a progredir, enquanto tomando uma peridural você não consegue se mexer tanto. Quanto mais longo o parto, maior a chance de que você precise de algum tipo de intervenção para acelerá-lo. Portanto, uma peridural pode, inadvertidamente, levar a uma cesariana ou parto induzido.

Aumento significativo do uso de ocitocina para acelerar o parto

A ocitocina é uma versão sintética do hormônio que o organismo produz para dar início às contrações. Se o seu parto estiver lento, um gotejamento de ocitocina estimula as contrações. Há o risco de o medicamento afetar o bebê e causar algum problema que, então, pode levar a um parto assistido (fórceps) ou a uma cesariana.

Aumento significativo da quantidade de partos assistidos

A taxa de partos assistidos (por fórceps) é de cerca de 10%. Assim que a peridural é colocada no lugar certo, esse risco aumenta para cerca de 40%. Este aumento costuma ser atribuído ao fato de que a mulher não sente a necessidade de empurrar a criança. Mas também há uma forte razão biológica: a peridural modifica o seu assoalho pélvico. Ele costuma ser rijo e tem a forma de uma fossa; assim, quando a cabeça do bebê desce, ela é virada para a posição correta para se mover para o canal vaginal. Com a peridural, os músculos do assoalho pélvico ficam mais relaxados e assim diminuem as chances de a cabeça do bebê virar. Pode ser que seja preciso utilizar o fórceps para virar a cabeça do bebê para a posição correta.

Às vezes é possível deixar que o efeito da peridural passe quando o segundo estágio do parto se aproxima, mas pode ser bem difícil suportar as contrações intensas. Outra técnica é evitar empurrar ativamente até que a cabeça do bebê esteja bem baixa e possa ser vista. Deixar o útero fazer a maior parte do trabalho de empurrar o bebê parece reduzir o número de partos que necessitam de fórceps baixo.

Há certa controvérsia sobre a relação entre a peridural e a taxa de cesarianas. Alguns estudos revelaram um aumento e outros não, embora a fonte mais confiável para os obstetras sugira que há "uma grande probabilidade de aumento no número de cesarianas com a anestesia peridural".

Problemas após o nascimento

Dores de cabeça
Cerca de 1% das mulheres que são submetidas a uma punção lombar sofrem de uma pequena perda de líquor, o que pode causar uma dor de cabeça bem forte durante alguns dias. Deitar-se completamente na horizontal costuma aliviar a dor. Outras medidas são uma boa hidratação e o uso de analgésicos.

Áreas entorpecidas
Um número reduzido de mulheres sente fraqueza ou uma área do corpo entorpecida, geralmente na coxa ou na perna. Isso costuma desaparecer dentro de uns três meses.

Dores nas costas
Já se pensou que a peridural pudesse estar associada a dores persistentes nas costas, mas vários estudos não encontraram nenhuma evidência disso. Parece provável que a causa das dores nas costas é o fato de ficar sentada ou deitada em uma única posição durante muitas horas, ou então o fato de você não poder sentir que suas costas estão sob grande pressão.

Peridural de baixa dosagem
Para tentar contornar os problemas da falta de mobilidade e reduzir a taxa de partos assistidos, foram desenvolvidas peridurais de baixa dosagem. Elas usam uma dose menor de anestésicos locais, mas são complementadas com drogas que aliviam a dor (opiáceos, morfina ou fentanil). No entanto, pode ser que você ainda precise de soro e de monitoramento, então a sua mobilidade pode ficar limitada.

Resumo da peridural

Prós	Contras
É a maneira mais eficaz para eliminar a dor durante o parto.	Algumas vezes ela não é totalmente eficaz, e uma área pode não ser anestesiada.
	Ela pode aumentar a duração do parto.
	Aumenta realmente as chances de um parto assistido, com uso de fórceps.
	Muito raramente, pode ocasionar dor de cabeça após o parto.

A peridural de baixa dosagem possui muitas vantagens:

- Você pode se mexer um pouco. Às vezes é possível andar um pouco e mover-se de uma cama para uma cadeira e para o banheiro. As mulheres que tomaram peridural de baixa dosagem apreciaram o fato de que podiam se mexer.
- Você tem mais sensibilidade no segundo estágio, então fica mais fácil sentir a necessidade de empurrar.
- Há menos necessidade de uma sonda na bexiga, já que geralmente você consegue urinar.

Alguns estudos constataram uma leve queda na taxa de partos assistidos, em comparação com a peridural padrão.

A peridural de baixa dosagem possui também algumas desvantagens:

- Pode ser que você fique com coceira generalizada na pele (dependendo das drogas usadas).
- A sua pressão arterial pode cair.
- Há aumento na incidência de dor de cabeça decorrente da punção dural.
- Pode ser que você tenha uma depressão respiratória posterior, o que causa falta de ar algumas horas depois que a peridural de baixa dosagem foi aplicada.

Também há mais efeitos colaterais para o bebê. A anestesia peridural de baixa dosagem utiliza opiáceos, e certa quantidade da droga pode chegar até o bebê, embora o efeito seja mais suave do que quando você toma o opiáceo através de uma injeção. Há aumento no número de bebês que nascem com um baixo índice de Apgar, e mais bebês precisam dos procedimentos de ressuscitação após uma peridural de baixa dosagem do que quando se usa a peridural de dosagem total.

Orientações

Caso você opte por uma peridural:

- Mexa-se o máximo que puder, ou sente-se na cama, bem apoiada. Se você ficar muito entorpecida, o(a) acompanhante de parto poderá verificar a sua posição freqüentemente e impedir que você fique escorregando. Se for possível colocar facilmente uma mão entre as suas costas e a cama, então você não está bem apoiada e precisará de ajuda para sentar direito ou, então, de mais travesseiros.
- Mude de posição sempre que possível para evitar dores nas costas. Experimente deitar-se sobre o lado esquerdo por algum tempo.
- Converse com sua obstetriz sobre a melhor maneira de empurrar no segundo estágio. Talvez possa ser melhor não empurrar imediatamente quando você estiver completamente dilatada, e sim esperar até que a cabeça do bebê possa ser vista.
- Certifique-se de que a sua bexiga não está cheia. Uma bexiga cheia pode atrasar o segundo estágio do parto. Se a peridural for móvel, e você puder ir ao banheiro, peça ao acompanhante de parto que a lembre de ir ao banheiro com freqüência.

Após o parto, pode ser que o efeito da peridural leve várias horas para passar. É bom ter em mente que no começo você pode se sentir insegura ao ficar de pé.

Outros métodos para aliviar a dor

Não é fácil achar evidências que sustentem os outros métodos para alívio da dor durante o parto. Os exames que foram feitos são de pequena escala, mas ainda assim têm resultados interessantes. Já que os métodos alternativos possuem menos efeitos colaterais que muitos métodos tradicionais de alívio da dor, talvez você queira investigá-los mais a fundo e usá-los junto com outros métodos de auto-ajuda.

Entre em contato com um profissional qualificado. Marque uma consulta e veja se sente confortável com o profissional antes do parto. Algumas terapias podem ser usadas durante a gravidez, outras precisam que o terapeuta esteja com você durante o parto.

Acupuntura

Este método para eliminar a dor não costuma ser muito utilizado, já que é preciso que o acupunturista esteja ao seu lado na hora do parto. Talvez você tenha a sorte de achar uma obstetriz ou um médico que seja qualificado em acupuntura, ou talvez precise encontrar um acupunturista que queira atendê-la enquanto você estiver em trabalho de parto.

A acupuntura parece ajudar algumas mulheres e reduz a necessidade de outras formas de alívio da dor. Um estudo revelou que há uma redução no uso de drogas anestésicas nas mulheres que se trataram com acupuntura durante o parto, além de um alto grau de satisfação entre as gestantes. Num teste aleatório controlado com 90 mulheres que estavam prestes a ter bebês, metade das mulheres foi separada num grupo que fez uso de acupuntura, enquanto a outra metade não recebeu o tratamento. Não houve diferenças significativas entre os grupos em termos de resultado do parto (freqüência de partos normais, cesarianas, duração do parto e assim por diante), mas a necessidade de peridural foi significativamente menor no grupo tratado com acupuntura.

A acupuntura pode ser útil se você está em busca de uma boa alternativa para as drogas utilizadas durante o parto ou então de um complemento para elas.

Aromaterapia

A aromaterapia já é muito usada durante o parto, e muitas gestantes dizem que os óleos aromáticos são bons para colocar na banheira de parto ou para a massagem. Existem pesquisas que corroboram esse uso, e um estudo sobre a aromaterapia no parto, com mais de 8.000 mulheres, revelou que, embora houvesse pouca redução no uso de anestesia ou de partos feitos por meio de uma operação:

- 60% das mulheres disseram que a aromaterapia ajudou
- sálvia e camomila ajudam a aliviar a dor
- lavanda e olíbano reduzem a ansiedade e o medo
- o uso de opióides sistêmicos como os derivados da morfina foi reduzido
- houve uma incidência de 1% de efeitos colaterais (pequenas irritações na pele, náusea)

Se você estiver interessada em usar essa terapia durante o parto, consulte um aromaterapeuta ou verifique num livro especializado quais são os óleos mais apropriados para o parto e de que forma você pode usá-los de maneira autônoma, para não precisar depender da maternidade para isso. Em algumas áreas, as obstetrizes já são treinadas no uso de aromaterapia.

Homeopatia

Os remédios homeopáticos podem ser úteis durante o parto. A seguir, listamos os que são recomendados pela Associação de Homeopatas de Londres:

- Acônito: no caso de parto lento e sensação de medo durante o parto
- Caulophyllum: caso o parto pare devido à exaustão

- Pulsatilla: se o ritmo do parto for interrompido (por exemplo, ao ir de casa para o hospital)
- Kal Carb: para os partos lentos, quando o bebê se apresenta pelas nádegas
- Ipecac: para náusea e vômitos durante o parto
- Kali Phos: para a sua fadiga ou a de seu acompanhante de parto, quando os níveis de energia estão baixos
- Arnica: auxilia o funcionamento adequado dos músculos

Você também pode montar o *kit* homeopático para o parto com uma seleção dos medicamentos mais utilizados, juntamente com as instruções sobre como e quando usá-los. Para isso, consulte um médico homeopata.

Hipnoterapia

Você pode fazer aulas de hipnoterapia nos últimos meses de gestação. Ela reduz a ansiedade, o que significa que você vai precisar de menos anestesia. O curioso é que um estudo também revelou que a hipnoterapia reduzia a duração do parto. Para as mulheres que tiveram o primeiro filho, o primeiro estágio do parto foi reduzido de uma média de 9:30 horas para 6:40 horas, e o segundo estágio, de 50 para 37 minutos. As diferenças para as mulheres que tiveram o segundo filho (ou subseqüentes) foram menores, mas ainda assim significativas.

Reflexologia

A reflexologia relaciona áreas das plantas dos pés a várias áreas do corpo. Ela é usada para tratar vários problemas e pode ser usada também na gravidez, para ajudar a deixar o bebê numa posição boa ou para fazer você entrar em trabalho de parto, caso já tenha passado da época. Há pouca pesquisa sobre o assunto, mas alguns estudos de pequena escala sugerem que o uso da reflexologia diminui o primeiro e o segundo estágios do parto, e pode reduzir o número de cesarianas.

Injeções de água

Pode parecer um método estranho, mas parece que elas realmente auxiliam no caso de dores intensas nas costas. Injeta-se água esterilizada via subcutânea, na parte inferior das costas. A boa notícia é que esse método traz um alívio quase imediato (entra em ação dentro de dois a três minutos) e dura de duas a três horas. A má notícia é que as injeções causam uma sensação de queimação intensa, a qual dura de 30 a 90 segundos. Não costumam ser muito utilizadas na Inglaterra, então talvez seja difícil encontrar uma obstetriz que tenha experiência no método.

Pergunta: Morro de medo da dor do parto. Existe algo que eu possa fazer para me ajudar a suportá-la, além dos métodos anestésicos?

Daphne Metland responde: As nossas mães, e as mães de nossas mães, costumavam chamar as contrações de "dores", o que é algo tanto assustador quanto injusto, pois não considera todo o trabalho que as contrações fazem. Ina May Gaskin, uma escritora americana, diz que as contrações são "a voz do progresso". Ela está certa. Cada contração faz com que você fique um pouco mais perto do seu bebê. Cada contração faz um pouco de trabalho necessário para dar mais espaço para o bebê. Cada contração é uma contração que ficará no passado. Você pode trabalhar junto com as contrações para acelerar o progresso do parto (veja a página 303). Se você puder pensar nas contrações como algo positivo, isso poderá ajudá-la a lidar melhor com a dor.

A dor do parto realmente varia bastante de mulher para mulher, e às vezes até de parto para parto. Informe-se ao máximo, mas vá para o parto sem opiniões rígidas. Ele pode ser mais fácil do que você imaginava, ou então mais difícil. Pode ser que a idéia de que a dor é algo positivo – uma dor que indica progresso – seja um pensamento bastante útil, ao qual você pode se agarrar para enfrentar o processo.

Não se esqueça de que você pode escolher como irá lidar com a sua dor. Você pode fazer tudo do jeito "natural", ou então pode escolher uma das opções para aliviar a dor. O parto não é um teste de resistência, e ninguém lhe dará uma nota dez pelo modo como você o enfrentou.

As notas para o seu Plano de Parto
Alívio da dor

- Você prefere usar algum método de auto-ajuda, como mudança de posição, massagem, respiração e relaxamento?
- A idéia de usar gás a agrada?
- Gostaria de usar o aparelho de TENS?
- Gostaria de utilizar a meperidina, ou está certa de que não quer usá-la de jeito nenhum?
- Você quer tomar uma peridural assim que o trabalho de parto for confirmado, ou gostaria de evitar esse tipo de anestesia?
- Você prefere uma peridural aos opiáceos?

Mês 8

Oito coisas incríveis sobre o 8.º mês

1. *Sentir o bebê soluçar dentro de você!*
2. *Conversar com o bebê de madrugada quando os chutes dele(a) acordam você*
3. *Saber que o seu parceiro vai ser um ótimo pai*
4. *Ver o umbigo ficar para fora à medida que a sua barriga cresce*
5. *Decidir que não há problema algum em relaxar e levar a vida calmamente*
6. *Tomar café da manhã na cama... Bem, às vezes só uma xícara de café, mas já é alguma coisa*
7. *Ceder ao instinto de preparar o ninho e pintar o quarto do bebê*
8. *Levar os avós para fazer compras para o bebê; eles podem participar da sua alegria (e da conta também!)*

Neste mês, o bebê alcança cerca de 40 cm de comprimento e também aumenta o peso para aproximadamente 2.650 g

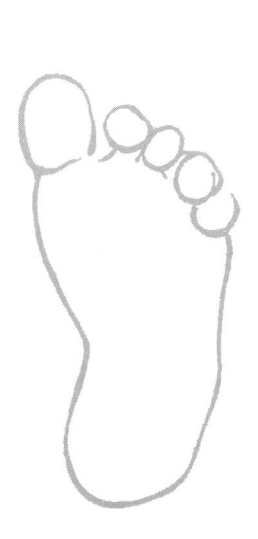

32.ª Semana

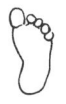

O crescimento do bebê

Se o seu bebê nascer a partir deste estágio, as chances de sobrevivência são excelentes. Como os pulmões já estão mais maduros, é menos provável que ele tenha problemas respiratórios.

O seu bebê já pode ver e ouvir: não há muito para ele(a) ver, mas ele(a) conseguirá ouvir muitas coisas, não apenas os ruídos do seu coração ou do sistema digestivo, mas também as vozes e os sons do mundo exterior.

O horário de dormir e ficar acordado do bebê também fica diferente no oitavo mês. O seu bebê pode ficar se mexendo enquanto dorme, com os olhos se mexendo sob as pálpebras. Isso é chamado de sono REM, associado aos sonhos – embora não tenhamos idéia daquilo com que um bebê que ainda não nasceu possa sonhar.

As mudanças no seu corpo

Você pode notar algumas veias azuis pronunciadas nas mamas. Com o tamanho aumentado, as marcas mais escuras em volta das aréolas e talvez certo vazamento de colostro, você poderá se perguntar de quem são essas mamas. É essencial usar um sutiã com boa sustentação nestas últimas semanas, principalmente se as suas mamas estiverem muito grandes.

O seu útero provavelmente chega a 12 cm acima do umbigo. Algumas mulheres passam a ter **dores no ligamento redondo** por volta desta época. A sua barriga cresce e a sua pele também tem que esticar, e muitas mulheres ficam com **erupções na pele**. Existem outras causas para a coceira, então vale a pena saber **quando você deve se preocupar com a coceira**.

Para refletir

- Durante muitos anos, nossas avós sempre nos disseram para tomar **chá de folha de framboesa** para ajudar na hora do parto. Hoje sabemos que ele realmente é útil.
- Planejando com antecedência: metade de todas as **cesarianas** é feita quando o trabalho de parto já teve início, então é algo que todas nós precisamos saber para estar prevenidas.
- A partir de agora você já pode entrar de licença-maternidade. Ela pode ser requerida pela Internet (www.dataprev.gov.br) ou em qualquer Agência da Previdência Social. Você terá 5 anos para reivindicar esse benefício!

Dor no ligamento redondo

O seu útero é mantido no lugar por músculos horizontais que o ligam à parte de trás da pélvis, e por dois músculos verticais que o ligam à parte da frente da pélvis. Esses são os chamados ligamentos redondos e ficam cada vez mais esticados à medida que seu útero cresce e se move para cima. Você pode ter dores de estiramento muscular na frente da barriga. Geralmente você sente isso num dia em que caminhou muito. Rotações pélvicas (veja a página 132) podem ajudar, já que deslocam o peso do bebê para trás sobre a bacia, o que diminui a pressão sobre esses ligamentos. Se a dor incomodá-la, tente descansar mais; e, caso você precise andar muito, use sapatos baixos e pare para descansar várias vezes.

Erupção cutânea da gravidez

A erupção cutânea mais comum da gravidez recebe o nome de erupção polimórfica da gravidez e afeta uma em cada 200 mulheres. (Antigamente, ela recebia o nome de prurigo-urticária-pápula-placa da gravidez.)

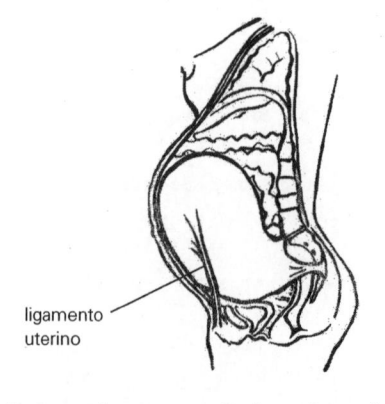

ligamento uterino

Os longos ligamentos redondos na frente da barriga podem causar dor quando são esticados

Ela costuma afetar as mães de primeira gestação e parece estar relacionada com o estiramento da pele, já que costuma atacar nas últimas semanas, quando o abdômen está em seu tamanho máximo. Ela também é mais comum nas mulheres que estão esperando gêmeos e nas mulheres que ganharam muito peso.

Ela começa nas estrias da barriga como pequenos pontos vermelhos protuberantes, os quais coçam muito. Costuma espalhar-se para as coxas, os seios e os braços. A coceira fica muito intensa durante uma semana e depois passa a diminuir, mas só desaparece de todo depois do nascimento do bebê.

Essa erupção não afeta a gravidez nem causa nenhum dano ao bebê.

O seu médico poderá prescrever um creme à base de cortisona ou anti-histamínicos caso a coceira seja muito incômoda. Embora ele só consiga minimizar o problema até certo ponto durante o dia, pode ajudá-la a dormir à noite, já que um de seus efeitos colaterais é o sono.

Pode ser que um banho com aveia ajude a aliviar o problema. Coloque duas colheres de sopa de farinha de aveia num saco (uma fronha velha serve) e amarre na torneira da banheira. Abra a torneira para que a água corra sobre a aveia. A água ficará um pouco turva, mas o banho trará um grande alívio e é bom para a pele seca em geral.

Quando a coceira é motivo de preocupação

Muitas mulheres têm coceira durante a gravidez. Em raros casos a coceira pode ser um sinal de colestase gestacional (veja a página 392), um quadro clínico que está ligado a problemas no fígado.

O principal sintoma é a coceira intensa, principalmente nas solas dos pés e nas palmas das mãos. Algumas mulheres coçam até sangrar. Costuma acontecer no terceiro trimestre.

A coceira na gravidez é comum, mas a colestase gestacional não. Como ela pode causar sérios problemas para você ou para o bebê, consulte sempre o seu médico ou nos casos de coceira intensa.

Chá de folha de framboesa

O chá de folha de framboesa é usado como recurso medicinal há séculos, e muitas mulheres já o tomaram para fazer o parto ser mais tranqüilo. Até recentemente havia pouca pesquisa sobre o assunto, mas um estudo feito por um grupo de obstetrizes na Austrália revelou dados interessantes. Foi um estudo de pequena escala, com 108 mulheres. Cinqüenta e sete delas tomaram o chá de folha de framboesa a partir da 32ª semana e 51 fizeram parte do grupo de controle. As mulheres que tomaram o chá ficaram menos propensas a:

- ter um bebê prematuro ou "fora de tempo"
- precisar ter as membranas rompidas artificialmente
- precisar de uma cesariana ou de parto com uso de fórceps

Um estudo de acompanhamento revelou que nenhuma das mães relatou efeitos colaterais nela ou no bebê, e que o segundo estágio do parto foi mais curto (uma média de 10 minutos a menos), embora não tivesse havido diferença na duração do primeiro estágio do parto.

As folhas de framboesa podem ser consumidas como chá (duas a três xícaras ao dia) ou em comprimidos (dois comprimidos de 300 ou 400 mg em cada refeição – três vezes ao dia) a partir da 32ª semana, mas dificilmente são encontrados em locais onde a framboesa não é cultivada. Não é recomendado antes disso porque (pelo menos em teoria) poderia causar parto prematuro, embora você possa ouvir conselhos diferentes.

Planejando com antecedência: a cesariana

A cesariana fica cada dia mais comum. Se você é uma "mãe mais velha" que vai ter o seu primeiro bebê, suas chances de precisar de uma cesariana são maiores. E, seja qual for sua idade, ninguém pode antecipar o que vai acontecer no parto que possa tornar uma cesariana necessária. Nem sempre a cesariana é algo que "só acontece com os outros".

Por que eu preciso pensar com antecedência sobre a cesariana?

É bom saber por que ela precisa ser planejada, e o que você deve esperar. Existem muitas razões para que uma cesariana tenha de ser feita sem que haja um planejamento prévio, isto é, a decisão de fazer a cesariana é tomada quando você já está em trabalho de parto. Em ambos os casos, saber o que a espera pode tornar essa experiência menos amedrontadora.

Possíveis motivos para fazer uma cesariana

Você pode saber com antecedência que irá precisar de uma cesariana se:

- o seu bebê estiver sentado (em apresentação pélvica)
- o bebê estiver deitado transversalmente no útero (posição transversal)

- você estiver esperando mais de um bebê, e o primeiro bebê estiver sentado ou em posição transversal
- a placenta estiver atrapalhando a saída do bebê (placenta prévia)
- você tiver algum problema de saúde preexistente, como diabetes, problemas cardíacos ou pressão muito alta, e os médicos acharem que o parto normal poderia pôr sua vida em risco

Pode ser que você precise de uma cesariana quando já estiver em trabalho de parto se:

- o parto não progredir; você tiver contrações mas elas não dilatarem o colo do útero
- o bebê não puder passar pela bacia
- o bebê não estiver na posição correta para nascer
- a obstetriz estiver preocupada com o bem-estar do bebê

Pode ser que você precise de uma cesariana de emergência se:

- o seu bebê tiver problemas sérios
- você começar a ter hemorragia
- houver um prolapso do cordão umbilical (quando ele escorrega pela vagina e fica espremido), já que isso reduz a quantidade de oxigênio para o bebê

Você pode obter mais informações sobre o que acontece numa cesariana no capítulo **O parto** (veja a página 332).

As notas para o seu Plano de Parto

Se você precisar de uma cesariana, você prefere:

- estar acordada quando o bebê nascer?
- que alguém a avise quando o bebê nascer?
- ser informada do que está acontecendo durante a cirurgia?

Caso o seu bebê seja muito pequeno ou tenha problemas logo que nascer e precise de cuidados especiais, você prefere que:

- o seu acompanhante permaneça com o bebê?
- o seu acompanhante fique com você?

33ª Semana

O crescimento do bebê

As acrobacias e os chutes podem se transformar em contorções e rodopios nas próximas semanas. Não há muito espaço para o bebê se movimentar, e a qualquer momento ele poderá atingir a posição de cabeça para baixo. Essa cabeça também pode ter bastante cabelo, mas a cor do cabelo com que o bebê nasce não é necessariamente a cor definitiva. Se o seu bebê está sentado, isso é chamado de **apresentação pélvica**. Em raras ocasiões, o bebê pode ficar deitado durante algum tempo (posição transversal), o que pode fazer a sua barriga ficar ainda mais incômoda.

As mudanças no seu corpo

O seu útero provavelmente está uns 13 cm acima do umbigo e a sua barriga provavelmente está bem grande e rígida. Você pode achar difícil inclinar-se ou achar que nenhuma posição é confortável durante muito tempo.

É bem comum ficar meio **desajeitada** nesta época, já que todo o seu senso de equilíbrio está alterado pelas mudanças no formato do seu corpo. Se o seu bebê estiver de cabeça para baixo, pode ser que você às vezes sinta um pouco de dor na área logo abaixo das costelas, do lado direito. As nádegas do bebê podem estar espremidas contra o seu fígado, empurrando-o um pouco para o lado e causando uma área meio dolorida. Isso passa quando o bebê muda de posição. Se não passar, fale com seu médico, já que uma dor de um lado só sob as costelas também pode ser um sinal de pré-eclâmpsia.

Para refletir

- Muitas mulheres descobrem que têm **pressão alta** no fim da gravidez. Não é nada surpreendente, pois o seu organismo está trabalhando muito mais do que o habitual. Às vezes, a pressão arterial alta pode ocorrer junto com outros sinais, como a presença de proteína na urina, e isso pode ser um indício de pré-eclâmpsia (veja a página 161), precisando de uma avaliação cuidadosa.
- Planejando com antecedência: se o seu bebê estiver de cabeça para baixo, como a maioria dos bebês nesta época, há algumas coisas que você pode fazer **para auxiliá-lo a ficar numa boa posição para o parto**.

Bebê em apresentação pélvica (sentado)

No meio da gravidez, muitos bebês ficam sentados: cerca de 28% deles, na 28ª semana.

Durante seu exame do último trimestre, pode-se descobrir que o bebê está sentado. Isso não é importante, a não ser mais tarde, no fim da gravidez. A maioria dos bebês começa a se encaixar na pélvis, preparando-se para o nascimento, entre a 32ª e a 36ª semanas, e a maioria fica de cabeça para baixo (apresentação cefálica), pronta para nascer. Alguns bebês orgulhosos (cerca de 3 a 4%) permanecem sentados, ou seja, ficam numa posição em que as nádegas seriam a primeira parte a sair.

Há várias razões para um bebê estar sentado, inclusive:

- uma pélvis pequena ou de formato singular: o bebê não consegue encaixar a cabeça na pélvis, então ele se vira e põe as nádegas, que são menores e mais macias, ali
- um obstáculo no caminho, como, por exemplo, uma placenta baixa ou um mioma
- um útero mais flácido, o que pode acontecer se você já teve muitos filhos

Há algum risco em caso de apresentação pélvica?

Um parto com apresentação pélvica pode aumentar alguns riscos para o bebê:

- o cordão umbilical pode escorregar para a lateral do bebê e ficar comprimido, o que reduz a quantidade de oxigênio que ele recebe; isso é um problema ainda maior nas apresentações pélvicas em que um pé se encaixa junto com a nádega
- as articulações femorais do bebê podem ser danificadas no nascimento, enquanto ele tenta passar pelo canal vaginal
- as nádegas e os genitais do bebê podem ficar muito inchados durante o nascimento
- a cabeça do bebê pode sofrer um traumatismo se ele nascer muito rápido

Um estudo de ampla escala feito recentemente em vários países confirmou que o parto normal aumentava os riscos no caso de um bebê em apresentação pélvica. Portanto, recomenda-se uma cesariana nesse caso. O estudo causou muita controvérsia e há especialistas que não concordam com as conclusões dele. Eles afirmam que as mulheres que foram estudadas tiveram um parto em que sofreram muitas intervenções,

Apresentação pélvica completa: o bebê fica com os pés encolhidos junto às nádegas e com os braços e joelhos encolhidos perto do corpo

Apresentação pélvica incompleta: o bebê fica com as nádegas para baixo, mas as pernas ficam estendidas para cima e os pés perto das orelhas

Apresentação pélvica completa: o bebê fica sentado, mas com um pé pendurado abaixo das nádegas

incluindo indução, aceleração e parto assistido, e que quase todas as mulheres estavam deitadas. Esses fatores podem ter afetado os resultados do estudo.

As suas opções, caso o bebê esteja em apresentação pélvica no fim da gravidez, são as seguintes:

- tentar virar o bebê para que ele fique de cabeça para baixo
- optar por uma cesariana eletiva
- entrar em trabalho de parto e ver se é possível evitar uma cesariana

Virar um bebê em apresentação pélvica

O ato de virar um bebê que está sentado também recebe o nome de versão cefálica externa (VCE). Uma tradução livre dessa expressão seria algo como "virar o bebê pelo lado de fora". O seu abdômen é massageado para deixar o bebê de cabeça para baixo. A versão cefálica externa reduz a necessidade de uma cesariana e é recomendada às mulheres que estão a termo (37-42 semanas) com uma gravidez em apresentação pélvica sem complicações. O índice de sucesso dessa manobra é de cerca de 46%. Nos EUA, alguns estudos revelaram um índice de sucesso de 65%, e na África ele chega a 80%. Em parte, isso tem a ver com o método usado no procedimento, a experiência de quem o executa e a importância de virar o bebê. Se uma cesariana for difícil, perigosa ou cara, o incentivo para virar um bebê que está nessa posição é bem maior. O uso rotineiro desse método ainda é recente na Inglaterra, país onde trabalham as autoras, e o índice de versões cefálicas bem-sucedidas fica apenas entre 10 e 20%. Pergunte à sua obstetriz ou a seu médico qual é o índice de tentativas bem-sucedidas na área em que você reside.

O procedimento tem mais chances de ser bem-sucedido se:

- este não for o seu primeiro bebê; as gestantes que já tiveram filhos tendem a ter mais espaço na pélvis
- existe bastante líquido amniótico, já que isso facilita virar o bebê
- o bebê está acima da entrada da pélvis; quando ele já começou a se encaixar na bacia, fica mais difícil virá-lo

Como é feita a versão cefálica externa?

O procedimento costuma ser feito na sala de parto, e o ultra-som pode ser utilizado para ajudar a identificar a posição do bebê e da placenta. Alguns médicos ministram alguma droga para ajudar a relaxar os músculos do útero, já que isso aumenta as chances de o procedimento dar certo.

Você precisa estar com a bexiga vazia. Pedirão que você se deite sobre uma mesa, que poderá estar inclinada para deixar os seus pés um pouco mais levantados; isso ajuda a fazer o bebê desencaixar da pélvis. A freqüência cardíaca do bebê será monitorada.

O médico tentará virar o bebê segurando-o com as mãos em forma de "ventosa" e fazendo movimentos circulares. Se o seu bebê puder ser virado facilmente, o procedimento é rápido e não causa muito desconforto. Alguns bebês são difíceis de virar, e então pode ser bastante desconfortável, já que terá de ser empurrado.

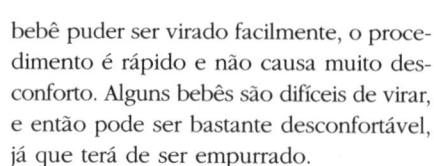

Recomendarão que você descanse durante uma hora após o procedimento, e durante esse tempo verificarão novamente os batimentos cardíacos do bebê. Às vezes o coração do bebê fica mais lento após o procedimento, por isso é importante examinar o bebê. Também é importante verificar se você não tem perda de líquido amniótico ou alguma hemorragia. Se você for Rh negativo, receberá uma injeção de anti-D (veja a página 124).

Em sua maioria, os bebês que são virados com esse procedimento permanecem de cabeça para baixo. Poucos acabam voltando à posição anterior, de nádegas.

Versão cefálica externa após cesariana anterior

Este procedimento é aparentemente seguro no caso de você ter uma cicatriz de cesariana anterior. Um pequeno estudo na França examinou 38 mulheres que tinham um bebê sentado e já tinham feito uma cesariana. Dessas mulheres, 25 passaram por uma versão cefálica externa bem-sucedida, e cerca de 2/3 tiveram parto normal. A versão do bebê não foi tão bem-sucedida nos casos em que uma cesariana havia sido feita anteriormente devido a outro bebê em apresentação pélvica. O estudo concluiu que o método é aceitável e eficaz para as mulheres que têm uma cicatriz transversal baixa no útero, desde que sejam observados alguns critérios de segurança.

Outros métodos para tentar virar um bebê em apresentação pélvica

Existem outras formas de tentar virar um bebê que está sentado. Em testes de pequena escala, elas se mostraram bem-sucedidas.

Moxabustão

Na medicina chinesa, as folhas secas da erva *Artemisia vulgaris* são chamadas de "moxa". Se forem queimadas em um ponto específico perto do dedinho do pé, essa "moxabustão" pode ajudar um bebê que está sentado a virar de cabeça para baixo. Pode parecer absurdo, mas um pequeno estudo controlado feito na China observou 260 mães que tinham bebês em apresentação pélvica na 32.ª semana. Metade delas utilizou a moxabustão, e a outra não. Ao fim da gestação, 75% dos bebês do grupo que utilizou a moxabustão estavam de cabeça para baixo, enquanto apenas 62% dos bebês do grupo de controle estavam nessa posição. Não foi um teste de larga escala, e a diferença pode ter sido obra do acaso, mas, como é um procedimento não-invasivo e fácil de ser executado, vale a pena tentar. Você precisará achar um acupunturista qualificado para fazer a primeira vez e ensiná-la a fazer o procedimento sozinha.

Engatinhar

Alguns especialistas em parto acreditam que o ato de engatinhar e uma posição em que você fica com os joelhos perto do peito (ajoelhar e ficar com os ombros abaixo do nível dos quadris) podem ajudar a persuadir um bebê em apresentação pélvica a virar. Há poucas pesquisas para confirmar isso, mas é pouco provável que cause algum problema.

Hipnoterapia

Um estudo nos EUA revelou que a hipnoterapia pode ajudar a virar os bebês em apresentação pélvica. Cem mulheres grávidas de bebês sentados foram divididas em dois grupos. Um grupo foi tratado com hipnose, recebendo sugestões de relaxamento geral, enquanto o outro grupo não foi tratado. Os resultados mostraram que 81%

dos bebês do grupo tratado com hipnoterapia viraram de cabeça para baixo, contra 48% dos bebês do grupo de controle.

Parto normal com um bebê em apresentação pélvica

Alguns bebês nascem nessa posição. Às vezes o parto é tão rápido que não há tempo para fazer uma cesariana, e às vezes a mulher pode ter decidido tentar um parto normal mesmo nessas condições. Existem médicos e obstetrizes que fazem o parto de bebês nessa posição. Alguns especialistas com experiência nesses casos acreditam firmemente que alguns bebês que estão sentados podem nascer de parto normal com segurança. Muitos diriam que o trabalho de parto com um bebê sentado pode ser tanto rápido e sem problemas, o que torna possível o parto normal, quanto lento e problemático, o que acaba exigindo uma cesariana. Grande parte das pessoas experientes em partos desse tipo concorda que a melhor maneira de dar à luz um bebê que está sentado é com a mãe na posição de quatro, com a obstetriz perto utilizando técnicas "sem o uso das mãos", deixando que o próprio peso do bebê liberte seu corpo, antes de a obstetriz apoiar o bebê e ajudar a liberar a cabeça.

Pergunta: Eu me sinto muito desajeitada, agora. Sempre esbarro nas coisas e derrubo objetos. Quebrei um prato de bolo que era da minha mãe e acabei sentada no chão e chorando. Isso é normal?

Daphne Metland responde: Muitas mulheres no fim da gestação sentem-se desajeitadas e muitas ficam bastante emotivas, portanto isso é perfeitamente normal. E logo você vai melhorar. O seu corpo se modificou tanto que a sua barriga passou a afetar o seu centro de gravidade. Tome cuidado ao caminhar sobre superfícies molhadas ou escorregadias e não suba ou desça escadas correndo. Para algumas mulheres, inclinar-se para a frente pode ser difícil (uma ótima desculpa para não lavar o chão da cozinha), mas isso pode tornar difícil você se inclinar para brincar com o seu outro filho, também. Tenha paciência. Estas são as últimas semanas de gravidez, e agora é a hora de aprender a fazer tudo mais devagar e a se acalmar.

Pressão alta

A pressão arterial alta – que às vezes recebe o nome de hipertensão induzida pela gravidez – não é algo incomum durante a gestação e um pequeno aumento na pressão não é motivo para preocupação. A pressão tende a aumentar após a 28.ª semana de gravidez e volta ao normal após o nascimento.

- Pressão levemente alta é uma pressão diastólica entre 90 e 99.
- Pressão moderadamente alta é uma pressão diastólica que fica entre 100 e 109.
- Pressão alta severa é uma pressão diastólica acima de 110.

Se a sua pressão arterial estiver abaixo da média, um aumento de mais de 15 mm/Hg na diastólica e mais de 30 mm/Hg na sistólica durante a gravidez é preocupante. Um leve aumento na pressão sistólica não é tão sério quanto um aumento na diastólica, mas se a sistólica ficar acima de 160, é motivo para se preocupar.

Se a sua pressão ficar alta:

- Verifique-a novamente; muitas vezes, ela abaixa.
- Talvez recomendem que você verifique a pressão em casa, onde pode estar mais relaxada. O fato de estar numa clínica pode ser estressante o suficiente para causar um aumento na sua pressão.

- Se a sua pressão estiver muito alta, pode ser que você seja transferida imediatamente para um hospital para mais exames, já que isso pode ser sinal de algum problema em potencial, como pré-eclâmpsia (veja a página 161).

Não há muito que você possa fazer para evitar a pressão alta, mas controlar seu peso e fazer exercícios leves pode ser útil.

Planejando com antecedência: como ajudar o bebê a ficar numa boa posição para o parto

O parto fica mais fácil e mais rápido se o seu bebê estiver em posição **anterior**: com a coluna virada para a frente do útero. Um bebê em posição **posterior** fica com as costas contra a coluna da mãe. Se o seu bebê estiver numa posição posterior, o parto pode ser mais lento, você poderá ter dor nas costas o tempo todo e as chances de você precisar de um parto assistido podem aumentar.

Por que alguns bebês acabam adotando a posição posterior? Quando você fica em pé, a sua pélvis inclina-se para a frente. Quando você se senta, o ângulo da pélvis muda. Quanto mais baixa e mais macia a cadeira em que você senta, mais pronunciada é essa mudança. Alguns especialistas acreditam que os bebês adotam a posição posterior por causa de as nossas cadeiras e sofás serem muito confortáveis e porque passamos grande parte do dia sentadas neles. Muitas vezes nos sentamos deixando os joelhos na mesma altura que os quadris e às vezes mais altos. Isso faz com que a pélvis se incline para trás e a parte mais pesada do bebê (a parte de trás da cabeça e a coluna) acabe virando para as costas da mãe. Caso você tenha muitas atividades que a obriguem a ficar em pé, o seu bebê terá mais chances de se ajustar à sua bacia numa posição anterior, porque a sua pélvis estará inclinada para a frente.

A maioria dos bebês se encaixa ou se move em direção à pélvis por volta da 36.ª semana. Então, antes disso, vale a pena experimentar alguns métodos para induzir o bebê a adotar uma posição anterior. Os bebês podem mudar de posição depois de estar encaixados na pélvis, mas, se pelo menos ele(a) começar a se encaixar numa boa posição, poderá achá-la confortável e resolver ficar nela!

Há poucos estudos sobre a eficácia de colocar o seu bebê numa boa posição, mas existem algumas coisas fáceis que vale a pena você tentar.

- Sente-se com os joelhos num nível mais baixo que o dos quadris, sempre que possível. Uma almofada na parte de trás do banco do carro ou da sua cadeira de trabalho ajudará você a se inclinar para a frente.
- Sente-se em cadeiras rígidas em vez de cadeiras estofadas ou sofás macios, onde você poderá "afundar".
- Se o seu trabalho exige que você fique sentada por longos períodos, levante-se e ande a cada meia hora.
- Sente para trás, sobre os quadris, com um ou dois travesseiros sob os joelhos, para manter sua bacia inclinada para a frente.
- Deite-se com alguns travesseiros sob as nádegas durante dez minutos, todos os dias. Vire-se e fique de lado durante alguns minutos antes de se levantar, já que a posição pode deixá-la meio tonta.

Se você se sente bem disposta e cheia de energia, também pode ficar uns dez minutos por dia na posição de quatro ou engatinhando. Isso faz o bebê mover-se bem para a frente na bacia e manter as costas dele viradas para a frente do seu abdômen.

34ª Semana

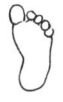

O crescimento do bebê

Logo o seu bebê certamente irá ficar de cabeça para baixo e se mover em direção à bacia – isso é chamado de **encaixe**. Provavelmente você notará que, a partir de agora, ele faz menos movimentos amplos e mais movimentos pequenos. O seu bebê continua a ganhar peso; isso é essencial para ajudá-lo a regular a temperatura corporal no mundo fora do útero.

As mudanças no seu corpo

A maioria das futuras mães de primeira viagem percebe que o bebê se insinua na pélvis por volta da 36ª semana. Alguns bebês se insinuam bem antes, e você poderá sentir a cabeça do bebê sobre os músculos do assoalho pélvico (os músculos do períneo).

A sua barriga agora está bem alta e pode ser que você sinta um pouco de falta de ar e tenha dificuldade de fazer uma refeição completa. É melhor fazer vários lanches durante o dia.

Para refletir

- **O que fazer se a bolsa de água se romper antes da hora.**
- Se você é Rh negativo, sugerirão que tome uma segunda injeção de globulina anti-D nesta semana. Se você ainda não tem uma consulta pré-natal marcada, ligue e marque uma consulta extra para que possa tomar a injeção na época certa.
- Planejando com antecedência: a maioria dos serviços obstétricos usa a **vitamina K** de rotina nos recém-nascidos logo após o parto, para prevenir hemorragias. Se você tiver alguma dúvida ou restrição quanto a isso, informe-se com antecedência no berçário do hospital que você escolheu.

Encaixe do bebê na pélvis

Se esta for a sua primeira gestação, o seu bebê provavelmente irá se "encaixar" no decorrer das próximas semanas. Isso significa que o bebê irá descer até a bacia e ficar pronto para nascer. Se esta não for sua primeira gravidez, o seu bebê talvez não se encaixe até o momento em que o trabalho de parto começar.

A avaliação do encaixe é feita pela "palpação"; portanto, se a obstetriz conseguir sentir 2/5 da cabeça do bebê, isso significa que os outros 3/5 estão encaixados. Você verá nas suas notas que o bebê está com um encaixe de 2/5 ou 3/5.

Uma vez encaixado, o bebê ultrapassa a borda da pélvis, que costuma ser a parte menor. Portanto, o fato de que o seu bebê está encaixado é um ótimo sinal de que a sua bacia é larga o suficiente para permitir um parto normal. Em geral, se um bebê pode penetrar na pélvis passando pela borda óssea, isso significa que ele também conseguirá sair dela.

Pode ser que você consiga sentir a cabeça do bebê bem em cima do assoalho pélvico, assim que ela começar a se encaixar. Pode até ser um pouco difícil andar normalmente, e você pode passar a adotar o andar bamboleante das grávidas. Mas o lado positivo é que você tem menos falta de ar e pode comer mais do que quando o bebê estava mais para cima no abdômen.

O que fazer se a bolsa de água se romper antes da hora

Muito raramente, em cerca de 2% das gestações, a bolsa de água se rompe antes da 37.ª semana. Isso às vezes recebe o nome de RPM (rotura prematura das membranas). Se isso acontecer, pode ser que você precise tomar antibióticos, para evitar uma infecção. Dependendo do estágio da gravidez, pode ser que você precise ser transferida para um hospital, porque, se o seu bebê nascer muito cedo, haverá uma unidade especializada de tratamento para cuidar dele(a). Pode ser também que você precise tomar cortisona para ajudar no desenvolvimento dos pulmões do bebê. Às vezes, um vazamento de líquido pode parar por si só e tudo pode voltar ao normal.

Pergunta: Será que posso pedir para fazer uma cesariana programada? Eu não quero de jeito nenhum passar pelo parto normal. Não gosto nem de pensar na idéia, morro de medo.

Daphne Metland responde: Esta é uma questão bastante controversa: será que optar por uma cesariana sem necessidade clínica pode ser a escolha certa, já que os riscos para a mãe são maiores que os de um parto normal, e também há riscos para o bebê? O risco da ocorrência de alguns problemas – como hemorragia intensa repentina, danos à bexiga e ao trato urinário, a necessidade de alguma outra cirurgia (incluindo histerectomia, ir para a UTI ou tromboses) – aumenta com uma cesariana. São problemas raros, mas o risco é bem maior com uma cesariana do que com um parto normal. Sua fertilidade futura também pode ser reduzida. Bebês que seriam saudáveis têm maior probabilidade de ter problemas respiratórios, caso nasçam através de cesariana. Cerca de 3% das mulheres que jamais tiveram um bebê parecem preferir a cesariana, provavelmente porque têm muito medo do parto. Além disso, as mulheres que tiveram um parto muito difícil da primeira vez e tiveram de fazer uma cesariana de emergência estão mais propensas a repetir o procedimento. Algumas vezes, as mulheres vêem a cesariana como um procedimento mais cômodo e seguro do que o parto normal – mas, caso você e o seu bebê sejam saudáveis, esse pensamento não é verdadeiro.

É claro que você pode pedir uma cesariana, mas pode ser que a equipe médica não concorde em fazer uma cesariana que em princípio não é necessária. Converse com seu médico ou sua obstetriz sobre isso. Muitas vezes as mulheres dizem "eu quero uma cesariana" quando na verdade elas querem dizer "Eu tenho medo da dor" ou "Não sei se consigo agüentar um parto normal". A maioria de nós se sente assim alguma vez. Examine o porquê de você se sentir assim e estabeleça um plano para melhor se preparar para o parto, independentemente de como você terá o bebê.

Planejando com antecedência: a vitamina K

Por que dão vitamina K para os recém-nascidos?

A vitamina K facilita a coagulação do sangue. A placenta fornece vitamina K, mas, por razões desconhecidas, essa quantidade nem sempre é suficiente para os bebês. O corpo não pode estocar bem a vitamina K e, se um recém-nascido não possui a quantidade suficiente da vitamina, isso pode resultar numa hemorragia que põe sua vida em risco nas primeiras horas ou meses de vida. A isso se dá o nome de hemorragia por deficiência da vitamina K.

Antes de a vitamina K ser ministrada como rotina (década de 1950), acreditava-se que o índice de ocorrência dessa hemorragia era de 4 para cada 15.000.

Agora, a hemorragia por deficiência de vitamina K afeta um número muito reduzido de recém-nascidos (cerca de 1 em 10.000).

Alguns bebês correm mais riscos de hemorragia que outros, principalmente aqueles que:

- nascem antes da 37.ª semana de gestação
- nascem em parto com fórceps, ou cesariana
- sofrem traumatismos durante o parto
- têm dificuldades respiratórias ao nascer
- têm problemas hepáticos ou outras doenças ao nascer
- cujas mães, durante a gravidez, tomaram certos medicamentos – inclusive para epilepsia – para prevenir tromboses, ou para tuberculose

No entanto, cerca de 1/3 dos bebês que são afetados pela hemorragia por deficiência de vitamina K não está em nenhuma dessas categorias.

Embora possa haver, antecipadamente, um sinal dessa hemorragia, na forma de um pequeno sangramento na boca ou no nariz do bebê, a primeira ocorrência pode ser uma séria hemorragia interna no cérebro ou no intestino. A hemorragia interna pode começar sem nenhum sintoma externo e pode pôr a vida em risco. Pode também fazer com que o bebê tenha alguma deficiência permanente ou até morra, e o dano já pode ter sido causado antes que a hemorragia por deficiência de vitamina K seja identificada. Por isso é importante proteger todos os bebês.

Se a vitamina K fosse ministrada somente aos bebês de alto risco, estima-se que, no Reino Unido, entre 10 e 20 bebês teriam algum dano cerebral a cada ano, e que entre 4 e 6 morreriam.

Então, por que todos os bebês não recebem a vitamina K automaticamente? Em certa época, todos os recém-nascidos recebiam uma injeção de vitamina K para evitar a hemorragia por deficiência dessa vitamina. Isso ainda é feito dessa maneira em muitos outros países, inclusive no Brasil. Então, no começo da década de 1990, uma pesquisa revelou uma suposta ligação entre as injeções de vitamina K aplicadas nos bebês e a leucemia infantil (câncer do sangue). A pesquisa também sugeria que esse risco não parecia ocorrer se a vitamina K fosse ministrada por via oral, e não por injeção. Durante alguns anos houve certa confusão sobre o assunto. Outras pesquisas foram feitas e não encontraram nenhuma ligação entre a vitamina K e a leucemia na infância. Em 1997, o Ministério da Saúde inglês organizou um encontro de especialistas para avaliar as evidências existentes. Eles concluíram que os dados disponíveis não sustentavam a ligação entre as injeções de vitamina K e os cânceres na infância, mas que, devido aos poucos dados disponíveis, não se podia descartar a hipótese de haver um pequeno risco de leucemia. Não é possível eliminar todos os riscos, em grande parte porque é difícil provar que o contrário não acontece.

O Ministério da Saúde na Grã-Bretanha também afirma que:

- a vitamina K é eficaz para a prevenção da hemorragia por deficiência dessa vitamina
- a vitamina K pode ser ministrada por via oral ou por injeção
- todos os recém-nascidos devem receber vitamina K; no entanto, os pais deverão estar informados sobre o método, para não aceitá-lo caso não queiram

Por que simplesmente não dar aos bebês a vitamina K por via oral para eliminar os riscos, embora sejam pequenos?

A absorção da vitamina K não é tão confiável quando ministrada por via oral como quando ministrada na forma de injeção. A vitamina K por via oral pode proteger tão bem quanto a vitamina K injetável, mas somente se todas as doses necessárias forem observadas. Já que é necessário tomar mais de uma dose, isso significa que a mãe terá de levar o bebê novamente ao hospital e, na prática, isso é muito mais difícil.

O que o Ministério da Saúde recomenda?

O Ministério da Saúde recomenda que uma única dose de vitamina K injetável seja ministrada ao bebê logo após o nascimento. Raríssimas situações de exceção serão discutidas entre os neonatologistas e os pais do bebê.

Como a vitamina K deve ser ministrada ao meu bebê?

A maioria dos especialistas concorda com a necessidade de os bebês tomarem vitamina K. E grande parte deles concorda que os bebês, principalmente os que correm maior risco (veja a lista acima), devem receber a vitamina K injetável. No entanto, ainda há uma considerável discussão em todo o mundo quanto à determinação de que bebês devem tomar a vitamina sob forma de injeção ou por via oral.

Converse com seu médico ou sua obstetriz. Eles poderão lhe dizer qual é a prática na área em que você reside. Você também pode ler algum folheto informativo. Você precisa tomar essa decisão antes de entrar em trabalho de parto, pois, logo após o nascimento, lhe perguntarão qual é sua escolha.

Se apesar de todos os esclarecimentos você discordar desse procedimento, informe ao pediatra que vai acompanhar o parto ou o berçário do hospital.

O que você pode fazer

Se a forma oral da vitamina K for indicada, não se esqueça de ministrar ao bebê as doses seguintes.

A vitamina K é encontrada principalmente no colostro (o primeiro leite, bastante concentrado, que os seios produzem durante os primeiros dias) e no leite do final da mamada, rico em gordura. Portanto, se você for amamentar o bebê, deixe que ele mame à vontade durante os primeiros dias, para que ele(a) tome bastante colostro e leite do final da mamada, rico em gordura (veja a página 350) para obter mais informações a respeito da amamentação).

Entre em contato com o pediatra ou sua obstetriz se notar algum sangramento no bebê (no nariz, na boca ou no coto umbilical). Lembre-se de que a hemorragia por deficiência de vitamina K é muito rara. É um problema que acomete pouquíssimos bebês.

As notas para o seu Plano de Parto

- Você acha que precisará conversar com os neonatologistas do hospital sobre esse assunto? Caso ache, lembre-se de ter essa conversa antes dos momentos finais do parto!

35ª Semana

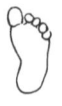

O crescimento do bebê

O seu bebê continua a ganhar peso constantemente. Os pulmões já se desenvolveram quase por completo, mas, caso o bebê nascesse agora, talvez ele(a) precisasse de alguma ajuda para começar a respirar. Sua obstetriz já pode dizer a você em que posição o bebê se encontra. Peça que ela guie suas mãos para sentir o formato redondo e firme da cabeça do bebê, a qual escorrega para lá e para cá sob a pressão dos dedos. Depois ela pode guiá-la para sentir a curva longa e suave das costas, e o lugar realmente ossudo das nádegas. Depois de fazer esse *tour* geográfico, você poderá fazê-lo sozinha e mostrá-lo ao seu parceiro também. O seu parceiro poderá até ouvir os batimentos cardíacos do bebê, se ele colocar o ouvido onde você acha que estão as costas do bebê. Experimente usar o tubo de papelão do papel higiênico para amplificar o som.

As mudanças no seu corpo

O seu interior passou por grandes mudanças durante a gravidez. O seu bebê ocupa tanto espaço que os seus intestinos, o estômago, a bexiga e até mesmo os pulmões foram empurrados para outro lugar ou apertados. Não é nenhuma surpresa você sentir **falta de ar**. É incrível como o nosso corpo é adaptável, já que todas essas mudanças acontecem e sentimos apenas alguns sinais, como azia e má digestão, para nos lembrar que elas estão ocorrendo. Se as mulheres pudessem fazer um novo *design* para o sistema de gravidez, certamente haveria poucas modificações! Mas não desanime, você já está quase chegando.

A maioria de nós acha desagradável a idéia de receber um corte para aumentar o canal vaginal no parto. A boa notícia é que há coisas que você pode fazer para evitar esse procedimento. Talvez você queira experimentar as massagens no períneo, e essa é uma boa época para começar.

Para refletir

- Agora é a época para pensar em **comprar um sutiã para amamentação**.
- *Piercings* **nos mamilos e amamentação:** eles combinam?
- Planejando com antecedência: se você está planejando ter um parto na água, ou usar a água para aliviar a dor durante o parto, agora é a época para resolver as questões práticas relativas ao uso de uma **banheira de parto na água**.

Falta de ar

No fim da gravidez, o seu bebê fica bem abaixo do seu diafragma, e isso pode fazer com que você sinta bastante falta de ar. Por volta da 34ª semana, pode ser que você encontre dificuldade para se abaixar, já que o seu bebê está em posição muito elevada. Subir escadas ou qualquer outro tipo de exercício poderá deixá-la com muita falta de ar. O grau de falta de ar que você poderá sentir dependerá, em parte, do tamanho do seu torso. Se o seu tronco for longo, talvez você nem sinta a falta de ar que acomete outras mulheres. Se você tiver um torso curto, não haverá muito espaço para o bebê e para todos os seus órgãos.

É importante que você tenha muita calma:

- caminhe lentamente e faça as coisas mais devagar
- sente-se bem apoiada, com almofadas nas costas, para que sua coluna fique esticada – isso permite que haja mais espaço para os pulmões e para o estômago
- use vários travesseiros para dormir, se isso a deixar mais confortável

Se você pegar um resfriado, sentir dor no peito ou não se sentir bem, consulte o seu médico para verificar se a causa da falta de ar não é uma infecção pulmonar ou se você não está anêmica.

Durante as últimas semanas de gravidez, o seu bebê descerá para a pélvis, preparando-se para o nascimento. Isso dará mais espaço para os seus pulmões, então você sentirá menos falta de ar.

Massagem no períneo

O períneo é a área espessa e esponjosa constituída de músculos e tecido fibroso, que fica entre a vagina e o reto. Durante o parto, essa área fica esticada e afina à medida que a cabeça do bebê encaixa. É também a área que pode rasgar, e poderá receber um corte para ajudar o bebê a nascer (para saber mais sobre os motivos pelos quais poderá ter que ser feita uma episiotomia, veja a página 266).

Massagear o períneo nas últimas semanas de gravidez ajuda a área a esticar mais facilmente durante o parto e reduz a incidência de lacerações e a necessidade de episiotomia.

Pode ser que você leia em outros lugares que a massagem no períneo é inútil. Isso acontece porque um estudo bastante famoso revelou que a massagem no períneo durante o segundo estágio do trabalho de parto não reduz o risco de lacerações ou da necessidade de uma episiotomia, embora possa reduzir o grau de laceração. Mas, se for feita antes do parto, a massagem realmente ajuda.

Massagear o períneo durante a gravidez:

- aumenta as chances de um períneo intacto para as mulheres que terão o primeiro parto normal
- reduz a incidência de lacerações mais sérias, episiotomias e partos com auxílio de instrumentos cirúrgicos (principalmente nas mulheres acima de 30 anos de idade)

A idéia é afrouxar o períneo gradual e suavemente, para que:

- você se acostume com a idéia de o períneo se esticar durante o parto; se você já tocou a área e já pensou no assunto ou já conversou sobre ele, vai ficar com menos medo quando a cabeça do bebê aparecer
- você se acostume à sensação de dor e estiramento
- toda a área se distenda melhor durante o parto

Se você pretende optar pela massagem, comece com dez minutos por dia, todos os dias, desde a 36ª semana, para que assim você tenha feito bastante massagem antes do parto. Quanto mais regularmente você se massagear, mais você aumentará as chances de ter um períneo intacto após o parto.

Como se faz a massagem?

Você mesma pode fazer a massagem, ou pode pedir ao seu parceiro para ajudá-la; depende do que for mais confortável física e emocionalmente para vocês. Algumas mulheres preferem fazer a massagem sozinhas, a idéia de o parceiro fazer a massagem nelas parece-lhes bastante invasiva. Outras ficam felizes com a idéia de que o parceiro as esteja ajudando a se preparar para o parto. No entanto, não faça a massagem se você tiver alguma infecção vaginal, como a candidíase, ou se tiver herpes em atividade.

Você pode usar um creme suave para massagem ou então um óleo vegetal, ou um lubrificante vaginal. Antes de começar, lave bem as mãos e verifique se as suas unhas ou a do seu parceiro estão curtas. Usar um espelho no começo pode ajudar a entender melhor como é a geografia da área. Observe a vulva, a vagina e o períneo.

Fique numa posição confortável. Você pode:

- ficar com um pé sobre uma cadeira
- agachar-se na banheira, segurando-se em um dos lados
- sentar/deitar de costas sobre a cama, com um travesseiro sob cada perna

O objetivo da massagem é afrouxar gradualmente os tecidos; não existe um modo exato para fazer isso, mas damos algumas sugestões:

- Mergulhe os dedos e os polegares no óleo ou no creme. Coloque as pontas dos dedos dentro da vagina e então massageie o exterior com o polegar.
- Coloque dois polegares dentro da vagina e massageie em movimentos circulares.
- Contraia os músculos do assoalho pélvico com um dedo ou o polegar dentro da vagina, depois relaxe conscientemente e sinta os músculos relaxando.
- Quando você já se sentir confortável manipulando a área, experimente esticar o períneo levemente com os dedos/polegares até você sentir um pouco de dor. Isso é semelhante à sensação de quando o períneo estica quando a cabeça do bebê aparece. As mulheres costumam ficar bastante perturbadas com essa sensação de que o períneo está esticando ou queimando, e acabam ficando com medo. Muitas vezes esse medo as deixa tensas, ou faz com que elas tentem empurrar o bebê rápido demais. Se você já souber como é a sensação e puder lidar com ela, terá mais probabilidade de relaxar e acompanhar as sensações do seu corpo. Se você achar a sensação desconfortável, experimente relaxar e respirar durante o desconforto, já se preparando para o parto.

Mas tome cuidado; o períneo é uma área sensível e pode ficar facilmente machucada. Você precisa fazer a massagem no períneo muito suavemente e aumentar o alongamento diariamente. Também evite massagear na parte de cima da vagina, já que a uretra, que leva até a bexiga, fica próxima a esse ponto, e massagear perto dessa área pode causar irritação.

Se você tem uma cicatriz no períneo devido a um parto anterior, talvez seja bom tentar massagear suavemente a área da cicatriz para fazer com que ela fique mais mole e flexível. Se você tiver uma laceração com outro bebê, o comum é que ela ocorra do lado da cicatriz, já que o tecido cicatricial tende a ser mais rígido e não costuma rasgar tão facilmente. Deixar a área mais mole pode ajudá-la a se esticar melhor da próxima vez.

O sutiã para amamentação

Quando você escolher um sutiã para amamentação, não pense em rendas transparentes como a melhor opção. Para amamentar, você precisará de um sutiã com um sistema de abertura dos bojos que permita abrir um deles de cada vez, sem ter de tirar todo o sutiã. Você precisa deixar toda a mama de fora ao amamentar, o que, para um sutiã normal, significa ter de removê-lo.

É melhor consultar uma profissional para o tamanho do sutiã, já que um sutiã de amamentação que não se ajusta bem pode bloquear os dutos, causar mastite e até mesmo abscessos – portanto, comprar um sutiã do tamanho exato é essencial. Eis uma maneira de descobrir qual o melhor tamanho de sutiã para você:

- Pegue uma fita métrica e coloque em volta do tórax, logo abaixo dos seios. Essa medida é o seu tamanho de sutiã.
- Depois, enquanto estiver com um sutiã, meça novamente, mas desta vez em volta dos seios, sem apertar. A diferença entre essa medida e a medida da sua caixa torácica dá o tamanho da taça: uma diferença de aproximadamente 12 cm indica que o tamanho da taça é A. O tamanho da taça aumenta à medida que os centímetros aumentam. Assim, uma diferença de 20 cm significa que você precisa de uma taça D.

Espere até atingir pelo menos 36 semanas de gestação para comprar um sutiã de amamentação, já que os seus seios continuarão a crescer até lá. Não é incomum ficar com a caixa torácica uns 8 cm mais larga e aumentar pelo menos uns dois tamanhos de taça durante a gravidez.

Pontos a considerar quando escolher um sutiã:

- Quando amamentar o bebê, você provavelmente gostará de poder abrir e fechar o sutiã de maneira discreta, enquanto, ao mesmo tempo, carrega um bebê faminto no colo. Quando experimentar o sutiã, tente abotoar e desabotoar diferentes modelos para ver com qual você melhor se adapta. É possível abrir o sutiã com uma mão só?
- Se você preferir um sutiã cujo modelo permite que o bojo seja desabotoado, verifique se todo o bojo fica pendente e se a faixa que o prende fica totalmente solta e não pressiona o seio enquanto você amamenta. Evite os modelos em que apenas parte do bojo é retirada para a amamentação; quando o leite descer, as bordas do orifício podem pressionar o seio, deixando-o dolorido, e talvez até contribuir para o surgimento da mastite.
- Procure um sutiã que tenha vários fechos, caso seja preciso expandi-lo durante a amamentação.
- Os sutiãs que têm o bojo reforçado embaixo (com armação de arame) podem fazer um sulco no delicado tecido dos seios e pressionar os dutos mamários, bloqueando-os ou prejudicando-os. Espere até você parar de amamentar para usar novamente um sutiã com armação.
- Procure um sutiã feito de algodão e fibras naturais, já que você pode sentir bastante calor e suar muito durante a amamentação e esses tecidos são mais confortáveis em contato com a pele.
- Prefira os bojos bem amplos, já que você precisará colocar também os absorventes para leite.

Talvez você precise experimentar vários modelos até achar o que se ajusta melhor a você. Mas não é porque um sutiã para amamentação precisa ser funcional que ele também não pode ser bonito. Hoje em dia você consegue achar sutiãs de amamentação na cor preta, num estilo *sexy* e com renda, imitando pele de leopardo, ou até macios e esportivos.

Experimente comprar dois sutiãs de amamentação antes de o bebê nascer e veja se depois precisará de mais. Pode ser que dois bastem, mas muitas mulheres precisam usar os protetores absorventes à noite, então preferem comprar um sutiã confortável para dormir, também.

Verifique se o sutiã está confortável:

- Os bojos sustentam todo o tecido das mamas, sem que nenhuma costura ou borda as machuque?
- A tira de trás do sutiã fica embaixo e nivelada, e não fica subindo, já que isso é sinal de que o sutiã está muito pequeno?
- As alças que sustentam os bojos são largas o suficiente para não afundar nos ombros? Você precisa de alças largas e sustentadoras, já que os seus seios ficarão mais pesados quando o leite descer.

Se estiver bem adaptado enquanto você estiver grávida, o sutiã deverá ficar confortável quando usado com o fecho mais justo, para que ele possa ser afrouxado à medida que a sua caixa torácica se expandir quando o bebê crescer. Se o tamanho do bojo ainda está bom, mas o sutiã ficar um pouco apertado, você pode usar extensores – pequenas tiras de tecido com fileiras de fechos extras, que podem deixar o sutiã mais largo.

Piercings nos mamilos e a amamentação

Os *piercings* nos mamilos não parecem causar problemas para grande parte das mulheres quando amamentam. Talvez seja preciso experimentar para ver como você se sente. Ficar colocando e tirando a jóia para amamentar pode ser bem incômodo, no entanto, principalmente se você for amamentar em público. Deixar a jóia no mamilo enquanto amamenta pode causar irritação no palato do bebê, e alguns bebês podem não gostar da sensação de ter a jóia na boca. Também há o risco teórico de o bebê engasgar caso a jóia se solte.

Algumas mulheres ficam doloridas e acham desconfortável nos primeiros dias de amamentação, e é mais fácil não usar a jóia e colocar o *piercing* de novo, se necessário, quando você parar de amamentar. Outras acham que podem usar uma barra pelo tempo necessário, cada dia, para manter o *piercing* desobstruído. Também há o risco de infecção, como a candidíase, durante o período de amamentação, portanto você precisa tomar muito cuidado para deixar a jóia do *piercing* sempre bem limpa. Teoricamente, um duto mamário perfurado pode ficar bloqueado e causar mastite, mas ela também acontece com as mulheres que não têm *piercings*, então é difícil dizer se isso é mesmo provável.

Se você possui *piercings* nos mamilos, talvez seja bom conversar com algum especialista em amamentação antes de o bebê nascer.

Planejando com antecedência: a piscina para parto na água

Por que preciso pensar com antecedência sobre a piscina para parto na água?

Porque não é só uma questão de mergulhar nela! Você precisa saber a melhor maneira de usá-la, quando você deve entrar e quais são as regras da clínica quanto ao parto na água. Alguns hospitais têm à disposição uma banheira para ser usada durante a fase de dilatação, mas não na hora do parto propriamente dito. Aproveite para relaxar...

Temperatura

É muito importante você não ficar muito quente enquanto estiver em trabalho de parto. A hipertermia pode afetar os batimentos cardíacos do bebê. Por esta razão, recomenda-se manter a água numa temperatura menor ou igual a 37°C.

A maioria dos hospitais no Reino Unido enche a banheira deixando a água numa temperatura que seja "confortável para a mãe", e exige que a temperatura da água seja anotada de duas em duas horas no registro do trabalho de parto. Raramente as mulheres se sentem confortáveis dentro da água com temperatura acima de 38°C. Muitas gostam que a água fique mais fria, principalmente se for um dia úmido e quente de verão.

Se você começar a sentir calor, deixe os ombros para fora da água, para refrescar, ou então saia e caminhe um pouco. Lembre-se de tomar goles de alguma bebida para evitar ficar desidratada.

Quando devo usar a banheira?

Os hospitais têm regras ou recomendações diferentes quanto ao momento certo para utilizá-la:

- alguns não seguem nenhum critério ligado à dilatação
- alguns permitem a entrada a partir de 3 cm de dilatação
- outros recomendam que seja a partir de 5 cm de dilatação
- um recente exame dos registros oficiais revelou que a maioria das mulheres entrava na banheira com 7 cm de dilatação

Um teste feito com 200 mulheres revelou que aquelas que entraram na água antes de ter uma dilatação de 5 cm tiveram partos mais longos e precisaram de mais ocitocina do que aquelas que entraram depois de alcançarem os 5 cm, e também que elas estavam mais propensas a precisar de uma anestesia peridural.

Isso sugere que algumas mulheres consideram que a água quente proporciona alívio suficiente para a dor, enquanto outras consideram o método eficaz no começo do trabalho de parto, mas precisam de outros métodos para aliviar a dor à medida que o parto progride. Parece razoável usar qualquer método para aliviar a dor que funcione melhor para o estágio do parto em que você se encontra, e isso significa entrar na água quando você sentir que isso poderá ajudá-la.

Não há, em todo o mundo, evidências que apóiem a necessidade de determinar a hora certa para entrar na água. As pesquisas sugerem que as mulheres devem ser encorajadas a entrar quando precisarem de alívio para a dor, e a partir daí o trabalho de parto deve ser observado.

O que acontece quando eu estiver dentro d'água?

Os hospitais costumam ter regras para monitorar você e o bebê durante o primeiro e o segundo estágios do trabalho de parto na água. Isso pode incluir, por exemplo, o controle dos batimentos cardíacos do bebê a cada 15 minutos no primeiro estágio, e a cada cinco minutos no segundo estágio.

As obstetrizes usam detectores de batimentos cardíacos do feto à prova d'água, com pilhas. Caso haja alguma preocupação com os batimentos cardíacos do bebê, pedirão a você que saia da piscina para poder ser usado o monitoramento eletrônico contínuo.

Se precisar de mais alívio para a dor, e se a equipe que a atende tiver à disposição, você poderá usar o óxido nitroso sentada na beira da piscina. A sua obstetriz poderá trazer até você um sistema portátil, caso o sistema de tubulação não chegue até a beira da piscina. Se você achar que a piscina não está oferecendo alívio suficiente para a dor, sempre terá a opção de sair e experimentar algum outro método.

O nascimento dentro d'água

Duas obstetrizes ficam presentes durante o parto. Ficar dentro da água parece fazer com que a cabeça do bebê nasça devagar, assim a sua obstetriz poderá observar e esperar. Durante o parto, a cabeça do bebê precisa ficar completamente submersa; a submersão total evita que o mecanismo de respiração do bebê seja estimulado antes que seja expelido por completo. O bebê deve ser levado até a superfície, com o rosto para cima, logo após o nascimento, para que o ar frio o estimule a começar a respirar. Imediatamente após o nascimento, a sua obstetriz irá examinar o cordão umbilical para ter certeza de que ele não apresenta nenhuma ruptura, e ela terá algumas "pinças" à mão para o caso de haver necessidade de uma intervenção. A sua obstetriz evitará puxar o cordão e ajudará você a levantar a criança lentamente. Segurar o bebê junto a você, deixando-o parcialmente dentro da água, ajuda a manter o bebê aquecido.

Terceiro estágio

Há o risco teórico de um aumento da hemorragia, ou da possível retenção da placenta num parto na água. Assim, a sua obstetriz provavelmente pedirá que você saia da água para o terceiro estágio. Você poderá passar por um terceiro estágio natural ou com intervenção (veja a página 323) após um parto na água.

Tanto você como o seu bebê precisam ficar o mais aquecidos possível após o nascimento, portanto a sua obstetriz terá várias toalhas à mão.

Caso você precise de pontos, a obstetriz ou o médico esperarão por aproximadamente uma hora antes de intervir, já que os seus tecidos talvez estejam encharcados e precisam ficar secos antes.

As notas para o seu Plano de Parto

- Você planeja usar a banheira apenas para aliviar a dor do parto ou deseja dar à luz dentro dela também? Talvez você queira decidir somente na hora do parto.
- Você quer passar por um terceiro estágio com intervenção ou natural?

36ª Semana

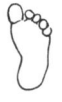

O crescimento do bebê

O seu bebê continua a crescer após esta semana, mas bem mais lentamente do que antes. Agora o bebê já está circundado pela quantidade máxima de líquido amniótico. Após esta semana, o seu corpo irá reabsorver um pouco desse líquido, e isso reduzirá a quantidade de espaço que o bebê terá para se movimentar. Talvez você perceba que agora o bebê não está se mexendo tanto agora, já que há bem menos espaço.

Nesta semana de gravidez, talvez você tenha outra consulta pré-natal. Se houver alguma preocupação quanto à saúde do bebê, oferecerão a você a possibilidade de fazer um **ultra-som de fim de gestação**.

A **posição do bebê** – a posição que ele(a) finalmente adotará – é importante, já que ela afetará o andamento do parto. O seu bebê poderá girar a qualquer momento, mas vale a pena saber quais são as posições e o que elas significam para o parto. Nessa consulta o obstetra verificará a posição do bebê; se o seu bebê estiver em apresentação pélvica (sentado), você poderá receber uma versão cefálica externa (veja a página 247).

As mudanças no seu corpo

Respire fundo... Você consegue? Parabéns, o seu bebê **começou a se encaixar**! Isso significa que ele ou ela está se aninhando bem embaixo na sua bacia, pronto(a) para nascer. E isso, por seu turno, significa que você tem um pouco mais de espaço acima do bebê e consegue respirar mais profundamente. Pode ser também que você consiga comer um pouco mais sem se sentir entupida, já que não mais há pressão sobre o estômago.

Para refletir

- Seus ultra-sons serão reexaminados para garantir que você não tem mais a placenta prévia.
- **Você pode entrar em licença-maternidade**, caso ainda não tenha entrado.
- Enquanto prepara as coisas para o bebê, talvez seja bom pensar sobre **o que você poderá precisar durante o parto**. Deixe tudo pronto e à mão, num canto do seu quarto, caso você planeje ter o bebê em casa, e já pronto para ser embalado, caso você vá para uma maternidade ou um hospital.
- Planejando com antecedência: a **episiotomia**.

Exames de ultra-som no fim da gestação

Provavelmente sugerirão a você que faça um ultra-som nas últimas semanas da gestação, pelos seguintes motivos:

- para verificar se uma placenta que estava baixa "subiu"
- caso você apresente algum sangramento
- se houver alguma preocupação quanto ao crescimento do bebê
- para verificar o funcionamento da placenta, caso haja motivo para preocupação
- para verificar a posição do bebê, principalmente se o seu bebê estiver sentado (apresentação pélvica)
- para medir a quantidade de líquido amniótico, caso você tenha passado do termo

A posição do bebê

Mais para o fim da gestação, talvez você perceba que sua obstetriz escreve nas suas notas os detalhes da posição em que se encontra o bebê.

Quando ela fizer o exame de rotina, poderá sentir a posição da cabeça do bebê, e depois tentará descobrir onde estão as costas e onde estão as pernas e os braços. Se você pedir, ela poderá guiar as suas mãos para que você também possa sentir a posição do bebê.

Você poderá perceber as seguintes siglas: OAD, OAE, OPD ou OAE no seu prontuário.

O D e o E referem-se, respectivamente, a "direita" e "esquerda". Isso quer dizer que o seu bebê está ou deitado sobre o lado direito ou esquerdo.

O O significa occipito, que é a parte que deve nascer primeiro (com sorte, essa parte será a cabeça do bebê, mas às vezes pode ser as nádegas).

O A refere-se a anterior, ou à frente, e o P a posterior, ou às costas. "Anterior" significa que a parte de trás da cabeça do bebê está virada para a (sua) frente. "Posterior" significa que a parte de trás da cabeça do bebê está virada para sua coluna.

Um bebê em apresentação OAE está deitado sobre o seu lado esquerdo, com as costas voltadas para a sua frente. Pode ser que você sinta os chutes do bebê principalmente no lado direito da barriga

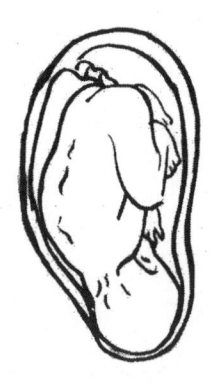

Um bebê em apresentação OAD está deitado sobre o seu lado direito com as costas voltadas para a sua frente. Você poderá sentir a maior parte dos chutes no lado esquerdo da barriga, enquanto o lado direito, onde estão as costas do bebê, tem uma aparência bem regular. Pode ser também que você sinta um ponto dolorido abaixo das costelas direitas, que é onde as nádegas do bebê estão pressionadas contra o seu fígado

Em geral, é melhor que o bebê fique em apresentação anterior (OA), porque isso faz com que o parto seja mais rápido e menos doloroso. Os bebês em apresentação posterior (OP) podem causar muitas dores nas costas durante o trabalho de parto, além de torná-lo mais longo. Também pode ser que a bolsa d'água se rompa mais no começo do parto.

O seu bebê consegue se mover nessas últimas semanas, e certamente se moverá. Se o seu bebê parece preferir posições posteriores, vale a pena tentar induzi-lo(a) a mover-se para uma posição anterior (veja a página 250 para saber como fazer o seu bebê ficar numa boa posição).

Um bebê em apresentação OPE está deitado sobre o seu lado esquerdo, e as costas do bebê estão perto de suas costas. Pode ser que você sinta os chutes do bebê em toda a parte frontal da barriga. Também poderá ficar com dores nas costas, já que a coluna do bebê está perto da sua coluna

Um bebê em apresentação OPD está deitado sobre o seu lado direito, com as costas perto de suas costas. Assim como na OPE, você poderá sentir o bebê chutando a parte frontal da sua barriga, e também ter dores nas costas devido à pressão da coluna do bebê contra a sua coluna

Quando o bebê não encaixa

Muitas vezes, para as mães que já tiveram um parto, o bebê fica numa posição alta até o começo do trabalho de parto. Caso este seja o seu primeiro bebê e ele(a) ainda não tenha começado a descer para a bacia, talvez sua obstetriz queira verificar o motivo. Ela poderá empurrar o bebê enquanto estiver apalpando seu abdômen para ver se ele se encaixa na pélvis. Talvez ela encaminhe você para outro exame de ultra-som para ver se há algum problema, caso o bebê não se encaixe na sua bacia; talvez ele não esteja numa boa posição para o encaixe, ou talvez haja algo no caminho, como um fibróide, ou a placenta. Em qualquer caso, é bom saber o motivo antes de entrar em trabalho de parto.

Entrando em licença-maternidade

Caso você esteja afastada do trabalho devido a algum problema relacionado à gravidez, o seu chefe poderá informá-la de que, a partir desta semana, você poderá entrar em licença-maternidade.

A maioria das mulheres já terá entrado em licença-maternidade e estará aproveitando para ficar na cama até mais tarde, antes da chegada do bebê. Caso você ainda esteja trabalhando, pense seriamente sobre quando pretende parar. Todas nós conhecemos histórias de mulheres que trabalharam até o dia em que entraram em trabalho de parto. Isso é ótimo se você pode trabalhar em casa ou pode estabelecer, você mesma, o seu horário de trabalho, mas talvez não seja uma boa idéia caso você tenha sempre que pegar o primeiro trem da manhã.

O que você poderá precisar, em casa ou no hospital

Se você planeja ter o bebê em casa, a sua obstetriz, nas próximas semanas, irá deixar com você um pacote com tudo o que será necessário para o parto. Você também poderá precisar de:

- lençóis extras para trocar a roupa de cama
- plástico ou jornais para cobrir o chão
- e – é claro – algumas toalhas

Certifique-se de que você tem bastante água quente disponível, caso você queira entrar na banheira na hora do parto. Deixe o berço do bebê pronto, com lençóis e algumas roupas à mão.

É de bom-tom oferecer comida a quem vai acompanhar o parto, então faça um estoque de alimentos para fazer sanduíches e lanches para a enfermeira, para o(a) seu(sua) acompanhante de parto ou qualquer pessoa que apareça.

Caso você deseje ter o bebê no hospital, quase tudo será fornecido. Você precisará levar:

- uma camisola ou uma roupa confortável para usar enquanto estiver em trabalho de parto
- algumas bebidas, lanches ou tabletes de glicose, para dar energia a você e seu acompanhante
- talvez você queira levar alguma música para ouvir, mas providencie um aparelho que funcione com pilhas, já que muitos hospitais não permitem que você ligue nada na tomada
- também pode ser necessário levar fraldas para o bebê

Independentemente do local de nascimento da criança, você precisará de alguns absorventes higiênicos pós-parto e de roupas largas e confortáveis para usar após o nascimento. E é claro que o seu bebê também precisará de roupas.

Planejando com antecedência: a episiotomia

Uma episiotomia é uma incisão feita no períneo (a região muscular compreendida entre a vagina e o ânus) para aumentar o canal do parto. A maioria das mulheres se preocupa com a possibilidade de precisar desse corte durante o parto, o que não é de surpreender. Pensar que alguém pode cortar a sua área genital é bastante assustador.

Por que preciso pensar com antecedência sobre a episiotomia?

Nós entenderemos perfeitamente se esse for um assunto sobre o qual você preferir não pensar. No entanto, pensar sobre isso com antecedência tem algumas vantagens, porque há coisas que você pode fazer para ajudar a reduzir a necessidade de uma episiotomia.

Por que é feita a episiotomia?

No passado, este procedimento era usado quase como rotina em todas as mães que tinham o primeiro bebê. Acreditava-se que a episiotomia evitava traumas para a cabeça do bebê, mas na verdade ela não faz diferença alguma nesse sentido. Alguns estudos revelaram que o uso da episiotomia apenas quando ela é necessária resulta em menos dor, menos danos, poucas complicações de cicatrização e menos incontinência urinária. Talvez a sua obstetriz sugira uma episiotomia se o seu bebê estiver com algum problema e precisar nascer rápido, ou se achar que você poderá ter alguma laceração séria caso não haja uma cuidadosa abertura do seu canal de parto.

Vários estudos concluíram que as episiotomias não devem ser feitas sem uma boa razão médica, pois as complicações – como, por exemplo, danos aos músculos que controlam o ânus – podem superar os benefícios a curto prazo. As obstetrizes agora tentam ao máximo evitar a episiotomia, e isso acabou por reduzir a taxa de episiotomias no Reino Unido em cerca de 20%. (É interessante notar que a taxa varia em todo o mundo: de 8% na Holanda a 50% nos EUA e 99% em alguns países do leste europeu. No Brasil, varia muito entre os diversos serviços e regiões.)

Dói?

É costume usar um anestésico local antes de ser feita a episiotomia; mas, se a sua obstetriz ou seu médico fizer a incisão no pico de uma contração, você não sentirá dor. Muitas mulheres dizem que não sentiram nada quando a episiotomia foi feita. Os tecidos em volta da vagina ficam muito estirados durante o parto, e um corte pode ser facilmente feito.

No entanto, a preocupação de uma episiotomia pode ser bastante dolorosa. Na página 340 você encontrará algumas estratégias para ajudá-la a lidar com essa recuperação.

Não é melhor então ter uma laceração?

Pode ser que sim. Quando você tem uma laceração, ela não vai além do espaço suficiente para o bebê passar. Se a sua obstetriz precisar fazer uma incisão, ela terá de fazê-la um pouco maior, para ter certeza de que a incisão é suficientemente larga, já que um corte que depois é aumentado por uma laceração é pior do que apenas um corte ou uma laceração isolados.

Pesquisas feitas no Reino Unido revelaram que as lacerações espontâneas são menos dolorosas para as mulheres do que a episiotomia. Além disso, os músculos do seu assoalho pélvico ficam mais fortes após o nascimento se você não fizer uma episiotomia.

A sua obstetriz observará cuidadosamente o seu períneo durante o segundo estágio do parto. Ela irá verificar se ele está esticando bem e tentará guiar a sua respiração para que o bebê saia suavemente, já que isso aumenta a chance de que o períneo estique bem. Ela também decidirá na hora se você precisa ou não de uma episiotomia. Há algumas circunstâncias em que a episiotomia é considerada necessária:

- a cabeça do bebê está impedida de sair apenas pelo períneo, o bebê precisa nascer e você não apresenta mais nenhum sinal de que os tecidos vão se esticar mais; neste caso, um corte permitirá que o bebê nasça imediatamente
- o seu períneo não está ficando menos espesso nem está esticando, mas permanece esponjoso e espesso e segura o bebê; neste caso, o médico terá tempo de aplicar o anestésico local e fazer o corte
- sua obstetriz acha que o seu períneo poderá se romper em vários pontos; caso ela perceba pequenos pontinhos de sangue em toda a área do períneo, fará um corte para evitar várias lacerações

- a sua obstetriz acha que a laceração pode afetar as camadas musculares e chegar até o esfíncter anal (o ânus)

O que posso fazer para evitar uma episiotomia?

Caso você queira muito evitar uma episiotomia, converse com sua obstetriz em uma das suas consultas pré-natais e escreva a sua preferência no seu plano de parto. Se você freqüenta um curso pré-natal, aprenderá como relaxar durante o parto e como pode usar diferentes posições para ajudar o bebê a nascer sem necessidade de uma episiotomia. Você também pode se ajudar fazendo o seguinte:

- massagem no períneo durante a gravidez (veja a página 257)
- ficar em posição ereta durante o parto
- empurrar com cuidado quando aparecer a "coroa" da cabeça do bebê

As notas para o seu Plano de Parto

- Você prefere ter uma laceração ou um corte?
- Caso um corte seja necessário, você quer ser avisada de antemão ou prefere que façam sem avisá-la?

Mês 9

Nove coisas ótimas sobre o 9º mês

1. O seu bebê se "encaixa" (desce para a sua bacia), o que torna mais fácil você respirar e comer!
2. Deixar que outra pessoa calce os seus sapatos
3. Poder ficar na cama até mais tarde... Esta será sua última oportunidade para fazer isso durante algum tempo
4. Tirar uma foto para depois você se lembrar de quanto sua barriga estava grande
5. Saber que o bebê ajuda a dar início ao parto; é como se ele ou ela issesse: "Já estou pronto(a) para o mundo"
6. Esperar ansiosamente para contar os dedinhos dos pés e das mãos
7. Acordar no meio da noite para pensar: "É agora!"
8. Tornar todos os seus sonhos realidade
9. Dizer ao mundo: "Este é o meu bebê"

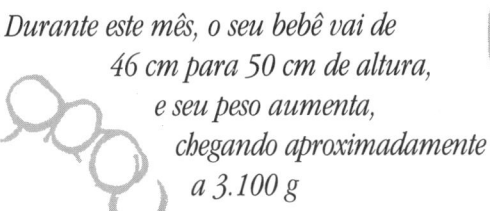

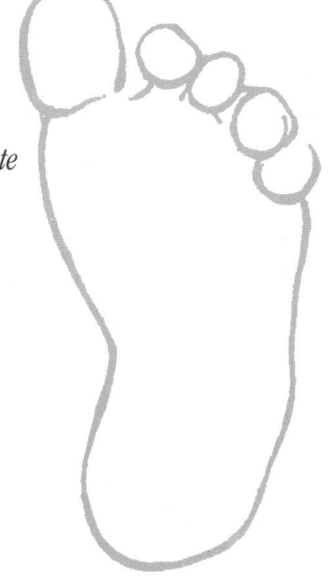

Durante este mês, o seu bebê vai de 46 cm para 50 cm de altura, e seu peso aumenta, chegando aproximadamente a 3.100 g

37ª Semana

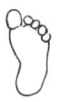

O crescimento do bebê

O seu bebê cresce, sonha, acorda, se movimenta, dorme de novo... Pode ser que ele já esteja um pouco mais baixo na bacia, mas talvez não esteja "encaixado", como dizem os médicos. Caso você esteja grávida de gêmeos, esperamos que já esteja com tudo preparado, já que a duração média de uma gestação de gêmeos é de 37 semanas. No caso de dois bebês preparando-se para nascer, há muitas coisas acontecendo. Os próprios bebês devem estar bem ocupados. Gêmeos já foram filmados brincando antes do nascimento: um deles bate na parede da bolsa d'água, as vibrações chegam até o outro gêmeo, que bate de volta.

As mudanças no seu corpo

Falta pouco! Pode ser que você já não agüente mais estar grávida e tenha a impressão de que o último mês não vai acabar nunca. Muitas vezes o cansaço retorna e às vezes você tem até acessos de enjôo. Pode ser que você **urine com mais freqüência**, já que há tão pouco espaço para a bexiga.

O bebê está bem grande agora, o seu centro de gravidade está alterado, e você poderá sentir necessidade de fazer tudo com muita calma. Por outro lado, você também pode sentir mais energia do que antes e uma vontade repentina de limpar as janelas. Este fenômeno é chamado de **"instinto de preparar o ninho"**.

Para refletir

- Você pode passar algum tempo recarregando suas energias mentais, também; experimente a **visualização** como uma maneira de lidar com o parto.
- Planejando com antecedência: o **monitoramento fetal**.

Urinar com mais freqüência

Mais para o final da gravidez, quando o seu bebê está encaixado, a sua bexiga fica bem espremida; ela fica com menos de 1/3 de sua capacidade normal, então você talvez precise ir ao banheiro mais vezes. Às vezes parece que o bebê está usando a sua bexiga como um trampolim; você esvazia a bexiga e alguns minutos depois precisa ir de novo ao banheiro. Isso é normal.

Quando a freqüência é acompanhada de dor, sangue, febre ou dores nas costas, isso pode indicar alguma infecção urinária, portanto consulte o seu médico.

Instinto de preparar o ninho

Não se esforce muito durante estas últimas semanas. Guarde suas energias para o parto e para cuidar do bebê, quando ele chegar. Tente continuar comendo bem, com pequenas refeições em pequenos intervalos. Use estas últimas semanas para se divertir. Saia com os amigos, vá ao cinema ou ao teatro enquanto ainda consegue. Desfrute dos fins de semana vagarosamente, ficando na cama até mais tarde e depois talvez nadando um pouco, de um jeito suave. Marque um corte de cabelo para que você apareça linda em todas aquelas primeiras fotos com o bebê. Talvez seja uma ótima idéia também marcar uma pedicure, já que agora a possibilidade de você conseguir cortar as unhas do pé e cuidar delas é bem remota.

Muitas mulheres sentem que os hormônios deixam-nas inclinadas a fazer tudo mais devagar, e elas se sentem bastante envolvidas com o bebê e sua chegada, e bem menos inclinadas a se preocupar com questões de trabalho.

Às vezes acontece exatamente o contrário. A natureza parece dar às gestantes uma súbita onda de energia um pouco antes do parto. Na verdade, isso faz muito sentido. Nos tempos primitivos, a mulher não sabia quando seria o parto, ou até mesmo quanto tempo a gestação duraria, então esses atos instintivos atuavam como uma espécie de aviso de que o parto logo iria começar e enviava um sinal para que a mulher reunisse energias para encontrar um lugar seguro para ter o seu bebê. Dá-se a esse instinto o nome de nidificação (ou seja, criar ninhos; é um nome que muitas mulheres odeiam, por ser um termo um tanto pejorativo porque nos faz imaginar pássaros voando para lá e para cá, levando pedacinhos de palha).

No mundo moderno, talvez você sinta uma vontade repentina de deixar o quarto do bebê arrumado, estocar comida congelada, ou terminar todos aqueles relatórios do trabalho. Se você for atacada pela vontade de pintar o lado de fora da casa ou arrumar todas as coisas do sótão, tente resistir; afinal, você não vai querer entrar em trabalho de parto exausta! Experimente fazer algo menos cansativo, como lavar as roupinhas do bebê, atacar aquela pilha enorme de roupas para passar que não acabava nunca, ou se dedicar a tirar as ervas daninhas do jardim – atividade que exige que você se ajoelhe e se agache bastante (o que pode até auxiliar o começo do parto).

Para algumas mulheres, o instinto de preparar o ninho atua como uma distração muito útil na fase pré-parto, que as faz ficar ocupadas e movimentando-se sempre. Quando estiver limpando as janelas, lembre-se de que isso não é apenas uma excelente maneira de passar o tempo, mas também um ótimo jeito de ajudar a cabeça do bebê a ficar numa posição bem baixa dentro da bacia!

Despensa cheia

Agora é uma ótima hora para fazer um estoque de itens básicos, como chá e café, e também de produtos para refeições rápidas, como pacotes de sopa, macarrão e molhos, além de refeições prontas. A última coisa para a qual você terá tempo após a chegada do bebê é fazer compras, mas obviamente você precisará comer.

O mesmo vale para produtos de higiene, cosméticos, absorventes e qualquer outro item que você possa imaginar, e procure fazer um amplo estoque de tudo o que você precisa.

Visualização

Algumas mulheres conseguem aproveitar a própria imaginação para ajudá-las a lidar com o parto. Elas praticam um exercício mental antes do parto e o usam durante o trabalho de parto para ficar mais relaxadas e enfrentar as contrações. Às vezes é um modo de se "afastar" das contrações, de modo que você as note, mas elas não a perturbem. Ou talvez você possa sentir a contração, mas interpretar as sensações de um modo diferente. Experimente estas duas técnicas de visualização:

1. Imagine que você está na rua de uma cidade quente e barulhenta. Há pessoas e trânsito pesado, a rua é empoeirada e muito movimentada. Você está cansada, com calor, irritada. De repente, você nota um portão num muro. Você abre o portão, passa por ele e entra num jardim. Você anda pelo caminho que leva até a sombra das árvores. Os sons da rua ficam amortecidos... você ainda consegue ouvi-los, mas eles se misturaram aos ruídos de fundo. Agora você se sente fresca, na sombra, com plantas e árvores verdes a seu redor. Você se senta sobre um banco e desfruta da sensação de paz e tranqüilidade.

Aqui, o barulho e o calor da rua são as contrações. Você se retira para longe da dor e, embora ainda consiga senti-la, ela não domina você. Ela fica como ruído de fundo, porque você está desfrutando o frescor do jardim.

2. Tente se lembrar de algum lugar onde você costumava brincar quando era criança – sob a mesa, um quarto, um esconderijo, o jardim. Algum lugar onde você se sentia bastante segura. Imagine este lugar e gradualmente deixe que sua mente recupere todos os detalhes: a cor das paredes, os brinquedos, os sons ao redor. Concentre-se em deixar o seu lugar seguro bem real e cheio de detalhes. Pratique este exercício durante a gravidez e, quando você tiver uma contração, vá para este lugar seguro na sua mente.

Algumas mulheres às vezes optam por visualizações ainda mais simples. Elas imaginam algo "abrindo" quando a contração chega, ou imaginam que estão numa praia e que a contração é uma onda morna que as molha com a água do mar. Experimente e veja se esse pensamento irá ajudá-la durante o trabalho de parto.

Planejando com antecedência: o monitoramento fetal

Sua obstetriz irá monitorar você e o bebê durante todo o parto. Ela irá verificar a sua temperatura, a pressão arterial e as condições gerais, de tempos em tempos. Ao fazer isso, ela também avaliará as condições do bebê. No entanto, existem métodos mais invasivos de monitoramento fetal.

Por que preciso pensar com antecedência sobre o monitoramento fetal?

O modo de monitorar os bebês varia de hospital para hospital. Existem vantagens e desvantagens para cada método. Vale a pena conversar com a sua obstetriz agora sobre qual é o método utilizado onde você mora e pensar sobre o que você prefere.

Quais são as formas de monitoramento fetal que existem?

Numa gravidez normal, sem complicações, a obstetriz ausculta os batimentos cardíacos do bebê em intervalos regulares, utilizando um instrumento com a forma de um trompete, chamado de estetoscópio de Pinard, ou então um instrumento de "Doppler" manual, que se assemelha a um microfone. Pode ser que você já tenha ouvido os batimentos cardíacos do bebê durante uma consulta pré-natal se o seu médico tiver usado um Doppler. É provável que alguém da equipe ouça os batimentos do coração do bebê a cada 15 minutos no primeiro estágio do parto, e a cada 5 minutos no segundo estágio.

O Monitoramento Eletrônico Fetal Contínuo (MEF) é o acompanhamento da freqüência cardíaca do bebê durante todo o trabalho de parto, utilizando um monitor eletrônico. Você terá de usar um cinto elástico que segura os sensores do monitor contra o seu abdômen. A freqüência cardíaca é impressa em um rolo de papel contínuo chamado de "CTG" (cardiotocografia). O aparelho também registra, ao mesmo tempo, as suas contrações.

Às vezes também é utilizado um eletrodo no couro cabeludo do bebê, que transmite diretamente os batimentos cardíacos. Ele pode ser útil caso haja dificuldade em obter uma leitura confiável do monitor cujos sensores estão presos pelo cinto colocado no abdômen.

Se você e o bebê estiverem bem

Se você e o bebê estiverem bem, o habitual é que a sua obstetriz use monitoramento intermitente, com um Doppler ou um estetoscópio de Pinard. O Royal College of Obstetricians and Gynaecologists considera o monitoramento intermitente com um Doppler ou um estetoscópio de Pinard a melhor forma de monitoramento para as mulheres "que têm uma gravidez normal e são saudáveis". Mas alguns hospitais ainda fazem um "CTG de admissão" e colocam um monitor eletrônico em todas as mães durante cerca de 20 minutos, assim que elas chegam ao hospital. Isso acontece porque às vezes eles não possuem obstetrizes em número suficiente para um atendimento personalizado, mas alguns especialistas acreditam que isso se deve ao fato de que os hospitais preocupam-se com possíveis processos caso algo dê errado durante o parto. Pergunte à equipe que fará seu parto qual a prática no local onde você mora e as razões que a justificam.

Se durante o parto aparecer algum problema, poderá então ser sugerido o Monitoramento Eletrônico Contínuo (MEC).

Se você já tiver algum problema

O monitoramente contínuo é utilizado caso você tenha problemas de saúde que possam ser uma fonte a mais de preocupação durante o parto. Eles incluem:

- diabetes
- infecção
- pré-eclâmpsia
- doenças dos rins ou do coração

O monitoramento contínuo também pode ser utilizado caso haja alguma possibilidade de complicações durante o parto, tais como:

- você já está com mais de 42 semanas de gestação
- você está recebendo uma anestesia peridural

- você teve algum sangramento vaginal antes ou durante o parto
- o seu parto está sendo induzido ou acelerado com ocitocina
- você vai ter dois ou mais bebês
- você fez uma cesariana anteriormente
- o seu bebê é pequeno ou prematuro
- o seu bebê está em apresentação pélvica (sentado)

O monitoramento eletrônico apresenta alguma desvantagem?

Se você usar o monitor eletrônico, poderá ouvir os batimentos do coração do bebê. Isso pode ser reconfortante, mas algumas mães também acham que isso pode distraí-las. Você pode abaixar o volume da máquina, se achar que ficar ouvindo o batimento o tempo inteiro é inquietante. É normal que a freqüência cardíaca do bebê se modifique durante o parto. Ela ou ele pode estar dormindo em determinado momento e depois acordar e ficar se mexendo no outro. Um bebê que não está lidando muito bem com o parto tem probabilidade de apresentar uma freqüência cardíaca muito alta ou muito baixa, e menos variável do que o normal.

O monitoramento da freqüência cardíaca do feto foi introduzido durante as décadas de 1970 e 1980 para tornar mais fácil a tarefa de identificar os bebês que corriam algum risco durante o parto. Parecia bem mais fácil ter uma máquina capaz de medir tanto as contrações da mãe quanto os batimentos cardíacos do bebê e imprimir um registro de ambos do que fazer a obstetriz examinar e anotar os resultados. No entanto, o monitoramento rotineiro das parturientes levou a mais intervenções, como o parto assistido e a cesariana, sem que isso resultasse em melhoras para o bebê. Há vários motivos para que o monitoramento eletrônico apresente esse efeito:

- Se você for monitorada eletronicamente, fica restrita à cama, não pode se mover muito, e sabemos que ficar numa posição ereta e móvel ajuda a reduzir o tempo de parto.
- Se você não consegue se mexer durante o parto, poderá sentir mais as dores das contrações e, portanto, precisará de mais anestesia. A peridural também pode deixar o parto mais lento e aumentar a probabilidade de um parto assistido.
- Ter apoio durante o parto faz com que as mulheres tenham menos dor e consigam lidar melhor com ela. A sua obstetriz não apenas examina você, mas também a deixa mais tranqüila, a conforta com palavras e sugere maneiras para lidar com o processo. O parto também é influenciado pelos seus hormônios; então, se você tiver medo e se sentir tensa, isso pode deixar o parto mais lento. Ter alguém segurando a sua mão, fazendo massagens nas suas costas e fazendo-a rir enquanto verifica como você está indo pode fazer uma grande diferença no modo como você se sente e, portanto, alterar o progresso do parto.

Alguns anos atrás, todas as mulheres em trabalho de parto eram monitoradas de rotina. Recomendações recentes tentam equilibrar a necessidade de detectar bebês que estão tendo problemas e a necessidade de reduzir o número de intervenções desnecessárias, as quais apresentam seus próprios riscos. Interpretar as leituras do monitor é um assunto complicado, e diferentes especialistas podem "ler" o mesmo traçado de modo diferente. Já que todos tendem a ter cautela demais, é mais provável que um traçado preocupante leve um bebê que não esteja em apuros a um parto assistido ou a uma cesariana do que deixe um bebê que está em dificuldade sem ser assistido. Ou seja, mais cesarianas e mais partos assistidos desnecessários.

Amostra do sangue do feto

Às vezes, pela leitura do CTG, o seu médico ou sua obstetriz suspeita que há um problema com o bebê, quando, na verdade, o seu bebê está bem. Para tentar diminuir esse efeito do resultado "falso-positivo", uma amostra de sangue pode ser retirada do couro cabeludo do bebê. Isso é feito através da vagina da mãe. O colo do útero deve estar parcialmente dilatado e a cabeça do bebê deve estar bem baixa para que o procedimento possa ser posto em prática. O sangue é, então, examinado para verificar o nível de oxigênio, para ver como o bebê está passando. Esse exame pode levar de 10 a 20 minutos para ficar pronto. A amostra de sangue do feto pode evitar intervenções desnecessárias, como uma cesariana de emergência.

As notas para o seu Plano de Parto

Pense se você se sentirá satisfeita caso a equipe médica utilize:

- apenas um detector portátil (Doppler manual) ou um estetoscópio de Pinard
- monitoramento eletrônico intermitente
- monitoramento eletrônico contínuo

38.ª Semana

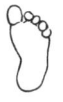

O crescimento do bebê

A partir de agora, o seu bebê está pronto para nascer a qualquer momento. Os bebês que nascem entre a 38.ª e a 42.ª semanas de gravidez são considerados "a termo". O seu bebê talvez pareça estar menos ativo, já que não há o espaço para as acrobacias da metade da gestação, mas você pode sentir muitos movimentos sinuosos e também soluços. Com sorte, o seu bebê agora já pôs o queixo bem para baixo, sobre o peito, para que a parte de trás da cabeça fique na posição certa para vir à luz primeiro.

As mudanças no seu corpo

Você talvez se sinta enorme. O seu útero provavelmente preencheu todo o seu abdômen e empurrou todos os órgãos para os lados. Talvez o seu umbigo tenha saltado para fora. Talvez você tenha até se esquecido de como são os seus pés e nem consiga ver como estão as suas estrias (e pode ser uma bênção elas ficaram ocultas). A sua bacia está ficando mais frouxa e se preparando para se ampliar nas articulações e deixar espaço para a passagem do bebê. Pode ser que você já tenha se dado conta de que ter um bebê é mais ou menos como a conhecida história de construir um navio no quintal e só depois pensar como você vai tirá-lo de lá. Ainda bem que a natureza teve milhares de anos para resolver esse problema e costuma administrá-lo muito bem.

Para refletir

- Se você sente muitas contrações de "treino", como identificar se elas são de **Braxton Hicks ou contrações de verdade**?
- Os amigos e os parentes certamente querem dar **presentes** a você. Você pode fazer uma lista de presentes que serão bem-vindos.
- Você pode fazer outra consulta obstétrica nesta semana.
- Planejando com antecedência: vale a pena pensar nos prós e contras de **comer e beber durante o trabalho de parto**, já que, a qualquer momento, uma cesariana ou mesmo uma anestesia por outros motivos podem se fazer necessárias.

Braxton Hicks ou contrações de verdade?

Às vezes é difícil discernir umas das outras. Mesmo as mulheres que já tiveram filhos podem ter algumas horas de contrações que se parecem com o trabalho de parto mas acabam sendo um alarme falso. Sem mais nem menos, elas param e então recomeçam alguns dias depois. Pode ser que o seu organismo esteja tentando colocar o bebê numa boa posição, pronto para nascer.

Para a maioria das mulheres, as contrações de Braxton Hicks não se parecem em nada com as contrações do parto. Mas, às vezes, elas podem ficar tão fortes e tão freqüentes que as mulheres ficam aflitas pensando que não conseguirão discernir se estão em trabalho de parto ou não. Como regra geral, as contrações de Braxton Hicks costumam ir e voltar. Você poderá senti-las durante alguns minutos ou algumas horas, mas daí elas cessam durante algumas horas ou dias.

Você pode ter uma grande margem de certeza de que está em trabalho de parto se:

- houve a expulsão do tampão mucoso (emissão de muco sanguinolento)
- as contrações são breves e duram menos de um minuto
- as contrações são regulares
- as contrações estão ficando mais fortes
- você sente também dores nas costas

Você provavelmente não está em trabalho de parto se:

- o tampão mucoso ainda não foi expulso
- as suas contrações são longas, chegam a durar cerca de 3 ou 4 minutos
- as contrações são irregulares
- as contrações cessam quando você muda de posição

A única maneira de ter certeza é deixar-se examinar para ver se o colo do seu útero está se dilatando. Se você está preocupada, poderá conversar com uma obstetriz no pronto atendimento da maternidade. Sempre há alguém disponível todos os dias. Entre as informações que você acumulou durante o pré-natal, deve estar incluído um número de telefone de alguém para quem você possa ligar ou de uma maternidade que você pode procurar em caso de dúvidas. Talvez você tenha que ir para o hospital para que uma obstetriz examine o colo do seu útero. Se você escolheu ter um parto em casa, a sua obstetriz poderá ir até lá.

Caso seja um alarme falso, lembre-se de que o parto poderá começar em breve. Enquanto isso, descanse e relaxe o máximo que puder. Tome um longo banho numa banheira, relaxe e veja um bom filme, ou então saia com os amigos e se distraia um pouco.

Se você estiver tendo contrações de Braxton Hicks constantes, experimente:

- beber mais água; às vezes as contrações de Braxton Hicks indicam que você está um pouco desidratada
- descansar, caso elas comecem quando você estiver ativa. Deite-se de lado por uns 20 minutos e veja se elas vão embora
- levantar-se e caminhar um pouco, caso elas surjam quando você estiver deitada
- tomar um banho morno, de banheira ou de chuveiro, caso elas persistam
- ir com calma em todos os aspectos da vida; as contrações podem ter início se você estiver ativa ou então se sentindo muito cansada

Presentes

É bastante tentador comprar um monte de coisas para o seu bebê. Mas muitas outras pessoas também se sentirão tentadas a comprar presentes para o seu bebê, e algumas mamães de primeira viagem acabam descobrindo que nas primeiras semanas a casa delas fica parecendo uma floricultura, com uma seção especial para roupinhas de bebê.

Provavelmente todos os parentes, amigos, padrinhos e colegas de trabalho querem dar um presente para você ou para o bebê. Aqui você encontra uma lista dos presentes que consideramos os melhores. Caso exista alguém que não saiba muito bem o que comprar para você, utilize estas idéias e faça uma lista para começar.

- Uma garrafa de champanhe para celebrar.
- Pagar três meses de lavanderia para as fraldas.
- Pagar uma diarista durante alguns meses, para deixar a sua casa arrumada... ou quase.
- Encher o *freezer* com pratos prontos congelados.
- Uma câmera digital, para você tirar inúmeras fotos do seu bebê e mandá-las por e-mail para os quatro cantos do mundo.
- Uma cadeira de balanço. Muitos bebês choram durante algum tempo. Outros choram quase o tempo todo. Poder sentar-se e balançar o bebê é bem mais relaxante do que andar para lá e para cá com o bebê no colo.
- Pagar uma limpeza de pele, manicure e pedicure num salão de beleza perto de sua casa. (Quem der esse presente também deve se oferecer para cuidar do bebê.)
- Uma cesta de produtos para o banho e cremes para o corpo, para você usar quando achar que está cheirando a leite.
- Um *kit* terapêutico pós-natal. Há pessoas que montam seus próprios *kits*, com arnica (para os machucados), hamamélis (para os pontos) e algum óleo revitalizante para massagem, como óleo de laranja-lima. Ou então compram um *kit* já pronto.

Há também os seguintes presentes, que não custam caro e valem ouro:

- Um bolo ou comida caseira entregue em casa, ou vários bolos ou pratos de comida caseira que possam ser congelados.
- Atacar a pilha de roupas para passar, enquanto você se senta no sofá, amamenta o bebê e descreve o parto em todos os detalhes.
- Levar você ao supermercado, empurrar o carrinho e descarregar todas as compras, para que ninguém na sua casa passe fome durante a semana. Ou então fazer um cadastro em um supermercado na internet, para que você possa fazer seus pedidos de um jeito rápido e fácil no futuro.
- Prometer cuidar do bebê mais à frente, quando você já estiver pronta para sair de novo. (Este é um presente que os adolescentes podem escolher.) Logo após o parto, talvez você nem pense em deixar o bebê com ninguém. Mas essa hora um dia vai chegar.
- Uma fita ou DVD do filme que você sempre quis ver enquanto estava grávida, mas nunca conseguiu. (Este é um presente que é mais bem acompanhado se o(a) amigo(a) que o der assistir junto com você para fazê-la se sentir novamente inteira, humana e adulta.)

Um dos melhores presentes que uma mãe pode ganhar são comentários positivos: "Você está ótima", "Você está se saindo bem", "É duro, mas logo melhora", "Vocês serão excelentes pais", "O bebê sabe que vocês serão os melhores pais do mundo", "É tão bom ver você dando de mamar ao bebê", "Você está se saindo muito bem"...

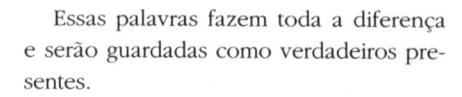

Essas palavras fazem toda a diferença e serão guardadas como verdadeiros presentes.

Planejando com antecedência: comer e beber durante o trabalho de parto

Pode ser que você sinta fome durante o parto e queira comer. Ou então você pode ficar enjoada diversas vezes durante o parto e nem pensar em comida.

A maioria das mulheres acha bom comer bem no começo do parto e cerca de 1/3 delas gosta de comer durante todo o parto. Afinal de contas, o parto é uma tarefa árdua; ele já foi comparado a uma maratona (corrida de 42 km), pois ele utiliza muitas calorias. Grande parte das mulheres percebe, no entanto, que à medida que o parto progride a fome vai diminuindo – quando as contrações ficam cada vez menos espaçadas, mais longas e mais fortes, o seu apetite tende a desaparecer.

Por que preciso pensar com antecedência se vou comer e beber durante o parto?

Você precisa pensar com antecedência sobre isso porque ainda é uma questão controversa saber se é seguro ou não comer depois que o trabalho de parto tiver sido iniciado. Alguns hospitais observam a política de não permitir que as gestantes em trabalho de parto comam; alguns observam a regra de não pôr nada na boca, que proíbe comer *e* beber; e outros permitem que as mulheres comam no começo do parto, mas pedem que elas mudem para bebidas energéticas "esportivas" na parte final do parto, e outros ainda permitem que as mulheres comam quanto e como quiserem. Os resultados das pesquisas quanto a comer durante o parto divergem, e ainda não há um consenso quanto a isso. A maioria dos médicos preocupa-se com o fato de as gestantes comerem durante o parto; a maioria das obstetrizes não aprecia a idéia de *não* ser permitido que elas comam durante o parto.

Por que não é aconselhável comer?

Não é permitido que você coma antes de uma grande operação porque você pode ficar enjoada e aspirar o vômito, o que pode causar grandes danos aos pulmões. Quando as cesarianas eram feitas sob anestesia geral, a maioria dos hospitais não permitia que as mulheres comessem, pois talvez elas pudessem precisar de uma cesariana. Agora que a maioria das cesarianas é feita com uma anestesia peridural ou na coluna, há menos problemas, embora ambas possam afetar o funcionamento do estômago e dos pulmões. Os narcóticos, como a dolantina, também podem deixar a digestão lenta. Então, se você optar por uma peridural ou pelos analgésicos mais potentes, não é uma boa idéia comer. Se você tem grandes chances de precisar de uma cesariana, será aconselhada a não comer.

Se disserem a você para não comer, veja se você pode beber, e em que quantidade. Pode ser que você só possa tomar alguns golinhos. Se este for o caso, experimente chupar cubos de gelo. Seu acompanhante ou sua obstetriz poderá trazer-lhe alguns cubos de gelo. Chupar gelo deixa sua boca úmida e é bem refrescante. Pode ser que você também queira escovar os dentes durante o parto, já que isso também pode refrescar a boca.

Se o seu hospital possui regras restritas quanto à alimentação:

- coma o quanto quiser no começo do parto e permaneça em casa o máximo que puder

- leve bebidas energéticas ou barras de glicose com você para o hospital
- você também pode beber água ou suco de frutas

Se seu parto precisar ser induzido e você tiver que ficar no hospital desde o começo, verifique quais são as regras do hospital. Em geral, é permitido que você coma e beba normalmente até que entre em trabalho de parto.

Por que é aconselhável comer?

O parto é árduo e difícil, e você gasta muita energia. Você precisa de calorias para ter um bom trabalho de parto. Se você não comer, isso pode gerar cetonas no seu sangue como efeito colateral por ter usado todo açúcar de seu sangue e metabolizado todas as reservas do organismo para ter energia. Isso pode fazer você se sentir muito fraca e trêmula. Certa quantidade de cetose (como é chamado esse estado) parece ser normal durante o parto, mas quando em excesso também pode impedir que o seu útero se contraia direito. Ficar em jejum pode resultar em desidratação e acidez excessiva no organismo (acidose). Isto, combinado com a fome e a fadiga, pode levar a mais intervenções durante o parto. Além disso, comer e beber é uma parte normal da vida, e ser impedida de comer e beber pode deixá-la com a impressão de estar num ambiente autoritário e intimidador.

Alguns especialistas consideram que deixar as mulheres com fome durante o parto pode resultar em:

- maior uso de medicamentos para acelerar o parto
- maior número de partos assistidos
- mais cesarianas
- mais bebês que necessitam de cuidados especiais ao nascer

Então, o que devo fazer?

A estratégia mais equilibrada parece ser comer caso você sinta fome no estágio inicial do parto. Mas consuma alimentos leves e de fácil digestão: sopas, ovos mexidos, torradas, cereais matinais. No trabalho de parto mais intenso, você certamente não irá querer comer, mas observe o que o seu corpo diz.

Veja quais são as regras do hospital local. Em geral, as clínicas (maternidades) são liberais quanto a comer e beber durante o parto, desde que não esteja prevista nenhuma anestesia. Em casa, você pode escolher o que e quando comer e beber.

Beber durante o parto

Ficar desidratada durante o parto poderá deixar o parto mais lento. Tente beber algo sempre que sentir sede e, caso você não sinta muita sede, tome goles de água com frequência. Se você estiver utilizando uma banheira para parto, é muito importante tomar pequenas quantidades de líquidos regularmente, já que a água quente pode favorecer a desidratação. Pode ser que chupar cubos de gelo também seja útil.

As notas para o seu Plano de Parto

- Você deseja comer no início do parto?
- Você deseja comer quando o parto já estiver avançado, caso sinta vontade?
- Você prefere as bebidas energéticas e as barras de glicose?
- Você prefere esperar para decidir na hora?

39ª Semana

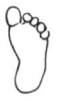

O crescimento do bebê

Agora o seu bebê ocupa todo o seu útero. A lanugem que o revestia no começo da gravidez praticamente desapareceu, embora talvez ele ainda possa nascer com um pouco nos antebraços e nos ombros. As unhas da mão já podem ultrapassar as pontas dos dedos. Todos os sentidos do bebê funcionam: ele(a) já está pronto(a) para conhecer pelo tato, sentir o cheiro e o gosto, bem como ver e ouvir o mundo lá fora. Não se esqueça de que ele(a) também tem que tomar parte no parto – alguns especialistas acham que os bebês ajudam ao se mover sinuosamente para ficar numa boa posição. Então converse delicadamente com o seu bebê e diga a ele(a) para fazer sua parte também.

As mudanças no seu corpo

Pode ser que agora você não consiga fazer muitas coisas. O seu bebê pode estar numa posição tão baixa que você nem consiga cruzar as pernas de um jeito confortável.

Pode ser que você perceba mudanças de **última hora** no seu corpo, por volta desta última semana.

Qualquer sangramento (semelhante à menstruação) neste estágio precisa ser comunicado à equipe de parto. O mais provável é que o colo do útero esteja relaxando e se preparando para o parto, e pode ser o tampão saindo, mas, apesar de muito raramente, pode ser que isso indique **problemas com a placenta**, então é bom verificar.

Para refletir

- É difícil pensar, agora, em qualquer outra coisa que não o parto. Talvez você já esteja **entediada** a esta altura e desejando que a gravidez acabe logo. Não ajuda nada todo o mundo ligar para você e perguntar "Então, já nasceu?" Você pode tentar **fazer sexo** para ajudar seu organismo a entrar em trabalho de parto. Às vezes funciona e, se não funcionar, é divertido tentar!

- Se você ainda não escreveu o seu plano de parto, agora é sua última chance, se não quiser ser pega desprevenida.
- Você também pode usar estes últimos dias para fazer mentalizações para ajudá-la a se preparar para o parto. Experimente **o poder do pensamento positivo** quando entrar em pânico ao pensar no parto. Experimente nosso exercício mnemônico para **tomar decisões**, também.
- Planejando com antecedência: como você vai lidar com **as visitas quando o bebê nascer**, principalmente se os parentes de ambas as famílias quiserem hospedar-se na sua casa?

Mudanças de última hora no seu corpo

Dores nas costas podem aparecer à medida que o bebê se ajusta à bacia. Pode ser também que você fique com diarréia, já que o seu organismo está preparando seus intestinos para ficarem vazios durante o parto (se você também estiver enjoada ou sentir dores, verifique com o seu médico, já que talvez isso não esteja relacionado ao parto – pode ser uma infecção). Talvez o seu tampão saia: uma substância parecida com uma gelatina, que tampa o colo do útero e o protege de infecções. Ele costuma sair alguns dias antes de o parto começar, ou seja, é um tipo de sistema de aviso prévio.

Problemas com a placenta

O descolamento da placenta acontece quando uma placenta que está em local normal separa-se prematuramente da parede do útero, causando sangramento. Isso pode acontecer perto do fim da gravidez ou durante o parto. É algo raro, mas pode ser muito perigoso tanto para a mulher quanto para o bebê, já que a hemorragia pode ser repentina, dolorosa e muito intensa. Às vezes o sangue vai para dentro do abdômen, e assim não é notado imediatamente. Se você tiver uma hemorragia interna desse tipo, ficará pálida, sentirá tontura e ficará trêmula. Esse quadro exige cuidados médicos de emergência.

Não se sabe muito bem a razão para esse descolamento, mas ele já foi relacionado a:

- pré-eclâmpsia
- retardo de crescimento intra-uterino
- mais de cinco gestações
- medicamentos que diminuem a viscosidade do sangue
- distensão excessiva do útero, que pode acontecer no caso de gestações múltiplas e poli-hidrâmnios
- fumo
- uso de *crack* e cocaína

O descolamento da placenta também pode ocorrer devido a algum trauma abdominal direto, como, por exemplo, se você cair sobre a barriga, receber um golpe no abdômen ou ficar ferida em um acidente de trânsito.

Entre em contato com a sua obstetriz ou o seu médico imediatamente ou chame uma ambulância caso você apresente qualquer um dos seguintes sintomas:

- dor intensa que não vai e volta como uma contração

- abdômen dolorido e permanentemente duro
- sangramento com sangue vermelho-escuro

Pode ser que você precise de uma cesariana de emergência.

Sentindo-se entediada

Tente preencher bastante a sua agenda com coisas para fazer durante a sua última semana. Utilize esse tempo para fazer as coisas de que você realmente gosta e com as quais se diverte – nadar ou caminhar um pouco todos os dias, encontrar uma amiga para tagarelar, comprar aqueles itens de última hora para você e para o seu bebê. Planeje fazer coisas que poderão ajudá-la a descansar e relaxar; assistir a todos os seus filmes favoritos e que a deixam animada enquanto você descansa à tarde dará a sensação de você estar se dando um prêmio. Marque uma pedicure – é uma ótima idéia, caso você não consiga mais ver os seus pés. Organize as roupinhas do bebê e deixe tudo pronto – de novo. Agende uma tarefa para cada dia. Ninguém irá se importar se você tiver que cancelar um almoço ou adiar uma caminhada no parque se você der a excelente desculpa de que está em trabalho de parto.

Se a sua fase pré-parto (veja a página 305) parece não acabar nunca, então é essencial ter várias atividades interessantes para distraí-la.

Pergunta: Ouvi dizer que fazer sexo pode fazer a mulher entrar em trabalho de parto. Isso é verdade?

Daphne Metland responde: Fazer amor é uma ótima maneira de fazer você entrar em trabalho de parto, e é bem mais divertido do que ter o parto induzido. O sêmen contém prostaglandinas, as quais ajudam a deixar o cérvix mais macio, e o orgasmo (se você conseguir chegar até lá!) faz com que o útero comece a se contrair. Uma vez dei aulas para um casal que teve uma longa fase pré-parto. Eles foram para o hospital só para ouvir dos médicos que ainda não tinha chegado a hora. Quando chegaram em casa, lembraram-se da minha sugestão sobre experimentar fazer sexo. Cerca de uma hora depois, as contrações começaram a vir fortes e rápidas; eles voltaram ao hospital e foram recebidos pela mesma obstetriz, a qual perguntou: "Mas o que vocês andaram fazendo?" O fato de os dois terem ficado vermelhos revelou o que eles haviam feito, mas a verdade é que funcionou.

O poder do pensamento positivo

Pensar positivamente durante o parto pode fazer uma grande diferença na hora de lidar com a dor. Nas culturas em que as mulheres participam do parto de suas primas e irmãs antes de elas mesmas darem à luz, as meninas crescem sabendo como os bebês nascem e observando como as mulheres lidam com o parto. Elas sabem que serão abraçadas, acariciadas, levadas para caminhar, massageadas, banhadas e alimentadas por suas amigas durante o parto. Então é bem mais fácil sentir-se confiantes ao pensar no parto.

Nas culturas ocidentais, as imagens que temos do parto são sempre muito frias e clínicas. Na TV e nos filmes, o nascimento é visto como algo que dá pânico, algo perigoso, feito com a gestante deitada de costas, gritando muito. Mas converse com as obstetrizes experientes e elas lhe dirão, inúmeras vezes, que as mulheres instintivamente sabem como dar à luz. Nossos corpos foram feitos para dar à luz e, com o apoio correto, eles se sairão muito bem. Experimente pensar de modo positivo sobre o seu parto; aceite que será uma tarefa árdua, espere que possa doer, mas lembre-se de que você pode fazer muito para ajudar a si mesma. Aprenda todas as técnicas que puder para lidar com o parto, como a massagem, as posições, o relaxamento e a respiração. Organize sua equipe de apoio para o parto: procure ter certeza de que terá uma obstetriz que conhece perto de você, e pelo menos um(a) acompanhante de parto, e planeje ter o bebê num local onde você se sinta confiante e segura.

Pense em cada contração como mais um passo para diminuir a distância entre você e o seu bebê. Aceite o fato de que cada contração é mais um passo para o fim do trabalho de parto. Lembre-se de que você só tem de lidar com uma contração de cada vez; a que estiver acontecendo naquela hora, não a próxima e tampouco a que já acabou. Deixe-se levar pelo trabalho de parto, não lute contra ele. Tente pensar na dor do parto como uma dor positiva que está trabalhando para você, e não como uma dor negativa que sinaliza que algo está errado. As contrações são um sinal de que as coisas estão *bem*; o seu corpo está realizando um trabalho duro para fazer o seu bebê nascer.

Tomando decisões

Quando você estiver em trabalho de parto, pode ser que precise tomar decisões muito depressa. Isso pode ser difícil quando há tanta coisa acontecendo. Você não poderá se transformar numa especialista repentinamente, portanto dependerá da sua obstetriz ou do seu médico para explicar as coisas a você e dar conselhos. Mesmo assim, é muito fácil se sentir confusa e insegura. Experimente usar esta lista de pontos importantes para ajudá-la a lembrar-se rápido de tudo. Demos a ela o nome de BRAN (o cereal que leva esse nome e ajuda na prisão de ventre), porque geralmente ela ajuda as coisas a continuar andando se você estiver perplexa).

Faça estas perguntas mentalmente:

B: Quais são os **B**enefícios do que está sendo proposto?
R: Quais são os **R**iscos?
A: Há outras **A**lternativas?
N: O que acontece se eu optar por não fazer **N**ada?

A lista BRAN dá a você uma rápida visão geral da situação e a ajuda a ter certeza de que tem toda a informação de que precisa.

Planejando com antecedência: as visitas

Todos ficam ansiosos para ver o bebê logo que ele(a) nasce. As mães e as sogras, especialmente, querem muito ver o(a) netinho(a), e, se elas não moram perto, pode ser que você se defronte com a possibilidade de receber dois grupos de visitantes nas primeiras semanas. Antigamente, você teria de ficar cerca de uma semana no hospital, o que lhe dava tempo para se recuperar, porque as visitas eram limitadas. Agora, as mulheres vão logo para casa e a família pode ir correndo ver o bebê.

Pode ser que você precise limitar o número e o horário de visitas. Muitos casais gostam de ter as primeiras 24 horas após o parto só para eles. Pode ser também que você consiga persuadir todos a ficar num hotel e a aparecer durante o dia, em vez de se hospedarem na sua casa. Dessa forma, você pode decidir sobre os horários de visita. Diga que as manhãs já estão tomadas porque você ficará ocupada com o bebê, portanto eles poderão vir após o almoço. Aí, se você se sentir cansada, poderá ir dormir um pouco e deixá-los "tomando conta do bebê".

Se nada disso funcionar e eles realmente precisarem se hospedar na sua casa, experimente transformar o seu quarto-sala de visitas. Fique no seu espaço, faça com que tragam as refeições para você e permita as visitas quando for conveniente. Na maior parte do tempo, os parentes podem ficar nos outros cômodos, arrumar a casa para você, cozinhar para você e se entreter. Estabeleça as regras agora para que eles já saibam o que vai acontecer. Você sempre poderá dizer que tudo foi uma sugestão da sua obstetriz, do pediatra ou do curso pré-natal, já que hoje em dia as mulheres vão para casa tão cedo que mal têm tempo de descansar.

40ª Semana

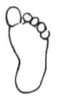

O crescimento do bebê

O seu bebê já está completo! Ele(a) já está pronto(a) para nascer. Ele(a) possui todas as habilidades necessárias para quando nascer; ele(a) já procura o seu próprio polegar e o suga exatamente como irá procurar pelo seu peito. Alguns bebês até nascem com bolhas nos lábios devido à sucção. Ele(a) consegue ouvir e reconhecer a sua voz e a do seu parceiro, e também fazer pequenos movimentos de engatinhar, e até mesmo pode tentar engatinhar barriga acima para alcançar o peito. Os olhos já conseguem focalizar mais ou menos a mesma distância que ele(a) ficará do seu rosto, quando você o(a) segurar nos braços... E isso acontecerá em breve.

As mudanças no seu corpo

O seu bebê se encaixa bem na sua bacia à medida que você vai se preparando para o parto, assim você poderá sentir a cabeça dele exercendo pressão sobre o assoalho pélvico. Isso pode significar inúmeras visitas ao banheiro, e pode ser difícil caminhar sem balançar os quadris. Você também poderá sentir dores no ligamento redondo, na frente da barriga, enquanto caminha. Esse tipo de dor desaparece quando você descansa. As suas articulações estão mais frouxas, prontas para deixar a pélvis se abrir durante o parto, por isso pode ser que você tenha dores na região lombar. Você também pode se sentir pesada, cansada e esgotada. Você também pode ter contrações leves, que vão e voltam, durante alguns dias. Também é possível que você sinta uma manifestação repentina de energia nos últimos dias – isso é sinal de que o parto começará em breve.

Para refletir

- É importante **manter-se ocupada no começo do parto** e saber o que fazer quando a **bolsa de água romper**.
- Sugerimos o **melhor momento para chamar a obstetriz ou ir para o hospital**, e também uma **lista de última hora** para lembrar de pontos importantes.
- Também apresentamos um lembrete, para você e para o seu parceiro, sobre a **respiração durante as contrações** e sobre como lidar com os **exames ginecológicos**.

> - Decida que **tipo de alívio para a dor** você utilizará durante o parto.
> - Planejando com antecedência: a **lista de pontos importantes para o(a) seu(sua) acompanhante de parto**. Se parecer aqueles resumos que estudamos freneticamente antes do exame final, bem... é isso mesmo. Boa sorte!

Mantenha-se ocupada no começo do parto

Quando você finalmente entrar em trabalho de parto, talvez tenha uma sensação de não acreditar no que está acontecendo, ou de um grande alívio, ou até mesmo sinta um pouco de medo. É muito excitante pensar que o seu bebê está prestes a chegar, mas é desencorajador pensar que você terá de cruzar primeiro o obstáculo do parto.

Se você não tiver certeza de estar em trabalho de parto, espere um pouco. As contrações costumam começar devagar e bem espaçadas, e depois passam a ser mais longas e mais fortes. Portanto, mantenha-se ocupada, e apenas observe a freqüência com que elas aparecem e se estão ficando mais fortes. Boas distrações para o começo do parto incluem:

- tirar as ervas daninhas do jardim – de quatro
- dar um longo passeio
- arrumar prateleiras – também de quatro
- passar roupa – você pode se debruçar sobre a tábua de passar durante as contrações
- ver um filme engraçado – se você puder rir, conseguirá relaxar
- ter uma longa conversa ao telefone com uma amiga íntima
- escolher as roupinhas do bebê, para "entrar no clima"
- tomar um demorado banho de banheira, complementado por um abraço e talvez uma massagem

Se você tem algum problema de saúde e sabe que precisa ir para o hospital assim que entrar em trabalho de parto, ligue para lá imediatamente e converse com uma obstetriz.

Se você entrar em trabalho de parto enquanto seu parceiro está no trabalho, você precisa decidir se irá telefonar para ele. Se você começou no meio da noite, talvez vocês tenham que decidir se ele irá para o trabalho ou se ficará em casa.

A maioria dos primeiros partos dura mais tempo do que o esperado, então muitas vezes há bastante tempo para o parceiro voltar para casa – mas leve em conta as condições das estradas ou dos meios de transporte. Não esqueça também que mesmo no começo do parto você pode ficar apreensiva e infeliz caso esteja sozinha. Talvez seja bom ter alguém de "plantão" que more perto de você, para lhe fazer companhia nas primeiras horas.

O rompimento da bolsa de água

Em geral, a bolsa de água que circunda o bebê fica intacta até o fim do primeiro estágio do parto. No entanto, para algumas mulheres (entre 6 e 19% de todos os partos), o trabalho de parto tem início com o rompimento dessa bolsa. Isso pode acontecer na forma de um jorro, ou então como um gotejamento gradual.

Às vezes as contrações começam imediatamente após o rompimento da bolsa e às vezes elas demoram. No passado, a maioria das mulheres cuja bolsa se rompia tinha o parto induzido imediatamente, devido à preocupação com o risco de infecção. Na verdade, 70% das mulheres cuja bolsa se rompe entram em trabalho de parto dentro de 24 horas, quase 90% entram em trabalho de parto dentro de 48 horas e 95-96% dentro de 72 horas. A tendência é *esperar* para ver o que acontece, mas você precisa de fato entrar em contato com a sua obstetriz ou ir para o hospital, para ser examinada. Muitas vezes você é mandada de volta para casa, com a recomendação de verificar sua temperatura todos os dias e telefonar, caso não se sinta bem. A sua obstetriz poderá sugerir um dia para você voltar ao hospital, se você ainda não tiver entrado em trabalho de parto – geralmente de 36 a 48 horas após o rompimento da bolsa.

Se você sentir um jorro do líquido amniótico

Nas últimas semanas de gravidez, muitas mulheres imaginam que a bolsa de água irá se romper de maneira espalhafatosa, num lugar público como o supermercado, e ficam preocupadas com o possível embaraço que isso poderá causar. ("As pessoas vão pensar que eu fiz xixi na calça!")

Na verdade, quando as pessoas vêem uma mulher em adiantado estado de gravidez, cuja bolsa de água se rompeu, é mais provável imaginarem que o bebê vai nascer a qualquer momento. Provavelmente elas irão se perguntar o que poderão fazer para ajudar (e sem dúvida podem ficar com um pouco de medo de ter que ajudar no parto ali mesmo, na seção de congelados do supermercado).

Se você está preocupada com a possibilidade de sua bolsa de água se romper em público, coloque, antes de sair de casa, um absorvente do tipo usado nas maternidades. Assim, uma pequena perda de líquido não será notada. Lembre-se, porém, de que esse é o modo menos provável de o parto começar, e muitos partos que começam assim são iniciados por pequenas perdas de líquido.

Se a sua bolsa se romper mesmo, é bem mais provável que ela se rompa em casa do que quando você estiver fora. Talvez seja bom colocar um cobertor velho sob o lençol para proteger o colchão, caso isso aconteça à noite. Um revestimento plástico também funciona, mas ele pode ser escorregadio e dar uma sensação de calor. Um cobertor dobrado ao meio ou uma toalha velha já servem, e são mais confortáveis.

Se a sua bolsa de água se rompeu, pode ser que você sinta mais jorros após mudar de posição, portanto você precisa colocar um ou até dois absorventes para gestantes enquanto apronta suas coisas para o nascimento. Se você estiver indo para o hospital, talvez também precise sentar-se sobre algumas toalhas para proteger o assento do carro.

Existem duas coisas que você pode anotar, pois a informação será útil para a obstetriz:

Tente fazer uma estimativa da quantidade de líquido

Pode ser desde a equivalente a uma taça para servir ovo quente até a equivalente a uma xícara de café ou mais, e é claro que parece muito mais quando o líquido cai no chão. É mais fácil saber quanto líquido você perdeu se você tiver a sorte de estar sobre um chão duro quando a bolsa se romper.

Tente verificar a cor do líquido

O líquido amniótico costuma ter cor clara, ou então ser da cor de palha. Às vezes, ele pode estar esverdeado ou ter riscas negras. Isso é causado pela presença do mecônio, a substância que reveste o intestino do bebê. Às vezes os bebês esvaziam o intestino antes do nascimento, quando algo não vai bem; assim, se você vir mecônio no líquido amniótico, isso precisa ser examinado. A sua obstetriz irá querer conferir se os batimentos cardíacos do bebê estão normais. Mecônio denso que acabou de ser eliminado tem mais probabilidade de indicar algum possível problema do que o mecônio que foi eliminado há tempos e está parcialmente dissolvido no líquido amniótico.

Motivos para se preocupar

Ligue para a sua obstetriz ou vá imediatamente para um hospital se a sua bolsa romper e:

- você estiver com menos de 37 semanas de gestação
- o seu bebê estiver em apresentação pélvica (sentado)
- o seu bebê não estiver encaixado (a cabeça está em posição elevada)
- o seu bebê está numa posição instável ou transversal
- você está esperando gêmeos
- você foi diagnosticada com oligo-hidrâmnios ou poli-hidrâmnios (deficiência ou excesso de líquido amniótico)
- há manchas de sangue no líquido amniótico
- você sente dores abdominais constantes (que não aparecem e desaparecem como as contrações)

Um bebê de cabeça para baixo e que está bem encaixado na pélvis preenche a maior parte do espaço disponível. Um bebê que ainda não está encaixado, ou que está em apresentação pélvica, em posição transversal ou instável, tem espaço a seu redor. Quando a bolsa se rompe, o cordão umbilical pode escorregar através desse espaço e ficar comprimido. Isso pode diminuir a quantidade de oxigênio que o bebê está recebendo, então é vital verificar imediatamente.

Se você estiver grávida de dois ou mais bebês, há diversas posições mais complicadas que eles podem adotar no útero. Algumas posições podem deixar o cordão umbilical comprimido.

O líquido amniótico com manchas de sangue também pode ser parte do "tampão" que foi expelido junto com o líquido, mas é melhor verificar, já que o sangramento pode vir da placenta.

Ambos os casos – sangramento no parto e possível prolapso do cordão umbilical – são emergências médicas e precisam de tratamento imediato.

Caso haja um grande risco de prolapso do cordão umbilical e você esteja em casa, ligue para sua obstetriz ou para o hospital imediatamente. Eles poderão enviar uma ambulância para levá-la até o hospital.

Provavelmente também sugerirão que você fique deitada, com as nádegas numa posição elevada, ou então ajoelhada, com os joelhos encostados no peito, para que assim o bebê saia do colo do útero e recue.

Se você estiver no hospital, a sua obstetriz poderá ajudá-la a ficar na posição genupeitoral (com os joelhos perto do peito), e então usar os dedos para empurrar o bebê de volta, para longe do colo do útero.

Nesta posição, o bebê afasta-se do colo do útero

Se o cordão umbilical escorregou, ou se houver perigo de isso acontecer, significa quase sempre que você irá precisar de uma cesariana de emergência.

Se o líquido estiver pingando aos poucos

Às vezes, o líquido goteja, escorre devagar, em vez de sair como um jorro. Isso costuma acontecer se o rompimento nas membranas ocorrer atrás da cabeça do bebê. A cabeça do bebê funciona como uma rolha, já que ela fica justa nesse lugar. Haverá um pouco de líquido amniótico na frente da cabeça (águas anteriores) e um pouco atrás (águas posteriores).

Se as águas posteriores forem eliminadas, o líquido tende a sair lentamente de trás do bebê, então, em vez de um jorro, você sentirá uma umidade constante. Talvez seja difícil discernir se a umidade é o líquido amniótico ou só perda de urina da sua bexiga. Se você não tem certeza de que é vazamento das águas posteriores, ponha um absorvente para gestantes e verifique como ele está após uma ou duas horas. Se o absorvente estiver encharcado, você poderá ter uma idéia sobre a quantidade de líquido eliminada. Um absorvente espesso consegue segurar cerca de 50 ml, e é mais provável que essa quantidade indique líquido amniótico do que urina. Você também pode verificar a cor e o cheiro do absorvente. O líquido amniótico possui um cheiro adocicado muito suave, ou então não tem cheiro algum. Você também poderá ver se há alguma mancha escura ou esverdeada, o que pode indicar a presença de mecônio.

Às vezes, a perda das águas posteriores parece parar sozinha; o bebê muda de posição e talvez ponha parte do corpo na área do vazamento, causando sua obstrução. Ainda assim, é preciso verificar, portanto ligue para a sua obstetriz.

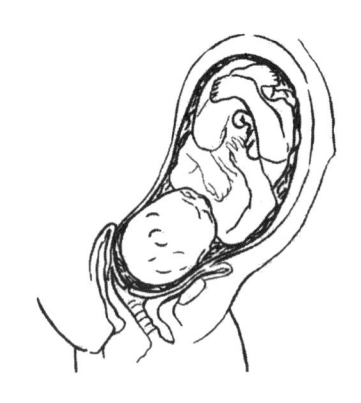

A cabeça do bebê age como uma rolha na pélvis, dividindo o líquido amniótico em águas anteriores e águas posteriores

O que a sua obstetriz fará

A sua obstetriz pode usar uma espécie de cotonete que muda de cor em contato com o líquido amniótico, para confirmar se a perda é mesmo de líquido amniótico. Ela também poderá fazer o seguinte:

- verificar os batimentos cardíacos do bebê
- fazer um exame ginecológico, caso você suspeite que está em trabalho de parto
- conversar com você sobre as opções possíveis, caso ainda não apresente contrações

Caso você saiba que é portadora do *streptococcus* do grupo B (veja a página 399), receberá uma dose de antibiótico, se a sua bolsa romper-se antes do início do parto.

Quando ligar para a obstetriz ou for para o hospital

Se você estiver bem disposta, se suas contrações forem fáceis de controlar e o seu bebê estiver se movimentando bem, não precisará ir para o hospital no começo do parto. Há sempre uma obstetriz disponível no hospital para conversar com você ao telefone. Se você planeja ter o bebê em casa, ou estiver sob os cuidados de obstetrizes, poderá conversar com a sua própria obstetriz ou com outra obstetriz da equipe.

Ligue sempre que estiver preocupada ou aflita com alguma coisa. Ligue para a sua obstetriz ou para a maternidade do hospital se:

- apresentar sangramento recente, de cor vermelha (e não o tampão gelatinoso que pode trazer consigo um pouco de sangue mais antigo e acastanhado)
- achar que a sua bolsa de água rompeu-se
- sentir que as contrações estão ficando fortes demais e que não conseguirá lidar sozinha com elas
- desejar saber quando deve ir para o hospital

Uma regra geral sobre o melhor momento de ir para o hospital: quando as contrações tiverem um intervalo de 5 a 6 minutos entre elas e/ou durarem cerca de 50 a 60 segundos. Mas esta é apenas uma regra geral. Guie-se pela força e pela intensidade das contrações: contrações longas e fortes estão trabalhando bastante para dilatar o colo de seu útero. Contrações freqüentes, mas pequenas, não fazem muito pelo parto.

Outros fatores a levar em conta:

- o tempo necessário para chegar ao hospital naquele momento do dia/noite
- se você se sente confortável com a idéia de ter que lidar com as contrações dentro de um carro
- se você se sente segura em casa; muitas mulheres sentem repentinamente que precisam de uma enfermeira junto delas

Se você ficar tensa e preocupada por estar sozinha ou por estar em casa, isso poderá deixar o parto mais lento, então talvez seja bom ir para o hospital mais cedo, e não mais tarde. Mas não se esqueça: se você for para o hospital e lá descobrir que ainda está bem no começo do parto, geralmente poderá voltar para casa.

Lista de última hora

Se você está correndo pela casa, fazendo as malas, ou então deixando tudo pronto para a obstetriz, veja se tem os seguintes itens à mão:

- câmera fotográfica
- remédios de que poderá precisar
- lanches e bebidas para você e para o(a) acompanhante de parto
- música, caso você queira ouvir (e um aparelho para tocar o CD ou a fita)
- o aparelho de TENS (eletroestimulação), caso deseje utilizar um
- a lista de telefones das pessoas para quem gostará de ligar
- cartões telefônicos, para usar no hospital
- as notas da maternidade
- roupas confortáveis
- o plano de parto e as notas do hospital

Exames ginecológicos

A sua obstetriz irá fazer um exame ginecológico (às vezes chamado de toque) para ver de quanto é sua dilatação, e para avaliar a posição do bebê. É comum fazer um exame ginecológico assim que você entra no hospital, ou então assim que a obstetriz chega à sua casa.

O número de toques feitos durante o parto varia de acordo com a quantidade de dados necessários e com o andamento do parto. Às vezes, observando como você está lidando com a situação e outros sinais físicos, a obstetriz pode saber se o parto está indo bem, e você então não precisará ser submetida a nenhum exame interno. Às vezes eles são feitos em intervalos regulares, porque essa é a política do hospital. Você pode opinar quando ou se fará os exames vaginais. Às vezes existem fortes razões médicas para a sua realização, mas algumas mulheres acham o procedimento desconfortável e invasivo, e preferem não fazer os exames de "rotina". Algumas mulheres já apreciam a idéia de saber quanto estão dilatadas, enquanto outras simplesmente "deixam o barco correr". Se você não deseja fazer um toque, converse com sua obstetriz e pergunte por que ele será feito e se é realmente preciso.

A sua obstetriz poderá pedir a você que se sente ou deite sobre a cama enquanto ela faz o exame interno. Na verdade, ele pode ser feito em praticamente qualquer posição. Pode ser mais fácil para você ficar deitada de lado ou, se você só consegue lidar com o parto ficando de quatro, sabe-se que há obstetrizes que fazem EGs também nessa posição.

Os pais e o exame ginecológico

Pode ser um pouco constrangedor para os pais presenciar o exame ginecológico feito pela obstetriz. No passado, os homens eram expulsos da sala enquanto os procedimentos médicos eram feitos, pois temia-se que eles ficassem embaraçados. Agora, os pais costumam acompanhar a futura mãe em todas as circunstâncias, mas isso pode fazer com que eles se sintam pouco à vontade, ou simplesmente embaraçados. Você poderá pedir que ele fique de pé, olhando para você, segurando sua mão e ajudando-a a relaxar durante o processo. Desta maneira, o seu parceiro fica de costas para a obstetriz, e ela pode continuar a fazer o exame sem que ninguém fique olhando o que ela está fazendo.

Decidindo o tipo de anestesia

Nem sempre é fácil decidir se você irá ou não utilizar algum tipo de alívio para a dor. Você está boiando na banheira de parto, totalmente serena? Então você não precisa de mais nada. Ou você está subindo pelas paredes, implorando que alguém lhe dê a droga mais potente que estiver disponível? Então você precisa de anestesia. É claro que a maioria de nós se encontra em algum ponto entre esses dois extremos. Pode chegar o momento durante o parto em que você ficará indecisa entre continuar como está ou então optar por algum auxílio extra. A sua obstetriz dará algumas sugestões, informações e conselhos, mas a decisão final será sua.

Se você não está segura sobre o que fazer, experimente seguir estes passos:

1. Colha informações
Pergunte à sua obstetriz:

- de quanto é sua dilatação
- quanto tempo ela acha que irá durar o parto
- se você está indo bem
- o que ela acha de sua necessidade de anestesia

Se você tem algum problema de saúde pré-existente, pergunte a ela como isso poderá afetar suas escolhas de alívios para a dor.

2. Converse sobre o assunto
Converse com sua obstetriz sobre o que você precisa e quais são suas opções. Então peça alguns minutos para que você possa discutir o assunto com seu(sua) acompanhante de parto. Aproveite esse intervalo para discutir como você se sente. Às vezes, o simples fato de chorar bastante no ombro de alguém faz você se sentir melhor e preparada para tomar uma decisão.

Ainda assim você não tem certeza?

3. Experimente outras alternativas

Faça uma lista de outras coisas que podem ajudar:

- dar uma caminhada
- receber uma massagem
- mudar de posição
- tentar algum exercício de relaxamento
- entrar na banheira ou numa piscina de parto

4. Estabeleça um limite de tempo para examinar a situação

Estabeleça uma meta, como, por exemplo, "vou experimentar outras coisas, como me mexer e usar a banheira de parto durante, digamos, meia hora ou uma hora, e então rever minhas necessidades".

Se você decidir escolher um método medicinal para aliviar a dor, guie-se por estes fatores:

- *Preferência pessoal*
  Talvez você odeie a idéia de tomar sedativos potentes, mas aprecie a possibilidade de uma peridural (ou vice-versa).

- *Quanta dor você está sentindo e de quanto alívio para a dor você precisa*
  Se você já chegou ao seu limite e simplesmente quer que a dor acabe, então uma peridural é a maneira mais eficaz de aliviar a dor. Se você se sente cansada e simplesmente precisa descansar um pouco, então a petidina pode ser uma opção.

- *A duração provável do seu parto*
  Mesmo que esteja sendo muito difícil, você ainda pode lidar com a situação se tiver bastante apoio e aspirar gás e ar, caso já esteja quase pronta para empurrar. Se você sabe que terá uma longa jornada pela frente, talvez seja bom optar por algo que vá agir por mais tempo.

Concentre-se durante as contrações

O poder do pensamento positivo pode ajudar você a lidar com a situação, ou então peça a seu(sua) acompanhante que converse com você durante as contrações. Lembre-se de que:

- Você só tem de lidar com uma contração de cada vez.
- Cada contração deixa você mais próxima do seu bebê.
- Você só precisará lidar com determinado número de contrações, e cada contração é uma a menos.
- Cada contração realiza certa quantidade de trabalho para dilatar o colo do seu útero e deixar espaço para o bebê sair.
- Contrações fortes são boas, pois fazem uma grande parte do trabalho.

Planejando com antecedência: a lista do(a) acompanhante de parto

O simples fato de haver alguém ao seu lado já ajuda muito, mas durante o parto há muitos meios de ajudar.

No começo do parto:

- Ofereça bebidas e guloseimas, para manter o nível de energia.
- Sugira distrações, como dar uma caminhada, ver um vídeo, tomar um banho.
- Ajude a escolher a melhor música para ela ouvir; pegue travesseiros, almofadas ou a bola de vinil; junte as coisas que ela precisa levar na bolsa.
- Ofereça-se para esfregar as costas dela, fazer uma massagem e ajudá-la a entrar e sair da banheira.
- Veja se ela está confortável: verifique se ela não está com frio ou calor; deixe toalhas quentes à mão para quando ela sair

da banheira ou do chuveiro; prepare uma garrafa de água quente, caso ela precise; ofereça cubos de gelo para ela chupar, se ela estiver com a boca seca; lave o rosto dela, caso ela fique agoniada e com calor; esfregue os pés dela se eles ficarem frios e arranje um par de meias para ela calçar.
- Lembre-a de esvaziar a bexiga a cada uma ou duas horas. Uma bexiga cheia pode impedir que a cabeça do bebê desça. Ofereça goles de alguma bebida, caso ela tenha sede.

No trabalho de parto já estabelecido:

- Ajude-a a mudar de posição entre as contrações e veja se os pés dela estão bem apoiados no chão. Se ela ficar na ponta dos pés, poderá ficar trêmula. Coloque uma almofada ou um livro sob seus pés caso ela não consiga alcançar o chão confortavelmente.
- Veja se as costas dela estão bem apoiadas e se não estão esticadas demais; se ela estiver com uma peridural colocada e estiver sentada sobre a cama, tente colocar a mão entre a cama e a parte inferior das costas dela; se você conseguir encaixar a sua mão, então ela precisa de mais apoio, para evitar a dor nas costas após o nascimento.
- Encoraje-a com palavras; diga-lhe que ela está indo bem, o quanto ela está ajudando o parto a progredir, e que você a acha fantástica. Encoraje-a também com toques; abrace-a entre as contrações, esfregue o braço dela durante uma contração, segure sua mão.
- Ajude-a a relaxar. Faça-a rir ou sorrir; faça piadinhas ou converse sobre as coisas divertidas que vocês fizeram juntos.
- Faça amizade com a obstetriz, aja como um intérprete caso a parturiente não entenda o que está acontecendo nem por quê. Lembre os outros para aguardarem alguns instantes, caso ela esteja passando por uma contração e não consiga falar.
- Quando o bebê nascer, ajude-a a segurá-lo e a elogie.

41ª Semana em diante: gestação pós-termo

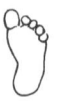

Essa não... A data prevista para o parto já passou e você já desligou o telefone da tomada porque não agüenta mais receber ligações de pessoas perguntando se o bebê já nasceu.

O crescimento do bebê

O seu bebê ficará bem confortável onde está por mais uma ou duas semanas, e continua a ficar um pouco mais pesado. O vernix, a substância cremosa que protege a pele, começa a diminuir gradualmente; portanto, se for um bebê além do termo, pode ser que ele tenha a pele um tanto ressecada. As unhas continuam a crescer, e um bebê além do termo pode ter unhas tão compridas que ele até arranhe o rosto. Não se sabe ao certo que combinação de fatores é necessária para dar início ao parto, mas o bebê certamente tem um papel importante no processo de preparar seu corpo para o parto.

As mudanças no seu corpo

Nesta semana, provavelmente você não consegue parar de pensar no fato de que o seu corpo *não* está mudando rápido o suficiente para o seu gosto. Você pode pedir à sua obstetriz que faça um exame interno para ver o que está acontecendo com o seu colo do útero. Se ele ainda estiver bem fechado, então é provável que o parto ainda demore um pouco para acontecer. Se ela conseguir sentir o colo de seu útero mais macio e começando a abrir, então isso é um bom sinal de que o seu bebê chegará em breve.

Para refletir

- Você talvez esteja em busca de atividades para passar o tempo, e também pensando sobre a **indução**. Você pode usar esse tempo para experimentar todos os métodos naturais de indução descritos neste capítulo.

Indução: natural ou medicamentosa

Em teoria, a gravidez dura 280 dias, contados a partir do primeiro dia da sua última menstruação. Na prática, a maioria das mulheres tem o bebê entre a 37.ª e a 42.ª semanas de gestação:

- 58% das mulheres têm o bebê até o final da 40.ª semana
- 74% até o final da 41.ª semana
- 82% até o final da 42.ª semana

Cerca de 20% das mulheres são induzidas. A indução do parto pode ser sugerida se:

- você tem diabetes (veja a página 381)
- você tem pré-eclâmpsia (veja a página 161)
- você está grávida de gêmeos (veja a página 335)
- o seu bebê não está crescendo bem
- a bolsa de água rompeu-se mas você não entrou em trabalho de parto nos quatro dias subseqüentes (veja a página 288)
- houver gravidez pós-termo

Quando posso ser induzida?

O momento sugerido para a indução após a data prevista para o parto varia de local para local. O National Institute for Clinical Excellence, na Inglaterra, publicou diretrizes que afirmam que as mulheres com uma gestação sem complicações devem ter *a opção* de ser induzidas após a 41.ª semana. Mas eles também afirmam que, se a mulher não quiser ser induzida, ela também deve ter a opção de receber um monitoramento maior após a 42.ª semana.

O seu hospital poderá sugerir a indução quando você estiver 7, 10 ou 12 dias após o termo. Isso acontece porque o risco de bebês natimortos aumenta quanto mais o parto demorar a acontecer. Com 42 semanas de gestação, a taxa de bebês natimortos é de três bebês para cada 3.000 gestações. Com 43 semanas, ela aumenta de seis bebês para cada 3.000 gestações.

O problema é que é difícil identificar quais bebês correm esse risco. Assim, acredita-se que a indução de rotina para os bebês pós-termo seja a única maneira de reduzir a quantidade de bebês natimortos. Pesquisas também sugerem que a taxa de bebês natimortos é maior nas mulheres acima de 35 anos de idade, por isso alguns obstetras também acreditam que as mães mais velhas devem ser induzidas mais precocemente que as mais jovens.

É uma área controversa. Algumas mulheres gostam da idéia de ser induzidas. Outras preferem esperar o máximo possível para que o parto aconteça naturalmente. Converse com a sua obstetriz para saber qual a prática local. Lembre-se de que são apenas diretrizes, e você pode conversar com o seu obstetra, caso não queira ser induzida.

Avaliação do colo do útero

É útil saber quanto o seu corpo está pronto para dar início ao parto antes de tomar uma decisão sobre a indução. Se o seu bebê está bem baixo no colo do útero, estando este mole e fino, então a indução provavelmente vai ser fácil. Se o seu colo uterino ainda estiver rígido e grosso, talvez ele precise "amadurecer" antes de começar a se dilatar.

Você pode pedir à sua obstetriz que faça um toque para descobrir como está a situação, antes de ir para o hospital e decidir-se sobre a indução. Ou então peça ao médico que a examine no hospital. Se você realmente for induzida, o colo do seu útero será avaliado utilizando-se um sistema de pontos ou escala. Uma das escalas mais utilizadas é o índice de Bishop, que mede a dilatação, a retração, a posição da cabeça do bebê e a consistência e posição do colo do útero.

Se o seu colo do útero começou a se retrair e a se dilatar, a cabeça do bebê está bem baixa e o colo do útero está macio e voltado para a frente, são boas as chances de você entrar em trabalho de parto. Se o seu colo do útero ainda estiver muito firme, comprido e fechado, a cabeça do bebê está numa posição elevada, e o seu colo do útero ainda não está na melhor posição, portanto o início do parto ainda levará certo tempo.

Alguns pontos a considerar sobre a indução

Com a maioria dos métodos de indução, você precisará ficar no hospital o tempo todo, enquanto o normal seria passar a primeira parte do parto em casa, onde é mais fácil ficar ativa e se mover. Você também será monitorada com mais freqüência, e isso impede que você se mexa tanto quanto gostaria.

Com alguns métodos de indução, o parto pode ser mais doloroso, portanto é mais provável que você precise de algum tipo de anestesia.

Quanto mais tempo levar o parto, maiores são as probabilidades de você precisar de um parto assistido ou de uma cesariana.

Como é feita a indução

Existem várias maneiras diferentes para tentar dar início ao trabalho de parto. Talvez seja preciso experimentar mais de uma, antes de o parto começar. Converse com a sua obstetriz para saber qual o melhor método para você. Em geral, as sugestões são feitas nesta ordem:

1. Descolamento manual das membranas do colo do útero

Neste procedimento, a obstetriz ou o médico faz um exame ginecológico, tenta colocar um dedo dentro do colo do útero, e depois faz um movimento circular, para tentar levantar as membranas e separá-las do colo do útero.

Antes de serem descobertos outros métodos para induzir o parto, o descolamento das membranas era bastante utilizado. Mas começaram a surgir preocupações quanto à sua eficácia e também quanto à possibilidade de infecção. Ao mesmo tempo, surgiram métodos medicinais de indução, então ela caiu em desuso. Na verdade, o descolamento das membranas:

- é um método simples para dar início ao parto
- não prejudica o bebê
- é eficaz se feito por volta da 40.ª semana
- não causa infecções
- aumenta as chances de o parto começar naturalmente dentro de 48 horas

Ele não é recomendado se:

- a bolsa de água tiver rompido
- você tem uma placenta muito baixa

O descolamento manual pode ser feito em casa, numa consulta pré-natal, ou no hospital. Pode ser feito pela sua obstetriz ou seu médico. As instruções sobre o uso dessa técnica variam de local para local. Em algumas áreas, pedirão a você que o faça num hospital. Em outras, a decisão fica a cargo da obstetriz. Pergunte a ela qual o procedimento na área em que você vive, e se ela está preparada para fazê-lo caso necessário.

O National Institute for Clinical Excellence, na Inglaterra, sugere que todas as mulheres que precisarem ser induzidas devam ter a opção de fazer o descolamento manual das membranas, já que ele pode reduzir a necessidade de outros métodos de indução – mas os diversos lugares têm diferentes normas. Mesmo que não seja rotina no lugar onde você mora, você pode pedir que seja usado esse método, caso queira evitar outras formas de indução.

Talvez não seja possível fazer o descolamento se o colo de seu útero estiver muito fechado, e você não tem como saber isso até fazer um exame de toque. Então não existe garantia de que ele poderá ser feito, ou de que irá funcionar, mas vale a pena tentar.

Pode ser que você ache o procedimento bastante desconfortável. Tente relaxar: deixe as pernas e os músculos do assoalho pélvico relaxados, já que isso deixa tudo mais fácil. Inspire um pouco pelo nariz e expire pela boca. Continue inspirando pelo nariz e expirando pela boca. O procedimento dura apenas alguns minutos, e a sua obstetriz ou o seu médico poderá dizer a você como está o seu colo do útero enquanto é feito o procedimento.

Depois dele, você pode ficar com um sangramento leve, então use um absorvente. Você poderá ir para casa depois e esperar para ver se o parto tem início.

2. Prostaglandinas

As prostaglandinas são drogas utilizadas para amolecer o colo do útero e ajudá-lo a se dilatar. São administradas na forma de óvulos vaginais ou como um gel inserido na vagina perto do colo do útero. Este método de indução parece dar início a um parto de modo bastante similar ao parto que começa espontaneamente, e com níveis semelhantes de dor. Se a bolsa de água estiver intacta, os óvulos de prostaglandina podem ser utilizados para tentar dar início ao parto. Se a bolsa já tiver se rompido, você poderá optar entre o uso local ou a instilação venosa gota a gota.

Os óvulos de prostaglandina costumam ser ministrados na ala de pré-parto. Você marcará um horário para ir ao hospital e precisará levar a sua bolsa com os objetos necessários para quando der à luz.

Você terá de ficar deitada por meia hora, aproximadamente, para que as prostaglandinas se dissolvam, e é uma prática comum monitorar os batimentos cardíacos do bebê neste estágio. Assim que a freqüência cardíaca do bebê for avaliada e tudo estiver bem, o monitor será removido para que você possa ficar de pé e se mover. Algumas mulheres sentem cólicas similares às menstruais – depois da aplicação do gel ou do óvulo.

Talvez você precise de mais de uma dose; você poderá receber uma dose à noite e outra na manhã seguinte. Às vezes são necessárias várias doses para o parto começar (ministradas em intervalos de seis a oito horas), então é bom estar preparada para passar um bom tempo na ala de pré-natal. Leve jornais, livros, revistas, ou qualquer outra coisa que ajude a passar o tempo. Em geral, você pode caminhar pelos corredores do hospital para tomar um pouco de ar fresco para ajudar o parto a começar.

Já que você geralmente pode ficar de pé e se locomover, poderá lidar bem com as contrações. Você pode usar um aparelho de eletroestimulação (TENS), tentar posições diferentes e respiração, e outros métodos para aliviar a dor, à medida que for precisando deles.

Muito raramente, as prostaglandinas podem ocasionar um parto excessivamente rápido, e isso pode ser estressante para você e o bebê. Provavelmente pedirão que você se deite sobre o seu lado esquerdo, para maximizar a quantidade de oxigênio que chega até o bebê.

3. Amniotomia (ruptura das membranas)

Em geral as membranas que envolvem o bebê permanecem intactas até o fim do primeiro estágio do parto. Se a equipe decidir que sua bolsa de água seja rompida, a obstetriz irá fazer a ruptura das membranas com um instrumento pequeno semelhante a uma agulha de crochê. Não dói, embora seja desconfortável ficar imóvel durante o procedimento, e não causa nenhum dano ao bebê.

A ruptura das membranas pode dar início ao trabalho de parto, mas isso é imprevisível e ela só será feita se você já estiver começando a ter dilatação. Se você tiver uma dilatação de 2 a 3 cm, a sua obstetriz poderá sugerir a ruptura da bolsa de água, para então ver se o parto tem início. Se ele não começar, então você receberá um soro com ocitocina.

4. Soro intravenoso com ocitocina

Se já foi tentada a prostaglandina e você ainda não entrou em trabalho de parto, poderão sugerir o gotejamento intravenoso de ocitocina. Você também poderá receber ocitocina se a sua bolsa se rompeu mas as contrações ainda não começaram. O gotejamento intravenoso utiliza uma versão sintética do hormônio que é produzido naturalmente pelo organismo para iniciar as contrações. Se você usou prostaglandina, a ocitocina não será usada nas seis horas seguintes, pelo menos.

Se você tomar a ocitocina, o procedimento será feito na ala de parto; assim, quando o soro for colocado, você já estará na sala onde terá o bebê. A droga é injetada na corrente sangüínea aos poucos. Assim que as contrações começarem, a freqüência do gotejamento pode ser ajustada para manter as contrações regulares.

As mulheres que recebem o soro com ocitocina, combinado com a amniotomia, ou seguido dela, têm mais probabilidades de ter o bebê dentro de 24 horas e estão menos propensas a precisar de uma cesariana do que as mulheres que fazem apenas a amniotomia.

Um soro com ocitocina pode restringir a sua movimentação. Você poderá levantar-se e sentar-se, mas é mais difícil mudar de posição e caminhar. O frasco também pode ser colocado num suporte com rodinhas para que o seu acompanhante possa movimentá-lo seguindo você, o que torna as coisas um pouco mais fáceis.

As mulheres costumam achar o parto mais doloroso, e precisam de mais anestesia quando induzidas com ocitocina. No parto natural, o trabalho de parto aumenta gradualmente, com uma longa fase pré-parto e uma fase inicial fácil. Com a ocitocina, esses estágios ficam concentrados, e você tende a passar para a parte mais intensa do parto muito depressa, e assim tem menos tempo para se adaptar. Você talvez precise se preparar mentalmente para um parto mais intenso, porém mais curto. Algumas mulheres apreciam a idéia de que o parto terminará mais rápido, e podem lidar com o parto mais intenso agarrando-se a esse pensamento. No entanto, mais mulheres utilizam a peridural quando optam pela ocitocina.

Se você precisar de ocitocina, o bebê será monitorado o tempo inteiro. É raro mas ela pode causar contrações excessivamente fortes que podem prejudicar o bebê. Se isso acontecer, pedirão que você se deite sobre o seu lado esquerdo, e o fluxo da droga será interrompido.

E se a indução não funcionar?

A indução do parto pode falhar, e isso então significa que você precisará de uma cesariana. O parto pode ser mais comprido, você pode sentir mais dor e certamente precisará de mais apoio e de anestesia. Esses dois fatores – um parto longo e a utilização de uma peridural – também aumentam a necessidade de um parto assistido.

O que posso fazer se não quiser ser induzida?

Se o motivo para a indução for o fato de que a política na área em que você vive é induzir o parto neste estágio de gestação (geralmente com 40 semanas mais 7 ou 10 dias), então talvez você prefira esperar mais um pouco. Se você preferir, e se for possível esperar, sugere-se que, após a 42ª semana de gravidez (40 semanas mais 14 dias), você faça alguns exames extras para verificar a saúde do bebê. Isso inclui a verificação dos batimentos cardíacos, duas vezes por semana, e um exame de ultra-som para verificar a quantidade do líquido amniótico. Acredita-se que ela diminua à medida que a gravidez avança, e que isso possa causar problemas para alguns bebês. Ainda assim, os especialistas não têm muita certeza de que níveis reduzidos de líquido amniótico possam ser uma razão para a indução do parto.

Existem meios naturais para a indução do parto?

Existem alguns meios, mas as constatações das pesquisas para a maioria deles são escassas. No entanto, nenhum deles parece causar dano algum, então talvez você queira experimentar.

Homeopatia

Algumas mulheres acham que vale a pena experimentar os remédios homeopáticos; ainda assim, a única pesquisa que conseguimos encontrar, a qual estudou o uso do *caulophyllum*, não encontrou nenhuma diferença entre as mulheres que tomaram o *caulophyllum* e aquelas que não tomaram. Os números eram muito pequenos para confirmar uma diferença significativa, então a resposta estatística é que não sabemos se funciona. Se você está interessada em usar homeopatia, procure um homeopata com experiência em partos.

Estimulação das mamas

Há alguns estudos interessantes que analisam a estimulação das mamas para induzir o parto. Não é tão estranho quanto parece, pois o hormônio ocitocina, que causa as contrações, é liberado quando o bebê é amamentado. No passado, antes de existirem tantos métodos complexos para induzir o parto, as mulheres "pegavam emprestado" o bebê da vizinha e davam-lhe de mamar, para induzir o parto.

Os estudos mostraram que as mulheres que experimentaram a estimulação das mamas ficaram mais propensas a entrar em trabalho de parto após 72 horas do que as mulheres que não experimentaram. Isso não significa, é claro, que elas utilizaram a estimulação durante 72 horas! Mas talvez seja preciso tentar mais tempo do que você gostaria. Experimente usar uma bomba para tirar leite, ou então sente-se na banheira e lave os mamilos, ou peça ao seu parceiro para ajudar, beijando ou sugando os seus seios. Este método simples parece funcionar apenas se o seu colo do útero já estiver em condições favoráveis.

Sexo

Esta é uma área que apresenta limites para estudos mais profundos. Mas há uma boa razão para o ato sexual ajudar o começo do parto: o sêmen contém prostaglandinas naturais, as quais servem para amadurecer o cérvix, e o orgasmo causa contrações uterinas suaves. Mesmo ser apenas abraçada e acariciada, e receber uma massagem, pode ajudar você a relaxar e pode ser uma maneira divertida de ajudar a passar o tempo.

É surpreendente que tenha sido feito apenas um estudo sobre o sexo como método para induzir o parto. Infelizmente, as informações que o estudo forneceu são bastante limitadas. Os especialistas que analisaram o estudo disseram que seria necessário realizar outros testes, mas que "talvez seja difícil padronizar o que é o intercurso sexual... para permitir comparações relevantes". Mas isso não significa que você não possa tentar, se quiser.

Acupuntura

Os estudos realizados não foram conclusivos. Isso não significa que não funcione... e sim que não sabemos direito. Muitas mulheres acreditam que vale a pena tentar, já que a acupuntura é um método não-invasivo, e é improvável que cause algum dano.

Mas certifique-se de que o seu acupunturista é um profissional qualificado.

As notas para o seu Plano de Parto

- Se você está além do termo, quanto tempo deseja esperar para ver se entra em trabalho de parto naturalmente?
- Se precisar ser induzida, você prefere experimentar o descolamento manual da bolsa?
- Se precisar ser induzida, você gostaria de experimentar os supositórios vaginais?
- Se essas opções não funcionarem e precisar de um soro de ocitocina, que tipo de anestesia você prefere?

O parto

Em nossa cultura, dar à luz é um acontecimento privado, algo que acontece atrás de portas fechadas e geralmente no hospital. Isso significa que muitas vezes não temos uma idéia muito clara sobre o que acontece no parto e no nascimento, ou como devemos lidar com isso. Em muitas culturas, moças jovens assistem ao parto das parentes, ou seja, elas aprendem muito mais sobre o nascimento, e sobre o que ajuda e o que atrapalha.

Para a maioria das culturas, o nascimento é um rito de passagem, uma jornada para o desconhecido. Algo que ajuda é estar bem informada antes do parto, e saber que você tem um acompanhante de parto que irá fazer a jornada com você. Sua obstetriz poderá ajudar você no parto com suas múltiplas habilidades. Ela poderá sugerir posições para você ficar mais confortável no primeiro estágio, bem como dar conselhos e ajudá-la a tomar decisões sobre meios de aliviar a dor. Ela também apoiará você durante o segundo estágio, ajudando-a a respirar com as contrações e empurrando o bebê para fora delicadamente. E ela também cuidará do terceiro estágio, se você estiver concentrada principalmente no seu bebê.

Os estágios do trabalho de parto

O parto costuma ser descrito em três estágios:

- o primeiro estágio é a dilatação do colo do útero
- o segundo estágio é o nascimento do bebê
- o terceiro estágio é a expulsão da placenta

Mas isso é só o começo! Logo examinaremos cada estágio em detalhes, mas primeiro você precisa saber o que são as contrações e *como* elas realizam o trabalho de dilatar o colo do útero.

As contrações do parto

Geralmente, quando os músculos do corpo estão ativos, eles ficam mais curtos e quando estão relaxados ficam mais longos. Tente sentir o músculo do seu braço enquanto você dobra sua mão para cima na direção do seu ombro: as fibras musculares contraem-se, ficando mais curtas e mais firmes. Abaixe seu braço de novo: as fibras musculares relaxam e o músculo fica mais mole e mais alongado.

O útero é um músculo. Ao final da gravidez, ele será o maior músculo no seu corpo. Quando ele se contrai durante o parto, as fibras musculares ficam mais curtas, mas quando ele relaxa as fibras não voltam exatamente a seu comprimento inicial: elas permanecem um pouco encurtadas. É assim que o colo do útero se dilata. Cada contração força o colo do útero a abrir e, quando a contração termina, ele fica um pouco mais aberto do que estava antes.

As contrações geralmente começam suavemente no parto e gradualmente vão durando mais tempo, ficando mais fortes, e o intervalo entre elas vai diminuindo.

Qual é a sensação provocada pelas contrações?

As mulheres muitas vezes utilizam palavras como "endurecimento", "firmeza" ou "aperto" para as contrações do início do parto. Algumas mulheres utilizam palavras como "puxar" e "esticar" para descrever a sensação, especialmente quando as contrações começam a dilatar o colo do útero. Muitas mulheres sentem as contrações exatamente como as cólicas menstruais, e que ficam mais intensas à medida que o parto avança. Muitas vezes as mulheres experimentam as contrações como fortes dores nas costas que ficam mais fortes a cada contração. É raro, mas algumas mulheres sentem as dores das contrações nas coxas. Outras sentem dores nas costas entre as contrações, mas a maioria descobre que a dor desaparece por completo no intervalo entre as contrações, e nessas pausas elas conseguem fazer tudo normalmente.

Embora pareçam ser diferentes de mulher para mulher, as contrações costumam realmente ter um padrão: você sente uma começando, atingindo um pico e depois desaparecendo. É comum as mulheres terem tempo para dizer "lá vem mais uma" e poderem adotar uma posição confortável para suportá-la. Elas sabem quando a contração atingiu o ápice e quando está começando a desaparecer. Você pode utilizar esse padrão para ajudá-la a lidar com as contrações.

Com que freqüência sentirei as contrações?

O seu parto pode começar com contrações muito fracas – por exemplo, contrações que duram cerca de 30 segundos a cada 15 ou 20 minutos. Elas irão aumentar, então mais tarde cada contração poderá durar cerca de 40 segundos e ocorrer a cada dez minutos, depois poderá durar de 50 a 60 segundos e ocorrer a cada cinco minutos. Em geral, espera-se que as contrações fiquem gradualmente mais longas e mais fortes à medida que o parto avança.

No entanto, não se apegue a padrões rígidos, já que um parto pode ser bem diferente do outro. Pode ser que você descubra que:

- As suas contrações param e recomeçam. Justo quando você tinha certeza de que seu parto iria começar, elas desapareceram por completo durante algumas horas.

- Você tem várias contrações curtas e irritantes que não lhe dão oportunidade de descansar, mas realmente não parecem estar ajudando o parto.

As contrações em geral são descritas como "ondas". Você consegue sentir a contração começar, aumentar até chegar a um pico e depois começar a desaparecer

Num estágio avançado do parto, as contrações podem ter dois picos

- Você acorda, tendo dormido durante a primeira parte do parto, e então sente as contrações mais fortes vindo bem rápido.

A respiração durante as contrações

Todos nós modificamos nossa respiração dependendo do que estivermos fazendo. Se você correr para pegar um ônibus, a sua respiração fica rápida e superficial; se você está relaxada tomando sol e lendo um livro, a sua respiração fica mais profunda e mais lenta.

Você pode usar os padrões de respiração para ajudar a ficar relaxada durante o parto. Lembre-se de se concentrar na expiração: todos nós nos lembramos de inspirar, mas muitas vezes podemos nos esquecer de expirar, e isso permite que a tensão aumente.

Imagine que você deu uma topada forte com o dedão do pé. Pode ser que você diga alguns palavrões, ou pule um pouco por causa da dor. Você também pode prender a respiração. Há uma tendência para prendermos a respiração durante uma contração, mas isso, na verdade, pode fazer com que ela doa mais, já que isso permite que a tensão se acumule no seu corpo.

Se você mantiver a respiração estável e relaxada, e relaxar bastante o seu corpo, então o útero pode continuar o trabalho para dilatar seu colo. Se seu corpo ficar menos tenso, sentirá menos dor, o que por sua vez deixará você menos tensa. Você, então, pode ajustar a respiração para lidar com a força das contrações.

O primeiro estágio

O primeiro estágio do parto, na verdade, é composto por várias fases distintas:

- a fase do pré-parto
- o início do parto
- o trabalho de parto estável
- a transição

Aqui analisaremos o que devemos esperar durante cada uma dessas fases: o que acontecerá, o que pode ajudar e o que pode atrapalhar.

A fase do pré-parto

O colo do seu útero, na verdade, começa a mudar mais ou menos a partir da 36ª semana, principalmente se você já tiver tido um filho. Outras mudanças no seu organismo nos últimos dias de gravidez deixam você preparada para o parto – esta é a fase pré-parto. Muitas mulheres sentem repuxões e pequenas contrações durante alguns dias. Qualquer mulher que diga que seu parto durou 40 horas provavelmente teve um longo pré-parto que foi doloroso. Há muita coisa que você pode fazer para obter alívio durante esta fase.

O que está acontecendo?

Os hormônios secretados pelo seu organismo afrouxam as articulações da pélvis, garantindo mais espaço para o bebê. O assoalho pélvico relaxa para que o útero e o bebê possam descer e tomar a melhor posição para o nascimento. Talvez você sinta o bebê ajustando-se dentro de sua bacia; talvez até seja um pouco difícil você caminhar adequadamente. Essas mudanças nas articulações podem gerar dores nas costas, e você pode se sentir pesada, cansada e impaciente.

Talvez você também precise ir ao banheiro em intervalos menores, pois a sua bexiga fica espremida, com menos de 1/3 de sua capacidade normal, assim que o bebê se encaixa na pélvis. Também pode haver um aumento na quantidade de secreção vaginal.

Você pode ter fortes contrações de Braxton Hicks. Para algumas mulheres, elas ficam bem intensas, e é difícil discernir entre uma contração de Braxton Hicks e uma contração de verdade.

Talvez o seu "tampão" saia. É um tampão gelatinoso que se encontra no colo do seu útero durante a gravidez. À medida que o colo do útero fica mais mole e muda de formato, pronto para o parto, o tampão fica mais frouxo e sai; ele se assemelha a pedaços de uma substância gelatinosa rosada ou pequenas marcas de sangue acastanhado. O tampão pode sair vários dias antes do parto ou nos primeiros estágios do trabalho de parto. Assim, embora seja um sinal de que as coisas estão começando a acontecer, isso não significa que você esteja realmente em trabalho de parto. Às vezes a saída do tampão pode causar uma secreção acastanhada ou até um pouco de sangramento. Se o sangramento for de um sangue recente, como numa menstruação, isso deve sempre ser examinado pela obstetriz ou pelo médico.

Você pode passar por uma longa fase pré-parto, geralmente com contrações irritantes que a fazem pensar que está em trabalho de parto, porque elas nunca acabam... mas, se você for para um hospital, pode ser que digam que você ainda não está em trabalho de parto e a mandem voltar para casa, o que pode ser bem desagradável. Você pode estar convencida de que está em trabalho de parto e de que todos estão decididos a não perceber isso, o que pode causar preocupações. Você também pode ficar preocupada, sem saber se vai conseguir lidar com a situação quando suas contrações realmente forem as do parto.

O que ajuda

Permanecer sempre ocupada pode ajudar você a atravessar este estágio. Não importa o que você possa escolher para fazer, o importante é não pensar sobre o parto ainda. Se você cronometrar cada contração e não fizer mais nada, esta fase irá parecer muito longa e você pode acabar ficando tensa e cansada. Peça ao seu parceiro (ou talvez à pessoa que irá acompanhá-la durante o parto) que faça uma massagem em você, para ajudá-la a relaxar. Ignore os acontecimentos o máximo que puder, e mantenha-se ocupada.

Se as contrações são pequenas, você pode tentar deixá-las mais consistentes. Muitas vezes uma longa caminhada ajuda a encaixar o bebê na pélvis. Mas caminhe sempre acompanhada, pois você poderá se sentir cansada. Se você não quiser ir muito longe, por estar preocupada, dê três voltas em torno do parque ou ande de um lado para o outro no jardim.

Se o seu parceiro estiver por perto, planeje uma noite romântica em casa, tomem um banho morno de banheira, fiquem abraçados, e talvez até experimentem fazer sexo suavemente. Pode ser a última noite romântica que vocês terão por muitos meses. No entanto, nem todas nós queremos fazer sexo neste estágio, é claro, e talvez seja bom evitá-lo, caso você tenha tido algum sangramento na gravidez ou saiba que a sua placenta está muito baixa. Em todo caso, você pode se contentar com beijos, muitos abraços e uma massagem, pois isso ajudará você a relaxar.

O que atrapalha

Há vários fatores que podem deixar a fase do pré-parto mais lenta:

Ficar fisicamente cansada

Você pode sentir uma grande energia e ter vontade de deixar tudo organizado e pronto para quando entrar em trabalho de parto.

Isso pode ter sido um meio de garantir que as mulheres, em tempos primitivos, deixassem tudo pronto para o parto. Elas provavelmente precisavam encontrar um esconderijo numa caverna para ter o bebê, acender um fogo e fazer um estoque de comida, antes de entrarem em trabalho de parto. Uma onda de energia no último dia da gravidez, ou perto dele, era então algo vital.

Portanto, certifique-se de que você está fazendo tudo com calma, e reserve um bom tempo para descansar e relaxar. Este não é o melhor momento para arrumar o apartamento, começar a decorar a cozinha ou começar a cozinhar grandes quantidades de receitas para encher o *freezer*. Se, no meio do caminho, você entrar em trabalho de parto, quem você vai chamar para terminar de preparar as comidas que você começou a fazer e não pôde terminar? (Isso já aconteceu!)

Ficar tensa

Se você ficar preocupada e tensa, sua fase do pré-parto poderá se alongar. Não retenha as suas emoções. Se você está sentindo medo e tensão, conte para o seu parceiro. Se tiver vontade de chorar, chore. A sensação de liberdade e relaxamento que você vai sentir após expressar seus sentimentos a ajudará a se preparar para o parto.

Ir para o hospital cedo demais

Ir correndo para o hospital cedo demais não deixa apenas tudo mais lento – também deixa as mulheres mais tensas. E também pode levar a intervenções como o soro com ocitocina, para acelerar o parto, mais anestesia e mais cesarianas. Você sempre poderá conversar com sua obstetriz se não souber ao certo o que está acontecendo; e, às vezes, o simples fato de conversar sobre a situação com alguém que já falou com inúmeras mulheres prestes a ter um bebê ajuda você a se sentir mais calma. Deixe o número de sua obstetriz, da clínica ou do hospital perto do seu telefone, com antecedência.

Alguns hospitais possuem uma obstetriz na triagem, cujo papel é examinar as mulheres quando elas chegam ao hospital, levar rapidamente as mulheres que estão em trabalho de parto para a sala onde terão o bebê, e também encorajar as mulheres que não estão em trabalho de parto ativo a voltar para casa. Geralmente é possível entrar em contato com essa obstetriz pelo telefone – ela então pode dar apoio e aconselhar as mulheres no início do parto, o que pode ser útil. Se você está em trabalho de parto em casa e sem problemas, mas apenas gostaria de sentir-se mais segura, conversar com a mesma pessoa ao telefone nas próximas horas pode ajudá-la a se manter tranqüila.

O início do parto

No início do parto, tudo começa a acontecer gradualmente e você pode ter contrações regulares. É importante acalmar-se e não ficar muito convencida de que o bebê está prestes a nascer – certamente ainda haverá algumas horas de árduo trabalho para enfrentar!

O que está acontecendo?

Se você pudesse olhar o seu colo uterino de "baixo para cima", ele se pareceria com um carretel de linha – um tubo circular com um pequeno orifício no meio. Esse pequeno orifício é o que tem de abrir (se dilatar) para permitir o nascimento do bebê. Ele fica bem fechado no começo do parto, mas à medida que amolece ele também começa a se dilatar. Finalmente, o seu colo uterino abre-se num círculo de cerca de 10 cm de diâmetro (veja os círculos sombreados nesta página), que é exatamente o espaço certo para permitir que a cabeça do bebê saia.

É fácil pensar no primeiro estágio do parto apenas em termos de "quanto tenho de dilatação?" E pode ser bastante frustrante se, após horas de trabalho de parto, você estiver com uma dilatação de "apenas" uns 2 cm. Mas ainda há muita coisa para acontecer *antes* de o colo uterino se dilatar e, se este for o seu primeiro bebê, grande parte do trabalho de preparação para o parto acontece no início do parto.

O seu colo uterino precisa amolecer ou "amadurecer"

Se você já teve de sentir seu próprio colo do útero (o que pode ter acontecido se já tiver usado um diafragma ou se teve de verificar onde estava o cordão do DIU), sabe que ele é firme e musculoso. Experimente empurrar a ponta do seu nariz com o dedo; ele oferece certa resistência, e é assim que o seu colo do útero está antes do começo do parto. Quando ele tiver amadurecido e o parto tiver começado, o colo do útero terá uma textura mais parecida com a dos seus lábios: macio, carnudo e pronto para se distender.

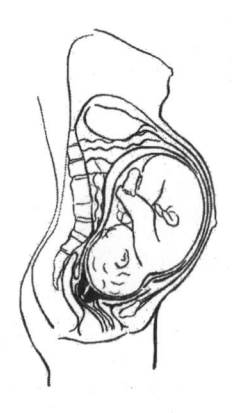

O colo do útero antes de o trabalho de parto começar

O seu colo uterino precisa se retrair

O colo do útero começa como um tubo com cerca de 3 cm de comprimento. Ele precisa encurtar e juntar-se com a parte inferior do útero. Nas mulheres que já tiveram filhos, este processo geralmente acontece antes de o parto ter início. Nas mães de primeira viagem, as primeiras contrações fazem esse trabalho, o que é uma razão para que os primeiros partos tendam a ser mais demorados.

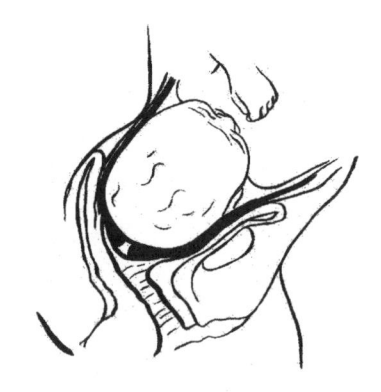

O colo uterino no começo da dilatação

O colo do útero poderá, então, começar a se dilatar

Leva certo tempo para que o colo do útero se distenda de um pequeno orifício até chegar a 10 cm, e o seu corpo faz isso utilizando as contrações musculares do útero. Não é de admirar que esse processo leve horas, e não minutos.

Todas essas mudanças são determinadas por hormônios; o seu organismo secreta os hormônios adequados para permitir que o colo uterino se dilate e amoleça. O medo e a preocupação podem retardar o processo. A adrenalina, o hormônio que produzimos quando estamos ansiosas, pode inibir a ocitocina, o hormônio que secretamos para fazer o útero se contrair.

No fim do primeiro estágio, o colo uterino está completamente dilatado

Quanto mais você souber sobre o que está acontecendo e por quê, maior possibilidade terá de poder relaxar, e então o trabalho de parto poderá continuar.

O que ajuda

Ficar numa posição ereta, mover-se e mudar de posição durante o parto pode ajudar as contrações a trabalhar de modo mais eficaz. O seu parto pode ser mais curto se você puder se mexer.

As mulheres também sentem menos dor durante as contrações quando podem ficar eretas e mover-se quanto quiserem, e assim precisam de menos anestesia.

Outras coisas que ajudam:

- ter ao seu lado um acompanhante de parto
- comer e beber, se tiver vontade

O que atrapalha

Os seguintes fatores podem deixar o parto mais lento:

- Ficar deitada numa cama, principalmente se você se deitar de costas. Sentar-se ou deitar-se de lado é melhor, já que a posição supina (deitada de costas) pode reduzir o fluxo de sangue que chega até o bebê

- A cabeça do bebê ainda não estar totalmente encaixada no seu colo uterino. O peso do bebê dentro da bolsa de água ajuda a abrir o colo uterino. Se o seu bebê está numa posição posterior (veja a página 264), a cabeça talvez não esteja suficientemente embaixo para ajudar
- Você sentir-se tensa e preocupada

Algumas mulheres sentem-se muito preocupadas se estão sozinhas no começo do parto, então tome providências prévias para que o seu parceiro possa ser encontrado facilmente, ou então peça a alguém que atue como "reserva", caso o seu parceiro demore muito para chegar.

As contrações do início do parto

As contrações do início do parto costumam ser curtas, durando cerca de 20 a 30 segundos, e podem ser bem espaçadas. No começo, você poderá senti-las a cada 20 minutos, depois a cada 15 e finalmente a cada 10 minutos. Pode até ser que você passe muitas horas com pequenas contrações que param e voltam após algum tempo. Algumas poucas mulheres têm contrações pequenas e freqüentes no começo do parto – a cada quatro ou cinco minutos – e então se convencem de que já estão em um trabalho de parto estável.

Tente se guiar pela intensidade e duração das contrações, e não pela freqüência; se elas forem longas e fortes, estarão fazendo mais pelo parto do que as curtas e freqüentes. É claro que é difícil saber com certeza se este for o seu primeiro bebê, já que você não tem como comparar as contrações. Pense apenas na intensidade das contrações: você consegue conversar durante as contrações? Você precisa mudar para uma posição mais confortável para lidar com elas? Elas deixam você molhada de suor ou trêmula? Se as respostas forem negativas, então é provável que elas não

Criando espaço para o bebê

Se o seu bebê não está bem encaixado, este estágio do parto pode ser lento. Caminhar às vezes ajuda, e você também pode ajudar o bebê a descer mais em sua pélvis, ficando numa posição que a abra e crie bastante espaço. Experimente sentar-se sobre o vaso sanitário, ou agachar-se apoiada num banquinho para pôr os pés. Agachar-se com um apoio também ajuda.

O seu parceiro senta-se numa cadeira bem firme. Você, então, coloca travesseiros no chão e senta-se sobre eles, com os braços sobre os joelhos do parceiro. Isso permite que você se agache facilmente, sem perder o equilíbrio e sem machucar as pernas ou as costas.

Tente também ajoelhar-se numa perna só e fazer movimentos rotatórios com os quadris: o seu parceiro senta-se numa cadeira firme e você se ajoelha com os braços e um pouco do seu peso no colo dele. Então, flexione uma perna para cima e para o lado, e gire os quadris.

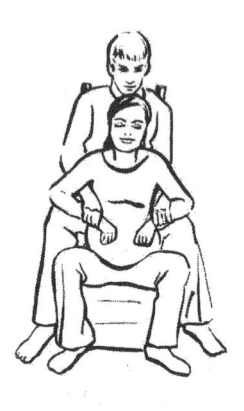

Agachamento com apoio

Rotação pélvica

estejam sendo tão proveitosas quanto você poderia imaginar. Assuma que isso ainda é o início do parto e que você ainda tem muito trabalho pela frente.

Você terá bastante tempo para praticar a respiração durante as contrações do início do parto.

- Inspire levemente no início de cada contração e depois expire longamente.

- Pense na palavra "relaxe"... enquanto você inspira levemente, pense na sílaba "re" e, quando expirar longamente, pense no som "laaaaaxe".

- Tente inspirar pelo nariz e expirar pela boca.

Deixe os ombros caírem quando expirar. Deixe a boca mole e solta e ouça o som da sua expiração.

No início do parto, esse padrão de respiração (combinado com o relaxamento e várias posições) ajudará você a atravessar a fase das pequenas contrações.

Ereta, inclinada para a frente e aberta

Se você ficar repetindo monotonamente a sigla EIA para si mesma durante o parto, quem estiver por perto poderá achar que se trata de um mantra para invocar alguma divindade. Mas, na verdade, é uma maneira útil de você se lembrar dos tipos de posição que podem ajudar o parto a progredir:

Ereta

Ficar ereta permite que a ação da gravidade ajude o bebê a descer e o colo do útero a se dilatar. Ficar em pé, caminhar ou sentar-se sobre uma daquelas bolas grandes de vinil utilizadas em academias de ginástica ajuda a manter o seu corpo ereto. Experimente também ajoelhar-se numa banheira, ou então ficar em pé com os braços em volta de seu(sua) acompanhante de parto, para que assim ele(a) possa suportar um pouco do seu peso.

Inclinada para a frente

O útero move-se para a frente conforme se contrai, então, se você se inclinar para a frente, isso vai permitir que ele trabalhe de maneira mais eficaz. Fique em pé e incline-se para a frente apoiando-se na parede; fique em pé na cozinha com os braços sobre o balcão; sente-se numa cadeira de frente para o encosto e com um pé de cada lado; ajoelhe-se e incline-se sobre um sofá. Todas essas posições são confortáveis em vários estágios do parto.

Aberta

Bem, jamais alguém teve um bebê com as pernas fechadas. A sua pélvis precisa estar aberta, então experimente as posições que permitem o máximo de espaço. Sente-se com as pernas abertas, ou sente-se agachada, mas apoiada sobre uma bola de vinil, na banheira ou nos joelhos do seu parceiro.

Ajoelhar-se com os braços erguidos ajuda a manter o corpo ereto

Ficar em pé com os braços em volta do seu(sua) acompanhante facilita a ajuda da gravidade

Incline-se sobre um balcão para que o seu útero possa mover-se para a frente durante as contrações

Incline-se contra uma parede durante uma contração

Manter-se em movimento, balançando a pélvis e caminhando, também ajuda e muitas vezes faz com que o bebê fique numa boa posição. Coloque uma música e dance pela casa, ou então balance os quadris enquanto muda de posição na sala de parto.

Como lidar com a dor nas costas

Algumas mulheres sentem as contrações na parte inferior das costas. Talvez isso aconteça porque o seu bebê está numa posição posterior (veja a página 264) ou simplesmente porque é aí que você sente a dor. De qualquer modo, há várias coisas que você e o seu acompanhante de parto podem fazer para ajudar:

- Experimente ficar de quatro durante as contrações. Pode ser que você ache que isso também ajuda a balançar para a frente e para trás. Isso geralmente diminui consideravelmente as dores nas costas.
- Experimente ajoelhar-se e pôr os braços sobre uma cadeira acolchoada com travesseiros, ou o(a) seu(sua) acompanhante pode se sentar numa cadeira e pôr almofadas no colo. Essa posição ajuda a levantar os seus braços e ombros e usa a gravidade para ajudar o bebê a descer e ficar numa boa posição.
- Uma boa massagem nas costas sobre a área dolorida também pode ajudar.
- Ponha uma bolsa de água quente envolta num pano sobre a área, ou então toalhas que foram imersas em água quente e torcidas.

Sentar-se no estilo "caubói" ajuda a abrir a pélvis

- Fique em pé no chuveiro, enquanto o(a) seu(sua) acompanhante dirige o jato de água morna para suas costas.
- O frio também ajuda a deixar a área insensível: coloque uma bolsa de gelo envolta em um pano sobre as costas.
- Tome um banho morno na banheira.

Trabalho de parto estável

O principal evento!

O que está acontecendo

Assim que o colo do seu útero atinge uma dilatação de cerca de 4 cm, as suas contrações costumam ficar mais fortes e mais longas, e as coisas geralmente se tornam mais rápidas. Cuidado para não ficar obcecada com a regra de ouro de "um centímetro por hora" (veja os partogramas na página 427). Muitas vezes, a dilatação é lenta no começo, mas então fica mais rápida, à medida que o colo do útero se distende e fica mais delgado. Pode ser que leve umas dez ou doze horas até você chegar a 3 ou 4 cm de dilatação, mas muitas vezes de 4 a 10 cm a dilatação é mais rápida.

O que ajuda

Ficar ereta e mover-se certamente ajuda a maioria das mulheres a lidar com a parte mais árdua do parto. Para algumas, usar uma banheira para parto (veja a página 260) acalma e relaxa. Outros fatores que ajudam:

- ter um acompanhante de parto sempre disposto a ajudar
- saber o que está acontecendo e conversar com sua obstetriz
- poder expressar o que você sente e as suas emoções
- ter pensamento positivo
- expirar a tensão durante as contrações

O que atrapalha

Alguns fatores que deixam o parto mais lento:

- ficar sozinha
- não poder se mover
- ficar preocupada com o bebê ou consigo mesma

Peça à sua obstetriz que mantenha você informada sobre o que está acontecendo, e pergunte como você pode ajudar o parto a progredir.

As contrações no trabalho de parto estável

As contrações agora ficam mais longas, mais fortes e com um intervalo menor entre elas. Podem durar de 40 a 50 segundos e aparecer a cada cinco ou seis minutos. Talvez você precise modificar sua respiração no pico de uma contração para poder lidar com ela.

- Respire duas ou três vezes utilizando a técnica do "re-laaaaaaaxe".
- À medida que a contração fica mais forte, respire de maneira um pouco mais superficial, para atravessar o pico da con-

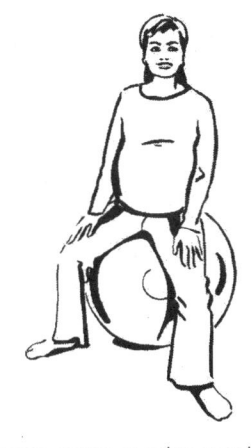

Experimente sentar-se sobre uma bola de vinil e movimentar os quadris

tração. Talvez seja mais confortável para você inspirar e expirar pela boca neste estágio, e depois voltar a inspirar pelo nariz e expirar pela boca quando a contração começar a diminuir.

Parto lento

Muitas vezes, em muitos partos, há aquele ponto em que você pensa que já está durando demais. As memórias das avós e tias que diziam coisas como "Ah, eu fiquei em trabalho de parto durante quatro dias!" podem vir à sua mente. Na verdade, a maioria dos partos é lenta e estável no começo, mas depois tudo começa a ficar mais rápido, quando você entra em trabalho de parto ativo. Às vezes o parto pode ser lento o tempo todo, desde o começo, e então existe o risco de você e o bebê ficarem exaustos e de você precisar de uma cesariana ou de um parto assistido.

Se o seu parto estiver lento, ou se as suas contrações parecerem estar diminuindo aos poucos, há várias coisas que você pode fazer para ajudar a acelerar o processo:

- Levante-se e mexa-se. Movimentar-se pode ajudar o bebê a se encaixar, de modo que seu peso ajude o colo a abrir-se. Se você estiver em casa, saia para dar um longo passeio (mas não vá para muito longe de casa, pois pode ser que tudo fique mais rápido). Se você estiver num hospital, caminhe pelos corredores ou saia e vá até o jardim para tomar ar fresco.
- Tente comer ou beber alguma coisa; você pode estar um pouco desidratada, ou apenas com fome e sem energia.
- Tente fazer alguma coisa diferente; entre numa banheira com bastante água, peça ao seu parceiro que faça uma massagem ou a abrace, assista a um filme

que faça você rir bastante para deixá-la relaxada, ligue para um(a) amigo(a) e converse um pouco, renda-se ao que você sente, chore para livrar-se um pouco da tensão.

Se estiver se sentindo muito cansada, converse com a sua obstetriz sobre métodos para aliviar a dor que permitam que você descanse por algum tempo. Algumas horas preservando as energias e descansando podem ajudá-la a lidar com a situação quando o parto finalmente começar a ficar mais rápido.

A necessidade de métodos medicinais para acelerar o parto geralmente é menor quando há pessoas para apoiá-la durante o parto e uma obstetriz que você já conheça cuidando de você.

Indo para o hospital

Se você acabou de chegar ao hospital, o seu parto pode muito bem ficar mais lento durante uma ou duas horas enquanto você se ajusta ao novo ambiente. Você terá de responder a perguntas, colher uma amostra de urina, conhecer a sua obstetriz... Todas essas coisas podem distraí-la do parto e você pode precisar descansar e levar um tempo acostumando-se ao fato de estar num hospital.

Isso pode ser um mecanismo de sobrevivência: se você tivesse que dar à luz numa

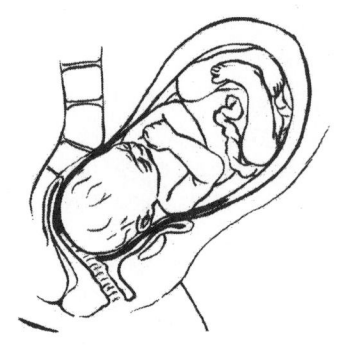

Colo do útero com uma dilatação de 4 a 5 cm

caverna, poderia correr perigo ao encontrar feras selvagens, e precisar encontrar uma caverna mais segura para ter o bebê. Então a natureza gentilmente deixa tudo mais lento para você enquanto você recolhe suas peles de animal e vai até uma caverna mais alta e menos úmida.

Saber que o fato de ir para o hospital realmente deixa o parto de algumas mulheres mais lento ajuda você a lidar com esse "obstáculo" caso depare com ele. Então acomode-se e pense que o quarto é seu; deixe o ambiente iluminado de maneira agradável, coloque uma música, tire suas coisas das sacolas, mova a cama para algum lado e tente deixar o quarto com a sua cara, para que você se sinta confortável. Se ajudar, organize também as suas "peles de animal".

Transição

O que está acontecendo?

A transição às vezes é descrita como a ponte entre o primeiro e o segundo estágios do parto. Ela pode ser um tanto turbulenta. Às vezes as contrações vêm bem fortes e rápidas, com poucos intervalos entre elas para você poder respirar. Às vezes o colo uterino se dilata de um jeito pouco uniforme, deixando um pequeno "lábio" do colo do útero, geralmente na frente, ainda sem se dilatar. Isso pode enviar sinais conflitantes, com parte do seu corpo dizendo que você está pronta para empurrar e outra parte dizendo que ainda não está.

Mesmo que você tenha lidado bem com as contrações até aí, pode de repente sentir-se perturbada na transição. Você pode ter vontade de chorar, ou ficar zangada, com calor, irritada. As coisas que ajudavam você há poucos minutos agora a irritam, ou então você pode ficar convencida de que simplesmente não agüenta mais.

O que ajuda

Este é um estágio em que um acompanhante de parto que saiba realmente apoiá-la pode ajudar você a lidar com a situação. (Também é o estágio em que ele corre o risco de ser vítima dos seus gritos; assim, ele precisa estar preparado para essa possibilidade.) O(A) seu(sua) acompanhante de parto poderá lembrá-la de que a transição significa que você está quase lá, e poderá oferecer-lhe uma bebida gelada, um pouco de água ou oferecer-se para lavar o seu rosto, e tudo isso poderá ser bem recebido por você.

Mudar de posição às vezes ajuda a remover o último "lábio" do colo do útero do caminho. Tente a posição genupeitoral (com os joelhos perto do peito).

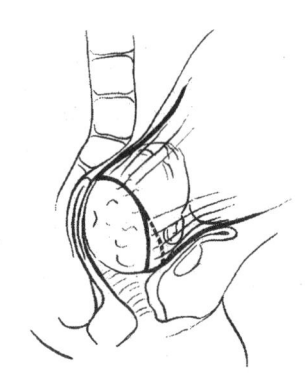

O último "lábio" do colo do útero

O que atrapalha

Às vezes a obstetriz lhe pedirá que não empurre ainda, mas o seu organismo está dizendo para você empurrar com força rapidamente! Isso pode deixar você muito confusa. Se houver um "resto" do colo uterino que ainda está no caminho, a obstetriz pode achar que empurrar irá contundi-lo e deixá-lo inchado, o que pode deixar as coisas mais lentas. Alguns obstetras acham que um lábio assim é levantado e retirado do caminho pelas contrações e, portanto, estará tudo bem se você empurrar quando seu corpo pedir. Outros acreditam que empurrar contra um colo uterino que não está plenamente dilatado pode deixar o parto mais lento.

As contrações na transição

Agora, é freqüente as contrações tornarem-se abundantes e rápidas, e entre elas você terá tempo apenas de mudar de posição, beber alguma coisa, ou de o(a) seu(sua) acompanhante lavar o seu rosto e dizer que você está indo bem. Às vezes as contrações passam a ter dois picos; você pensa que a contração está terminando e ela começa a aumentar outra vez. Algumas mulheres acham que inspirar bem superficialmente no pico de uma contração ajuda; experimente contar em voz baixa, ou simplesmente fazer inspirarações curtas e expirar pela boca. Se pedirem a você que não empurre, expirar no pico de cada contração ajuda – pequenas expirações similares às que são usadas para soprar cada velinha de um bolo de aniversário – ou então dizer as palavras "fora fora fora" bem rápido. Para muitas mulheres, o uso de gás e oxigênio ajuda bastante neste estágio do parto; isso pode aliviar o auge das contrações e evitar que você empurre, caso a sua obstetriz tenha pedido que você não empurrasse.

O segundo estágio

O segundo estágio do parto pode ser a melhor etapa para você, ou a pior. Algumas mulheres adoram o segundo estágio – porque podem fazer algo produtivo. Você talvez ache que a sensação de estar perto do nascimento a deixa inspirada a ponto de dar o máximo de si mesma, e até de gostar deste estágio.

Outras têm dificuldade de interpretar as mensagens que o corpo envia e ficam confusas e perturbadas com o segundo estágio. Se isso acontecer com você, talvez precise de ajuda para mudar de posição e para continuar tentando empurrar junto com as contrações. É muito importante não apressar o segundo estágio, contanto que esteja havendo progressos e você e o seu bebê estejam bem.

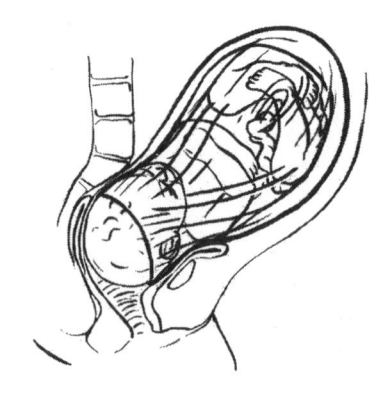

Colo do útero completamente dilatado

O que está acontecendo

O colo do seu útero está completamente dilatado e o seu bebê agora pode descer pelo canal vaginal, virar a esquina e nascer. Ele(a) não precisa ir muito longe, só alguns centímetros, mas esse processo pode durar desde alguns poucos minutos até umas duas horas.

O que ajuda

Na primeira parte do segundo estágio, você precisa deixar o seu corpo fazer a maior parte do trabalho. Tente ao máximo não empurrar até quando você precisar ou até que a cabeça do bebê já esteja bem embaixo. Se você empurrar cedo demais, isso pode deixá-la exausta sem ajudar o parto a progredir.

Respiração

Antigamente, a sua obstetriz dizia a você quando deveria empurrar e a encorajava a segurar a respiração e empurrar durante uma contração. O raciocínio por trás disso era o seguinte: um segundo estágio longo poderia causar problemas para o bebê. Empurrar continuamente realmente deixa o segundo estágio mais curto, mas um estudo cuidadoso revelou que isso também reduz o fluxo de sangue que vai até o útero, o que, por sua vez, reduz a quantidade de oxigênio recebida pelo bebê. Também pode causar mudanças na freqüência cardíaca do bebê e um índice de Apgar baixo (veja a página 322).

Os estudos focados em mulheres que não receberam a instrução sobre como respirar ou empurrar o bebê demonstraram que elas instintivamente seguram a respiração durante apenas três ou quatro segundos, e então expelem uma pequena quantidade de ar e empurram um pouco, alternadamente. Ouça o seu corpo. Espere até sentir uma necessidade imperiosa de empurrar e então respire e siga o fluxo.

No entanto, você também pode ficar bastante confusa com este estágio e não conseguir interpretar as mensagens que o seu corpo envia. Dê tempo ao tempo e deixe a obstetriz e o seu parceiro ajudarem e encorajarem você.

Se não sentir uma vontade imperiosa de empurrar, você pode simplesmente esperar; o seu útero fará grande parte desse trabalho sozinho. Se você não está progredindo o suficiente, a obstetriz poderá lhe sugerir que mude de posição ou então pedir que você empurre durante uma contração, para tentar fazer o bebê descer pelo canal vaginal. Às vezes, mesmo que você não saiba se quer empurrar ou não, uma tentativa de empurrar pode ajudar o seu bebê a descer pelo assoalho pélvico, e isso vai gerar a vontade imperiosa de empurrar.

Posição

Ficar ereta durante o segundo estágio diminui a dor, deixa o segundo estágio mais curto e reduz as chances de o seu bebê ter algum padrão anormal de freqüência cardíaca. Também diminui a possibilidade de você precisar de um parto assistido ou de uma episiotomia, mas ao mesmo tempo aumenta as chances de você ter lacerações de segundo grau, e também de perder um pouco de sangue.

Você pode tentar ficar de pé, ajoelhada, sentar-se sobre uma bola de vinil, sobre algumas almofadas, sobre a cama, com bastante apoio, sentar-se sobre o vaso sanitário ou ficar agachada dentro de uma banheira, para que a água reduza um pouco o seu peso. Em algumas culturas, as mulheres ficam de cócoras para dar à luz, mas essas também são culturas em que elas ficam agachadas quando vão ao banheiro, esperam pelo ônibus ou cozinham. A maioria das mulheres de locais onde as cadeiras são parte do dia-a-dia têm dificuldade para ficar agachadas.

Você pode experimentar qualquer posição. Sua obstetriz e o(a) seu(sua) acom-

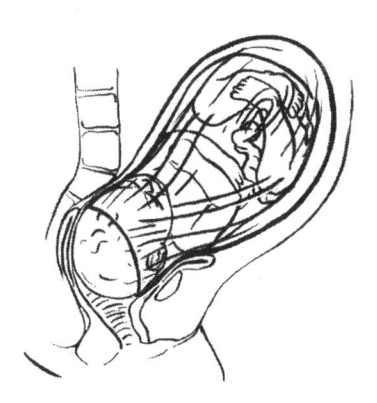

Colo uterino completamente dilatado; a cabeça do bebê começa a descer para o assoalho pélvico

panhante de parto podem ajudar você a se mover até que encontre uma posição que seja confortável e eficaz. No entanto, às vezes, durante o segundo estágio, as contrações podem ficar tão abundantes e rápidas que você talvez nem tenha oportunidade de se mover, e simplesmente terá de dar à luz no local e na posição em que começou.

Se o seu bebê não estiver progredindo na descida do canal vaginal, talvez seja porque ele não se encontra numa boa posição. Às vezes isso pode ser melhorado se você mudar de posição, então vale a pena tentar várias posições diferentes. No entanto, às vezes o bebê está numa posição muito difícil e precisará ser virado com um fórceps (veja a página 330).

Às vezes o bebê não desce porque o próprio útero não tem mais energia para empurrá-lo, principalmente se o seu parto está sendo longo e difícil. Se for este o caso, um soro com ocitocina pode ajudar a estimular as contrações.

Massagem

Algumas obstetrizes usam massagens suaves quando a cabeça do bebê aparece, para ajudar o períneo a se abrir. Elas podem também utilizar flanelas quentes para ajudar você a lidar com essas sensações. Isso não causa nenhum dano e pode ajudá-la a sentir-se melhor. Alguns especialistas sugerem que as massagens no segundo estágio podem diminuir a intensidade das lacerações, mas não há nenhuma evidência clara a esse respeito no momento.

O que atrapalha

Empurrar com uma peridural

O segundo estágio tende a durar mais se você estiver utilizando a anestesia peridural. Você também tem mais probabilidade de precisar de um soro com ocitocina e de fórceps. Isso acontece em parte porque você não consegue sentir as contrações para poder fazer força junto com elas, e porque a peridural também atua sobre os músculos do assoalho pélvico, deixando-os mais relaxados do que eles ficariam sem a anestesia. Como são esses músculos que guiam a cabeça do bebê em seu movimento descendente para que fique na posição certa, existe maior probabilidade de que o seu bebê fique numa posição ruim no caso de uma peridural. Esperava-se que as peridurais ajudassem a diminuir a taxa de partos assistidos, mas apesar de a taxa ser um pouco menor com elas, ainda assim é muito mais alta do que se você não tomar nenhuma peridural.

Às vezes é possível deixar que o efeito da peridural passe um pouco quando o segundo estágio começa, mas você precisa estar preparada para lidar com a dor quando ela voltar. Outra técnica que parece ajudar é não empurrar ativamente no começo do segundo estágio, mas esperar até que a cabeça do bebê esteja bem baixa. Talvez seja preciso esperar que a obstetriz diga quando empurrar, caso você esteja utilizando a peridural.

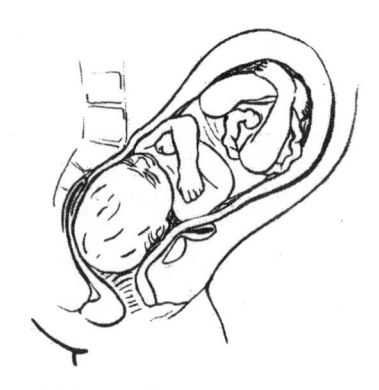

À medida que você empurra, o bebê desce pelo canal vaginal. O seu bebê precisa virar para ficar na posição correta

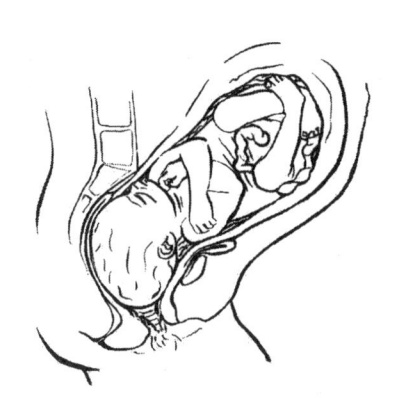

A cabeça do bebê amolda-se à medida que passa pelo canal vaginal

As contrações no segundo estágio

No segundo estágio, a sensação das contrações é diferente. Até aqui, elas puxam o colo do útero para que ele abra. Com cada contração, a parte superior do útero fica mais espessa do que era quando o trabalho de parto começou. Este músculo de grandes proporções agora está acima do seu bebê e pronto para empurrá-lo para fora.

As suas contrações podem ficar mais fortes e mais longas, mas com intervalos maiores entre elas. Algumas mulheres chegam a ficar um período sem contrações, durante o qual tudo parece parar. A isso às vezes se dá o nome de período "de descanso e agradecimento". Esse período lhe dá tempo para mudar de posição, beber goles de água, ou então para que (o)a seu(sua) acompanhante lave o seu rosto ou borrife água em você para refrescá-la.

Muitas mulheres descobrem que suas contrações ficam mais expulsivas nesse ponto. Geralmente, no pico de uma contração, você terá uma vontade imperiosa de "fazer força para baixo". Pode ser que você prenda a respiração automaticamente ou fique gemendo. Também é possível que você sinta uma necessidade imperiosa de empurrar imediatamente antes da dilatação completa, quando o colo uterino fica completamente dilatado, ou então apenas algum tempo após a dilatação completa. Para algumas mulheres, o desejo de empurrar é totalmente avassalador e elas apenas precisam fazer o que seu corpo manda. Outras ficam confusas com a intensidade de sensações e não conseguem entender como podem fazer para que essas sensações as ajudem a empurrar. Talvez seja preciso ter várias contrações e mudar de posição algumas vezes antes que as coisas comecem a fazer sentido para você.

Com cada contração, o seu bebê desce para entrar no canal vaginal. Então, quando uma contração acaba, você sente que o seu bebê desliza para trás. Os músculos do seu canal vaginal têm de se alongar para acomodar a cabeça do bebê. Esse movimento para a frente e para trás dá tempo aos músculos para se alongarem. Pode ser bastante frustrante esforçar-se tanto para empurrar apenas para sentir que depois o bebê desliza para dentro de novo, quando a contração termina. Tente lembrar-se de que na verdade é um caso de três passos para a frente e dois para trás, e de que gradual e constantemente você está progredindo.

Finalmente, você conseguirá sentir a cabeça do bebê e vê-la no pico de uma contração. A "coroação" acontece quando a cabeça do bebê estica o períneo e pára de escorregar para trás. Você pode sentir uma forte sensação de estiramento e queimação, quando a cabeça do seu bebê estica o delicado tecido de seu períneo. Sua obstetriz poderá sugerir que agora você adote uma respiração curta e rápida para ajudar o bebê a "sair" suavemente. Esse método de respiração em que você parece ofegante ajuda o bebê a nascer e também evita que o seu períneo tenha lacerações.

(A massagem no períneo durante a gravidez também pode ajudar. Veja a página 257.)
Depois que a cabeça do bebê sai, ele se vira, para que um ombro saia primeiro e depois o outro. Isso geralmente acontece bem rápido, com um jorro de líquido amniótico, e o seu bebê pode ser levantado e colocado sobre sua barriga. Finalmente!

O nascimento

Você provavelmente achará o nascimento de seu bebê bastante emocionante. Muitas vezes a obstetriz ou o(a) seu(sua) acompanhante poderão dizer coisas como "Eu consigo ver a cabeça" ou "Empurra só mais uma vez". Você pode estar tão ocupada empurrando e respirando, e lidando com todas as intensas sensações que o seu corpo está produzindo – a intensa vontade de empurrar, o períneo esticando, a sensação de estiramento e queimação quando, na fase da coroação, aparece uma parte da cabeça do bebê –, que talvez nem consiga pensar em mais nada, quanto menos no bebê! Se você ficar desanimada e começar a pensar que nunca vai conseguir empurrar esse bebê para fora, talvez ajude se você esticar o braço para baixo e tocar a cabeça do bebê, no pico de uma contração. Você também pode colocar um espelho na cama para olhar para baixo e poder ver o círculo escuro dos cabelos do bebê enquanto você empurra.

Assim que a cabeça do bebê sai, o resto do corpo geralmente escorrega logo em seguida, com um jorro de líquido quente. Às vezes é preciso esperar a contração seguinte, então o bebê fica lá parado, metade dentro de você e metade fora, enquanto você observa e espera. Quando a contração seguinte chega, você empurra e o seu adorável bebê desliza para fora. A sensação de alívio físico é imensa. A maioria das mulheres fica trêmula, grita ou chora, sentindo uma mistura de alívio e alegria.

Sua obstetriz irá erguer o bebê até você. Se você estiver sentada ou deitada, ela irá erguer o bebê até a sua barriga. Se você estiver em pé ou agachada, ela irá ajudar você a sentar-se com cuidado e lhe dar o bebê. Se você deu à luz de quatro, ela poderá passar o bebê entre as suas pernas enquanto você se senta – como num passe de futebol americano.

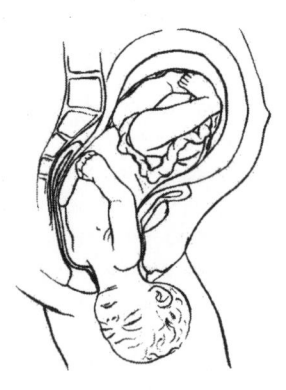

Pode haver uma pequena pausa assim que a cabeça do bebê sair

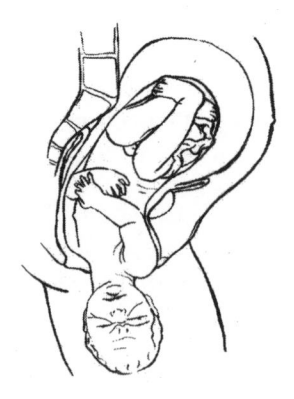

O seu bebê irá se virar, visto que os ombros saem um após o outro

O bebê desliza para fora e é erguido até a mãe

O encontro com o recém-nascido

Os recém-nascidos são escorregadios e molhados. Muitas vezes eles parecem enormes – você não consegue acreditar que esse bebê estava dentro de você minutos atrás. Alguns bebês choram assim que nascem, outros ficam deitados quietinhos, olhando em volta, como se dissessem "então é assim que é o mundo aqui fora".

Às vezes você fica tão trêmula e sem firmeza que não consegue segurar o seu bebê, e precisa que o(a) seu(sua) acompanhante segure seu(sua) filho(a) perto de você. Ou então você pode se sentir eufórica a ponto de poder pegar o bebê e sair dançando pelo quarto. Talvez você apenas queira sentar-se e ficar olhando para o bebê, acariciando a pele sedosa e macia, olhando dentro daqueles olhos grandes e escuros e contando os dedinhos dos pés e das mãos. Alguns casais choram, outros riem e outros riem e choram ao mesmo tempo. Você também pode sentir-se muito cansada, a ponto de apenas conseguir murmurar "Que bom, obrigada" e cair no sono. Todas essas reações são normais.

Se tudo deu certo, sua obstetriz irá deixar o seu bebê sobre a sua barriga, para que você possa segurá-lo e sentir a pele dele contra a sua. O seu bebê estará molhado, e pode sentir frio bem rápido, então alguém poderá cobrir vocês dois com uma toalha ou um cobertor, ou então enxugar um pouco o bebê para deixá-lo mais aquecido. Se o seu bebê precisar ser aquecido ou receber oxigênio, ele(a) será levado(a) num carrinho chamado "ressuscitador" para ser examinado(a) e depois trazido(a) de volta até você.

Não se preocupe se o seu bebê tiver uma cor azulada ou acinzentada; os bebês ficam assim até que comecem a respirar, e depois ficam "rosadinhos" bem rápido. Talvez leve um ou dois minutos para o seu bebê respirar e fazer algum ruído. O obstetra ou o pediatra da sala de parto irá observar, esperar e, se necessário, limpar o rosto e a boca do bebê. Se o seu bebê parece ter algum muco na boca, ele poderá aspirá-lo com uma fina sonda, para que seja mais fácil para ele(a) respirar pela primeira vez.

É muito especial o momento em que um bebê respira e chora pela primeira vez. Antes do nascimento, os pulmões do bebê estão comprimidos e o coração fica no centro do peito. Quando o bebê respira pela primeira vez, os pulmões inflam e, com isso, empurram o coração para o lado esquerdo do peito. Há várias adaptações ocorrendo no organismo do bebê nessas primeiras horas, pois ele está se ajustando à vida fora daquele mundo aquecido, escuro e cheio de água que é o útero.

O ideal é que você disponha do tempo que for necessário para conhecer o seu bebê. Pode ser que a obstetriz espere a sua placenta sair e depois saia do quarto por alguns instantes para permitir que vocês dois se conheçam a sós. Se você fez uma cesariana, ainda pode ficar deitada com o bebê ao seu lado, mas neste caso talvez precise que o seu parceiro ou sua obstetriz segure o bebê perto de você.

Não é preciso forçar o recém-nascido a mamar. Mantendo-o assim perto de você, pele contra pele, isso provavelmente irá acontecer naturalmente. Segure o bebê nu perto de você, e perceberá que ele pode procurar o seu peito, virando a cabeça e fazendo sons de sucção. Alguns bebês até fazem pequenos movimentos, como se rastejassem tentando chegar ao peito, e alguns chegam até lá sozinhos. Ou ele(a) pode simplesmente descobrir onde está o peito, sentir o cheiro do colostro, experimentar lamber ou sugar um pouco, mas logo depois cair no sono. Se nem você nem o bebê têm vontade de iniciar a amamentação imediatamente, não há problema.

Geralmente, depois de um período de contato de pele contra pele com você, o bebê irá demonstrar sinais de que quer ser amamentado. Alguns bebês são bem espertos e enérgicos, e prendem-se bem ao peito. Outros simplesmente o cheiram ou lambem. Qualquer uma dessas maneiras ajuda a iniciar o processo de amamentação. Mesmo que você planeje não amamentar, a sua obstetriz pode sugerir que você amamente o seu bebê pelo menos nesses primeiros dias para que ele receba os benefícios do colostro (o primeiro leite), o qual contém anticorpos essenciais que ajudam a protegê-lo contra infecções.

Geralmente, depois de um período de contato de pele contra pele com você, o bebê irá demonstrar sinais de que quer ser amamentado. Alguns bebês são bem espertos e enérgicos, e prendem-se bem ao peito. Outros simplesmente o cheiram ou lambem. Qualquer uma dessas maneiras ajuda a iniciar o processo de amamentação. Mesmo que você planeje não amamentar, a sua obstetriz pode sugerir que você amamente o seu bebê pelo menos nesses primeiros dias para que o seu bebê receba os benefícios do colostro (o primeiro leite),

o qual contém anticorpos essenciais que ajudam a protegê-lo contra infecções.

Se você recebeu opiáceos durante o parto, o reflexo de sucção do bebê talvez esteja diminuído, e então ele(a) precisará de maior contato pele a pele antes de começar a mamar.

Muitos homens ficam surpresos por ficar tão emocionados quando o bebê nasce. Os pais muitas vezes choram, ou então ficam algum tempo sem conseguir dizer nada. Às vezes os pais ficam muito calmos e controlados enquanto há outras pessoas em volta, mas isso muda quando ficam apenas vocês três. Alguns pais às vezes ficam com medo de deixar o bebê cair. Talvez você sinta que o bebê é enorme, logo que acaba de dar à luz, mas para o pai talvez ele pareça muito pequeno.

Índice de Apgar

Imediatamente após o nascimento, e depois mais uma vez, após os primeiros cinco minutos, é feita uma avaliação do seu bebê chamada de teste de Apgar. Seu nome deve-se ao fato de a Dr. Virginia Apgar ter sido a primeira a desenvolver uma lista de itens que permitem que seja traçado rapidamente um quadro das condições do recém-nascido e ajudam a equipe médica a decidir se é necessário algum outro tipo de intervenção ou cuidados especiais. Apgar também é uma sigla para os aspectos verificados pelo teste.

O bebê é avaliado nos seguintes aspectos:

Aparência (cor): 0 para arroxeado; 1 para rosado, com mãos e pés azulados; 2 para completamente rosado (nos bebês negros ou asiáticos, é verificada a cor da boca, das palmas das mãos e das solas dos pés)

Pulso (freqüência cardíaca): 0 se não houver batimentos cardíacos; 1 para a freqüência cardíaca abaixo de 100; 2 para a

freqüência cardíaca acima de 100 batimentos por minuto
Grimace*: 0 se não houver resposta; 1 se o bebê apresentar alguma reação; 2 se o bebê responder com um choro forte
Atividade (tônus muscular): 0 se o bebê estiver fraco, sem tônus; 1 se apresentar tônus fraco; 2 para tônus muscular normal
Respiração: 0 para ausente; 1 para respiração lenta e irregular; 2 para boa (geralmente acompanhada de choro!)
Quando os pontos são somados, o índice máximo é de 10 pontos.

- Os bebês com um índice de Apgar abaixo de 4 podem precisar de cuidados especiais mais complexos.
- Os bebês com um índice de Apgar entre 4 e 6 podem precisar de reanimação – a equipe médica muitas vezes irá desobstruir as vias respiratórias e ministrar oxigênio para ajudá-los a respirar.
- Os bebês com um índice de Apgar de 7 ou mais pontos costumam estar em boas condições. Os bebês com índices menores que 7 podem precisar ficar sob observação estrita em unidade neonatal.

O seu bebê será pesado e examinado pelo pediatra e, se você estiver num hospital, ele receberá também uma etiqueta de identificação no pulso.

O terceiro estágio

O terceiro estágio do parto é a expulsão da placenta e o corte do cordão umbilical do bebê. Muitos pais e mães de primeira viagem ficam tão absortos segurando e admirando o recém-nascido que mal percebem a expulsão da placenta. Por outro lado, talvez você esteja bastante curiosa para saber como ela é.

Talvez você queira que o pai do bebê corte o cordão umbilical. Alguns casais gostam da idéia de ser o pai a pessoa que vai cortar o cordão que ligou a mãe e o bebê durante tanto tempo. Alguns homens podem ficar um pouco nauseados com a idéia. Outros esperam uma quantidade enorme de sangue. Na verdade, a obstetriz irá pinçar o cordão em dois locais, e o corte será feito, com tesoura, entre as pinças para que saia pouco sangue. O cordão é bem pequeno e fácil de cortar (mas pode parecer um pouco gelatinoso).

O que está acontecendo

Assim que o bebê nasce, o seu útero começa a se contrair. Isso faz com que a placenta se separe da parede do útero e caia na parte inferior do órgão.

A sua obstetriz poderá pedir a você que empurre para ajudar a expulsar a placenta. Ela é bem mais macia que o seu bebê, e geralmente sai com um empurrão só. Ficar ereta torna mais fácil a tarefa de expelir a placenta. No entanto, muitas mulheres ficam trêmulas após o parto e sentem-se um pouco tontas, então vários travesseiros e um cobertor em volta de seus ombros podem ser úteis, assim como receber um abraço de seu(sua) acompanhante de parto.

Assim que a placenta for expelida, o seu útero se contrairá ainda mais, e isso fecha os seus vasos sangüíneos para controlar o sangramento.

Sua obstetriz irá examinar a sua placenta e as membranas para verificar se estão completas, e também poderá pesar a placenta e medir a extensão do cordão umbilical.

Ela também perguntará a você o que pretende fazer a respeito do terceiro estágio. Você tem duas escolhas: "gerenciamento ativo" ou "um terceiro estágio fisio-

---

* *Grimace*: reflexos. (N. do T.)

lógico". Se o seu terceiro estágio for gerenciado ativamente, a sua placenta será expelida imediatamente. Se você tiver um terceiro estágio fisiológico, pode levar até uma hora para que a placenta seja eliminada, mas em geral isso ocorre dentro de uns vinte minutos.

Gerenciamento ativo

No passado, sangrar após o nascimento do bebê (hemorragia pós-parto) era um grande problema para as mães, e era comum causar a morte delas. Para reduzir esse problema, introduziram-se drogas que fazem o útero contrair-se rapidamente. Essas drogas diminuem efetivamente a incidência de hemorragias intensas e rápidas. Em um grande número de testes, envolvendo mais de 8.500 mulheres, a utilização de drogas para acelerar o terceiro estágio reduziu o risco de hemorragia pela metade. Quando o gerenciamento ativo é posto em prática, poucas mulheres necessitam de transfusão de sangue após o parto.

No entanto, alguns especialistas consideram que não é recomendável a utilização dessas drogas como rotina para prevenir o sangramento excessivo (em vez de tratar o sangramento excessivo apenas nas mulheres que realmente precisarem desse tipo de tratamento). Parece que a incidência da retenção da placenta aumenta quando o terceiro estágio é gerenciado ativamente, embora as evidências da pesquisa estejam longe de ser claras.

As drogas utilizadas podem causar náusea, vômitos e aumento da pressão arterial em algumas mulheres, e muito raramente podem causar algum problema sério que ponha a vida em risco, como uma parada cardíaca.

O controle ativo do terceiro estágio inclui:

- uma injeção (geralmente de uma droga chamada Syntocinon®) aplicada na coxa, assim que o ombro do bebê sair

- pinçar imediatamente e cortar o cordão umbilical do bebê
- e, às vezes, tração controlada do cordão (a obstetriz colocará a mão sobre a parte inferior do seu abdômen e puxará o cordão de modo uniforme)

Geralmente o terceiro estágio gerenciado é sugerido se:

- você tem uma história prévia de hemorragia intensa durante a gravidez ou após o nascimento
- você já teve uma retenção de placenta
- há alguma infecção uterina
- você estiver com baixo nível de ferro ou problemas de coagulação sangüínea
- você recebeu petidina ou anestesia peridural durante o parto
- você recebeu um soro venoso para induzir ou acelerar o parto
- você fez um parto assistido
- você deu à luz mais de um bebê nesse parto
- este é o seu quarto filho, ou mais

Os critérios efetivamente utilizados para recomendar um terceiro estágio gerenciado ativamente variam de local para local, então converse com sua obstetriz sobre as práticas locais quando você estiver fazendo o seu plano para o parto.

Terceiro estágio fisiológico

Às vezes é chamado de "terceiro estágio natural", porque implica deixar que os mecanismos naturais do corpo expulsem a placenta. Também é chamado de "gerenciamento expectante". Ele leva mais tempo que o anterior, mas o fato de ver o bebê, ter um contato pele a pele com ele e amamentá-lo ajuda o corpo a secretar os hormônios necessários para que o útero se contraia e expulse a placenta.

Se você optar por um terceiro estágio natural, converse com seu obstetra durante o parto. Talvez você deseje um terceiro estágio natural caso tudo aconteça sem problemas, mas opte pela injeção caso haja contra-indicações ou problemas.

Para um terceiro estágio natural, é preciso que:

- a sua bexiga esteja vazia
- você tenha contato pele a pele com o seu bebê
- você segure o bebê, converse com ele e o coloque para sugar o peito, caso ele manifeste interesse
- você se sente numa posição ereta
- você esteja aquecida

Se sua obstetriz estiver preocupado com uma grande perda de sangue quando o seu bebê nascer, ela poderá recomendar-lhe a injeção.

O corte do cordão umbilical

Um motivo para você tentar o terceiro estágio "natural" é demorar para cortar o cordão umbilical. Esperar até que o cordão pare de pulsar permite que o bebê receba mais sangue da placenta – cerca de 20 a 50% do volume de sangue do bebê. É difícil determinar a importância disso. Os estudos feitos revelam que os bebês cujos cordões umbilicais são pinçados e cortados mais cedo têm:

- níveis mais baixos de hemoglobina, embora a diferença seja mínima quando o bebê alcança a idade de seis semanas
- baixos níveis de bilirrubina (veja **icterícia** na página 425)

No entanto, nenhum desses fatores parece ter qualquer efeito mensurável sobre os bebês.

Muitas obstetrizes, pais e mães também, acreditam que os mecanismos naturais existem por algum bom motivo, mesmo que ainda não os compreendamos muito bem, então é melhor optar por esperar um pouco para pinçar o cordão umbilical e também por um terceiro estágio natural, caso não haja nenhuma contra-indicação.

Há várias circunstâncias em que talvez não seja possível optar por um terceiro estágio fisiológico:

- Às vezes o cordão umbilical fica firmemente enrolado no pescoço do bebê, então o médico talvez tenha que pinçá-lo imediatamente e cortá-lo antes da completa expulsão do bebê.
- Se você tem problemas relacionados ao fator Rh, o seu médico poderá pinçar e cortar logo o cordão umbilical, mas depois tirar a pinça da ponta ligada à placenta para permitir que ela se esvazie rapidamente e reduza o risco de o sangue do bebê voltar para você.
- Muito raramente, o cordão pode se romper quando estiver sendo feita pressão controlada nele para a expulsão da placenta. Se isso acontecer, talvez seja necessário remover a placenta manualmente.

Avaliação da placenta após o nascimento

A placenta é bem maior do que algumas mães esperam: ela tem cerca de 20 cm de diâmetro e mais ou menos 2,5 cm de espessura no centro. Ela pesa cerca de 1/6 do peso do seu bebê. O médico ou a obstetriz irá verificar o aspecto da placenta após o nascimento do bebê para certificar-se de que ela está inteira e de que nenhum pedaço foi deixado para trás, o que poderia causar um sangramento intenso. Algumas anomalias da placenta podem indicar problemas com o bebê, os quais precisam ser investigados. Serão feitos exames para confirmar:

- se as membranas estão inteiras
- se a placenta e todos os seus lóbulos estão ali
- se estão presentes uma veia e duas artérias umbilicais
- se há indícios de um coágulo previamente existente
- onde estava inserido o cordão umbilical

Em alguns locais, as placentas são guardadas para pesquisa. As membranas da placenta também são utilizadas nas alas de queimados dos hospitais, para o tratamento de queimaduras e outros ferimentos graves. Cobrir uma queimadura com as membranas da placenta acelera a cura; portanto, mesmo que ela já não tenha utilidade para você, outra pessoa poderá beneficiar-se dela!

Talvez você queira dar uma olhada na sua placenta. Esse nome vem da palavra latina "placenta", que significa "bolo". Ela tem um tom vermelho-escuro e está disposta em cerca de 20 lóbulos separados por fissuras. A superfície mais próxima ao bebê é coberta pelo âmnion (uma membrana rígida, lisa e translúcida), a qual tem uma aparência brilhante e esbranquiçada.

A obstetriz poderá segurar a placenta pelo cordão e deixar as membranas penduradas para que ela possa inserir a mão pelo buraco através do qual o bebê foi expulso, e então esticar as membranas para verificar se estão inteiras. Ele poderá, então, colocar a placenta numa superfície lisa e examinar ambos os lados detalhadamente. Numa placenta inteira, os lóbulos encaixam-se perfeitamente, sem deixar espaços, e a beirada forma um círculo.

Para a maioria dos pais e mães, assim que a placenta é eliminada, ela passa a ser algo sobre o qual eles já não querem pensar. Outros têm idéias bem específicas sobre o que fazer com ela. Não é incomum os pais que tiveram um parto em casa quererem enterrar a placenta no jardim, talvez com um arranjo de flores em cima, como uma comemoração.

Algumas mulheres que já tiveram depressão pós-parto severa também decidem comer a placenta, como medida preventiva. Se você for dar à luz em casa, pode pedir à sua obstetriz para guardar a placenta para você e colocá-la na geladeira. Se você der à luz num hospital e quiser guardar a placenta, pergunte às obstetrizes se elas podem guardá-la para você.

O que acontece logo após o nascimento

Você pode ficar tão distraída com a alegria trazida pelo seu novo bebê imediatamente após o parto que mal irá notar o obstetra examinando tudo e fazendo verificações de rotina. Ele irá se certificar de que você e o seu bebê estão bem. Verificará se você precisa de pontos, avaliará a quantidade de sangue que você perdeu e irá ajudá-la a apresentar o seu peito ao bebê. Depois, poderá ajudá-la a chegar até o chuveiro ou arrumar alguém para lavar você, e resolver toda a burocracia necessária em relação ao nascimento do bebê.

Se o seu bebê nasceu em casa, a sua obstetriz irá ajudar o seu parceiro a mudar os lençóis e deixar você confortável. Se você teve o bebê no hospital e for permanecer lá, ela irá arranjar a sua transferência para a ala de pós-natal. Se você e o seu bebê estiverem bem, e o nascimento tiver ocorrido sem problemas, talvez você prefira ir para casa o mais cedo possível. Você precisará esperar pelas verificações de rotina no seu bebê, e geralmente elas são feitas cerca de quatro a seis horas após o nascimento, quando mudanças no sistema circulatório do bebê tenham terminado. Se o seu bebê nasceu em casa, seu médico fará esse controle através de visitas domiciliares.

Pontos

Sua obstetriz irá examinar o seu períneo e, se necessário, suturar alguma laceração ou corte. Áreas escoriadas e pequenos cortes podem não precisar de pontos, já que cicatrizam tão bem quando são suturados como quando não são. Se você tiver uma laceração ou corte maior, seu médico irá reparar a área com pontos. A maior parte deles faz uma sutura simples; mais raramente, outras mais complexas podem ser necessárias.

As lacerações geralmente são classificadas como de primeiro, segundo, terceiro e quarto graus, de acordo com a área afetada:

- lacerações de primeiro grau são pequenas e afetam apenas a pele
- lacerações de segundo grau afetam a pele e os músculos do períneo
- lacerações de terceiro grau afetam os músculos do períneo e o esfíncter anal
- lacerações de quarto grau afetam o esfíncter anal e a mucosa retal

As duas últimas ocorrem em pouquíssimas mulheres; estima-se a ocorrência em cerca de 1% dos partos normais. As lacerações de terceiro e quarto graus precisam ser reparadas por um médico.

Em geral utiliza-se material absorvível para os pontos, pois assim eles não precisam ser removidos. É mais provável que sejam usados pontos de sutura intradérmica (costura sob a superfície). Este tipo de fio de sutura junto com o tipo de ponto reduzem a dor a curto prazo.

Às vezes os pontos são dados enquanto você está sentada na cama. Se a reparação for complexa, ela pode ser feita com você deitada na mesa ginecológica e utilizando apoios para as pernas. Não é muito elegante nem confortável, e a pessoa que faz a sutura geralmente se senta num banco bem perto da área a ser tratada. Será aplicado um anestésico local.

É muito importante que você seja anestesiada, já que de outro modo você teria dificuldade em ficar parada durante o procedimento, então se sentir dor durante a sutura, diga imediatamente. Talvez seja o caso de esperar mais alguns minutos para que a área fique completamente anestesiada. Se você ainda estiver sob o efeito de uma peridural, então ela pode ser complementada para manter a área anestesiada durante a reparação.

Ocasionalmente, nos casos de incisões ou lacerações extensas, cuja reparação será complexa e demorada, você irá precisar de uma anestesia peridural caso não tenha recebido antes.

O seu médico ou a sua obstetriz irá limpar a área, examiná-la cuidadosamente e fazer uma avaliação sobre o tipo de sutura necessária. Após a sutura (que pode demorar desde alguns minutos até mais ou menos meia hora, dependendo da quantidade de pontos necessária e da habilidade da pessoa que irá fazer o reparo), a área será examinada cuidadosamente mais uma vez; um exame do reto também será feito, para verificar se não há nenhum ferimento.

Retenção da placenta

A retenção da placenta é uma complicação do terceiro estágio do parto, quando a placenta não é expelida ou é expelida de modo incompleto. Isso acontece em cerca de 2% dos partos e é mais comum nos partos prematuros. Geralmente a placenta é expelida dentro de aproximadamente 15 minutos, num terceiro estágio gerenciado. Se ela não for expelida após 30 minutos, considera-se que está retida.

Se você tiver retenção da placenta, o risco de uma hemorragia severa aumenta. Você está mais predisposta a ter retenção da placenta se:

- entrou em trabalho de parto antes da 37ª semana de gestação
- está grávida de gêmeos
- teve um bebê muito grande
- o parto foi induzido ou acelerado
- a placenta estiver presa numa posição bem baixa no útero
- tem miomas
- já fez uma cesariana, pois assim a placenta pode ficar presa na cicatriz

Sua obstetriz poderá experimentar o método da tração controlada do cordão umbilical para ajudar a expelir a placenta; ou seja, ela puxará o cordão de modo uniforme durante uma contração. Outros métodos que podem ser úteis:

- utilizar a gravidade: você precisa estar numa posição ereta, agachada ou ajoelhada
- massagear a parte superior do útero, para estimular as contrações
- estimular os mamilos, para provocar contrações
- injetar uma solução salina com ocitocina na veia umbilical da placenta
- utilizar um soro com ocitocina, ou aumentar a dose de ocitocina que já estiver sendo utilizada

Se nada disso funcionar, a placenta será removida manualmente. Isso requer que você vá até o centro cirúrgico e receba uma anestesia geral ou uma peridural, enquanto a placenta é removida. Você também terá de tomar antibióticos, para evitar uma infecção.

Se uma pequena parte da placenta for deixada para trás, você poderá perceber coágulos saindo nos primeiros dias. Em geral, você não precisará de nenhum tratamento, mas pode ser que prescrevam algum medicamento para ajudar os coágulos a se dissolver.

Hemorragia intensa após o nascimento

Algumas mulheres sangram intensamente após o nascimento (a chamada Hemorragia Pós-Parto, ou HPP). Se a hemorragia ocorrer nas 24 horas após o nascimento, ela é chamada de HPP primária. O sangramento excessivo em qualquer momento até a sexta semana após o nascimento é chamado de HPP secundária. Às vezes, a hemorragia pode ocorrer devido a algum problema de saúde preexistente, mas em geral ela ocorre porque o útero não se contraiu bem após o nascimento do bebê. Você pode estar mais predisposta a ter hemorragia se:

- tiver algum problema de coagulação e/ou estiver tomando algum medicamento anticoagulante
- já teve uma placenta baixa
- o seu útero estiver excessivamente distendido, talvez por se tratar de gêmeos ou de um bebê muito grande
- o seu parto foi induzido ou acelerado
- tem hipertensão arterial

Existem suspeitas de que as mulheres de origem asiática estão mais propensas a ter um sangramento intenso após dar à luz, bem como as mulheres obesas.

A HPP pode ser evitada com o gerenciamento ativo do terceiro estágio do parto (veja a página 323). Se você tiver algum dos fatores de risco para a HPP, geralmente será aconselhada a escolher um terceiro estágio gerenciado.

Se você tiver uma hemorragia intensa repentina, estará apresentando um quadro de grande urgência. A equipe médica irá providenciar uma injeção para tentar reduzir o sangramento e prescrever um soro venoso. Talvez seja necessária uma cirurgia para controlar o sangramento e em casos muito raros poderá ser necessário fazer uma histerectomia (retirada do útero).

Parto lento

Quando você já estiver no hospital e em trabalho de parto estável, a equipe passará a medir a taxa de dilatação do seu colo uterino. Muitos hospitais trabalham com a suposição básica de que você irá ter uma dilatação de 1 cm por hora, mas, se este for o seu primeiro parto, é pouco provável que você tenha uma dilatação tão rápida. Até você chegar a 7 cm, é comum não haver nenhuma alteração perceptível na dilatação cervical por mais de duas horas. Então tente não se sentir desencorajada se o seu parto não estiver acontecendo tão rápido quanto você esperava.

Se seu obstetra estiver preocupado porque o seu parto ficou lento, vale a pena conversar com ele. Se você e o bebê estiverem bem, talvez valha a pena experimentar algumas das idéias de auto-ajuda listadas na página 310. Se você estiver ficando cansada ou houver preocupações quanto ao bebê, talvez seja bom pensar em outras maneiras para acelerar o parto.

Rompimento proposital da bolsa de água

Se o seu parto estiver lento, o obstetra poderá sugerir o rompimento proposital da bolsa de água. Ele poderá fazer isso com um pequeno instrumento que se assemelha a uma agulha de crochê. O procedimento não dói e não causa danos ao bebê, mas pode ser desconfortável, principalmente se você tiver dores nas costas e sentir dificuldade para se deitar, ou se as suas contrações não deixarem você ficar parada. O rompimento da bolsa de água pode acelerar o processo em uma ou duas horas. Num parto prolongado, isso pode ser útil, mas é uma intervenção desnecessária num parto que esteja progredindo bem.

A ruptura das membranas pode ser uma estratégia útil se você tiver atingido um "platô" durante o trabalho de parto. Por exemplo: seu colo uterino estava se dilatando, mas agora tudo parece ter ficado mais lento; talvez ele não tenha se dilatado nada nas duas últimas horas. O obstetra também poderá sugerir o rompimento das membranas se houver alguma preocupação com o bebê e no caso de precisar saber se há mecônio no líquido amniótico. (Manchas no mecônio podem indicar que o bebê esteja em risco.) O problema apresentado por esse procedimento é que depois o mecônio pode ficar mais concentrado, já que a bolsa de água foi rompida, e isso é mais perigoso na hora do nascimento. Em alguns hospitais, é utilizado um amnioscópio para ver a bolsa e seu conteúdo sem que haja necessidade do seu rompimento. Num parto lento, a ruptura das membranas também reduz a probabilidade de você precisar de um soro com ocitocina para fazer o parto progredir.

Você poderá descobrir, no entanto, que as contrações parecem bem diferentes depois da ruptura das membranas. À medida que a cabeça do bebê desce na direção do colo do útero, as suas contrações de repente podem parecer mais intensas e dolorosas. Pode ser que ficar de joelhos, com os ombros mais baixos que os quadris e as nádegas erguidas, seja útil. Não é a posição mais elegante para o parto, mas ela faz o bebê se afastar do colo uterino. Experimente passar umas duas contrações nessa posição, para que você tenha tempo de se adaptar às sensações e ao padrão de respiração, e então volte para uma posição mais ereta, caso deseje.

O soro com ocitocina

O seu parto pode ser acelerado ou "progredir mais" com um soro venoso que contenha uma versão sintética do hormônio produzido pelo organismo que faz o útero se contrair. Isso pode ser útil se você estiver tendo contrações, mas elas não estiverem fazendo seu colo uterino se dilatar.

Se a ocitocina for utilizada, você receberá inicialmente uma pequena dose, que será aumentada gradualmente até fazer o efeito desejado. Utilizar a ocitocina quando o parto está lento pode reduzir a necessidade de uma cesariana.

No entanto, o soro instalado em uma veia pode reduzir a possibilidade de movimentação, embora, provavelmente, você ainda possa levantar-se, debruçar-se sobre a cama, sentar-se e descansar. O seu acompanhante pode empurrar o apoio do soro enquanto você se movimenta.

Se você precisar da ocitocina, é uma boa idéia conversar com a sua obstetriz sobre as opções para alívio da dor existentes. Em algumas mulheres (não em todas), as contrações são mais dolorosas com a ocitocina.

Parto assistido

Ninguém desejaria ter um parto com uso de fórceps ou ventosa, mas às vezes eles são necessários. No Brasil, cerca de 17% dos bebês necessitam de parto assistido, embora as taxas variem bastante de hospital para hospital – de 4 a 26%. Pergunte a seu obstetra qual a taxa de partos assistidos na sua área.

Por que eu poderia precisar de um fórceps?

O seu bebê pode precisar de alguma assistência para nascer se:

- apresentar subitamente algum sinal de que está em grande risco e precisa nascer rapidamente
- não estiver numa boa posição para nascer ou estiver efetivamente preso
- você ou ele estiverem ficando muito cansados
- for prematuro
- você tiver alguma doença preexistente, como problemas no coração, e o seu médico lhe recomendar que não empurre

Você tem menos chances de precisar de um parto assistido se:

- tiver um acompanhante de parto
- estiver numa posição ereta durante o segundo estágio
- receber um soro intravenoso de ocitocina para estimular as contrações se elas "desaparecerem" durante o segundo estágio
- após uma peridural, não empurrar o suficiente para que a cabeça do bebê se encaixe

Na Europa, existem duas maneiras de ajudar o bebê a nascer: o fórceps e a ventosa. A ventosa é utilizada com mais freqüência, pois é um método mais suave para a mãe do que o fórceps. No Brasil, a ventosa não é utilizada.

Parto com ventosa

Ventosa é um instrumento que utiliza a sucção para ajudar o bebê a sair. O médico coloca a ventosa sobre a cabeça do bebê e a sucção da máquina fixa a ventosa. Então, junto com cada contração, o médico pode usar uma pressão uniforme para ajudar o bebê a sair.

As pernas da parturiente são colocadas na posição ginecológica (sobre apoios, para cima e separadas; não é muito elegante, mas permite que o médico tenha bastante espaço para trabalhar) ou talvez ela possa ficar sentada ou deitada na cama. Talvez não seja preciso uma episiotomia – uma incisão para aumentar o canal do parto – para que seu períneo se alargue o suficiente. Um anestésico local é utilizado habitualmente, embora às vezes seja preciso bloquear o nervo pudendo, para anestesiar uma área maior. Se você estiver sob o efeito da anestesia peridural, não precisará de mais nenhum analgésico.

O parto com ventosa pode deixar uma área protuberante na cabeça do bebê, chamada de "bossa", e às vezes causar um extravasamento de sangue sob a pele (cefalematoma). Isso pode deixar o bebê mais predisposto à icterícia.

Parto com fórceps

O fórceps é composto por duas pás de metal que estão presas uma à outra. Elas são inseridas uma de cada vez e encaixadas na cabeça do bebê.

Se o fórceps for utilizado, você precisará de um bloqueio do nervo pudendo ou de uma peridural, e geralmente também de uma episiotomia. Você terá de pôr as pernas na posição ginecológica (para cima e separadas). Uma sonda será introduzida na sua bexiga para esvaziá-la, já que uma bexiga cheia pode atrasar o parto e também aumentar o risco de danos à bexiga. O médico irá guiar o fórceps para o lugar certo com a mão, encaixará um no outro e, quando você tiver uma contração, pedirá que você empurre, enquanto ele puxa de modo uniforme.

O bebê pode apresentar leves contusões nos lados da cabeça, após um parto com fórceps.

A utilização de fórceps ou ventosa depende muito da posição do bebê e da necessidade de ser feita alguma rotação. (Às vezes o fórceps é utilizado para virar um bebê que não está numa posição realmente boa para nascer.)

Se o seu bebê estiver numa posição difícil, talvez você precise ser levada para a sala de operações e preparada para uma cesariana, antes de tentar o parto assistido. Se o parto assistido não for bem-sucedido, então o médico fará uma cesariana imediatamente.

Após o parto assistido

Na maioria dos partos, mas principalmente nos assistidos, um pediatra estará presente para examinar o bebê. Se o parto assistido foi feito devido a alguma preocupação com os batimentos cardíacos do bebê, talvez ele precise receber tratamentos especiais logo ao nascer. Se o parto assistido ocorreu apenas porque você ou o bebê estavam cansados, é bem provável que ele não apresente problema algum.

Os partos assistidos podem causar mais hematomas e podem aumentar as chances de você precisar de suturas. Também podem causar mais problemas com hemorróidas e, em alguns casos, danos ao esfíncter anal. Se você ficar muito dolorida e machucada, peça que a obstetriz a ajude. Ela pode arrumar uma bolsa de gelo para ajudar a reduzir o inchaço, dar-lhe analgésicos e chamar uma fisioterapeuta com conhecimentos de obstetrícia. (Veja a página 340 para saber mais sobre como lidar com os pontos e os machucados.) As mulheres que passaram por partos assistidos, principalmente com fórceps, estão mais predispostas a sofrer de incontinência urinária após o nascimento do bebê.

Cesariana

Se você sabe que vai precisar de uma cesariana para ter o bebê, pode ir para o hospital no dia anterior e passar a noite lá. Em alguns locais, você pode ir no dia anterior, fazer todos os exames necessários, mas depois ir para casa e dormir no conforto da sua própria cama, e só voltar para o hospital na manhã seguinte, bem cedo.

Se a cesariana não for planejada (ou seja, se a decisão de optar pela cesariana for tomada enquanto você estiver em trabalho de parto), acontecerão as mesmas coisas, porém com mais rapidez.

- O anestesista irá conversar com você sobre o tipo de anestesia que você vai receber.
- Pedirão a você ou ao acompanhante que assine um termo de consentimento.
- Provavelmente você fará um exame de sangue. Parte dos seus pêlos pubianos será cortada ou depilada.
- Antes da cesariana, pedirão a você que retire todas as jóias e bijuterias, as lentes de contato; e também que coloque uma camisola para cirurgia.
- Colocarão um cateter para soro intravenoso no seu braço.
- Também poderão colocar monitores no seu peito, para medir a freqüência cardíaca.
- Introduzirão uma sonda (um tubo bem fino) na sua bexiga.

A maioria das cesarianas é feita utilizando a anestesia raquidiana ou peridural, ou uma combinação das duas, pois assim você fica acordada durante a operação e poderá ver o seu bebê imediatamente.

Você poderá precisar de uma anestesia geral se:

- tiver algum problema de coagulação que pode tornar uma peridural menos segura

- a operação tiver probabilidade de ser complicada
- for uma emergência e não houver chance de aplicar uma anestesia peridural ou raquidiana
- tiver uma infecção na área onde a agulha seria inserida
- estiver muito preocupada com a perspectiva de tomar uma anestesia local e preferir ficar inconsciente durante a operação

Muito raramente, uma anestesia geral terá de ser aplicada após a cirurgia já ter começado, devido a problemas com a anestesia local. Isso acontece apenas em 2% dos casos.

Raquidiana, peridural ou ambas?

Tanto a anestesia peridural quanto a raquidiana são utilizadas para a cesariana. Elas são diferentes entre si e possuem suas vantagens e desvantagens.

Uma anestesia raquidiana é uma injeção única, aplicada na espinha, usando uma agulha bem fina. A aplicação é rápida, mas o efeito tem duração limitada.

Na peridural, um cateter é deixado no local da aplicação durante toda a operação, para que assim a dose possa ser repetida caso a cirurgia leve mais tempo do que o esperado. Ela leva mais tempo para ser aplicada, mas pode ser deixada no local para o caso de se precisar de anestesia pós-parto.

Em muitos hospitais agora é comum aplicar os dois tipos de anestesia: a raquidiana, para anestesiar rapidamente para a cirurgia, e uma peridural, para uma anestesia de maior duração. Assim que a raquidiana estiver fazendo efeito, o cateter peridural é introduzido, ou então podem ser colocados em espaços intervertebrais adjacentes. Pergunte ao seu médico ou à sua obstetriz qual é a prática local.

O que acontece durante a cirurgia

Aplicarão a anestesia peridural ou raquidiana. O anestesista conversará com você durante todo o processo. Você talvez precise deitar-se de lado ou sentar com os braços em volta do seu acompanhante, para que sua coluna fique esticada. O anestesista irá usar um anestésico local para anestesiar a pele, e depois introduzirá primeiro uma agulha oca e depois um tubo plástico bem fino. Você receberá uma dose de teste da droga anestésica, e depois uma dose regular. A sua pressão arterial e os batimentos cardíacos do bebê serão monitorados.

Se você escolheu ou se precisa de uma anestesia geral, tudo será preparado e você entrará na sala de operações acordada, para que a anestesia seja aplicada no último momento. Você poderá ter que respirar um pouco de oxigênio através de uma máscara para ajudar a maximizar a quantidade de oxigênio que chega até o bebê.

Pode parecer que a sala de operações está muito cheia, pois geralmente há muitos médicos e auxiliares presentes:

- o obstetra que irá fazer a cirurgia e pelo menos um assistente
- o anestesista
- uma ou mais enfermeiras do centro cirúrgico
- pelo menos uma obstetriz
- um pediatra

Todos estarão vestidos com roupas usadas no centro cirúrgico, e a luz da sala pode parecer muito forte. Muitas vezes há música de fundo, e a atmosfera é de conversa descontraída e brincadeiras, para ajudar você e o seu acompanhante de parto a ficar bem relaxados.

Se você estiver consciente durante a cesariana, o seu parceiro ou o seu acompanhante de parto poderá sentar ao lado da "cabeceira" da mesa de operação, perto de você, durante toda a operação, e poderá segurar o bebê quando ele ou ela nascer e mostrá-lo(a) a você. Se você receber uma anestesia geral e ficar inconsciente, o seu parceiro poderá entrar na sala de operações com você, mas terá de usar roupas do centro cirúrgico e colocar uma máscara. Pode ser que você confunda o seu parceiro com alguém da equipe médica (mas essa ilusão não dura muito).

Antes de a operação ter início, a equipe fará alguns testes, utilizando cubos de gelo ou uma agulha, para ter certeza de que você está completamente anestesiada. A perda da sensação de temperatura, da sensação de uma picada e de toques suaves confirma que as suas sensações de dor estão sendo bloqueadas.

A equipe cobrirá o seu corpo, deixando apenas uma pequena área descoberta pronta para a cirurgia, e colocará também uma tela divisória, para que você não veja muita coisa. O anestesista irá explicar a você o que está acontecendo (ou talvez você prefira não saber). A sua barriga será limpa com uma solução anti-séptica.

O obstetra fará uma incisão horizontal, com cerca de 15 cm de comprimento, na parte baixa do seu abdômen. A sua bexiga será empurrada para um lado e outra incisão será feita no seu útero, e então o bebê é retirado. O médico talvez coloque uma mão bem no fundo do seu útero ou então use o fórceps para ajudar a erguer o bebê. Neste ponto, perguntarão se você quer que a tela divisória seja abaixada por alguns instantes, para que você possa ver o seu bebê nascendo.

Se estiver consciente, talvez você sinta:

- os puxões e empurrões do médico
- o líquido amniótico morno saindo do seu útero

- tremores, falta de ar ou náusea durante algum tempo; se isto acontecer, informe o anestesista, que irá verificar se você está recebendo a dose certa de anestesia

Você também poderá ouvir:

- o barulho de sucção do equipamento utilizado
- o som metálico dos instrumentos
- o primeiro choro do bebê

O bisturi elétrico é usado para cauterizar os pequenos vasos sangüíneos e controlar o sangramento, e você também poderá senti-lo apoiado na sua perna e ouvir o barulho dele durante o uso. Talvez você também sinta o cheiro.

Em geral, o nascimento do bebê leva cerca de dez minutos. Se o seu bebê estiver bem, o seu acompanhante poderá segurá-lo bem perto de você, para que você possa conhecê-lo. Se o seu bebê precisar de cuidados, ele será examinado primeiro pelo pediatra, mas geralmente a obstetriz ou o médico irá dizer a você o que está acontecendo e por quê.

Enquanto você conversa com o seu bebê e (em geral) fica feliz com a chegada dele, a operação irá continuar. Ela levará mais ou menos de 30 a 40 minutos. Várias coisas irão acontecer:

- você receberá uma injeção para acelerar a saída da placenta
- a placenta será retirada usando a tração uniforme do cordão umbilical
- o útero será limpo e examinado
- cada uma das camadas do útero e do abdômen será suturada

Que tipo de incisão?

O tipo mais comum de cirurgia cesariana é feito com uma incisão no segmento inferior. Isso significa que é feita uma incisão horizontal bem embaixo, perto da linha do biquíni. A cicatriz poderá ficar parcialmente coberta por seus pêlos púbicos, quando eles crescerem novamente. Nas notas da maternidade, você poderá ver o tipo de incisão utilizada.

Muito raramente, você precisará de uma incisão vertical. Essa operação maior é chamada de incisão "clássica", ou de cesariana clássica. Os motivos para realizar uma incisão vertical incluem:

- o bebê ser muito prematuro
- a placenta ou um mioma grande estar muito embaixo, na área onde a incisão horizontal em geral é feita
- o bebê estar deitado numa posição muito difícil
- em casos de extrema urgência para retirar o bebê

Este tipo de incisão é usado em menos de 1% das cesarianas.

Após a operação

Depois de ser suturada, você será transferida para uma sala de recuperação, onde ficará durante algumas horas antes de ser levada novamente para o quarto. Geralmente o seu parceiro e o seu bebê podem ficar com você, que terá certa tranqüilidade durante algum tempo.

No entanto, as enfermeiras irão fazer controles regulares em você, já que existem alguns riscos após uma cirurgia. Esses riscos incluem:

- sangramento da ferida; portanto, ela será examinada regularmente
- infecção – por isso, você receberá antibióticos
- coágulos de sangue – assim, se você tiver algum risco de trombose, receberá algum anticoagulante e talvez precise usar meias de compressão

Além disso, a sua pressão, a pulsação e a temperatura serão verificadas em intervalos regulares.

Você perderá sangue e muco após uma cesariana, do mesmo modo que após um parto normal, então o seu lóquios (o sangramento vaginal) também será verificado.

Você precisa se levantar e se movimentar após uma operação para reduzir o risco de trombose nas suas veias, então, no primeiro dia, as enfermeiras ajudarão você a sentar-se numa cadeira. No começo parecerá que estão pedindo algo impossível, mas, quanto mais você se mexer, mais fácil ficará.

O parto e o nascimento de gêmeos

A duração média de uma gestação de gêmeos é de cerca de 37 semanas, constratando com a média de 40 semanas para um único bebê. Os trigêmeos e os quadrigêmeos também tendem a chegar mais cedo, então, se você tiver uma gravidez múltipla, os bebês correm um risco maior de nascer prematuros (embora existam muitos gêmeos que são tão saudáveis e pesados quanto os bebês únicos). Cerca de 7% das gestações de gêmeos e 15% das gestações de trigêmeos chegam ao fim antes da 30.ª semana, e esses bebês geralmente precisam ir para alguma unidade de tratamento especial, às vezes ficando lá por várias semanas.

A taxa de natimortos também é maior entre os gêmeos, e se houver algum receio de que os bebês não estejam crescendo o médico poderá sugerir uma indução ou um parto através de cesariana.

Os gêmeos geralmente nascem por cesariana. Isso depende principalmente da posição do primeiro gêmeo. Se eles estiveram crescendo bem e o primeiro gêmeo estiver de cabeça para baixo, então o parto normal geralmente é possível. Mesmo que o segundo gêmeo não esteja de cabeça para baixo, estudos mostram que não há nenhum aumento dos problemas com o parto normal em comparação com os partos por cesariana. Se o primeiro gêmeo tiver em apresentação pélvica, o mais comum é fazer o parto por meio de cesariana, e se houver mais de dois bebês o usual é fazer uma cesariana também.

É comum monitorar ambos os bebês durante o parto. São utilizadas duas máquinas, e geralmente também é utilizado o monitoramento através do couro cabeludo do primeiro gêmeo.

Uma anestesia peridural costuma ser sugerida, pois, caso o segundo gêmeo tenha de ser virado para ficar numa boa posição para o nascimento, isso poderá ser feito rapidamente. Se o segundo gêmeo não estiver de cabeça para baixo, então a melhor maneira de virar o bebê é colocar uma mão dentro do útero e empurrá-lo para uma boa posição; uma peridural pode ser ótima para evitar a dor do procedimento.

Pode haver um intervalo de aproximadamente 30 minutos antes do nascimento do segundo gêmeo, então você poderá ter tempo suficiente para admirar o primeiro gêmeo antes que o segundo chegue. Às vezes o primeiro bebê nasce, mas o segundo fica preso, e então precisa de um parto assistido ou de uma cesariana.

As abreviações no prontuário de parto

Aqui estão algumas das abreviações relacionadas ao parto que você talvez veja nas suas notas após o nascimento do bebê.

A	Altura
AL	Anestesia local
Am	Amamentação
BEG	Bom estado geral
DPP	Data provável do parto
DUM	Data da última menstruação
EG	Exame ginecológico
Ev	Evacuação intestinal
FA	Fórceps de alívio
FC	Freqüência cardíaca
FR	Freqüência respiratória
FU	Fundo de útero
GIG	Grande para idade gestacional
GS	Grupo sangüíneo
Hb	Taxa de hemoglobina
I	Adequado para idade gestacional
IG	Idade gestacional
IM	Intramuscular
IV	Intravenoso
LME	Leite materno extraído
Mec	Mecônio (a primeira substância expelida pelos intestinos do bebê)
MEG	Mau estado geral
NDN	Nada digno de nota
P	Peso
PA	Pressão arterial
PC	Perímetro cefálico
PIG	Pequeno para idade gestacional
PN	Parto normal
PT	Perímetro torácico (se for nas medidas do bebê)
PT	Pré-termo (em relação à maturidade do bebê)
REG	Regular estado geral
Rh	Rhesus
RN	Recém-nascido
SF	Soro fisiológico
T	A termo
UTI/CTI	Unidade, Centro de Tratamento Intensivo
+	Positivo
–	Negativo

Você após o nascimento do bebê

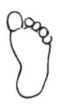

Após o nascimento, dependendo do tipo de parto que você teve e de como estiver o bebê, você poderá estar sentindo desde a mais perfeita alegria, enquanto toma o costumeiro lanche de chá com torradas, até um cansaço grande demais, para poder sentir qualquer coisa além da prostração causada pela experiência.

No primeiro momento em que você encontrar o seu bebê, poderá sentir um amor tão intenso e profundo que poderá até tomá-la de surpresa. Mas alguns pais e mães ficam surpresos por não sentirem qualquer ligação com o bebê imediatamente. Qualquer uma dessas reações é perfeitamente normal, então não se sinta culpada ou envergonhada se você levar algum tempo para estabelecer uma relação com o recém-nascido. Concentre-se em tomar conta de você mesma e do bebê. As coisas ficarão melhores gradualmente, à medida que vocês passarem a se conhecer.

Cuidando de si mesma

Isto é algo que todo o mundo dirá para você fazer, mas que pode ser a coisa mais difícil de realizar. Você acaba de passar por um desafio emocional e físico. O seu mundo ficou de pernas para o ar, agora que a pessoa mais importante da sua vida é um ser pequenininho que depende de você completamente, e você precisará de tempo para se acostumar com tudo isso. Então... descanse o máximo que puder. É mais ou menos isso.

Haverá coisas que você precisará fazer, como comer, alimentar o bebê, trocar as roupas dele(a)... mas muitas vezes os primeiros dias ou as primeiras semanas podem parecer uma espécie de limbo, no qual você vagueia sem estar totalmente acordada nem totalmente adormecida.

Em algumas culturas, as mães desfrutam de 40 dias de descanso total após o parto e recebem os cuidados dos parentes, no assim chamado "resguardo". Mesmo que você não consiga ficar descansando durante 40 dias, é uma boa idéia planejar com antecedência para tentar fazer das primeiras duas semanas um período calmo, para que você consiga concentrar suas energias na sua recuperação, para acostumar-se com a amamentação e para conhecer melhor o bebê.

Os pais não precisam passar por toda a exaustão física do parto. No entanto, eles também podem se sentir fisicamente exaustos nos primeiros dias, principalmente se o parto foi longo e se eles deram um apoio constante, fizeram massagem e depois tiveram de ligar para todos os amigos e parentes para dar a feliz notícia no meio da noite.

Se você é mãe solteira, alguns aspectos da sua vida serão mais difíceis e outros mais fáceis, durante as primeiras semanas. Em primeiro lugar, você terá de se preocupar apenas com você e o seu bebê. Vocês poderão adaptar-se às necessidades e ao ritmo um do outro sem ter de levar em conta mais ninguém. Mas, embora estar com o seu bebê possa ser um período muito especial e maravilhoso, também pode ser bem difícil. Conseguir ajuda prática será de grande valor.

Naturalmente haverá as pessoas que querem visitá-la – os amigos e os parentes – para ver o seu novo bebê. Tente não deixar a casa cheia de gente; se você achar melhor que uma pessoa apareça em outro dia, não hesite em dizer a ela. Isso é importante, caso você esteja se adaptando à amamentação e ainda não se sinta muito confortável amamentando o bebê na frente de outras pessoas, com exceção da enfermeira ou do seu parceiro. Não pense também que você tem de estar arrumada e bem-disposta se alguém aparecer para uma visita. Andar pela casa de camisola é um comportamento perfeitamente aceitável para uma nova mãe. E, evidentemente, não vá fazer café para as visitas: diga onde está a cafeteira e deixe que elas façam uma xícara para você também.

Muitas novas mães parecem ter uma tendência para "provar" que conseguem fazer tudo. Elas atacam as roupas para lavar e o aspirador de pó como se o novo bebê fosse notar alguma falha nos padrões de arrumação da casa. O mais importante é você descansar, comer bem e dormir bastante para dar um bom começo para a sua nova família.

As mudanças no seu corpo

O seu corpo levou um bom tempo para chegar ao estágio em que você poderia ter um bebê. Não espere "voltar" ao estado do pré-gravidez imediatamente, pois senão poderá ser um choque descobrir, no dia seguinte após o nascimento do bebê, que você parece tão grávida quanto no dia anterior. Esteja preparada para:

- uma barriga mole e enrugada, talvez cheia de estrias, e, se fez uma cesariana, você também terá uma cicatriz que, neste estágio, parece enorme
- um assoalho pélvico que pode parecer bem flácido – pratique os exercícios para o assoalho pélvico regularmente (veja a página 134)
- sudorese: à medida que o seu organismo elimina o excesso de líquido que ele estava carregando no final da gravidez, você poderá suar mais e também ir mais vezes ao banheiro. O lado bom disso é que os tornozelos, o rosto e as mãos devem começar a parecer menos inchados, conforme você perde o excesso de líquido.

Quando se olhar no espelho, você também poderá ter a "alegria" de reparar que está "verde" de cansaço.

O seu corpo também está se modificando para alimentar o bebê. Suas mamas ficarão gradualmente maiores à medida que começam a produzir leite (mesmo que você decida não amamentar o bebê) e podem ficar inchadas e doloridas, além de cobertas de veias azuladas.

Algumas mulheres não têm nenhum problema quanto à sua aparência e vêem essas mudanças como uma condecoração da gravidez. Mas outras odeiam essas mudanças e mal conseguem esperar para voltar ao "normal". Não sinta que você está competindo para ver se consegue sair do hospital como uma celebridade numa calça jeans tamanho 38. Certamente não é recomendável que você pule da mesa de operações e recomece a fazer exercícios furiosamente. Há alguns exercícios em que você nem mesmo deve pensar nas primeiras seis semanas, principalmente aqueles que podem retardar a recuperação dos seus músculos abdominais. Se você fez uma cesariana, irão aconselhá-la a esperar

até seis semanas, quando será examinada, para começar a fazer qualquer tipo de exercício.
O seu corpo passa por enormes mudanças à medida que volta ao estágio pré-gravidez. Dê tempo para que a cicatrização, a adaptação e a recuperação ocorram.

O controle obstétrico

Quer você esteja em casa, quer no hospital, a obstetriz ou o médico irá examiná-la detalhadamente nos primeiros dias, para verificar o seguinte:

- como você está se sentindo, física e emocionalmente
- a sua temperatura e o seu pulso, para ver se não há nenhum sinal de infecção
- a pressão arterial
- se não há nenhum problema com as mamas e com a amamentação
- a sua barriga, para ver se o útero está diminuindo e voltando ao tamanho normal
- o seu absorvente, para ver se a perda de sangue é normal (veja abaixo)
- as suas pernas, para ver se você não desenvolveu nenhuma trombose

Nunca deixe de perguntar, caso você tenha alguma dúvida ou preocupação.

Sangramento

Após o nascimento, você sangrará como se estivesse menstruada, mas esta perda de sangue é chamada de **lóquios**.
No começo, é um sangramento intenso. Você talvez até precise usar dois absorventes de uma vez durante o primeiro dia, ou os primeiros dias. Gradualmente, o sangramento diminui até ficar parecido com o fluxo da menstruação, e depois irá ficar reduzido a uma perda de sangue de cor rosa-pálido ou acastanhada, que pode durar até cinco ou seis semanas. A quantidade de sangue que você perde e o tempo de sangramento variam bastante de mulher para mulher.

Não use tampões para esse tipo de sangramento. Os tampões podem, em teoria, causar alguma infecção, portanto você terá de usar absorventes para gestantes, em vez de tampões. Existem alguns absorventes finos que são de alta absorção, mas você talvez aprecie o conforto dos absorventes tradicionais e bem espessos, os quais oferecem uma textura "acolchoada" quando você se senta.

O sangramento deverá diminuir gradualmente após a primeira semana, mas avise a sua obstetriz se:

- **O sangramento ficar mais intenso de repente** ou apresentar coágulos ou pedaços de mucosa; se os coágulos forem aproximadamente do tamanho de uma moeda de 1 real, coloque o absorvente numa sacola plástica para depois mostrar à sua obstetriz. Os coágulos podem significar que nem toda a sua placenta ou as membranas saíram. Às vezes, o seu corpo irá eliminar os vestígios sem problemas, outras vezes pode ser que você precise tomar algum medicamento para ajudar a eliminá-los. Ocasionalmente, você poderá precisar de uma curetagem para remover os pedaços que não foram expelidos ou retirados.
- Os lóquios tiverem um **cheiro desagradável**: isso pode significar que existe uma infecção e que você precisa tomar antibióticos.
- Você começar a perceber de repente que **o sangue é de um vermelho-vivo**: o sangramento repentino de sangue novo pode significar que você está ativa demais e precisa ir com mais calma. Geralmente acontece quando você começa a sair para fazer visitas ou faz algum serviço de casa. Não chega a ser um proble-

ma, a não ser que seja muito intenso, mas informe a sua obstetriz, de qualquer modo, para saber se você está cicatrizando corretamente.

Lacerações, pontos e hematomas

Você acaba de dar à luz, então não é de surpreender que se sinta um pouco dolorida lá embaixo. Você pode sentir um pouco de dor e desconforto, ou então sentir bastante dor devido a uma episiotomia ou a alguma laceração.

Lacerações

Pequenas lacerações geralmente não são suturadas, pois elas cicatrizam tão bem quanto se o fossem. Talvez você tenha uma pequena área esfolada que não pôde ser suturada, e ela irá cicatrizar sem tratamento. Algumas mulheres têm lacerações nos pequenos lábios, e em geral eles também não são suturados. As lacerações labiais e as esfoladuras podem causar dor quando você urinar. Leve um jarro de água morna com você e derrame sobre a área enquanto urina, para minimizar a dor, ou então utilize o bidê. Outra idéia é urinar enquanto estiver no chuveiro. A urina é estéril assim que sai da bexiga, então você não pegará uma infecção se urinar imediatamente antes de sair do banho.

Pontos

Sempre que possível, o reparo é feito com pontos contínuos, já que causam menos dor depois. São utilizados materiais absorvíveis para que os pontos não precisem ser removidos. Eles se soltarão após a primeira semana, à medida que o tecido cicatriza.

Hematomas

Mesmo que você não tenha levado nenhum ponto, pode ter algum hematoma, e isso pode ser bastante desconfortável nos primeiros dias. Talvez você precise sentar sobre um travesseiro, ou então sentar de pernas cruzadas sobre a cama, para que a área contundida fique erguida e você não sente sobre ela.

Fazer os exercícios para o assoalho pélvico (veja a página 134) pode ajudar, pois eles aumentam o fluxo de sangue para a área e ajudam na recuperação. Eles também ajudam caso você tenha incontinência logo após o parto. Se você tiver um hematoma, a Arnica D3, um remédio homeopático, pode ajudá-lo a diminuir. Você encontra o medicamento tanto na forma de ungüento tópico como em pequenos comprimidos para serem administrados por via oral, mas com esse grau de contusão é preciso tomar os comprimidos.

Orientações

Se você levou pontos, ou tem uma pequena laceração que foi deixada para cicatrizar naturalmente, a melhor coisa a fazer é manter a área limpa e seca. Troque freqüentemente os absorventes e, após o banho, seque a área delicadamente.

Outras sugestões que as mães acham que podem ser úteis são:

- Colocar sobre os pontos uma bolsa de gelo, ou um pacote de ervilhas congeladas envolto num pano. O gelo irá amortecer a área e reduzir o inchaço.
- Colocar os seus absorventes no congelador antes de usá-los. Borrife-os levemente com um pouquinho de água antes, para que eles estejam frios e tenham efeito suavizante quando você for usá-los.
- Comprar ou alugar almofadas vazadas no centro para usar quando precisar sentar.
- Tomar um banho morno de banheira. (Não há nenhuma prova de que colocar sal na água ajuda a cicatrizar os pontos, mas pode aliviar bastante.) Se você es-

tiver no hospital, certifique-se de que a banheira está bem limpa antes de entrar. Seque delicadamente a área com os pontos com uma toalha limpa e macia.
- Arejar os pontos durante algum tempo todos os dias. Tire a calcinha e deite-se na cama com uma toalha velha por baixo durante mais ou menos dez minutos, uma ou duas vezes por dia. Se quiser, complete a tarefa abanando com um leque.
- Derramar água fria, fervida previamente, sobre os pontos, quando você se sentar no vaso sanitário.
- Tomar cápsulas de hamamélis, ou então borrifar tintura de hamamélis sobre o absorvente antes de colocá-lo.

Evacuação

Provavelmente você irá urinar normalmente logo após o parto, mas, se precisar urinar com muita freqüência ou sentir ardor ao urinar, avise a obstetriz, pois você pode ter alguma infecção.

Se você tiver levado pontos, ou tiver sofrido alguma laceração quando o bebê nasceu, talvez tenha muito receio quando for evacuar pela primeira vez após o parto. Muitas mulheres acham que os pontos poderão se desprender; isso não irá acontecer, mas algo que pode ajudá-la a ficar tranqüila é segurar uma toalha higiênica limpa dobrada contra os pontos, enquanto você evacua. Você também pode ter dificuldade de evacuar durante alguns dias após o parto se tiver receio de exercer muita força sobre a cicatriz da cesariana. Talvez queira experimentar algum laxante suave.

Se você passou a ter hemorróidas durante a gravidez ou durante o parto, tente não fazer força quando for ao banheiro, já que isso pode piorar as hemorróidas. Pergunte ao obstetra sobre as pomadas e bolsas de gelo que podem ajudar. (Veja a página 138 para ter mais idéias sobre como lidar com as hemorróidas.)

Talvez você também precise deixar as fezes mais moles nos primeiros dias. As obstetrizes e os médicos geralmente recomendam laxantes suaves, que podem ser comprados com ou sem prescrição médica.

Se você sente que está ficando com prisão de ventre, essas dicas também podem ajudar:

- beba muito líquido; dê preferência à água
- consuma alimentos ricos em fibras, principalmente frutas e legumes frescos, e também cereais
- mexa-se: por mais tentadora que seja a sua cama, a movimentação pode ajudar os intestinos a funcionar melhor

Dores pós-parto

Essas dores são uma "agradável" surpresa da primeira vez que acontecem. O seu útero irá se contrair até recuperar o tamanho normal nos dias seguintes ao nascimento, e isto pode fazer você sentir cólicas semelhantes às da menstruação. Você muitas vezes sente essas dores enquanto está amamentando, porque o hormônio ocitocina, responsável pelas contrações no parto, também é produzido enquanto o bebê está mamando no peito. Isso ajuda o útero a se contrair e ficar menor, e ao mesmo tempo diminui o sangramento. As mães que tiveram seu segundo filho tendem a notar mais essas dores do que as mães "de primeira viagem".

A maioria das mulheres consegue lidar com essas dores, e elas logo passam, mas, se causarem um grande desconforto ou interferirem na amamentação, você pode tomar algum analgésico suave, como paracetamol, que pode ser tomado sem risco enquanto você amamentar. Pode ser que

Remédios homeopáticos para o pós-parto

Seu homeopata poderá prescrever:
- Acônito: para o choque depois de um parto intenso
- Arnica: para aliviar a dor e os hematomas, e para as dores pós-parto
- Kali phos.: para a exaustão mental após o parto, quando você sente sono, mas está muito agitada para dormir
- Pulsatilla: para a "tristeza" pós-parto, principalmente quando o leite desce

---

os mesmos exercícios de respiração que você utilizava para as contrações também ajudem.

Sua obstetriz irá verificar a descida do útero nos primeiros dez dias. Ele deverá voltar ao tamanho normal até a época dos exames que serão feitos na sexta semana após o parto.

A sua pélvis

Os músculos da área pélvica podem estar distendidos, o que pode ser desconfortável para você. As articulações da pélvis também podem ficar um pouco doloridas, mas isso irá melhorar gradualmente à medida que os espaços entre elas voltem a ser menores. Se você tiver dores na bacia, fale com seu médico. Às vezes os problemas com a bacia persistem durante algum tempo após o nascimento do bebê. Se isto lhe incomodar, você poderá ser encaminhada a um fisioterapeuta, que poderá indicar exercícios para o problema e também como lidar com a dor.

Pergunta: Quando poderei deixar o hospital e ir para casa?

Daphne Metland responde: Isso irá depender da sua saúde, da saúde do bebê e das regras do hospital. Se tudo correu bem, não é incomum a mãe poder voltar para casa dentro de 24 horas. O seu bebê precisa ser examinado antes de ir para casa, e isso não pode ser feito antes de quatro a seis horas após o parto, pois as mudanças no coração e no sistema circulatório do bebê que ocorrem depois do nascimento ainda não se completaram. Então, você talvez precise esperar pelo pediatra, ou por uma obstetriz que seja treinada para fazer os exames pediátricos. Depois que todos os exames forem feitos, você poderá ir para casa, em geral após passar uma noite no hospital. Se você fez uma cesariana, o normal é permanecer pelo menos alguns dias no hospital.

Nos primeiros dias, a sua casa poderá parecer um ponto de ônibus, de tanta gente que aparecerá para ver o seu bebê.

Chegar em casa com segurança

Se você teve o parto no hospital e for levada para casa, o seu bebê irá precisar de uma cadeirinha para o carro, especial para recém-nascidos. Não utilizar uma cadeira dessas é ilegal, e não é seguro levar o bebê no colo, já que não há nada protegendo a criança caso ocorra um acidente.

Mas, se você não se sentir bem para receber visitas por um tempo, avise as pessoas.

A recuperação depois de uma cesariana

Se o seu bebê nasceu de uma cesariana, talvez você precise ficar no hospital por quatro ou cinco dias, e pode ser que você precise de pelo menos seis semanas para se sentir em forma novamente.

Optar por uma cesariana pode significar que você escapou dos sofrimentos do parto, principalmente se foi uma cirurgia planejada. Sem ter de empurrar, sem sofrer lacerações, e nenhuma situação constrangedora para enfrentar. Mas as dificuldades aparecem depois. Você poderá descobrir que há um dreno no seu corte, uma sonda na sua bexiga e uma agulha ligada a uma cânula colocada numa veia do dorso da sua mão, para repor o líquido perdido. E aí darão a você o bebê e esperarão que cuide dele!

A recuperação física após uma cesariana é bem mais lenta do que a de um parto normal. Mas isso não é de surpreender; afinal, você fez uma cirurgia abdominal importante. Mesmo tossir ou rir pode doer. Assim, aqui damos uma lista do que esperar após uma cesariana, e qual a melhor forma de lidar com isso.

Desconforto

Conseguir livrar-se da dor após uma cesariana é muito importante; você precisa sentir-se confortável para concentrar-se em conhecer o bebê e na amamentação. Isso também facilitará sua movimentação, o que ajuda a evitar a trombose venosa.

Nos últimos anos, os métodos para o alívio da dor após uma cesariana melhoraram sensivelmente. Diferentes hospitais utilizam variados métodos para aliviar a dor pós-parto, mas as principais opções são:

- a sua peridural pode ser mantida no lugar por até 24 horas
- você poderá receber algum analgésico (geralmente diamorfina, dolantina ou fentanil), o qual será colocado no espaço peridural após a remoção da peridural
- você também poderá usar algum analgésico sob a forma de supositório, como o diclofenaco; um pequeno supositório introduzido no ânus é gradualmente absorvido pelo organismo, o que alivia bastante a dor durante algumas horas
- você também poderá tomar injeções analgésicas durante as primeiras 48 horas, e depois já poderá tomar analgésicos via oral

Se sentir dor, informe alguém imediatamente. Você não receberá nenhum prêmio e nenhum benefício por ficar sofrendo nesse estágio. É muito mais importante para você ficar confortável o bastante para conseguir abraçar e alimentar o bebê. Rir, tossir ou ter flatulência também pode causar dor. Segurar um travesseiro ou ambas as mãos sobre o corte em alguma dessas três situações pode ajudar.

O corte

O seu corte pode parecer bem grande logo após a operação, mas, por mais difícil que seja acreditar nisso, ele irá diminuir gradualmente, à medida que a sua barriga for diminuindo. E finalmente, de uma linha larga e vermelha, ele se transformará numa linha fina e estreita, com uma cor bem parecida com a da sua pele. Também poderá ser necessário colocar um pequeno dreno para escoar o sangue que se aloje sob a cicatriz. Em geral, ele é removido após um ou dois dias.

A cicatriz externa pode ter pontos contínuos, com pequenos nós de cada lado, ou poderá estar presa com grampos recurvos. Eles serão removidos após quatro ou cinco dias, quando a incisão já terá começado a cicatrizar.

Os pontos subcuticulares também poderão ser utilizados. Eles são inseridos logo abaixo da pele e não precisam ser removidos, pois se dissolvem gradualmente. Os pontos internos também não precisam ser removidos, pois serão absorvidos pelo organismo.

Para ficar bem confortável, talvez você queira experimentar o tipo mais *sexy* de roupa íntima: as calcinhas bem largas. O elástico das calcinhas comuns costuma ficar bem em cima da linha da cicatriz, enquanto as calcinhas mais largas, que vão até a cintura, não machucam a área. Pode ser que a cueca samba-canção do seu parceiro sirva.

Urinar

Talvez você fique com uma sonda uretral para ajudá-la a esvaziar a bexiga nos primeiros dias. Se não tiver essa sonda, uma enfermeira irá verificar se você consegue sentir o suficiente para urinar, e irá encorajá-la a usar uma comadre, ou então ajudá-la a ir até o banheiro. Ela precisa se certificar de que a sua bexiga está funcionando normalmente, já que ela pode ficar excessivamente cheia se você não for capaz de perceber que é hora de ir ao banheiro. Isso pode causar danos permanentes, então é importante evitar que a bexiga fique excessivamente distendida.

Gases

Pode ser que um dos grandes problemas após a sua cesariana sejam os gases. Eles são um problema após qualquer operação abdominal, já que a cirurgia atrapalha o sistema digestivo. No começo, você poderá beber, mas não comer. Assim que os seus intestinos tiverem se acomodado e você conseguir eliminar os gases, poderá comer alimentos leves. Coma muitas frutas e beba muito líquido para ajudar os movimentos intestinais; algumas mulheres acham que chá de hortelã também é bom. Experimente segurar um travesseiro sobre a cicatriz quando precisar eliminar os gases, já que isso pode fazer você se sentir mais confortável.

Movimentação

A primeira vez que a sua obstetriz sugerir que você se levante e ande um pouco, talvez você olhe para ela com espanto. Mas é importante se mexer: o movimento ajuda a diminuir o risco de você ter trombose venosa.

Você pode ajudar o seu sangue a circular fazendo movimentos enquanto está na cama: mexendo os dedos do pé e fazendo movimentos circulares com os tornozelos. Para sair da cama, chegue até a beirada, fique de lado, utilize as mãos para ficar sentada com as pernas para fora, e só aí fique de pé, lentamente. Pode ser que você precise da ajuda da obstetriz no começo.

Talvez você ache muito difícil pegar o bebê de um berço perto da cama, já que alcançá-lo e levantá-lo pode ser um desafio no começo. Toque a campainha e peça que a enfermeira pegue o bebê para você. Nos primeiros dias, você irá precisar de muito mais cuidados do que uma mulher que teve parto normal, portanto peça ajuda sempre que precisar.

Ir para casa

Este é o momento de aceitar *todas* as ofertas de ajuda, dos amigos e dos parentes.

Você precisa evitar levantar e carregar peso nas primeiras semanas. Isso envolve o planejamento de um estilo mais simples:

- coloque o cesto de roupa suja num carrinho, para transportá-lo
- encha a banheira do bebê com o auxílio de um jarro, e peça a alguém que a esvazie
- faça as compras de supermercado pelo telefone ou pela internet

Se você já tiver filhos, naturalmente irá querer pegá-los no colo, mas não pode. Experimente sentar-se e deixar que eles subam onde você está – no sofá, enquanto você lê uma história, ou na cama, para um abraço.

Talvez você não possa dirigir por seis semanas ou mais; há o risco de prejudicar sua cicatrização, caso você tenha que dar uma freada brusca, e muitas mulheres têm dificuldade de virar o volante e se movimentar ao dirigir nas primeiras semanas.

A recuperação psicológica

Nos primeiros dias após o nascimento, o coquetel de hormônios que circula no seu organismo pode causar mudanças dramáticas no seu humor. Você pode ficar eufórica num minuto e sentir-se completamente desesperada no minuto seguinte. Há um fenômeno tão comum que até já recebeu um nome: a "tristeza dos três dias". Então, se você começar a chorar subitamente por volta do 3º dia, que também costuma ser o dia em que o colostro nos seus seios começa a ser substituído pelo leite, não se surpreenda – a sua obstetriz, pelo menos, não se surpreenderá. Isso está relacionado com as mudanças hormonais, e também com o cansaço. Chore à vontade.

A depressão pós-parto não é a mesma coisa que essa "tristeza transitória dos três dias". A expressão "depressão pós-parto" é utilizada para designar vários sintomas que às vezes ocorrem algumas semanas após o nascimento do bebê.

Apoio e orientação após o parto

Você pode contratar uma obstetriz ou enfermeira para lhe prestar cuidados nos primeiros dez dias. Ela irá visitá-la algumas vezes, mas a freqüência das visitas dependerá em parte do seu estado e do estado do bebê, e de como a amamentação estiver indo. Em algumas cidades, já existem clínicas com obstetrizes especializadas, de modo que várias mulheres possam ser atendidas por uma única obstetriz, tendo como objetivo a economia do tempo gasto em viagens até a clínica ou até a casa da paciente.

Essa enfermeira irá verificar se você está conseguindo dar conta da amamentação e dos cuidados diários, se o corte ou os pontos estão cicatrizando bem e se o bebê está em boas condições. Ela também irá dar dicas sobre os cuidados com o bebê, além de apoio moral. Por menores que sejam as suas dúvidas, sempre faça perguntas sobre o que quer que a aflija. É melhor sanar suas dúvidas do que deixar que elas fiquem atormentando você. Talvez seja bom anotar as dúvidas à medida que elas aparecerem, em vez de confiar apenas na memória, já que muitas novas mães descobrem que a memória delas não está funcionando tão bem.

O seu médico também poderá visitá-la nas primeiras semanas. Se você vive em uma região assistida pelo PSF (programa de saúde da família), poderá receber após alguns dias a visita de uma assistente de saúde, que poderá aconselhá-la a respeito de questões diárias sobre o bebê, como a dentição, o sono e a alimentação, assim como a respeito das vacinas, dos cursos para pais e de qualquer outro cuidado de que o bebê possa precisar. As assistentes de saúde também poderão encaminhá-la a um especialista se você tiver algum problema como doenças, depressão, um relacionamento violento ou infeliz, conflitos familiares, problemas de locomoção, ou qualquer outro. Ela também irá dar informações sobre os postos de saúde locais, para que você possa levar o bebê para ser pesado, vacinado e examinado regularmente.

Outras mães irão fazer o acompanhamento pós-natal com os médicos do seu convênio ou particulares, que também poderão dar orientações sobre os temas acima.

Passando o parto a limpo

Após o nascimento, talvez você descubra que quer contar para todo o mundo todos os detalhes dramáticos do parto. (Lembra-se daquelas mulheres que contavam tudo sobre o parto delas enquanto você estava grávida? Bem-vinda ao clube!)

Desabafar é muito importante. Talvez ajude se você conversar tudo em detalhes com o seu parceiro. Ou então convide a sua melhor amiga e conte tudo para ela, tintim por tintim. Enquanto a enfermeira estiver fazendo uma visita, você poderá pedir a ela que explique alguma coisa que você não entendeu, como, por exemplo, por que certas coisas aconteceram... ou não aconteceram e também repassar o parto com você lendo o resumo da alta. A professora do curso de pré-natal também poderá ajudar – se você tiver uma reunião da turma, pode ser uma ótima oportunidade para passar a limpo o parto de cada uma.

Se você achou o parto e o nascimento muito perturbadores, pode ser que não consiga parar de pensar na experiência. Em alguns locais, enfermeiras especializadas fornecem aconselhamento para as mulheres que têm algum problema com a experiência do parto. Em outros locais, isso é feito de modo mais informal. Talvez seja preciso pedir uma cópia do seu prontuário do hospital (escreva para o diretor local da maternidade). Depois, marque um horário com uma obstetriz e peça a ela que explique os detalhes para você.

O seu bebê

Esta parte do livro não tem a intenção de ser um manual exaustivo sobre cuidados com o bebê. Nós entendemos que, para a maioria das mulheres, assim que elas dão à luz perdem todo o interesse pela gravidez e seus mistérios (pelo menos até ficarem grávidas novamente), e querem começar logo a ler livros sobre bebês. Assim, aqui nós nos concentramos naquilo que vale a pena saber antes de o bebê chegar – como, por exemplo, o que esperar do recém-nascido e como se comportar naqueles primeiros e estranhos "dias de vida do bebê".

No começo, você se sentirá como uma principiante. Mas não demora muito para você se tornar uma especialista no assunto. Afinal, apesar de haver muitas pessoas que sabem muito sobre os bebês, nenhuma delas jamais conheceu o seu bebê. E logo você o conhecerá melhor do que ninguém.

Conhecendo o bebê

Os recém-nascidos chegam prontos para interagir com o mundo. Assim que o bebê nasce, ele já suga, se for colocado perto do peito, já agarra o seu dedo, se você colocá-lo em sua mão, e fica assustado, quando algo o perturba. Ele já conhece a sua voz, está começando a conhecer o seu cheiro e, quando você o segura nos braços, ele tem uma sensação de calor e segurança.

Nos primeiros dias, o seu bebê irá simplesmente dormir, sempre que precisar e em qualquer lugar. Um recém-nascido dorme de 14 a 20 horas por dia, algumas vezes com sonecas mais curtas, outras vezes com sonos mais prolongados. No entanto, os recém-nascidos quase nunca dormem por mais de três ou quatro horas seguidas, seja de dia, seja de noite. Isso significa que o seu sono será interrompido, pois você precisará alimentar o bebê e trocar a fralda durante toda a noite. Embora alguns bebês consigam dormir mais ou menos seis horas ininterruptas quando chegam aos dois meses de idade, pode ser que leve uns cinco ou seis meses até que ele chegue a esse maravilhoso estágio.

Os bebês variam muito com relação à quantidade e freqüência da alimentação, do choro, e com relação a quanto e quando gostam de ser colocados no colo, ninados, ouvir canções e de brincadeiras. Portanto, não pense que você saberá quais são os padrões do seu bebê imediatamente. Alguns dias serão necessários para vocês se ajustarem.

O simples ato de segurar o bebê e mantê-lo junto a seu corpo pode ser uma das experiências mais gratificantes do começo da maternidade. Um recém-nascido só consegue focalizar a visão em cerca de 30 cm, então segurá-lo em seus braços deixa magicamente o bebê na distância exata para que ele consiga focalizar o seu rosto. Ele também poderá ficar observando você intencionalmente, como se estivesse tentando descobrir quem você é. Mesmo os bebês bem novinhos preferem olhar para padrões de várias cores em vez de padrões de uma só cor, mas o padrão que os bebês mais apreciam é o rosto humano. Segurar o bebê realiza todos os tipos de funções mais necessárias, como manter o bebê aquecido e regularizar seus batimentos cardíacos, sua respiração e temperatura. Mas também é uma ótima maneira de vocês dois começarem a se conhecer.

A aparência inicial

As imagens que vemos por aí são, em sua maioria, de bebês mais velhos, sorrindo, vestindo roupinhas lindas, e às vezes deitados numa caminha cheia de pétalas de rosas. Se era isso que você tinha em mente, talvez tenha uma surpresa. É claro que o seu bebê será o bebê mais lindo que o mundo já viu – nem é preciso dizer. Mas algumas características que você irá perceber são as seguintes:

- uma **cabeça** amassada ou "moldada", fruto de um parto longo, ou alongada, devido ao fato de ter sido espremida no canal vaginal; logo ela voltará a ser uma adequada cabeça redonda, às vezes dentro de algumas horas, mas também pode levar alguns dias
- **olhos** inchados, com bolsas ou hematomas, devido à pressão do parto
- os **genitais**, que parecem enormes em relação ao resto do corpo, graças ao efeito dos seus hormônios no corpo do bebê; já houve casos em que as mamas de alguns bebês ficaram proeminentes, e outros em que as meninas tiveram um sangramento pela vagina como reação aos hormônios da mãe. Às vezes os meninos podem ficar com um testículo que "não desce", o que será examinado e acompanhado; em geral, ele desce depois, mas, se não descer, talvez seja preciso realizar uma pequena cirurgia

- **"marcas da cegonha"**: marcas vermelhas no rosto ou no pescoço, causadas por emaranhados de veias muito próximas à pele; se preferir, você pode pensar nelas como as pequenas marcas deixadas pela cegonha quando ela deixou o bebê na porta da sua casa...
- **marcas do fórceps**, ou uma área inchada no topo da cabeça, chamada de "bossa", caso uma ventosa tenha sido utilizada; elas desaparecem dentro de alguns dias. Em geral, há um cefalematoma (um inchaço semelhante a um cisto) em um ou em ambos os lados da cabeça. Não necessitam de tratamento e irão desaparecer depois de quatro ou seis semanas
- se o seu bebê for prematuro, talvez ainda exista um pouco do **vernix** cremoso cobrindo a pele, ou de **lanugem**, a fina camada de pêlos que cobre os bebês antes do nascimento; isso irá desaparecer dentro de algumas semanas, no máximo
- pequenas manchas brancas no rosto, chamadas **mílium**; elas são causadas por bloqueios temporários das glândulas sebáceas e podem durar algum tempo

O seu bebê pode ter muito cabelo, ter uma quantidade média de cabelo ou então muito pouco cabelo. A cor do cabelo que você vê no bebê ao nascer pode ou não ser a cor com que ele crescerá. O mesmo vale para a cor dos olhos.

O coto do cordão umbilical

O resquício do cordão umbilical pode ser um pouco chocante, se você nunca viu um antes. Ele se parece com um galhinho cinzento ou preto. Não mexa nele. Ele irá cicatrizar sozinho e cair naturalmente, depois de cerca de uma semana; nunca o puxe para tentar acelerar o processo.

Colocar o bebê numa banheira não fará nenhum mal para o cordão umbilical, mas seque-o com cuidado depois. Antigamente, pensava-se que colocar talco sobre ele ajudava a secar e a cicatrizar, mas agora isso não é recomendado. Avise a obstetriz se o cordão umbilical tiver um cheiro muito forte, parecer úmido, ou tiver pus, já que podem ser sinais de infecção.

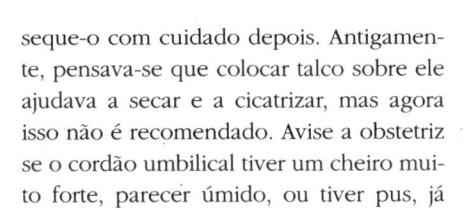

Quando trocar a fralda, tente dobrar a parte da frente, para que ela não fique roçando contra o cordão umbilical.

As fontanelas (moleiras)

Ao nascer, os ossos do crânio do bebê ainda não estão colados uns nos outros. Existem áreas moles entre eles, chamadas de fontanelas, que permitem que a cabeça se molde durante o parto, e também deixam espaço para o crescimento da cabeça do bebê. As duas fontanelas que você poderá notar são as seguintes:

- a fontanela em formato de losango, perto da testa do bebê; ela em geral se fecha quando o bebê tem cerca de 18 meses de idade
- a fontanela menor, de formato triangular, bem no alto da cabeça do bebê, na parte de trás; ela costuma se fechar dentro de seis semanas

Exames do recém-nascido

Logo que nascer, o seu bebê será pesado, medido e passará por um exame rápido. Logo depois, um pediatra irá fazer um exame completo do bebê, para verificar se tudo está normal:

- a pele e as fontanelas
- os olhos: os recém-nascidos podem ter um leve estrabismo, o qual irá desaparecer quando aprenderem a focalizar a visão
- os ouvidos, o nariz, a boca e o pescoço
- o coração e a respiração
- a barriga (para verificar se os órgãos internos parecem normais)
- os genitais e a coluna
- os quadris: para verificar se as articulações estão firmes e não estalam; alguns bebês têm um deslocamento dos quadris,

---

Bebês prematuros

Os bebês que nascem antes da hora prevista serão quase que inevitavelmente menores do que os que nascem na hora certa, pois tiveram menos tempo para ficar no útero e armazenar gordura. Pode ser que o seu bebê prematuro esteja bem distante do que você esperava: magro, com pele avermelhada e talvez até com um pouco de lanugem (os pêlos que cobre o bebê antes de nascer).

Bebês fora de termo

Os bebês que passam muito tempo na barriga da mãe têm uma aparência um pouco diferente dos bebês que nascem na data certa. Eles perdem um pouco da gordura, então a pele pode estar avermelhada e enrugada. Embora não sejam tão gordos, eles podem ser maiores, já que continuaram a crescer no útero, assim como ter unhas e cabelos mais compridos. Muitas vezes a pele fica bem ressecada e passa a descamar nos primeiros dias.

e, quanto mais cedo isso for identificado e tratado, melhor

Em algum momento, geralmente na maternidade, será escolhida uma pequena amostra do sangue do calcanhar do bebê. Este sangue será utilizado no "teste do pezinho", o qual verifica se o bebê possui alguma deficiência de enzimas (fenilcetonúria) e também alguma deficiência da tireóide. No teste ampliado (que está disponível em alguns hospitais e é cobrado à parte), outras doenças como fibrose cística (um problema que afeta os pulmões e o sistema digestivo) e problemas no sangue, como anemia falciforme e talassemia, serão investigados.

A vitamina K é recomendada aos bebês logo após nascerem, para prevenir um raro, porém grave, problema de sangramento nos recém-nascidos, o qual pode causar sérias complicações. Para mais informações, veja a página 253.

Cuidados especiais

Se o seu bebê for muito pequeno, ou não estiver bem, ele poderá ser levado para a Unidade de Tratamento Intensivo Neonatal (UTIN). Em geral é mais difícil começar a conhecer e a amar um bebê que precisa de cuidados especiais, porque pode haver barreiras físicas que não permitam que você o segure e o afague. Você pode se sentir impotente e desamparada, e talvez precise de algum tempo para se recuperar fisicamente após o parto. É uma época difícil também em termos emocionais, porque às vezes não há tanta certeza sobre as chances de sobrevivência do bebê... o que faz com que alguns pais e mães "bloqueiem" seus sentimentos.

Pode ser mais difícil para você saber quando poderá levar o bebê para casa, e difícil também saber o que dizer às pessoas que ligam para perguntar sobre o nascimento da criança.

Se o seu bebê precisar de cuidados intensivos, talvez seja útil entrar em contato com algum dos grupos de apoio que poderão dar informações e aconselhá-la nessa situação.

Alimentando o bebê

Uma das primeiras decisões que você terá de tomar é se irá amamentar o bebê, o que, sem nenhuma dúvida, seria o mais recomendável, ou dar mamadeira. Mesmo que você opte pela mamadeira, pode considerar a hipótese de dar o peito ao bebê assim que ele nascer, e talvez até tenha vontade. Nos primeiros dias, você está produzindo o colostro, aquele primeiro leite, que é bastante rico e concentrado. É muito difícil passar para a amamentação se o seu bebê já ficou vários dias tomando mamadeira, então talvez você possa começar amamentando a criança e depois ver como você e o bebê se sentem.

Amamentação

Os benefícios da amamentação (veja a página 187) agora são tão bem conhecidos que provavelmente você concorde que é melhor alimentar o bebê desse modo. Toque na bochecha do bebê e ele irá se virar para o seu dedo, abrindo a boca, pronto para ser alimentado... Parece fácil, mas nem sempre é tão natural quanto desejamos. Em geral, no entanto, alguns problemas podem surgir nos primeiros dias, à medida que você se acostuma com essa nova experiência. Ter um pouco de perseverança pode valer a pena, mas não sofra em silêncio. Se você estiver tendo problemas com a amamentação, há muitas pessoas que podem orientar e apoiar você. Converse com seu médico, a sua obstetriz ou a sua assistente de saúde – eles poderão dar alguns conselhos práticos.

Não há motivo, em teoria, para que as mulheres que fizeram cesariana não consigam amamentar tão facilmente quanto as que tiveram parto normal, mas em geral as circunstâncias não ajudam. Você ficará mais tempo no hospital, terá maior dificuldade para pegar o bebê, ou a equipe de enfermeiras pode estar muito ocupada e ter dificuldade em ajudá-la. No entanto, muitas mulheres conseguem ter sucesso na amamentação após uma cesariana, e na verdade pode ser mais fácil no começo trazer o bebê para a cama com você para uma amamentação tranqüila do que ter que andar pela casa no meio da noite preparando uma mamadeira. Se você fez uma cesariana, pode ser que leve um pouco mais de tempo para o seu leite descer adequadamente. Continue levando o bebê ao peito, pois é a estimulação que ajuda na produção do leite.

Mamadeira com leites industrializados

Se for necessário alimentar o bebê com mamadeira, o pediatra poderá sugerir qual o leite artificial mais adequado para cada caso, e orientar sobre os procedimentos necessários para seu preparo e conservação, bem como para a higienização das mamadeiras, bicos etc.

Hipoglicemia

Hipoglicemia significa "baixo nível de açúcar no sangue". O bebê produz glicose a partir do açúcar e de outros nutrientes existentes no colostro e, mais tarde, a partir do leite materno. A hipoglicemia pode disparar um alarme porque o cérebro do bebê depende da glicose e, se o nível de açúcar no sangue permanecer baixo, a falta de glicose pode levar a danos cerebrais de longo prazo.

No entanto, como e quando diagnosticar um bebê como hipoglicêmico é algo bastante controverso. Na verdade, os bebês que nascem no tempo certo, saudáveis, que são amamentados e têm tamanho compatível com a idade gestacional raramente correm risco de ter hipoglicemia. Eles conseguem lidar, sem nenhum problema, com pequenas quedas na taxa de açúcar do sangue. Além disso, amamentar os bebês em sua primeira hora de vida parece ajudá-los a evitar o problema da hipoglicemia.

Entre os bebês que correm o risco de ser hipoglicêmicos estão aqueles:

- que são prematuros ou muito pequenos para a idade gestacional
- cuja mãe já foi diagnosticada anteriormente como diabética, ou que teve diabetes gestacional
- que tiveram dificuldade para respirar durante o nascimento

Os bebês que correm risco terão que fazer o exame de glicemia. Em geral isso requer uma gota de sangue do pé do bebê, que será testado com uma fita reagente (que muda de cor), ou com um dispositivo que mede eletronicamente a quantidade de açúcar.

No entanto, nem sempre os exames feitos com as fitas reagentes são precisos. Além disso, os bebês podem ser testados quando não existem fatores de risco; às vezes simplesmente porque não se alimentaram durante certo período de tempo. Isso pode levar a preocupações desnecessárias e ansiedade. Ademais, como não existe unanimidade sobre o que constitui um nível "baixo" de açúcar no sangue de um bebê que nasceu a termo, ou sobre quanto tempo um bebê pode ter pouco açúcar no sangue sem correr risco, o exame também pode levar os bebês a ser supridos desnecessariamente com leite em pó. E isso não apenas afeta a sua confiança como uma mãe que está aprendendo a amamentar, também tem outras desvantagens: amamentação exclusiva – sem quaisquer outros alimentos ou líquidos – dá a melhor proteção contra as alergias e outros problemas; e as mamadeiras que são dadas antes que o bebê tenha aprendido a mamar adequadamente podem afetar a sua habilidade de voltar ao peito e sugar direito.

Alguns recém-nascidos podem ser mais lentos para começar a mamar e são muito sonolentos nos primeiros dias, principalmente se a mãe recebeu opiáceos durante o parto. Se o seu bebê estiver assim, experimente deixá-lo na cama com você, tendo bastante contato entre a sua pele e a dele. Ele também poderá acordar e mamar mais freqüentemente se puder sentir o seu cheiro e o cheiro do seu leite do que se estiver encolhido num berço.

Se o seu bebê realmente precisa fazer exames, principalmente se ele parecer "trêmulo", pálido, mole, sonolento e sem vontade de mamar, discuta a situação e as opções disponíveis. Talvez seja possível oferecer ao bebê leite materno com um copo, no lugar da mamadeira com o leite em pó.

No entanto, se o bebê precisar tomar a mamadeira por motivos médicos, não deixe que isso mine a sua autoconfiança. Converse com a sua obstetriz ou com algum especialista em amamentação e certifique-se de que você tem todo o apoio necessário para fazer o seu bebê voltar a mamar no peito.

Oficializando o nascimento

A chegada do novo bebê inclui alguns procedimentos burocráticos. Prepare-se para preencher alguns formulários.

O nome do bebê

Quando você for registrar o bebê no cartório, o escrivão irá perguntar: "Quais são os nomes e sobrenomes que a criança terá?" Então, antes de oficializar tudo, você terá de escolher um nome.

Escolher o nome para o bebê pode ser um dos aspectos mais agradáveis da gravidez. Pode ser algo que você fez vários meses antes do nascimento. Ou então pode ser algo que você pensou ter feito há meses, mas quando o bebê chega você vê que ele(a) não se parece em nada com o nome já escolhido. É possível mudar de idéia até o momento em que você chega ao cartório.

Registrando o nascimento

No Brasil, os pais são obrigados a registrar os bebês dentro de um prazo de 15 dias, ou até 3 meses se os pais morarem a mais de 30 km da sede do cartório.

Verifique com antecedência os horários de funcionamento dos cartórios. Você não precisa levar o bebê com você, como prova de nascimento; basta levar uma declaração do hospital ou do profissional que acompanhou o parto. Se você for casada, apenas um dos pais precisa ir até o cartório para registrar o nascimento. Se não for casada, você não precisa incluir detalhes sobre o pai no registro. Se você não for casada, mas ainda assim quiser que o seu nome e o do pai apareçam no registro e na certidão de nascimento, vocês dois precisarão comparecer. (Se você não for casada e um de vocês não puder ir até o cartório, então essa pessoa precisará fazer uma declaração oficial por escrito; para maiores detalhes, entre em contato com o cartório local.)

Já que é difícil corrigir informações se elas forem registradas de modo errado no registro de nascimento, você precisa se certificar de que todos os detalhes estão certos. Verifique, principalmente, a grafia dos nomes. Se português não for a sua língua materna, talvez seja bom levar um amigo ou um parente com você até o cartório, para servir de intérprete.

Quando o bebê for registrado, você receberá uma certidão de nascimento, que é um documento essencial para todos os cidadãos, sem o qual ele não conseguirá nenhum outro.

Notícia do nascimento

Talvez você queira anunciar o feliz acontecimento num jornal local ou nacional, ou então alugar um avião e pedir que seja exibida uma faixa com todos os detalhes pertinentes. Alguns pais preferem agradecer a equipe médica que foi prestativa na nota que colocam na imprensa. Independentemente do jornal escolhido para colocar a notícia, lembre-se de guardar uma edição para mostrar à criança naqueles dias ainda distantes em que ela já tiver se tornado adolescente, falando e andando por aí.

O *check-up* das seis semanas: o "adeus" oficial à gravidez

Cerca de seis semanas após o nascimento do bebê, você fará um *check-up* com um dos médicos que cuidaram de você durante o período em que ficou na maternidade. Eles irão verificar como está o seu estado de saúde. O *check-up* das seis semanas é o "adeus" aos cuidados da maternidade. Você agora volta a ter oficialmente uma vida normal. É claro que talvez você não se sinta normal durante um bom tempo, principalmente se os seus peitos vazarem, ou ainda estiver com algum corte ou laceração que incomodam, ou então estiver com a impressão de que também deu à luz a maior parte de sua memória junto com seu filho.

Embora você esteja dando adeus aos exames da maternidade, ainda há uma rede de apoio disponível durante os primeiros anos do bebê, incluindo a clínica pediátrica ou a assistente de saúde, dependendo do tipo de assistência médica disponível onde você mora. Eles poderão sanar dúvidas quanto a alimentação, alergias na pele, crescimento, desenvolvimento e qualquer outra preocupação que você possa ter.

O crescimento do bebê

As mudanças que você irá perceber apenas nos primeiros meses são enormes. Nas primeiras semanas, o corpo encolhido do bebê começará a se alongar. Ele ganhará certo controle sobre a cabeça e o pescoço, começará a focalizar além do seu rosto e irá sorrir e emitir sons quando você se dirigir a ele. Quando você olhar para o seu bebê, vai ser difícil acreditar que daqui a um ano terá uma criancinha capaz de dizer algumas palavras enquanto tenta andar (ou engatinhar) na direção do próximo objeto de entretenimento fascinante (um sapato, digamos, ou o fio do telefone), mastigando um pedaço de torrada. Mas é exatamente assim a escala de mudanças que irá acontecer no primeiro ano.

Também é bastante comum para as novas mães querer que o bebê atinja o próximo patamar – ficar sentado, engatinhar, ficar de pé –, e as Olimpíadas do Bebê começam cedo (como você certamente perceberá, na clínica pediátrica, quando alguém notar as suas olheiras e disser: "Ela ainda não dorme direito à noite, não é? O *meu* dorme."). Mas começar a sentar cedo, por exemplo, não é nem sinal de inteligência superior nem de que você é uma mãe superior. Simplesmente significa que o seu filho é um bebê que começou a sentar cedo. Se você conseguir relaxar e aceitar que todos os bebês se desenvolvem de acordo com seu próprio ritmo, então conseguirá desfrutar dessa época, tão especial e passageira, enquanto ela durar. E ela não dura muito.

Não é apenas o seu bebê que irá mudar neste primeiro ano – você também mudará. Há doze meses, você nem mesmo estava grávida. Daqui a um ano, você terá aprendido não apenas os mistérios da amamentação, dos choros, da hora do banho, da hora de dormir e de deixar a casa segura para o bebê – você também terá aprendido o que faz o bebê rir, o que o deixa nervoso, qual é sua brincadeira favorita e para que tipo de figuras ele gosta mais de olhar. Você terá aprendido como é conviver com ele e como ter uma família unida.

O que é seguro e o que não é

Coisas comuns do dia-a-dia de repente podem deixá-la preocupada quanto à segurança, quando você está grávida. Coisas que você ouviu no rádio, leu no jornal, ou comentários que outras pessoas fizeram há muito tempo podem voltar a atormentá-la. Você não ligou muito na época, pois não estava grávida, mas agora você precisa saber se são procedentes.

Na verdade, é muito difícil provar que algo é seguro. É muito mais fácil provar que algo *não é* seguro. Precisamos deduzir que algo é seguro através de testes que não revelam nenhum mal específico, e da longa experiência do uso de alguma coisa durante muitos anos. Mesmo assim, podem surgir novos fatos sobre algo que foi considerado seguro durante um bom tempo. Às vezes, algo é seguro quando usado de um jeito ou em determinado estágio da gravidez, e deixa de ser seguro se usado de outro modo, ou num estágio anterior ou posterior.

Aqui nós compilamos algumas das dúvidas mais comuns sobre segurança e tentamos encontrar todas as evidências disponíveis. Alguns dos tópicos podem parecer estranhos, mas todos estão relacionados a dúvidas genuínas que já nos foram apresentadas em algum momento.

Todas as informações sobre a segurança de certos alimentos durante a gravidez estão na seção **Alimentando-se bem na gravidez**, na página 5.

Aqui, nós examinamos o seguinte:

- Medicamentos sob prescrição médica
- Medicamentos sem prescrição médica
- Drogas recreativas
- Segurança no trabalho
- Segurança em casa
- Segurança fora de casa
- Tratamentos de beleza
- Terapias complementares

Medicamentos sob prescrição médica

O seu médico tem plena consciência de quais medicamentos são seguros para ser usados durante a gravidez e quais não são, bem como de quais podem ser utilizados com os devidos cuidados. Algumas drogas podem ser seguras em determinado trimestre, mas não em outro. Às vezes, você deve usar a abordagem do equilíbrio de riscos; se a doença em si puder prejudicar o bebê, então talvez seja preciso tomar algum medicamento que envolva um pequeno elemento de risco.

Se você estiver consultando um médico que nunca consultou antes, ou um substituto que está temporariamente no lugar do seu médico, mencione a gravidez antes que ele faça uma prescrição para você.

Em geral, existe mais de uma opção de remédios para tratar um problema, e o seu médico irá certificar-se de que escolheu a droga mais segura. Isso talvez signifique que você tenha de tomar um medicamento diferente daquele que toma regularmente.

Se você estiver tomando algum medicamento de uso contínuo, verifique com o seu médico, ou farmacêutico, antes de tomá-lo durante a gravidez.

Se você estiver tomando mais de um medicamento, avise o seu médico. O farmacêutico também poderá aconselhá-la sobre as interações medicamentosas.

Se você manifestar efeitos colaterais, como algum tipo de alergia, ao tomar um medicamento que normalmente não tem efeitos colaterais para você, avise o seu médico.

Antidepressivos

Algumas mulheres podem estar tomando antidepressivos quando engravidam. O Prozac, um dos antidepressivos mais prescritos pelos médicos, já é utilizado há algum tempo. Alguns estudos foram feitos para analisar o efeito que a droga pode ter sobre um bebê em desenvolvimento e não houve nenhuma evidência de anomalias congênitas. A erva-de-são-joão parece ser segura, mas há poucas provas quanto à segurança de seu uso durante a gravidez.

Converse com o seu médico sobre como você pode lidar com a depressão durante a gravidez. Se você tem uma depressão leve, talvez queira experimentar algum tipo de terapia. Você e seu médico podem decidir modificar a medicação, ou então suspendê-la algumas semanas antes do nascimento para diminuir o risco de sintomas de abstinência para o recém-nascido. Não pare de tomar o medicamento sem antes conversar com o seu médico.

Vacina contra a gripe

A gravidez debilita um pouco o seu sistema imunológico, então pode ser que você fique resfriada com mais facilidade e se sinta mais doente do que de costume. Você também poderá desenvolver infecções pulmonares secundárias. A gripe pode causar problemas na gravidez: ela pode causar um aumento na taxa de aborto espontâneo, e há problemas associados com a febre no começo da gravidez (veja, na página seguinte, o tópico sobre "hipertermia").

Se o seu emprego deixa você em contato com pessoas que podem estar gripadas (por exemplo, se você é enfermeira ou trabalha num asilo para idosos), talvez o risco de gripe seja alto o suficiente para justificar uma vacina.

A vacina contra a gripe não costuma ser oferecida às mulheres grávidas, a não ser que elas também apresentem outros problemas, como asma, afecções do coração ou diabetes, que poderão colocá-las numa categoria de alto risco. Em outros países, o comum é oferecer a vacina contra a gripe às gestantes no segundo e terceiro trimestres de gravidez. Você pode optar pela vacina por decisão própria, ou então talvez queira discutir o assunto com seu médico. O Ministério da Saúde afirma que os vírus da vacina são cultivados em ovos, então, caso você seja alérgica a ovos, não deve tomar a vacina. Algumas pessoas ficam com a área onde a vacina foi aplicada dolorida, e um menor número não se sente muito bem e tem dor de cabeça após a aplicação.

A vacina contra a gripe é feita com vírus inativos, portanto ela não causa a gripe. A cada ano, uma diferente combinação de vírus inativos é utilizada para a vacina, para tentar combater os vírus que têm maior probabilidade de causar gripe naquele ano. A vacina é considerada segura durante a gravidez. Um estudo examinou a incidência de defeitos ao nascer, bebês natimortos e a inteligência de crianças cujas mães tomaram a vacina, e acompanhou as crianças até os sete anos de idade, e não revelou nenhum problema.

Hipertermia

Há alguma evidência de que uma temperatura corporal alta no começo da gravidez possa estar ligada a um pequeno aumento do risco de ter um bebê com espinha bífida, um defeito na coluna. Se você tiver uma febre alta (mais de 39 graus, por mais de 24 horas) quando estiver com cinco ou seis semanas de gravidez, converse com o seu médico – ele poderá sugerir que você tome algum medicamento para reduzir a febre.

Medicamentos sem prescrição médica

Em algum momento da gravidez, você poderá se sentir tentada a tomar algum medicamento sem prescrição médica para irritações como rinite alérgica ou garganta inflamada. Consulte sempre o seu médico ou o farmacêutico antes de tomar qualquer medicamento, incluindo todos os remédios que você costuma tomar para resfriado, dor de cabeça, dores nas costas etc. Lembre o seu médico e informe o farmacêutico de que você está grávida. Leia a embalagem e a bula de todos os medicamentos comprados sem prescrição médica para se certificar de que podem ser usados durante a gravidez.

Anti-histamínicos

A maioria dos anti-histamínicos por via oral comprados sem prescrição médica não é recomendável para o uso durante a gravidez. Em vez de tomar o medicamento, faça uma visita ao seu médico, pois ele poderá prescrever alternativas apropriadas. Os anti-histamínicos mais antigos em geral são considerados seguros, pois já são utilizados há muitos anos. As versões mais novas, que têm a vantagem de não causar sonolência, geralmente não são utilizadas na gravidez, já que não há evidências suficientes sobre sua segurança. Os cremes anti-histamínicos geralmente são seguros, mas, antes de usá-los, pergunte ao farmacêutico e leia a bula e a embalagem.

Medicamentos antidiarréicos

Evite tomá-los durante a gravidez e beba bastante líquido. No entanto, os sais para reidratar e as bebidas isotônicas para repor os minerais perdidos são considerados seguros. Consulte o seu médico se a sua diarréia durar mais de um dia. Ele poderá orientá-la sobre como prevenir a desidratação.

Medicamentos para tratar resfriados

Evite a combinação de remédios para gripes e resfriados, já que muitas vezes eles contêm um ou mais tipos de analgésico, cafeína e talvez um descongestionante. Os óleos descongestionantes como o mentol e o eucalipto, adicionados à água quente para ser inalados, são considerados seguros.

Analgésicos

O **paracetamol** é considerado seguro se for tomado ocasionalmente; uma ou duas vezes por semana, no máximo, para os resfriados, gripes e outros problemas de pequena duração. Um estudo revelou que as gestantes que tomam o paracetamol com maior freqüência ou diariamente no final da gravidez têm duas vezes mais probabilidades de ter um bebê com dificuldades respiratórias. Então procure tomar o paracetamol apenas ocasionalmente.

O **ibuprofeno** não é recomendado durante a gravidez, já que pode afetar o bebê e prolongar o trabalho de parto.

A **aspirina** diminui a viscosidade do sangue, então não é recomendada para o uso geral, principalmente no fim da gravidez. No entanto, às vezes esse efeito é útil, e o seu médico poderá prescrever a aspirina se você já teve aborto espontâneo recorrente, se tiver pré-eclâmpsia ou se for fazer uma viagem de longa distância. Consulte a página 113 para obter mais informações sobre viagens durante a gravidez.

Medicamentos para a tosse

Um medicamento simples à base de mel e limão costuma ser considerado seguro. Alguns remédios para a tosse contêm efedrina, que pode elevar a pressão arterial e, em teoria, reduzir a quantidade de sangue que chega até o bebê. Outros contêm codeína ou dextrometorfano, que não são recomendados durante a gravidez. Verifique com seu farmacêutico.

Tratamentos para a cistite

Os medicamentos sem prescrição médica para a cistite não são recomendáveis durante a gravidez. Faça uma consulta com o seu médico, pois ele poderá verificar se você tem uma infecção causada por bactérias e prescrever um antibiótico adequado. Veja a página 406 para obter mais informações sobre infecções no trato urinário.

Cremes para hemorróidas

A maioria deles pode ser usada durante a gravidez. Leia a embalagem e a bula, ou pergunte ao farmacêutico. Veja a página 138 para obter mais informações sobre como lidar com as hemorróidas durante a gravidez.

Medicamentos para azia e mádigestão

Os antiácidos que contêm alumínio e magnésio podem ser tomados ocasionalmente. Se você tiver pressão alta, peça ao farmacêutico um medicamento com pouco sódio. Evite os remédios mais fortes, vendidos sem receita médica, que contêm ingredientes como domperidona e cimetidina. Em vez disso, experimente tomar chá de hortelã ou um copo de leite. Na página 92 você encontra mais dicas para lidar com a azia durante a gravidez.

Laxantes

Evite os laxantes durante a gravidez. Experimente adicionar mais fibras à sua dieta e beber bastante líquido. Se a prisão de ventre persistir, consulte o seu médico ou a obstetriz para que eles prescrevam algum laxante suave, ou algum suplemento com fibras. Na página 140 você encontra mais dicas para lidar com esse problema tão comum na gravidez.

Cremes para a pele

Os emolientes, como os cremes aquosos utilizados para tratar eczema e psoríase, são considerados seguros durante a gravidez. Os cremes que contêm ácido salicílico e corticosteróides suaves são considerados seguros para uso ocasional, já que as versões vendidas sem prescrição médica têm uma dose muito baixa. Se você tiver alguma infecção na pele, consulte o seu médico, que poderá prescrever algum antibiótico seguro. É melhor evitar o alcatrão, pois já foi sugerido que ele pode estar ligado ao surgimento de câncer. A gravidez pode deixar a sua pele mais sensível ao sol, então no verão, ou durante as férias, tome ainda mais cuidado para proteger sua pele.

Cremes para manchas geralmente contêm peróxido de benzoíla e ácido salicílico, e podem ser usados durante a gravidez. No entanto, os cremes que contêm retinol devem ser evitados. Embora a dosagem no creme seja bem menor do que na medicação por via oral, o retinol é prejudicial ao bebê em formação, então a opção mais segura é evitar todos os cremes que contenham retinol.

Tratamentos para a candidíase

A maioria dos cremes para uso tópico é considerada segura, mas você deve evitar os medicamentos por via oral para tratar a candidíase. Verifique com o farmacêutico. Veja a página 55 para obter mais orientações sobre como lidar com a candidíase durante a gravidez.

Drogas recreativas

Cigarros

Se você fuma, e quase 1/4 das gestantes fuma, então parar de fumar provavelmente será a melhor coisa a fazer para dar ao bebê o melhor começo de vida. Nunca é fácil desistir de fumar – pode ser um vício muito forte. Mas estar grávida pode, na verdade, tornar a decisão mais fácil do que se você não estivesse:

- Os enjôos da gravidez e as mudanças no corpo podem deixar você com menos vontade de fumar que de costume, o que já é um **bom começo**.
- Saber que parar de fumar é muito importante para o bebê pode motivar você a **continuar tentando**.
- Entender o motivo pelo qual parar de fumar é importante para você também pode ajudar o seu parceiro a fazer o mesmo se ele tiver esse hábito. É mais fácil **não voltar a fumar** quando você tem o apoio de alguém que está parando de fumar na mesma época que você.

Por que é importante parar? Porque fumar na gravidez prejudica tanto você quanto o seu bebê, que ainda não veio à luz.

Muitas mulheres que fumavam antes da gravidez conseguiram parar no começo da gestação, e um dos fatores mais importantes que as fizeram ter êxito foi saber dos perigos de continuar a fumar. Então, para motivá-la, vamos examinar quais são realmente esses perigos.

Como o hábito de fumar afeta a gravidez

Fumar mais de dez cigarros por dia tem um efeito significativo. Esse hábito aumenta o risco de:

- aborto espontâneo (o risco aumenta em 25%)
- gravidez ectópica (extra-uterina)
- parto prematuro (duas vezes mais provável para as fumantes do que para as não-fumantes)
- problemas de hemorragia e de placenta
- bebês natimortos (risco 1/3)

Como o hábito de fumar afeta o bebê no útero

Cada cigarro que uma gestante fuma reduz o fluxo de sangue que passa pela placenta por cerca de 15 minutos, fazendo com que os batimentos cardíacos do bebê aumentem. A nicotina inalada através dos cigarros reduz a quantidade de oxigênio e de nutrientes que chegam até o bebê através do cordão umbilical, reduzindo o crescimento do bebê.

Fumar também aumenta o risco de:

- o bebê ter baixo peso ao nascer; as mulheres fumantes geralmente têm bebês que pesam de 100 a 300 g menos do que os bebês de mulheres não-fumantes. Quanto mais fumarem, mais pronunciado será esse efeito

- SMSI (síndrome da morte súbita infantil): os bebês das mulheres que fumam têm mais probabilidade de sofrer a síndrome da morte súbita do que os bebês de mulheres não-fumantes

Fumar faz mal para os bebês em desenvolvimento e para as crianças também; pode fazer com que tenham menor desenvolvimento intelectual e afetar seu crescimento. Também há evidências que apontam para maiores riscos de problemas como lábio leporino e/ou fenda palatina, e cânceres da infância. Além disso, o Royal College of Physicians da Inglaterra afirma que 17.000 crianças abaixo dos cinco anos de idade são hospitalizadas a cada ano por causa de doenças respiratórias resultantes do hábito de fumar dos pais. Assim, se você parar de fumar durante a gravidez, também estará protegendo o desenvolvimento do seu bebê.

Como parar de fumar

Se você parar de fumar, o nível de oxigênio no seu sangue volta ao normal dentro de um dia. Se você conseguir parar de fumar antes dos quatro meses de gravidez, os riscos para o seu bebê serão os mesmos que se você nunca tivesse fumado. Quanto mais você fumar, maior será o risco, então, diminuir a quantidade de cigarros, caso você não consiga parar, também ajuda. Vale a pena parar de fumar em *qualquer* época da gestação. Os estudos mostram que as mulheres que conseguem parar de fumar durante a gravidez têm menos bebês prematuros e que os bebês têm um peso maior em relação aos bebês de mulheres que não conseguem.

Fumar é mais um hábito que um vício. Para parar, você precisa quebrar tanto o hábito quanto a dependência da nicotina. Isso requer planejamento e apoio. Aqui estão algumas sugestões que você pode tentar, e que já ajudaram outras mulheres:

1. Converse com a sua obstetriz ou o seu médico sobre parar de fumar. Eles podem colocar você em contato com algum grupo de apoio local ou com um profissional especializado para aconselhá-la. Você também poderá comprar um livro de auto-ajuda sobre o assunto, se preferir enfrentá-lo sozinha, ou então fazer um curso sobre como parar de fumar.
2. Acesse o site do Ministério da Saúde para descobrir os programas de apoio para quem deseja parar de fumar (www.inca.gov.br/tabagismo).
3. Marque uma data para parar de fumar. Até essa data, livre-se dos cigarros, dos cinzeiros, do isqueiro e assim por diante. Converse sobre o assunto com o seu parceiro, com os amigos e os parentes, e peça a ajuda de todos. Para o dia marcado, planeje atividades que você não associa ao hábito de fumar: tome o café da manhã na cama, vá ao cabeleireiro, saia para nadar e vá a locais onde "é proibido fumar", como lojas e cinemas. O primeiro dia sem cigarros mostrará que você pode ficar sem fumar.
4. Pense sobre as ocasiões em que você fuma: após uma refeição, quando sai com os amigos ou quando faz uma pausa no trabalho? Planeje outras coisas para fazer nesses momentos.
5. Se o seu parceiro fuma, peça a ele que pare de fumar junto com você. É bem mais fácil se vocês desistirem juntos, e as mulheres que conseguem parar de fumar têm mais probabilidade de ter um parceiro que não fuma. Um lar onde ninguém fuma também protege você e o bebê dos efeitos nocivos do fumo passivo.

As drogas utilizadas para ajudar as pessoas a parar de fumar, como o Zyban®, não são consideradas seguras durante a gravidez. Há também certa controvérsia sobre o uso dos adesivos e chicletes de nicotina. Alguns especialistas são de opinião de que é a nicotina que causa o dano, quer seja proveniente de adesivos quer de cigarros, enquanto outros acreditam que a nicotina liberada lentamente pelos adesivos causa menos mal do que a nicotina liberada pelos cigarros, que "inundam" o organismo de nicotina. Converse sobre as opções existentes com o seu médico se você quiser utilizar algum desses métodos. Como alternativa, o hábito de mascar chicletes comuns parece ajudar algumas pessoas. Outras mulheres também consideram a acupuntura e a hipnoterapia como aliados úteis.

Assim que você tiver parado de fumar:

- Beba muita água, para ajudar a eliminar as toxinas do organismo. Não beba muito chá, café ou bebidas à base de cola, já que a cafeína neles existente pode ter um efeito mais forte quando você está parando de fumar.
- Aceite o fato de que você sentirá vontade de fumar. Quando sentir vontade coma uma fruta, coloque na boca uma bala de hortelã ou um doce e mantenha-se ocupada, até a vontade passar.
- Prepare-se também para alguns sintomas comuns na fase da desabituação como a irritabilidade. Eles podem ser desagradáveis, mas passarão, e os benefícios para você e o bebê durarão toda uma vida.
- Compense a falta de energia comendo pouco e com freqüência. Faça também bastante exercício, pois isso pode substituir a "energia" que a nicotina costumava lhe dar.
- Se ficar estressada com tudo, experimente ouvir uma fita de relaxamento ou então freqüente aulas de ginástica ou de relaxamento.
- Se possível, coloque diariamente num vidro o dinheiro que você gastaria com

cigarros, pois assim verá quanto está economizando. No fim da primeira semana, compre alguma coisa bem bonita para o seu bebê, ou para você.

Boa sorte!

Drogas ilícitas

Se você usa drogas, que efeito elas podem ter sobre o bebê dentro do útero? Não é fácil coletar dados sobre os efeitos das drogas ilícitas, visto que não apenas relativamente poucas mulheres as utilizam, como também porque aquelas que as usam raramente querem se envolver com pesquisas médicas. Seria também antiético não oferecer às gestantes ajuda para lidar com o vício. Então, grande parte das pesquisas realizadas nessa área foi feita coletando-se dados a partir da observação dos bebês nascidos de mulheres que tomavam drogas.

A pesquisa também é complicada pelo fato de que muitas mulheres que usaram drogas também fumaram cigarros e utilizaram bebidas alcoólicas durante a gravidez, e essas drogas legais têm seus próprios efeitos nocivos sobre a gravidez e o desenvolvimento do bebê. No entanto, apesar da falta de dados de larga escala, é óbvio que todas as drogas ilícitas têm algum efeito nocivo sobre o bebê em desenvolvimento e devem ser evitadas.

- **Anfetaminas e *ecstasy*:** podem estar associados a problemas cardíacos e malformação das pernas e dos pés do bebê.
- **Esteróides anabólicos:** podem causar malformação nos genitais dos fetos femininos.
- ***Cannabis* (maconha):** existem evidências de que os bebês cujas mães usaram maconha durante a gravidez possam ter problemas de comportamento, tremores persistentes, choro agudo, reflexos exagerados e problemas para dormir. Tam-

bém pode haver um risco maior de síndrome alcoólica fetal nas mães que usam maconha e também tomam bebidas alcoólicas. Pequenos estudos também associaram o uso da maconha durante a gravidez à leucemia e a outros tipos de câncer, mas não há evidências suficientes para termos certeza disso.
- **Cocaína:** a cocaína causa espasmo dos vasos sangüíneos e aumenta a pressão arterial. Esses efeitos, por sua vez, aumentam o risco de aborto espontâneo, rompimento da placenta, parto prematuro, baixo peso ao nascer e parto muito rápido. Existem evidências de danos no cérebro do bebê em desenvolvimento e talvez de um aumento do risco da síndrome de morte súbita infantil.
- **LSD:** não existem estudos extensos sobre o uso de LSD durante a gravidez. Em vários casos isolados houve deformidades congênitas, e estudos de pequena escala sugerem uma alta taxa de abortos espontâneos associados possivelmente a malformações. No entanto, as mães analisadas nesses estudos muitas vezes usavam mais de um tipo de drogas, portanto é difícil isolar apenas a influência do LSD.
- **Heroína e metadona:** essas drogas estão associadas a partos prematuros e retardo de crescimento intra-uterino. Após o nascimento, os bebês das mães que utilizam essas drogas muitas vezes apresentam sintomas típicos da fase de abstinência: espasmos, convulsões, inquietação, espirros, coriza, diarréia, vômitos e problemas de apetite. A síndrome da morte súbita infantil também é mais comum nesses bebês.
- **Solventes:** não há dados específicos sobre o abuso de solventes, embora tenham sido feitos estudos com pessoas que trabalham com solventes, onde os níveis dessas substâncias geralmente são bem menores do que quando são inaladas. A exposição aos solventes pode aumentar o risco de aborto espontâneo. Também pode aumentar o risco de defeitos congênitos, incluindo fenda palatina e outras deformações faciais, e alguns solventes podem aumentar o risco de ter um bebê com baixo peso, ou natimorto. Os estudos que acompanharam esses bebês na infância mostram incidências de restrição no crescimento e distúrbios de aprendizagem.

Como obter ajuda

As mulheres que usam drogas ocasionalmente ou apenas "socialmente" podem decidir parar pelo menos durante a gravidez, e se abster das drogas sem nenhum risco. No entanto, não é sensato uma usuária dependente parar de tomar drogas subitamente durante a gravidez sem ter algum tipo de aconselhamento e apoio médico.

Embora seja sempre difícil procurar ajuda, se você estiver grávida e for dependente de drogas, então é ainda mais importante obter ajuda para lidar com o vício. O apoio e o tratamento corretos podem reduzir os possíveis efeitos sobre o bebê, e também ajudar você a se sentir mais saudável durante a gestação. Existem profissionais treinados para dar apoio às mulheres usuárias de drogas, que poderão encaminhá-las a outros órgãos para terem toda a ajuda disponível. Você não será a primeira pessoa a pedir ajuda nessa situação.

Se você preferir não falar sobre o assunto com o seu médico ou sua obstetriz, converse com alguma entidade que possa apoiá-la. Você pode entrar em contato com elas diretamente, e elas manterão sigilo.

Segurança no trabalho

Ar-condicionado

Não encontramos nenhum dado sobre qualquer problema específico associado com o ar-condicionado durante a gravidez. O ar-condicionado, no entanto, pode causar desidratação e você pode ficar mais predisposta a ficar de qualquer modo com os olhos secos e o nariz congestionado durante a gravidez, então beba bastante líquido. Coloque um pires de água perto da sua mesa ou do local onde você trabalha para ajudar a aumentar a umidade do ar.

A poluição do ar pode causar problemas. Um estudo feito em Los Angeles, que é uma cidade bem conhecida pela poluição do ar, mostrou que as mães que moram nas áreas onde há níveis maiores de ozônio e monóxido de carbono estavam mais predispostas a ter bebês com fenda palatina e lábio leporino, e problemas nas válvulas do coração. Poucas cidades são tão poluídas assim, mas vale a pena evitar locais com ar muito poluído e cheio de fumaça durante o começo da gravidez.

Anestésicos inalatórios

Qualquer pessoa que trabalhe com gases anestésicos pode ficar exposta a resíduos desses gases. Isso pode se aplicar a você, caso trabalhe com cirurgias veterinárias ou dentárias, e também a médicas e enfermeiras que trabalham na sala de cirurgia. Vários estudos associam a exposição a resíduos de gases anestésicos com um aumento do risco de aborto espontâneo. No entanto, não há nenhuma ligação com defeitos ao nascer.

Minimizar os resíduos irá diminuir os riscos. É muito importante que existam bons sistemas de varredura para recolher os resíduos de gases. Os equipamentos anestésicos devem ser inspecionados regularmente para verificar se há vazamentos, e você não deve encher ou esvaziar os vaporizadores caso esteja grávida. Você pode pedir que seja feita uma avaliação de riscos do trabalho (veja a página 73) no começo da gravidez, caso esteja preocupada com as suas condições de trabalho.

Telas de computador

Existe há algum tempo a preocupação quanto ao uso das telas de computador ou monitores. Teme-se que a radiação emitida por eles possa estar ligada a abortos espontâneos e defeitos ao nascer. Muitos estudos científicos foram feitos, mas, se considerados como um todo, os resultados não mostram nenhuma ligação entre abortos espontâneos ou defeitos ao nascer e o trabalho com monitores. O Comitê de Proteção Radiológica do Reino Unido considera que os níveis da radiação eletromagnética que tem probabilidade de ser gerada pelos equipamentos com telas estão bem abaixo daquele estabelecido internacionalmente para os limites de risco à saúde humana.

É muito mais provável que você venha a ter dores nas costas e problemas de postura ligados ao ato de sentar-se em frente ao um monitor durante um longo período de tempo. Já que você está mais vulnerável a dores nas costas e desconforto muscular, veja se a sua mesa e a cadeira estão na altura correta para seu tamanho, e se o topo da tela está no nível de seus olhos. Use um apoio para os pés e para os pulsos, se precisar. Faça pausas regulares, e lembre-se de que ficar olhando para a tela diminui a freqüência com que você pisca, o que pode deixar os seus olhos mais secos. Desligue o computador sempre que não estiver usando, para reduzir o clarão da tela, o aquecimento e o barulho.

Segurança em casa

Areia sanitária para gatos

É seguro limpar a caixa de areia dos seus gatos se você tomar algumas precauções simples contra a toxoplasmose. A toxoplasmose é uma infecção causada por um parasita que pode ser encontrado na carne crua ou malpassada, e também no solo ou em vegetais contaminados com as fezes infectadas do gato, ou na areia usada por um gato infectado. Os adultos que desenvolvem a doença não costumam ficar muito doentes e, uma vez que você contraia a toxoplasmose, fica imune a ela. Se você mora com gatos, é bem provável que já tenha desenvolvido a imunidade. O único problema é se você contrair a toxoplasmose pela primeira vez durante a gravidez, já que isso pode trazer danos ao bebê no útero. Se você estiver preocupada com o risco, peça a alguém que limpe a caixa de areia dos gatos para você:

Caso você mesma tenha de trocar a areia dos gatos:

- use luvas de borracha quando for trocar a areia dos gatos, e lacre a areia usada num saco plástico
- lave as luvas de borracha enquanto ainda estiverem em suas mãos
- tire as luvas e lave as mãos com água e sabão

Você também deve usar luvas quando estiver cuidando do jardim, caso existam fezes de gato no solo do jardim.

Lavagem a seco

É improvável que níveis baixos de exposição aos fluidos da lavagem a seco (como, por exemplo, usar roupas que passaram pela lavagem a seco e utilizar pequenas quantidades de fluidos para esse tipo de lavagem numa área bem ventilada) causem algum dano. Os estudos revelam que os solventes orgânicos podem causar defeitos ao nascer, mas os níveis de concentração de produtos químicos nesses estudos são bem maiores do que aquele que você encontra em casa. Os estudos foram feitos com mulheres que ficaram doentes devido ao uso dos solventes, e também com mulheres que trabalham com solventes orgânicos. Mesmo assim, os resultados são variáveis, principalmente porque é difícil medir a quantidade de substâncias químicas a que uma mulher foi exposta.

Conseguimos sentir o cheiro desse tipo de substância química em quantidades bem pequenas, bem menores do que os níveis que parecem causar problema. Assim, o simples fato de você conseguir sentir o cheiro da substância não indica que exista um risco. O seu olfato pode detectar níveis tão baixos quanto algumas partículas por milhão (ppm) dispersas no ar.

Mas se você quiser tomar precauções:

- deixe as roupas que passaram pela lavagem a seco tomarem um pouco de ar, antes de usá-las
- evite utilizar produtos para lavagem a seco em casa, inclusive removedores de manchas
- se você precisar mesmo utilizá-los, trabalhe numa área bem ventilada

Lençóis e cobertores elétricos

Aumentar a temperatura corporal em determinadas épocas (na 5ª e 6ª semana de gestação, especificamente) pode elevar o risco de aborto espontâneo e de defeitos no tubo neural. Usar um cobertor elétrico aumenta de fato a temperatura do corpo, mas talvez não o suficiente para causar danos ao bebê. Parece que a eletricidade em si não causa nenhum perigo. É uma boa idéia remover o lençol elétrico no fim da gravidez, para o caso de sua bolsa de água romper-se enquanto você estiver na cama.

Spray antipulgas

Existem regulamentos severos quanto à segurança dos *sprays* antipulgas que estabelecem que nenhum *spray* vendido no Reino Unido deve conter substâncias químicas que possam causar problemas às gestantes. O lindano, um inseticida associado a defeitos de nascimento nos animais, foi retirado do mercado nesse país alguns anos atrás, mas ainda é muito usado no Brasil. Mesmo assim, para ficar mesmo segura, caso o seu gato tenha pulgas, peça a outra pessoa que passe o *spray* nele. Se você mesma precisar fazer isso, escolha um produto que não venha na versão *spray*. Em vez disso, use um óleo que é aplicado no pêlo e depois absorvido. Caso você tenha de usar o *spray*:

- verifique as informações na embalagem e escolha um produto que seja seguro para o uso nas fêmeas de animais que estejam prenhas
- use-o sempre numa área externa ou bem ventilada
- use luvas e mangas compridas para evitar o contato do *spray* com a sua pele
- lave bem as mãos após a aplicação

Se você trabalha com animais e tem que entrar em contato com *sprays* antipulgas diariamente, peça uma avaliação de riscos do ambiente bem no começo da gravidez. Talvez seja possível modificar sua carga de trabalho para evitar o uso desses *sprays* durante o primeiro trimestre de gestação.

Banhos quentes de banheira, banhos em SPAs e saunas

Não há problema em tomar um banho morno de banheira, mas os banhos muito quentes provavelmente não são uma boa idéia. Não existem provas de que eles possam causar problemas, mas eles afetam a circulação do sangue no organismo e, em teoria, isso pode afetar o fluxo de sangue que chega até o bebê.

Se o banho deixa a sua pele vermelha, faz você suar, a deixa tonta e com calor, a água pode estar quente demais. As banheiras de hidromassagem e as saunas, por definição, fazem uso de água bem quente, por isso seu uso geralmente é desaconselhado enquanto você estiver grávida. Em vez disso, opte por entrar numa banheira cuja temperatura da água seja confortável em contato com a pele.

Verifique as informações nos rótulos de produtos comuns, como banho de espuma, para ver se há alguma advertência contra o seu uso durante a gravidez. A maioria das mulheres evita usar óleos para banho de aromaterapia no primeiro trimestre, já que existe controvérsia (mesmo entre os especialistas) quanto à sua segurança durante a primeira fase da gravidez.

Produtos de limpeza

Na verdade, não há dados suficientes sobre os possíveis efeitos da maioria dos agentes de limpeza domésticos para dar uma resposta definitiva. Alguns produtos de limpeza, se usados comercialmente, podem ser perigosos, mas os níveis utilizados em casa são bem menores.

É sensato evitar os riscos sempre que possível, então:

- abra as janelas e as portas se estiver usando produtos de limpeza para o banheiro e outros produtos
- use luvas de borracha ao utilizá-los
- evite misturar produtos diferentes
- evite os produtos de limpeza em aerossol, já que eles espalham partículas muito pequenas de substâncias químicas no ar

- verifique o recipiente antes de comprar; alguns deles trazem uma advertência sobre o grau de toxicidade do produto
- escolha os produtos de limpeza mais simples sempre que possível, por exemplo, para remover manchas, você pode comprar barras de sabão feito à base de frutas cítricas, em vez de solventes

Tintas

Durante a gravidez, é mais prudente evitar o contato com:

- tintas à base de óleo
- acabamentos de poliuretano para o chão
- tintas em *spray*
- terebentina (e solventes similares)
- removedores de tinta líquidos

Tintas à base de água são mais seguras, mas trabalhe sempre em ambiente bem ventilado. Utilize um pincel ou um rolo no lugar do *spray*, pois ele espalha partículas muito leves que ficam suspensas no ar.

Não é aconselhável reformar a casa durante o primeiro trimestre, quando o bebê está se desenvolvendo e o risco de aborto espontâneo é maior. Mais tarde, tome cuidado ao curvar-se e esticar-se, ao usar escadas e ao erguer os móveis. Faça pausas regulares e evite comer e beber no ambiente que está sendo pintado. Ou então sente-se no sofá e contente-se em ficar olhando as palhetas de cores enquanto alguém faz o trabalho para você.

Segurança fora de casa

Viagens aéreas

Não há nenhuma evidência de que as mulheres que viajam de avião durante a gravidez corram um risco maior de ter complicações. Em geral, se a sua gravidez não apresenta problemas, não há nenhuma razão para você não poder viajar de avião. Se você estiver atravessando fusos horários, a fadiga pode ficar ainda mais difícil de ser combatida, mas apenas isso não é suficiente para colocar a sua saúde em risco.

No entanto, é recomendável que você não voe durante a gravidez se você tiver:

- placenta prévia (veja a página 427)
- anemia falciforme (veja a página 378)
- pré-eclâmpsia severa (veja a página 161)

Consulte um médico antes de viajar, caso você tenha apresentado algum dos seguintes problemas:

- parto prematuro em uma gravidez anterior
- ruptura da placenta numa gravidez anterior
- anemia moderada nesta gravidez
- placenta baixa
- sangramento recente, ou algum procedimento invasivo feito recentemente, como a amniocentese
- gestação múltipla

Tome cuidado. A maioria das linhas aéreas nunca permite que as gestantes embarquem após a 32.ª semana de gravidez por causa do risco de parto prematuro. Pode ser que também a passagem e/ou o seguro de viagem percam a validade se você viajar após a 32.ª semana de gestação. Se você estiver planejando passar as férias no exterior por volta da 30.ª semana de gestação, e a passagem de volta tiver de ser adiada por alguma razão, isso poderá fazer com que você fique além do limite de 32 semanas.

Antes de embarcar:

- Prepare-se bem para o vôo – tenha uma garrafa grande de água mineral com você o tempo todo. Você fica mais predisposta que as outras pessoas a ficar

desidratada quando está num avião, portanto tome vários goles de água enquanto espera para embarcar.
- Compre algumas meias de compressão. Elas reduzem o risco de tromboses nas pernas – um risco remoto, mas que pode ser evitado facilmente.
- Escolha sapatos confortáveis, folgados e fáceis de tirar e calçar de novo. A razão para isso é que os seus pés ficarão inchados durante o vôo, e também porque você não precisará se curvar para tornar a calçá-los, se resolver tirá-los.
- Verifique a documentação pertinente ao seguro de viagem para ver se há alguma cláusula referente a complicações da gravidez.
- Tente reservar um assento no corredor, pois assim você terá menos dificuldade para ir ao banheiro sempre que precisar.
- Use roupas confortáveis e, de preferência, que possam ser colocadas e retiradas facilmente.

Dentro do avião:

- Beba bastante água e evite as bebidas alcoólicas, já que elas podem deixá-la mais desidratada do que o próprio ambiente.
- Levante-se e caminhe sempre que possível. É sabido que os vôos de longa distância podem aumentar o risco de trombose venosa profunda (veja abaixo), não apenas para as gestantes, mas para todos os passageiros. De qualquer maneira, você terá de se movimentar para ir ao banheiro, mas isso também será útil para a sua circulação. Já que as suas articulações e ligamentos ficam mais flexíveis durante a gravidez, você tem mais probabilidade de ter problemas nas costas, então movimentar-se regularmente ajudará a acabar com o desconforto.
- Quando estiver sentada, ative a circulação esticando e mexendo os braços e as pernas.

- Se estiver usando sapatos fáceis de ser calçados, tire-os dos pés. Caso o assento ao seu lado esteja vazio, ponha os pés sobre ele.
- Beba e coma em pequenas quantidades e com certa freqüência, para manter estável o nível de açúcar no sangue.

Trombose venosa profunda

A trombose venosa profunda (TVP) ocorre quando um coágulo de sangue forma-se dentro de uma veia. Isso pode ser causado pelo fato de ficar imóvel durante longos períodos de tempo. O aumento do risco de trombose ligado às viagens de avião tem mais relação com o assento restrito do que com o fato de estar dentro de um avião. Embora alguns veículos de comunicação batizem a TVP de "síndrome da classe econômica", a expressão é enganosa, já que isso pode acontecer se você viajar de ônibus, carro, trem ou na classe econômica. "Trombose de viajante" seria uma expressão mais precisa.

Quando você está grávida, corre maior risco de desenvolver uma TVP devido às mudanças na composição e no fluxo do sangue. Você pode tomar alguns cuidados ao viajar de avião:

- Beba muita água e suco de frutas para evitar ficar desidratada. Não beba muito café, chá ou bebidas alcoólicas.
- Não fique parada! Levante-se e caminhe pela cabine sempre que possível. Quando estiver sentada, faça exercícios: movimentos rotatórios com os tornozelos e com os ombros, e flexões dos músculos e articulações.
- Use meias de compressão nas viagens de longa distância.

Se você já teve trombose anteriormente, tem maior risco de TVP. Outros fatores de risco são os seguintes:

- um histórico de trombose na família
- gestação múltipla
- estar acima do peso no começo da gravidez

Se você apresentar algum desses fatores de risco e tiver de viajar de avião, converse com o seu médico sobre os melhores métodos para minimizar o risco. Usar meias de compressão ajuda, assim como tomar aspirina de baixa dosagem ou injeções de heparina, dependendo das circunstâncias pessoais.

Essas orientações também se aplicam às mulheres que viajam até seis semanas após o nascimento do bebê.

Aspirina de baixa dosagem

A aspirina de baixa dosagem demonstrou eficácia na prevenção de alguns tipos de trombose, e também é considerada segura durante a gravidez.

No entanto, não tome aspirina se você tiver:

- alergia à aspirina
- asma
- úlcera péptica

Se você quiser tomar aspirina de baixa dosagem, tome 75 mg por dia, nos três dias que precedem a viagem e também no dia da viagem. Tome durante uma refeição ou com um copo de leite, e não com o estômago vazio.

Uma alternativa para a aspirina é a "heparina de baixo peso molecular", a qual não atravessa a placenta. No entanto, ela deve ser aplicada em forma de injeção, no dia da viagem e no dia seguinte – ou seja, para muitas pessoas, não é muito prático. O Royal College of Obstetricians and Gynaecologists recomenda que as mulheres que tenham fatores de risco adicionais tomem a aspirina de baixa dosagem antes dos vôos longos. Ainda assim, sempre peça a orientação do seu médico ou da obstetriz, pois assim você pode ter certeza de que não há contra-indicações.

Radiação

Talvez você tenha ouvido falar que as aeromoças são transferidas para as funções terrestres quando engravidam. Isso significaria que não é seguro voar, afinal? Uma das razões pelas quais elas são transferidas assim que engravidam é porque se acredita que a exposição à radiação atmosférica possa aumentar o risco de aborto espontâneo. Viajar de avião realmente aumenta a exposição à radiação atmosférica, mas apenas em pequena quantidade. Já que a maioria das pessoas viaja apenas quando sai de férias, o risco para a maioria de nós é insignificante. Apenas as pessoas que viajam com muita freqüência e as comissárias de bordo precisam levar em conta o grau desse risco.

Repelente de insetos

Tome cuidado com os repelentes de insetos. Alguns contêm a substância química DEET (dietiltoluamida). Existem algumas evidências de que o DEET pode aumentar o risco de defeitos no recém-nascido. Certa quantidade da substância é absorvida pela pele e vai para a corrente sangüínea. As doses muito altas podem fazer mal. Infelizmente, não existe muita informação sobre os possíveis efeitos maléficos durante a gravidez. Mas já que a DEET é considerada tóxica em doses muito altas, em geral recomenda-se que as gestantes evitem usar repelentes que contenham DEET ou que os utilizem em pequenas quantidades. Os repelentes que são colocados nas tomadas elétricas podem conter DEET, portanto verifique a embalagem antes de utilizá-los.

Existem alternativas naturais no mercado. Em geral, esses produtos contêm óleo de citronela, que não faz mal às gestantes.

Carneiros e outros animais

Se você está grávida, pense duas vezes antes de levar as crianças para um passeio na fazenda para ver os carneirinhos fofos. E, se você trabalhar num zoológico ou numa fazenda, tome cuidado também. As infecções que ocorrem com algumas ovelhas podem causar problemas à sua saúde e ao bebê. Entre eles, infecções por clamídia, toxoplasmose e listeriose, que são causas comuns de aborto nas ovelhas.

Para evitar um possível risco de infecção:

- não auxilie no parto ou na ordenha de ovelhas
- não toque nos carneirinhos abortados ou recém-nascidos, nem na placenta
- não manuseie roupas, botas ou qualquer objeto que tenha entrado em contato com ovelhas ou carneiros

Se você tiver febre ou outros sintomas parecidos com os da gripe e tiver alguma suspeita de que possa ter apanhado uma infecção em uma fazenda, consulte um médico imediatamente.

Qualquer pessoa que trabalha com gatos deve tomar muito cuidado por causa da toxoplasmose (veja a página 429).

Se você trabalha com animais de laboratório, peça que façam uma avaliação de riscos do ambiente logo no começo da gravidez, que a protejam contra riscos específicos associados ao manuseio desses animais ou ao contato com substâncias químicas ou drogas que fazem parte do seu trabalho.

Detectores de metal em aeroportos

Os detectores de metal utilizam um campo eletromagnético para identificar objetos metálicos. Eles precisam estar em conformidade com regulamentos de segurança para o público em geral e também com regulamentos de saúde e segurança referentes às mulheres grávidas que os operam. Eles são, portanto, estritamente regulamentados e são considerados seguros para as gestantes.

Telefones celulares

Há muitas pesquisas nesse campo e... até agora ninguém pode garantir, de modo absoluto, que os celulares são seguros ou não. Cada nova notícia científica que aparece nos jornais parece contradizer a anterior. Sabemos que as ondas de rádio acima de determinado nível realmente podem causar aquecimento no organismo. De acordo com o Ministério da Saúde do Reino Unido, "as diretrizes internacionais buscam manter a exposição abaixo desse nível".

Os celulares não parecem causar problemas de saúde para o público em geral, embora o relatório do governo sobre a segurança dos celulares afirme que "há alguns indícios de que podem ocorrer mudanças na atividade cerebral, abaixo dos níveis mencionados nessas diretrizes, mas ainda não sabemos por que isso ocorre. Há lacunas importantes em nosso conhecimento científico". E ainda não é possível garantir também que o uso do acessório *hands-free* reduz a exposição às ondas de rádio.

Parece que não há nenhuma pesquisa específica sobre o uso de celulares durante a gravidez. A preocupação maior é sobre o efeito das ondas de rádio na cabeça do usuário (principalmente crianças, cujas cabeças e sistemas nervosos ainda estão se desenvolvendo nos anos da adolescência), assim a chance de que os celulares apresentem algum risco para o bebê dentro do útero é muito pequena.

Provavelmente o risco maior é o de receber uma conta telefônica muito alta...

Protetor solar

Não conseguimos encontrar nenhuma pesquisa sobre o uso de loções de proteção solar durante a gravidez, mas também não encontramos nenhuma evidência de que seu uso pode causar problemas. É sensato usar protetor solar durante a gravidez, já que a sua pele fica mais sensível. Escolha um protetor solar que tenha um fator de proteção 20, pelo menos. Como precaução, opte por uma marca que seja própria para o uso de bebês e crianças pequenas.

Vacinas

Como regra geral, você deve evitar todas as vacinas de vírus vivos enquanto estiver grávida. As vacinas inativas em geral são consideradas seguras, embora existam exceções. Consulte um especialista.

Entre as vacinas permitidas, estão incluídas:

- cólera
- tétano
- hepatite A

Entre as vacinas não recomendadas estão incluídas:

- poliomielite (Sabin)
- febre tifóide
- varíola
- febre amarela

Se você tiver de fazer uma visita a um país cujas regras impõem a vacina contra a febre amarela, obtenha um certificado de isenção do seu médico antes de viajar.

Malária

As gestantes ficam mais suscetíveis à malária talvez porque o sistema imunológico não funcione tão bem durante a gravidez. As mulheres que moram em regiões onde a malária é endêmica têm uma taxa maior de bebês com baixo peso ao nascer, bebês prematuros e bebês natimortos. Não é recomendável viajar para essas regiões durante a gravidez. Muitos dos medicamentos contra a malária não são recomendáveis para o uso durante a gravidez. A Cloriquina, o Proguanil e a Pirimetamina-dapsona são seguros durante a gravidez, mas você deve tomar suplementos de ácido fólico caso utilize o Proguanil ou a Pirimetamina. O Mefloquine é considerado seguro para o uso no segundo e terceiro trimestres de gestação.

Converse com o seu médico ou com um clínico especialista em medicina tropical, antes de fazer sua reserva para as férias numa região onde a malária seja endêmica. Pode ser que aconselhem você a adiar a viagem até o bebê nascer, se possível.

Tratamentos de beleza

Um pouco de mimo faz bem a todas nós e pode ser especialmente gratificante durante a gestação, época em que você talvez não esteja se sentindo muito bem. Nesta seção, dissipamos algumas dúvidas comuns sobre a segurança de vários tratamentos de beleza. Assim você saberá o que deve evitar e também o que poderá fazer por você.

Botox

Tratamento de beleza que reduz rugas e linhas de expressão, e também é usado para controlar espasmos musculares. Tecnicamente, parece seguro, mas não há provas. A dose tóxica de Botox tem cerca de 3.000 unidades. Harry Ono, um cirurgião plástico, afirma que "para o tratamento de rugas faciais, eu utilizo menos que 60 unidades de Botox, o que é bastante seguro, já que apenas quantidades muito pequenas são absorvidas pela corrente sangüínea. No entanto, para os espasmos musculares, até 300 unidades podem ser utilizadas numa única dose, e obviamente uma quantidade maior da substância será absorvida." Poucos cirurgiões cuidarão de você se você estiver grávida, já que há pouca ou quase nenhuma pesquisa sobre isso – e não há nenhuma maneira ética para verificar a segurança de um produto como o Botox durante a gravidez.

Eletrólise

Não há nenhum histórico de problemas com a eletrólise durante a gestação, embora seja recomendado que ela não seja feita nos seios ou na barriga durante os três últimos meses de gestação. Talvez o crescimento dos pêlos seja muito rápido durante a gestação, mas esses pêlos tendem a cair após o nascimento do bebê, pois os níveis de seus hormônios já terão voltado ao normal.

Loções autobronzeadoras

Pelo que sabemos, as loções autobronzeadoras são seguras. Elas agem modificando a cor da camada superior da pele e parece não haver evidência de problemas conhecidos com o bebê no útero. Então, se você não puder sair de férias, e não for possível tomar sol, você pode, em vez disso, alegrar-se um pouco com o bronzeado de uma loção autobronzeadora.

Tinturas para cabelo e permanentes

Em geral, são seguras. As tinturas e outros tratamentos podem ser absorvidos pela pele, mas a quantidade de substância absorvida é muito pequena. Estudos em animais para testar as tinturas utilizando quantidades cerca de cem vezes maiores do que o normal revelaram que não houve nenhuma alteração no desenvolvimento do feto. Os estudos feitos com cabeleireiros e esteticistas que trabalham com tinturas e produtos para tratamentos capilares não revelaram nenhum aumento no risco para os bebês. Estudos mais antigos, da década de 1980, mostraram um aumento no risco de aborto espontâneo, mas houve mudanças nos tipos de substâncias químicas utilizadas, o que significa que os estudos mais recentes revelaram que não há um risco maior. Pode haver um risco um pouco maior de aborto espontâneo para as tinturistas e esteticistas que trabalham durante muitas horas (mais de 40 horas semanais), mas isso pode estar relacionado ao fato de que elas ficam em pé durante longos períodos. Se você trabalha num salão de beleza, certifique-se de que possa:

- trabalhar numa área bem ventilada
- usar luvas
- fazer pausas regulares
- evitar comer e beber no local de trabalho

Se você quiser usar produtos em casa:

- verifique a embalagem para ver se há alguma advertência quanto ao uso durante a gravidez
- evite usá-los durante o primeiro trimestre
- trabalhe numa área bem ventilada
- utilize luvas de borracha

Henna

Não conseguimos encontrar nenhuma evidência de que existam problemas quanto ao uso da henna. Há centenas de anos, ela é usada por muitas pessoas em algumas partes do mundo. Os processos de utilização de henna que precisam perfurar a pele apresentam algum risco, já que qualquer ruptura da pele pode causar infecção. Além disso, a sua pele pode ficar muito sensível durante a gravidez, ou então reagir de modo diferente a produtos que você já está acostumada a usar. Talvez seja bom evitar usar henna durante o primeiro trimestre de gestação, quando o bebê está se desenvolvendo mais rápido.

Esmalte para unhas

Talvez pareça estranho se preocupar com esmalte para unhas, mas compreendemos por que algumas mulheres se preocupam com isso. Os esmaltes contêm um grupo de substâncias químicas chamadas de ftalatos. Eles agem como plastificadores, e são usados em vários produtos, desde embalagens para alimentos até cosméticos, inclusive os esmaltes para unhas.

Muitos grupos de preservação ambiental preocupam-se com os ftalatos, embora os fabricantes digam que eles são usados há mais de 50 anos e representam um risco pequeno. Alguns ftalatos imitam o estrogênio, e podem ter um efeito de feminilização nos meninos enquanto ainda estão se desenvolvendo no útero. Em testes com animais, os que receberam doses de dibutil ftalato tiveram um maior número de filhotes com defeitos de nascença, principalmente no sistema reprodutivo masculino, em relação àqueles que não receberam doses do ftalato. O uso de ftalatos nos brinquedos infantis foi proibido porque se descobriu que as crianças ingeriam a substância quando punham na boca, e sugavam, os brinquedos macios.

Há alguma evidência de que o nível de ftalatos no nosso organismo esteja aumentando, mas não há nenhuma prova de que o esmalte de unha ou qualquer outro produto que contenha ftalatos, incluindo perfumes ou cosméticos, sejam a causa desse aumento. Eles são utilizados em tantos produtos que é difícil saber o que está causando esses níveis tão altos. Alguns fabricantes de cosméticos agora especificam os ingredientes na embalagem, para que o consumidor saiba se o produto contém ftalatos. Os fabricantes ainda não são obrigados por lei a adotar essa prática e os ftalatos ainda não foram proibidos.

Perfumes e desodorantes

A maioria dos perfumes e desodorantes é segura para o uso durante a gravidez, embora talvez seja bom passar a utilizar desodorantes próprios para peles sensíveis, caso a sua pele reaja de modo diferente durante a gestação. Pode ser que você não ache que o seu perfume favorito tenha o mesmo cheiro, agora que está grávida. Na verdade, talvez você até se pergunte como um dia conseguiu gostar daquele cheiro...

Algumas pessoas passaram a ter dúvidas sobre o uso de ftalatos nos perfumes e nos desodorantes (veja as informações sobre **esmalte para unhas** acima). Um estudo revelou que as gestantes que usam aerossóis regularmente estão mais propensas a ter dores de cabeça do que as que utilizam aerossóis com menor freqüência. Assim, agora talvez seja uma boa época para passar a usar aqueles produtos que não prejudicam o meio ambiente e têm embalagens biodegradáveis.

Piercings

A pele é diferente de pessoa para pessoa. Algumas mulheres não têm problemas com as jóias de *piercing* durante a gravidez, enquanto outras têm problemas quando engordam e, portanto, optam por tirar as jóias.

Na gravidez

Converse com o profissional que irá aplicar o *piercing* sobre a melhor maneira de cuidar da jóia durante a gravidez. Um *piercing* em forma de argola no umbigo talvez precise ser substituído por um mais flexível, já que a sua barriga irá se expandir. Os *barbells* de PTFE são flexíveis e podem ser usados durante um ultra-som. Se a área ficar vermelha e dolorida, talvez seja preciso remover a jóia e só recolocá-la após o nascimento do bebê.

Você não deve colocar novos *piercings* durante a gravidez, já que qualquer coisa que envolva o rompimento da pele poderá, em teoria, causar uma infecção. Você pode notar que novos *piercings* também não cicatrizam bem durante a gravidez.

No parto

Se você tiver *piercings* no clitóris ou nos lábios vaginais, eles podem ficar presos durante o parto, ou a área poderá se romper, portanto é mais confortável e seguro removê-los.

Se você for fazer uma cesariana, retire o *piercing* do umbigo ou proteja-o com uma fita adesiva.

Pode ser necessário remover os *piercings* da língua, caso seja preciso inserir um tubo na sua garganta.

Bronzeamento artificial

Não existem muitas evidências quanto ao uso do bronzeamento artificial durante a gravidez, mas há dúvidas quanto ao uso excessivo desse método em geral. Dúvidas específicas quanto ao uso durante a gravidez incluem:

- Utilizar o bronzeamento artificial no começo da gravidez (durante as primeiras 12 semanas) pode interferir no modo como o seu organismo lida com os folatos. Você precisa de doses extras de ácido fólico para evitar defeitos no tubo neural do bebê (veja a página 20). Se o bronzeamento artificial realmente destrói o folato no organismo, isso pode significar que o nível de ácido fólico ainda fique muito baixo, mesmo que você tome algum suplemento.
- A sua pele pode ficar muito sensível durante a gravidez. Você poderá perceber manchas escuras no rosto (chamadas de cloasma, ou de "máscara da gravidez") e uma linha no meio da barriga, que vai de cima até embaixo (chamada de *linea nigra*). Esses efeitos estão relacionados às mudanças hormonais, mas podem ficar mais aparentes com a exposição ao sol.
- É muito fácil você ficar superaquecida e desidratada. Se você ficar muito quente, os batimentos cardíacos do bebê poderão ser afetados e, se ficar desidratada, você poderá se sentir mal.

Até termos mais dados sobre a segurança do bronzeamento artificial, a decisão mais segura é não utilizá-la durante a gravidez.

Tatuagens

Não é muito recomendável fazer uma tatuagem durante a gestação. A sua pele muda bastante durante a gravidez e pode ficar mais sensível e propensa a ficar irritada. Além disso, o processo requer perfuração da pele, o que apresenta o risco teórico de contrair o vírus HIV ou a hepatite C.

A melhor opção, por enquanto, são as tatuagens temporárias, ou então deixar a barriga de fora, caso queira causar um impacto *fashion*. (E quando você já tiver dado à luz, antes que o seu parceiro saia para fazer uma tatuagem no braço com o nome do bebê, veja se você não vai mudar de idéia quanto ao nome...)

Terapias complementares

Existe uma grande variedade de terapias complementares, desde a aromaterapia até a acupuntura, passando pelo *shiatsu*, mas há poucas pesquisas sobre a segurança desses métodos durante a gravidez, em parte por falta de financiamento. No entanto, muitas terapias complementares têm sido utilizadas há milhares de anos, algumas até mesmo antes do surgimento da medicina ocidental. Assim, o que realmente temos à nossa disposição é uma longa experiência por parte dos especialistas desses tratamentos.

Existem algumas medidas sensatas básicas a serem tomadas, caso você queira experimentar uma terapia complementar durante a gravidez:

- Procure um especialista qualificado que tenha experiência com gestantes.
- Se você não conseguir encontrar nenhum especialista na sua cidade, ou quiser fazer o tratamento sozinha, utilize um livro escrito por alguém que tenha experiência com gestantes.
- Certifique-se de que você entende o que a terapia envolve e quais são os componentes dos produtos utilizados.
- Se a terapia fizer você sentir dor ou sentir-se mal, pare de usá-la.

Se você não estiver bem, procure primeiro o seu médico ou sua obstetriz. Talvez você precise utilizar a medicina tradicional para verificar qual é o problema e depois optar por alguma terapia complementar, para evitar que o problema volte. Por exemplo, caso você tenha febre ou dores nas costas, talvez esteja com uma infecção no trato urinário, que precisará ser tratada com antibióticos (veja a página 406). Quando você estiver se sentindo bem novamente, talvez seja bom consultar um acupunturista para ajudar a fortalecer a habilidade de seu organismo para evitar infecções futuras. Nunca se automedique durante a gravidez. Consulte antes os especialistas que cuidam de você.

As terapias complementares trabalham junto com o seu organismo, portanto elas não causam mudanças drásticas como a medicina tradicional. Portanto, não espere que a melhora venha rápido. Em geral, é possível utilizar as terapias complementares junto com as terapias tradicionais. As complementares são bastante úteis para fazer você sentir-se melhor, e também para ajudar o seu organismo a lidar melhor com algum problema.

Acupuntura/Acupressão

A acupuntura revelou-se útil no tratamento dos enjôos durante a gravidez, com as dores nas costas e para aliviar a dor durante o parto. Ela também pode ser utilizada para induzir o parto (veja a página 297). É essencial procurar um acupunturista qualificado e usar agulhas esterilizadas. A acupressão utiliza a pressão em pontos-chave do corpo e pode ser feita por você mesma.

Aromaterapia

A aromaterapia pode ser útil para ajudar as mulheres a lidar com o parto e também para cicatrizar o períneo, mas existem vários tipos de óleo que são considerados perigosos durante a gravidez. Há controvérsias quanto à segurança de alguns óleos. Isso também depende de como eles são utilizados. Eles podem ser aplicados como óleos estimulantes na pele, adicionados à água do banho, usados em compressas ou aquecidos para evaporar no ambiente. Pode ser que determinado óleo não seja recomendável para o uso na pele durante a gravidez, mas seja considerado seguro caso seja aquecido num difusor. O melhor é evitar usar óleos da aromaterapia durante o primeiro trimestre de gestação.

Fitoterapia (ervas)

As ervas provaram ser úteis para alguns problemas relacionados à gravidez: gengibre para o enjôo e chá de folha de framboesa para ajudar no parto são dois bons exemplos. No entanto, as ervas podem ter efeitos bem fortes; então, caso você queira utilizar uma linha de remédios à base de ervas para tratar os males da gravidez, é muito importante consultar antes um herbalista que tenha experiência com gestantes. No passado, certas ervas eram utilizadas para induzir o aborto, portanto essas ervas podem ter efeitos muito fortes.

Homeopatia

A homeopatia utiliza remédios bastante diluídos e geralmente é considerada segura durante a gravidez. Muitas mulheres sabem se medicar, e alguns remédios – como a Arnica homeopática, utilizada para curar os hematomas após o parto – parecem ser eficazes, embora existam poucas pesquisas a esse respeito.

Um homeopata qualificado tratará da pessoa como um todo, assim duas mulheres com os mesmos sintomas podem tomar remédios diferentes. Por exemplo, o enjôo matinal pode ser tratado com Ipeca, Nux vomica, Pulsatilla, Sepia ou outro medicamento menos conhecido dos leigos.

Massagem

A massagem costuma ser considerada segura, quando é feita por um especialista. Ela pode ajudar caso você esteja sofrendo com as dores nas costas, e também pode ser útil para diminuir as estrias. Também pode ajudar você a ficar mais relaxada, se estiver se sentindo muito tensa. Uma massagem simples, feita por seu(sua) acompanhante durante o parto, também pode ajudar (veja a página 218.) Alguns salões têm serviços de massagem pré-natal.

Osteopatia/Quiroprática

Ambas as terapias usam manipulação da coluna. Elas ajudam de fato no caso de dores nas costas durante a gravidez, e também podem aliviar dores pélvicas. Procure um especialista que tenha experiência com gestantes. É improvável que essas terapias causem algum dano ao bebê, por causa do modo como são aplicadas.

Reflexologia

A reflexologia utiliza os pés para diagnosticar e tratar o resto do corpo. É muito improvável que cause algum mal. Algumas mulheres descobrem que a reflexologia ajuda a lidar com os desconfortos da gravidez, como o enjôo e a prisão de ventre, e existem algumas evidências de que a reflexologia utilizada antes do parto pode ajudar a deixá-lo mais curto.

Problemas de saúde na gravidez

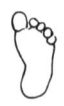

Dedicamos esta seção a vários problemas de saúde que podem afetar a sua gravidez. Nós os dividimos em:

- problemas de saúde preexistentes, como diabetes ou asma
- problemas que podem ocorrer durante a gravidez, como a colestase gestacional
- infecções, já que algumas delas podem causar problemas para o bebê ainda no útero

Problemas de saúde preexistentes

Muitas pessoas que convivem com uma doença há muito tempo acabam sabendo bastante sobre ela e sobre a melhor maneira de lidar com ela – mas, no caso das gestantes, muitas vezes é preciso consultar um especialista. É preciso considerar o efeito da doença sobre a gravidez e o efeito da gravidez sobre a doença. Antes de adaptar a medicação, fale com o seu médico.

Se você tiver um problema de saúde anterior à gravidez, certamente receberá cuidados especiais e um acompanhamento suplementar durante a gravidez. É impossível dizer aqui exatamente o que o seu tratamento incluirá, já que existem diferentes fatores que podem afetá-lo. No entanto, é mais provável que o resultado seja melhor se você tiver planejado a gravidez e tomado as providências corretas desde o início.

Asma

A asma afeta cerca de 5% das mulheres em idade reprodutiva, e é o distúrbio respiratório mais comum durante a gravidez. É difícil prever como a gravidez irá afetar a sua asma:

- em cerca de 1/3 das mulheres, a asma melhora durante a gravidez
- no outro terço, ela permanece estável
- e, no terço final, a asma fica pior

A maioria dos medicamentos para tratar a asma (como os que são inalados ou os *sprays* colocados na boca para prevenir e aliviar o problema) são seguros para o uso durante a gravidez, mas certifique-se a respeito do seu medicamento com o seu médico, de preferência antes de engravidar. É importante continuar a tomar a medicação para controlar a asma durante a gravidez. É muito mais perigoso para você e para o bebê a sua asma não estar controlada durante a gravidez do que usar a medicação.

Encontrou-se uma ligação dos corticosteróides orais, se utilizados no primeiro trimestre, com o baixo peso ao nascer, com maior risco de pré-eclâmpsia e maior risco de lábio leporino no bebê. Tais riscos, no entanto, são pequenos, e alguns especialistas os contestam.

Você provavelmente já sabe quais alergênios podem dar início a um ataque de asma, então tome ainda mais cuidado para evitá-los.

Talvez você se preocupe antes do tempo com o parto, mas as crises de asma durante o parto são raros, possivelmente devido às mudanças bioquímicas que ocorrem no organismo. Mesmo assim, lembre-se de colocar seus inaladores na sacola que você vai levar para o hospital. Se você tiver mesmo uma crise de asma, pode usar o seu broncodilatador habitual. É bom evitar a Dolantina® e outros opiáceos para aliviar a dor durante o parto, pois eles podem causar broncoespasmos.

Visto que a asma tende a ser hereditária, talvez seja bom adotar alguma medida para evitar que o bebê venha a ter asma ou algum tipo de alergia. Por exemplo, durante a gravidez:

- evite comer amendoim
- consuma alimentos ricos em vitaminas, principalmente a vitamina E
- mantenha a casa o mais livre possível de poeira (assim, evitará os ácaros) e outros alergênios em potencial enquanto estiver grávida, e também durante o primeiro ano do bebê
- se você fuma, pare de fumar

Depois que o bebê nascer, tente alimentá-lo apenas com o leite materno durante os seis primeiros meses.

Artrite

Os sintomas da artrite reumatóide muitas vezes melhoram durante a gravidez. No entanto, para uma pequena porcentagem das mulheres (cerca de 5%), os sintomas pioram. Se você já teve uma gravidez e os sintomas melhoraram, então eles também tenderão a melhorar nas gestações futuras. Se os sintomas pioraram, também tenderão a ficar piores nas gestações futuras.

A artrite em si não terá nenhuma influência sobre a sua gestação ou o parto, nem sobre o bebê. No entanto, o medicamento que você toma para tratar a artrite poderá ter algum efeito. Se você precisa tomar analgésicos para aliviar a dor e a inflamação da artrite durante a gravidez, experimente descansar, fazer exercícios ou alguma terapia ocupacional. Se você precisar tomar algum medicamento para aliviar a dor, procure um médico. Em geral, é seguro tomar paracetamol junto com codeína, se o paracetamol não for suficiente sozinho. Se você precisar tomar algo mais forte, também é seguro tomar algum remédio antiinflamatório não-hormonal no começo da gravidez, de preferência o ibuprofeno, mas não tome tais medicamentos após a 32.ª semana de gravidez, pois eles podem afetar o bebê e prolongar a gravidez e o parto.

Doenças do sangue

A anemia falciforme e a talassemia são doenças do sangue. No caso da anemia falciforme, o formato dos glóbulos vermelhos (que transportam oxigênio por todo o organismo) modifica-se e os capilares da sua circulação podem ficar bloqueados. Isso ocasiona dor, anemia e dano aos órgãos. As talassemias são outro grupo de doenças do sangue que podem levar a vários graus de anemia.

Tanto a talassemia quanto a anemia falciforme são mais comuns em certos grupos étnicos:

- Os grupos de risco para a anemia falciforme são as pessoas de origem africana, mediterrânea, asiática, caribenha, da América do Sul e Central e do Oriente Médio e, em casos raros, pessoas do norte da Europa.
- Os grupos de risco para a talassemia são as pessoas de origem africana, hindu, paquistanesa, de Bangladesh, do extre-

mo Oriente, do sudeste da Ásia, de Chipre, Grécia, Turquia e também do sul da Itália.

Você pode receber um diagnóstico de talassemia ou anemia falciforme pela primeira vez durante a gravidez, pois o acompanhamento dessas doenças é feito nas áreas onde há maior proporção de pessoas das origens étnicas mais predispostas ao problema.

Se você receber um diagnóstico de alguma dessas doenças durante a gravidez, receberá os cuidados de um especialista. O seu parceiro também deverá fazer um exame para que se possa avaliar a possibilidade de a criança vir a ter o mesmo problema. Depois do exame, você pode decidir se quer fazer um exame-diagnóstico para o bebê. Isso irá depender das crenças e valores do casal. Os exames-diagnóstico, que identificam se o bebê herdará a anemia falciforme ou a talassemia, são o AVC, a amostra de sangue com 18 a 20 semanas de gestação e a amniocentese. (Para mais informações a respeito desses exames pré-natais, veja a página 121.)

Se você já sabe que tem anemia falciforme ou talassemia, procure orientação a respeito da medicação que estiver tomando antes de tentar engravidar, durante a gravidez e durante a amamentação.

Se você tem anemia falciforme

Alguns medicamentos, como a hidroxiuréia, não são recomendáveis para ser usados durante a gravidez, portanto consulte o seu médico. Existe um risco maior de pressão alta e parto prematuro, portanto você precisará receber os cuidados de uma equipe especializada em atendimento a gestantes com anemia falciforme. Alguns especialistas sugerem transfusões de sangue freqüentes durante a gravidez para evitar a anemia, mas não há evidências suficientes para tirar alguma conclusão a esse respeito. O tratamento imediato de infecções e o aumento da ingestão de líquidos são considerados muito importantes para manter a sua saúde geral.

Algumas mulheres com anemia falciforme podem ter um episódio de dor, se ficarem expostas a pressões de baixo oxigênio, conforme pode acontecer durante uma anestesia; portanto, recomenda-se uma peridural, se você precisar fazer uma cesariana.

Após o nascimento, o bebê passará por exames para verificar se tem anemia falciforme e de que tipo, para que seja iniciado um tratamento preventivo, se necessário, antes que os sintomas surjam. Alguns pais preferem fazer os exames-diagnóstico durante a gestação para descobrir antecipadamente se o bebê tem anemia falciforme.

Se você tem talassemia

Existem muitos tipos diferentes de talassemia. Eles variam quanto ao grau de gravidade e quanto à intensidade com que afetam a vida das mulheres. É importante receber alguns conselhos prévios, pois você deverá parar de tomar certos medicamentos antes de engravidar. No entanto, é necessário manter e monitorar o tratamento para a talassemia durante toda a gravidez, para evitar complicações.

Se o problema não for controlado e se desenvolver uma anemia crônica, o bebê pode ficar sem oxigênio suficiente no útero; isso está associado com problemas no crescimento do feto, aborto espontâneo e parto prematuro. Há também um aumento no número de cesarianas porque a talassemia pode fazer com que as mulheres sejam pequenas, e seus ossos estreitos da pélvis podem resultar em um parto obstruído. O risco de passar a ter diabetes também aumenta durante a gravidez, caso você tenha talassemia.

Problemas intestinais

Doenças inflamatórias do intestino, como a doença de Crohn e a colite ulcerativa, não afetam a fertilidade, desde que a doença seja bem controlada. Esse tipo de problema geralmente afeta muito pouco a gravidez. Na verdade, muitas mulheres descobrem que o problema é amenizado no meio e no final da gestação, embora seja freqüente haver uma reincidência após o nascimento. Os medicamentos mais comuns usados para controlar as doenças inflamatórias do intestino são considerados seguros para o uso durante a gravidez.

A síndrome do cólon irritável causa hábitos intestinais instáveis e dores abdominais. Os medicamentos que costumam ser utilizados para aliviar esses sintomas não são recomendáveis durante a gravidez, já que não se sabe o suficiente sobre sua segurança. Talvez você consiga controlar a síndrome do cólon irritável cuidando da alimentação e evitando os alimentos que possam provocar o problema. Evite tomar remédios sem orientação médica para tratar o problema durante a gravidez. O óleo de hortelã em geral é considerado seguro, mas há poucas pesquisas sobre seus efeitos.

Câncer

À medida que surgem tratamentos para diversos tipos de câncer, mais e mais mulheres conseguem superar a doença, e algumas conseguem ter filhos depois disso. Apesar de alguns tratamentos para o câncer causarem infertilidade, os cânceres que são detectados cedo às vezes podem receber um tratamento que não irá causar dano aos seus óvulos ou impedi-la de ter filhos. Detalhamos abaixo tudo o que pode preocupá-la, se você engravidar após o tratamento de um câncer. Esperamos que com essas informações você fique tranqüila para levar avante sua gravidez e desfrutá-la.

Gravidez após câncer de mama

A gravidez não aumenta a possibilidade de o câncer de mama retornar, mas você pode ser aconselhada a não engravidar por pelo menos dois anos após o tratamento, já que essa época é a mais comum para o câncer ressurgir. Isso vale principalmente para as mulheres abaixo dos 30 anos de idade, já que as chances de o câncer retornar são maiores para as mulheres mais jovens. Talvez seja possível amamentar, se o seu tratamento foi feito com cirurgia conservadora (das mamas) e radiação. No entanto, não será possível amamentar, se a incisão foi feita ao redor da aréola.

Gravidez após câncer no colo uterino

A maioria das mulheres que passou por tratamento para o câncer cervical não conseguirá engravidar, por causa da cirurgia ou da radioterapia. No entanto, se o câncer for detectado bem cedo, tratamentos mais tradicionais como a biópsia em cone ou outra técnica que deixa intactos o útero e a abertura superior do colo uterino talvez permitam a gravidez.

Após uma biópsia em cone

Em casos muito raros, as mulheres não conseguem engravidar por métodos naturais porque o colo do útero fica tão fechado após a biópsia que o espermatozóide não consegue entrar. Em outros casos, no entanto, o colo do útero fica incapacitado com o tratamento, e você precisará de uma sutura (cerclagem) para tratar a competência do colo uterino (veja a página 110) no caso de gestações futuras. Também há relatos de partos que duram mais tempo porque o colo uterino demora mais para se dilatar, mas isso não foi demonstrado com clareza nas pesquisas.

Tratamento a laser de células pré-cancerosas

Este tratamento pode deixar tecido cicatricial no colo uterino, o que pode retardar a sua dilatação no parto e possivelmente fazer você precisar de uma cesariana.

Fibrose cística (FC)

A fibrose cística é a doença cromossômica hereditária mais comum no Reino Unido. Ela afeta o sistema digestivo e os pulmões e impede-os de funcionar adequadamente. Devido à maior expectativa de vida das pessoas com fibrose cística, as mulheres que possuem esse problema agora conseguem engravidar e ter filhos.

Se o grau da sua FC for de suave a moderado antes do início da gravidez, é improvável que a gravidez traga algum dano à sua saúde. Se a FC for severa, você terá mais probabilidade de ter complicações na gravidez, como resultado do mau funcionamento dos pulmões e outros problemas associados à FC. A gravidez pode fazer as mulheres ficarem com falta de ar, devido à pressão extra sobre o coração e a circulação. Essa falta de ar pode piorar se o funcionamento dos seus pulmões já estiver prejudicado.

É importante continuar o tratamento para a FC durante a gravidez, para que o funcionamento e a nutrição dos seus pulmões sejam tão bons quanto possível. Se o seu bebê não obtiver a nutrição e o oxigênio suficientes, o crescimento poderá ser lento e o parto poderá ser prematuro. Você também não deve tomar certos medicamentos, como a tetraciclina ou a ciproflaxina, durante a gravidez.

Organize-se, o mais cedo possível, para receber cuidados pré-natais de uma equipe de profissionais de obstetrícia que tenha experiência com FC.

A FC aumenta a probabilidade de você vir a ter diabetes, por causa dos danos que causa ao pâncreas, então você talvez já tenha diabetes antes de ficar grávida (veja a seção **Diabetes**, abaixo). Aproximadamente 15% das mulheres com FC terão diabetes durante a gravidez; ele pode desaparecer após o parto ou precisar ser tratado a longo prazo (veja **Diabetes gestacional**, na página 184).

Se não houver nenhuma outra razão de ordem médica contra isso, você poderá ter um parto normal. É uma boa idéia conversar com antecedência com a equipe de obstetras sobre o oxigênio e os tratamentos de nebulização durante o parto. Se você fizer uma cesariana, então deverá receber algum tipo de fisioterapia pós-cirúrgica e também tratamento para alguma infecção pulmonar que tenha adquirido.

Se você deseja amamentar o bebê, verifique com o seu médico para saber se os medicamentos que você está tomando são seguros durante a amamentação. Talvez seja possível mudar para um medicamento que seja seguro durante a amamentação.

A fibrose cística e o seu bebê

Para ser afetado pela FC, o bebê precisa herdar uma cópia do gene que sofreu mutação (CTRF) de ambos os pais. Já que as pessoas podem ter uma cópia do gene, o qual não terá praticamente nenhum efeito sobre sua saúde, é preciso fazer um exame para determinar quem é o portador do gene. Ambos os pais precisam ter o gene para que o bebê seja afetado.

Muitos centros de diagnóstico adotam a abordagem das "amostras pareadas". Ambos os pais devem fornecer amostras de tecido bucal e a amostra da mulher é testada para ver se ela é portadora do gene.

A amostra do homem é testada apenas se a mulher for portadora do gene. Se vocês dois forem portadores do gene, o resultado é considerado como positivo. Um resultado negativo pode surgir se a mulher não for uma portadora da mutação comum do gene, ou se ela for portadora e o homem não. O exame em geral detecta aproximadamente 75% dos portadores. A taxa de resultados falsos-positivos é de menos de 1%.

Se você tiver uma história de fibrose cística na família, o exame precisará incluir a mutação específica envolvida. Se ela for rara, você precisará pedir que o seu médico ou seu obstetra a encaminhe a um geneticista. Se você fez um exame para detectar a CF em uma gravidez anterior, não é preciso fazer o exame novamente, a não ser que tenha mudado de parceiro. O ideal é que você conheça quais as chances de ter um bebê afetado *antes* de engravidar ou até mesmo antes de se casar com determinado parceiro (aconselhamento genético).

Diabetes

As mulheres diabéticas costumavam ter sérias intercorrências durante a gravidez, mas controlar o nível de açúcar no sangue diminui o risco de aborto espontâneo e de outros problemas. A gravidez pode aumentar a necessidade de insulina do organismo, por isso você precisará fazer exames de sangue para verificar a situação.

Se você teve diabetes antes de engravidar, é importante manter um controle rígido sobre o açúcar no sangue durante a gravidez, para evitar complicações para você e para o bebê. Isso é particularmente importante nas primeiras seis semanas, já que o seu bebê está se desenvolvendo muito rápido nesse estágio. Portanto, o ideal é que todas as mulheres diabéticas recebam orientação e cuidados antes de engravidar.

Se você não teve esses cuidados, faça uma consulta médica assim que descobrir que está grávida. O ideal também seria que os cuidados pré-natais fossem feitos numa clínica com uma equipe especializada que incluísse um médico clínico, um obstetra com experiência em diabetes, uma enfermeira especializada em diabetes, uma obstetriz especializada e um nutricionista.

Os hormônios que o seu corpo produz durante a gravidez também têm um maior efeito bloqueador sobre a habilidade da insulina de trabalhar de modo apropriado, o que significa que o seu diabetes precisará ser controlado com mais cuidado ainda, à medida que a gravidez progredir.

Se você tem diabetes do tipo 2 e estiver tomando medicação por via oral para controlar a doença, talvez seja aconselhada a passar a tomar injeções de insulina no lugar da medicação, já que essa é a melhor maneira para controlar os níveis de glicose no sangue durante a gravidez. Você poderá voltar a tomar sua medicação habitual, após a gestação.

No começo da gravidez, as doses de insulina podem permanecer as mesmas utilizadas antes da gravidez ou ser menores, caso você esteja comendo menos devido à náusea. A partir da 22.ª semana de gestação, aproximadamente, a dose de insulina começará a aumentar à medida que os hormônios da gravidez também aumentam, ficando bem alta entre a 28.ª e a 32.ª semanas, e talvez declinando na 36.ª e 37.ª semana. Talvez você precise mais que o dobro da insulina durante a gravidez. Após o nascimento do bebê, a sua necessidade de insulina cairá dramaticamente, alcançando os níveis anteriores à gestação, e talvez até menos, caso você esteja amamentando.

A gravidez pode acelerar a progressão dos problemas que você possa ter de retina e dos rins relacionados ao diabetes, portanto você deve ir ao oftalmologista regularmente e também fazer exames de urina como parte dos cuidados pré-natais de rotina.

Além do ultra-som no começo da gravidez e do ultra-som para verificar anomalias, por volta da 18.ª semana, você fará de 4 a 6 ultra-sons extras para verificar se o crescimento do bebê está normal. Os bebês das mães diabéticas podem ficar muito grandes (com mais de 4,5 kg) e isso pode levar a problemas no parto. Se o seu diabetes estiver bem controlado e o crescimento do bebê estiver normal, então será possível fazer um parto normal. No entanto, se existe alguma preocupação quanto ao tamanho do bebê, ou se você desenvolver alguma complicação (como, por exemplo, pré-eclâmpsia), então será sugerida uma indução planejada ou uma cesariana eletiva. Você poderá precisar de uma infusão de glicose intravenosa com insulina durante o parto.

Em geral, um pediatra estará presente no nascimento para examinar o bebê. Como os bebês das mães diabéticas correm maior risco de ter hipoglicemia, icterícia e problemas respiratórios, talvez o seu bebê precise permanecer no berçário após o nascimento. Converse antecipadamente com um especialista sobre como será o parto e certifique-se de que você compreendeu todas as alternativas sugeridas, e também por que elas serão sugeridas. Ter a seu lado uma obstetriz que você já conheça também pode ajudar, e vale a pena fazer esse pedido bem antes do parto.

Eczema

O eczema costuma ser hereditário. Aparece geralmente na infância pela primeira vez. Ele acaba desaparecendo para a maioria das pessoas, mas em cerca de 5% dos indivíduos afetados ele persiste na idade adulta. Ele pode causar coceira, ressecamento, vermelhidão e inflamação da pele. O eczema pode piorar durante a gravidez em algumas mulheres, enquanto outras percebem que há uma melhora.

Para evitar que o eczema piore durante a gravidez:

- reduza a presença de ácaros no ambiente utilizando o aspirador de pó diariamente, fazendo a limpeza do chão com um pano úmido e arejando as roupas de cama
- use roupas de algodão, sabões em pó biodegradáveis e evite os amaciantes

Se você precisar tratar o eczema durante a gravidez:

- Pode usar emolientes, como cremes à base d'água, creme com E 45, cremes oleosos e pomadas emulsificantes como substitutos para o sabonete.
- A utilização de corticosteróides tópicos suaves ou moderados durante a gravidez é considerada segura. São melhores sob a forma de pomada, e de modo breve, por 5 a 7 dias, intercalados de dois ou três dias de uso de emolientes. Evite, no entanto, os corticosteróides muito fortes.
- Alguns anti-histamínicos também são considerados seguros. As evidências de seu uso generalizado ao longo dos anos indicam que os anti-histamínicos sedativos mais antigos (que podem causar sonolência) são seguros. É por isso que eles são recomendados durante a gravidez no lugar dos anti-histamínicos mais recentes, sem efeito sedativo.
- Se você tiver eczema agudo ou com pus, poderá secá-lo usando permanganato de potássio (solução de 1:1000, isto é, diluído até ter uma cor rosa clara) num banho de banheira ou numa compressa úmida.

Endometriose

A endometriose é uma afecção em que o tecido que reveste o útero (endométrio) é encontrado também fora do útero, no abdômen. Ela pode causar muitas dores durante a menstruação. Talvez você tenha dificuldade para engravidar, caso tenha endometriose, mas durante a gravidez e a amamentação os sintomas diminuem. A endometriose não afeta a gestação.

Epilepsia

Cerca de uma em cada 200 gestantes tem epilepsia. Na maioria dos casos, se a sua epilepsia for bem controlada durante a gravidez, você terá poucas complicações resultantes dessa afecção e terá uma gestação saudável, gerando um bebê normal e saudável.

O ideal é que você seja orientada por um especialista em neurologia antes de engravidar. O resultado para o bebê pode ser melhor se a medicação for ajustada para a menor dose possível, para evitar que você tenha um ataque no período de três a seis meses antes de engravidar. Em alguns casos, se os ataques forem parciais, com ausência ou mioclônicos, que têm pouca probabilidade de prejudicar você ou o bebê, ou se você não teve ataques por mais de dois anos, talvez seja aconselhada a parar totalmente de tomar o medicamento. Mas não interrompa a medicação antes de consultar o seu médico.

O objetivo durante toda a gravidez é atingir o ponto de equilíbrio entre o controle da epilepsia e a prevenção dos danos ao bebê. As drogas que controlam a epilepsia apresentam efetivamente alguns riscos de causar defeitos congênitos, mas as crises epilépticas mais sérias podem alterar a quantidade de oxigênio que chega ao bebê. Crises menores não parecem ter grandes efeitos sobre o bebê, no entanto. O seu médico poderá recomendar uma medicação diferente enquanto você estiver tentando engravidar e, caso esteja fazendo algum tratamento com várias drogas, você poderá ser aconselhada a reduzir sua medicação para uma única droga. Isso ocorre porque há uma chance maior de haver problemas para o bebê se você estiver tomando mais de um medicamento antiepiléptico. Você também poderá ter de fazer ultra-sons detalhados por volta da 16ª-18ª semanas de gestação, e mais uma vez por volta da 28ª semana, para identificar problemas como lábio leporino e/ou afecções cardíacas. Não se esqueça, porém, que a maioria das mulheres epilépticas tem bebês saudáveis.

As drogas anticonvulsivantes podem fazer com que o nível de ácido fólico no seu organismo fique muito baixo, portanto é muitíssimo importante tomar um suplemento diário de 5 mg de ácido fólico por via oral (disponível mediante apresentação de prescrição médica) na época em que estiver tentando engravidar, e também durante as primeiras 12 semanas de gestação, para evitar defeitos no tubo neural do bebê em desenvolvimento.

Algumas drogas anticonvulsivantes atravessam a placenta e afetam os níveis de vitamina K do bebê, deixando-o mais vulnerável a hemorragias no pós-parto (veja a página 253). Portanto, pode ser que você tenha de tomar um suplemento oral de vitamina K a partir da 36ª semana de gestação, e a vitamina K será ministrada ao bebê após o nascimento.

A maioria das mulheres epilépticas consegue ter parto normal, sem complicações. No entanto, saiba que alguns dos desafios do parto – como privação de sono, hipoglicemia, estresse ou hiperventilação – podem fazer você ficar mais vulnerável a uma crise epiléptica, apesar de apenas 1 a 2% das gestantes epilépticas passar por isso durante o parto. É importante continuar com a medicação durante o parto e também que as obstetrizes e/ou a equipe médica observem você atentamente durante todo o trabalho de parto e logo após o nascimento do bebê. Se você tiver repetidas crises epilépticas durante o parto, então o seu obstetra poderá decidir por uma cesariana, por ser mais seguro para você e o bebê.

Um pequeno número de recém-nascidos sofre do efeito de abstinência da medicação que foi tomada durante a gestação, e pode apresentar sintomas como tremores, excitação e convulsões. Outros podem não se alimentar bem e ganhar peso mais lentamente do que a média. Em geral é seguro amamentar se você está tomando drogas anticonvulsivantes, já que a quantidade da droga que passa para o leite materno não é suficiente para causar danos ao bebê. No entanto, algumas dessas drogas contêm sedativos, e por isso é bom perguntar ao médico. A sua medicação deve ser verificada novamente na sua consulta da sexta semana, e a dosagem provavelmente será reajustada para os níveis anteriores à gravidez.

Não tome banho sozinha nos dias seguintes ao nascimento, já que você estará mais vulnerável a desmaios na hora do banho. Se você costuma ter crises epilépticas súbitas, é uma boa idéia trocar o bebê, dar banho e alimentá-lo no chão. Se você estiver dando banho no bebê sozinha, é mais seguro lavá-lo com uma esponja sobre o colchonete plastificado onde você troca as roupas do que deixá-lo imerso numa banheira.

Miomas

Miomas são tumores benignos na musculatura do útero. Eles podem surgir dentro ou fora do útero, ou na parede muscular. As mulheres podem ter um ou vários miomas. Eles não têm relação com o câncer de útero.

Miomas são bastante comuns, principalmente nas mulheres mais velhas. São mais comuns nas mulheres de origem africana, e muitas vezes são hereditários. Cerca de 1/4 das mulheres tem miomas, muitas vezes sem saber. Eles até podem causar dor intensa, mas na maioria das vezes são indolores. Também podem causar fluxos menstruais exagerados, mas nem sempre isso acontece. Às vezes as mulheres só passam a saber que têm miomas quando fazem o primeiro ultra-som da gravidez.

Os miomas podem ser bem pequenos (do tamanho de uma ervilha) ou muito grandes (do tamanho de uma tangerina, e até maiores). Seu tamanho e o local onde se encontram são fatores que determinarão se eles irão ou não causar problemas para a gravidez.

Os miomas podem afetar a gravidez?

Se você tiver miomas, descubra quantos são, de que tamanho são e onde estão localizados, e converse com seu médico sobre as prováveis implicações para o parto e o nascimento. Pequenos miomas na parte superior do útero têm pouca probabilidade de afetar a gravidez e o parto. Os grandes, especialmente se estiveram na parte inferior do útero, podem trazer problemas.

Os miomas podem aumentar um pouco as possibilidades de um aborto espontâneo no comecinho da gravidez. Um mioma grande também pode afetar o tamanho do útero, de modo que sua gestação pareça mais adiantada do que realmente está.

Os miomas maiores ocupam espaço na parede uterina; assim, quando a placenta se fixar, ela poderá ficar bem baixa, perto do colo uterino. Isso pode fazer com que ela cubra parcialmente esse colo, causando o que chamamos de placenta prévia (veja a página 99).

Se o mioma estiver bem baixo no útero e for grande, ele poderá impedir o parto normal. Às vezes, a posição dele impede que o bebê fique de cabeça para baixo, então o bebê poderá ficar sentado ou numa posição transversal, e portanto precisará nascer através de cesariana.

Os miomas maiores também podem causar problemas de sangramento após o nascimento porque o útero não consegue se contrair adequadamente para controlar o sangramento proveniente do local onde estava a placenta.

Tratamento

Em geral, os pequenos miomas não apresentam sintomas durante a gestação. No passado, talvez a gestante e a equipe que cuidava dela sequer chegavam a saber da existência deles. Eles só são notados com os ultra-sons de rotina. Os maiores talvez fossem percebidos antes da gestação, mas geralmente eles não causam nenhuma dor antes da gravidez. Eles podem ficar doloridos assim que você engravidar, e você sente o abdômen denso e pesado no lado em que ele estiver localizado.

Mesmo os miomas grandes não costumam causar dor. Em casos raros, pode ocorrer o que é chamado de "degeneração vermelha": o seu tecido amolece e começa a diminuir. Esse processo pode ser doloroso. O seu médico poderá aconselhar analgésicos e repouso durante uma ou duas semanas. Se a dor ficar muito intensa, o mioma talvez tenha se torcido e você terá de ir a um hospital para examiná-lo.

Em geral, não são feitas cirurgias durante a gestação, por causa do risco de hemorragia. A cirurgia pode ser feita após a gestação, embora a maioria dos miomas diminua após o nascimento do bebê. Muito raramente, se ele for muito grande, você talvez possa ter um parto prematuro.

Doenças cardíacas

Na gravidez, o volume de sangue aumenta em cerca de 50%, assim o seu coração precisa trabalhar mais para bombear o sangue para todo o corpo. Se você tiver algum problema cardíaco antes da gravidez, converse sobre a gravidez com seu cardiologista antes de tentar engravidar. O tipo de seu problema cardíaco e a extensão do dano são fatores importantes para saber como lidar com a gravidez. A maioria dos medicamentos cardiovasculares pode ser usada na gravidez, embora algumas drogas específicas não sejam recomendadas.

Em geral, serão feitos mais exames de ultra-som para verificar se o crescimento do bebê está normal. Infecções do trato urinário, anemia e pressão alta são, todas elas, fatores de risco para o aumento dos problemas cardíacos, então é provável que você faça *check-ups* regulares e também exames cardiovasculares.

A menos que o seu problema cardíaco seja muito grave, é possível ter um parto normal sem problemas. É muito importante você não se deitar de costas durante o trabalho de parto, pois o peso do seu útero pode comprimir os principais vasos sangüíneos. Se possível, fique em posição ereta e movimente-se. Se não for possível, deite-se sobre o lado esquerdo ou use travesseiros para poder ficar sentada. Uma peridural de baixa dosagem pode ajudar a diminuir a sobrecarga de trabalho do coração, e pode ser recomendada. Pode haver algum receio quanto à duração do segundo estágio do parto, o qual pode exigir muito do coração. Para evitar isso, você talvez precise de um parto com fórceps. Se você tiver alguma afecção cardíaca estrutural, é usual precisar tomar antibióticos para evitar infecções que podem ocasionar mais danos ao coração. Converse com o seu cardiologista e o obstetra sobre a melhor maneira de planejar o seu parto.

A perda de sangue por ocasião do nascimento do bebê pode ser um problema para as mulheres com afecções cardíacas, e talvez seja preciso uma transfusão de sangue após o nascimento. Depois do parto, é muito importante que você se mova, para previnir as tromboses.

Herpes

Estima-se que entre 4 e 14% das mulheres têm herpes. A principal preocupação, caso você tenha herpes genital, é não transmitir a infecção ao bebê durante o parto, ou perto da hora do parto. Isso costuma acontecer quando o bebê tem contato direto com as secreções vaginais infectadas. O herpes do recém-nascido é uma infecção séria.

Se você já teve herpes antes da gravidez, então o risco de o bebê ter herpes neonatal é pequeno. Você passa a ter anticorpos que depois protegem o bebê. Neste caso, não é necessário fazer uma cesariana, a não ser que você esteja passando por um ataque ativo de herpes durante o parto. É bom evitar os procedimentos que podem aumentar as chances de o vírus penetrar no organismo do bebê. Esses procedimentos incluem:

- romper a bolsa de água
- usar um eletrodo no couro cabeludo do bebê para monitorá-lo
- usar fórceps para fazer o parto

Você também poderá receber injeções intravenosas de aciclovir para minimizar o risco de transmissão.

Os riscos para o bebê são maiores quando a mulher contrai herpes *pela primeira vez* no fim da gravidez. Geralmente é sugerido que a gestante faça uma cesariana eletiva, já que isso reduz as chances de transmissão para o bebê. Se você, ainda assim, fizer questão de ter um parto normal, então o seu obstetra evitará usar métodos invasivos e prescreverá aciclovir intravenoso para você tomar durante o trabalho de parto e o parto propriamente dito. O aciclovir também será ministrado ao recém-nascido, já que isso pode reduzir o risco de herpes neonatal.

Se você tiver herpes genital pela primeira vez durante o primeiro ou o segundo trimestre de gestação, deverá ser encaminhada a uma clínica especializada em afecções geniturinárias, para verificar se tem alguma outra doença sexualmente transmissível. Você também deverá tomar aciclovir por via oral durante cinco dias, para tratar o herpes. Esse medicamento é seguro para o uso durante a gravidez. (Se o seu parceiro tiver herpes genital e você não, utilizar camisinha durante a gravidez pode ser um método para evitar contrair a doença.)

Antigamente, quando uma mulher apresentava um episódio recorrente de herpes genital durante a gravidez, era indicada a coleta de material para fazer esfregaços; estes, porém, não revelam se a afecção está em atividade. Quanto às mulheres que apresentam lesões de herpes genital recorrente no início do parto, o Royal College of Obstetricians and Gynaecologists no Reino Unido afirma que os riscos de seus bebês contraírem herpes são pequenos e devem ser avaliados levando-se em conta os riscos de uma cesariana para a mãe. Um episódio recorrente de herpes genital em qualquer outra época da gravidez não é motivo para fazer uma cesariana.

Você poderá amamentar, a não ser que tenha lesões ao redor dos mamilos. O aciclovir passa para o bebê através do leite materno, mas não é considerado perigoso para ele.

HIV

O HIV pode ser transmitido pela mãe para o bebê durante a gravidez ou perto da hora do nascimento. O risco da transmissão aumenta se você estiver em uma fase avançada da doença. Hoje em dia o exame de HIV já é sugerido como parte dos cuidados pré-natais de rotina, assim algumas mulheres serão diagnosticadas pela primeira vez durante a gravidez.

A boa notícia é que, desde a introdução das terapias que combinam diferentes drogas, os resultados para a mãe e o bebê melhoraram significativamente. O Zidovudine reduziu muito a transmissão do vírus pelas mulheres que se trataram com o medicamento antes do parto. Você também tomará drogas anti-retrovirais durante a gestação. Elas também serão ministradas ao bebê durante as seis primeiras semanas. Geralmente é feita uma cesariana, já que ela diminui significativamente a transmissão do HIV, se comparada com o parto normal.

No mundo ocidental, não se recomenda a amamentação nesses casos, visto que o risco da transmissão do HIV da mãe para o bebê é alta; se o bebê for amamentado, a taxa de transmissão fica duas vezes maior, vindo de cerca de 15 para cerca de 30%.

Problemas renais

Se você teve problemas renais, como pedras nos rins ou infecções, informe a equipe de profissionais que cuida de você. Se o funcionamento dos seus rins é inferior ao normal, eles talvez possam ter muita dificuldade em lidar com o maior volume de sangue durante a gravidez e a equipe médica ficará atenta à sua pressão arterial.

Se você tem um problema renal moderado, isso provavelmente não irá causar problemas durante a gravidez, a não ser que você também tenha pressão alta.

A insuficiência renal configura uma gravidez de risco. Se a sua insuficiência renal não for muito grande (se você tiver metade, ou mais, da função renal normal), a gravidez poderá ser bem-sucedida. No entanto, se o funcionamento dos seus rins estiver muito comprometido, você terá mais probabilidades de ter problemas com pressão alta e parto prematuro.

Lúpus: Lúpus Eritematoso Sistêmico (LES)

O lúpus é uma doença auto-imune que pode afetar qualquer parte do corpo. O organismo passa a atacar suas próprias células e tecidos, causando inflamação, dor e às vezes danos aos órgãos. Os sintomas do LES podem aparecer e desaparecer com freqüência, e podem afetá-la de maneira totalmente diversa em diferentes gestações. Se a doença estiver moderada ou em fase de remissão, os efeitos sobre a gravidez poderão ser mínimos. Se o LES estiver em atividade quando você engravidar, o risco de a doença afetar o bebê aumenta conforme a gravidade da afecção.

Consulte sempre o seu médico antes de tomar qualquer medicamento. Algumas drogas, como a warfarina, podem afetar o desenvolvimento do bebê; portanto, converse com o seu médico quando estiver planejando engravidar e, se necessário, passe a tomar drogas mais seguras. Se o lúpus estiver em atividade durante a gravidez, você precisará tratar os sintomas à medida que aparecerem. Os corticosteróides geralmente são considerados seguros e são utilizados para controlar as inflamações. Em geral, é seguro usar o paracetamol para controlar a dor, e para algumas mulheres poderá ser prescrita aspirina de baixa dosagem para reduzir a possibilidade de trombose. O uso de corticosteróides tópicos ou sistêmicos também é considerado seguro para tratar as erupções cutâneas.

É possível também que você tenha de fazer mais consultas pré-natais, verificar mais vezes a pressão arterial e fazer outros exames durante a gravidez. É pouco provável que o LES venha a afetar o nascimento, a não ser que existam fatores que possam trazer complicações, como pressão alta ou problemas renais.

A vermelhidão moderada que afeta a pele, as articulações e os músculos é comum após o nascimento, principalmente na segunda e oitava semanas após o nascimento do bebê.

As chances de o bebê vir a ter lúpus são extremamente pequenas. Há uma afecção que é chamada de lúpus neonatal – os anticorpos da mãe são passados temporariamente para o bebê através da placenta. Esses anticorpos podem causar uma erupção cutânea temporária no bebê, ou então problemas cardíacos, mas isso afeta menos de 5% dos bebês cujas mães têm LES.

Síndrome de Hughes

Cerca de 10% das mulheres com LES sofrem da síndrome de Hughes (síndrome antifosfolipídica) e estão mais propensas a desenvolver tromboses. Esses coágulos podem acontecer em qualquer órgão e são uma provável causa de abortos espontâneos recorrentes. O tratamento diário com aspirina de baixa dosagem ou aspirina junto com heparina pode reduzir significativamente a formação de trombos no sangue. Com esse tratamento, a taxa de natalidade para as mulheres com síndrome de Hughes aumentou de 19 para 70%, conforme um estudo feito no maior centro de estudos sobre lúpus do mundo, o Guy's and St Thomas' Hospital, em Londres. Se você tem LES, converse com o seu médico sobre a possibilidade de usar os medicamentos anticoagulantes.

Enxaqueca

As enxaquecas costumam melhorar durante o segundo e o terceiro trimestres de gravidez. Convém evitar os elementos que podem desencadear uma crise de enxaqueca, mas, se você tiver a má sorte de vir a ter uma enxaqueca, experimente primeiro os tratamentos livres de medicamentos, como o relaxamento e a massagem. Ainda não temos dados suficientes sobre a segurança das drogas mais recentes para tratar a enxaqueca, como os agonistas 5-HT1, mas considera-se seguro o uso de paracetamol para aliviar a dor. O seu médico também poderá prescrever alguma droga para ajudar a combater a náusea.

Esclerose múltipla

A esclerose múltipla é uma doença que danifica a bainha de mielina – a cobertura das fibras nervosas do sistema nervoso central. Isso interfere na troca de mensagens entre o cérebro e outras partes do corpo, o que leva a uma série de problemas. A esclerose múltipla é mais comum nas mulheres do que nos homens. A maior parte das mulheres é diagnosticada entre os 20 e os 30 anos de idade, quando é provável estarem pensando em começar a formar uma família.

Ainda não se sabe, com os dados disponíveis, se é seguro tomar a medicação para tratar a esclerose múltipla durante a gravidez (devido aos problemas éticos de fazer pesquisa nessa área), assim os médicos preferem supor que há riscos, por precaução. A orientação mais comum é parar de tomar o medicamento por um período de três a seis meses antes de tentar engravidar, e também não tomar os medicamentos durante as dez primeiras semanas de gestação, época em que os órgãos do bebê estão se formando. Mas não pare de tomar a medicação sem antes consultar um especialista.

A esclerose múltipla piora com a gravidez; na verdade, o prognóstico de longo prazo pode até melhorar. Nos três últimos meses de gestação, as mulheres têm menos chances de ter uma recaída. Os pesquisadores ainda tentam descobrir por que isso acontece – se isso se deve às mudanças hormonais ou ao efeito de imunossupressão da gravidez.

As mulheres com esclerose múltipla têm a mesma probabilidade de ter uma gestação e bebês saudáveis que as outras mulheres. Não há nenhuma prova do aumento do risco de aborto espontâneo, gravidez ectópica, baixo peso ao nascer, defeitos congênitos, bebês prematuros ou natimortos. No entanto, você poderá ter anemia durante a gravidez ou após o nascimento, e isso requer tratamento. Durante o parto, você poderá sentir fraqueza ou espasmos nas pernas. Muitas mulheres que têm esclerose múltipla optam pela peridural. A anestesia geral ou a raquidiana também são seguras, caso você precise de uma cesariana.

A esclerose múltipla não impede você de amamentar. Consulte o seu médico para saber quais são os medicamentos seguros para tomar durante a amamentação. Dependendo da gravidade dos danos causados pela esclerose múltipla, talvez você precise da ajuda de um especialista para posicionar o bebê. Converse com um especialista em amamentação sobre o problema, antes do nascimento.

A taxa de recaída aumenta nos dois primeiros meses após o nascimento; as mulheres com esclerose múltipla têm duas vezes mais chances de voltar a ser hospitalizadas durante os três primeiros meses após o parto do que as mulheres que não sofrem da doença. Esse período de risco aumentado pode durar de três a nove meses antes que as taxas de recaída da doença volte aos níveis anteriores à gravidez.

O método de parto utilizado e o fato de você amamentar ou não não têm nenhum efeito sobre o aumento na taxa de recaída após o nascimento. Ainda assim, se você não estiver amamentando, pode tomar beta-interferon para reduzir o risco de recaída. Existem evidências de que a imunoglobulina por via intravenosa possa ajudar nessa época, mas a pesquisa sobre a segurança desse medicamento ainda continua sendo feita.

Devido ao provável risco de recaída após o parto, planeje com antecedência:

- evite responsabilidades em excesso, alimente-se bem e descanse
- aceite ajuda de seus amigos e parentes
- veja se é possível aumentar o prazo da sua licença-maternidade

Cirurgias durante a gravidez

Só muito raramente são feitas cirurgias durante a gravidez. A maioria dos problemas pode aguardar, com segurança, até o nascimento do bebê. Às vezes, pequenas cirurgias podem ser feitas com anestesia local, mas você poderá sangrar mais e ficar com mais hematomas que o normal, devido às mudanças na circulação e no fluxo do sangue durante a gravidez.

Se for indispensável uma operação sob anestesia geral, o anestesista tomará o cuidado de utilizar drogas que sejam seguras.

No passado, as operações com anestesia geral eram relacionadas ocasionalmente com o aborto espontâneo durante as primeiras semanas de gravidez, ou então com o parto prematuro, se a cirurgia fosse feita no fim da gestação. Com os avanços da cirurgia e dos anestésicos, e com o monitoramento cuidadoso da gestante e do bebê, agora disponíveis em qualquer tipo de operação, esses riscos são bastante remotos.

Problemas de tireóide

A glândula tireóide controla o metabolismo do organismo. Uma tireóide hiperativa (hipertireoidismo) pode levar a perda de peso, nervosismo, tremores e problemas nos olhos. Uma tireóide pouco ativa (hipotireoidismo) pode causar cansaço, preguiça, tendência a sentir frio, aumento de peso e depressão.

Se você tiver um desses problemas de tireóide, converse com o seu médico antes de tentar engravidar, para que a sua medicação seja avaliada e, se necessário, modificada. Se o problema não for tratado, você tem um risco maior de ter um parto prematuro ou um bebê natimorto. Se você tiver hipertireoidismo e ele não for tratado, há um risco maior de pré-eclâmpsia e problemas para o bebê. O QI do bebê também pode ser afetado. Controlar bem o problema diminui todos os riscos para o bebê.

O tipo mais comum de hipertireoidismo, a Doença de Graves, muitas vezes melhora durante a gravidez e, em alguns casos, o tratamento com medicamentos pode ser suspenso no terceiro trimestre. No entanto, você corre maior risco de ter anemia durante a gestação, e também poderá ter de fazer mais consultas pré-natais e exames de sangue para monitorar a doença. É possível ter um parto sem complicações, a não ser que você tenha outros problemas, como a pré-eclâmpsia, que precisem de alguma intervenção.

Se você tem hipotireoidismo, corre mais risco de ter hemorragia após o parto. Além disso, o sangue do cordão umbilical do bebê será examinado para ver se os anticorpos de bloqueio da tireóide atravessaram a placenta. Isso pode causar o hipotireoidismo neonatal, o qual pode ser tratado.

Algumas mulheres têm recaídas após o parto. Alguns tratamentos, como o tratamento com iodo radioativo, não são seguros durante a amamentação. Existem drogas que são seguras para o uso durante a amamentação, portanto converse com o seu médico sobre as que você poderá tomar. O funcionamento da tireóide do bebê será examinado em intervalos regulares enquanto você estiver tomando a medicação e amamentando.

Problemas que podem surgir durante a gravidez

Tromboembolismos

A tromboembolia venosa é a obstrução de um vaso sangüíneo por um coágulo. Quando o coágulo está numa veia profunda, então ela é chamada de trombose venosa profunda (TVP). Se o coágulo chegar até o pulmão, então o resultado será a tromboembolia pulmonar (TEP).

A trombose e a tromboembolia são muito raras, mas as gestantes e as mulheres no período pós-natal correm um risco um pouco maior de sofrer desses problemas, devido às mudanças no sangue associadas ao hormônio da gravidez, o estrogênio. Essas mudanças fazem com que o sangue coagule mais facilmente. Uma teoria sobre a razão de isso acontecer diz que a coagulação pode ter se desenvolvido como um mecanismo de sobrevivência, pois assim as mulheres teriam menos probabilidade de ter hemorragias severas após o parto. O peso do útero no fim da gravidez também pressiona a veia cava (a principal veia do corpo), o que restringe o fluxo de sangue das veias que vêm das pernas; isso pode piorar se você ficar imóvel.

No passado, quando nossas avós tinham filhos, as mulheres muitas vezes ficavam de cama por até duas semanas. Agora, mesmo após uma cesariana, você será encorajada a levantar e ficar se movimentando, já que isso previne a formação de coágulos no sangue.

Nas suas consultas pré-natais, e nos primeiros dias após o nascimento, a sua obstetriz irá examinar as suas pernas, já que é um local muito comum para a formação de trombos. Avise a sua obstetriz se você tiver:

- dores ou desconforto nas pernas, como inchaço ou áreas doloridas, principalmente se for apenas numa das pernas
- aumento de temperatura
- inchaço nos pés e nas pernas
- uma leve falta de ar e dores no peito, especialmente ao inspirar
- dores na parte baixa do abdômen

Alguns desses sinais e sintomas, como aumento de temperatura e inchaço nos tornozelos, são comuns numa gravidez normal, então não pense que eles significam que você tem uma trombose. A sua obstetriz irá examiná-la e, se necessário, encaminhá-la para fazer mais exames.

Algumas mulheres correm maiores riscos de ter tromboembolias. Você corre riscos maiores se:

- tiver mais de 35 anos de idade
- estiver muito acima do peso
- já teve algum trombo antes
- tiver varizes muito graves
- fuma
- tiver anemia falciforme
- tiver algum problema inflamatório crônico, como inflamação do intestino

Alguns fatores, durante a gestação, podem aumentar os riscos, como por exemplo:

- estar grávida de dois ou mais bebês
- ter pré-eclâmpsia
- ter mais de quatro gestações
- ter alguma infecção (por exemplo, infecção das vias urinárias)
- perder muito sangue após o nascimento
- fazer uma cesariana

Se você possui muitos fatores de risco para a formação de trombos, poderá precisar tomar, com orientação médica, pequenas doses de anticoagulantes, como a aspirina e/ou a heparina, como medida preventiva.

Se você estiver tomando esses medicamentos durante a gravidez, converse com um especialista sobre as opções de anestesia para o parto. Existem certos problemas com o uso dessas substâncias e de uma peridural ao mesmo tempo, então talvez seja preciso planejar com cuidado o tempo de ação dos anticoagulantes, caso você queira receber uma peridural. Se você já teve um trombo antes, mas não está tomando nenhuma medicação para afinar o sangue, talvez seja necessário começar a tomar a medicação perto do fim da gestação. Converse sobre isso com um especialista.

A tromboembolia pulmonar é a principal causa de morte maternal direta no Reino Unido, sendo responsável por aproximadamente 16 óbitos anuais.

A própria gravidez aumenta em cinco vezes o risco de TVP (trombose venosa profunda), e fazer uma cesariana aumenta o risco para até dez vezes; cerca de 1% das cesarianas apresentam problemas de tromboembolismo.

Baixa contagem de plaquetas (Plaquetopenias/Trombocitopenias)

As plaquetas estão relacionadas à coagulação do sangue, então, se a sua contagem de plaquetas estiver muito baixa, talvez você corra o risco de ter hemorragia após o parto. O mecanismo de coagulação é complexo e não são apenas as plaquetas que estão envolvidas – portanto, um baixo nível de plaquetas não significa necessariamente que você tem um problema. Parece que estão sendo encontradas mais mulheres com baixa contagem de plaquetas, em parte porque foram desenvolvidas contagens sangüíneas automáticas que contam as plaquetas como parte dos exames padronizados. Cerca de 5 a 8% das mulheres parecem ter níveis de plaquetas um pouco mais baixos que os usuais durante a gravidez (a chamada trombocitopenia da gravidez). Isso não parece ter nenhum efeito sobre a gravidez ou sobre o bebê, e a contagem das plaquetas volta ao normal após a gestação.

A contagem de plaquetas é descrita desta forma: 300.000/ml. Alguns especialistas consideram a contagem de plaquetas baixa se o primeiro algarismo for menor que 100, enquanto outros consideram que só devemos nos preocupar se estiver abaixo de 80, ou até mesmo de 50. Algumas afecções, como o lúpus, estão associadas à trombocitopenia, e existem doenças da coagulação do sangue (como a PTI – púrpura trombocitopênica idiopática – e a síndrome de HELLP) que podem causar problemas durante a gravidez ou o parto. Seu obstetra irá certificar-se de que você não apresenta nenhum outro sintoma dessas doenças.

Colestase gestacional

A colestase gestacional é uma doença rara, relacionada a um problema do fígado. Acredita-se que uma alta quantidade do hormônio estrogênio faça os ácidos e os pigmentos da bile se acumularem no fígado e depois passarem para a corrente sangüínea. Isso causa muita coceira e também pode danificar o fígado. O problema geralmente desaparece logo após o nascimento do bebê.

A colestase gestacional é séria. Ela pode aumentar o risco de hemorragia intensa quando o bebê nasce. Para o bebê, os seguintes riscos ficam maiores:

- estresse e mecônio no líquido amniótico
- parto prematuro
- bebês natimortos
- hemorragia interna após o nascimento

Quem corre mais risco?

A colestase gestacional é rara. Afeta apenas 0,2% das gestações, embora os números variem de país para país, e as mulheres na América do Sul e na Escandinávia sejam as mais afetadas. Isso talvez seja causado por fatores genéticos – e o risco de você ter colestase gestacional aumenta se a sua mãe ou irmã já a teve. Ela também acontece mais nos meses de inverno, mas ninguém sabe ao certo por que existem essas variações.

Quais são os sintomas?

O principal sintoma é a coceira intensa, principalmente nas solas dos pés e nas palmas das mãos. Ela pode ser tão intensa que impede a pessoa de dormir, e algumas mulheres se coçam até sangrar. Muito raramente, as mulheres também passam a ter urina mais escura e fezes claras, mas geralmente o único sintoma é a coceira intensa. A colestase acontece principalmente no terceiro trimestre.

Se você tiver coceira intensa durante o terceiro trimestre, faça um exame de sangue para verificar o nível de bilirrubinas e o funcionamento do fígado. O exame talvez precise ser repetido, caso a coceira não desapareça.

Tratamento

Você poderá tomar anti-histamínicos para aliviar a coceira. Uma droga chamada ácido ursodeoxicólico também está sendo usada em alguns locais. Ele parece aliviar a coceira e melhorar o funcionamento do fígado, mas ainda é muito cedo para saber se a droga traz alguma melhoria para o bebê. Talvez você precise fazer mais exames de ultra-som e de sangue durante a gravidez, e também precise tomar vitamina K para evitar a hemorragia no parto.

A melhor maneira de evitar que o bebê tenha algum problema é fazer uma indução do parto na 37.ª ou na 38.ª semana. O bebê será cuidadosamente examinado durante o parto e receberá a vitamina K após o nascimento, para evitar hemorragias internas.

Gestações posteriores

Se você teve colestase gestacional, as chances de ter o problema novamente nas gestações seguintes é alta (mais de 50%). Seria bom fazer uma consulta com um hepatologista (um médico especializado em doenças do fígado) e com o seu obstetra para planejar os cuidados que você precisará receber nas gestações posteriores.

Pênfigo gestacional (bolhas na pele)

Se você notar saliências vermelhas, que coçam muito ao redor do umbigo e se espalham gradualmente pelo resto do corpo, talvez possa ter a má sorte de ter um problema de pele chamado de pênfigo gestacional. Também é conhecido como herpes gestacional, embora esta denominação seja equivocada, pois o problema não tem nenhuma relação com o vírus da herpes. É uma doença auto-imune que ocorre principalmente por volta da 21.ª semana de gestação. No entanto, é muito rara, pois ocorre aproximadamente numa proporção de 1 em cada 60.000 gestações.

O pênfigo gestacional pode afetar as costas, as nádegas, os antebraços, as palmas das mãos e as solas dos pés. O rosto e o couro cabeludo não são afetados, portanto você não terá uma aparência tão ruim assim para ir trabalhar... Podem surgir bolhas em volta da erupção. O problema pode desaparecer e depois reaparecer mais tarde, durante a gestação. Se você tiver pênfigo numa primeira gestação, é bem provável que venha a ter o problema novamente nas gestações seguintes. O diagnóstico poderá ser confirmado colhendo-se material das áreas da pele afetadas e examinando-o.

Se for um caso brando de pênfigo, poderão ser usados cremes corticosteróides suaves, mas você poderá precisar tomar esteróides por via oral. O comum é iniciar com uma dose alta, para controlar os sintomas, e depois passar para uma dosagem menor. Se a erupção infeccionar, talvez você precise tomar antibióticos. Bolsas de gelo sobre as áreas inflamadas podem acalmar e aliviar grande parte da coceira.

Parece realmente que existe um risco de parto prematuro para as mulheres que apresentam esse problema, mas não há aumento do risco de aborto espontâneo ou de ter um bebê natimorto. Uma porcentagem muito pequena de bebês (cerca de 5%) nascidos de mães que têm o pênfigo gestacional apresentará uma erupção cutânea. Esta desaparece rapidamente e não causa problemas para o bebê.

Placenta acreta

Nesta afecção a placenta se instala muito profundamente no músculo do útero, tornando impossível sua saída pelos meios naturais. Deverá ser feita a remoção manual e, em casos muito raros, talvez seja preciso realizar uma histerectomia (retirada do útero). A placenta acreta é rara: acontece mais ou menos em cerca de uma a cada 2.500 gestações. Você tem mais chances de ter placenta acreta se já fez uma cesariana ou teve placenta prévia. O problema pode causar hemorragia no terceiro trimestre e ser diagnosticado através de ultra-som, nas fases finais da gestação.

Vasos prévios

São denominados vasos prévios os vasos sangüíneos da placenta ou do cordão umbilical que transpõem o orifício cervical interno. À medida que o colo do útero se dilata durante o trabalho de parto, esses vasos sanguíneos rompem-se, causando sangramento e fazendo o bebê correr riscos. É um problema muito raro, e acredita-se que ocorra em cerca de uma a cada 3.000 gestações. Podem estar associados à placenta prévia, a gestações que resultam de fertilização *in vitro* e a gestações múltiplas. O principal sintoma é o sangramento durante a gravidez. Se o problema for detectado durante a gravidez, será feita uma cesariana.

Doenças infecciosas na gravidez

Todos nós entramos em contato com infecções no dia-a-dia. Na maioria das vezes, nosso organismo consegue superá-las de maneira eficaz, então não ficamos doentes. Além disso, a maioria de nós já teve algumas das doenças comuns na infância, como catapora e sarampo. Os programas de vacinação também protegem contra muitas doenças. Tanto ter a doença como tomar uma vacina nos deixa imunes a essas doenças, e essa imunidade geralmente protege também nossos bebês ainda em desenvolvimento. Assim, vale a pena saber quais doenças infecciosas você já teve. Pergunte aos seus pais que doenças você contraiu quando era criança, descubra contra quais doenças foi vacinada e converse com a sua obstetriz sobre as infecções que aparecem nos seus resultados de exames.

Existem algumas doenças infecciosas que podem causar problemas para o bebê no útero. É preciso evitar contrair tais doenças o máximo possível durante a gravidez, principalmente se você souber que não é imune a elas. Por exemplo, se você trabalha com crianças pequenas, está exposta a várias doenças que crianças costumam ter; algumas delas, como a catapora, a rubéola e a parvovirose humana, são transmitidas rapidamente em grupos de crianças ou nos ambientes de escolas e creches. Se você já teve filho(s) e está grávida novamente, pode estar mais exposta às infecções do que uma mulher que está grávida do primeiro filho e talvez tenha menos contato com crianças.

Os riscos apresentados por qualquer uma dessas infecções são muito baixos, graças à imunização e aos exames de sangue de rotina durante a gravidez. No entanto, se você achar que esteve em contato com alguém que tenha alguma doença infecciosa, verifique aqui qual o período de incubação (o período que vai desde o momento que você entra em contato com a doença e o aparecimento dos primeiros sintomas) e quais os sintomas, e converse com a sua obstetriz ou o seu médico caso esteja preocupada.

Catapora

A maioria de nós teve catapora na infância, mas, se você não teve e a contrair durante a gravidez, o seu bebê poderá ficar doente. Se você sabe que há casos de catapora por perto, tente se manter distante das possíveis fontes de infecção. Mas pergunte a seus pais se você teve a doença; talvez você a tenha tido e não saiba disso; neste caso não corre risco.

A catapora (chamada também de varicela-zóster) é uma infecção viral comum na infância, caracterizada por uma erupção cutânea que apresenta inicialmente pontos vermelhos que coçam. Eles aparecem primeiro no peito e nas costas e, nos dias seguintes, espalham-se pelo corpo, transformando-se gradualmente em bolhas cheias de líquido que finalmente se transformam em crostas. A maioria das crianças tem uma forma moderada da doença, embora tenha febre e fique um pouco agoniada com a coceira. Nos adultos, a catapora é bem mais séria e pode causar pneumonia, hepatite e encefalite.

A catapora é altamente contagiosa: ela é disseminada por gotículas da saliva, quando a pessoa infectada fala, tosse ou espirra, e também por contato direto com o fluido das bolhas que se formam na pele.

As pessoas que têm catapora podem transmitir a doença desde 48 horas *antes* de a erupção aparecer até que as feridas fiquem cobertas de crostas. O período de incubação é de 10 a 21 dias.

Se você contrair catapora uma vez, não a contrairá novamente. No entanto, qualquer pessoa que já tenha tido catapora mais tarde poderá contrair herpes-zóster, uma erupção cutânea em uma pequena área do corpo, que pode irritar os nervos daquela área. O herpes-zóster não causa problemas para o bebê se a mãe desenvolver a doença durante a gravidez.

O que devo fazer se entrar em contato com alguém que tem catapora?

Mais de 90% das gestantes no Reino Unido já tiveram a doença e desenvolveram anticorpos antes de ficar grávidas. Tanto elas quanto os bebês não serão afetados pela doença, mesmo que entrem em contato com alguém que tenha catapora. No entanto, as mulheres de regiões tropicais ou subtropicais têm menos possibilidade de ter ficado expostas à catapora na infância e, portanto, mais chances de contrair essa doença na gravidez. Em cada 1.000 gestações, cerca de 3 mulheres desenvolvem catapora como infecção primária.

- Tente saber se você já teve a doença. A sua mãe ou o seu pai talvez possa lhe dizer, mesmo que você não tenha muita certeza. Lembre-se: se você já teve catapora, não pode contrair a doença novamente.

- Se você não sabe se teve catapora na infância, converse o mais cedo possível com o seu médico. Um exame de sangue poderá ser feito para verificar se você está imune, mas precisa ser feito dentro do período de 24 a 48 horas após o contato com alguém que esteja com essa doença.

- Se você não estiver imune, pode tomar uma vacina. Ela talvez não impeça você de contrair a infecção, mas poderá aliviar os sintomas.

E se eu contrair a catapora durante a gravidez?

Se você pegar catapora:

- Evite o contato com qualquer pessoa para quem a doença possa ser perigosa, por exemplo, outras gestantes e recém-nascidos, até cinco dias após o surgimento da erupção cutânea ou até que as bolhas estejam cobertas de crostas.

- Trate a erupção e deixe a área limpa para evitar uma infecção secundária.

- Faça uma visita ao seu médico. Ele poderá prescrever o aciclovir oral, o qual diminui a febre e os sintomas da catapora se o tratamento for iniciado dentro de 24 horas após o surgimento da erupção cutânea; o tratamento não adianta após essas 24 horas.

• Comunique imediatamente o seu médico, caso você apresente quaisquer novos sintomas ou algum problema respiratório.

Algumas mulheres precisam de tratamento hospitalar para as infecções secundárias. As fumantes, as que têm doenças pulmonares crônicas ou que tomam imunossupressores (inclusive as que tomam corticosteróides na segunda metade da gestação) correm um risco maior de ter pneumonia.

Como a catapora pode afetar o bebê?
O efeito que a catapora terá depende muito do estágio da gravidez.

• **Antes da 20ª semana:** a maioria dos bebês não é afetada, mas um número muito pequeno (1 a 2% dos bebês infectados pela catapora) terão a síndrome da varicela fetal. Isso pode causar marcas na pele em uma pequena área do corpo, defeitos oculares, problemas nos membros ou anomalias neurológicas (microcefalia, atrofia cortical, problemas de aprendizagem e disfunção dos esfíncteres urinário e anal). O bebê está mais arriscado a ter defeitos quando a mãe contrai a doença entre a 8ª e a 20ª semanas. A presença do vírus pode ser detectada no líquido amniótico, mas isso não significa que o bebê tenha contraído a infecção. Os riscos são pequenos; em um estudo feito em um grupo de 107 mulheres que tiveram catapora antes da 24ª semana de gestação, apenas nove apresentaram o vírus no líquido amniótico. Dessas nove, cinco tiveram bebês normais. Se você contrair catapora, um ultra-som poderá verificar se o bebê foi afetado.

• **Entre a 20ª e a 36ª semanas:** não há efeitos adversos para o feto, mas o bebê pode ter herpes-zóster nos primeiros anos de vida.

• **Depois da 36ª semana:** nos casos em que a mãe contrai catapora no fim da gravidez, até 50% dos bebês ainda não nascidos são infectados e cerca de 23% desenvolverão catapora logo depois de nascer (varicela clínica, anteriormente chamada de varicela congênita).

A catapora severa num recém-nascido tem mais chance de ocorrer se a mãe apresentar a erupção cutânea da catapora nos quatro dias anteriores ao nascimento do bebê ou dentro de dois dias após o nascimento, porque o nível de anticorpos que o bebê adquiriu é baixo nesse estágio. A mãe corre também maior risco de hemorragia e de ter outros problemas, caso entre em trabalho de parto enquanto estiver com catapora.

Quando um recém-nascido desenvolve catapora, ela é potencialmente fatal. O bebê receberá drogas intravenosas para acelerar a cura das erupções, recuperar o sistema imunológico e a transferência de anticorpos protetores da mãe para ele. O bebê poderá ficar bastante doente e precisará ser tratado no centro de tratamento intensivo neonatal.

Gripes e resfriados

Lidar com um resfriado forte é sempre ruim, mas pode ser bem pior quando você está grávida. A gestação na verdade deixa o seu sistema imunológico um pouco mais fraco. É um mecanismo natural – deixar o seu sistema imunológico deprimido para que o seu corpo não reaja ao bebê como se ele fosse um corpo estranho –, mas isso significa que você fica propensa a pegar mais resfriados que o normal.

Você pode evitar os resfriados:

- alimentando-se de maneira saudável, comendo muitas frutas e vegetais, visto que tais alimentos contêm antioxidantes que ajudam a combater as infecções
- tomando um suplemento multivitamínico específico para o uso durante a gravidez, caso você tenha dificuldade para comer bem
- tentando ficar em forma; exercícios regulares ajudam o corpo a ficar em boa forma para combater infecções
- descansando bastante e tentando não trabalhar demais

Se você pegar um resfriado, fique sem trabalhar alguns dias, descanse e beba bastante líquido. Evite se automedicar contra gripes e resfriados. A maioria dos medicamentos utiliza uma mistura de drogas que apenas aliviam os sintomas, e alguns deles (como a cafeína) talvez não sejam seguros. Em vez disso, tome paracetamol, caso precise baixar a febre ou aliviar a dor de cabeça. Veja qual a dosagem indicada na embalagem.

Não tome aspirina, ibuprofeno, codeína ou descongestionantes. Em vez disso, se você estiver com o nariz obstruído, experimente a velha inalação de vapor. Coloque um pouco de água quente numa bacia, cubra a cabeça com uma toalha e respire o vapor durante cinco minutos. Você pode adicionar limão ou menta à água quente, ou algumas gotas de óleo essencial de eucalipto.

Muitas pessoas gostam de tomar suplementos como vitamina C e remédios à base de ervas, como a Equinácea, para melhorar o sistema imunológico e evitar as gripes e resfriados. Você pode tomar cápsulas de vitamina C, mas não tome mais do que 60 mg por dia durante a gravidez. Não existem muitos estudos sobre os efeitos da Equinácea na gravidez. Um estudo observou pouco mais de 200 mulheres que a tomaram na gravidez e compararam a saúde de seus bebês com a dos bebês de um grupo de mulheres que não tomaram o medicamento, e o resultado não apresentou nenhuma diferença. Isso sugere que a Equinácea é segura, mas precisaríamos de estudos em escalas bem maiores antes de ter certeza. Então, por enquanto, talvez seja melhor evitar o seu uso, principalmente no primeiro trimestre, quando o bebê está se desenvolvendo muito rápido.

Se você ficar com a garganta inflamada, experimente gargarejar com água morna com sal, ou então tome alguns goles de suco de laranja com mel e água quente.

Gripe

É importante tratar a gripe com seriedade e não tentar agir como se não estivesse doente. No fim da gravidez, uma gripe pode deixar você bastante derrubada. A capacidade dos pulmões fica reduzida quando o bebê é muito grande e, já que a gripe pode deixar você com falta de ar, isso pode dificultar as coisas. Algumas mulheres precisam ir para o hospital devido a uma gripe forte no fim da gravidez e podem correr o risco de ter uma pneumonia.

Então vá para a cama e descanse. Beba bastante líquido. Durma o máximo que puder e deixe que o seu organismo combata a infecção. Tome paracetamol no caso de febre, principalmente se você estiver bem no começo da gestação, já que a febre alta (mais de 39 graus por mais de 24 horas entre a 5.ª e a 6.ª semanas de gestação) pode aumentar a taxa de aborto espontâneo e elevar um pouco o risco de ter um bebê com espinha bífida.

Não tome remédios para a gripe, já que eles muitas vezes contêm várias drogas, nem ibuprofeno, codeína ou descongestionantes. Opte sempre pelo paracetamol, caso precise aliviar as dores.

Consulte o seu médico se:

- tiver alguma dúvida
- não melhorar depois de alguns dias
- sentir dores no peito e falta de ar
- apresentar tosse com secreção amarela ou esverdeada

Talvez você precise tomar antibióticos e o seu médico poderá prescrever um antibiótico que seja seguro para o uso durante a gravidez. As drogas antivirais que foram desenvolvidas para reduzir a duração da gripe ainda não foram testadas nas gestantes e, como são muito novas, pouco se sabe a respeito dos efeitos que elas podem ter sobre o bebê. Evite-as, se possível.

Consulte também a página 356 para mais informações sobre a vacina contra a gripe.

Citomegalovírus (CMV)

O CMV faz parte da família de vírus do herpes. Ele pode causar uma doença branda, glandular, que ocasiona febre, ou uma doença mais séria nos bebês, nas pessoas que têm imunidade baixa e num pequeno número de pessoas saudáveis. As complicações incluem a hepatite (doença do fígado), a pneumonia, a síndrome de Guillain-Barré (um tipo de fraqueza muscular e de paralisia) e a encefalite (inflamação do cérebro). A principal forma de transmissão do CMV é por vias sexuais, mas o contágio também ocorre por transfusão de sangue, contato pessoal íntimo, transplante de órgãos e também da mãe para o bebê ainda no ventre. Existem dois tipos de infecção: infecção primária pelo CMV e infecções recorrentes pelo CMV, já que o vírus pode ficar inativo e voltar a atacar em épocas de estresse ou quando a pessoa está com imunidade baixa. A maioria das pessoas (entre 40 e 80%) já teve a infecção antes de chegar à fase adulta, mas algumas gestantes não contraíram o vírus e correm o risco de ter a doença pela primeira vez durante a gravidez.

A infecção primária ocorre em 1 a 4% das gestações, e existe um risco de 30 a 40% de transmissão para os bebês. Apenas cerca de 10% dos fetos infectados apresentam os sintomas ao nascer. Uma infecção recorrente pelo CMV tem menos chances de ser transmitida ao bebê no ventre (menos de 1%) e a probabilidade de este bebê apresentar os sintomas ao nascer é ainda menor.

Se você tiver o citomegalovírus durante a gravidez, há maiores riscos de:

- retardo de crescimento intra-uterino
- aborto espontâneo
- bebês natimortos

Os bebês afetados pelo CMV podem ter problemas no cérebro, nos olhos, no baço, no sangue e na pele.

Esses vírus não têm um período de incubação fixo. Também não são altamente contagiosos, mas se espalham entre os membros da família e entre crianças mais novas em creches. Se você estiver grávida e trabalhar com bebês ou crianças mais novas – por exemplo, numa creche ou como professora –, deve tomar um cuidado especial ao trocar as fraldas ou entrar em contato com outros fluidos corporais. Evite também beijar na boca as crianças das quais você cuida nas creches, e não compartilhe de seus talheres, copos ou comida.

Se você estiver num relacionamento não-monogâmico, aconselhamos o uso de camisinhas para ajudar a protegê-la não apenas contra o CMV, mas também contra outras doenças sexualmente transmissíveis.

Se esteve em contato com alguém que tem o CMV, o seu médico poderá encaminhá-la para fazer um exame de sangue para ver se você tem o vírus. Atualmente está sendo desenvolvida uma vacina.

Se você tiver o citomegalovírus

Um ultra-som poderá examinar o bebê para detectar sinais visíveis de problemas como oligo-hidrâmnios (baixos níveis de líquido amniótico), retardo de crescimento intra-uterino e alterações cerebrais.

Uma amniocentese poderá dizer se o bebê foi infectado, mas ela não poderá indicar a gravidade da infecção. Após o nascimento, um exame de saliva, urina ou sangue pode ser feito para verificar se o bebê contraiu o vírus. Os bebês com infecção congênita pelo CMV e sintomas de que o sistema nervoso central foi afetado serão tratados com aciclovir e ficarão na unidade de tratamento intensivo neonatal.

Amamentação

Embora o CMV possa ser transmitido através do leite materno, a amamentação não está contra-indicada, a não ser que o bebê seja prematuro. As infecções transmitidas através do aleitamento materno nos bebês saudáveis resultam em pouca ou nenhuma enfermidade de caráter clínico. Os benefícios da amamentação são maiores que os riscos.

Streptococcus do grupo B

O *streptococcus* do grupo B é uma bactéria comum e de ocorrência freqüente, que vive nos intestinos e na garganta de muitas pessoas. Cerca de 1/4 das mulheres também o apresentam na vagina. Dizem que as pessoas são "portadoras" ou estão "colonizadas" pelo *Streptococcus* B, porque elas não apresentam sintomas e a presença da bactéria não lhes causa nenhum mal.

O *Strepto* B é transmitido de uma pessoa para outra através de contato pessoal, incluindo contato manual e beijos. É comum a transmissão através do contato sexual mas, como a colonização em si não resulta em nenhum sintoma, ou causa danos, ela não é classificada como uma doença sexualmente transmissível.

A colonização pode ser intermitente, desaparecendo e reaparecendo em épocas diferentes. O tratamento do germe não é necessário, porque ele não é prejudicial e porque muitas vezes ele volta a colonizar a região após o tratamento com antibióticos.

Por que, então, o Streptococcus B pode ser um problema?

Às vezes ele pode causar uma infecção muito perigosa, e muito comum nos recém-nascidos, mas também nas mulheres durante a gravidez, ou logo após o parto. Como muitas bactérias dessa família, o *Strepto* B é hemolítico, ou seja, a bactéria pode causar a destruição dos glóbulos vermelhos do sangue. A infecção pelo *Streptococcus* B acontece quando a bactéria provoca sintomas de doença ao danificar as células diretamente ou através da liberação de toxinas.

O *Streptococcus* B não é comum. A cada ano, milhares de bebês saudáveis nascem de mães portadoras da bactéria. No Reino Unido, os riscos de um bebê vir a ter uma infecção pelo SGB são:

- de 1 em cada 1.000, se você não é portadora da bactéria
- de 1 em 400, se você for portadora durante a gravidez
- de 1 em 300, se você for portadora no nascimento
- de 1 em 100, se você já teve um bebê anteriormente infectado pelo SGB

Dos 700.000 bebês que nascem no Reino Unido a cada ano, 700 passam a ter a infecção pelo *Strepto* B. Assim que ficam infectados, os recém-nascidos podem ficar doentes ao nascer, ou em qualquer época até alcançarem os três meses de idade. Cerca de 100 bebês (15% do número de bebês infectados) morrem devido à doença a cada ano.

Não se sabe ainda ao certo por que alguns bebês ficam infectados e outros não. A bactéria consegue atravessar as membranas tanto rompidas como intactas, para alcançar a cavidade amniótica e depois chegar ao organismo do bebê através dos pulmões. Na maioria dos casos, parece que os sistemas imunológicos da mãe e do bebê conseguem evitar a infecção pelo *Strepto* B.

O bebê pode estar doente ao nascer ou, mais raramente, ficar doente em algum momento do primeiro mês de vida. O bebê começará a ter problemas de respiração, suaves no início, mas que ficam mais graves com o tempo. Entre os sinais de infecção estão:

- roncos
- letargia
- irritabilidade
- inapetência
- freqüência cardíaca muito alta ou muito baixa
- pressão arterial baixa
- temperatura anormal
- respiração anormal, acompanhada de cianose (a pele fica azulada devido à falta de oxigênio)

A septicemia, a pneumonia e a meningite costumam aparecer dentro de dois dias após o nascimento, e a septicemia costuma instalar-se rapidamente.

A infecção pelo *Streptococcus* nos recém-nascidos pode ser diagnosticada por meio de culturas do sangue ou amostras do líquor.

É preciso ministrar imediatamente doses altas de antibióticos durante 10-14 dias. Os antibióticos provavelmente serão ministrados a qualquer bebê que tenha sinais de infecção, enquanto se esperam os resultados das culturas. O tratamento da maioria dos bebês é bem-sucedido com antibióticos, mas alguns precisam receber cuidados especiais em uma unidade de tratamento intensivo neonatal.

Prevenção da infecção pelo Streptococcus B

Atualmente, não existem exames confiáveis (40 a 50% dos portadores da bactéria não são identificados nos exames disponíveis). Além disso, essas infecções podem aparecer e desaparecer, portanto, mesmo que você seja examinada durante a gravidez, não poderá ter certeza. No momento, está sendo desenvolvida uma vacina, mas ela ainda deve levar algum tempo para ser lançada. Em geral, você só sabe que é portadora do *Strepto* B se já teve um bebê anteriormente que foi afetado por essa infecção, ou se passou por coleta de material para ser examinado, por outras razões.

A maneira mais eficaz de prevenir a infecção é ministrar antibióticos intravenosos durante o trabalho de parto, em geral através de soro contínuo. Isso irá erradicar todas as bactérias do seu organismo e, à medida que os antibióticos chegam ao líquido amniótico e ao bebê, eles também tratam as infecções no bebê antes que ele nasça.

O antibiótico leva de duas a três horas para atravessar a placenta, portanto o ideal é ministrá-lo pelo menos quatro horas antes de o bebê nascer. Uma cesariana não elimina o risco da infecção pelo *Streptococcus* B para o recém-nascido, se você for portadora dessa bactéria.

Atualmente se recomenda o tratamento das mulheres que correm maior risco:

- se você já teve um bebê que apresentou a infecção pelo *Streptococcus* B
- se você descobriu que é portadora da bactéria durante a gravidez
- se você já teve o SGB na urina em algum momento durante a gravidez (o que deverá ser tratado na época do diagnóstico)

- se o parto for prematuro (antes de 37 semanas de gestação)
- se você tiver uma rotura prematura das membranas (antes de 37 semanas de gestação)
- se a bolsa de água se romper mais de 18-24 horas antes do parto
- se você tiver aumento de temperatura durante o parto (37,8°C ou mais, embora uma temperatura mais alta enquanto está sendo aplicada de uma epidural seja de menor relevância)

Se você sabe que é portadora do Streptococcus B?

- Decida se deseja o tratamento com antibióticos, e sob quais circunstâncias.
- Inclua suas decisões no seu plano de parto.
- Certifique-se de que seu médico sabe que você tem a bactéria. Dê a ele cópias do seu plano de parto se necessário.
- Saiba quais são os sinais de um parto prematuro e fique atenta a eles.
- Saiba quais são os sinais e os sintomas de uma infecção causada pelo *Strepto* B nos recém-nascidos e fique atenta a eles.

Se o seu bebê correr um risco maior de desenvolver uma infecção pelo *Streptococcus* B, não deixe de alertar os pediatras, obstetrizes, médicos e assistentes de saúde que estiverem cuidando do bebê.

Hepatite B

A hepatite B é causada por um vírus que afeta o fígado e pode causar-lhe inflamação. A maioria das pessoas recupera-se rápido da infecção, mas cerca de uma em cada dez pessoas torna-se portadora do vírus. Se você for portadora, poderá ter danos de longo prazo no fígado. Um dos exames de sangue de rotina feitos no começo da gestação é exatamente para detectar a hepatite B, já que a maioria das pessoas infectadas não apresenta sintomas.

A hepatite B pode ser transmitida de diversas maneiras:

- de uma mãe infectada para o bebê, durante o parto
- através de sexo sem proteção com um portador do vírus
- através de contato direto com o sangue de uma pessoa infectada; por exemplo, ao compartilhar escovas de dente ou lâminas de barbear, pelo equipamento utilizado para fazer tatuagens e *piercings*, e entre os usuários de drogas que compartilham agulhas

A hepatite B é muito mais comum em certas partes do mundo do que em outras; se você viajar para a Ásia, África, o Extremo Oriente e o Oriente Médio, tem mais chances de entrar em contato com alguém que seja portador do vírus da hepatite B. Os profissionais da saúde que possam entrar em contato com sangue e produtos do sangue também têm mais chances de entrar em contato com o vírus, assim muitos preferem tomar a vacina contra ele.

Se o seu exame de sangue revelar que você é portadora de hepatite B, então o seu bebê receberá uma série de vacinas logo após o nascimento e repetirá as doses quando tiver um, dois e doze meses de idade. Depois do nascimento, você poderá ser encaminhada a um especialista para que ele a avalie e dê orientação sobre como tratar a sua infecção. Não há nenhum problema em amamentar o bebê, mesmo que você tenha hepatite B.

Sarampo

O sarampo é uma doença altamente infecciosa e potencialmente fatal, causada pelo vírus do sarampo. Ela pode ser contraída através de contato direto com a pessoa infectada, ou através da propagação no ar de pequenas gotículas de saliva provenientes da tosse ou de espirros. O sarampo faz com que as crianças se sintam prostradas, tenham febre e uma erupção cutânea generalizada. As complicações são bastante comuns: incluem tosse severa e dificuldade de respirar, infecções no ouvido, infecções nos pulmões causadas por vírus ou bactérias (pneumonia) e infecções oculares (conjuntivite). A maioria das complicações é causada por infecções bacterianas secundárias, as quais podem ser tratadas com antibióticos. Muito raramente (1 em cada 1.000 casos), pode surgir inflamação do cérebro (encefalite).

O sarampo é mais contagioso no período de quatro dias *antes* do aparecimento da erupção cutânea até quatro dias depois. O período de incubação (o período entre o contato com a doença e o aparecimento dos sintomas) é de cerca de dez dias.

Se você tiver sarampo uma vez, ficará imune e não poderá contrair a doença novamente.

O que devo fazer se entrar em contato com alguém que tenha sarampo?
Se você entrar em contato com alguém que tenha sarampo:

- Tente saber se já teve a doença. A sua mãe ou o seu pai poderá dizer a você, mesmo que você não tenha certeza. Lembre-se: se você já teve sarampo, está imune.

E se eu contrair sarampo durante a gravidez?
Se você tiver sarampo:

- Beba bastante líquido para repôr os fluidos de corpo que você irá perder por causa da febre e tome paracetamol para baixar a temperatura.

Como o sarampo pode afetar o bebê?
O sarampo durante a gravidez não está ligado a infecções congênitas ou danos ao bebê, mas ele pode causar aborto espontâneo ou parto prematuro. O seu médico poderá prescrever a imunoglobulina humana para prevenir ou abrandar a doença. Ela é mais eficaz se for ministrada dentro de 72 horas após o contato com a doença. Não há provas de que o seu uso para tratar o sarampo evite problemas para o bebê.

Rubéola

A rubéola (às vezes chamada de sarampo alemão) é uma doença branda causada por um vírus. Os sintomas incluem mal-estar, aumento dos gânglios linfáticos, febre baixa e garganta inflamada. Poderá surgir uma erupção cutânea avermelhada no rosto, que depois se espalha pelo corpo e membros. Também poderá causar desconforto e dores nas articulações, principalmente nas mulheres. A erupção muitas vezes aparece e desaparece em questão de horas, e algumas pessoas nem mesmo apresentam os sintomas.

A rubéola é altamente contagiosa; ela é transmitida por gotículas de saliva no ar, e também pelo contato próximo. Uma pessoa infectada pode transmitir a doença sete dias *antes* do surgimento da erupção cutânea e durante dez dias após o desaparecimento desta.

O período de incubação (o período que transcorre entre o contato com a doença e o aparecimento dos primeiros sintomas) é de 14 a 21 dias.

A maioria das pessoas é imune à doença caso já a tenham contraído ou recebido vacina, mas é possível, embora seja raro, contraí-la novamente.

O que devo fazer se eu entrar em contato com alguém que tenha rubéola?

A rubéola é difícil de ser diagnosticada, portanto muitas pessoas não sabem se já tiveram a doença ou não. Desde o surgimento da vacina MMR, em 1988, a incidência da rubéola caiu drasticamente. Na verdade, 98 a 99% das mulheres adultas estão imunes, em grande parte porque tomaram a vacina na infância. Os últimos casos de rubéola congênita ocorreram em 1996, na Inglaterra e no País de Gales, e em 1999, na Escócia. No Brasil, o Ministério da Saúde registra 260 casos entre 2000 e 2005.

Existe um pequeno risco de contrair novamente a doença, caso você já a tenha tido, mas o risco de danos para o bebê é bem menor, provavelmente entre 5 e 10%.

A maioria das gestantes faz o exame para detecção da rubéola como parte dos exames de sangue feitos em suas consultas, então o seu prontuário poderá dizer se você é imune.

O seu médico poderá pedir um exame de sangue para verificar se você está imune à doença ou se a contraiu recentemente.

E se eu contrair a rubéola durante a gravidez?

A rubéola no começo da gestação pode trazer problemas sérios para o desenvolvimento do bebê. A taxa de transmissão da doença para o bebê é de 90%, com menos de 11 semanas de gestação, mas ela cai para 20% se você estiver entre a 11.ª e a 16.ª semanas.

- **Antes da 16.ª semana:** vários problemas congênitos graves, como danos aos olhos, ouvidos, coração, cérebro e sistema nervoso.
- **Entre a 16.ª e a 20.ª semanas:** há um risco bastante reduzido de surdez.
- **Depois da 20.ª semana:** não há riscos.

Se você tiver rubéola no começo da gravidez, talvez seja encaminhada a um especialista que poderá conversar com você sobre os riscos que o bebê está correndo.

Eritema infeccioso ou "quinta moléstia"

O eritema infeccioso é uma doença viral causada por um parvovírus. A pessoa infectada apresenta sintomas semelhantes aos da gripe e uma erupção cutânea no rosto, a qual dá a impressão de que a pessoa levou um tapa. O nome "quinta doença" advém do fato de que essa foi a quinta doença a ser identificada que causa uma erupção cutânea avermelhada na infância. A erupção espalha-se gradualmente pelo tronco e membros. Os sintomas costumam ser brandos nas crianças, mas os adultos, principalmente as mulheres, também podem apresentar inchaço e ter dor aguda nas articulações. Um pequeno número de pessoas sente a dor nas articulações durante várias semanas, ou mesmo meses. Problemas neurológicos ou cardíacos ocorrem muito raramente.

A família dos *Parvoviridae* inclui vários vírus que afetam também os animais, como gatos e cães. No entanto, os vírus são específicos de cada espécie, então é impossível contrair a doença de um cão ou um gato.

O vírus é transmitido pelo contato com uma pessoa que tenha a doença. Essas pessoas podem transmitir a doença durante sete dias *antes* do surgimento da erupção na pele.

O período de incubação (o período entre o contato com a pessoa infectada e o desenvolvimento da doença) é de 13 a 18 dias antes do surgimento da erupção.

Acredita-se que a pessoa fica imune ao eritema infeccioso se ela tiver tido a doença e que 50% da população sejam imunes.

O que devo fazer se entrar em contato com alguém que tenha eritema infeccioso?

Se você trabalha com crianças, como por exemplo numa escola ou numa creche, talvez seja bom tirar licença do trabalho, caso exista uma epidemia local da doença. No entanto, já que ela é contagiosa durante vários dias antes do aparecimento da erupção na pele, é difícil evitar o contato com crianças que talvez já estejam infectadas. Os sintomas podem ser confundidos com os da rubéola e só podem ser identificados com segurança através de um exame de laboratório. O seu médico poderá pedir esse exame para ter certeza do problema.

E se eu contrair o eritema infeccioso durante a gravidez?

Não há um tratamento para o vírus, mas você pode usar analgésicos para aliviar a dor nas articulações.

Se você estiver usando medicamentos imunossupressores, também poderá precisar de uma transfusão de sangue para a anemia.

Talvez o seu médico recomende que você faça mais um ultra-som para verificar se há excesso de líquidos nos tecidos do bebê.

Como o eritema infeccioso pode afetar o bebê?

Para a maioria das mulheres, contrair o eritema infeccioso não afeta a gravidez. No entanto, alguns riscos ficam maiores em certos estágios da gravidez:

- **Entre a 9ª e a 20ª semanas:** em 3% das gestações de mulheres que contraíram o eritema infeccioso, existe um risco de acúmulo de líquido nos tecidos do bebê (hidropsia fetal). Pode ser que o bebê se recupere espontaneamente e nasça normal e saudável.
- **Antes da 20ª semana:** aumenta o risco de aborto espontâneo.
- **Após a 20ª semana:** há um pequeno aumento no risco de anemia para a mãe e para o recém-nascido.

Não existe um tratamento para ajudar a proteger o bebê.

Doenças Sexualmente Transmissíveis (DSTs)

Os exames para detecção de algumas doenças sexualmente transmissíveis (ou DSTs) fazem parte dos exames de rotina durante os cuidados pré-natais, enquanto os exames para detecção de outras doenças só são realizados se você estiver inclusa num grupo de alto risco. As DSTs podem causar uma grande variedade de problemas graves. Algumas podem atravessar a placenta, mas a maioria é contraída pelo bebê no momento do parto. Ainda assim, o tratamento durante a gravidez e cuidados extras durante o nascimento podem reduzir ou eliminar os riscos para o bebê, na maioria dos casos.

Clamídia

Esta infecção bacteriana é uma das DSTs mais comuns. Se você tem clamídia, pode apresentar corrimento vaginal, sangramento entre os períodos menstruais, dor ao urinar e na parte inferior do abdômen, mas 70% das mulheres não apresentam nenhum sintoma. A clamídia pode levar à infertilidade, mas, se você estiver lendo isto, provavelmente não teve este problema e está mais preocupada com os efeitos sobre a sua gestação. O exame para detectar a clamídia não é rotina, mas, se você já teve uma DST antes, será colhido material para fazer um esfregaço.

A clamídia na gravidez aumenta os riscos de:

- aborto espontâneo
- gravidez ectópica
- rotura prematura da bolsa

Entre 20 e 50% dos bebês que nascem de mães infectadas contraem a infecção. Os bebês infectados costumam ter infecções no aparelho ocular e pneumonia, as quais podem ser tratadas com antibióticos.

Se você tiver clamídia, será tratada com antibióticos, que podem prevenir complicações tanto para você quanto para o seu bebê. O seu parceiro também deverá ser tratado, porque pode haver uma retransmissão da doença entre vocês dois.

Crista de galo (HPV)

As verrugas genitais são a doença sexualmente transmissível mais comum. Elas são causadas pelo papilomavírus (HPV). Podem ser achatadas e lisas, ou ter a aparência de pequenas couves-flores, e podem aparecer sozinhas ou agrupadas. Podem surgir ao redor da vulva, dentro da vagina, perto da uretra, ou em volta do ânus. Elas não doem, mas podem coçar. Se elas surgirem uma vez, podem reaparecer durante toda a vida.

A gravidez pode estimular um surto dessas verrugas genitais, que antes eram assintomáticas, ou então pode piorar uma infecção que você já sabia que tinha. As drogas que são geralmente utilizadas para tratar as verrugas genitais não são recomendáveis para o uso durante a gravidez. O tratamento através do frio (criocirurgia), que pode ser aplicado às verrugas, é seguro para o uso durante a gravidez. Podem surgir pequenas áreas sensíveis na pele após o tratamento. Mantenha as áreas afetadas limpas e secas. Tome paracetamol, caso sinta dor.

É muito raro as verrugas genitais serem transmitidas para o bebê. A não ser que você esteja passando por uma crise muito intensa e as verrugas bloqueiem o canal vaginal, a maioria dos bebês poderá nascer de parto normal.

Gonorréia

É uma das DSTs mais comuns, e muitas vezes está associada a outras DSTs. Se você tem gonorréia, poderá apresentar um corrimento vaginal amarelado ou com sangue, dor ao urinar ou dores abdominais, mas muitas vezes não há sintomas. O exame para detectar a gonorréia não é feito de rotina, mas, se você já teve uma DST, será colhido material para fazer um esfregaço.

A gonorréia durante a gravidez aumenta o risco de:

- aborto espontâneo
- parto prematuro
- rotura prematura das membranas

Os bebês infectados às vezes passam a ter conjuntivite (inflamação da mucosa ocular), inflamação nas articulações e, com menos freqüência, infecções do sangue que põem a vida em risco e podem ser tratadas com antibióticos.

Se você tiver gonorréia, terá de tomar antibióticos, que podem evitar complicações tanto para você quanto para o bebê. O seu parceiro também deve fazer o tratamento, já que a infecção pode ser transmitida de um para o outro.

HIV

Você encontra informações sobre o HIV junto com outras informações sobre problemas de saúde preexistentes na página 376.

Sífilis

A sífilis é causada por uma espiroqueta (organismo semelhante à bactéria), que pode atravessar a placenta e infectar o bebê ainda em desenvolvimento. O primeiro sinal da doença costuma ser uma ferida, que recebe o nome de cancro, na área genital ou vaginal. O enfermo pode ter uma erupção cutânea e febre seis semanas a seis meses depois, e quatro anos ou mais após a primeira infecção, caso não seja tratado, podem surgir complicações que podem afetar o coração, o sistema respiratório ou o sistema nervoso central. A sífilis congênita pode ser uma situação muito grave, por isso sua investigação é feita rotineiramente em *todas* as gestantes.

A sífilis durante a gravidez aumenta o risco de:

- aborto espontâneo
- ter um bebê natimorto
- ter um bebê com infecção congênita

Se você tiver sífilis, deverá fazer um tratamento com antibióticos. A sífilis é perigosa para o bebê: até 40% dos bebês das mães que não recebem tratamento morrem ao nascer ou durante o parto. Contudo, o tratamento com antibióticos durante a gravidez protegerá o bebê.

Tricomoníase

A tricomoníase é uma infecção que causa um corrimento vaginal amarelo-esverdeado e com mau cheiro, coceira, vermelhidão e dor durante o intercurso e ao urinar. O exame para detectar a tricomoníase é feito por meio de esfregaços, com material que é colhido da vagina, e só é feito quando a gestante tem esses sintomas.

A tricomoníase na gravidez aumenta o risco de:

- rotura prematura das membranas
- parto prematuro

Ocasionalmente o bebê pode contrair a infecção durante o parto e ter febre após o nascimento.

A tricomoníase em geral pode ser curada com uma droga chamada metronidazol. Ambos os parceiros devem fazer o tratamento.

Infecções do Trato Urinário (ITUs)

Uma ITU é uma infecção na urina, na uretra, na bexiga ou nos rins, causada por bactérias. A cistite é a infecção que se limita à bexiga. As bactérias do trato gastrointestinal podem migrar e causar infecções, mesmo nas mulheres que não estão grávidas. Cerca de metade de todas as mulheres passa por uma ITU em algum estágio da vida.

Os sintomas da ITU são:

- dor ou ardência ao urinar, dor na parte inferior das costas, sintomas semelhantes aos da gripe e febre
- a urina fica turva ou tem cheiro forte, e um exame de urina poderá revelar a presença de sangue

As ITUs são mais comuns durante a gestação porque:

- o tônus muscular da bexiga fica reduzido, e isso diminui o fluxo de urina e dá às bactérias mais tempo para se proliferarem
- à medida que o útero cresce, ele exerce mais pressão sobre a bexiga, o que também diminui o fluxo de urina

Após o nascimento, você talvez possa ter uma ITU devido às áreas lesionadas por causa de um parto assistido ou da introdução de uma sonda.

Se não for tratada, uma ITU pode levar a uma infecção dos rins que, por sua vez, pode aumentar o risco de parto prematuro e baixo peso ao nascer para o bebê.

Tratamento

Se há suspeita de que você tem uma infecção do trato urinário, você precisará colher uma amostra de urina desprezando o primeiro jato e enviá-la para ser feita uma cultura. Enquanto isso, em geral o médico prescreve um tratamento à base de antibióticos, com duração de sete dias. Recomenda-se uma maior duração para as gestantes. Evite automedicar-se principalmente com remédios que contenham citrato de sódio e bicarbonato de sódio, já que eles contêm grande quantidade de sal.

Às vezes, mesmo após o tratamento com antibióticos, a ITU volta a aparecer. Se isso acontecer, faça um novo exame de urina e siga as orientações do seu médico.

O que você pode fazer
Existem várias maneiras de evitar uma ITU. Se você já era propensa à cistite antes de ficar grávida, talvez já saiba o que pode fazer para evitar o problema. Você pode seguir algumas destas orientações:

- Após urinar, limpe-se sempre da parte da frente para trás.
- Após o intercurso sexual, esvazie a bexiga e lave a área em volta da vulva.
- Beba bastante água para manter a bexiga funcionando bem.
- É aconselhável beber um copo de suco de amora todos os dias – o suco de amora sem açúcar tem demonstrado ser útil para prevenir a cistite, pois dificulta o trabalho das bactérias de se prenderem às paredes da bexiga.
- Esvazie a bexiga a intervalos regulares durante o dia; evite prender a urina até não agüentar mais.
- Certifique-se de que sua bexiga está completamente vazia após urinar – se uma pequena quantidade de urina ficar na bexiga, ela pode se transformar em um foco de infecção. Ao sentar-se sobre o vaso, esvazie a bexiga e depois incline-se para a frente para ter certeza de que ela ficou tão vazia quanto possível. É possível eliminar mais algumas gotas de urina inclinando-se para a frente.

Chá, café, bebidas alcoólicas e refrigerantes que contenham cafeína podem fazer você apresentar sintomas semelhantes aos da cistite durante a gravidez. Caso você tenha tendência à cistite, talvez seja bom evitá-los.

Algumas mulheres que têm problemas urinários freqüentes acham útil consultar um homeopata ou um acupunturista para evitar o reaparecimento da cistite.

Quando as coisas não dão certo...

Ninguém gosta de pensar que algo poderá dar errado com sua gestação. Infelizmente, algumas mulheres perdem seus bebês, seja durante a gravidez, no parto ou logo após o nascimento. Esperamos que você não precise consultar estas páginas. Mas, se precisar, você certamente irá querer saber que informações incluímos aqui. Lembre-se de que o fato de ler sobre alguma coisa não fará com que ela aconteça.

Aborto espontâneo

O aborto espontâneo é a expressão utilizada para descrever a perda do bebê antes da 24.ª semana. Após esse período, diz-se que o bebê é um natimorto. Entretanto, o aborto espontâneo costuma ocorrer nas primeiras doze semanas de gestação, geralmente por volta da época em que a menstruação deveria vir.

O aborto espontâneo é a complicação mais comum na gravidez. Algumas estimativas chegam a 30% de todas as gestações. O sintoma mais comum é o sangramento, mas a dor também pode ser um sinal de que há algo de errado.

Se um aborto espontâneo for acontecer, não há muito que você possa fazer para impedir. Não há nenhuma prova de que deitar-se e ficar em repouso possa ter algum efeito sobre o resultado final, mas algumas mulheres ficam muito mais felizes se fizerem isso, pois sentem que estão dando ao bebê todas as chances possíveis. E, para algumas mulheres, a "ameaça" de aborto espontâneo não se concretiza, a hemorragia cessa e a gravidez continua normalmente.

Para outras mulheres, no entanto, o aborto espontâneo torna-se "inevitável". Se isso acontecer, o mais comum é ter dores semelhantes às da cólica e um intenso sangramento, como se fosse uma menstruação, ou até maior. O seu médico ou a sua obstetriz poderá verificar o tamanho do útero e fazer um exame interno. Se o colo de seu útero começou a se dilatar, é pouco provável que a gravidez possa continuar. Você poderá ser encaminhada ao hospital para fazer um ultra-som e, se necessário, uma pequena operação (uma dilatação e curetagem, também chamada de "raspagem") para esvaziar o útero.

Se você tiver um aborto espontâneo logo no começo da gravidez, talvez não precise de tratamento, já que não é possível distinguir o aborto espontâneo de uma menstruação intensa e atrasada. Às vezes o próprio organismo lida com o aborto espontâneo. Se você não sentir dores, apresentar um pequeno sangramento de cor marrom e já não se sentir grávida, pode ser que o seu organismo tenha reabsorvido a gravidez. Você poderá apresentar sangramento alguns dias depois, e talvez precise de uma curetagem, mas às vezes não é preciso nenhum tratamento.

Se você tiver um aborto espontâneo numa fase mais avançada da gravidez, o seu médico poderá lhe recomendar que faça uma curetagem para que nenhum produto da gravidez permaneça no útero. O risco de aborto espontâneo diminui por volta da 12.ª semana. Se você fez um ultra-som que demonstrou que há mesmo um bebê em formação e batimentos cardíacos, o risco fica ainda menor. O aborto espontâneo no segundo trimestre de gravidez é muito mais raro que no primeiro trimestre e responde apenas por 5% dos casos em que há perda do bebê.

Se você sangrar no início da gravidez

- Ligue para o seu médico imediatamente. Ele poderá sugerir que você simplesmente fique em repouso e "espere os acontecimentos", ou então que vá até o hospital.
- Poderão sugerir que você faça um ultra-som. O ultra-som é bastante preciso para identificar se há aborto espontâneo. Bem no início da gestação, talvez seja preciso fazer um ultra-som transvaginal para excluir a possibilidade de uma gravidez ectópica. É um procedimento mais constrangedor do que um ultra-som abdominal, mas permite que se tenha uma imagem mais precisa no estágio mais inicial da gravidez. Você também poderá fazer exames de urina e de sangue.
- Se os resultados do exame de sangue demonstrarem que você é Rh negativo, você poderá tomar uma injeção de imunoglobulina anti-D antes de sair da clínica, para evitar problemas nas gestações futuras. (Veja a página 124 para obter mais informações sobre o fator *rhesus*-Rh.)

Se for confirmado um aborto espontâneo

Uma vez que o aborto espontâneo tenha começado, há pouco que se possa fazer para salvar a gestação. Talvez você precise de um tempo para aceitar a perda do bebê. O médico poderá sugerir algum dos seguintes tratamentos:

- **Monitoramento simples:** este é o método menos invasivo, já que implica simplesmente em esperar para ver se você irá precisar de algum tratamento para retirar tecidos que ficaram retidos. A desvantagem é que pode levar várias semanas para que o aborto se realize por completo.
- **Esvaziamento por prostaglandinas:** neste procedimento, você é medicada com prostaglandina, para provocar a eliminação dos tecidos que ficaram retidos.
- **Esvaziamento uterino cirúrgico com utilização de curetagem por sucção:** todo o tecido que ficou retido é removido, o que ajuda a prevenir infecções e hemorragias. Menos de 10% das mulheres precisam deste procedimento. Costuma ser feito se a hemorragia for muito intensa, se os sinais vitais estiverem instáveis, se houver algum sinal de que há tecidos infeccionados no útero.

Possíveis causas para o aborto espontâneo

A investigação das causas do aborto espontâneo só tem início se você teve três ou mais abortos espontâneos (aborto espontâneo freqüente, o qual afeta cerca de 1 a 2% das mulheres férteis). Em cerca de 50% dos casos, não se sabe a causa. Embora isso seja frustrante, também pode ser uma boa notícia, já que as chances de você ter uma gestação bem-sucedida no futuro são muito maiores quando não é possível identificar a causa do problema.

Não há um motivo único para a ocorrência do aborto espontâneo. Muitas mulheres ficam preocupadas, pensando que fizeram algo que levou ao aborto. Na verdade, pouquíssimos fatores do dia-a-dia estão ligados ao aborto espontâneo. As possíveis causas incluem:

- **Problemas genéticos:** a causa mais comum do aborto espontâneo é a anomalia cromossômica. Um geneticista poderá ajudar você a ter uma gestação bem-sucedida, dependendo do problema.
- **Problemas de coagulação do sangue:** o sangue fica mais espesso durante a gravidez, mas algumas mulheres desenvolvem tromboembolias na placenta. Isso diminui o fluxo de sangue que chega até o bebê e pode causar aborto espontâneo ou fazer com que o bebê seja muito pequeno ao nascer. Algumas mulheres podem fazer um tratamento com aspirina e heparina.
- **Problemas hormonais:** esta área está sendo objeto de pesquisas. Às vezes as mulheres passam a ter níveis altos de certos hormônios porque os ovários entram prematuramente na menopausa. Outras investigações incluem a observação do revestimento uterino à época da implantação do óvulo.
- **Problemas anatômicos:** se o seu útero tem um formato fora do comum, isso pode levar ao aborto espontâneo. Um ultra-som poderá mostrar o formato do útero. A incompetência do colo do útero pode ser a causa do aborto para as mulheres que têm um histórico de aborto espontâneo sem dor após 14 semanas de gestação; nesses casos, uma "cerclagem uterina" pode ajudar a manter o colo do útero fechado até um pouco antes da data prevista para o parto.
- **Infecções:** as infecções não costumam causar abortos espontâneos no início da gestação, mas podem desempenhar algum papel em abortos espontâneos após a 14.ª semana de gestação. No momento, estão sendo feitas pesquisas nessa área.
- **Outras causas:** as mulheres que fumam ou que tomam bebidas alcoólicas em excesso correm maior risco de ter um aborto espontâneo.

Após um aborto espontâneo

Espere certo tempo para se recuperar da perda, tanto física quanto emocionalmente. Recomenda-se que a mulher aguarde a vinda de duas ou três menstruações normais (em vez de tentar engravidar de novo imediatamente) exatamente por esse motivo. Algumas mulheres, especialmente as que tiveram um aborto espontâneo em um estágio mais avançado da gestação, precisam de mais tempo para aceitar o que aconteceu e para sentir que estão preparadas para tentar mais uma vez. Além disso, é normal levar algum tempo para voltar a se interessar pelo sexo.

Pergunta: Minha última gestação terminou em aborto espontâneo, após 8 semanas de gestação. Quais são as chances de eu ter novamente um aborto espontâneo?

Anna McGrail responde: apesar de ninguém poder afirmar com certeza, você tem boas chances de ter uma gravidez bem-sucedida. Se não foi detectada a causa do aborto, os dois fatores que ajudam a prever se você tem chances são a sua idade e o número de abortos espontâneos que já teve. Por exemplo:

- Se você tem 20 anos de idade e teve dois abortos espontâneos, estima-se que a possibilidade de ter uma gravidez bem-sucedida é de 92%.
- Aos 30 anos de idade e um histórico de dois abortos espontâneos, as chances são de 84%.
- Aos 40 e com um histórico de dois abortos espontâneos, as chances são de 69%.

Mesmo que você tenha um histórico de quatro abortos espontâneos e esteja com 40 anos de idade, você ainda tem 58% de chances de ter uma gestação bem-sucedida.

Gravidez ectópica

Após a concepção, o óvulo fertilizado deve implantar-se no endométrio do útero, que está mais espesso. A gravidez ectópica ocorre quando o óvulo é implantado em outro local – geralmente na trompa de falópio, embora ele também possa fixar-se em qualquer lugar da cavidade abdominal. O nome vem da palavra grega *ektopos*, que significa literalmente "fora de lugar".

Conforme as células do óvulo fertilizado crescem e se multiplicam, a trompa de falópio (que tem apenas entre 1 e 5 mm de largura) estica, o que causa dor. Em algum momento, a trompa poderá romper-se. Isso pode causar dor forte, hemorragia severa e choque, e pode ser fatal para a mulher. Já que não existe tecido adequado para nutrir o bebê em desenvolvimento, nem espaço para que ele cresça, uma gravidez ectópica não pode ser levada adiante.

Sinais de gravidez ectópica

Se a gravidez é ectópica, isso fica evidente em algum momento entre a 2ª e a 12ª semanas de gestação após uma menstruação, em geral por volta da 7ª-9ª semanas. Pode ser que você perceba os sinais antes mesmo de sentir que está grávida ou de fazer um teste de gravidez.

Os principais sinais a observar são:

- **Dor na parte inferior do abdômen**, em geral aguda ou semelhante às dores de cólicas menstruais, causadas por hemorragia interna da trompa de falópio que foi afetada. A dor costuma ser intensa e pode causar desmaios. Em geral começa de um lado do abdômen (o lado que tem a trompa afetada), mas pode se espalhar. Você também poderá sentir dores nos ombros: se a trompa rompeu-se, o sangue irá acumular-se sob o diafragma. O diafragma e o ombro compartilham de um mesmo grupo de nervos, por isso você poderá sentir dor na altura do ombro.
- Após a dor, você poderá notar que há **sangramento** vaginal. O sangramento costuma ser leve (menor que uma menstruação normal) e o sangue pode ter uma cor marrom-escura ou ficar aguado.
- A perda de sangue pode causar **tonturas e tremores**.
- Em aproximadamente 1/4 das gestações ectópicas, não há nenhuma hemorragia aparente. Em vez disso, a mulher pode ter hemorragia interna, e isso pode fazer com que ela entre em **choque** e pode vir a ser **fatal**.
- **Dor ao urinar** ou ao defecar.

Se você tiver algum dos sintomas citados acima, ligue para o seu médico ou vá imediatamente para o hospital. Pode ser difícil diagnosticar uma gravidez ectópica, já que há muitas outras causas para a dor na parte inferior do abdômen. É essencial, no entanto, que a gravidez ectópica seja diagnosticada o quanto antes, pois a hemorragia interna que ela causa põe sua vida em risco. Além disso, quanto mais cedo você tratar uma gravidez ectópica, maiores são as chances de salvar a trompa de falópio, o que evitará a infertilidade. Se o seu médico suspeita que você tem uma gravidez ectópica, você será enviada imediatamente a um hospital para fazer mais exames.

No hospital, a equipe médica poderá fazer os seguintes exames:

- um exame de sangue para verificar os hormônios da gravidez (os exames de sangue são mais precisos que os de urina)

- um ultra-som; você talvez faça um ultra-som transvaginal, já que a gestação ectópica muitas vezes não aparece num ultra-som transabdominal
- um toque vaginal; muitas vezes você está dolorida em vários lugares, e mexer no colo do útero poderá causar bastante dor
- uma laparoscopia – uma pequena incisão é feita no abdômen para verificar o estado das trompas de falópio

Tratamento

O tratamento da gravidez ectópica varia de acordo com seu estágio à época do diagnóstico:

- Se a gravidez ectópica for diagnosticada bem cedo, você poderá fazer um tratamento com o metotrexato, uma droga que ajuda o organismo a absorver o conteúdo da trompa de falópio. Isso pode evitar mais danos à trompa de falópio.
- Se a trompa começou a sangrar, a gravidez ectópica precisará ser eliminada através de cirurgia. Se a trompa ainda estiver intacta, talvez seja possível cortar a trompa, remover o óvulo e deixá-la no mesmo lugar. No entanto, isso aumenta as chances de você ter outra gravidez ectópica.
- Se a trompa rompeu-se, então será preciso fazer uma cirurgia de emergência para remover a trompa e estancar a hemorragia.

Se você sentir dor no período que vai, aproximadamente, da 6.ª à 8.ª semana de gestação, verifique qual é o problema. Um ultra-som poderá diagnosticar a gravidez ectópica antes que ela cresça o suficiente para romper a trompa.

Receber o diagnóstico de uma gravidez ectópica pode ser bastante angustiante porque, além de ter que lidar com a dor e o choque da notícia, você também terá de lidar com a inevitável interrupção da gravidez. Você se sentirá triste e angustiada, portanto é bom ter algum tipo de apoio nessa hora difícil.

Quem corre mais risco?

A gravidez ectópica é rara; ela ocorre em cerca de 1% das gestações, mas a incidência está aumentando com o maior número de casais fazendo tratamento de fertilização. Embora ela possa acontecer com qualquer pessoa, há alguns fatores de risco mais óbvios. Você tem mais chances de ter uma gravidez ectópica se:

- as suas trompas de falópio estiverem danificadas; isso pode ser causado por doença pélvica inflamatória (a qual, por sua vez, costuma ser causada pela clamídia, uma doença sexualmente transmissível), endometriose nas trompas ou esterilização (laqueadura) prévia
- passou por alguma cirurgia abdominal, incluindo uma remoção de apêndice ou uma cesariana
- ficou grávida enquanto usava DIU
- ficou grávida enquanto tomava pílulas anticoncepcionais
- já teve uma gravidez ectópica antes, por causa da presença de tecido cicatricial
- tem mais de 35 anos de idade
- já tomou a "pílula do dia seguinte"
- tem ascendência africana
- fez algum tratamento de fertilização ou tomou medicamentos para a fertilização; para as mulheres que fizeram a fertilização *in vitro* ou inseminação intrauterina, a incidência de gravidez ectópica é de aproximadamente 4%

Após a gravidez ectópica

Se você tiver uma gravidez ectópica, precisará de tempo para se recuperar, tanto física quanto emocionalmente. Se você fez uma cirurgia abdominal, provavelmente precisará de três meses para se recuperar, antes de tentar engravidar novamente. Converse com sua obstetriz, o seu médico ou algum especialista sobre a melhor época para tentar engravidar novamente. Você também poderá precisar de cuidados especiais no início da próxima gestação para ficar mais tranqüila, e também de mais exames de imagem para verificar a localização da gestação em desenvolvimento.

Gravidez molar (mola)

Numa gravidez molar, as células do óvulo fertilizado, em vez de se multiplicar de maneira regular, crescem de modo rápido e descontrolado e ficam cheias de líquido, de modo que se tornam semelhantes a um cacho de uvas.

A gravidez molar é rara (cerca de uma em cada 1.000 gestações), porém é mais comum nas mulheres que estão nos extremos da faixa etária de fertilidade: abaixo dos 15 e acima dos 50 anos de idade. Não se sabe ao certo por que ocorre a gravidez molar. Alguns especialistas acreditam que ela pode estar ligada a uma alimentação pobre em proteína, ácido fólico e caroteno.

Sinais da gravidez molar

Os principais sinais a que você deve ficar atenta são:

- sangramento no primeiro trimestre
- náusea e vômitos intensos
- um útero muito grande, maior do que deveria ser para o estágio da gestação
- pressão arterial alta

Um exame de sangue poderá mostrar que há um nível muito alto de hormônios da gravidez.

Tratamento

Se você tem uma gravidez molar, precisará de uma curetagem para remover os tecidos retidos no útero.

Após uma gravidez molar

Você precisará fazer exames de sangue em intervalos regulares para verificar o nível da gonadotrofina coriônica humana. Ela aumenta na gravidez e deverá voltar ao nível normal rapidamente.

Recomenda-se que você evite ficar grávida nos próximos 6 a 12 meses e faça exames regularmente. A maioria das mulheres (cerca de 80%) recupera-se completamente e consegue ter outro bebê. Cerca de 10 a 15% das molas são invasivas; isto é, elas crescem na parede do útero e causam sangramento. Talvez seja preciso um procedimento cirúrgico.

Em pouquíssimos casos (cerca de 2 a 3%), uma gravidez molar pode levar a uma forma invasiva de câncer, e é por isso que você precisa de um acompanhamento cuidadoso após a ocorrência da gravidez molar. Há vários centros especializados preparados para lidar com esse tipo de mola, e eles têm uma alta taxa de intervenções bem-sucedidas (70-95%). O tratamento será feito com drogas e/ou radioterapia.

Como lidar com a perda do bebê

A perda do bebê em qualquer estágio da gravidez pode ser perturbadora. Muitas mulheres, parceiros e membros da família precisam de apoio e orientação durante algum tempo depois do ocorrido.

Você poderá receber todo tipo de conselhos ou de encorajamento de amigos e parentes, que poderão parecer um tanto insensíveis. Pode ser que digam para você tirar uma licença do trabalho, sair de férias, esquecer tudo o que aconteceu e concentrar-se na próxima gravidez. Isso às vezes é compreensível: os amigos e familiares às vezes nem mesmo sabiam da gravidez, e a equipe médica sabe que você tem chances de ter uma gravidez bem-sucedida da próxima vez. Mas, quando você está de luto e sem ter certeza se vai conseguir ter uma gravidez bem-sucedida da próxima vez, pode parecer que eles não calculam a profundidade de sua dor.

Uma grande fonte de conforto é obter apoio de pessoas que conseguem entender tudo aquilo por que você está passando. Muitos também dão apoio aos parceiros, que muitas vezes ficam esquecidos na época da perda do bebê, mas também têm de lidar com seus próprios sentimentos e precisam partilhar o que sentem.

O luto durante a gravidez

O falecimento de um ente querido durante a gravidez

Quando você está nutrindo uma nova vida dentro de você, parece ser ainda mais difícil passar por uma experiência triste. Você quer ficar feliz porque está cheia de alegria por ter um bebê dentro de você, mas, ao mesmo tempo, não pode escapar da tristeza e da sensação de perda. Os hormônios da gravidez podem causar oscilações de humor muito drásticas, e com a perda você pode se sentir péssima. Talvez você queira lamentar e chorar, mas também pode ficar preocupada com o fato de que essa tristeza possa afetar a sua gravidez. Muitas futuras mães sentem que não conseguem "guardar tudo para si" e então conversam com o bebê, dizendo-lhe que a tristeza não tem a ver com ele, e dizem que isso ajuda a enfrentar a situação. Não existe jeito certo ou errado de lidar com a situação ou com os sentimentos, nem mesmo uma maneira rápida de superar todas essas emoções conflitantes.

Achar alguém com quem você possa conversar sempre ajuda – se não durante a gravidez, pelo menos após o nascimento do bebê. Talvez exista algum grupo de apoio para pessoas que perderam entes queridos no local onde você mora, talvez organizado por sua comunidade religiosa, ou então você pode conversar com alguma organização especializada, como o CVV. Converse com a sua obstetriz sobre o que aconteceu e sobre como você se sente; ela poderá indicar grupos locais para ajudá-la a combater qualquer depressão que você sinta, tanto agora como após o nascimento do bebê.

Se você também precisar tomar providências devido a responsabilidades após a morte de alguém, certifique-se de que terá tempo de cuidar também das suas próprias necessidades, embora seja tentador manter-se ocupada todos os dias para tentar esquecer. Fale com o seu médico caso tenha dificuldade para dormir; é muito importante para você e para o bebê que você cuide bem de si mesma.

Mães cujas mães já faleceram

Quando você está grávida, pode de repente querer perguntar à sua mãe coisas que antes nunca pareceram importantes, como, por exemplo, se a gestação dela, quando estava grávida de você, durou mais tempo que o previsto ou como foi o parto. As mulheres cujas mães já faleceram muitas vezes sentem uma sensação de perda renovada, quando elas mesmas começam a jornada para se tornar mães. Se isso aconteceu com você, talvez você tenha várias dúvidas: como você pode ser uma boa mãe quando a sua própria mãe não está ao seu lado para solucionar as suas dúvidas? Quando o bebê chegar, a quem você irá perguntar quando você começou a andar ou falar? Quando tiver de cuidar de tantas coisas, quem cuidará de você de uma maneira que nenhuma amiga ou enfermeira poderá cuidar? E como você irá explicar para os seus filhos onde está a sua mãe?

Você sentirá falta do apoio, dos conselhos e da orientação dela. Sentirá falta de dividir sua alegria com ela. E ela não verá seus filhos crescerem.

Mesmo que você tenha perdido sua mãe há pouco tempo e esteja começando a se recuperar, engravidar pode mexer com emoções enterradas e com tristezas recentes. Ninguém poderá curar essa dor para você, mas talvez ajude se você conversar com outras mulheres que compreendam o que você está passando.

Bebês natimortos

É uma experiência avassaladora quando um bebê que foi muito amado e querido morre antes do fim da gravidez, ou no parto. Hoje em dia, cerca de cinco bebês de cada 1.000 são natimortos. Bebês natimortos são raros, mas alguns pais e mães, suas respectivas famílias e amigos terão de lidar com o assunto.

Às vezes, os pais sabem antes do nascimento que o bebê não irá sobreviver; 86% das mortes fetais ocorrem antes de o parto começar. Às vezes, no entanto, o bebê natimorto torna-se um choque ainda maior, porque resulta de um problema mais grave durante o trabalho de parto ou o nascimento.

Causas da morte

Pode haver vários motivos para o bebê nascer morto ou morrer logo após o nascimento. As principais causas da morte de um bebê são:

- infecções; esta é a causa mais comum das mortes que ocorrem entre a 24.ª e a 27.ª semanas de gestação
- problemas na placenta: estes ocorrem na maioria das vezes por volta da 35.ª semana
- problemas de saúde da mãe
- malformações congênitas
- complicações com o cordão umbilical

Após o nascimento de um bebê morto

O modo como os pais lidam com o nascimento de um bebê morto varia. Talvez você precise de um bom tempo para sentir toda a tristeza e também de um apoio contínuo para superar o acontecimento. O(A) seu(sua) parceiro(a) talvez precise de auxílio específico também. Ele ou ela pode ser a principal ligação entre você e os profissionais de saúde, o que por si só pode ser bastante estressante numa ocasião que já é difícil. Alguns casais preferem receber aconselhamento e apoio organizados pelo sistema de saúde; outros preferem conversar com seu orientador religioso, com um membro da família, com os amigos ou com um terapeuta.

Para alguns pais, o fato de ver e segurar o bebê ajuda; outros não gostam da idéia. Alguns pais tiram fotos. Muitas vezes a obstetriz tira impressões das mãos e dos pés, e talvez uma mecha de cabelo. Mesmo que você não agüente vê-los naquele momento, talvez possa querer vê-los mais tarde. Alguns pais preferem fazer uma autópsia do bebê para verificar a causa da morte. Outros ficam perturbados com a idéia.

Muitas vezes é difícil saber o que dizer às outras pessoas sobre o bebê que faleceu. E as outras pessoas também podem ter dificuldade para saber o que dizer a você. No passado, era muito maior o número de pais que passavam pela tristeza de ter um bebê natimorto. No entanto, algo estranho acontece agora: já que o número de bebês que morrem na hora do parto ou perto do parto é muito pequeno, as pessoas raramente falam sobre isso. Os profissionais de saúde geralmente não mencionam essa possibilidade durante a gestação porque não querem deixar os casais preocupados. E, quando acontece, ninguém sabe ao certo o que dizer ou fazer.

A maioria dos pais e mães que perderam um bebê diz que é mais difícil quando as outras pessoas não sabem da perda do bebê. Eles preferem correr o risco de ficar chateados em público, por ter que informar as pessoas sobre o que aconteceu, do que pensar que as pessoas podem ter esquecido do bebê.

Glossário

Às vezes, a equipe médica que cuidará de você poderá usar palavras ou termos médicos com os quais você não está familiarizada. Neste glossário fornecemos explicações breves sobre os termos mais usados, mas, caso haja algo que você não entenda a respeito da sua gravidez ou de seu tratamento, recorra sempre a seu médico ou à sua obstetriz.

Aborto espontâneo
Perda do bebê antes da 24.ª semana de gravidez. Depois de 24 semanas, diz-se que o bebê é natimorto.

Aceleração do parto
Qualquer método utilizado para fazer o parto progredir um pouco mais rápido. Isso inclui soro com ocitocina, separação manual da bolsa de água, ou uso de prostaglandinas.

Ácido fólico
O ácido fólico é uma das vitaminas B. Tomar suplemento de ácido fólico reduz a incidência de defeitos do tubo neural, tais como espinha bífida e anencefalia. Por isso os médicos o recomendam quando a mulher tenta engravidar, e também no primeiro trimestre da gravidez.

Acompanhante de parto
A pessoa que você escolher para acompanhá-la durante o trabalho de parto: seu parceiro, sua mãe, sua irmã, uma amiga, uma doula...

Agente de saúde
Membro da equipe do PSF (Programa de Saúde da Família) treinado para reconhecer problemas e orientar na sua solução. Em geral, faz visitas domiciliares para acompanhar a gestação e o desenvolvimento do bebê.

Albumina
Uma proteína. A existência de proteína na urina pode ser sinal de algum problema em potencial, como pré-eclâmpsia, ou indicar uma infecção, como cistite.

Alfa-Fetoproteína (AFP)
O bebê produz AFP no fígado, enquanto cresce dentro do útero. A AFP pode ser encontrada no líquido amniótico e um pouco dela alcança a corrente sangüínea da mãe. É mais fácil detectar com precisão os níveis de AFP entre a 16.ª e a 18.ª semanas de gravidez. Se o seu bebê tiver alguma anomalia na espinha (espinha bífida), malformação cerebral, ou uma abertura na parede abdominal, ele produzirá mais AFP do que o normal. Uma grande quantidade de AFP no sangue da mãe, portanto, pode significar que o bebê tem algum dos problemas mencionados. Por razões que ainda não estão esclarecidas, um baixo nível de AFP está associado a bebês com síndrome de Down.

Amniocentese
Um exame diagnóstico pré-natal no qual uma pequena quantidade de líquido é retirada da bolsa amniótica. Isso permite que

os cromossomos do bebê sejam examinados para detectar anomalias genéticas. O líquido é retirado da parede abdominal, usando de uma agulha oca. O exame geralmente é feito entre a 15ª e a 18ª semanas de gravidez.

Âmnion
Uma das duas membranas que circundam o bebê no útero.

Amostra de sangue do cordão umbilical
Em geral retira-se uma amostra do sangue do cordão umbilical do bebê logo após o nascimento para verificar o grupo sangüíneo do bebê, caso você seja Rh negativo. Também são retiradas amostras para verificar outras intercorrências clínicas e, em alguns casos, para propósitos de pesquisa.

Amostra de Vilo Coriônico (AVC)
Exame diagnóstico feito no começo da gravidez, geralmente em torno da 10ª-12ª semanas. Retira-se uma pequena amostra das células que revestem a placenta – vesículas coriônicas – através da abertura cervical ou do abdômen, para verificar anomalias cromossômicas.

Analgésico
Droga capaz de aliviar a dor.

Anemia
Afecção na qual o número de células vermelhas do sangue está abaixo do normal. Quando os níveis de hemoglobina – o elemento que transporta o oxigênio através da corrente sangüínea – estão baixos, você pode se sentir muito cansada em conseqüência disso. Você precisa de ferro para produzir hemoglobinas, portanto, se os níveis de ferro estiverem baixos, você poderá ficar anêmica.

Anemia falciforme
Doença do sangue herdada de um ou de ambos os pais. Nela, as hemácias tendem a ficar com o formato de uma foice, daí a origem do seu nome.

Anencefalia
Uma deformidade rara. O cérebro do bebê não se desenvolve normalmente, o que pode resultar num cérebro reduzido, ou ausente, e também em malformação do crânio.

Anestésico
Substância que evita que a paciente sinta dor. Uma anestesia "geral" faz a paciente dormir profundamente, de modo que não tenha consciência de dor; uma anestesia "local" suprime a sensibilidade de uma determinada parte do corpo, mas a paciente continua acordada.

Anexos do parto
Depois de expelidas do útero (e já sem função) a placenta e as membranas geralmente são chamadas de anexos do parto.

Apgar
Exame de rotina feito em bebês um minuto depois do nascimento, e repetido cinco minutos depois (e, em alguns casos, também depois de dez minutos). Ele avalia a saúde do bebê em cinco aspectos principais: nível de atividade, pulso, choro (em resposta a estímulos), aparência e respiração.

Apresentação
A maneira como o bebê está posicionado dentro do útero: de cabeça para baixo, de nádegas ou de lado (transversal).

Apresentação pélvica
Diz-se que um bebê está em apresentação pélvica quando está "sentado" e não de cabeça para baixo no útero exatamente antes de nascer. As nádegas do bebê ou os pés, nesse caso, nasceriam primeiro.

GLOSSÁRIO

Aréola
A área mais escura do seio que circunda o mamilo. Ela pode ficar mais escura durante a gravidez.

Assoalho pélvico
O grupo de músculos na pélvis que ajudam a sustentar a bexiga, o útero, a uretra, a vagina e o reto.

Bebê prematuro
Bebê nascido antes da 37ª semana de gestação.

Bilirrubina
As células vermelhas do sangue possuem vida curta (duram de 16 a 18 semanas). Elas se rompem e novas células são constantemente produzidas na medula óssea. A bilirrubina é um subproduto do rompimento das células vermelhas do sangue. Alguns recém-nascidos não conseguem metabolizar a bilirrubina com a rapidez necessária, então ela aumenta e causa um tipo temporário de icterícia. O excesso de bilirrubina é depositado sob a pele, e é por isso que o bebê pode ter uma coloração amarela. Se os níveis de bilirrubina forem muito altos, ela será depositada no cérebro e poderá causar danos cerebrais. Por isso, alguns bebês são tratados por exposição à luz – fototerapia – para eliminar a bilirrubina.

Blastocisto
O óvulo fertilizado perto do estágio em que ele entra no útero, ainda se dividindo rapidamente em mais e mais células.

Bola de parto
Uma bola grande utilizada em exercícios físicos nas academias, e também de grande utilidade durante o parto, pois ajuda a mulher a experimentar várias posições.

Canal do parto
A passagem entre o colo do útero e o mundo exterior, através da qual o bebê passa para nascer; quando não está sendo utilizada como canal de parto, essa passagem recebe o nome de vagina.

Cateter
Tubo fino de plástico utilizado para introduzir líquidos no corpo (como numa peridural) ou para retirá-los (como a sonda urinária).

Cerclagem uterina
Consiste em circundar com fio metálico a cérvix uterina (nos casos de incompetência cervical) para que a gravidez continue até o fim.

Cérvix uterina (colo uterino)
A parte inferior do útero, a qual se dilata gradualmente durante o parto. A cérvix às vezes se estende para dentro da vagina, e é possível senti-la durante um exame ginecológico (toque).

Cesariana
Cesariana é o procedimento em que o bebê nasce através de uma incisão no abdômen e não pela vagina. Tem o nome de "cesariana" porque, de acordo com a lenda, o imperador Júlio César nasceu dessa maneira.

Cetonas
Um subproduto do metabolismo. As cetonas aparecem na urina quando o organismo utilizou todos os carboidratos disponíveis como energia e começa a queimar gordura.

Cianose
Coloração azulada da pele causada pela falta de oxigênio no sangue.

Ciática
Refere-se a uma dor na parte posterior da perna, na região lombar e nas nádegas. É comum durante a gravidez, e é causada pela distensão da articulação sacro-ilíaca, que pode pressionar o nervo ciático. Às vezes a aplicação de calor e o repouso podem aliviar um pouco a dor.

Ciclo menstrual
Também chamado de ciclo reprodutivo ou ciclo de fertilidade. É o crescimento regular do endométrio – o revestimento do útero –, o qual, caso não receba um óvulo fertilizado, é eliminado pela menstruação.

Circuncisão
Remoção cirúrgica do prepúcio, pele que cobre a cabeça do pênis nos meninos. É praticada em algumas religiões (por exemplo, no judaísmo) ou por motivos culturais, raramente por razões médicas.

Cisto ovariano
O cisto ovariano é uma bolsa cheia de líquido que cresce nos ovários. Um cisto forma-se em volta de um óvulo em desenvolvimento em cada ciclo reprodutivo e, quando ele se rompe, o óvulo é liberado. Às vezes o óvulo não é liberado e o cisto continua a crescer. Cistos grandes podem provocar dor, mas a maioria desaparece sem necessidade de tratamento.

Citomegalovírus (CMV)
Um dos vírus da família do herpes. O CMV é uma infecção comum, transmitida pela saliva, pelo leite materno ou pela urina. O CMV pode causar surdez e problemas neurológicos para o bebê em desenvolvimento.

Clamídia
Doença sexualmente transmissível, geralmente sem sintomas visíveis. A clamídia pode ser transmitida ao bebê durante o parto, causando pneumonia, infecções oculares e, nos casos mais graves, cegueira. Em geral, não são feitos exames de rotina para detectar a clamídia, mas ela pode ser tratada com antibióticos.

Clister
Fluido injetado no ânus para forçar os movimentos intestinais e limpar o intestino. Pode ser usado como parte da rotina de preparação para o parto.

Cloasma
Manchas marrons na pele, ou escurecimento da pele, causados por mudanças hormonais durante a gravidez. No rosto, geralmente recebe o nome de "asa de borboleta". Elas desaparecem depois do nascimento do bebê.

Colostro
É o primeiro "leite" que a mãe produz, um tipo bem concentrado do leite materno. O colostro contém anticorpos que protegem o seu bebê contra infecções e dão um impulso para o sistema imunológico. O colostro é substituído gradualmente pelo leite materno por volta da primeira semana de aleitamento.

Concepção
O momento em que um óvulo e um espermatozóide se encontram, unem-se e formam uma única célula. Também é chamada de fertilização. A concepção ocorre em uma das trompas de falópio.

Contração
Enrijecimento de um músculo. Durante o parto, as contrações fortes e rítmicas dos músculos do útero dilatam o colo do útero e empurram o bebê para fora.

Contrações de Braxton Hicks
Contrações irregulares "de treino" do útero que ocorrem durante a gravidez, mas são

sentidas especialmente nos últimos meses. Às vezes, podem causar certo desconforto, mas geralmente não são dolorosas.

Cordão umbilical
O cordão umbilical é o cordão que liga o bebê à placenta. Ele transporta nutrientes para o seu bebê e remove as excreções. Esse cordão é cortado depois do nascimento, e um pedaço dele fica no bebê durante algum tempo. Quando ele cai, o umbigo surge em seu local.

Córion
A membrana mais externa que circunda o bebê no útero.

Coroação
Durante o parto, o momento em que a cabeça do bebê pode ser vista na abertura da vagina chama-se "coroação".

Corpo lúteo
Literalmente, significa "corpo amarelo". É a estrutura que se desenvolve no folículo do ovário depois que um óvulo é liberado. O corpo lúteo produz o hormônio progesterona, o qual prepara o útero para receber um óvulo fertilizado (o embrião).

Cromossomo
Coleção de genes que têm influência no desenvolvimento do bebê. Em geral possuímos 46 cromossomos, organizados em 23 pares. Quando existe algo de errado com um dos cromossomos, isso pode causar um defeito genético na criança. A anomalia tanto pode ser herdada como ser uma mutação acidental (uma alteração isolada em uma gestação).

Curetagem
Procedimento cirúrgico no qual o colo uterino é dilatado para fazer uma raspagem no revestimento do útero. Pode ser necessária após um aborto espontâneo incompleto para remover quaisquer produtos da concepção que ficaram retidos, ou então quando a placenta fica retida.

Descolamento da placenta
Expressão para designar a separação prematura da placenta da parede do útero.

Desidratação
Síndrome que ocorre quando a água nos tecidos do corpo é insuficiente. A solução é a reidratação.

Desproporção cefalopélvica
Quando a cabeça do bebê (*kephalê*, em grego) é grande demais para passar através da pélvis da mãe, no nascimento, existe uma "desproporção". Essa desproporção é a causa de cerca de 5% de todas as cesarianas.

Diabetes
Doença que impede o organismo de produzir quantidade suficiente de insulina (hormônio produzido pelo pâncreas que converte o açúcar em energia) ou que ocorre quando os tecidos não conseguem responder à insulina existente. Como re sultado, há excesso de açúcar no sangue. O diabetes em geral pode ser controlado com tratamento, alimentação adequada e exercícios. O diabetes gestacional é o início do diabetes durante a gestação de um bebê (a gravidez). Ele pode ser tratado e geralmente desaparece depois que o bebê nasce.

Diarréia
Movimentos intestinais aumentados, fezes líquidas e evacuações muito freqüentes. A diarréia costuma estar associada a uma infecção bacteriana ou por vírus.

Dilatação
Às vezes chamada de "dilação", é a abertura gradual da cérvix (colo uterino) du-

rante o parto. Quando chega a 10 cm, mais ou menos, o colo uterino está "completamente dilatado".

Distocia
Distocia é uma palavra que significa "parto difícil", usada geralmente quando o parto não está progredindo. A distocia uterina acontece quando as contrações não são fortes o suficiente para abrir o colo e fazer o bebê nascer; a distocia de ombros ocorre quando os ombros de um bebê ficam presos depois que a cabeça foi expulsa.

Disúria
Dificuldade para urinar, ou dor ao urinar.

Dolantina (opiáceo)
Droga semelhante à morfina, que geralmente é utilizada para alívio da dor durante o parto e é administrada sob a forma de injeção.

Doppler
Aparato de ultra-som para escutar as batidas do coração do bebê.

Doula (parteira)
A *doula* é uma pessoa treinada para apoiar a gestante durante o parto e/ou depois do nascimento de um bebê. Pode ser uma auxiliar de enfermagem ou mesmo uma pessoa leiga que faz cursos específicos para exercer essa função. No Brasil, elas podem ser encontradas em casas de amparo maternal, em comunidades que se organizaram para ter "casas de parto", ou contratadas para atendimento domiciliar. Veja mais informações em: www.doulas.com.br

DPP
Data prevista para o parto. É a época em que seu bebê provavelmente irá nascer. Essa data é calculada usando-se a data da última menstruação e o ultra-som para saber em que etapa está a gestação.

Eclâmpsia
Eclâmpsia é uma afecção rara, mas séria, que afeta as mulheres no fim da gravidez. Se a pré-eclâmpsia não for tratada, pode transformar-se em eclâmpsia, que pode causar convulsões e coma. Talvez seja necessário realizar um parto de emergência.

Edema
É o mesmo que inchaço. É causado pela retenção de líquido nos tecidos do corpo e costuma ocorrer durante a gravidez.

Embrião
Termo médico para o bebê em desenvolvimento nas primeiras dez semanas de gravidez (depois disso, ele é chamado de feto).

Encaixe
Quando o bebê desce até a pélvis e a cabeça insinua-se, antes do início do trabalho de parto.

Encaixe ou insinuação
O movimento da cabeça do bebê para baixo, dentro da pélvis, como preparação para o parto. Numa primeira gravidez, isso pode acontecer cerca de duas semanas antes do parto; nas gestações posteriores, a cabeça do bebê poderá não se insinuar até que o parto comece.

Endométrio
Membrana mucosa que reveste o útero, a qual fica mais espessa todos os meses, antecipando uma gravidez, e é eliminada como menstruação, se não houver fecundação.

Episiotomia
Uma incisão cirúrgica feita no períneo durante o parto, para aumentar o canal do par-

to e torná-lo mais rápido, ou para evitar esgarçamentos ou lacerações.

Escaneamento nucal
É um exame de triagem por ultra-som que mede a camada de líquido entre duas dobras da pele (a dobra nucal) na nuca do bebê. Uma camada espessa de fluido significa que o bebê corre o risco de ter síndrome de Down. Uma camada fina significa que provavelmente o bebê é normal. O escaneamento nucal é feito por volta da 11ª semana de gravidez; assim, caso o risco seja alto, os pais podem decidir continuar com os exames diagnósticos para descobrir se o bebê tem mesmo síndrome de Down.

Espinha bífida
Literalmente, significa "espinha dividida". A espinha bífida é um quadro em que as vértebras que circundam a medula espinhal não se fecham totalmente no bebê durante o desenvolvimento embrionário. Isso pode provocar uma deficiência grave e irreversível.

Estocagem de células-tronco
O sangue no cordão umbilical do bebê contém células especiais chamadas de células-tronco, as quais podem ser utilizadas para tratar câncer do sangue. O sangue do cordão umbilical pode ser congelado e estocado e depois utilizado para tratar outra criança mais tarde, ou pode ser compatível com o sangue de um irmão ou irmã da criança. A estocagem de células-tronco não é rotina no Brasil, mas já existem bancos de cordão que aceitam a sua doação, ou instituições privadas que estocam o cordão para aqueles que pagarem por sua manutenção.

Estrogênio
Hormônio produzido pelos ovários que desempenha diversas funções no organismo, mas exerce influência especialmente para regular o ciclo menstrual.

Exame de curva glicêmica
Exame de sangue para avaliar a resposta do organismo ao açúcar. Depois da ingestão de uma bebida com alto teor de glicose, são coletadas amostras de sangue em intervalos regulares, para verificar se você está desenvolvendo diabetes.

Fator rhesus (fator Rh, ou Rh)
O fator *rhesus* é uma proteína específica encontrada na superfície dos glóbulos vermelhos do sangue. Se você não tem essa proteína, é Rh negativo; se tem, é Rh positivo. Se for Rh negativo, e estiver grávida de um bebê que é Rh positivo, o seu sistema imunológico pode reagir à proteína das hemácias do bebê e produzir anticorpos para defender o organismo numa próxima gravidez. Esses anticorpos podem atravessar a placenta e causar anemia e icterícia em um bebê em desenvolvimento. Se este for o seu caso, você tomará injeções de imunoglobulina anti-D, a qual irá cobrir as células do bebê presentes na sua corrente sangüínea e destruí-las antes que a sua resposta imunológica entre em ação.

Feto
Termo médico para um bebê em desenvolvimento desde aproximadamente a 10ª semana de gravidez até o nascimento.

Fontanela
As fontanelas, também conhecidas como "moleiras", são as áreas moles na cabeça do bebê, onde os ossos ainda não se completaram. Elas permitem que a cabeça do bebê "se amolde" quando passa pelo canal vaginal. As fontanelas fecham-se rapidamente depois do nascimento, e as áreas correspondentes ficam inteiramente rígidas por volta dos dois anos de idade.

Fórceps
Instrumento utilizado para ajudar no parto de um bebê que ficou preso ou precisa vir à luz rapidamente.

Fundo
A parte superior do útero. O peso do fundo fica maior durante a gravidez e é um bom indicador para saber de quantas semanas é a gravidez.

Gêmeos dizigóticos
Gêmeos que se desenvolvem de dois óvulos diferentes, também chamados de gêmeos "fraternos".

Gêmeos monozigóticos
Gêmeos que se desenvolvem a partir do mesmo óvulo. São sempre idênticos.

Gene
Um gene é uma série de proteínas que definem as características do bebê. Os genes determinam a cor dos olhos, dos cabelos, a altura e outras características físicas. Os genes são organizados em seqüências ao longo dos 23 pares de cromossomos.

Gestação
O tempo que um bebê passa dentro do útero. Contado a partir do primeiro dia da última menstruação, uma gestação "a termo" dura entre 37 e 42 semanas.

Gestação prolongada (pós-matura)
Gravidez que excede as 42 semanas.

Gonadotrofina coriônica humana (HCG)
Hormônio produzido no começo da gravidez. Os níveis de HCG são medidos por meio de um teste de gravidez.

Grávida
Nome utilizado para designar uma gestante. Uma *primigesta* é uma mulher que está grávida pela primeira vez. Uma *multípara* é a mulher que está grávida e já teve um ou mais filhos.

Gravidez ectópica
Uma gravidez ectópica ocorre quando o embrião se implanta fora do útero, geralmente em uma das trompas de falópio, mas pode estar em qualquer lugar da cavidade abdominal. Não existe espaço suficiente para que o bebê cresça, portanto é preciso fazer uma remoção cirúrgica.

Hemoglobina
Pigmento existente nas células vermelhas do sangue que transporta o oxigênio pelo organismo.

Hemorragia
Sangramento em geral repentino e severo.

Hemorragia pós-parto
A hemorragia pós-parto (HPP) é o sangramento intenso da mãe logo após o nascimento.

Hemorróidas
Vasos sangüíneos do reto ou do ânus que se dilataram e podem inchar.

Hepatite
Inflamação do fígado, às vezes causada por infecção.

Hidrocefalia
Uma afecção rara, também chamada de "água no cérebro", causada pelo acúmulo de líquido nas cavidades do cérebro do bebê.

Hiperemese
A hiperemese das grávidas é o enjôo excessivo que geralmente ocorre no primeiro trimestre da gravidez, ocasionando mui-

ta náusea, vômitos e desidratação. Talvez seja necessário tratamento hospitalar.

Hormônio
O hormônio é um mensageiro químico que envia sinais por todo o organismo. Os níveis dos hormônios progesterona e estrogênio elevam-se no começo da gravidez, e esses "hormônios da gravidez" podem provocar efeitos como enjôos e fadiga.

Icterícia
Alguns bebês desenvolvem uma cor amarela na pele e no branco do olho poucos dias após o nascimento, e a isso se dá o nome de icterícia. Isso ocorre porque o fígado do bebê ainda é muito imaturo para processar a bilirrubina produzida pela ruptura das células vermelhas do sangue, e a bilirrubina se concentra no sangue. A icterícia desaparece sozinha depois de alguns dias, ou pode ser tratada com fototerapia.

Imunoglobulina anti-D
Tratamento administrado durante a gravidez às mulheres que são Rh negativo, para evitar a produção de anticorpos que possam causar danos a um futuro bebê que seja Rh positivo.

Incompetência istmocervical
Às vezes o colo uterino não tem capacidade para reter o bebê até o fim da gravidez. Ele se dilata, sem dor, com a pressão do útero, cada vez maior, e abre-se antes que a gravidez chegue ao fim. Isso pode levar a um aborto espontâneo no segundo trimestre ou a um parto prematuro no terceiro. Pode ser tratado com um reforço cirúrgico do músculo cervical (chamado de cerclagem).

Indução
Início deliberado do parto. É utilizada quando o bebê está atrasado ou parece estar em situação difícil.

Lábio leporino/Fenda palatina
A fenda palatina ocorre quando o lábio ou o lábio mais o palato (céu da boca) não se encontram. Alguns bebês nascem assim. Isso pode ser reparado através de cirurgia, geralmente logo após o nascimento.

Lanugem
É uma pelugem fina e macia, que cobre o bebê a partir da 15ª semana de gravidez. Em geral, ela desaparece antes do nascimento.

Linea nigra
A linha escura que aparece desde o umbigo até o púbis durante a gravidez. É mais provável que ela seja marrom-escura em vez de negra.

Lóquios
Nome técnico da perda de sangue (como uma menstruação) que ocorre após o parto. Pode durar de duas a seis semanas.

Má apresentação
Quando o bebê está numa posição que torna difícil ou impossível sua expulsão pelo canal vaginal, como, por exemplo, uma apresentação de face, anterior ou de ombro.

Mancha mongólica
Marca de nascença, de aparência azulada, mais comum em crianças de origem asiática ou de pele escura. Costuma aparecer na parte inferior do corpo, mas desaparece ou fica mais discreta à medida que o bebê cresce.

Mecônio
Mecônio é a substância escura e pegajosa que se forma nos intestinos do bebê durante a gravidez. Forma as primeiras fezes do bebê. Traços de mecônio no líquido amniótico durante o parto podem indicar que o bebê está em situação difícil.

Membranas
As membranas âmnion e córion formam a bolsa na qual o bebê cresce dentro do útero.

Mílium
Pequenas manchas brancas na pele do recém-nascido. São inofensivas e costumam desaparecer sozinhas.

Mioma
Miomas uterinos – também chamados de leiomioma – são caroços que crescem a partir das células que formam o músculo do útero. Eles podem ser grandes ou pequenos, mas quase sempre são benignos. Muitas mulheres os desenvolvem sem quaisquer sintomas e a maioria não precisa de tratamento. Em casos bem raros, um mioma grande pode bloquear o colo uterino, e talvez seja preciso uma intervenção cirúrgica.

Mola hidatidiforme
A gravidez molar, também chamada de doença trofoblástica gestacional, é uma complicação rara mas preocupante da gravidez. Na gravidez molar, a placenta cresce de modo rápido e anormal, e tanto pode não haver um bebê, como o bebê pode não estar se desenvolvendo normalmente. Em geral, faz-se uma curetagem para remover a maior quantidade possível da placenta anômala. Talvez seja necessário repetir o procedimento, porque mesmo um pequeno pedaço de mola deixado no organismo pode crescer novamente e se espalhar.

Moldagem
A cabeça do bebê pode ser "moldada" à medida que ele desce pelo canal do parto. Os ossos do crânio de um bebê são macios e projetados especificamente para poder se sobrepor e tornar mais fácil sua passagem pelo canal do parto. O efeito da moldagem desaparece alguns dias depois do nascimento.

Monitoramento fetal
Qualquer monitoramento dos batimentos cardíacos do bebê antes ou durante o parto, utilizando aparelhos manuais ou eletrônicos.

Natimorto
Se um bebê morre após a 24.ª semana de gravidez, é chamado de natimorto. Antes de 24 semanas, a perda do bebê recebe o nome de aborto espontâneo.

Neonatal
Qualquer coisa relacionada às primeiras quatro semanas após o nascimento.

Obstetra
Médico especializado em gravidez e parto.

Obstetriz
Uma pessoa (geralmente uma mulher) especializada em atender mulheres durante a gravidez, o parto, e nos dias seguintes a ele. Obstetrizes são preparadas para lidar com gestações normais bem como o parto, também normal.

Occipitanterior
Posição em que a espinha do bebê fica de frente para a pélvis da mãe durante a gravidez.

Oligoâmnio
Escassez de líquido amniótico.

Ovário
Cada uma das duas gônadas dispostas de cada lado do útero que a cada mês, aproximadamente, produzem um óvulo. Os ovários também produzem outros hormô-

nios essenciais que têm influência sobre o ciclo menstrual.

Ovulação
A liberação do óvulo de um dos dois ovários. Em geral ocorre no meio do ciclo menstrual, e é uma época em que a probabilidade de engravidar é maior.

Oxitocina
Hormônio produzido pela hipófise no cérebro. A oxitocina provoca contrações uterinas e estimula o fluxo do leite materno. Para induzir o parto, às vezes é utilizada oxitocina sintética.

Palpação
Sentir a posição e o tamanho do bebê através de pressão no abdômen.

Palpitações
Batimentos cardíacos anormais, em geral bastante fortes e rápidos. As palpitações podem ser causadas por estresse ou choque.

Paralisia cerebral
A paralisia cerebral (PC) é uma desordem causada pelo dano ao cérebro que ocorre antes do nascimento, ou por uma lesão do cérebro que ocorre durante o nascimento. É caracterizada pela dificuldade de controlar os músculos voluntários e, em alguns casos, dificuldades de aprendizagem e convulsões.

Parto Ativo
Uso de várias posições para ajudar o progresso do parto e a combinação destas com respiração, relaxamento e outros métodos de auto-ajuda.

Partograma
É uma tabela em que se registra o progresso do parto. Geralmente registram-se o tempo e a dilatação, bem como outras observações importantes, tais como pressão arterial, batimentos cardíacos, temperatura e drogas administradas, além do batimento cardíaco do bebê.

Parto prematuro
Parto que começa antes da 37.ª semana de gestação.

Pediatra
Médico especializado no cuidado de bebês e crianças.

Peridural
Um dos métodos para aliviar a dor durante o parto. Um anestésico é injetado no intervalo dural da espinha dorsal. A peridural anestesia a parte inferior do corpo.

Perinatal
Diz-se de qualquer coisa relacionada ao período imediatamente antes, durante ou imediatamente após o parto.

Períneo
Área do assoalho pélvico entre a vagina e o ânus.

Placenta
Sistema de apoio à vida do bebê em desenvolvimento. A placenta forma-se no útero durante a gravidez; ela fornece ao bebê os nutrientes e leva embora as excreções.

Placenta prévia
Expressão utilizada para descrever a situação em que a placenta desenvolveu-se em posição anormalmente baixa no útero, talvez até cobrindo o colo uterino. Nos casos de placenta prévia, talvez seja necessário fazer uma cesariana.

Plano de parto
Documento que dá informações à equipe sobre como você quer que o trabalho de

parto e o nascimento de seu bebê sejam feitos.

Polidrâmnio
Grande quantidade ou aumento do líquido amniótico.

Pré-eclâmpsia
Problema potencialmente grave, específico do fim da gravidez. Alguns sinais de advertência são o aumento da pressão arterial, o rápido aumento do inchaço, proteína na urina e o aumento súbito de peso. A equipe de cuidados pré-natais ficará alerta aos sinais de pré-eclâmpsia, pois, se ela não for tratada, pode transformar-se em eclâmpsia, a qual causa convulsões e até coma.

Prisão de ventre
Se você tem dificuldade de evacuar – obstipação intestinal.

Problema congênito
Qualquer problema com o bebê que se apresente desde o nascimento ou tenha sido desenvolvido durante a gravidez e não seja herdado.

Progesterona
Hormônio produzido nos ovários que trabalha com o estrogênio para controlar o ciclo reprodutivo.

Prostaglandina
Hormônios produzidos naturalmente. As prostaglandinas deixam o colo uterino mais mole, pronto para o parto.

Reflexo de ejeção
A saída do leite quando a mãe está amamentando. A "ejeção" acontece por causa da sucção do bebê, e pode ser percebida como uma sensação de calor e formigamento nos seios.

Retardo de crescimento intra-uterino
Ocorre quando o crescimento do bebê fica mais lento durante as últimas semanas de gravidez.

Retração
O adelgaçamento e o encurtamento (às vezes chamado de "amadurecimento") do colo uterino durante o início do parto.

Rubéola
A rubéola é uma infecção provocada por vírus, altamente contagiosa, que raramente causa dano à maioria das pessoas. No entanto, se uma mulher grávida pegar a doença durante o primeiro trimestre, ela pode causar anomalias sérias no bebê ainda em desenvolvimento. Se você acha que ainda não teve rubéola, ou já foi vacinada contra ela, é melhor verificar com o seu médico como anda a sua imunidade específica para rubéola, antes de tentar engravidar.

Ruptura das membranas
O rompimento da bolsa de água ou a perfuração do saco amniótico. Diz-se que é uma ruptura "prematura" se isso ocorre antes da 37ª semana de gravidez.

Saco amniótico
Bolsa cheia de líquido amniótico na qual o bebê cresce e se desenvolve. Costuma romper-se naturalmente, quando o parto tem início, mas em geral permanece intacto até o fim do primeiro estágio do parto. É possível perfurar as membranas para acelerar o processo.

Sangramento de implantação
Leve sangramento que pode ser notado à época em que o embrião se implanta no revestimento do útero.

Separação manual da bolsa amniótica
Método utilizado para induzir o parto, separando as membranas do colo uterino. A

sua obstetriz ou seu médico fará um exame interno e irá separar as membranas passando o dedo em volta da cérvix.

Síndrome de Down
Anomalia em que o bebê tem uma cópia a mais do cromossomo 21. É a anomalia cromossômica mais freqüente.

Síndrome do túnel do carpo
Afecção causada pelo inchaço (edema) durante a gravidez. Os tendões do pulso ficam comprimidos pelo inchaço, o que resulta em sensação de torpor, queimação e formigamento nas mãos. À medida que seu corpo retorna ao estado anterior à gravidez, a síndrome do túnel do carpo costuma desaparecer.

SMSI (Síndrome da Morte Súbita Infantil)
É um termo que descreve a morte repentina de um bebê aparentemente saudável, em cujas circunstâncias não pode ser encontrada a causa específica da morte.

Streptococcus do grupo B
O *Streptococcus* do grupo B é uma das muitas bactérias diferentes que vivem em nosso organismo. Estão presentes na flora intestinal de muitos adultos e na flora vaginal de algumas mulheres. A maioria de nós não sabe se é portador desta bactéria, pois ela não costuma causar problemas ou sintomas. No entanto, em alguns casos raros, o *Streptococcus* B pode causar doenças sérias no recém-nascido.

Talassemia
Doença do sangue herdada geneticamente, que resulta numa diminuição na síntese de uma cadeia hemoglobínica, acarretando anemia de diferentes intensidades, desde as mais leves, até as muito graves e incompatíveis com a vida.

Tampão
Um tampão de muco que bloqueia o colo uterino durante a gravidez, mas em geral sai quando o parto tem início.

Tay Sachs
Doença herdada geneticamente, causada por um gene recessivo. Uma pessoa que tem Tay Sachs não produz uma enzima essencial, e isso pode causar anomalias severas. Essa característica é mais comum entre os judeus originários do leste europeu. Geralmente aconselha-se que os pais de alto risco façam um exame antes da concepção, para saber se são portadores do gene.

TENS
Sigla, em inglês, de estimulação elétrica nervosa transcutânea. A TENS é um método para aliviar a dor, usado geralmente durante o parto. São conectados eletrodos às suas costas para liberar um estímulo elétrico que interfere na passagem dos sinais da dor até o cérebro. Também pode auxiliar o organismo a produzir endorfinas, hormônio que é um analgésico natural. O aparelho de TENS possui um controle manual que pode ser usado para regular a intensidade do estímulo.

Toxoplasmose
Infecção causada por um parasita. O parasita pode ser encontrado no solo, nas fezes do gato e na carne malpassada. A toxoplasmose pode fazer com que seu bebê seja natimorto, ou causar um aborto espontâneo, se você a contrair pela primeira vez durante a gravidez. É por isso que você precisa ter muita cautela para lavar as verduras e legumes, além de evitar carne malpassada.

Trompa de falópio
Existem duas trompas de falópio, uma em cada lado do útero, que vão da área dos

ovários até a cavidade uterina. Quando um ovário libera um óvulo, uma das trompas o recolhe e o transporta até o útero.

Ultra-som
Num ultra-som, são utilizadas ondas sonoras de alta freqüência para criar uma imagem com movimento, ou sonograma, numa tela de TV. As imagens de ultra-som nos diversos estágios da gravidez podem ajudar a diagnosticar anomalias no bebê em desenvolvimento, bem como identificar casos de gêmeos ou mais bebês.

Útero
O útero é um órgão forte, musculoso, no qual o seu bebê se desenvolve. Durante a gravidez, ele aumenta de tamanho (inicialmente, é mais ou menos do tamanho de um punho fechado) para acomodar o bebê em crescimento.

UTI neonatal
Unidade de Tratamento Intensivo Neonatal.

Vagina
Canal que conecta o exterior ao colo uterino (também chamado de canal do parto).

Varizes
Veias inchadas, geralmente nas pernas. São comuns durante a gravidez, mas usar meias de compressão pode ser útil.

Ventosa
Instrumento de sucção que é colocado na cabeça do bebê para ajudar a retirá-lo do canal de parto. Não é usado no Brasil.

Vernix
Vernix caseosa é uma substância cremosa, de cor clara, que cobre a pele do bebê e evita que ele fique encharcado pelo líquido amniótico.

Versão cefálica externa
Procedimento no qual o médico tenta mudar a posição de um bebê em apresentação pélvica para a posição de "cabeça para baixo", que é a mais favorável e deixa o bebê pronto para nascer.

Vitamina K
Vitamina que desempenha função importante na coagulação. Um número muito pequeno de recém-nascidos não tem uma quantidade suficiente dessa vitamina, o que pode causar sangramento na boca e no nariz, ou hemorragias internas que podem ser muito graves. É por isso que é costume administrar vitamina K aos recém-nascidos.

Zigoto
Termo médico para a célula única que resulta do encontro de um espermatozóide e de um óvulo.

Fontes de consulta

Aqui listamos as principais fontes consultadas para as informações oferecidas no livro. Se fôssemos listar todas as fontes que lemos, precisaríamos escrever outro livro, então restringimos a lista às fontes mais importantes. A toda hora novas pesquisas são publicadas; você deve ter em mente, portanto, que as fontes consultadas foram as mais atualizadas à época em que o livro foi publicado. Existe uma listagem das referências detalhadas, capítulo por capítulo, para cada um dos estudos que mencionamos no site www.virago.co.uk/virago/meet/expecting.asp

A Midirs (Midwives Information and Resource Service) faz um apanhado geral de muitos estudos em obstetrícia e cuidados com gestantes. É a melhor fonte de informações para obstetrizes e foi de grande valor para a produção deste livro. Seus folhetos sobre "Escolha Consciente" são uma excelente fonte de informações para os futuros pais e cobrem uma grande variedade de tópicos, desde os ultra-sons à indução e também informações sobre como alimentar o bebê. Eles estão disponíveis na Internet, de graça, mas em inglês, no endereço www.infochoice.org.

Também utilizamos várias das diretrizes publicadas pelo Royal College of Midwives, pelo Royal College of Obstetricians and Gynaecologists e pelo National Institute for Clinical Excellence, todos do Reino Unido.

O Banco de Dados Cochrane é uma referência internacional para pesquisa e também é outra fonte de grande valor. Os especialistas comparam as publicações sobre um determinado assunto e tecem conclusões sobre o que funciona e o que não funciona, o que faz desse banco de dados uma fonte bastante útil para médicos, obstetrizes, pais e mães. A bíblia dos especialistas nesse campo é uma publicação chamada *A Guide to Effective Care in Pregnancy and Childbirth* (Enkin M. et al., Oxford University Press).

Como base, consideramos muito úteis o *WHO Guidelines for Normal Birth* e o *Evidence-based Midwifery: Guidelines for midwifery care in labour*, de Munro e Spixby.

Caso queira obter mais informações, as seguintes publicações poderão ser úteis:

Myles Textbook for Midwives, 14th edition, 2003, D. M. Fraser, M. A. Cooper, Churchill Livingstone. British National Formulary. [BNF 42, 2001].

Therapeutics in Pregnancy and Lactation Inch *et al.*
Radcliffe Medical Press (2000).

Fundamentals of Obstetrics and Gynaecology, D. Llewellyn-Jones
7ª edição. Londres: Mosby (1999).

ABC of Labour Care,
G. Chamberlain (editor)
BMJ Books London (1999).

Obstetrics by Ten Teachers 2000,
S. Campbell e S. Lees (editores)
Londres: Arnold (2000).

Índice remissivo

Nota: os números de página em itálico indicam ilustrações.

aborto 413-4
aborto espontâneo 408-9, 417
  amaciamento uterino por prostaglandinas 409
  após tratamento de fertilização 35-6
  a recuperação e as emoções 410
  e exercícios 61
  e mãe com Rh negativo 125
  esvaziamento uterino cirúrgico 409
  gerenciamento expectante 324
  gravidez após 52, 109
  incompetência do colo uterino 110-1
  no início da gravidez 19, 25, 32
  possíveis causas de 409-10
    amniocentese 123
    AVC 58
    cordocentese 146
    estresse 166
    fumo 359
    produtos químicos de piscina 62
    riscos no local de trabalho 74-5
  recorrente 52
  sangramento como sinal de 51-2, 408-9
abreviações geralmente usadas 82, 97-8, 336
absorvente pós-parto 266, 289, 339-40
absorventes higiênicos ver absorventes pós-parto
aciclovir 386, 395, 399
acidentes 20, 102, 190, 283
ácido fólico 1, 21-3, 116, 417
  e epilepsia 383
ácido linoléico 6
ácido linolênico 6
acidose 281
ácidos graxos ver ácidos graxos essenciais
ácidos graxos essenciais (AGE) 6, 190

ácido ursodeoxicólico 393
acompanhante de parto 67-8, 208, 210, 213-5, 313, 417
  auxílio prático do 309, 316
  benefícios do 213-4
  contatar o 309
  e parto na água 176
  escolha do 213-5
  lista de itens do 295
  massagem feita pelo 216, 218-9, 306
  treinado 214
acondroplasia 37
açúcar 6
açúcar no sangue, baixo nível de (hipoglicemia)
  como causa de cefaléia 178
  como causa de desmaios 72
  do bebê 185, 351-2
  durante o parto 281
acupressão 46, 374
  para a síndrome do túnel do carpo (P6 point) 159, *160*
acupuntura 46, *46*, 64, 88, 374
  durante o parto 235
  para dores pélvicas 211
  para induzir o parto 301
  para parar de fumar 361
  para tratar cistite 407
  para tratar prisão de ventre 141
  para tratar síndrome do túnel do carpo 160
adoçantes artificiais 16
adrenalina 67, 308
aeróbica 63
aerossóis 365-6, 372
AFP, teste de triagem para detectar 97, 120-2
  resultados 128
  riscos da amniocentese subseqüente 123
AGE ver ácidos graxos essenciais
agente de saúde 345, 351, 417
agentes biológicos 74
AIDS ver HIV e AIDS

airbags 88
albumina 97, 417
alcatrão de carvão 180, 358
alergias 181, 377
   imunidade do bebê a 187
alfa-fetoproteína (AFP) 57, 121, 417 *ver também* AFP, teste de triagem para detectar
alimentação do bebê, decidindo a 183, 186-8
   ver também amamentação; mamadeira
alimentos
   como "presente" 279
   fazendo estoque de 266, 273
   ver também dieta
alimentos gordurosos 6
almofada inflamável 340
altura uterina 143, 144, 221
amamentação 186-8, 338, 345, 350-1
   colostro 127, 165, 255, 322, 345, 350, 420
   e CMV 399
   e dor pós-parto 341
   e hipoglicemia 351-2
   e mamilos com piercing 260
   equipamento 193
   primeira 322
   reflexo de ejeção 428
amamentar com mamadeira 187, 351
   equipamento 194
   por motivos médicos 352
amendoim 15-6, 377
amigos
   apoio dos 38, 166
   dar a notícia aos 112
amniocentese 122-4, 128, 165, 417
   e doenças do sangue 378
   e gestações múltiplas 77
   para retirar o excesso de líquido amniótico 223
   quando marcar a 101
   resultados 142
âmnion 30, 146, 326, 418
amnioscopia 329
amniotomia 299-300
   com ocitocina 300
amostra de sangue do feto 276, 378
amostra de sangue umbilical *ver* cordocentese
amostra do vilo coriônico (AVC) 19, 58-9, 97, 378, 418
   e gestações múltiplas 76

analgesia retal 343
analgésicos 178, 357-8, 377
andar a cavalo 63
andar de bicicleta 63, 140, 184
anéis, remover os 161
anemia 206-7, 418
   adolescentes com tendência a desenvolver 8-9
   como causa de desmaios 72
   do bebê 146
   e cuidados pré-natais 101
   e doenças do sangue 378
   e gestações múltiplas 77
   e problemas da tiróide 390
   e viagens aéreas 366
   hemolítica 163
   precaução da, através da dieta 103-4
   vitamina C ajuda a combater a 24
   ver também ferro
anemia falciforme 58, 123, 182, 350, 366
anemia hemolítica 163
anencefalia 58, 81, 85, 121, 123, 418
anestesia 418
   geral 332-3, 389
   trabalhando com gases anestésicos 363
   ver também peridural
anexos do parto 418
   ver também placenta
anfetaminas 361
animais, contato com 369
   areia sanitária do gato 364
   carneiros 75, 369
   inseticida 365
anomalias *ver* anomalias congênitas; doenças genéticas
anomalias congênitas 85-6, 421
   ver também anencefalia; espinha bífida
anomalias genéticas 32, 84
   depois de tratamento de fertilização 36
   diagnóstico genético de pré-implantação 84-5
   e pais mais velhos 37-8
   e transplante de células-tronco 182
   terapia 84-5
   testes para detectar 56-9, 84, 122-4, 145
   ver também fibrose cística; síndrome de Down; fenilcetonúria; anemia falciforme; Tay Sachs; talassemia
anorexia nervosa 1

ÍNDICE REMISSIVO

ansiedade 34-5, 93, 117, 167
  em relação a partos anteriores 94
  e o parto 67, 306-7, 307, 309, 313-4
  ver também terapia; depressão; emoções
antiácidos 358
antibióticos 398, 400
antidepressivos 356
antígeno D ver imunoglobulina anti-D
anti-histamínicos 46, 357, 382, 393
antiinflamatórios 377
"apadrinhamento" 38
apetite 167, 263
apoio para as pernas (no exame ginecológico) 212
apresentação ver posição do bebê
ar condicionado 363
aranha vascular 117
aréola 55, 116, 126-7, 419
aromaterapia 88, 365, 374
  durante o parto 218, 235
  para tratar prisão de ventre 141
artigos de cama para o bebê 201-2
artrite 159, 377
artrite reumatóide ver artrite
"asa de borboleta" ver cloasma
asma 376-7
aspartame 16
aspirina
  de baixa dosagem 162, 180, 368, 388, 391
  deve em geral ser evitada 178, 358, 368
assentos para bebê no carro 199
assoalho pélvico 419
  exercícios 113, 131, 134, 139, 338, 340
atmosferas hiperbáricas 74
audição do bebê 241
  desenvolvimento da 129, 131
  reações físicas ao som 151, 177, 216
  reconhecimento da voz 177, 287
  tocar música 147, 149
aulas de parto ativo 118
aulas de pré-natal 68, 75, 115, 118-9
  aulas de parto ativo 118
  aulas de parto na água 118, 133, 166, 212
  exercício 62, 118-9, 133, 153, 166
  gestantes que já tiveram filhos 94, 118
  técnicas de massagem 218
AVC ver amostra do vilo coriônico
aversões 31, 48

avós 111, 285
azia 91-3, 158
  causada por suplementos de ferro 207
  remédios para a 88, 93, 358
baixo peso ao nascer 166, 359
banheiras de hidromassagem 158, 365
banho do bebê 198
barulho 74
batimentos cardíacos do bebê
  detectar durante parto na água 261
  monitoração durante o parto 274-5
  nenhuma ligação com o sexo do bebê 159
  normais 177
  ouvir os 91, 151, 172, 256
  problemas após parto assistido 331
bebê ver concepção; embrião, desenvolvimento do; feto; recém-nascido
bebê em posição anterior 250, 264-5, 426
bebê em posição posterior 250, 264-5, 309, 312
bebês em apresentação pélvica 189, 245-9, 418
  apresentação pélvica completa 246
  apresentação pélvica incompleta 246
  apresentação pélvica modo pés 247
  e a mãe com Rh negativo 125
  e cesariana 243
  e monitoramento fetal 275
  gêmeos 335
  parto em hospital é recomendado 67
  parto normal 249
  riscos 246-7, 290
  virar o bebê 247-8, 422
bebês grandes 221-2
  devido a diabetes 185, 221
bebês pequenos 221, 275, 410
bebês pós-maturos ver bebês que nascem além da data prevista
bebês prematuros 419
  aparência 348-9
  bebês pequenos 221
  chances de sobrevivência a partir da 25.ª semana 171
  e hipoglicemia 351
bebês que nascem além da data prevista 296-302
  aparência 158, 349
  monitoramento contínuo 274

bebidas
  bebidas esportivas 280
  durante o parto 280-1
  saudáveis 6, 45
  ver também álcool; desidratação
bebidas alcoólicas 2, 12-4, 166, 410
  definição de "unidade" 13
berços 201
betacaroteno 8
beta-interferon 389
bilirrubina 165, 325, 419
biópsia em cone (conização do colo do útero) 379
blastocisto 30, 419
bola de ginástica 64
bola de vinil para o parto 133, 311, *313*, 317, 419
bomba para tirar o leite 193
"bossa" 331, 348
Botox 370-1
bronzeamento artificial 373
brucelose 12

cabeça do bebê 87, 96, 109, 348-9
  moldagem (da cabeça do bebê) 426
cabeça-nádegas (distância da cabeça até as nádegas do bebê) 51, 81
cabeleireiras, riscos para as 371
cabelo da mãe 120, 131, 134, 371
  tinturas e permanentes 371
cabelo do bebê 91, 120, 158, 245, 348
  lanugem 115, 151, 157, 282, 348-9
café da manhã 23, 105
cafeína 1-2, 14-6
cãimbras nas pernas 177, 179
cálcio 190-1
  suplementos de 8, 162
câmera 279, 292
caminhar 62-3, 137, 139, 160, 242, 284
  durante o parto 306, 311, 314
câncer 379
câncer cervical 379
câncer de mama 379
candida albicans *ver* candidíase
candidíase 54-6, 144-5, 258
  e a amamentação 260
  tratamento para a 56, 359
cannabis 361-2

cansaço
  aliviar o 88
  durante o parto 306
  e estresse 167
  e o trabalho 169-70
  no primeiro trimestre 31, 34, 50, 54, 60
  no segundo trimestre 151, 153
  no último mês 271
  pós-natal 337-43
carboidratos 5, 184
cardiotocografia de admissão 274
cardiotocografia fetal 274, 276
carne 6, 9-11, 17
carregar peso excessivo 74
carrinho de bebê dobrável 199-200
carrinhos de bebê 199-200
catapora 394-5
cateter 232, 419
Caulophyllum 301
cefaléias 177-9
  depois de uma peridural 233
  e estresse 167
  e pré-eclâmpsia 162-3
  quando consultar o médico 178-9, 190
  remédios 88, 178
cefalematoma 331, 348
celulares 369
centro de gravidade 74
cerclagem 111
cerclagem transabdominal 111
cérebro da mãe 127
cérebro do bebê 205
  hidrocefalia 21, 85, 424
certidão de nascimento 353
cesariana 172-3, 241, 243-4, 332-5, 419
  anestesia 332-3
  anterior 89, 275
  após falha na indução 300
  checagem pós-operatória 334-5
  cicatriz 344
  convalescença após a 343-5
  depois de uma peridural 233
  e a amamentação 350-1
  e a desproporção cefalopélvica 421
  e alimentação 280
  e bebês grandes 222
  e diabetes 185
  e duração do parto 298

ÍNDICE REMISSIVO

e exaustão 314
e gestações múltiplas 77, 335
e mães mais velhas 37, 171-3
e os bebês em apresentação pélvica 248
e prolapso do cordão umbilical 290
  evitar a 173
  evitar erguer peso após 345
  gases depois da 344
  ir para casa depois de uma 344-5
  monitoramento como causa da 275-6
  parto normal após 89
  pedir uma 252-3
  procedimento 333-4
  riscos da 172-3, 252-3
  separação ou ruptura de cicatriz anterior 89
  tipos de incisão 334
  urinar depois da 344
cetonas e cetose 281, 419
chá de folha de framboesa 241, 243
checagem da sexta semana 353
chumbo 74
chupar o dedo 96, 115, 287
chutes *ver* movimentos do bebê
cianose 400, 419
ciática 133, 420
ciclo menstrual 29-30, 420
cimetidina 358
cinta pós-parto 133, 211
cinto de segurança 88
ciproflaxacina 380
circulação 72-4
  exercícios para a 179
circuncisão 420
cirurgia 389
cistite 407
  tratamentos para a 358
cisto ovariano 420
citomegalovírus 398-9, 420
clamídia 369, 404, 420
cloasma 116, 373, 420
CMV *ver* citomegalovírus
cobertores elétricos 364
cocaína 283, 362
coceira 177, 181, 241-3
  intensa 102, 181, 190, 243, 392-3
  nos mamilos 180
codeína 358, 377
colágeno 152

colchões para o berço 202
colestase gestacional 102, 181, 190, 242, 392-3
cólicas abdominais 60
colite ulcerativa 379
colo uterino 30, *308*, 419
  amolecimento (amadurecimento) do 307-8
  avaliação do 297-8
  dilatação do 278, 296-8, 303, 307-9, *309*,
    313-7, *314*-7, 319, 329, 421
  e as contrações 305-6
  retração do *308*, 308, 428
colostro 165, 255, 322, 345, 350, 420
vazamento de 127, 164
compras
  ajuda com as 279
  fazer estoque de comida 273
  para o bebê 193-202
  pela Internet 110, 127
concepção 29-31, 420
  características do bebê determinadas na 32-4
  sinais de 31
consolidando a experiência 346-7
contrações 236, 303-5, 420
  como saber se são "verdadeiras" 278, 288,
    304
  de Braxton Hicks 216-7, 278, 305, 420
  dor nas costas 312-3
  durante o trabalho de parto estável 313-4
  e baixa quantidade de líquido amniótico
    222
  e parto na água 174
  força e duração das 309-10, 313
  iniciais 288, 305-6, 309
  no segundo estágio 319-20
  padrão de "ondas" *304*
  pensamento positivo 284, 294
  quando ir para o hospital 291-2
  respiração 305, 310, 313, 316-7
  transição 315-6
  ver também parto
contrações de Braxton Hicks 216-7, 278, 305-
  6, 420
cordão umbilical 43, 158, 421
  amostra de sangue 421
  bebê brinca com o 210
  corte do 323, 325
  coto do 348-9
  estocagem de sangue e doação 177, 182

problemas durante o parto 325-6
prolapso do 244, 290
cordocentese 143, 146
córion 30, 146, 421
coroação 318-9, *319*, 421
corpo
   mudanças na forma do 78, 97, 101
   reações particulares ao 223
corpo lúteo 421
corrida (exercício) 63
corrimento vaginal 120, 143-5, 190, 306
   ver também candidíase
corrimentos bacterianos 144
corticosteróides 358, 376, 382, 387
cremes hidratantes 180-1, 382
cremes para a pele 180-1, 358, 382
crianças, contar para as 112
cromossomos 32, 421
   anomalias 84, 124, 145, 410
   sexo 32
   ver também doenças genéticas
cromossomos sexuais 32
CTG *ver* cardiotocografia
cuidados com os dentes 98-9
cuidados pré-natais 19, 52
   após tratamento de fertilização 36
   direitos a 75-6
   primeira consulta ("entrada") 79
   privados 52
   segundo trimestre 101
   terceiro trimestre 189
cuidar da criança 170
curetagem 408, 413, 421

dançar 63
dar a notícia às outras pessoas 109, 111-2
data do parto, calcular a 33-4, 81, 221, 422
data prevista para o parto 33-4, 81, 221, 422
decisões, tomando
   a experiência de cuidar das crianças 95
   auxílio mnemônico (BRAN) 285
   durante o parto 283, 285, 293-4
   sobre o método de alimentar o bebê 183, 186-8
   sobre onde dar à luz 65-8, 149-50
   ver também plano de parto
decoração 366
dedos do bebê 96

defeitos do tubo neural (DTNs) 21-2, 82, 123
defeitos na parede abdominal (do bebê) 121
deficiência, mães portadoras de 209
deficiência de antitripsina 58, 123
dentes
   da mãe 98-9
   do bebê 91
depressão 64-5, 115, 117-8, 356
   devido a morte de ente querido 414-5
   ver também ansiedade; terapia; emoções
derivados da morfina 228, 343
desajeitada, sentir-se 249
descongestionantes 357
desejos 43, 48
desidratação 101, 421
   durante o parto 281, 314
   e as contrações de Braxton Hicks 217, 278
   e as viagens aéreas 367
   e bronzeamento artificial 373
   e cansaço 153
   e cefaléias 178
   e diarréia 357
   e edema 160
   e enjôo 45
   e exercício 62
   e parto na água 261, 281
   e sangramento do nariz 148
   no trabalho 73, 363
desmaios 20, 71-2
desodorantes 371
desodorantes vaginais 372
desproporção cefalopélvica 421
detectores de metal 369
dextrometorfano 358
DHRN *ver* Doença Hemolítica do Recém-Nascido
diabetes 66, 381-2, 421
   dependente de insulina 122
   e a quantidade de líquido amniótico 222-3
   e a síndrome do túnel do carpo 159
   e bebês grandes 185, 221
   e candidíase 55
   e cesariana 243
   e defeitos no tubo neural 21
   e fibrose cística 380
   e indução 297
   e o bebê hipoglicêmico 185, 351
   e pré-eclâmpsia 161

gestacional 79, 101, 135, 183-6, 351, 380, 421
teste para detectar 79
tipo 2 184-6, 381-2
diabetes melitus gestacional (DMG) 101, 135, 183-6, 421
  controle através de dieta e exercício 186
  controle pós-natal 186
  e bebês grandes 185, 221
  e bebês hipoglicêmicos 185, 351
  e fibrose cística 380
  exame para detectar 79
  pessoas com maior risco 79, 184-5
  riscos advindos do 185-6
  sintomas 185
  ver também diabetes
diagnóstico genético pré-implantação 84-5
diário 65
diarréia 357, 421
diástase da sínfise púbica (DSP) *ver* dores pélvicas
diatermia 333
diclofenaco 343
dieta 1, 5-17
  açúcar 6
  adoçantes artificiais 16
  adolescentes 7-8
  alimentos a evitar 9-17
  aliviar o cansaço 153
  aliviar o enjôo 44-5
  após cesariana 345-6
  aversão 31, 48
  bebidas alcoólicas 2, 12-4, 166, 410
  bebidas saudáveis 6, 45
  café da manhã 23, 105
  cafeína 1-2, 14-6
  carboidratos 5, 184
  comer durante o trabalho de parto 280-1, 314
  desejos 43, 48
  dicas para uma alimentação saudável 5-17
  e aumento de peso 133-4
  e diabetes 186
  evitar hemorróidas 138-9
  evitar prisão de ventre 140
  fibra 5, 138, 140-1
  higienização dos alimentos 17
  jejum 8
  lanches rápidos 191-2

  lanchinhos 25, 49
  mel 16
  morangos 24, 65, 158
  no começo da gravidez 20-5
  no fim da gestação 190-1
  no meio da gestação 102-6
  nozes, tipos de 7, 15-6, 377
  para minimizar as estrias 152
  probiótica 16-7
  sal 160
  sobremesas saudáveis 65
  soja 7, 16
  suco de amora vermelha 407
  vegetarianos 7
  vegetarianos estritos 7
  ver também minerais, vitaminas
dirigir 88
  assentos para o carro 199
  com um recém-nascido 342
  depois de uma cesariana 345
disfunção da sínfise púbica *ver* dores pélvicas
distocia 422
distrofia muscular *ver* distrofia muscular de Duchenne
distrofia muscular de Duchenne 58, 123
disúria 422
DMG *ver* diabetes melitus gestacional
doença *ver* complicações médicas
doença das gengivas 98-9
doença de Crohn 379
doença de Graves 390
Doença Hemolítica do Recém-Nascido 125
doenças cardíacas 244, 385
  defeitos no coração do bebê 85
doenças sexualmente transmissíveis 404-7
domperidona 358
Doppler 91, 274, 422
dor
  das contrações nas coxas 304
  e amamentação 341-2
  junto com tontura 72
  ligamentos 287
  no ligamento redondo 241-2, *242*
  no 9.º mês 283
  pernas 133, 137, 179
  pós-natal 341-3
  síndrome do túnel do carpo 159-60, 429
  ver também dores abdominais; dores nas

costas; alívio das dores no parto; dores pélvicas
dor abdominal 60, 72
　espalhando-se a partir de um lado 20, 245, 411
　intensa (abdômen inferior) 101, 411
　intensa (abdômen superior) 163, 190
dor das contrações nas coxas 304
dor nas costas 131-2, 167, 177, 282
　acupuntura para tratar 374
　ciática 133, 420
　com dor pélvica 211
　depois de uma peridural 233
　e as contrações 304, 312
　e o local de trabalho 73, 363
　exercício 62-3, 132-3, *132-3*
　osteopatia 88, 133, 160, 211, 375
dor no ligamento redondo 241-2, *242*
dor no pulso 159-60
dores no parto, alívio das 67, 173-4, 220, 224-37, 314
　diferenças culturais 224
　drogas menos utilizadas 228-9
　e asma 377
　meperidina (Dolantina), 228-30, 280, 294, 322, 343, 377, 422
　métodos complementares 234-7
　TENS 224-6, *225*, 429
　tomar decisões 293-4
　ver também peridural
dores pélvicas 210-2
　terapias complementares 88
doulas 214, 422
DPP *ver* data prevista para o parto
drogas farmacêuticas
　contra a malária 370
　no local de trabalho 74
　remédios receitados pelo médico 355-6
　sem prescrição médica 178, 357-9, 377, 379
drogas recreativas 2, 166, 283, 361-2
　como obter ajuda 362
DST *ver* doenças sexualmente transmissíveis
DTN *ver* defeitos do tubo neural

eclâmpsia 161-3, 422
　ver também pré-eclâmpsia
ecstasy 361
eczema 358, 382
edema 98, 102, 159-60, 190, 422
efedrina 358
Efeitos do Álcool no Feto 12
eletrodo do couro cabeludo 274
eletrólise 371
embrião, desenvolvimento do 423
　importância do ácido fólico 21
　primeiro mês 29-31
　segundo mês 43, 50, 54, 60
　terceiro mês 71, 78
　ver também concepção; feto
emoções
　do parceiro 95
　durante o trabalho de parto 313-4
　e o começo da gravidez 34-5, 93-4
　e o fim da gravidez 249
　e perda de um ente querido 414-5
　e perda do bebê 413-4
　no pós-natal 345-6
　ver também ansiedade; terapia; depressão
emolientes 382
encaixe do bebê na pélvis 250-3, 257, 263, 287, 290, 305-6, 422
　falha na 265, 290
endométrio 29-31, 422
endometriose 383
endorfinas 225
engatinhar
　para mudar a posição do bebê 248, 250
enjôo 34, 44-7, 50, 91, 96
　alívio do 45-7, 64, 88
　durante o parto 280
　e a síndrome de HELLP 163
　e gravidez molar 413
　e pré-eclâmpsia 162
　hiperemese das grávidas 45, 424
　no segundo trimestre 102
　no trabalho 49
　no último mês 271
　pouco impacto no bebê 47
　quando chamar o médico/obstetriz 45, 102, 163
　ver também náusea
enjôo pela manhã *ver* náusea; enjôo
enxaquecas 388
EPG *ver* erupção polimórfica da gravidez
epilepsia 22, 383-4
episiotomia 257, 266-8, 331, 422

evitar a 266-8
Equinácea 397
equipamento para o banho 198
eritema infeccioso 403-4
erosão cervical 52
erupção polifórmica da gravidez (EPG) 242
erupções cutâneas 241-2
erva-de-são-joão 356
ervas, tratamento com 88, 374
  para varizes e hemorróidas 138-40
escadas 74
Escandinávia 211-2, 392
esclerose múltipla 388-9
escleroterapia 117
espermatozóide
  cromossomos 32
  e fertilização 30
espinha bífida 85, 357, 397, 423
  ácido fólico como prevenção da 21
  exames para detectar a 58, 121, 123
esportes 63-4
esquiar 64
estágio neonatal ver recém-nascido
esterilizadores 194
esteróides 387-8, 393
  anabólicos 361
  corticosteróides 358, 376, 382, 387-8
esteróides anabólicos 361
estocagem de células-tronco 182, 423
estresse 73, 164, 165-7
  aliviar o 88, 153
  exercícios de relaxamento 167-8
  hormônios 166
estrias 151-2
estrióis não conjugados 57
estrogênio 31, 390, 391, 423
exame integrado 57-8
exames ver exames pré-natais; exames de sangue; ultra-som
exames de sangue
  amostra do sangue do feto 143, 146, 276, 378
  do recém-nascido 350
  e o fator Rh 124-5
  exame integrado para síndrome de Down 57-8
  no segundo trimestre 101
  para medir a glicose 185

primeiros 79-80, 120
resultados do 128
triagem 85
ver também AFP, teste de triagem para detectar
exames ginecológicos 97, 292-3
exames pré-natais 56-9, 79-80, 83-6
  decidindo-se sobre
  depois de tratamento de fertilização 36
  e gestações múltiplas 76
  exames diagnósticos 86
  prever o sexo do bebê 32, 59, 123-4, 145
  testes de triagem 85-6, 413
  ver também AFP; amniocentese; exames de sangue; ultra-som
exercícios 61-4, 192, 397
  assoalho pélvico 113, 131, 134, 139, 338, 340
  aulas 62, 118-9, 133, 153, 166
  calor e desidratação 62
  evitar depois do parto 338
  para a circulação 179
  para dores nas costas 61-3, 132-3, *132-3*
  para dores pélvicas 212
  para edema 160-1
  para evitar cefaléias 178
  para evitar hemorróidas 138-9
  para evitar prisão de ventre 140
  para evitar varizes 137
  podem ajudar a evitar pré-eclâmpsia 162
  relaxamento 167-8
  ver também exercícios na água
exercícios na água 118, 133, 166, 212

faixas amnióticas 146
falta de ar 206, 256-7
família, apoio da 38, 166
famílias de mãe solteira ver mãe solteira
farelo 140
fazer dieta 7, 92
febre 20, 357
fenilcetonúria 58, 123, 350
fentanil 343
férias 109, 113-4, 166, 366-70
ferro 103-4, 153
  baixo nível de 7-8, 72, 101, 189, 206-7
  suplementos 206
  ver também anemia

fertilização *in vitro ver* tratamento de
fertilização
feto 423
   chupar o dedo 96, 115, 287
   dedos 96
   dentes 91
   desenvolvimento cronológico do
      3º mês 78, 87, 91, 96
      4º mês 107, 109, 115, 120, 126
      5º mês 129, 131, 136, 143, 147, 151
      6º mês 155, 157, 164, 171, 177, 183
      3º trimestre 189
      7º mês 205, 210, 216, 220
      8º mês 241, 245, 251, 256, 263
      9º mês 271, 277, 282, 287, 296
   e anemia 146
   genitais 78, 87, 109, 115, 136
   intestinos 96
   mecônio 147, 165, 197, 290, 329, 425
   medidas 51, 8, 81, 145
   membros 78, 85, 120
   memória e compreensão 149
   órgãos 78, 87
   os benefícios do líquido amniótico para o 126, 147, 158
   ossos do 115
   paladar 109, 216
   pele 115, 143, 157-8, 400, 419
   problemas cardíacos 85
   pulmões 126, 157, 241
   rosto 96, 120, 151, 157
   soluços 120, 277
   sono 241, 271
   tamanho 221-2
   tato 183
   unhas 87, 120, 159, 282, 296
   vernix caseoso 143, 151, 158, 296, 348, 430
   visão 87, 183, 210, 220, 241
   ver também cérebro; embrião; desenvolvimento do; bebês em apresentação pélvica; encaixe do bebê na pélvis; cabelo; cabeça; audição; batimentos cardíacos; movimentos; posição do bebê
fezes de cor clara 190, 392
fibras 5, 138, 140-1
fibrose cística
   exames para detectar 58, 123, 350, 380-1
   mães com 380-1

ficar de pé 72, 74, 137-9, 161
fígado, problemas do
   e petidina 228
   ver também hepatite B; colestase obstétrica
fígado (para alimentação) 10, 22-3
fisioterapeuta obstétrico 211-2, 331
fisioterapia 133
folatos 21-3, 373
folículos 29
fontanelas 349, 423
fórceps 318, 330-1, 348, 386, 424
fosfatase alcalina neutrófila 119
fraldas 196-7
frutas 5, 105
ftalatos 372
fumar 2, 148, 166, 283, 359-60, 410
   no local de trabalho 72
   parar de 360-1
fundo 97, 144, 424

ganhar peso 87, 91-2, 131, 133-4, 190
   e edema 160
   e estrias 152
   e varizes 137-8
gases 344
Gaskin, Ina May 236
gastrosquise 85
gatos
   areia sanitária 364
   spray anti-pulgas 365
geléia de Wharton 158
gêmeos e gestações múltiplas 33
   após tratamento de fertilização 35-6
   aumento de peso 77
   brincando no útero 271
   carrinhos de bebê para 200
   "desaparecimento" do bebê 35-6
   duração da gestação 271
   e amamentação 187
   e amniocentese 124
   e cesariana 244
   e coágulos de sangue 391
   e concepção 30-1, 33
   e erupção cutânea da gravidez 242
   e exames de ultra-som 56, 81-2, 178
   e exercício 61
   e hemorragia pós-parto 328
   e indução 297

e o parto 290, 335
e placenta retida 328
e pré-eclâmpsia 161
e ruptura da placenta 283
e viagens 366
exames pré-natais 76
idênticos (monozigóticos) 33, 424
monitoramento contínuo 274-5
não-idênticos (dizigóticos) 33, 424
nascimento 335
planejando ter 76-7
redução seletiva 36, 76-7
riscos 76-7
unidos 33
genes 32, 424
gengibre 46
gengivite 98-9
genitais do bebê 78, 87, 109, 136, 348
gestação 424
gestações múltiplas ver gêmeos e gestações múltiplas
glicemia de jejum 185
glicose 184
  exames para detectar a 79, 97, 185, 189, 423
gonadotrofina coriônica humana (GCH) 32, 122, 413, 424
gonorréia 405
gosto metálico 31, 43, 47
granuloma piogênico 116
grãos 5-6
grávida 424
gravidez ectópica 20, 72, 411-3, 424
  e a mãe com Rh negativo 125
  fatores que causam a 35, 359, 413
  sinais de 411
  tratamento da 412
gravidez molar 413, 426
gripe 397-8
  vacina contra 356

hematomas 340
hemodiluição 206
hemofilia 58, 123
hemoglobina 424
hemorragia ver sangramento
hemorragia por deficiência de vitamina K 253-5, 430
hemorragia pós-parto 323-4, 328, 424

hemorragia pré-parto ver sangramento
hemorróidas 138-40, 331, 341, 424
  remédios para tratar 88, 139, 358
henna 371
heparina 368, 388, 391
hepatite B 80, 401, 424
hérnia diafragmática 85
heroína 362
herpes 258, 386-7
  ver também citomegalovírus
herpes gestacional ver pênfigo gestacional
herpes-zóster 395-6
hidrocefalia 21, 85, 424
hidroxiuréia 378
hiperemese das grávidas 45, 424
hipertensão ver pressão arterial alta
hipnoterapia
  e o parto 236
  para parar de fumar 361
  para virar bebês em apresentação pélvica 248-9
hipoglicemia ver açúcar no sangue, baixo nível de
HIV e AIDS 387
homeopatia 64, 88, 375
  durante o parto 235-6
  para dar início ao trabalho de parto 301
  para tratar cistite 407
  para tratar coceiras 181
  para tratar contusões 340
  para tratar enjôo 47
  para tratar hemorróidas 139
  para tratar prisão de ventre 140
  para tratar varizes 138
  remédios para o pós-parto 340, 343
hormônios 425
  dão início a mudanças no colo uterino 308
  durante o parto 67
  e aborto espontâneo 410
  e afrouxamento dos tendões e ligamentos 73
  efeito nas gengivas 98-9
  e mudanças na pele 116
  estresse 166
  estrogênio 31, 390, 423
  HCG ver gonadotrofina coriônica humana
  mudanças logo após a concepção 31
  mudanças pós-parto 345-6

progesterona 31, 106, 137-8
prostaglandinas 99, 166, 284, 299, 301, 428
que bloqueiam a insulina 184
relaxina 211
ver também ocitocina
hortelã, chá de 344, 358
hortelã, óleo de 379
HPV, 405

ibuprofeno 178, 357, 377
icterícia 165, 331, 425
idade
   mães jovens 7-8
   mães mais velhas 37-8, 172-3, 297
   pais mais velhos 37-8
IgAs *ver* imunogloblunia A secretória
imunoglobulina A secretória (IgAs) 165
imunoglobulina anti-D 59, 124-5, 189, 251, 409, 425
imunoglobulina humana 402
inchaço *ver* edema
incompetência do colo uterino 109-11, 410, 425
incontinência 134, 331
índice de Apgar 322, 418
   afetado por derivados da morfina 230
   afetado por peridural de baixa dosagem 234
   benefícios de ter um acompanhante no parto 213-4
   e o ato de "empurrar" durante o parto 317
índice de Bishop 297
indigestão 205, 206
   remédios para 158, 358
   ver também azia
indução 296-302, 425
   amniotomia 299-300
   e baixa quantidade de líquido amniótico 222
   e pré-eclâmpsia 162
   métodos naturais 301
   monitoramento contínuo 275
   ocitocina 300
   prostaglandinas 299
   questão de escolha 301
   regras hospitalares 141
   separação manual da bolsa e do colo uterino 298-9, 428
infecção vaginal 52
   veja também candidíase

infecções 394-407
   e aborto espontâneo 410
   e febre 20
   trato urinário 72, 79, 101, 272, 406-7
   vaginais 52, 144
   ver também candidíase
infecções do trato urinário 72, 79, 101, 272, 406-7
inibina A 57
injeções de água 236
inseminação intra-uterina *ver* tratamento de fertilização
insônia 88, 167, 192
exercício de relaxamento 168
   ver também sono
instinto de preparar o ninho 271-3
insulina 184
intercurso sexual
   no primeiro trimestre 25, 51
   para induzir o parto 282, 284, 301
   segundo trimestre 106, 129
   terceiro trimestre 192
internet
   compras pela 110, 127
interrupção da gravidez 413-4
intertrigo 180
intestinos 96
intoxicação alimentar 11-12
intuição 159; 285
iodo 103
ioga 63, 118, 133, 166
irmãos do bebê 112

jardinagem 364
jejuns 8

lábio leporino/fenda palatina 425
lacerações 340-1
   do períneo 152, 318-9
lacerações labiais 340
laços maternos 321, 338, 347-8
lado, dor em um 245, 411
lanugem 115, 151, 157, 282, 348-9
laparoscopia 412
laticínios 5, 10, 12, 191
lavagem intestinal 217, 420
laxantes 141, 358
legumes 5, 105

leite em pó *ver* mamadeira
lencinhos de fralda 194
lentes de contato 131, 135
leucemia na infância 182, 254
leucócitos 165
licença e pensão paternidade 170
licença-maternidade 168-70, 171, 173, 210, 213, 265-6
ligamentos
   afrouxamento dos 61, 73, 132, 134, 210-1
   dor nos 287
   ver também dor no ligamento redondo
linha negra 116, 131, 373, 425
líquido amniótico 71, 165
   aumento no 120, 157, 164, 263
   benefícios para o bebê 126, 147, 158
   cheiro do 291
   cor do 289
   grande quantidade de (poli-hidrâmnios) 223, 283, 290, 428
   pele do bebê protegida do 143
   pouca quantidade de (oligo-hidrâmnios) 222, 289, 426
   vazamento de 59, 190
listeria e listeriose 9-10, 369
loções autobronzeadoras 371
lóquios 339, 425
LSD 362
lugares altos
   considerações sobre segurança 74
lupus 134, 161, 387, 392
lupus eritematoso sistêmico (LES) *ver* lupus

macrossomia 185
mães adolescentes 7-8
mães cujas mães faleceram 414-5
mães solteiras 38-9, 223, 337-8, 352
magnésio 6, 24
maionese 11-2
malária e medicamentos para a malária 370
mamas
   crescimento 55, 78, 97, 127, 183
   estimulação para induzir o bebê a mamar 301
   mudanças na aparência 55, 116, 126-7, 241
   sensibilidade dos 26, 31, 50, 54-5, 71
   vazamento de colostro 127, 165
   ver também mamilos

mamilos
   aréola 55, 116, 126-7, 419
   coceira nos 180
   invertidos 188
   perfurados com *piercing* 260
mancha mongólica 425
manchas 181
cremes 358
mãos 159-60
   inchadas 160-1
   sensação de torpor e formigamento 159-60
marca de nascença 158
marcadores, suaves e agudos 145
"marcas da cegonha" 348
marido *ver* pai ou paceiro
mariscos 12
massagem 64, 88
   da coluna em movimento descendente 219, *219*
   durante o parto 216, 218-9, 294, 306, 312, 318
   na parte inferior das costas 218-9, *219*
   óleos de 218
   segurança 375
mastite 259-60
maternidades 65, 67, 149, 173
   regras para comida e bebida nas 281
mecônio 147, 165, 197, 290-1, 329, 425
medicamentos, segurança dos
   com prescrição médica 355-6
   sem prescrição médica 178, 357-9, 377, 379
medição da pressão arterial 80
médico, quando consultar o
   cefaléias 178-9, 190
   enjôo 47, 102, 163
   no primeiro trimestre 19-20, 45, 75
   no segundo trimestre 101-2, 161-3
   no terceiro trimestre 189-90
medindo o bebê 51, 81, 145, 221
   bebês maiores 221-2
   bebês menores 221
medula espinhal 332-3
MEF *ver* monitoramento eletrônico fetal
meias e meias-calças de compressão 161, 367
mel 16
melanina 116
membranas *ver* âmnion; córion; bolsa de água, rompimento da

membros do bebê 78, 120
   defeitos 85
memória 345, 353
   do bebê 149
menor distensão abdominal, sensação de 422
meperidina (Dolantina) 228-30, 280, 294, 322, 343, 422
   e amamemantação 351
   e asma 377
meptazinol 228
mercúrio 10-11, 74
mergulho 63
   em profundidade 74
metadona 362
metais 74
metotrexate 412
mídia 284
mílium 348, 426
minerais 6-7
   cálcio 7-8, 162, 190-1
   magnésio 6, 24
   suplementos 7-8, 162, 179, 206
   zinco 6-8, 102-3
   ver também ferro
miomas 102, 384-5, 426
moisés 201
mola hidatidiforme *ver* gravidez molar
moldagem (da cabeça do bebê) 426
monitoramento contínuo 274
monitoramento eletrônico fetal 274-5
monitoramento fetal 273-5, 426
monóxido de carbono 75
morangos 24, 65, 158
morte súbita (SMSI) 202, 360, 429
movimentos com a pélvis 132-3, *132-3*, 242, 312
movimentos do bebê 172
   desenvolvimento cronológico
      4º mês 126
      5º mês 129, 131-2, 136
      6º mês 157, 164, 171-2, 177
      7º mês 205, 216-7, 220
      8º mês 245, 251, 263
      9º mês 277
   e a posição do bebê 265
   mudanças no monitoramento dos 172, 190
   redução dos 216-7, 251, 263, 277
movimentos intestinais
   do bebê 147, 165

e hemorróidas 139
fezes de cor clara 190, 392
pós-natais 341
pré-parto 217, 282
moxabustão 248
mudanças no estilo de vida
   após o nascimento 3, 223
   para tornar a gestação mais fácil 127-8
mulheres asiáticas 185, 328, 378
mulheres de origem africana 377, 384, 412
mulheres de origem afro-caribenha 122, 184-5, 377
multípara 98, 424
musculação 64
música
   durante o parto 266, 292, 312, 315
   tocar para o bebê 147, 149

nascimento 320-3
   escolha do local para o 65-8, 149-50
   estágios do 318-23, *320-1*
   o que acontece logo depois do 326-9
   pontos 327
   ver também parto; recém-nascido; pós-parto, dúvidas sobre o
nascimento prematuro 427
   monitoramento contínuo 274-5
natação 62, 64, 133, 139-40, 160, 284
   produtos químicos da piscina 62
   ver também aulas de parto na água
natimorto, bebê 415-6, 426
   e gestações múltiplas 335
   e o hábito de fumar 359
   risco de ter um 297
náuseas 20, 31, 43-7, 88
   devido à síndrome de HELLP 163
   devido a suplementos de ferro 206-7
   e gravidez molar 413
   ver também enjôo
nível elevado de enzimas do fígado 163
nomes, escolha de 129, 151, 153-4, 203, 352
notificação de nascimento 353
nozes 7
   amendoim 15, 377

obesidade 7
   e diabetes 185
   e hemorragia pós-parto 328

obstetra 426
obstetriz do pronto atendimento 307
obstetrizes 67-8, 79, 141, 150, 314, 426
  apoio durante o parto 275-6, 293, 313-4
  check-ups e orientação pós-parto 339, 345-6, 350
  de atendimento preferencial 79
  e as terapias complementares 236
  e exames vaginais 292-3
  e mala de apetrechos 266
  e monitoramento fetal 273-5
  e o plano de parto 208
  e o segundo trimestre 101-2, 135
  e os partos pélvicos 249
  e parto na água 174, 261
  e presença do acompanhante de parto 213-5
  equipe 79
  e visita ao hospital 173
  independentes 52, 79, 150
  nas maternidades 65
  oferecer comida às (parto em casa) 266
  quando consultar 19-20, 45, 101-2, 163, 189-90, 291-2
  seu papel de orientar e aconselhar 85, 94, 124, 142, 278
  triagem 307
ocitocina 427
  e dores pós-parto 341
  indução do parto 300
  inibida pela adrenalina 67, 308
  liberada durante a amamentação 301, 341
  secretada naturalmente durante o parto 67, 308
  soro para acelerar o parto 231-2, 275, 318, 330
olhos
  distúrbios visuais 162, 178, 189, 206
  mudanças na visão 131, 135, 179
  visão do bebê 87, 183, 210, 220, 241
oligo-hidrâmnios 222, 290, 426
ondas de rádio 369
onfalocele 85
órgãos do bebê 78, 87
orgasmo 284, 301
ossos do bebê 115
osteopatia 88, 133, 160, 211
  segurança 375
ovários 29-30, *29*, 426

ovos 6, 11
ovulação 29-30, 427
óvulo
  cromossomos 32
  liberação e fecundação 29-30
  óxido nitroso 226-7, 262, 316

pai ou parceiro
  apoio durante o parto 287, 293-5, 306, 309
  as outras famílias do 37
  cansaço depois do parto 337
  como acompanhante de parto 214-5
  constrangimento durante os exames 293
  e alimentação do bebê 186, 188
  e a previsão do sexo do bebê 145-6
  e cesariana 333
  e corte do cordão umbilical 323
  emoções após o parto 322
  envolvimento na gravidez 65, 68
  e o teste de ultra-som 80
  e parto na água 176
  e relaxamento 166
  e terapia após perda de ente querido 414-5
  idade do 37
  ligação com a pré-eclâmpsia 161
  ouvir o coração do bebê 256
  parar de fumar 360-1
  pensão e licença paternidade 170
  planejando mudanças no estilo de vida 3, 95
  pressão emocional sobre o 95
  reforçar o relacionamento 64-5, 223
  sentir o bebê 132, 256
  voz reconhecida pelo bebê 287
  ver também acompanhante de parto
paladar
  do bebê 216
  gosto metálico 31, 43, 47
palpação 427
palpitações 427
pâncreas 184
pão 5
paracetamol 178, 341, 357, 377, 397, 402, 405
paralisia cerebral 427
parceiro *ver* pai ou parceiro; acompanhante de parto
parto 303-36
  aceleração do 232, 275, 318, 329-30, 417
  agachar-se 310, *310*, 317

ajoelhar-se *311*, 329
amostra do sangue fetal 276
ansiedade e tensão 67, 306-7, 309, 313-4
apoiar-se contra superfícies *312*
aulas de pré-natal 118-9
cansaço 306
comer e beber durante o 280-1, 314
como julgar o início do 278
coroação 318-9, *319*, 421
distocia 422
dores nas costas 312-3
dores pélvicas 212
duração do 172
efeito da peridural 232-3, 318
e o parto em casa 66
e o parto no hospital 67
e parto na água 173-6
ereta, inclinada para a frente e aberta 311-2, *311*
estável 313-4
exames vaginais 292
exercícios de relaxamento 167-8
expulsão da cabeça 319-20, *320*
expulsão dos ombros 319-20, *320*
fase pré-parto 305-7
fazendo as malas para o 266
fica mais lento no caminho para o hospital 314
hora de "relaxar e agradecer" 319
lento 314-5, 329-30
lista de última hora 292
manter-se informada 313
massagem durante 216, 218-9, 294, 306, 312, 318
monitoramento fetal 273-5
nascimento 320-3
o papel do bebê 282, 296
pensamento positivo 284, 294, 313
posição do bebê 250, 264-5, 308-9, *318*
posição durante o 212, 275, 309-13, *310-14*, 316-8, 329
prematuro 61, 73, 102, 166, 217, 223, 252, 359
primeiro estágio 288, 305-12
problemas na placenta 283
procedimentos modernos 141
quando ir para o hospital 291-2
respiração 305, 310, 313, 316-7

rompimento da bolsa de água 288-91
rotação pélvica 310, *310*
segundo estágio 316-8
sentar *312-3*
terceiro estágio 323-5
terceiro estágio controlado 323-5
terceiro estágio fisiológico (natural) 324-5
tomar decisões durante o 283, 285, 293-4
transição 315-6
três estágios 303
visualização para ajudar o 273
ver também cesariana; contrações; peridural; indução; métodos para aliviar a dor do parto; bolsa de água, rompimento da
parto assistido 330-1
após peridural 233
como conseqüência do monitoramento 275-6
e duração do parto 298-9
e exaustão 314
ver também fórceps
parto ativo 427
parto em casa 66, 149-50
etapa pós-natal 326-7
parto na água 173, 175
preparando o material para 266
parto na água 171, 173-6, 212, 256, 260-2
em casa 173, 175
evitar desidratação 261, 281
momento do nascimento 261-2
no hospital 173-4, 176, 261
parceiro e 176
posições de parto 311-2
segurança 174-5
terceiro estágio do parto 262
utilizando a banheira 260-2
parto no hospital 67-8, 141, 149-50
cuidados pós-parto 327-9
dirigir para casa após 342
duração da internação 342
folhetos informativos sobre 208
o que levar 266
parto fica mais lento na chegada 314
parto na água 173-4, 176, 261
quando ir 291-2, 307
regras para comida e bebida 280-1
visitas à maternidade 171, 173
parto normal (após cesariana) 87, 89-90, 98
parto prematuro 102, 217, 252, 427

devido a doença das gengivas 99
devido a excesso de líquido amniótico 223
devido ao estresse 73, 166
devido ao fumo 359
e exercícios 61
partograma 427
partos anteriores 94
patês 9-10
pediatra 333, 342, 427
pedicure 272, 284
peixe 6, 9-11
　ver também mariscos
pele 177, 179-81
　avermelhamento da 181
　cremes 180-1, 358, 382
　do bebê 115, 143, 157, 158, 348, 400, 419, 425
　eczema 358, 382
　erupções cutâneas 241-2
　estrias 151-2
　herpes-zóster 395-6
　inflamação 180
　linha negra 116, 131, 373, 425
　manchas 181
　mudanças 115-7, 120, 131, 177
　pálida 206
　pênfigo gestacional 393
　protetor solar 370
　psoríase 180, 358
　sensibilidade da 54-5, 113-4, 358, 373
　urticária 181
　ver também coceira
pélvis
　abertura 210-1, 221, 277, 287
　bebê pressionando a 287, 305
　e bebês grandes 221-2
　e encaixe do bebê na pélvis 252
　mudanças depois da peridural 233
　problemas pós-parto 342
　ver também assoalho pélvico; dores pélvicas; movimentos com a pélvis; rotação pélvica
pênfigo gestacional 393
pensamento positivo 282-4, 294, 313
perda de um ente querido 414
perfumes 372
peridural 67, 230-4, *231*, 294, 427
　de baixa dosagem 233

diferenças culturais 224
e cesariana 172, 232-3, 332-3
efeitos colaterais 231-3
e gestações múltiplas 335
e monitoramento contínuo 274-5
e o segundo estágio do parto 318
e pré-eclâmpsia 163
pós-natal 343
períneo 257, 427
　cicatriz 258
　e a coroação 318-9
　episiotomia 257, 266-8, 331, 422
　pontos 326-7
　ver também períneo, massagem no; períneo, laceração do
períneo, laceração do 152, 318-9
períneo, massagem no 256-9, 268, 318
creme para 258
permanganato de potássio 382
pernas
　câimbras nas 177, 179
　dores nas 133, 137, 179
　inquietas 106
　varizes 88, 137-8, 430
peróxido de benzoíla 358
pés, inchaço nos 160-1
pesticidas 74
piercing 260, 372
Pinard 226, 274
pintas 116
placenta 427
　baixa *ver* placenta prévia
　checagem pós-natal 325-6
　comer a 326
　crescimento 120, 157
　desenvolvimento precoce 30-1
　e cesariana 334
　e exercício 61
　e gestações múltiplas 33
　e gravidez molar 413, 426
　e hemodiluição 206
　e pré-eclâmpsia 161
　expulsão da 323-4
　guardada para fins medicinais 326
　guardar a 326
　papel da 43, 96
　retida 262, 323-4, 327-8
　ruptura 102, 283, 428

placenta acreta 393
placenta prévia (placenta baixa) 99, 427
  causada por miomas 384
  e bebês em apresentação pélvica 246
  e cesariana 244
  e indução 298
  e o ato sexual 192
  e ultra-sons extras 178, 189, 216, 264
  e viagens aéreas 366
planejamento 1-3
  ver também planejamento de parto; tomada de decisões
plano de parto 68, 205, 208-91, 282, 427
  acompanhante de parto 215
  alívio da dor 236-7
  cesariana 243
  comida e bebida 281
  episiotomia 268
  indução 302
  massagem 219
  monitoramento 276
  mudando de idéia 209
  parto na água 262
  vitamina K 255
plaquetas, baixa contagem de 163, 392
poli-hidrâmnios 223, 283, 290, 428
poliinsaturados de longa cadeia 187
pólipos 52
poluição 363
pomada de ácido acetil-salicílico 180, 358
posição com os joelhos no peito 290, *290*
posição do bebê 250, 263-5, 290
  anterior 250, 264-5, 426
  instável 290
  má apresentação 425
  OAD *264*
  OAE *264*
  OPD *265*
  OPE 265
  posterior 250, 264-5, 309, 312
  transversal 243, 245, 290
  ver também bebês em apresentação pélvica
posição ginecológica 331
posição instável 290
posição transversal 243, 245, 290
pós-parto, dúvidas sobre o 326-9, 337-46
  a importância de conversar 345-6
  check-ups da obstetriz 339

defecar 341, 344
deixando o hospital 342
descanso 337-8
dirigir 342, 345
dores pós-parto 341
emoções 345-6
evitar carregar peso 345
lacerações, pontos e contusões 340-2
mudanças no corpo 338
problemas pélvicos 342
recuperação após cesariana 343-4
remédios homeopáticos 340, 342
viagem de avião 368
ver também recém-nascido
postura
  ao sentar-se 133, 137-8, 250
  no trabalho 73, 133, 363
postura ao sentar-se 133, 137-8, 250
pré-eclâmpsia 157, 161-3, 189, 250, 428
  dores abdminais devido a 163, 190, 245
  e aumento de peso 92
  e coágulos 391
  e exercícios 61
  e gestações múltiplas 76
  e hipotiroidismo no 390
  e inchaço 102, 161-2
  e indução 297
  e ruptura da placenta 283
  e tamanho do cérebro 127
  e viagens aéreas 366
  exame de urina 79
  riscos para o bebê 161
presentes 277-80
pressão arterial alta 80, 245, 249-50
  e cesariana 243
  e diabetes 185
  e distúrbios visuais 135
  e doença nos rins 387
  e estresse 167
  e gravidez molar 413
  e sangramento nasal intenso 148
  exercício como possível causa de 61
  nascimento no hospital é recomendado 67
  ver também pré-eclâmpsia
pressão arterial baixa como causa de depois de peridural 231
  desmaios 72
primigesta 37, 98, 424

prisão de ventre 88, 140-1, 358, 428
e suplementos de ferro 206-7
pós-parto 341
probiótica 16
problemas de saúde 376-407
  infecções na gravidez 394-407
  preexistentes 2-3, 19, 178, 376-90
  que ocorrem durante a gestação 390-4
  ver também problemas de saúde específicos
problemas intestinais 379
produtos de limpeza 365-6
produtos químicos para limpeza a seco 364
progesterona 31, 106, 137-8
prostaglandinas 428
  e o parto prematuro 99, 166
  para indução do parto 299
  produzidas pelo ato sexual 284, 301
protetor solar 370
protetores para os seios 193
Prozac 356
prurigo da gravidez ver coceira
psoríase 180, 358
PTI ver púrpura trombocitopênica idiopática
ptialismo ver saliva, excesso de
pulmões do bebê 126, 157, 241
púrpura trombocitopênica idiopática (PTI) 392

quadris do bebê 349
quedas 102, 183-4, 190
queijo 5, 9-10, 191
questões culturais 209, 224, 284
quinta doença ver eritema infeccioso
quiroprática 133, 375

radiação 74
  monitores 363
  viagens aéreas 368
RCIU ver retardo de crescimento intra-uterino
recém-nascido 320-2
  aparência 348-9
  baixa quantidade de açúcar no sangue 185, 351-2
  baixo peso ao nascer 166, 359
  checagem da sexta semana 353
  coto umbilical 348-9
  criar laços com o 321, 337, 347-8
  cuidados especiais 350
  e infecção pelo SGB 291, 399-401, 429

escolha de nomes 129, 151, 153-4, 203, 352
e vitamina K 251, 253-5, 350, 383, 430
fontanelas 349, 423
índice de Apgar 213, 230, 234, 317, 322
mudanças no primeiro ano 353-4
padrões de sono 347
prematuro 171, 221, 348-9, 351
registro de nascimento 352-3
respiração e choro 321
roupas 195-6
testes 349-50
testes de sangue 350
ver também amamentação; mamadeira
rede de serviços de apoio 166
  família e amigos 38-9, 223
reflexologia 47, 88, 375
  durante o parto 236
registro do nascimento 352-3
relaxamento 64, 166
  durante o último mês 272, 284
  exercícios 167-8
relaxina 211
religiosas, questões 209
remédios para a tosse 358
repelentes de insetos 368
resfriados 396-7
  remédios para tratar 357, 397-8
respiração
  durante as contrações 305, 310, 313, 316-7
  exercícios para 167-8
retardo de crescimento intra-uterino (RCIU) 77, 98, 221, 283, 428
retenção de água 92, 102, 159-60
retenção de fluidos ver retenção de água
retinol 23, 152, 180, 358-9
retração do cérvix 308, 308, 428
Rh negativo, mães com 101, 124-5, 189, 423
  e a amniocentese 123
  e a cordocentese 146
  e injeções anti-D 59, 124-5, 189, 251, 409, 425, 430
  e o corte do cordão umbilical 325
  e o sangue do cordão umbilical 182
rins, problemas nos
  da mãe 162, 387
  do bebê 85
romance 64
rompimento da bolsa de água 288-91, 428

Índice remissivo

"águas anteriores" e "águas posteriores" *291*
   e indução 297
   intervenção durante parto lento 329-30
   perda de "águas posteriores" 291
   quando você deve se preocupar 290
   rompimento prematuro 252, 289
roncar 106
rosto
   do bebê 96, 120, 151, 157
   inchaço no 161
rotação pélvica 310, *310*
rotura prematura das membranas no pré-parto 252, 289, 428
roupas 73, 91
   da gestante 109-10
   do bebê 195-6
rubéola 2, 80, 146, 402-3, 428
ruptura da placenta 102, 283, 428
rutina 138

saco amniótico 30-1, 165
   e gêmeos 33
sal 160
saliva, excesso de 43, 47-8
salmonela 11-12
sangramento
   do bebê 253, 255
   durante o parto 274, 290-1, 306
   e aborto espontâneo 51-2, 408-9
   e a mãe que tem Rh negativo 125
   e baixa quantidade de plaquetas 392
   e gestações múltiplas 76
   e gravidez ectópica 411-2
   e gravidez molar 413
   e placenta baixa 99
   e o ato sexual 51, 192
   e vasos prévios 394
   evitar fazer exercício após 61
   implantação 51, 428
   metrorragia 51
   no começo da gravidez 19-20, 25, 30, 50-3, 82
   no meio da gravidez 178
   no reto 138, 140
   no último mês 282, 284
   pós-natal 328, 339
sangramento de implantação 51, 428
sangramento pelo nariz 147-9

sangramento retal 138, 140
sangue
   aumento no volume de 71, 206-7
   baixa contagem de plaquetas 163, 392
   ver também exame de sangue; mães com Rh negativo
sangue do cordão umbilical 177, 182
   amostra do 418
   doação do 182
sapatos 65, 7, 110, 133, 205, 242
sarampo 401-2
sarampo alemão *ver* rubéola
sauna 158, 365
sede 101
segurança 355-75
   ver também perigos específicos
seguro de viagem 113-4, 366-7
sêmen 301
separação manual da bolsa de água 298-9, 428
separação manual das membranas do colo uterino 298-9, 428
sessões de ginástica 64
sexo do bebê
   determinado na concepção 32
   exames para identificar o 33, 59, 123-4, 145-6
   superstições para "adivinhar" o 158-9
sífilis 80, 405-6
sinais iniciais da gravidez 31, 43
síndrome alcoólica fetal 12
síndrome da varicela fetal 396
síndrome de Down 32, 84
   e mães mais velhas 37
   testes para detectar a 56, 81, 121-4, 128, 145-6
síndrome de Edward 37, 84, 146
síndrome de HELLP 163, 392
síndrome de Hughes 388
síndrome de Marfan 37
síndrome de Patau 37, 84
síndrome de Turner 58, 84
síndrome do cólon irritável 379
síndrome do distúrbio respiratório 89, 123, 185
síndrome do túnel do carpo 159-60, 429
síndrome do X frágil 58
sinéquias 146
sinéquias uterinas 146

sistema imunológico 55, 356, 396
slings 200-1
soja 7, 16
soluços do bebê 120, 277
solventes 364, 366
   uso como drogas 362
sonhos 106
sono
   do bebê 241, 272
   exercício de relaxamento 168
   insônia 88, 167-8, 192
   posições 137-8, 161
   primeiro trimestre 26
   segundo trimestre 106
   terceiro trimestre 192
spray antipulgas 365
Streptococcus do grupo B 291, 399-401, 429
substâncias químicas 62, 74, 364-6, 368, 372
suco de amora vermelha 407
sulfato de magnésio 162
suor 180
   pós-natal 358
superaquecimento 62-3, 73, 75, 158, 357, 365, 373
superstições 157-9
superstições sobre gravidez 157-9
suplementos 8, 162, 179, 206-7
   evitar o retinol 23
   ver também ácido fólico
suprimentos essenciais 266, 273, 279, 292
sutiã 55, 65, 110, 241
   para amamentar 193, 259-60
   saber a medida do 259
sutura 327, 340-1
   do colo uterino 111, 410, 419
sutura do colo uterino 111, 410, 419
Syntocinon® 324

tabletes de glicose 281
talassemia 58, 123, 182, 350, 377-8, 429
tampão 282, 290, 306, 429
tampões 339
tato do bebê 183
tatuagens 373
Tay Sachs 429
tédio 284
telas de computador 363
temperatura corporal
   aumenta depois de uma peridural 232

   aumenta no começo da gravidez 87
   febre 20, 357
   ver também superaquecimento
temperatura do local de trabalho 74
TENS, aparelho de 212, 224-6, *225*, 292, 299, 429
TEP *ver* tromboembolia pulmonar
terapia 118, 167, 356
   e aborto provocado 413-4
   e perda de entes queridos 414
   e testes genéticos 84-5, 124, 128, 142
   pós-natal 345-6
terapias complementares 64, 88, 373-5
   kit pós-parto 279
   para alívio da dor durante o parto 234-7
   para enjôo 46-7
   para estrias 152
   para hemorróidas 139
   para varizes 138
   segurança 373-5
   ver também acupressão; acupuntura; aromaterapia; quiroprática; homeopatia; hipnoterapia; osteopatia; reflexologia
teste de Bart *ver* AFP, teste de triagem
teste do pezinho 350
teste oral de tolerância à glicose (TOTG ou curva glicêmica) 79, 97, 185, 189, 423
testes de gravidez 31-2
tetraciclinas 380
tintas 366
tireóide, glândula 180
   deficiência (no bebê) 350, 390
   problemas (na mãe) 134, 159, 390
tomar banhos 158, 161, 365
   aveia (para erupção cutânea gestacional) 242
   durante o parto 294-5
   e as lesões depois do parto 340
   produtos aromáticos 365
tonturas 20, 72, 206
TOTG *ver* teste oral de tolerância à glicose
toxemia *ver* pré-eclâmpsia
toxoplasmose 10, 146, 364, 369, 429
trabalho 72-5, 168-70, 363
   ajustando-se à vida sem o 207-8
   direitos do 75-6
   e o estágio intermediário da gravidez 126-8
   e o início da gravidez 48-9, 72-5

estresse 166
ir e voltar do 75
licença-paternidade 170
postura 73, 133
quando dizer ao chefe 48-9, 112-3
quando parar 169-70
segurança 73-5, 363, 371
viagens a trabalho 114
voltar ao 169
translucência nucal 19, 53, 56, 76, 423
tratamento de fertilização
 e gravidez ectópica 35, 412
 gravidez após 35-7
tratamento para infertilidade *ver* tratamento de fertilização
tratamentos de beleza 64, 279
 segurança dos 370-3
tratamentos de iodo radiativo 390
travesseiros
 ao dar de mamar 193
 inapropriados para bebês 203
trialometanos 62
tricomoníase 406
trigêmeos *ver* gêmeos e gestações múltiplas
trimestres, explicação dos xviii
 primeiro 19-26
 segundo 101-6
 terceiro 189-92
trissomias 84
troca de fraldas
 e o coto umbilical 349
 equipamento para 197-8
trombocitopenias 392
tromboembolia 390-1
tromboembolia pulmonar (TEP) 390-1
tromboembolia venosa 390
tromboembolismo 179, 388, 390-1, 410
 trombose venosa profunda 367-8, 390
trombose venosa profunda 179, 367-8, 390
trompas de falópio 29, 411-2, 429
tubo neural 21
"tumor da gravidez" 116
TVP *ver* trombose venosa profunda

ultra-som 53, 80-3
 abreviações comuns 82
 anomalias 53, 101, 143, 145-6
 começo da gestação 80

 e aborto espontâneo 409
 e diabetes 382
 e gestações múltiplas 76-7
 em estágios avançados da gravidez 263-4
 e o segundo trimestre 135
 extra 177-8, 216, 223
 gravação em vídeo 81
 nucal 19, 53, 56, 76, 423
 para prever a data do parto 53
 particular 53
 resultados positivos e negativos falsos 82
 segurança 83
 transvaginal 81-2
 3D 53, 82
 ultra-som 80-3, 122-3, 128, 221, 430
ultra-som, exames de 80-3, 122-3, 128, 221, 430
 ver também transluscência nucal
ultra-som para detectar anomalias 53, 101, 143, 145-6
ultra-som transvaginal 81-2
unhas, esmalte para 372
unhas do bebê 87, 120, 159, 282, 296
Unidade de Tratamento Intensivo Neonatal 350, 430
urina
 açúcar na 184-5
 escura 190, 392
 exames de 79
 proteína na 184, 185
urinar, ato de
 acesso ao banheiro no trabalho 74
 à noite 26
 bebê urinando 165
 dificuldade ou dor ao 161-2, 422
 durante o parto 295
 freqüente 31, 60, 143, 271-2, 282, 287, 305
 incontinência de pressão 134, 332
 pós-parto 338, 340, 344
urticária 181
útero 29, 30, 303, 430
 altura do 143, 145, 221
 checagem pós-parto 341
 contração pós-parto 341
 crescimento
  primeiro trimestre 60, 71, 87, 91, 96
  segundo trimestre 109, 115, 120, 126, 131, 136, 143, 147, 151
  terceiro trimestre 157, 171, 183, 216, 220, 245

diminuição após o nascimento 323
flácido 246
formato 410
"irritável" 217
ligamentos do 242
maior 413
mudança no formato do 205, 216

vacinas 113, 370
  contra infecções 394
vagina 430
varizes 88, 137-8, 430
vasos prévios 394
vazamento de líquor 233
VCE *ver* versão cefálica externa
vegans (vegetarianos estritos) 7
  e vitamina B12 24-5
vegetarianas 7, 105-6
  e os folatos 23
veia cava 62
ventosa 318, 330-1, 348, 430
vernix caseoso 143, 151, 158, 296, 348, 430
versão cefálica rxterna (VCE) 247-8, 430
viagens 366-70
  celulares 369
  com o bebê 199-201, 342
  de avião 208, 366-7
  de longa distância até o trabalho 75, 169
  detectores de metal 369
  férias 109, 113-4, 166, 366-70

malária 370
protetor solar 370
repelentes de insetos 368
vacinas 370
ver também dirigir
viajar de avião 208, 366-7
vibração 74
vilos 31
visitas 283, 285, 338, 342
visualização 273
vitaminas 5-7
  A 8, 10, 23, 180
  B6 (piridoxina) 46-7
  B12 24-5
  C 24, 104, 138, 149, 207, 397
  D 103, 180, 190
  E 138, 152, 377
  K (bebê) 251, 253-5, 350, 383, 430
  K (mãe) 149, 191, 383, 393
  Suplementos 8, 23, 179
  ver também ácido fólico
vômito *ver* enjôo

warfarina 387

zidovudina 387
zigoto 30, 430
zinco 6-8, 102-3-1
Zyban® 360

IMPRESSÃO E ACABAMENTO:
YANGRAF Fone/Fax: 6195.77.22
e-mail:yangraf.comercial@terra.com.br